U0906043

Yilin Classics

经／典／译／林

世说新语

（上）

[南朝宋] 刘义庆 著

杨铭硕 李 楚 译注

译林出版社

图书在版编目(CIP)数据

世说新语. 上 /（南朝宋）刘义庆著；杨铭硕，李楚译注 .—南京：译林出版社，2023.8（2024.3 重印）
（经典译林）
ISBN 978-7-5447-9715-3

Ⅰ. ①世… Ⅱ. ①刘… ②杨… ③李… Ⅲ. ①笔记小说-中国-南朝时代 Ⅳ. ①I242.1

中国国家版本馆 CIP 数据核字（2023）第 084538 号

世说新语（上）　［南朝宋］　刘义庆 / 著　杨铭硕　李　楚 / 译注

责任编辑　冯一兵　张紫毫
装帧设计　孙逸桐
校　　对　王　敏
责任印制　颜　亮

出版发行　译林出版社
地　　址　南京市湖南路 1 号 A 楼
邮　　箱　yilin@yilin.com
网　　址　www.yilin.com
市场热线　025-86633278
排　　版　南京展望文化发展有限公司
印　　刷　江苏凤凰盐城印刷有限公司
开　　本　880 毫米 ×1240 毫米　1/32
印　　张　28.25（上、下册）
插　　页　8
版　　次　2023 年 8 月第 1 版
印　　次　2024 年 3 月第 2 次印刷
书　　号　ISBN 978-7-5447-9715-3
定　　价　89.00 元（上、下册）

CONTENTS · 目录

德行　第一

一、仲举礼贤

陈仲举[1]言为士则，行为世范，登车揽辔（pèi）[2]，有澄清天下之志。为豫章[3]太守，至，便问徐孺子[4]所在，欲先看之。主簿[5]白[6]：“群情欲府君[7]先入廨（xiè）[8]。”陈曰：“武王式商容之闾（lǘ）[9]，席不暇暖。吾之礼贤[10]，有何不可！”

【注释】

1. 陈仲举：陈蕃，字仲举，东汉汝南平舆（在今河南平舆）人。桓帝末年任太傅，与大将军窦武、宗室刘淑合称“三君”。 2. 登车揽辔：坐上车子，拿起缰绳，指代走马上任。辔，驾驭牲口的嚼子和缰绳。 3. 豫章：豫章郡，首府在今江西南昌。 4. 徐孺子：徐稚，字孺子，东汉豫章人。他是江西历史上首位贤士，博学多识，一生淡泊自守。官府多次征召，不就，有“南州高士”的美称。今南昌名胜“孺子亭”，相传为徐稚垂钓之处。 5. 主簿：古代官名，是各级主官属下掌管文书的佐吏。 6. 白：禀报，陈述。 7. 府君：汉代对郡相、太守的尊称。 8. 廨：官署。 9. 式：用某种礼仪表彰。商容：商纣王时主掌礼乐的大臣，商末著名贤者。闾：里巷，这里指（商容的）住处。 10. 礼贤：用礼对待贤士。

【译文】

陈蕃平时说话做事可以作为天下士人的典范准则，他初次为官，就怀有想要澄清宇内的志向。陈蕃曾出任豫章郡守，刚到当地，就问左右徐稚家住哪里，想先去看望他。主簿回禀说：“大家（这里指官府的僚属们）希望太守大人您先进官署（去查看公文、办理公事）。”陈蕃说：“周武王刚刚攻下商都朝歌时，就以礼去商容住的地方拜见他，

(刚进城)连席子都还没来得及坐暖(就要去,都顾不上休息片刻)。现在我尊敬贤人,要去以礼拜访,不先去官署,又有什么不可以的呢?”

二、鄙吝复生

周子居[1]常云:“吾时月[2]不见黄叔度[3],则鄙(bǐ)吝(lìn)之心[4]已复生矣。”

【注释】

1. 周子居:周乘,字子居,东汉汝南安城(在今河南平舆一带)人。周乘“天资聪朗,高峙岳立”,曾任泰山太守,他为官不畏强暴,被陈仲举赞为“治国之器”。　2. 时月:时间,时日。　3. 黄叔度:黄宪,字叔度,东汉汝南慎阳(在今河南正阳)人。出身贫寒,以德行著称,时人以孔门弟子颜渊比之。他年少时即好学,后满腹经纶,学富五车,遇朝廷征召,不就(即“叔度不仕”)。　4. 鄙吝之心:贪鄙吝啬的心思。

【译文】

周乘经常说:“我要是过一段时间见不到黄宪,就又会萌生贪鄙吝啬的俗念。”

三、叔度之器

郭林宗[1]至汝南造[2]袁奉高[3],车不停轨(guǐ)[4],鸾(luán)[5]不辍(chuò)轭(è)[6]。诣(yì)[7]黄叔度,乃弥日信宿[8]。人问其故,林宗曰:“叔度汪汪如万顷之陂(bēi)[9]。澄之不清,扰之不浊,其器[10]深广,难测量也。”

【注释】

1. 郭林宗：郭泰，字林宗，东汉太原介休（在今山西介休）人。郭泰博学有德，为当世所重，是当时并称为“八顾”的八位名士之一，与春秋时期的贤臣介子推和北宋时期的名相文彦博合称“介休三贤”。2. 造：到某人家去拜访。 3. 袁奉高：袁阆，字奉高，东汉汝南慎阳（在今河南正阳）人，也很有名望。 4. 轨：车轴的两头，亦可指车子。 5. 鸾：带有鸾饰的车子。 6. 轭：驾车时搁在牛马颈上的曲木。 7. 诣：意思同前句中的“造”。 8. 弥日：终日。信宿：连宿两夜。 9. 万顷之陂：一万顷的水域。陂，池塘、湖泊。 10. 器：人的度量才干。

【译文】

郭泰到汝南郡拜访袁阆，车子没有停止行驶，拉车的马没有解下车轭（待了一会儿就走了）。（郭泰）到黄宪那里拜访，却一连住了一两天。别人问他为什么，郭泰说：“黄宪就像万顷的广阔湖面，既不会因澄清它而清澈，也不会因搅扰它而浑浊。他的气度深广，实在令人难以测量。”

四、跃登龙门

李元礼[1]风格秀整[2]，高自标持[3]，欲以天下名教[4]是非为己任。后进之士[5]，有升其堂[6]者，皆以为登龙门[7]。

【注释】

1. 李元礼：李膺，字元礼，东汉颍川襄城（在今河南襄城）人。李膺为当时名士“八俊”之一，有“天下楷模”之称。他曾任司隶校尉，为官清正刚直，但性格孤高，不善交际，得罪了不少人。后死于张俭案引发的第二次"党锢之祸"。 2. 风格秀整：风格，指为人的气度、格调；秀整，指俊秀严整。 3. 高自标持：在道德操守方面对自己要求期许很高，也有自视甚高、自负的意味。 4. 名教：名声与教化，指以正名定分为主的儒家礼教，与"自然"相对。"名教"与"自然"之别是魏晋玄学的一大争论话题，有"圣人贵名教，老庄明自然"之说。 5. 后进之士：指后学晚辈。 6. 升其堂：登上某人家的厅堂，指有机会接受某人的教诲。师父收徒弟，有"入门弟子""入堂弟子""入室弟子"的亲疏区别。古代的房屋，前面为堂，后面为室，堂前往往有阶，故欲入堂必先登阶，入室必先过堂，称为"登堂入室"。 7. 龙门：在山西省河津县西北，那里水位落差很大，传说普通的鱼鳖不能逆水而上，而黄河里的鲤鱼若能游上去，就会变成龙，故有"鲤鱼跃龙门"之说。

【译文】

李膺之为人气度俊秀严整，在德行操守方面自我期许甚高，想要以天下名教的是非判别作为自己的责任。那些后学晚辈，凡有能得到李膺的教诲的人，都自以为登上了龙门。

五、元礼赞贤

李元礼尝叹荀(xún)淑[1]、钟皓(hào)[2]曰："荀君清识难尚[3]，钟君至德可师[4]。"

【注释】

1. 荀淑：字季和，东汉颍川颍阴（在今河南许昌）人。荀淑品行高洁，学识渊博，不喜雕章琢句之学。曾官朗陵侯相，处事正直，明于治理，号称“神君”，后辞官闲居。生有八子，号为“八龙”，其孙荀彧是曹操的著名谋士。 2. 钟皓：字季明，东汉颍川长社（在今河南长葛）人。钟皓学识渊博，谨慎笃志，少时即研习儒学，博通书传。他不应公府辟命，隐于密山，收徒千人，教授诗词格律。他以清高而有德行闻名于世，与同郡的陈寔、荀淑和韩韶合称为“颍川四长”。 3. 清识：指高见卓识。尚：超过，超越。 4. 师：效法，以……为榜样。

【译文】

李膺曾称赞荀淑、钟皓说：“荀先生的高见卓识令人难以超越，钟先生的高尚德行却可堪效法。”

六、真人东行

陈太丘[1]诣荀朗陵[2]，贫俭无仆役。乃使元方[3]将（jiāng）车[4]，季方[5]持杖[6]后从。长文[7]尚小，载箸[8]（zhù）车中。既至，荀使叔慈[9]应门[10]，慈明[11]行酒[12]，余六龙下食[13]。文若[14]亦小，坐箸[15]膝前。于时太史[16]奏：“真人[17]东行。”

【注释】

1. 陈太丘：陈寔，字仲弓，颍川许县（在今河南长葛）人。陈寔出身寒微，年轻时作县吏，后任都亭佐，曾为太丘（在今河南太丘）县长，故后世亦称“陈太丘”，与其子陈纪、陈谌皆名重于世，并称“三君”。他以清高有德行闻名于世，与钟皓、荀淑、韩韶合称为“颍川四长”。 2. 荀朗陵：前文提及的荀淑，他曾任朗陵侯相。朗陵，在今河南确山。侯相,汉朝在侯国设相,主治民,官秩如县令。　3. 元方:陈寔长子陈纪,字元方。　4. 将车:驾驭车辆。　5. 季方:陈寔第四子陈谌,字季方。　6. 持杖:拿着拐杖。　7. 长文:陈纪之子陈群,字长文。陈寔有六个儿子,分别是陈纪、陈政、陈洽、陈谌、陈信、陈光。8. 载箸:载着。箸,通"著"。　9. 叔慈:荀淑第三子荀靖,字叔慈。10. 应门:开门迎送宾客。　11. 慈明:荀淑第六子荀爽,字慈明。12. 行酒:为客人们逐个斟酒。　13. 下食:上菜,指为客人准备食物。　14. 文若:荀彧的字,荀彧为荀淑之孙,其父系荀淑第二子荀绲。　15. 坐箸:坐着。　16. 太史:汉代官职名,掌天文历法及编纂史书。　17. 真人:原指修真得道之人,这里指德行高洁之人。

【译文】

陈寔做太丘长时去拜见朗陵侯相荀淑,因家中清贫节俭,没有仆从杂役可带,就让自己的大儿子元方驾车,让第四子季方拿着手杖在后面跟着。陈寔的孙子长文年纪还小,就跟着爷爷坐在车上。到了荀淑家门口,荀淑让第三子叔慈到门前迎接客人,让第六子慈明为客人斟酒,剩下的六个儿子帮着端菜递饭。荀淑的孙子文若年纪也很小,就坐在爷爷腿边。这时太史启奏说:"有真人往东边行去。"

七、泰阿之桂

客有问陈季方:"足下家君[1]太丘,有何功德,而荷(hè)[2]天下重名?"季方曰:"吾家君譬如桂树生泰山之阿(ē)[3],上有万仞(rèn)[4]之高,下有不测[5]之深;上为甘露所沾,下为渊泉所润。当斯之时,桂树焉知泰山之高,渊泉之深,不知有功德与无也!"

【注释】

1. 足下："你"，常用于对平辈或朋友之间的敬称。家君：本用于对别人敬称自己的父亲，这里是称呼对方的父亲。 2. 荷：担当，背负。 3. 泰山之阿：泰山的山坡。 4. 万仞：形容山极高。仞，古代长度计量单位，七尺或八尺为一仞。 5. 不测：难以测量。

【译文】

有客人问陈谌说："令尊陈寔有什么功勋品德，敢背负天下的至重声名？"陈谌回答说："我父亲就好像生长在泰山上的桂树，上面是万仞高山，下面是不测深渊；上面被雨露浇灌，下面被深泉浸润。在那样的情况下，桂树怎知泰山有多高，渊泉有多深，（所以）我不知道（父亲他老人家）有没有功德呢！"

八、难兄难弟

陈元方子长文有英才，与季方子孝先[1]，各论其父功德，争之不能决，咨（zī）[2]于太丘。太丘曰："元方难为兄，季方难为弟。"

【注释】

1. 孝先：陈忠，字孝先，其父即陈寔第四子陈谌（字季方）。 2. 咨：询问。

【译文】

陈纪的儿子陈群有杰出之才，与其叔陈谌的儿子陈忠各自议论自己父亲的功绩和德行（谁更优秀），双方争执不下，于是就一起到爷爷陈寔那里去请问。陈寔说："阿纪难以说他是哥哥，阿谌难以说他是弟弟。"

九、舍生取义

荀巨伯[1]远看友人疾,值胡贼攻郡,友人语巨伯曰:“吾今死矣,子可去!”巨伯曰:“远来相视,子令吾去;败义以求生[2],岂荀巨伯所行邪?”贼既至,谓巨伯曰:“大军至,一郡尽空,汝何男子,而敢独止?”巨伯曰:“友人有疾,不忍委之,宁以吾身代友人命。”贼相谓曰:“我辈无义之人[3],而入有义之国!”遂班军而还,一郡并获全[4]。

【注释】

1. 荀巨伯:东汉颍州人,生平不详。 2. 败义以求生:败坏道义而苟且偷生。 3. 无义之人:不懂道义的人。 4. 获全:得到保全。

【译文】

荀巨伯到远方看望生病的朋友,正好遇上胡匪来攻城。朋友对荀巨伯说:“我如今要死了,你快走吧!”荀巨伯说:“我远道而来看望你,你却要我离开;败坏道义以求苟活,这难道是我荀巨伯所为吗?”胡匪来了,问荀巨伯说:“大军一到,整座城池都空了。你是什么人,竟敢独自停留在这里?”荀巨伯回答说:“我的朋友身患重病,我不忍心舍弃他而离开,宁愿用我这区区一身来换取朋友的性命。”胡匪听后议论说:“我们这些不讲道义的人,却要攻入这个讲究道义的国家!”于是调集军队回去了,整座城池都得以保全。

一〇、雍熙之轨

华歆(xīn)[1]遇子弟甚整[2],虽闲室之内,严若朝典[3]。陈元方兄弟恣(zì)[4]柔爱之道,而二门之里[5],两不失雍(yōng)熙(xī)之轨[6]焉。

【注释】

1. 华歆：字子鱼，东汉平原高唐（在今山东聊城）人。曾任曹魏相国、太尉。 2. 遇：对待，与……相处。整：整齐严肃。 3. 闲室：闲静的住所。朝典：朝堂上的典仪。 4. 恣：放纵、无拘束。 5. 二门之里：两家之间。 6. 雍熙之轨：雍熙，指和乐升平的景象。轨，原义指车子两轮之间的距离，后引申为车辙，也指一定的路线和应该遵循的规则。

【译文】

华歆和子弟们相处很严肃，即使是在家里，也如同朝见皇帝时那样严整恭肃、仪态庄重。陈纪家的子弟们相比之下却很随和，互相之间温柔友爱，无拘无束，但两家之间也并没有因为性格习惯的不同，而改变彼此之间和乐升平的相处局面。

一一、割席分座

管宁[1]、华歆共园中锄菜，见地有片金[2]，管挥锄（chú）与瓦石不异，华捉[3]而掷（zhì）去之。又尝[4]同席读书，有乘轩（xuān）冕（miǎn）[5]过门者，宁读如故，歆废[6]书出看。宁割席分坐曰："子非吾友也。"

【注释】

1. 管宁：字幼安，北海朱虚（在今山东安丘、临朐东南）人。管宁生性淡泊，于东汉末年至辽东避乱，曹魏政权征召他去做官，他始终坚辞不就；与人谈讲经典，又开展了整治威仪、陈明礼让的教化事业，颇受时人尊重爱戴。管宁与华歆、邴原并称"一龙"，歆为龙头，原为龙身，宁为龙尾。 2. 片金：一块金子。 3. 捉：拿起，拾起。

4. 尝：曾经。 5. 乘轩冕：坐着车子穿着礼服，代指达官贵人。6. 废：放下，扔掉。

【译文】

管宁和华歆一起在园子里锄草，看见地上有一块金子，管宁依旧挥动锄头，（看见金子与）看到瓦片石头一样没有区别，华歆则拾起金片看了看，然后又扔掉了。又有一次，他们俩坐在同一张席子上读书，有坐着豪华车子、穿着礼服的（士大夫模样的）人从门前经过，管宁依然（认认真真地）读书，华歆却扔下书本跑出去看热闹。管宁于是拿刀把席子从中间割断，把自己的坐席与华歆分开，并说："你不是我的朋友啊。"

一二、形骸之外

王朗[1]每以识度[2]推华歆。歆蜡（zhà）日[3]，尝集子侄燕饮[4]，王亦学之。有人向张华[5]说此事，张曰："王之学华，皆是形骸（hái）之外，去之所以更远。"

【注释】

1. 王朗：字景兴，东海郯（在今山东郯城）人。汉末拜为郎中，后归降曹魏，曾屡迁高位。 2. 识度：见识气度。 3. 蜡日：古代年终时大祭万物的节日。 4. 燕饮：聚在一起吃饭喝酒。燕，通"宴"。5. 张华：字茂先，范阳方城（在今河北固安）人。三国至西晋时期著名政治家、文学家、藏书家，曾编纂了中国第一部博物学著作《博物志》。他博学多才，博闻强记，被比作春秋时期著名思想家子产。

【译文】

王朗常常在见识气度方面推重华歆。华歆曾经在岁末蜡日的时候，把自家的子侄们聚到一起举办宴会，王朗看见了便也模仿。有人把这件事告诉了张华，张华听了说："王朗模仿华歆，都是学些表面的东西，因此距离华歆越来越远。"

一三、危不相弃

华歆、王朗俱乘船避难，有一人欲依附，歆辄难之[1]。朗曰："幸尚宽，何为不可？"后贼追至，王欲舍所携（xié）人。歆曰："本所以疑，正为此耳。既已纳其自托[2]，宁可以急相弃邪？"遂携拯（zhěng）如初。世以此定华、王之优劣。

【注释】

1. 辄难之：就对这件事感到为难。辄，于是、就。难，感到为难。之，指有人请求搭船这件事。 2. 纳其自托：接受别人托身的请求，指同意他搭船。

【译文】

华歆和王朗一起乘船躲避灾祸（按：这里指汉魏之际的政治动乱）。有个人想要跟他们一起，华歆当即对这一请求表示为难。王朗说："所幸我们的船地方还宽裕，为什么不（带上他）呢？"后来贼人追过来了，王朗就想舍弃那个搭船的人。华歆说："我先前之所以疑虑，正是为了这个原因。既然人家愿意把自己的性命托付给我们，而我们又已经接纳了他（搭船的请求），又怎么可以因为事情紧急，而随意抛弃人家呢？"于是仍旧带着并帮助那个人。世人凭这件事来判定华歆和王朗为人的优劣。

一四、王祥至孝

王祥[1]事[2]后母朱夫人甚谨(jǐn),家有一李树,结子殊好[3],母恒使守之[4]。时风雨忽至,祥抱树而泣。祥尝在别床眠,母自往暗斫(zhuó)[5]之。值祥私起[6],空斫得被。既还,知母憾(hàn)之不已,因跪前请死。母于是感悟[7],爱之如己子。

【注释】

1. 王祥:字休征,琅琊临沂(在今山东临沂)人。王祥以"孝"闻名,他生母早亡,侍奉后母至孝。有《训子孙遗令》一文传世。 2. 事:服侍,侍奉。 3. 殊好:非常好。殊,特别、非常。 4. 恒:经常,总是。守:守护,指看着以防风雨摧折树木,鸟雀糟蹋果实。 5. 暗斫:偷偷地砍。 6. 私起:半夜起来小解。 7. 感悟:感动醒悟。

【译文】

王祥侍奉后母朱氏夫人态度非常恭谨小心。王家有一棵李子树,结的李子很好,后母常让王祥去树旁看守。有时突然刮风下雨,王祥(谨遵母命不回屋里),而是抱着树干哭泣。王祥曾经自己睡在一张床上,后母悄悄走过去拿着斧子要砍他。正好王祥起夜出去了,后母没有砍到他,而是砍在被子上。等王祥回屋的时候,知道后母心里遗憾不已,就跪在后母面前请求让自己去死。后母因此终于感动并醒悟过来,像爱自己的亲生儿子一样爱护王祥。

一五、阮籍至慎

晋文王[1]称阮(ruǎn)嗣(sì)宗[2]至慎,每与之言,言皆玄远[3],未尝臧(zāng)否(pǐ)[4]人物。

【注释】

1. 晋文王:司马昭,字子上,河内温县(在今河南温县)人。三国名臣司马懿次子,为曹魏权臣,也是西晋王朝的奠基人之一。咸熙二年病死,其子司马炎称帝,追封乃父为文帝,庙号太祖。 2. 阮嗣宗:阮籍,字嗣宗,陈留尉氏(在今河南开封)人。曾任步兵校尉,故后世亦称"阮步兵"。他崇奉老庄之学,政治上谨慎避祸,是"正始玄学"的代表人物,也是当时名士集团"竹林七贤"的首领。 3. 玄远:深远微妙。 4. 臧否:褒贬评论。

【译文】

晋文王司马昭评价阮籍为人极其谨慎,每每有人跟他说话,他的言辞都奥妙深远,从未评论过他人的短长。

一六、未见喜愠

王戎(róng)[1]云:"与嵇(jī)康[2]居二十年,未尝见其喜愠(yùn)之色[3]。"

【注释】

1. 王戎:字濬冲,一字浚冲(为避魏明帝曹叡讳),琅琊临沂(在今山东临沂)人,为"竹林七贤"之一。他长于清谈,尤以精辟的品评与识鉴著称。 2. 嵇康:字叔夜,谯国铚县(在今安徽濉溪)人。魏晋时期著名思想家、音乐家、文学家,与阮籍同为“竹林七贤”的领袖人物。曾于魏朝任中散大夫,故亦称“嵇中散”。嵇康容止出众,风姿潇洒,又兼博览群书,广习诸艺,颇得时人赞赏。 3. 喜愠之色:高兴和生气的神色。

【译文】

王戎说:“我和嵇康相处了二十年,从未看见他的脸上露出高兴或生气的神色。”

一七、王戎死孝

王戎、和峤(qiáo)[1]同时遭大丧[2],具以孝称。王鸡骨支床[3],和哭泣备礼。武帝[4]谓刘仲雄[5]曰:“卿数省(xǐng)[6]王、和不(fǒu)?闻和哀苦过礼[7],使人忧之。”仲雄曰:“和峤虽备礼[8],神气不损;王戎虽不备礼,而哀毁骨立。臣以和峤生孝[9],王戎死孝[10]。陛(bì)下不应忧峤,而应忧戎。”

【注释】

1. 和峤:字长舆,汝南西平(在今河南西平)人,曹魏后期至西晋初年名臣。和峤少有风格,盛名于世。以太子舍人起家,袭父爵为上蔡伯,累迁颍川太守。为政清简,深得民心。 2. 大丧:父母去世,称为大丧。而奔丧及为父母守孝,则称丁忧或丁艰。 3. 鸡骨支床:形容人骨瘦如柴。下文“哀毁骨立”义同。 4. 武帝:指晋武帝司马炎。 5. 刘仲雄:刘毅,字仲雄,东莱掖县(在今山东莱州)人,为阳景王刘章之后。刘毅喜欢品评人物,王公贵族对他也有几分惧怕。他孝顺仁厚,为官忠诚正直,深得晋武帝器重,死后追封仪同三司。

6. 数省：常常去看望。 7. 过礼：超过了礼仪的常规。 8. 备礼：礼仪周到完备。 9. 生孝：指守孝的人尚且知道保全自己的生命，爱护自己的身体健康。 10. 死孝：指守孝者吃不下睡不着，日夜哀哭，完全不顾及自己的身体（因有人悲痛过度以至哭死）。

【译文】

王戎和和峤同时丧母，两人都因为孝顺而获得时人称道。王戎骨瘦如柴，和峤哀痛哭泣，礼仪周到。晋武帝对刘毅说：“你经常去探望王戎、和峤吗？听说和峤过于悲痛，（在办理丧事的时候）超出了礼法常规，真令人担忧啊！”刘毅说：“和峤虽然礼仪周到，但他的精神状态没有受到损伤；王戎虽然礼仪不周，可是哀痛过度，导致损伤了身体。臣认为和峤是生孝，王戎是死孝。陛下不应为和峤担忧，而应该为王戎担忧。”

一八、乞富济贫

梁王、赵王[1]，国之近属，贵重[2]当时。裴（péi）令公[3]岁请二国[4]租钱[5]数百万，以恤（xù）中表[6]之贫者。或[7]讥之曰：“何以乞（qǐ）物行惠？”裴曰：“损有余，补不足，天之道[8]也。”

【注释】

1. 梁王：司马肜，司马懿之子，张夫人所生。封为梁王，后任征西大将军，官至太宰。赵王：司马伦，亦司马懿之子，柏夫人所生。封为赵王，惠帝时起兵谋反，自封为相国，进而称帝，后败死。 2. 国之近属：指皇室近亲。贵重：位高权重，身份尊贵。 3. 裴令公：裴楷，字叔则，河东闻喜（在今山西闻喜）人。曾官至尚书令，故称“裴令公”。善谈《老子》《易经》,为当时名士。 4. 二国:指梁、赵二王的封地。侯、王的封地称为“封国”。 5. 租钱:缴纳租税、赋税。6. 恤:周济。中表:中表亲,包括姑表亲和姨表亲,这里指皇室近亲。7. 或:有人。 8. 天之道:天理,自然法则。

【译文】

梁王和赵王皆是晋朝皇室近亲,位高权重,贵极一时。中书令裴楷请求这两个封国每年拨出赋税几百万,来周济皇亲国戚中那些贫穷的人。有人指责他说:“为什么向别人乞讨财物,用来做好事?”裴楷说:“破费有余的,以补助欠缺的,这是天理啊。”

一九、德掩其言

王戎云:“太保居在正始中[1],不在能言[2]之流。及与之言,理中(zhòng)清远[3],将无[4]以德掩(yǎn)其言!”

【注释】

1. 太保:指王祥。他曾任太保,此处以官名作为代称。居在:处在,生活在。正始中:指曹魏正始年间。“正始”是三国时期曹魏的君主魏齐王曹芳的第一个年号,从公元240年至249年,共计十年。这也是曹魏政权的第五个年号。 2. 能言:善于言谈,这里指善于清谈。 3. 理:恰当的义理,正理。中:切中。清远:清新深远。4. 将无:表示猜测,意为“恐怕……吧”。

【译文】

王戎说:“太保王祥身处正始年间,不属于擅长清谈的那一类人。等到跟他谈论起来,他的言谈切中义理而又清新深远。他之所以不以能言见称，恐怕是崇高的德行掩盖了他的善谈吧！”

二〇、灭性之讥

王安丰[1]遭艰[2]，至性[3]过人。裴令[4]往吊之，曰：“若使一恸(tòng)果能伤人，濬(jùn)冲必不免灭性[5]之讥。”

【注释】

1. 王安丰：王戎，字浚冲，曾因功进封安丰县(在今江苏东台安丰镇)侯。 2. 遭艰：丁忧/艰，指父母去世的“大丧”。 3. 至性：纯真的天性，这里指哀毁之情。 4. 裴令：裴楷，曾任中书令。 5. 灭性：因为过度哀痛而毁伤生命。

【译文】

安丰侯王戎在服大丧期间，哀毁之情超过一般人。中书令裴楷去吊唁后说：“如果一场极度的悲哀真能伤害人的身体，那么王戎一定免不了被指责为不要命。”

二一、拒不受赙

王戎父浑[1]有令名，官至凉州刺史[2]。浑薨(hōng)[3]，所历九郡义故[4]，怀其德惠[5]，相率致赙(fù)[6]数百万，戎悉不受。

【注释】

1. 浑：王浑，字玄冲，太原晋阳(在今山西太原)人。曹魏至西晋初年名臣，曾参与灭吴之战，后升任征东大将军，晋爵京陵公。 2. 凉州刺史：汉代在各地方设置监察区，凉州刺史部是十三刺史部之一，其管辖范围包括了今天的陕、甘、宁、青、新五省。刺史，指地方最高行政长官，主管当地军政大事。 3. 薨：古代诸侯或有爵位的大官去世称为薨（王浑曾受封为贞陵亭侯）。 4. 九郡：指凉州下辖的各个郡县。义故：义从和故旧，指自愿受私人招募从军的官佐和旧部下。 5. 怀其德惠：怀念他的德行和惠政。 6. 致赙：送去丧礼。赙，指送给别人用以置办白事的财物等。

【译文】

王戎的父亲王浑很有名望，官职做到凉州刺史。王浑死后，他在各州郡做官时的随从和旧部下都感念于他从前的恩德和惠政，相继凑了几百万钱送给王戎作为他父亲的丧葬费，王戎一概不收。

二二、道真为徒

刘道真[1]尝为徒[2]，扶风王骏[3]以五百匹布赎（shú）[4]之，既而用为从事中郎[5]。当时以为美事。

【注释】

1. 刘道真：刘宝，字道真，山阳高平（在今山东邹城）人。他文武双全，是西晋重要军事将领和著名文学家。扶风王司马骏启用他为官，令他都督幽、并州诸军事，后因戍北有功，封为关内侯。 2. 徒：徒刑，为剥夺罪犯一定期限的自由，并强制其服劳役的一种刑罚。3. 扶风王：扶风国为古地名，治所在池阳县（在今陕西泾阳西北）。骏：指司马骏，字子臧，河内温县（在今河南温县）人。为晋宣帝司马懿第七子，伏夫人所生。先后被封汝阴王、扶风王，奉命镇守关中。他施政仁义，深受百姓爱戴。 4. 赎：缴纳一定的财物来抵消罪过、免除刑罚。 5. 从事中郎：郎官的一种。从事，官职名。中郎，为帝王近侍，负责宫殿警卫及管理车骑等，汉代属郎中令。

【译文】

刘宝原来是个受罚服劳役的罪犯，扶风王司马骏用五百匹布替他赎罪，不久又任用他为从事中郎。当时人们都认为这是值得称颂的事。

二三、任放为达

王平子[1]、胡毋（wú）彦国[2]诸人，皆以任放为达[3]，或有裸（luǒ）体者。乐广[4]笑曰："名教中自有乐地，何为乃尔[5]也！"

【注释】

1. 王平子：王澄，字平子，曾任荆州刺史。 2. 胡毋彦国：姓胡毋，名辅之，字彦国，曾任湘州刺史。 3. 任放：任性放纵，这里指行为放纵，不拘礼法。达：旷达。 4. 乐广：字彦辅，历任河南尹、尚书令，名望很高，说话得体，能宽恕人。 5. 何为乃尔：为什么要这样做。

【译文】

王澄、胡毋辅之等人都以任性放纵、不拘礼法为旷达，有时还有人赤身露体。乐广笑着说："名教中自有让人快乐的地方，为什么要这样做（指行为放荡、赤身露体等）呢！"

二四、郗公吐饭

郗（chī）公[1]值永嘉丧乱[2]，在乡里甚穷馁（něi）[3]。乡人以公名德，传共饴(yí)之[4]。公常携兄子迈及外生周翼二小儿往食[5]。乡人曰："各自饥困,以君之贤,欲共济君耳,恐不能兼有所存[6]。"公于是独往食,辄(zhé)含饭著两颊(jiá)边,还吐与二儿。后并得存,同过江[7]。郗公亡,翼为剡(shàn)县[8],解职[9]归,席苫(shàn)[10]于公灵床[11]头,心丧[12]终三年。

【注释】

1. 郗公:郗鉴,字道徽,高平金乡(在今山东金乡)人。郗鉴是东晋重臣、书法家,年少孤贫,博览经籍,以清节儒雅闻名当世;年长一些后,躬耕吟咏,久不应征辟;及晋室南渡后,历任兖州刺史、司空、太尉等职。 2. 永嘉丧乱:晋怀帝永嘉年间(公元307—312年),八王之乱刚过,政治腐败,民不聊生。永嘉五年(公元311年),匈奴贵族刘聪及将领石勒、刘曜俘杀宰相王衍,俘虏晋怀帝,攻破洛阳并焚毁全城,史称"永嘉之乱"。 3. 穷馁:生活困顿,忍饥挨饿。穷,困顿。馁,饥饿。 4. 传共饴之:(大家)一起轮流给他(指郗鉴)饭吃。传,轮流。饴,给人东西吃。 5. 迈:指郗鉴兄长的儿子郗迈。外生:外甥。往食:去(别人家)吃饭。 6. 济:周济,接济。存:存活,养活。 7. 过江:指渡过长江,到达长江以南。永嘉之乱中,中原人士纷纷渡江避难。后镇守建康(在今江苏南京)的琅琊王司马睿登上帝位,开始了东晋时代。 8. 为剡县:指担任剡县(在今浙江嵊州)的县令。 9. 解职:主动递交辞呈,解去公职。 10. 席苫:古时遇父母至亲去世,就要在草席上枕着土块睡,叫作"寝苫枕块"。 11. 灵床:指入殓前停放尸体的床铺等。 12. 心丧:指好像哀悼父母一样(只是未服孝子之服)。古人若遇父母死,须服丧三年;若外亲(指母亲一边的亲属,与父亲一边的亲属"内亲"相对)死,只需服丧五个月。郗鉴是周翼的舅舅(是外亲),周翼却(像亲生父母死了一样为舅舅)守了三年的孝,所以称为“心丧”。

【译文】

郗鉴在永嘉之乱时住在家乡,生活很困难,经常忍饥挨饿。同乡人因为他德高望重,便轮流供他饭吃。郗鉴经常带着侄儿郗迈和外甥周翼去别家吃饭。乡人们说:“各家自已也穷困挨饿,只是因为您的贤德,大家想合伙接济您,恐怕顾不了这两个孩子啊。”郗鉴于是一个人去吃饭,吃完后总是把饭含在两腮内,回家便吐给两个孩子吃。后来这两个孩子都活了下来,跟着郗鉴一起到了江南。等到郗鉴去世的时候,周翼正担任剡县县令,他马上辞职回去,在郗鉴的灵床前寝苫枕块,极尽哀思,为舅舅守了足足三年的孝。

二五、顾荣施炙

顾荣[1]在洛阳,尝应人请[2],觉行炙(zhì)人有欲炙之色,因辍己施焉[3]。同坐嗤(chī)之[4]。荣曰:“岂有终日执之[5],而不知其味者乎?”后遭乱渡江,每经危急,常有一人左右己[6],问其所以,乃受炙人[7]也。

【注释】

1. 顾荣:字彦先,吴郡吴县(在今江苏苏州)人,为吴国丞相顾雍之孙,是拥护司马氏政权南渡的江南士族领袖。弱冠时仕于吴,吴亡后与陆机、陆云一同入洛阳,号称“洛阳三俊”。 2. 应人请:答应别人的邀请参加宴席。 3. 觉:察觉到。行炙人:上菜的人。炙,指烤制的肉。欲炙之色:想吃烤肉的神色。辍己施焉:把自己的烤肉给他。辍,放弃。施,给予。 4. 同坐:指一起吃饭的人。嗤:嘲笑,讥讽。　5. 执之：端着（烤肉）。　6. 左右己：跟在自己的左右。7. 受炙人：指得到烤肉的那个人，即“行炙人”。

【译文】

顾荣在洛阳的时候，有一次应邀赴宴，发现上菜的人脸上露出了想吃烤肉的神情，就把自己的那一份让给了他。同座的人都笑话他，顾荣说：“哪有成天端着烤肉，却不知道烤肉味的道理呢！”后来遇上战乱，不得已过江避难，每逢危急时刻，常常有一个人跟在顾荣的身边保护着他。顾荣问他为什么这样做（指跟从并保护自己），原来他就是先前那个得到烤肉的人。

二六、奴价倍婢

祖光禄少孤贫[1]，性至孝，常自为母炊（chuī）爨（cuàn）[2]作食。王平北[3]闻其佳名，以两婢（bì）饷（xiǎng）之[4]，因取为中郎[5]。有人戏之者曰：“奴价倍婢[6]。”祖云：“百里奚亦何必轻于五羖（gǔ）之皮邪[7]？”

【注释】

1. 祖光禄：祖纳，字士言，东晋时任光禄大夫。其为人有操行，能清言，文亦可观。时因诸王争权，时局动荡，遂醉心围棋，用以消愁解闷，自称“忘忧”，在晋代围棋界影响甚重。孤：幼而无父曰“孤”，意即小时候死了父亲。此说见于《孟子·梁惠王上》。　2. 炊爨：生火做饭。　3. 王平北：指王乂，字叔元，琅琊临沂人，为幽州刺史王雄之子、凉州刺史王浑之弟，曾官至平北将军。　4. 以……饷之：把……赠送给他。　5. 取为：任用做。中郎：近侍之官，担任护卫、侍从。　6. 奴价倍婢：奴仆的价值比婢女的价值高一倍。这里的

“奴”指的是上句中的“中郎”一类侍卫之人。 7. 百里奚：姜姓，吕氏（百里氏），名奚，字子明，齐国没落宗室子弟。五羖之皮：据《史记·秦本纪》载，百里奚是春秋时虞国大夫，晋国灭虞国时他被俘虏。他试图逃跑，却又被楚国人抓住。秦穆公听说他有才德，就用五张黑公羊皮把他赎了下来，授之以国政，并赐号为“五羖大夫”。羖，黑色的公羊。

【译文】

光禄大夫祖纳少年时死了父亲，家境贫寒。他特别孝顺，经常亲自给母亲做饭。平北将军王乂听到他的好名声，就把两个婢女送给他，并任用他做侍卫官。有人跟他开玩笑说：“奴仆的身价比婢女多一倍。”祖纳说：“百里奚又何尝比五张羊皮轻贱呢？”

二七、周镇之清

周镇[1]罢临川郡[2]还都，未及上，住泊（bó）青溪渚（zhǔ）[3]。王丞相[4]往看之。时夏月，暴雨卒至，舫（fǎng）[5]至狭小，而又大漏，殆（dài）无复坐处。王曰：“胡威之清[6]，何以过此[7]！”即启用为吴兴郡[8]。

【注释】

1. 周镇：人名，生平不详。 2. 罢：卸任。临川郡：三国吴太平二年（公元 257 年）建临川郡，属扬州，治临汝县（在今抚州临川）。晋宣帝元康元年（公元 291 年）置江州，临川郡属之。 3. 清溪渚：地名，临近建康。 4. 王丞相：王导，字茂弘，琅琊王氏。辅助晋元帝经营江左，曾任扬州刺史、录尚书事直至丞相等职。 5. 舫：泛指小船。 6. 胡威之清：胡威，字伯武，淮南寿春（在今安徽寿县）人，曹魏征东将军胡质之子，两父子都以廉洁慎重闻名于世。胡质做荆州刺史时，胡威从京都去看他。胡威回家的时候，父亲只给了他一匹绢作为口粮钱，胡威一路上便自己打柴做饭。胡质手下的一个都督看见了，常常在路上资助他。胡威问明情况后，把那匹绢给了都督，并把这事告诉了父亲。胡质认为这有损于自己的清廉，就把那个都督抓来打了一百棍，还把他开除了。 7. 何以过此：怎么会超过这样的情况呢（指小船又狭窄又漏雨的情形）？ 8. 为吴兴郡：指担任吴兴郡守。吴兴郡，即今浙江临安至江苏宜兴一带，治所在乌程（在今浙江湖州）。

【译文】

周镇从临川郡卸任，坐船回京都。还来不及上岸，把船停靠在清溪渚。丞相王导去看望他，当时正是夏天，突然下起暴雨来。周镇所乘的小船很狭窄，而且漏雨漏得厉害，船中几乎没有干爽可坐的地方。王导说："胡威的清廉，哪里能超过这种情况呢！"随即起用周镇做了吴兴郡守。

二八、邓攸买妾

邓攸（yōu）[1]始避难[2]，于道中弃己子，全弟子[3]。既过江，取[4]一妾（qiè），甚宠爱。历年后讯（xùn）其所由[5]，妾具说[6]是北人遭乱，忆父母姓名，乃攸之甥（shēng）[7]也。攸素有德业[8]，言行无玷（diàn）[9]，闻之哀恨终身，遂不复畜（xù）妾[10]。

【注释】

1. 邓攸：字伯道，平阳襄陵（在今山西襄汾东北）人，太子中庶子邓殷之孙。邓攸早年被举为灼然（晋代举试科目名，为九品中正的第二品),西晋永嘉之乱时,被石勒俘虏,授为参军,后逃离。东晋建立后,历任太子中庶子、侍中、吴郡太守等职。他为官清廉,深受百姓爱戴。咸和元年病逝,追赠金紫光禄大夫。 2. 避难:指逃避(永嘉之乱的)战祸。 3. 全:保全。弟子:指邓攸弟弟的儿子。 4. 取:通"娶",这里指纳妾。 5. 历年后:等到一年之后。讯其所由:问她从何而来。 6. 具说:详细诉说。 7. 甥:这里指外甥女。 8. 素有德业:素来以品德高尚和事业有成闻名。素,向来。 9. 无玷:没有污点。 10. 不复畜妾:不再蓄养妾室。

【译文】

邓攸当初躲避永嘉之乱时(逃难去往江南),在路上抛弃了自己的儿子,却保全了侄子。过江以后,他娶了一个小妾,对她非常宠爱。等到一年以后,询问这小妾的身世由来,她便详说自己也是北方人,因遭逢战乱(逃难至此)。回忆起父母的姓名,(才知道)原来她竟是邓攸的外甥女。邓攸一向以德行高洁闻名,事业也有成就,言谈举止方面都没有什么污点。听了这件事,竟伤心悔恨了一辈子,从此便不再纳妾。

二九、长豫谨顺

王长豫[1]为人谨(jǐn)顺,事亲尽色养之孝[2]。丞相[3]见长豫辄喜,见敬豫[4]辄嗔(chēn)。长豫与丞相语,恒以慎(shèn)密为端[5]。丞相还台[6],及行,未尝不送至车后。恒与曹夫人[7]并(píng)当箱箧(qiè)[8]。长豫亡后,丞相还台,登车后,哭至台门。曹夫人作簏(lù)[9],封而不忍开。

【注释】

1. 王长豫:王导长子王悦,字长豫,嫡妻曹夫人所生。 2. 尽色养之孝：（做子女的）克尽“色养”的孝道。色养，和颜悦色地孝养父母，相对于仅让老人身体上得到供养的“体养”而言。 3. 丞相：指王导。 4. 敬豫：王导次子王恬，字敬豫，小妾雷氏所生。 5. 慎密：谨慎周密。以……为端：把……作为根本。 6. 还台：指回到台阁中任职。台，台阁，即中央一级官署，此指尚书省。（按：王导当时复出为官，录为尚书事。） 7. 曹夫人：王导之妻曹氏。 8. 并当箱箧：收拾行李。并当，收拾、整理。并，通“屏”。箱箧，即大小箱子。藏物之具，大曰箱，小曰箧。 9. 作簏：收拾箱笼。作，收拾、整理。簏，一种竹编的箱子。

【译文】

王悦为人恭谨和顺，侍奉父母克尽孝道，尽量做到神色愉悦。丞相王导看见长子王悦就高兴，看见次子王恬就生气。王悦和王导谈话，总是以谨慎周密为根本。王导回到尚书省任职，每次上班临走时，王悦总是送他上车。王悦还常常帮着母亲曹夫人收拾箱笼。等到王悦死后，王导再到尚书省去上班，上车后，一路直哭到官署门口。曹夫人收拾箱笼，也把王悦收拾过的封好，不忍心再打开。

三〇、敬重深公

桓（huán）常侍[1]闻人道[2]深公[3]者，辄曰：“此公既有宿名[4]，加先达[5]知称，又与先人[6]至交，不宜说之。”

【注释】

1. 桓常侍：桓彝，字茂伦，东晋谯国龙亢（在今安徽怀远）人，为桓颢之子、桓温之父。 2. 道：谈论，说道。 3. 深公：竺法深,僧人,其人德行高洁,且善谈玄理,与当时诸名士多有交结。4. 宿名:久为人知的名望。宿,以前、曾经。 5. 先达:前辈贤达之人。 6. 先人:对已经去世的父亲的尊称,犹"先父""亡父"。此指桓彝之父桓颢,颢为曹魏济北相桓楷之子,亦当时名士,曾官至西晋公府掾、郎中。

【译文】

散骑常侍桓彝听到有人谈论竺法深,就说:"这位先生(指竺法深)既然素来有名望,再加之受到前辈贤达的赏识赞扬,又和先父是极好的朋友,(现在我们就)不该谈论他。"

三一、不卖的卢

庾(yǔ)公乘(shèng)马有的(dí)卢[1],或语令卖去。庾云:"卖之必有买者,即当害其主。宁可不安己而移于他人哉?昔孙叔敖[2]杀两头蛇以为(wèi)后人,古之美谈,效之[3],不亦达乎!"

【注释】

1. 庾公:庾亮。乘马:用来驾车的马。的卢:马之一种,凡马中白额入口至齿者,即称为"的卢马"。(按:过去迷信认为,这种马预示凶兆,其主人会因之得祸。) 2. 孙叔敖:春秋时期楚国令尹。据贾谊《新书》载,孙叔敖少时于路上见两头蛇,就哭着回家对母亲说,我听说看见两头蛇的人一定会死,可我今天竟看见了。母亲问他蛇在哪里,孙叔敖说我因怕后面来的人再见到它,就把它打死埋掉了,母亲说你一定会好心得好报的。 3. 效之:效仿它(指孙叔敖杀蛇这件事)。

【译文】

庾亮驾车的马中有一匹的卢马，有人对他说（这是一匹“凶马”）叫他把这马卖掉。庾亮说：“（我要是）卖掉它，就必定有人来买，那就还要害到那个买主。我怎么可以因为对自己不利，就（把祸患）转嫁给别人呢？从前孙叔敖打死两头蛇，以保护后面来的人，这是从前人们乐于称道的事，我向他学习，不也是很达观的吗？”

三二、阮裕焚车

阮光禄[1]在剡（shàn），曾有好车，借者无不皆给。有人葬（zàng）母，意欲借而不敢言。阮后闻之，叹曰：“吾有车而使人不敢借，何以车为[2]？”遂焚（fén）之。

【注释】

1. 阮光禄：阮裕，字思旷，曾受封金紫光禄大夫。 2. 何以车为：还要车干什么呢？

【译文】

光禄大夫阮裕在剡县的时候，曾经有过一辆很好的车，不管谁向他借车（他都慷慨地借给人家），没有不借的。有个人要为母亲安葬，也想借阮裕的车子，可是胆小不敢开口。阮裕后来听说了这件事，叹道：“我有这车，可是别人不敢借，还要这车子做什么呢？”就把车子烧了。

三三、老翁可念

谢奕（yì）[1]作剡令，有一老翁犯法，谢以醇（chún）酒罚（fá）之，乃至过醉,而犹未已。太傅[2]时年七八岁,着青布绔(kù)[3],在兄膝边坐,谏(jiàn)[4]曰:"阿兄!老翁可念[5],何可作此。"奕于是改容[6]曰:"阿奴[7]欲放去邪?"遂遣(qiǎn)[8]之。

【注释】

1. 谢奕:字无奕,为谢安兄长。 2. 太傅:谢安。 3. 青布绔:青蓝色的裤子。 4. 谏:规劝,劝告。 5. 可念:可怜。念,怜悯、同情。 6. 改容:改变脸色(指脸色有所缓和)。 7. 阿奴:对幼小者的爱称,这里是哥哥称呼弟弟。 8. 遣:打发走,送走。

【译文】

谢奕做剡县县令的时候,有一个老头儿犯了法,谢奕就拿度数很高的酒罚他喝,以致他醉得很厉害,却还不停止。谢安当时只有七八岁,穿一条蓝布裤,在他哥哥膝上坐着,劝他哥哥说:"哥哥呀!这老人家多么可怜,你怎么可以做这种事(指罚酒)呢!"谢奕的脸色立刻缓和了,说道:"阿弟要把他放走吗?"于是就把那个老人打发走了。

三四、季野不言

谢太傅[1]绝重褚(chǔ)公[2],常称:"褚季野虽不言[3],而四时之气[4]亦备。"

【注释】

1. 谢太傅:指谢安。 2. 褚公:指褚裒,字季野,曾任兖州刺史,死后赠太傅。按《晋书·褚裒传》载,桓彝认为"(褚)季野有皮里阳秋(本为"皮里春秋",因太后郑阿春讳改)",就是说他虽然口里不说别人的好坏,可是心里是有褒贬的。 3. 虽不言:虽然嘴上不说。

4. 四时之气：四时的气象，指冷热交替、风雨阴晴等自然现象。

【译文】

太傅谢安非常敬重褚季野，曾经称赞他说："褚季野虽然口里不说，（可是心里明白是非，）正像一年四季的气象那样，样样都齐备。"

三五、莫得淫祀

刘尹[1]在郡[2]，临终绵惙（chuǒ）[3]，闻阁下[4]祠（cí）神鼓舞[5]。正色曰："莫得淫祀（sì）[6]！"外[7]请杀车中牛祭（jì）神。真长答曰："丘之祷久矣[8]，勿复为烦[9]。"

【注释】

1. 刘尹：刘惔，字真长，曾为丹阳郡守，故称"刘尹"。 2. 在郡：指在丹阳郡担任郡守。 3. 绵惙：指奄奄一息。绵，气息微弱。惙，衰弱疲萎。 4. 阁下：神阁的下面（外面）。阁，指供奉神佛的地方，大者为阁，小者为龛。 5. 祠神：祭祀神佛，此处指为驱除疾病而祷告。鼓舞：击鼓并舞蹈，是祭神的一种仪式。 6. 莫得淫祀：不得滥行祭祀。不该祭祀而祭祀（即不合礼制的祭祀），叫"淫祀"。淫，过度、滥行。 7. 外：外面的人，指仆从、属员一类。 8. 丘之祷久矣：丘，指孔子（名丘，字仲尼）。据《论语·述而》载，一次孔子得了重病，其弟子子路请求向神祷告，孔子说："丘之祷久矣"（意为我早就自己祷告过了，没什么用），委婉拒绝了子路的请求。 9. 烦：烦扰、打扰。

【译文】

丹阳尹刘惔在任上，临终奄奄一息之时，听见供神佛的阁子下有人正在击鼓、舞蹈，举行祭祀仪式，就神色严肃地说：“不得滥行祭祀！”属员请求杀掉驾车的牛来祭神，刘惔回答说：“我早就祷告过了，你们不要再做这烦扰人的事（指祠神鼓舞）。”

三六、谢公教儿

谢公[1]夫人教儿，问太傅：“那得初[2]不见君教儿？”答曰：“我常自教儿[3]。”

【注释】

1. 谢公：指谢安，曾任太傅。 2. 那得初：怎么从来。 3. 我常自教儿：我常常以自身举止为儿子做表率，这样教育儿子。作为一位父亲，应注意自己的言行举止，才可以让儿子模仿效法。这就是“言传身教”的“身教”，而谢夫人所说的“君教儿”主要侧重的是“言传”，即直接的口头教育。

【译文】

太傅谢安的夫人教导儿子时，曾问谢安说：“怎么从来没有见您教导过儿子？”谢安回答说：“我经常以正确的言行举止给儿子做出表率。”

三七、简文鼠迹

晋简文[1]为抚军时，所坐床上，尘不听拂[2]，见鼠行迹，视以为佳。有参军[3]见鼠白日行，以手板[4]批杀[5]之，抚军意色不说（yuè）[6]。门下起弹[7]，教曰：“鼠被害，尚不能忘怀，今复以鼠损人，无乃[8]不可乎？”

【注释】

1. 晋简文：指晋简文帝司马昱。即位前曾受封会稽王，并任抚军将军，故称“抚军”。 2. 床：古时坐具。尘不听拂：不让手下拂去灰尘。听，听凭、任凭。 3. 参军：军中官名，为将军幕府所设属官。 4. 手板：笏板，材质有象牙、竹、玉等。下属谒见上司时，手持一狭长板，其上可记事（魏晋以来习惯执手板）。 5. 批杀：打死。批，原意为用手掌击打。 6. 意色不说：露出不高兴的神色。说，通“悦”。 7. 门下：门客，指贵族家里养的帮闲人物。弹：弹劾，检举批评。 8. 无乃：用来表示语气较为缓和的反问，意为“恐怕……”。

【译文】

晋简文帝还在做抚军将军的时候，他坐具上的灰尘不让（手下仆役）擦去。他见到老鼠在上面走过的脚印，认为很好看。有个参军看见老鼠白天跑出来，就拿手板把老鼠打死了。简文帝为这事露出很不高兴的神情。一个门客站起来批评，并劝告他说：“老鼠被打死了，（您）尚且不能忘怀；现在您又要为一只老鼠去损伤人，恐怕不行吧？”

三八、范宣受绢

范宣[1]年八岁，后园挑菜[2]，误伤指，大啼。人问：“痛邪？”答曰：“非为痛，身体发肤，不敢毁伤[3]，是以啼耳！”宣洁行廉约[4]，韩豫章遗绢[5]百匹，不受。减五十匹，复不受。如是减半，遂至一匹，既终不受。韩后与范同载[6]，就车中裂二丈[7]与范，云：“人宁可使妇无裈（kūn）[8]邪？”范笑而受之。

【注释】

1. 范宣：字宣子，家贫，崇尚儒家经典。居豫章郡，屡召太学博士、散骑郎，辞不就。 2. 挑菜：挖菜。 3. 身体发肤，不敢毁伤：语出《孝经》。原句为“身体发肤，受之父母，不敢毁伤，孝之始也”。身，躯干。体，头和四肢。发，毛发。肤，皮肤。 4. 洁行廉约：品行高洁，廉洁俭省。 5. 韩豫章：指豫章（在今江西南昌）郡守韩伯。韩伯，字康伯，历任豫章太守、丹阳尹、吏部尚书。遗：赠送，送给。绢：丝绢类高级纺织品，可用以制作衣物等。 6. 与……同载：和……同乘一辆车。 7. 裂：撕下。二丈：指二丈绢。丈，长度单位，一丈为十尺。 8. 使妇无裈：让老婆没有裤子穿。裈，下衣、裤子。

【译文】

范宣八岁那年，有一次在后园挖菜，无意中伤了手指，就大哭起来。别人问道：“很痛吗？”他回答说：“不是因为痛，（是因为）身体发肤，不敢毁伤，因此才哭的。”范宣品行高洁，为人清廉俭省。有一次，豫章太守韩康伯送给他一百匹绢，他不肯收下；减到五十匹，还是不接受；这样一路减半，终于减至一匹，他到底还是不肯接受。后来韩康伯邀范宣一起坐车，在车上撕了两丈绢给范宣，说：“一个人难道可以让老婆没有裤子穿吗？”范宣才笑着把绢收下了。

三九、子敬首过

王子敬病笃（dǔ）[1]，道家上章应首过[2]，问子敬：“由来有何异同得失[3]？”子敬云：“不觉有余事[4]，惟忆与郗家离婚[5]。”

【注释】

1. 王子敬：王献之，字子敬，祖籍琅琊临沂（在今山东临沂），为晋代大书法家王羲之第七子。献之亦善书法，与乃父齐名。献之并且信奉五斗米道。病笃：病势沉重。 2. 道家：这里指道士。上章：来自五斗米道，此道东汉末年由张陵创立，利用符咒辟邪驱鬼，为人治病。受道的人须出五斗米，有病就请道士上表章，其上写明病人姓名及服罪之意，向神灵祷告除难消灾。首过：病人向上天坦白以往过失。 3. 由来：向来、一向。异同：偏义复词，这里仅偏指“异”。得失：偏义复词，这里仅偏指“失”。 4. 有余事：有别的什么事。惟忆：只是想起。 5. 与郗家离婚：王献之曾娶郗昙之女郗道茂为妻，后被迫离异。按：王献之的表姐名叫郗道茂，年长一岁，他们从小青梅竹马，后结为夫妻。郗道茂曾育有一女，乳名玉润，惜早夭。新安公主（简文帝之女）司马道福暗恋献之已久，初嫁与桓温之子桓济，后桓济因故被废去兵权，公主趁机离婚，并利用皇室威势逼迫献之与道茂分离，自己遂嫁与献之。

【译文】

王献之病重，请求道士主持上表文祷告，（按照道教仪制）本人应该坦白过错。道士问献之一向有什么异常和过错，他说：“想不起别的什么事，只记得和郗家离过婚。”

四〇、仲堪尚俭

殷仲堪既为荆州[1]，值水俭[2]，食常五碗盘[3]，外无余肴（yáo）。饭粒脱落盘席间，辄拾以啖（dàn）之[4]。虽欲率物[5]，亦缘其性真素[6]。每语

(yù)子弟云:“勿以我受任方州[7],云我豁(huò)平昔时意[8]。今吾处之不易[9]。贫者士之常[10],焉得登枝而捐其本[11]?尔曹其存之[12]!”

【注释】

1. 殷仲堪:陈郡长平(在今河南西华)人,东晋太常殷融之孙,晋陵太守殷师之子。东晋末年重臣,曾官至荆州刺史,人称“殷荆州”。曾两度响应王恭讨伐朝臣的起事,在王恭死后与桓玄及杨佺期结盟对抗朝廷,逼令朝廷屈服。后来却被桓玄袭击,逼令自杀。为荆州:指就任荆州刺史。 2. 值水俭:正赶上水灾歉收。值,恰逢。水俭,指因水灾导致的粮食歉收。 3. 五碗盘:古代南方一种成套的食器,由一个托盘和放在其上的五只碗组成,其形制较小。 4. 脱落:掉落。盘席:食器和坐具。啖:吃掉。 5. 率物:率人,指为人表率。 6. 其性真素:他的本性真诚素朴。 7. 方州:犹言此地,本州。 8. 豁:放弃、抛弃不用。平昔:平素、往昔。时意:时俗、习惯。 9. 处之不易:指仍然这样做,并没有改变。易,变易、改变。 10. 贫者士之常:贫穷是士人的常态。士,指士人阶层,即读书人。 11. 登枝而捐其本:登上高枝就抛弃树干,指身居高位就忘掉了做人的根本。 12. 尔曹:你们。存之:记住(我说的话)。

【译文】

殷仲堪就任荆州刺史以后,正遇上水灾歉收,吃饭通常只用五碗盘,除此之外并没有其他菜肴;饭粒掉在盘里或座席上,就马上捡起来吃掉。这样做一方面是想给大家做个好榜样,也是因为他本性真诚质朴。他常常告诫子侄们说:“不要因为我担任一个州的长官,就认为我把平素的生活习惯抛弃了,现在我的这种习惯并没有变。贫穷是读书人的常态,怎么能当了官就丢掉做人的根本呢?你们要记住我的话!”

四一、殷觊弃官

初桓南郡、杨广共说(shuì)殷(yīn)荆州[1],宜夺殷觊(jì)南蛮[2]以自树[3]。觊亦即晓其旨[4],尝因行散[5],率尔去下舍[6],便不复还。内外无预知者,意色萧然[7],远同斗生[8]之无愠(yùn)[9]。时论以此多[10]之。

【注释】

1. 桓南郡:指桓玄,因袭爵为南郡公,世称“桓南郡”。杨广:字德度,弘农人,杨震之后。殷荆州:指殷仲堪,曾任荆州刺史。 2. 殷觊南蛮:殷觊,字伯通,曾任南蛮校尉,他是殷仲堪的堂兄。 3. 自树:壮大自己的势力范围。树,树立、建立。 4. 晓其旨:明白他们的意思(指密谋夺位之事)。晓,明白、知晓。旨,意旨、意思。 5. 尝因行散:曾经趁着行散。尝,曾经。因,趁着。行散,魏晋士大夫喜好服食五石散,吃后会发热,要多走路以便散发,叫作“行散”。 6. 率尔去下舍:随便就离开了家。率尔,轻率、随便。去,离开。下舍,家、住宅。 7. 预知:提前知晓。意色:神态。萧然:悠闲的样子。 8. 斗生:指古代楚国令尹(即宰相)子文,姓芈,斗氏,名穀於菟,字子文,若敖族人斗伯比之子,斗邑(在今湖北郧西)人。子文是春秋时期楚国名相,对楚国的强大和后来北上争霸做出了杰出的贡献。据《左传》载,子文从鲁庄公三十年始为令尹,到僖公二十三年让位给子玉,前后相距二十八年,其间几次被罢免又被任命。 9. 无愠:没有表现出对别人的怨恨和恼怒。 10. 多:称颂,赞扬。

【译文】

当初,南郡公桓玄和杨广一起去劝说荆州刺史殷仲堪,(认为他)

应该夺取殷觊(主管的)南蛮地区来建立自己的势力范围,殷觊也马上明白了他们的意图。有一次趁着行散,随随便便地离开了家,便不再回来,里外没有人事先知道。他神态悠闲,和古时楚国令尹子文一样没有怨恨。当时的舆论就因为这事赞扬他。

四二、试守孝子

王仆射(yè)[1]在江州,为殷、桓所逐[2],奔窜(cuàn)豫章[3],存亡未测。王绥(suí)[4]在都,既忧戚(qī)在貌[5],居处饮食,每事有降[6]。时人谓为试守孝子[7]。

【注释】

1. 王仆射:指王愉,字茂和,属晋阳(在今山西太原)王氏,王坦之次子,王恺之弟。曾任江州(东晋始置,辖境为江西大部)刺史,都督江州及豫州之四郡军事。 2. 为殷、桓所逐:公元398年,豫州刺史庾楷和桓玄、殷仲堪共推王恭为盟主,起兵谋反。此时王愉刚到任江州不久,未及准备,只得弃城逃亡,至临川被俘。后桓玄篡位成功,升他为尚书左仆射(官名,为尚书省副职)。 3. 奔窜:奔走逃窜。豫章:今江西南昌。 4. 王绥:王愉之子,字彦猷,曾任太尉右长史(当时的太尉是桓玄)。 5. 忧戚:忧心忡忡,神色戚然。戚,内心惨恻的样子。在貌:反映在外表神色上。 6. 居处饮食,每事有降:日常生活的每件事都有所降低(指吃不下饭,睡不着觉,白天无精打采)。 7. 试守孝子:"见习孝子"之意。试守,这里是提前试着做的意思。王绥于父亲奔逃在外(存亡未测)之时,便食不甘味、睡不安寝,失魂落魄得就像真的居父丧一样。

【译文】

仆射王愉任江州刺史时，被殷仲堪、桓玄起兵驱逐，奔走逃亡到了南昌，生死未卜。他的儿子王绥当时在京都，（听到父亲的消息）便面容忧愁，起居饮食每一事都有所降低。当时的人把他称为“试守孝子”。

四三、罗母焚裘

桓南郡既破[1]殷荆州，收[2]殷将佐十许人，咨议[3]罗企生[4]亦在焉。桓素待企生厚，将有所戮（lù）[5]，先遣人语[6]云：“若谢我，当释罪[7]。”企生答曰：“为殷荆州吏，今荆州奔亡，存亡未判，我何颜谢桓公？[8]”既出市[9]，桓又遣人问欲何言。答曰：“昔晋文王杀嵇康，而嵇绍为晋忠臣[10]。从公乞一弟[11]以养老母。”桓亦如言宥（yòu）之[12]。桓先曾以一羔裘（qiú）与企生母胡[13]，胡时在豫章，企生问至[14]，即日[15]焚裘。

【注释】

1. 既破：已经打败。 2. 收：俘虏。 3. 咨议：官名，指咨议参军，为僚员一类。 4. 罗企生：字宗伯，豫章（在今江西南昌）人。5. 将有所戮：将要杀掉一些人。戮，杀掉。古代汉语中“戮”还有“陈尸示众”“羞辱”“病”“暴”“罪”等含义或用法。（按：戮刑是一种既剥夺犯罪人生命，又对其加以侮辱的刑罚。古时戮刑可以分为两种，即生戮和死戮，生戮是先戮后杀，死戮是先杀后戮。） 6. 先遣人语：提前派人跟他说。 7. 谢我：向我谢罪。当释罪：就赦你无罪。8. 为……吏：在……手下做僚属。奔亡：奔走逃亡。未判：还没有分判。判，分判。何颜：有什么脸面。 9. 出市：押赴刑场。古时犯人斩首，都是押到菜市口一类人群聚集之处，有“以儆效尤”之意，故称“出市”。 10. 晋文王杀嵇康，而嵇绍为晋忠臣：嵇康即将被司马昭诬害处死，临死之前将当时尚且年幼的儿子托付给好友山涛（其本人亦在晋朝为官）。后来嵇绍长大成人，山涛也不负朋友的嘱托，帮助嵇绍在晋朝做了官，后累升至散骑常侍。永兴元年，晋惠帝亲征成都王司马颖，败于荡阴，时百官逃散，独嵇绍以身保卫惠帝而死，此即“为晋忠臣”。罗企生引述这件事，目的是要求桓玄饶他的弟弟一命（按：司马氏政权极其黑暗残暴，对不服其统治的士人大批杀戮，常常株连九族）。 11. 从公乞一弟：向您讨回一个弟弟。罗企生希望能留下自己的一个弟弟，一则为继香火，二则为赡养老母。 12. 如言宥之：听从他的话宽恕了他的弟弟。宥，宽宥、宽恕。 13. 羔裘：羊羔皮做的袍子。胡：指罗母胡氏。 14. 问至：消息传来。问，消息，这里指罗企生的死讯。 15. 即日：当天。

【译文】

南郡公桓玄打败荆州刺史殷仲堪以后，逮捕了他手下的将佐十来人，咨议参军罗企生也在里面。桓玄向来待企生很好，当他打算杀掉一些人时，先派人去告诉企生说：“如果向我谢罪，一定免你一死。”企生回答说：“我是殷荆州的属吏，现在他逃亡了，生死不明，我有什么脸向桓公谢罪！”当企生被绑赴刑场时，桓玄又差人问他还有什么话要说。企生答道：“过去晋文王杀嵇康，可他儿子嵇绍却做了晋室的忠臣。我想请您留下我一个弟弟，来奉养老母亲。”桓玄就按照他的要求，饶恕了他弟弟。桓玄曾经送给罗企生母亲胡氏一领羊羔皮做的袍子，这时胡氏在豫章，当企生被害的消息传来时，当天她就把那领皮袍子烧了。

四四、身无长物

王恭[1]从会(kuài)稽(jī)[2]还,王大[3]看之。见其坐六尺簟(diàn)[4],因语恭:“卿(qīng)东来[5],故应有此物,可以一领及我[6]。”恭无言。大去后,既举所坐者[7]送之。既无余席,便坐荐(jiàn)[8]上。后大闻之甚惊,曰:“吾本谓卿多,故求耳[9]。”对曰:“丈人不悉恭[10],恭作人无长物[11]。”

【注释】

1. 王恭:字孝伯,小字阿宁,太原晋阳(在今山西太原)人。东晋大臣、外戚,其父为会稽内史王蕴,其妹为孝武定皇后王法慧。王恭曾一度官至中书令,并任青、兖二州刺史。他为人清廉,死后家无余资,为时人所惜。　2. 会稽:郡名,郡治在今浙江绍兴。　3. 王大:王忱,小名佛大(也称“阿大”),是王恭的同族叔父辈。曾官至荆州刺史。　4. 簟:竹子编的席子。　5. 卿:六朝时尊辈称晚辈或同辈熟人间的亲热称呼,即“你”。东来:从东边来。东晋的国都在建康,会稽在建康东南。　6. 一领:指一领竹席。及:拿给,送给。7. 举:拿着。所坐者:指他自己坐着的这张竹席。　8. 荐:草席。(按:草席多为蒲苇等所编,没有竹子所编的“簟”高级。)　9. 本谓:原本以为。卿多:你有多余的(指“簟”)。求:求取,索讨。　10. 丈人:古时晚辈对长辈的尊称。不悉:不熟悉、不了解。　11. 作人:指为人处世。长物:多余的东西。

【译文】

王恭从会稽回来后,王大去看望他。看见他坐着一张六尺长的竹席子,便对王恭说:“你从东边回来,自然会有这种东西,可以拿一张给我。”王恭没有说什么。王大走后,王恭就拿起所坐的那张竹席送给王大。自己既然没有多余的竹席,就坐在草席子上。后来王大听说这件事,很吃惊,对王恭说:“我原来以为你有多余的,所以问你要呢。”王恭回答说:“你不了解我,我为人处世从来不要多余的东西。”

四五、纯孝之报

吴郡[1]陈遗[2],家至孝,母好食铛(chēng)底焦饭[3]。遗作郡主簿,恒装一囊(náng)[4],每煮食,辄贮(zhù)录[5]焦饭,归以遗(wèi)母。后值孙恩贼出吴郡[6],袁府君即日便征[7],遗已聚敛(liǎn)得数斗焦饭,未展[8]归家,遂带以从军。战于沪(hù)渎(dú)[9],败。军人溃(kuì)散,逃走山泽,皆多饥死,遗独以焦饭得活。时人以为纯孝之报[10]也。

【注释】

1. 吴郡:古地名,东汉永建四年(公元129年)在原会稽郡之钱塘江以西部分设置,治所在吴县(今苏州姑苏区),而会稽郡仅保留钱塘江以东部分,并将治所徙于山阴(在今绍兴越城区)。 2. 陈遗:人名,生平不详。 3. 铛底焦饭:犹“锅巴饭”。铛,一种铁锅。 4. 囊:布口袋。 5. 贮录:贮藏,收起来。 6. 孙恩贼出吴郡:东晋末,孙恩聚众谋反,攻陷郡县。攻临海时兵败,跳海而死。出,到达。 7. 袁府君:袁山松,曾任吴国内史(诸侯王封国内掌民政的长官,相当于太守)。征:出兵征讨。 8. 未展:还没来得及。展,及、等到。 9. 沪渎:古水名,指吴淞江下游近海处一段(即今黄浦江下游)。 10. 纯孝之报:因为内心纯良孝顺,所以得到好报。

【译文】

吴郡人陈遗,在家非常孝顺。他母亲喜欢吃锅巴饭,陈遗在郡里做主簿的时候，总是带着个口袋，每逢煮饭时，就把锅巴储存起来，等到回家带给母亲。后来遇上孙恩贼兵侵入吴郡，内史袁山松马上要出兵征讨。这时陈遗已经积攒了几斗锅巴，还来不及回家，便带着锅巴随军出征。双方在沪渎那地方开战，袁山松打败了，军队四下溃逃，都跑到山林沼泽地带。由于没有食物，多数人都饿死了，唯独陈遗靠吃锅巴活了下来。当时人们都认为这是（老天爷）给他纯厚孝心的好报。

四六、安国涕泗

孔仆射[1]为孝武侍中，豫蒙眷（juàn）接[2]。烈宗山陵[3]，孔时为太常，形素羸（léi）瘦，著重服[4]，竟日涕（tì）泗（sì）流涟（lián）[5]，见者以为真孝子。

【注释】

1. 孔仆射：孔安国，晋孝武帝时历任侍中（皇帝近侍）、太常（管祭祀礼乐）、尚书左右仆射等职。　2. 豫：喜悦。蒙：受到。眷接：恩宠礼遇。　3. 烈宗：晋孝武帝庙号（即帝王死后立室奉祀时起的名号）。山陵：帝王的坟墓，这里指归山陵（即对帝王之死的讳称）。4. 羸：瘦弱。重服：指重孝，父母大丧时所穿。　5. 竟日：整天。涕泗流涟：眼泪鼻涕横流。

【译文】

仆射孔安国担任晋孝武帝的侍中，幸得孝武帝恩宠礼遇。孝武帝驾崩时，孔安国任太常，他身体一向瘦弱，穿着重孝服，一天到晚眼泪鼻涕不断，看见他的人都认为他是真正的孝子。

四七、二吴之哭

吴道助、附子[1]兄弟，居在丹阳郡。后遭母童夫人艰，朝夕哭临(lìn)[2]。及思至，宾客吊省(xǐng)，号(háo)踊(yǒng)哀绝[3]，路人为之落泪。韩康伯时为丹阳尹，母殷在郡，每闻二吴之哭，辄为凄(qī)恻(cè)。语康伯曰："汝若为选官[4]，当好料理此人。"康伯亦甚相知[5]。韩后果为吏部尚书[6]。大吴不免哀制[7]，小吴遂大贵达[8]。

【注释】

1. 吴道助、附子：吴坦之，小名道助；吴隐之，小名附子。坦之早亡，隐之历任广州刺史、尚书、领军将军。 2. 哭临：哭吊死者的哀悼仪式。 3. 号踊：号哭跳跃。哀绝：哀痛到极点。 4. 选官：主管铨选的官。 5. 甚相知：和这兄弟俩非常友爱。 6. 吏部尚书：吏部最高行政长官，主管官吏的任免、考核、升降等。 7. 不免哀制：指经不起丧亲的悲痛而死。 8. 大贵达：指做了高官，显贵闻达。

【译文】

吴道助和吴附子兄弟俩住在丹阳郡官署。遇上母亲童夫人逝世，他们在早晚哭吊以及思念深切时，在宾客来吊唁时，都顿足号哭，哀恸欲绝，过路的人也因此落泪。当时韩康伯任丹阳尹，母亲殷氏住在郡府中，每逢听到吴家兄弟俩的哭声，总是深为哀伤。她对康伯说："你如果做了选官，应该妥善照顾这两个人(指视情形提拔任用他们)。"韩康伯也和他们结成知己。后来韩康伯果然出任吏部尚书。这时大吴已经死了，小吴终于做了大官，非常显贵。

言语　第二

一、尧德未彰

边文礼[1]见袁奉高,失次序[2]。奉高曰:“昔尧(yáo)聘(pìn)许由[3],面无怍(zuò)色[4]。先生何为颠(diān)倒衣裳(cháng)[5]?”文礼答曰:“明府初临[6],尧德未彰(zhāng)[7],是以贱民[8]颠倒衣裳耳。”

【注释】

1. 边文礼:边让,字文礼,陈留郡(西晋时治所在今河南开封,后徙至安徽)人。曾任九江太守,被魏武帝曹操杀害。 2. 失次序:失掉顺序,指行为不合礼节、举止失常。 3. 昔尧聘许由:尧是上古帝王,许由是当时的隐士。尧想让位给许由,许由不肯接受。尧又想请他出任九州长,他认为这污了他的耳朵,就跑去颍水边洗耳。 4. 面无怍色:(许由)脸上丝毫没有羞愧的神色。怍,羞愧、惭愧。 5. 颠倒衣裳:把上衣和下裳掉过来穿,后比喻举止失常,失掉次序。衣,上衣。裳,下衣,即裙子的一种。(按:原句出自《诗经·齐风》:“东方未明,颠倒衣裳。”) 6. 明府初临:大人您才刚刚到任。明府,指吏民对太守的称谓。初临,指刚刚上任。临,指上官到府巡视治境,如对于帝王有“君临天下”之说。 7. 尧德未彰:像尧一样的德行还没有得到彰显。(按:袁阆提到“尧聘许由”之事,所以边让也借“尧德”来嘲讽他。) 8. 贱民:边文礼自称,犹“小民(我)”。

【译文】

边让谒见袁阆的时候,举止上失了礼节。袁阆说:“古时候尧请许由出来做官,许由脸上没有流露出羞愧的神色。现在先生您为什么弄得颠倒了衣裳呢?”边让回答说:“大人您刚刚到任,大德还没有明白显现出来,所以小民我才颠倒了衣裳呀。”

二、徐稚答月

徐孺(rú)子年九岁,尝月下戏。人语之曰:“若令月中无物[1],当极明邪(yé)?”徐曰:“不然。譬(pì)如人眼中有瞳(tóng)子[2],无此必不明[3]。”

【注释】

1. 若令月中无物:如果月亮里面什么也没有(神话传说月亮里有嫦娥、玉兔、桂树等)。　2. 瞳子:瞳仁。　3. 不明:指眼瞎不能见物。

【译文】

徐稚九岁时,有一次在月光下玩耍,有人对他说:“如果月亮里面什么也没有,一定会非常明亮吧?”徐稚说:“不是的。就好比人的眼睛里有瞳仁,如果没有的话,一定看不见。”

三、小时了了

孔文举[1]年十岁,随父到洛。时李元礼有盛名,为司隶(lì)校尉[2]。诣门者皆俊才清称[3]及中表亲戚[4]乃通。文举至门,谓吏曰:“我是李府君[5]亲。”既通[6],前坐。元礼问曰:“君与仆[7]有何亲?”对曰:“昔先君仲尼与君先人伯阳[8]有师资之尊[9],是仆与君奕世为通好[10]也。”元礼及宾客莫不奇之。太中大夫陈韪(wěi)[11]后至,人以其语语之。韪曰:“小时了了[12],大未必佳!”文举曰:“想君小时必当了了!”韪大踧(cù)踖(jí)[13]。

【注释】

1. 孔文举:孔融,字文举,汉末名士、文学家,历任北海相、少府、太中大夫等职。因多次反对曹操,被借故杀害。 2. 司隶校尉:官名,掌管监察京师和所属各郡百官的职权。 3. 俊才:俊杰、人才。清称:有清高的称誉的人。 4. 中表亲戚:内外亲,参“德行第一”第一八中注6。 5. 府君:太守俸二千石,司隶校尉俸比二千石,官衙皆有府舍,故通称府君。 6. 既通:(守门者)通传之后。 7. 君:“您”,尊称。仆:“我”,谦称。 8. 仲尼:孔子。孔子名丘,字仲尼。伯阳:老子,姓李,名耳,字伯阳。 9. 师资之尊:指孔子曾向老子请教过礼制一事。 10. 奕世:累世,世世代代。通好:通家之好,指两家交情深厚,像一家人一样。 11. 太中大夫:官名,掌管议论之事。陈韪:人名,《三国志·崔琰传》注引《续汉书·孔融传》作“陈炜”,袁宏《后汉纪》则作“陈祎”,不知孰是。其人生平亦不详。 12. 了了:聪明,明白通晓。 13. 大:很、非常。踧踖:局促不安貌。

【译文】

孔融十岁时,随父亲到洛阳。当时李膺(李元礼)有很大的名望,官至司隶校尉,去他家登门拜访的都必须是才子、名流和内外亲属,守门人才给通报。孔融来到李家门前,对掌门官说:“我是李府君的亲戚。”经通报后,入门就座。李膺问道:“您和我有什么亲戚关系呢?”孔融回答说:“古时候我的祖先孔子曾经拜您的祖先老子为师,这样看来,我和您就是老世交了。”李膺和宾客们无不赞赏孔文举聪明过人。太中大夫陈韪来晚了,别人就把孔融说的话告诉他,陈韪说:“小时候聪明伶俐,长大了未必出众。”孔融应声说:“那么想必您小时候是很聪明的了。”陈韪听了,感到很难为情。

四、偷不及礼

孔文举有二子，大者六岁，小者五岁。昼(zhòu)日父眠，小者床头盗酒饮之。大儿谓曰："何以不拜[1]？"答曰："偷，那得行礼[2]！"

【注释】

1. 何以不拜：酒与礼仪的关系非常密切，所以大儿子说饮酒前要行拜礼。　2. 偷，那得行礼：小儿子认为偷东西不合乎礼，而拜是表示敬意的礼节，所以不应该拜。

【译文】

孔融有两个儿子，大的六岁，小的五岁。有一次孔融白天睡觉，小儿子就跑到床头偷酒喝，大儿子对他说："喝酒为什么不先行礼呢？"小儿子回答说："酒是偷来的，哪能行礼呢！"

五、孔融被收

孔融被收[1]，中外惶(huáng)怖(bù)[2]。时融儿大者九岁，小者八岁。二儿故琢(zhuó)钉戏[3]，了无遽(jù)容[4]。融谓使者曰："冀(jì)罪止于身[5]，二儿可得全不(fǒu)[6]？"儿徐进[7]曰："大人[8]岂见覆(fù)巢(cháo)之下，复有完卵乎[9]？"寻亦收至。

【注释】

1. 孔融被收：指孔融被曹操逮捕一事。收，逮捕、抓起来。2. 中外：指朝廷内外。惶怖：惶遽惊怖。　3. 琢钉戏：古代一种小孩玩的游戏。　4. 了：完全。遽容：恐惧、害怕的神色。　5. 冀：希冀、希望。罪止于身：罪罚仅限于我一人，指不要株连到亲人身上。

6. 全：保全。不：通“否”。 7. 徐进：缓缓走上来。 8. 大人：子女对父亲的敬称。 9. 覆巢之下，复有完卵乎：倾覆的巢穴中，还会有完整的鸟卵吗？

【译文】

孔融被抓起来了，朝廷内外都很惊恐。当时孔融的两个儿子大的才九岁，小的八岁，两个孩子依旧在玩琢钉的游戏，一点也没有害怕的样子。孔融对前来逮捕他的差使说：“希望惩罚只限于我一个人，两个孩子能不能保全性命呢？”这时，儿子从容地走上前说：“父亲难道看见过打翻的鸟巢下面还有完整的蛋吗？”随即两个儿子也被抓起来了。

六、忠臣孝子

颍(yǐng)川太守髡(kūn)[1]陈仲弓[2]。客有问元方：“府君如何？”元方曰：“高明之君也。”“足下家君如何？”曰：“忠臣孝子也。”客曰：“《易》称：‘二人同心，其利断金；同心之言，其臭(xiù)如兰[3]。’何有高明之君而刑忠臣孝子者乎？”元方曰：“足下言何其谬(miù)也[4]！故不相答。”客曰：“足下但因伛(yǔ)为恭不能答[5]。”元方曰：“昔高宗放孝子孝己[6]，尹吉甫放孝子伯奇[7]，董仲舒放孝子符起[8]。唯此三君，高明之君；唯此三子，忠臣孝子。”客惭(cán)而退。

【注释】

1. 髡：古代的一种刑罚，指剃去男子的头发。 2. 陈仲弓：陈寔，字仲弓。（按：陈寔曾先后被捕两次，其中一次是任太丘长后，因逮捕党人，牵连到他，后遇赦放出。） 3. 二人同心……其臭如兰：这两句指高明之君和忠臣孝子其实是同心同德的。利,锋利(的程度)。断,割断。金,金属。臭,气味。兰,兰花,素有“王者之香”的美称,曰“幽兰”。 4. 足下:“您”。何其谬也:怎么这么荒谬。何其,表示程度很深。 5. 足下但因伛为恭不能答:指元方回答不了,就说不值得回答,就好比驼背的人直不起腰来,却假装是对人表示恭敬才弯下腰一样。但因,只是因为。伛,伛偻,指弯着腰、弓着背。为恭,表示恭敬。 6. 放:驱赶、放逐。孝己:殷高宗武丁的儿子,侍奉父母最孝顺,后来高宗受后妻的迷惑,把孝己放逐致死。 7. 伯奇:周代卿士(执政官)尹吉甫的儿子尹伯奇,侍奉后母颇为孝顺,却受到后母诬陷,被父亲放逐。 8. 符起:西汉名臣、大儒学家董仲舒的儿子董符起,被误为不孝而赶出家门,投奔董仲舒的好友王善。

【译文】

颍川太守把陈仲弓判了髡刑。有位客人问陈仲弓的儿子元方说:“太守为人怎么样?”元方说:“是个高尚、明智的人。”又问:“你父亲怎么样?”元方说:“是个忠臣孝子。”客人说:“《易经》上说:‘两个人同一条心思,就像一把钢刀,锋利的刀刃能斩断金属;同一个心思的人说出的话,它的气味像兰花一样芳香。’那么,怎么会有高尚明智的人惩罚忠臣孝子的事呢?”元方说:“您的话怎么这样荒谬啊!因此我不回答你。”客人说:“你不过是拿驼背当作弯腰恭敬,其实是答不上来。”元方说:“从前高宗放逐了孝子孝己,尹吉甫放逐了孝子伯奇,董仲舒放逐了孝子符起。这三个做父亲的,恰恰都是高尚明智的人;这三个做儿子的,又恰恰都是忠臣孝子。”客人听到此言,羞愧地离开了。

七、亲亲之义

荀慈明与汝南袁阆(láng)相见,问颍川人士[1],慈明先及诸兄[2]。阆笑曰:“士但可因亲旧而已[3]乎?”慈明曰:“足下相难,依据者何经[4]?”阆曰:“方问国士,而及诸兄,是以尤之耳[5]。”慈明曰:“昔者祁(qí)奚内举不失其子,外举不失其仇,以为至公[6]。公旦《文王》之诗[7],不论尧舜之德而颂文武者,亲亲之义[8]也。《春秋》[9]之义,内其国而外诸夏[10]。且不爱其亲而爱他人者,不为悖(bèi)德[11]乎?”

【注释】

1. 问颍川人士:询问颍川有什么名人贤士。 2. 先及诸兄:首先提到自己的几个兄弟。 3. 因亲旧而已:指靠亲朋故旧的推荐来显身扬名。 4. 何经:什么准则。经,常规、原则。 5. 国士:全国推崇的才德之士。尤:指责、责问。 6. 祁奚:春秋时晋国人,任中军尉(掌管军政的长官)。内举不失其子,外举不失其仇:祁奚告老退休,晋悼公问他接班的人选,他推荐了自己的仇人解狐。刚要任命,解狐却死了。晋悼公又问祁奚,祁奚推荐了自己的儿子祁午。以为至公:大家都称赞祁奚推荐人才以有才德为准,能够不避亲嫌,做到公正公平。 7. 公旦:指周公,姓姬,名旦,为文王之子、武王之弟、成王之叔,后辅佐成王治国。《文王》之诗:指《诗经·大雅》中的《文王之什》,包括《文王》《大明》等十篇,分别歌颂文王、武王之德。8. 亲亲之义:亲亲的大义。亲亲,指爱自己的亲人。(按:《中庸》有言,“修身则道立,尊贤则不惑,亲亲则诸父昆弟不怨”,其中“修身”是一个人为人处世的根基,而“尊贤”和“亲亲”分别是处理家外及家内人际关系的道德准则。) 9.《春秋》:古代第一部编年体史书,相传为鲁国史官左丘明所著,故亦称为《春秋左氏传》;后经孔子删削订正,常用为历史著作之代称。 10. 内、外:这里都作动词用。内,以……为内(亲);外,以……为外(疏)。其国:指本国。诸夏:指从属于中原汉族政权的各诸侯国。 11. 悖德:违背道德。

【译文】

荀爽(慈明)和汝南郡的袁阆见面时,袁阆问起颍川郡有哪些才德之士,荀爽先就提到自己的几位兄长。袁阆讥笑他说:“才德之士只能靠亲朋故旧(来扬名)吗?”荀爽说:“您这样刁难责备我,依据的是什么标准?”袁阆说:“我刚才问的是国士,你却谈自己的诸位兄长,因此我才责问你呀!”荀爽说:“从前祁奚在推荐人才时,对内不忽略自己的儿子,对外不忽略自己的仇人,人们认为他是最公正无私的。周公旦作《文王》一诗,不去叙说远古帝王尧和舜的德政,却歌颂周文王、周武王(按:周公和文王、武王是亲属,为文王之子、武王之弟),这符合‘亲亲’的大义。《春秋》记事的原则是:把本国看成亲的,把诸侯国看成疏的。再说了,不爱自己的亲人而爱别人,岂不是违反了道德准则吗?”

八、祢衡击鼓

祢(mí)衡被魏武谪(zhé)为鼓吏[1],正月半试鼓[2]。衡扬枹(fú)为《渔阳掺(càn)挝(zhuā)》[3],渊(yuān)渊有金石声[4],四坐为之改容。孔融曰:“祢衡罪同胥(xū)靡(mí)[5],不能发明王之梦[6]。”魏武惭而赦(shè)之。

【注释】

1. 祢衡：字正平，汉末建安时人，祖籍平原郡（在今山东德州）。他恃才傲物，和孔融交好，后被江夏太守黄祖所杀，时年二十六岁。魏武：魏武帝曹操，初封魏王，死后谥号武。其子曹丕建立魏国后，追尊其为武帝。 2. 月半试鼓：据《文士传》载，"后至八月朝会，大阅试鼓节"，据此推断"月半试鼓"是一种在八月举行的击鼓以接受检阅的大型集会。 3. 扬枹：挥舞鼓槌。枹，鼓槌。（按：屈原《九歌》有"援玉枹兮击鸣鼓"之句。）《渔阳掺挝》：鼓曲名。（按：此曲据说为祢衡所创，取名"渔阳"，是借用东汉时彭宠据渔阳反汉的故事。彭宠据幽州渔阳而反，攻陷蓟城，自立为燕王，后被手下所杀。祢衡奏此鼓曲，有讽刺曹操反汉自立的意思。） 4. 渊渊：形容鼓声深沉。金石：指钟磬一类乐器，其声深沉辽远。 5. 胥靡：一种较轻的刑罚名，这里指服劳役的囚徒。 6. 不能发明王之梦：据传商王武丁曾梦见上天赐给他一个贤人，就令百工画出其相貌，出去四处寻找，果然找到一个正在服劳役的囚徒，也即后来做了宰相的贤人傅说。《孟子》有"傅说举于版筑之间"，即此。这里说的是祢衡的演奏不能引发曹操的"求贤"之梦，是一种讥讽。曹操做大王时求贤若渴，于其诗《短歌行》可知。明王：指曹操。

【译文】

祢衡被魏武帝曹操罚去做鼓吏，正遇上正月中旬大会宾客的时候，要检验鼓的音节。祢衡挥动鼓槌，敲奏《渔阳掺挝》一曲，鼓声深沉，有金石之音，满座的人都为之动容。孔融说："祢衡的罪和胥靡相同，只是不能引发大王的梦。"魏武帝听了很惭愧，就赦免了祢衡的罪过。

九、德操采桑

南郡庞(páng)士元闻司马德操在颍川[1]，故二千里候之[2]。至，遇德操采桑，士元从车中谓曰："吾闻丈夫处世，当带金佩紫[3]，焉有曲洪流之量，而执丝妇之事[4]？"德操曰："子且下车，子适知邪径之速，不虑失道之迷[5]。昔伯成耦(ǒu)耕(gēng)[6]，不慕(mù)诸侯之荣；原宪(xiàn)桑枢(shū)[7]，不易有官之宅。何有坐则华屋，行则肥马，侍女数十，然后为奇。此乃许、父[8]所以忼(kāng)慨(kǎi)，夷、齐[9]所以长叹。虽有窃(qiè)秦之爵(jué)[10]，千驷(sì)之富[11]，不足贵也！"士元曰："仆生出边垂，寡(guǎ)见大义[12]，若不一叩洪钟，伐雷鼓[13]，则不识其音响也。"

【注释】

1. 庞士元：庞统，字士元，东汉末襄阳(在今湖北襄阳)人，曾任南郡功曹(参与一郡的政务)。庞统年轻时曾去拜会司马徽，司马徽很赏识他，称他为"凤雏"(与诸葛孔明的"卧龙"并称)，后庞统投奔刘备。司马德操：司马徽，字德操，号"水镜先生"，颍川阳翟(在今河南禹州)人。东汉末名士，精通道学、奇门、兵法、经学等。曾向刘备推荐诸葛亮和庞统。　2. 故：特地。候：拜访。(按：古时名士相见，一方要先递名帖，对方接受请求后才能上门拜会，故称"候"。)　3. 丈夫：指成年男子，犹"大丈夫"。带金佩紫：带金印，佩紫绶带。金印，指旧时帝王或高级官员所用的金质印玺，也借指官职。绶带，即丝带，是用来把金印系在衣服上的。(按：秦汉时丞相等高官才有金印紫绶的规格待遇，所以"带金佩紫"指做大官。)　4. 曲：委屈、压抑。洪流之量：大江大河中水流量极大，称为"洪流"，比喻人的才识气度很大。丝妇：指以养蚕缫丝为务的妇女。　5. 邪径之速：指走小路、抄近道。失道之迷：指迷路、失去路径。 6. 伯成：伯成子高。尧做君主时，伯成子高被封为诸侯。后来禹做了君主，伯成子高认为禹不讲仁德只论赏罚，就辞去诸侯之位，回家种地。耦耕：古代的一种耕作方法，即两人各扶一张犁，并肩而耕，后泛指种地务农。 7. 原宪：孔子弟子，字子思，春秋末年宋国商丘（在今河南商丘）人，孔门“七十二贤”之一。原宪在鲁国时很穷，住房破破烂烂，他不求舒适，照样弹琴唱歌。桑枢：指用桑树枝做门轴。枢，门轴，门上的枢纽。 8. 许、父：指上古贤人许由、巢父。许由见前注，巢父为许由的朋友，尧也想把职位让给他，他也不肯接受。 9. 夷、齐：指伯夷、叔齐，是商代孤竹君的两个儿子（伯、叔是以排行称呼）。孤竹君死后，兄弟俩互相让位，不肯继承，结果都逃走了。后来周武王统一天下，两人因反对周武王讨伐商纣，不肯吃周朝的粮食，饿死在首阳山上。 10. 窃秦之爵：战国末年，商人吕不韦把自己已经怀孕的姬妾赵姬献给秦王子楚，生了秦始皇嬴政。嬴政登基后尊吕不韦为相国，号称“仲父”，权势熏天。 11. 千驷之富：古时候用四匹马驾一辆车，同拉一辆车的四匹马叫“驷”。千驷，指有一千辆车（四千匹马）。据《论语·季氏》记载，齐景公有四千匹马，可是死了以后，人们觉得他没有什么德行值得称赞。 12. 边垂：“边陲”，边疆。寡见大义：没见识过什么大道理。 13. 叩、伐：敲击、击打。洪钟：大钟。雷鼓，古时祭天神专用的大鼓。

【译文】

南郡人庞统听说司马徽住在颍川，特意走了两千里路去拜访他。到了那里，遇上司马徽正在采桑叶，庞统就在车里对他说：“我听说大丈夫处世，就应该当大官、办大事，哪有压抑长江大河之量，去做养蚕缫丝的妇道人家的事!”司马徽说:“请您先下车来。您只知道走小路速度快,却不担心迷失路径。从前伯成宁愿回家种地,也不羡慕做诸侯的荣耀;原宪宁愿住在破屋里,也不愿换取达官的住宅。哪里有住就要住在豪华的宫室,出门就必须肥马轻车,左右要有几十个婢妾侍候,然后才算是与众不同(的道理)呢！这正是隐士许由、巢父所以生发感慨的原因,也是清廉之士伯夷、叔齐所以长长叹息的来由。就算有吕不韦那样的官爵,有齐景公那样的富有,也是不值得尊敬的。”庞统说:“我出生在边远偏僻的地方,很少见识到大道理。如果不叩击一下大钟,不擂一下雷鼓,那就不知道它们的声音有多么响亮。”

一〇、纲目不疏

刘公干[1]以失敬[2]罹(lí)罪[3]。文帝问曰:“卿何以不谨于文宪[4]?”桢(zhēn)答曰:“臣诚庸(yōng)短[5],亦由陛下纲目[6]不疏。”

【注释】

1. 刘公干:刘桢,字公干,“建安七子”之一,曾随侍曹丕。 2. 失敬:据记载,一次宴会上曹丕让甄夫人出来拜客,座上客人多拜伏在地,独刘桢抬头平视,从礼仪上来说有失敬之嫌。后来曹操知道了,把他逮捕下狱,并罚做苦工。 3. 罹罪:遭受罪愆。 4. 谨:谨遵、谨守。文宪:法纪。 5. 庸短:平庸浅陋。 6. 纲目:法网。

【译文】

刘桢因为失敬受到判罪。魏文帝问他:“你为什么不谨守法纪呢?”刘桢回答说:“臣确实平庸浅陋,但也是由于陛下法网不够稀疏。”

一一、汗不敢出

钟毓(yù)、钟会[1]少有令誉(yù),年十三,魏文帝闻之,语其父钟繇(yóu)[2]曰:"可令二子来。"于是敕(chì)[3]见。毓面有汗,帝曰:"卿面何以汗?"毓对曰:"战战惶惶[4],汗出如浆(jiāng)。"复问会:"卿何以不汗?"对曰:"战战栗(lì)栗[5],汗不敢出。"

【注释】

1. 钟毓、钟会:是魏晋名士钟繇的两个儿子,颍川长社(在今河南长葛)人。钟毓,字稚叔,十四岁任散骑侍郎,后升至车骑将军。钟会,字士季,被时人目为"非常人物",累迁镇西将军、司徒,后因谋反被杀。另,此钟会即劝说司马昭杀掉嵇康之人。 2. 钟繇:毓、会二人之父,大书法家,时任相国。 3. 敕:皇帝的命令称为"敕命"。 4. 战战惶惶:害怕得发抖的样子。 5. 战战栗栗:害怕得发抖的样子。

【译文】

钟毓、钟会兄弟俩少年时就有好名声,十三岁时魏文帝曹丕听说了他俩,便对他们的父亲钟繇说:"可以让两个孩子来见朕。"于是下令赐见。进见时钟毓脸上有汗,文帝问道:"你脸上为什么出汗?"钟毓回答说:"我战战惶惶,汗出得像流水一样。"文帝又问钟会:"你为什么不出汗?"钟会回答说:"我战战栗栗,连汗都不敢流出来。"

一二、偷本非礼

钟毓兄弟小时,值父昼寝(qǐn),因共偷服药酒。其父时觉,且托寐(mèi)以观之。毓拜而后饮,会饮而不拜。既而问毓何以拜,毓曰:"酒以成礼,不敢不拜。”又问会何以不拜,会曰:“偷本非礼,所以不拜。”

【注释】

本则与“卷上　言语第二”中之第四则“偷不及礼”(“孔文举二子偷酒”)所记略同,此则不出注。

【译文】

钟毓、钟会兄弟俩小时候,有一次正碰上父亲白天睡大觉,于是一块儿去偷药酒喝。父亲当时已经醒了,便装睡来观察两个孩子的举动。钟毓行过礼才喝,钟会只顾喝不行礼。过了一会儿父亲起来,问钟毓为什么行礼,钟毓说:“酒是完成礼仪用的,我不敢不行礼。”又问钟会为什么不行礼,钟会说:“偷酒喝本来就不合于礼,因此我不行礼。”

一三、渭阳为名

魏明帝[1]为外祖母筑馆于甄(zhēn)氏[2],既成,自行视[3],谓左右曰:“馆当以何为名?”侍中缪(miào)袭曰:“陛下圣思齐于哲王[4],罔(wǎng)极[5]过于曾、闵(mǐn)[6]。此馆之兴,情钟舅(jiù)氏[7],宜以‘渭阳’[8]为名。”

【注释】

1. 魏明帝:曹睿,文帝曹丕之子。　2. 筑馆:建造华丽的房屋。甄氏:明帝的母亲,亦即曹丕的夫人文昭甄皇后,这里指甄家。3. 既成:建成以后。视:视察、察看。　4. 圣思:皇帝的思虑。哲王:贤明的君主。　5. 罔极:《诗经·小雅·蓼莪》有“欲报之德,昊天罔极”之句,指父母的恩德像天那样无穷无尽,难以报答。

6. 曾、闵：曾，即曾参，字子舆。闵，即闵损，字子骞。二人都是孔子的学生，是古代有名的孝子，有“啮齿痛心”“闵损芦衣”等孝道故事传世。 7. 舅氏：指母舅一家。 8. 渭阳：渭水北边。“渭阳”一语出自《诗经·秦风·渭阳》：“我送舅氏，曰至渭阳。”[按：《渭阳》一诗传为春秋时秦康公为送别乃舅(即晋文公重耳，其妹嫁与秦穆公为夫人，称为“穆姬”)时所作。]“渭阳”一词亦有思念亡母之意，后人以此说明舅甥之情。

【译文】

魏明帝在甄家给外祖母修建了一所华丽的住宅。建成以后亲自前去察看，并问随从的人：“这所住宅应该起个什么名字呢？”侍臣中有个叫缪袭的说：“陛下的思虑和贤明的君主一样周到，报恩的孝心超过了曾参、闵子骞。这处府第的兴建，感情专注于舅家，应该用‘渭阳’来做它的名字。”

一四、神明开朗

何平叔[1]云：“服五石散，非唯治病，亦觉神明开朗。”

【注释】

1. 何平叔：何晏，字平叔，南阳宛县(在今河南南阳)人，三国时期曹魏大臣、玄学家，东汉大将军何进之孙(一称何进弟何苗之孙)。曾累封侍中、吏部尚书，典选举，封列侯。高平陵之变后，与曹爽同为太傅司马懿所杀，并被夷三族。

【译文】

何晏说：“服食五石散，不只能治病，也觉得精神很清爽。”

一五、何必在大

嵇中散语赵景真[1]:“卿瞳子白黑分明,有白起[2]之风,恨量小狭(xiá)[3]。”赵云:“尺表能审玑(jī)衡之度,寸管能测往复之气[4],何必在大[5],但问识如何耳!”

【注释】

1. 赵景真:赵至,字景真,有口才,曾任辽东郡从事,主持司法工作,以清当见称。 2. 白起:战国时秦国名将,封武安君,据说他的眼睛瞳仁白黑分明。(按:古人认为这样的人一定见解高明。) 3. 恨:遗憾。量小狭:这里指眼睛窄小。 4. 尺、寸:不一定是表度量的单位,只是形容其短。表:古代用来观测天象的标杆。玑衡:古代测量天象的仪器,即浑天仪。管:古代用来校正乐律的竹管。往复之气:往来的气息,这里指乐音的高低。(按:竹管是通过检测气流大小来分辨乐音的高低。) 5. 在大:指希望眼睛大一些。在,在乎、要求。

【译文】

中散大夫嵇康对赵至说:“你的眼睛黑白分明,有白起的风度,遗憾的是眼睛狭小些。”赵至说:“一尺长的表尺就能审定浑天仪的度数,一寸长的竹管就能测量出乐音的高低。何必在乎大不大呢,只问见识怎么样就是了。”

一六、畏法而至

司马景王[1]东征[2],取上党李喜,以为从事中郎[3]。因问喜曰:“昔先公辟(pì)君不就[4],今孤[5]召君,何以来?”喜对曰:“先公以礼见待,故得以礼进退[6];明公以法见绳(shéng)[7],喜畏法而至耳!”

【注释】

1. 司马景王:司马师,司马懿之子,封长平乡侯,死后追尊“景王”。 2. 东征:司马师曾任大将军,辅齐王曹芳,后又废曹芳而立曹髦。毌丘俭起兵反之,却被他东征打败。 3. 取:选取。李喜:字季和,上党郡人。从事中郎:官名,见前注。 4. 先公辟君不就:司马懿任相国时,曾想召请李喜出来任职,他托病推辞,不去赴任。先公,对亡父的尊称。 5. 孤:侯王的谦称。 6. 进退:指做官或辞官。 7. 明公:对尊贵者的敬称。绳:约束、限制。

【译文】

司马师东征的时候,选取上党的李喜担任从事中郎。李喜到任时,他问道:“从前我父亲召您任职,您不肯到任;现在我召您来,为什么就来了呢?”李喜回答说:“当年令尊以礼相待,所以我能按礼节来决定进退;现在您用法令来限制我,我只是害怕犯法才来的呀!”

一七、邓艾口吃

邓艾[1]口吃,语称“艾艾”[2]。晋文王戏之曰:“卿云‘艾艾’,定是几艾?”对曰:“‘凤兮凤兮’[3],故是一凤[4]。”

【注释】

1. 邓艾:字士载,义阳棘阳(在今河南新野)人,三国时魏国将领,杰出军事家。本名邓范,后因与同乡人同名而改名为“艾”。其人文武全才,深谙兵法,对内政也颇有建树。 2. 艾艾:古人在和别人说话时，多自称名。邓艾因为口吃，自称就连说“艾，艾”。　3. 凤兮凤兮：语出《论语·微子》，原文是楚国有位名叫接舆的“狂人”，走过孔子身旁的时候唱道“凤兮凤兮，何德之衰”，这里以凤比喻孔子。4. 故是一凤：虽然连称“凤兮凤兮”，实际只是一只“凤”（邓艾连说“艾艾”，其实也只是一个“艾”罢了）。

【译文】

邓艾说话结巴，自称时常重复说“艾，艾”。晋文王和他开玩笑说：“你说‘艾，艾’，到底是几个艾？”邓艾回答说：“‘凤兮凤兮’，实际上只是一只凤。”

一八、不慕巢许

嵇中散既被诛，向子期[1]举郡计[2]入洛，文王引进[3]，问曰：“闻君有箕（jī）山之志[4]，何以在此？”对曰：“巢、许狷（juàn）介[5]之士，不足多慕[6]。”王大咨嗟（jiē）[7]。

【注释】

1. 向子期：向秀，字子期，河内怀（在今河南武陟）人，是嵇康的好友，也是“竹林七贤”之一。早年为人标榜清高，嵇康被杀后，他改变了初衷，出来做官。向秀来到京城，便拜访了时任大将军的司马昭，这段就是他们之间的对话。　2. 举郡计：呈报郡内账目。（按：汉制每年末，地方太守须派遣掾、吏各一人，作为“上计簿使”呈送账簿到京都汇报。）举，呈报、呈递。计，计簿、账簿，列上郡内众事。3. 文王：指晋文王司马昭，时任大将军。引进：推荐。　4. 箕山之志：指归隐之志。箕山，山名，在今河南登封东南。相传尧时，巢父、许由在箕山隐居。 5. 狷介：性格耿直。狷，狂狷，指性格急躁。介，耿介，指耿直有骨气。 6. 多慕：过分称赞羡慕。多，过分、过度。 7. 大咨嗟：大为赞叹。咨嗟，拟声词，表感叹。

【译文】

中散大夫嵇康被杀以后，向秀呈送郡国的账簿到京都洛阳去，司马昭（向上面）推荐了他，并问他："听说您有意隐居不出，为什么又来到京城了呢？"向秀回答说："巢父、许由为人太狂狷耿介，不值得过分地称赞羡慕。"司马昭听了大为叹赏。

一九、裴楷解策

晋武帝[1]始登阼（zuò）[2]，探策[3]得一。王者世数，系此多少[4]。帝既不说（yuè），群臣失色，莫能有言者。侍中裴楷进曰："臣闻天得一以清，地得一以宁，侯王得一以为天下贞[5]。"帝说（yuè），群臣叹服。

【注释】

1. 晋武帝：司马炎，夺魏国政权，建立晋朝。 2. 登阼：登上帝位。古时帝王登基时须由阼阶而上，所以常指代登基称帝。 3. 探：探求、试图发现（隐藏的事物或情况）。策：古代占卜用的蓍草。 4. 世数：指帝位传承多少世代的数目。系：根据，与……有关。（按：帝王登位时，常通过占卜来预测帝位能传多少代。） 5. 天得一以清……以为天下贞：引自《老子》第三十九章。贞，或作"正"，两字可通。

【译义】

晋武帝刚登位的时候，用蓍草占卜，得到数字"一"。想要推断帝位能传多少代，就在于这个数目的多少。（因为只得到一，）武帝很不高兴，群臣也吓得脸色发白，没人敢出声。侍中裴楷进言道："臣听说，天得到'一'就清明，地得到'一'就安宁，侯王得到'一'就能做天下的中心。"武帝一听高兴了，群臣都赞叹而且佩服裴楷。

二〇、吴牛见月

满奋畏风[1]。在晋武帝坐，北窗作琉(liú)璃(lí)屏[2]，实密似疏，奋有难色[3]。帝笑之，奋答曰："臣犹吴牛，见月而喘(chuǎn)[4]。"

【注释】

1. 满奋：字武秋，高平昌邑（在今山东巨野）人，为曹魏太尉满宠之孙。满奋身长八尺，体量通雅，清静平和，甚有才识，颇有祖父风采。畏风：据说满奋体态丰肥，但可能有"内虚"之症，俗语有"十胖九虚"，故而畏风。　2. 作琉璃屏：用琉璃制成的窗扇。作……屏，以……（指制成材料）为窗扇。琉璃，亦作"瑠璃"，是用彩色的人造水晶（含24%的二氧化铅）为原料，在一千多度的高温下烧制而成，其颜色流云漓彩、光耀夺目，其品质晶莹剔透。　3. 难色：指因身体不舒服而脸色很难看。　4. 臣犹吴牛，见月而喘：据说吴地（江淮一带）的水牛怕热，被太阳一晒就会不停喘息；有时晚上看见月亮，也误以为是太阳，就又喘起气来。

【译文】

满奋怕风。一次他在晋武帝旁侍坐，北窗的窗扇是琉璃制成的，实际很严密，看起来却稀疏得像漏风似的，满奋的脸色就很难看。武帝笑话他，满奋回答说："臣就好比是吴地的牛，看见月亮就喘起来了。"

二一、仲思之思

诸葛靓(jìng)[1]在吴，于朝堂大会[2]。孙皓(hào)[3]问："卿字仲思，为何所思？"对曰："在家思孝，事君思忠，朋友思信，如斯而已。"

【注释】

1. 诸葛靓：字仲思，琅琊阳都(在今山东沂南县)人，为蜀汉丞相诸葛亮堂侄。其父诸葛诞叛乱，诸葛靓被送往东吴作人质，后在吴历任右将军、大司马，吴亡后逃匿不出。 2. 朝堂：皇帝议政的地方。大会：指君主召集群臣的正式集会、朝见。 3. 孙皓：字元宗(一说字元景)，孙权之孙，废太子孙和之子，三国时期孙吴末代皇帝。

【译文】

诸葛靓在吴国的时候，一次在朝堂大会上，孙皓问他："你的字是'仲思'，是思虑些什么呢？"诸葛靓回答说："在家事奉父母便想着尽孝，在朝随侍君王便想着尽忠，和朋友交往便想着诚信，不过是这些罢了。"

二二、蔡洪赴洛

蔡洪赴(fù)洛[1]，洛中人问曰："幕府初开，群公辟命[2]，求英奇于仄(zè)陋(lòu)，采贤俊于岩穴[3]。君吴、楚之士，亡国之余，有何异才，而应斯举[4]？"蔡答曰："夜光之珠，不必出于孟津之河[5]；盈握之璧(bì)，不必采于昆仑之山[6]。大禹(yǔ)生于东夷，文王生于西羌(qiāng)[7]。圣贤所出，何必常处[8]。昔武王伐纣，迁顽民于洛邑(yì)[9]，得无诸君是其苗裔(yì)乎[10]？"

【注释】

1. 蔡洪：字叔开，吴郡人，原在吴国做官，吴亡后入晋。赴洛：西晋太康年间，蔡洪由本州举荐为秀才，到京都洛阳接受更高级的选拔。　2. 幕府：原指将军的官署，也用来指军政大员的官署。初开：刚刚设立。群公：众公卿，指朝中众位高级官员。辟命：征召。　3. 求英奇……于岩穴：指到山野中寻访奇才。仄陋，原意是逼仄简陋的住房，此处指出身贫贱的人。采，搜求。岩穴，山中洞穴，这里指隐居山中的隐士。　4. 吴、楚之士：春秋时期的吴国和楚国都在南方，所以这里也泛指南方的广大地区。古时中原地区即今河南、山东一带是文化政治的中心，南方的两湖至苏浙闽、两广一带当时还未完全开发，是蛮荒之地，分别称"荆蛮""东夷""百越"。亡国：灭亡了的国家，指吴国(公元280年为西晋所灭)。应斯举：应征、应召，指来京城参加人才选拔。　5. 夜光之珠：夜明珠，春秋时期隋国国君的宝珠，又叫隋侯珠或隋珠，传说是一条大蛇从江中衔来。孟津：黄河渡口名，在今河南孟县南面，周武王伐纣时曾和各国诸侯在这里会盟。　6. 盈握：满满一把。璧：平圆形中间有孔的玉，古代在典礼时用作礼器，亦可作饰物。昆仑之山：又称昆仑虚、昆仑丘或玉山，据说山中盛产美玉并因此而闻名，如白居易《琵琶行》中有"昆山玉碎凤凰叫"之句。　7. 大禹：夏代第一个君主，传说曾治平洪水。东夷：古代对东部各少数民族的蔑称。文王：周文王，亦即西伯侯姬昌。西羌：古代西部的一个少数民族。(按：这里暗指大禹、文王都不是中原地区的人。)　8. 所出：出现、产生的地方，这里指出生地。常处：固定的地方。　9. 昔武王伐纣，迁顽民于洛邑：周武王灭了殷纣以后，把殷朝的顽固势力迁到洛水边上，并派周公修建洛邑安置他们。战国以后,洛邑改称洛阳。 10. 得无……乎:莫非……吗,表示揣测语气。苗裔,后代。

【译文】

蔡洪到洛阳后,洛阳人问他:"官府刚刚设置不久,众公卿征召人才,要在平民百姓中寻求才华出众者,在山林隐逸中探访才德高深者。先生是南方人士、亡国遗民,有什么特别才能,敢来接受这一选拔?"蔡洪回答说:"夜光珠不一定都出在孟津一带的河中,满满一把大的璧玉不一定都从昆仑山中采来。大禹出生在东夷,周文王出生在西羌,圣贤的出生地,为什么非要在某个固定的地方呢!从前周武王打败了殷纣,把殷代的顽民迁移到洛邑,莫非诸位先生就是那些人的后代吗?"

二三、共戏洛水

诸名士共至洛水戏,还,乐(yuè)令[1]问王夷甫[2]曰:"今日戏乐(lè)乎?"王曰:"裴仆射[3]善谈名理[4],混混有雅致[5];张茂先[6]论《史》《汉》,靡靡[7]可听;我与王安丰[8]说延陵、子房[9],亦超超玄著[10]。"

【注释】

1. 乐令:乐广,字彦辅,曾任尚书令,故称"乐令"。 2. 王夷甫:王衍,字夷甫,曾任太尉。 3. 裴仆射:裴颜,字逸民,曾任尚书左仆射。 4. 名理:魏晋清谈的主要内容之一,为考核名实,辨别、分析事物的是非、道理之学。 5. 混混:犹"滚滚",形容说话滔滔不绝的样子。雅致:高雅的情趣。 6. 张茂先:张华,字茂先,晋武帝时任中书令,封广武侯。 7. 靡靡:犹"娓娓",形容说话动听的样子。 8. 王安丰:王戎,曾封安丰侯,见前注。 9. 延陵:本为地名，即今江苏武进一带，这里以地代人，指春秋时吴王寿梦的少子季札，也称为“延陵季子”。季札素有贤名，吴王欲立之为嗣，但他辞而不受。子房：张良，字子房，战国时韩国人。秦灭韩后，张良以全部家产求买刺客刺杀秦王，后助刘邦击败项羽，被封为留侯。　10. 超超玄著：指议论超尘拔俗，奥妙透彻。

【译文】

众名士一起到洛水边游玩。回来的时候，尚书令乐广问王衍：“今天玩得高兴吗？”王衍说：“仆射裴颜擅长谈名理，滔滔不绝，意趣高雅；中书令张华谈《史记》《汉书》，娓娓道来，言语动听；我和安丰侯王戎谈论季延陵、张子房，（各自所论）也超尘拔俗，非常奥妙透彻。”

二四、各言其地

王武子[1]、孙子荆[2]各言其土地人物之美。王云：“其地坦而平，其水淡而清，其人廉且贞。”孙云：“其山嶉（zuì）嵬（wéi）[3]以嵯（cuó）峨（é）[4]，其水浃（jiā）渫（xiè）[5]而扬波，其人磊（lěi）砢（luǒ）[6]而英多[7]。”

【注释】

1. 王武子：王济，字武子，太原晋阳（在今山西晋阳）人，历任中书郎、太仆。　2. 孙子荆：孙楚，字子荆，太原中都（在今山西平遥）人，曾官至冯诩太守。　3. 嶉嵬：山峰险峻貌。　4. 嵯峨：形容山势高峻。　5. 浃渫：水波连续的样子。　6. 磊砢：形容人才卓越。7. 英多：杰出而众多。

【译文】

王济和孙楚各自谈论自己家乡的土地、人物的出色之处。王济说:“我们那里的土地坦而平,那里的水淡而清,那里的人廉洁又公正。”孙楚说:“我们那里的山险峻巍峨,那里的水浩荡扬波,那里的人才杰出而众多。”

二五、五男一女

乐令女适大将军成都王颖(yǐng)[1],王兄长沙王执权于洛,遂构兵相图[2]。长沙王亲近小人,远外君子,凡在朝者,人怀危惧。乐令既允朝望[3],加有婚亲,群小谗(chán)于长沙。长沙尝问乐令,乐令神色自若,徐答曰:“岂以五男易一女[4]。”由是释然,无复疑虑。

【注释】

1. 成都王颖:指司马颖,晋武帝司马炎第十六子,封成都王,进位大将军。 2. 王兄……相图:“八王之乱”中,晋武帝第六子长沙王司马乂于公元301年入京都,拜抚军大将军。公元303年8月,司马颖等以司马乂专权为由,起兵讨伐。构兵,指出兵交战。 3. 允:确实。朝望:在朝廷中有声望。 4. 岂以五男易一女:乐广有五子,他知道如果自己因为姻亲关系依附成都王司马颖,五个儿子就会被长沙王司马乂杀掉。

【译文】

尚书令乐广的女儿嫁给了时任大将军的成都王司马颖。成都王的哥哥长沙王正在京都洛阳掌管朝政,成都王于是起兵图谋取代他。长沙王平素亲近小人,疏远君子;凡是在朝居官的,人人感到不安和疑惧。乐广在朝廷中既有威望,又(和成都王)有姻亲关系,一些小人就跑到长沙王跟前说他的坏话。长沙王曾经为这事问过乐广,乐广的神色自然从容，他缓缓答道："我难道会用五个儿子去换一个女儿？"长沙王心里从此一块石头落了地，不再有所怀疑顾虑。

二六、千里莼羹

陆机[1]诣王武子，武子前置数斛(hú)羊酪(lào)[2]，指以示陆曰："卿江东[3]何以敌[4]此？"陆云："有千里莼(chún)羹(gēng)[5]，但未下盐豉(chǐ)[6]耳。"

【注释】

1. 陆机：字士衡，吴郡(在今江苏吴县)人，西晋名士、文学家。与其弟陆云闻名于当世。　2. 斛：古代量器名，一斛等于十斗。酪：乳酪。　3. 江东：长江下游南岸地区。　4. 敌：比得上。　5. 千里：指千里湖，一说在今江苏溧阳附近。莼羹：用莼菜、鲤鱼等为主料，煮熟后加上盐和豆豉制成的一种名菜。莼，即莼菜，一种水草，嫩叶可以做汤。　6. 豉：豆豉。

【译文】

陆机去拜访王济，正好王济面前摆着几斛羊奶酪，他指着给陆机看，并问道："你们江南有什么名菜能和这个相比呢？"陆机说："我们那里有千里湖出产的莼羹，(可以与羊酪相媲美，)甚至还不必放盐和豆豉(味道就鲜美得很)呢！"

二七、君子病疟

中朝[1]有小儿，父病，行乞药。主人问病，曰："患(huàn)疟[2](nüè)

也。”主人曰:“尊侯明德[3]君子,何以病疟[4]?”答曰:“来病[5]君子,所以为疟耳。”

【注释】

1. 中朝:指西晋。晋室南渡后,称渡江前的西晋为中朝。 2. 疟:疟疾,一种周期性发冷发烧的急性传染病,病原体是疟原虫,由疟蚊传染到人体血液里。 3. 尊侯:尊称对方的父亲。明德:光明的德行。 4. 何以病疟:当时俗传传播疟疾的是疟鬼,形体极小,不敢使大人物得病,所以主人这样问。 5. 病:使……得病,祸害。

【译文】

西晋时有个小孩儿,父亲病了,他外出求医讨药。有家主人问他病情,他说:“是患疟疾。”主人问:“令尊是位德行高洁的君子,为什么会患疟疾呢?”小孩儿回答说:“正因为它来祸害君子,才是疟鬼呢!”

二八、崔如陈去

崔(cuī)正熊[1]诣都郡,都郡将[2]姓陈,问正熊:“君去崔杼(zhù)[3]几世?”答曰:“民去崔杼,如明府[4]之去陈恒[5]。”

【注释】

1. 崔正熊:崔豹,字正熊,晋惠帝时官至太傅丞。 2. 都郡将:都督大郡军事的长官。 3. 崔杼:春秋时期齐国的大夫,杀了国君齐庄公。(按:这里是郡守拿同姓开玩笑,意在取笑崔正熊是犯有杀君之罪的崔杼的后代。) 4. 明府:犹“府君(大人您)”。 5. 陈恒:

也是春秋时期齐国的大夫，杀了国君齐简公。（按：这里崔正熊针锋相对，指出都郡将的陈氏祖先也犯有杀君之罪。）

【译文】

崔豹去拜访大郡太守，郡守姓陈，他问崔豹："您距离崔杼多少代？"崔正熊回答说："小民距离崔杼的世代，正如府君大人您距离陈恒的世代。"

二九、过江怀惭

元帝[1]始过江[2]，谓顾骠（piào）骑（qí）[3]曰："寄人国土[4]，心常怀惭。"荣跪对曰："臣闻王者以天下为家，是以耿（gěng）、亳（bó）无定处[5]，九鼎（dǐng）迁洛邑[6]，愿陛下勿以迁都为念[7]。"

【注释】

1. 元帝：指晋元帝司马睿。 2. 始过江：西晋末年战乱，国都失守，晋愍帝被俘。元帝先过江，镇守建康，几年后又在此登位称帝。3. 顾骠骑：顾荣，字彦先，吴郡人。顾荣是江东士族，名望很大。元帝镇守江东时任军司，加散骑常侍，死后获赠骠骑将军。 4. 寄人国土：建康原是东吴之地，江东士族的势力很大，所以元帝有"寄人国土"之感。 5. 耿、亳无定处：商代成汤迁都到亳邑，祖乙又迁到耿邑，盘庚再迁回亳邑。从成汤到盘庚，共迁都五次，所以说"无定处"。6. 九鼎迁洛邑：传说夏禹铸九鼎，是传国之宝，权力的象征。周武王把都城定在镐京，却把九鼎迁到东都洛邑，意为政权建立之初方位未始定准。 7. 勿以迁都为念：不要因为迁都的事情顾念忧虑。迁都，指迁移镇守地。都，都城、都邑。

【译文】

晋元帝刚到江南的时候，对骠骑将军顾荣说道："寄居在他人的国土上，心里常常感到惭愧。"顾荣跪着回答说："臣听说帝王把天下看成家，因此商代的君主或迁都耿邑，或迁都亳邑，没有固定的地方，周武王也把九鼎搬到了洛邑。希望陛下不要再为迁都的事情忧心。"

三〇、清虚日来

庾公[1]造周伯仁[2]，伯仁曰："君何所欣说(yuè)而忽肥？"庾曰："君复何所忧惨而忽瘦？"伯仁曰："吾无所忧，直是清虚[3]日来，滓(zǐ)秽(huì)[4]日去耳。"

【注释】

1. 庾公：庾亮，字元规，晋成帝之舅。成帝朝辅政，任给事中，后徙中书令。 2. 周伯仁：周顗，字伯仁，汝南安成(在今河南汝南)人。晋朝名士，西晋安东将军周浚之子，袭父爵为武城侯，世称"周侯"，曾任吏部尚书，尚书左仆射。 3. 清虚：清静淡泊。 4. 滓秽：污秽、浑浊。

【译文】

庾亮去拜访周顗，周顗说："您喜悦些什么，怎么忽然胖起来了？"庾亮说："您又忧伤些什么，怎么忽然瘦下去了？"周顗说："我没有什么可忧伤的，只是清静淡泊之志一天天增加，污浊的思虑一天天去掉罢了。"

三一、新亭对泣

过江[1]诸人，每至美日[2]，辄（zhé）相邀（yāo）新亭[3]，藉卉（huì）[4]饮宴。周侯中坐[5]而叹曰："风景不殊，正自有山河之异[6]！"皆相视流泪。唯王丞相愀（qiǎo）然变色[7]曰："当共戮（lù）力王室，克复神州[8]，何至作楚囚相对[9]！"

【注释】

1. 过江：西晋末，战乱不断，中原人士相率过江避难。 2. 美日：风和日丽的日子。 3. 新亭：亭名，也叫劳劳亭，传为三国时吴国所筑，故址在今江苏省南京市以南。 4. 藉卉：坐在草地上。藉，衬垫、垫在下面。卉，草、草地。 5. 周侯：上条中之"周顗"。中坐：酒席进行到一半。 6. 正自有山河之异：指北方的广大领土（即"故土"）已被他族占领。正自，只是。 7. 王丞相：王导，字茂弘，晋元帝即位后任丞相。愀然变色：形容脸色变得不愉快。 8. 戮力：并力、合力。克复：攻克、收复。神州：这里指沦陷的中原地区。 9. 作楚囚相对：像囚犯们似的面对面（感叹流泪）。楚囚：楚国的囚犯。唐代赵嘏《长安晚秋》有"空戴南冠学楚囚"之句，唐代骆宾王《在狱咏蝉》有"南冠客思侵"之句，"楚囚""南冠"等意象常表示被迫离乡、思念故土之意。（按：《左传·成公九年》记载一个楚国的囚犯弹琴，演奏南方的乐调，表示不忘故旧。）

【译文】

到江南避难的那些人，每逢风和日丽的日子，总是互相邀约到新亭去，坐在草地上喝酒作乐。一次，武城侯周顗在饮宴的中途叹着气说："这里风景的优美和中原没有什么不同，只是山河不一样了！"大家都你看看我,我看看你,凄然泪下。只有丞相王导脸色变得很不高兴,说道:"大家应该为朝廷齐心合力,收复中原,哪里至于像囚犯似的相对流泪呢!"

三二、卫玠渡江

卫洗(xiǎn)马[1]初欲渡江,形神惨悴(cuì),语左右云:"见此芒芒[2],不觉百端交集[3]。苟未免有情[4],亦复谁能遣[5]此!"

【注释】

1. 卫洗马:卫玠,字叔宝,曾任太子洗马(太子的属官),后移家渡江到豫章郡。 2. 芒芒:犹"茫茫",形容辽阔、没有边际。这里指看到茫茫江水引起家国之忧、身世之痛。 3. 百端交集:犹"百感交集"。 4. 未免有情:未能免除"有情"之念。 5. 遣:排遣、排解。

【译文】

太子洗马卫玠刚要渡江时,却是面容憔悴,神情凄惨,他对随从的人说:"看见这茫茫大江,不由得百感交集。人只要还有点感情,谁又能排遣得了这忧伤!"

三三、珪璋机警

顾司空[1]未知名,诣王丞相。丞相小极[2],对之疲睡[3]。顾思所以叩(kòu)会[4]之,因谓同坐曰:"昔每闻元公[5]道公协赞中宗,保全江表[6]。体小不安,令人喘息[7]。"丞相因觉,谓顾曰:"此子珪(guī)璋(zhāng)特达[8],机警有锋[9]。"

【注释】

1. 顾司空：顾和，字君孝。王导任扬州刺史时，召他为从事，累迁尚书令，死后追赠司空。　2. 小极：有点疲乏。　3. 疲睡：打瞌睡。　4. 叩会：询问、会见。　5. 元公：指顾荣，他是顾和的族叔。顾荣死后谥号为“元”，所以称“元公”。　6. 协赞：辅佐。赞，相助。中宗：晋元帝的庙号。江表：长江之外，即江南地区。　7. 体小不安：（他的）身体看起来不太舒服。喘息：呼吸急促，比喻焦急不安。8. 珪璋特达：珪、璋是玉器，是诸侯朝见天子时所用的重礼。用珪璋时可以单独送达，不须加上别的礼品为辅。后用来比喻有才德的人，不用别人推荐也会自己有所成就。　9. 有锋：言辞犀利。锋，指词锋。

【译文】

司空顾和还没有出名的时候，有一次去拜访丞相王导。恰好王导有点乏了，就对着他打起了瞌睡。顾和考虑着怎样才能和王导说上话并请教他，便对同座的人说：“过去常常听我叔叔谈起丞相大人辅佐中宗、保全江南的事迹。现在丞相大人看来身体有点不太舒服，真叫人着急啊。”王导（蒙眬中听见他这样说）便醒来了，评论顾和说：“这个人确实才德可贵，头脑机警，词锋犀利。”

三四、海内之秀

会稽贺生[1]，体识清远[2]，言行以礼。不徒东南之美[3]，实为海内之秀[4]。

【注释】

1. 贺生：贺循，字彦先，会稽郡人，曾任吴国内史、太子太傅。

生，古代对读书人的称呼，曰“某生”。 2. 体识：禀性见识。清远：清新深远。 3. 不徒东南之美：不只是东南地区的俊才。不徒，不仅、不只。“东南之美”本指东南地区出产的美物，后来演变为成语，指东南地区人物中之佼佼者，如唐代王勃的《滕王阁序》有“台隍枕夷夏之交，宾主尽东南之美”之句。 4. 海内之秀：全国范围内的优秀人才。海内，四海之内。美、秀，都指俊秀之才。

【译文】

会稽人贺循，禀性清纯，见识高远，言语行动都合乎礼法。他不只是东南地区的杰出人物，更是全国范围内的优秀人才。

三五、志存本朝

刘琨（kūn）[1]虽隔阂（hé）寇戎[2]，志存本朝[3]。谓温峤（qiáo）[4]曰：“班彪（biāo）[5]识刘氏之复兴[6]，马援知汉光之可辅[7]。今晋祚（zuò）虽衰（shuāi），天命未改[8]，吾欲立功于河北，使卿延誉于江南，子其行乎？”温曰：“峤虽不敏，才非昔人，明公以桓、文之姿[9]，建匡立之功[10]，岂敢辞命[11]！”

【注释】

1. 刘琨：字越石，封广武侯，西晋末任并州刺史，都督幽、并、冀三州军事。 2. 隔阂：阻隔。寇戎：外族侵略者。戎，指西部少数民族。西晋末诸王侯互相攻伐，北部和西部各族也乘机侵入中原。 3. 志存本朝：公元316年，京都失陷；317年，司马睿在江南称晋王。刘琨有志辅佐帝室，平定北方，便派下属温峤到建康，上表劝进。存，思念。 4. 温峤：字太真，在刘琨手下任右司马（军府属官，综理一府之事）。　5. 班彪：字叔皮，扶风安陵（在今陕西咸阳）人，为班固、班昭之父。班家是汉代显贵、儒学大族，班彪受家学影响很大，从小好古敏求，与其兄班嗣游学不辍，才名渐显。初时追随隗嚣，但隗嚣想叛离刘秀，班彪持反对意见；后追随窦融，窦融初附淮阳王，班彪为之谋划，终归附光武帝。　6. 刘氏之复兴：刘汉皇室（中期衰落后）再度兴旺起来。西汉末年王莽篡位，改国号为“新”，后来刘秀即位，定都洛阳，汉室复兴，是为东汉王朝。　7. 马援：字文渊，扶风茂陵（在今陕西兴平）人，汉代著名军事家，东汉开国功臣之一。他辅佐光武帝，南征北伐，屡建战功，封新息侯，拜伏波将军。汉光：东汉开国皇帝光武帝刘秀。　8. 晋祚虽衰：西晋王朝虽然衰微。祚，国祚，指晋王朝的国统、祚运。天命未改：封建统治者认为皇帝是由上天的意志安排的，这叫天命。　9. 桓、文：指齐桓公、晋文公，都是春秋时期诸侯国的霸主。姿：犹“资”，天资、才能。　10. 匡立：匡扶、建立，指辅助天子，扶立新政。功：功勋、业绩。　11. 辞命：推辞不接受命令。

【译文】

刘琨虽然被从西部而来的侵略者阻隔在黄河以北，心中却总不忘朝廷。他对温峤说：“班彪认识到刘氏王室能够复兴，马援知道汉光武帝可以辅佐。现在晋室的国运虽然衰微，可是天命还没有改变。我想在黄河以北建功立业，而且想让你在江南扬名，你大概会去吧？”温峤说：“我虽然不聪敏，才能也比不上前辈，可是明公您如果想用齐桓公、晋文公那样的才智，来建立救国中兴的功业，我又怎么敢不受命呢！”

三六、江左管仲

温峤初为刘琨使来过江。于时江左[1]营建始尔，纲纪未举[2]。温新至，深有诸虑。既诣王丞相，陈主上幽越[3]，社稷(jì)焚灭，山陵夷毁之酷[4]，有《黍(shǔ)离》之痛[5]。温忠慨深烈，言与泗(sì)俱[6]，丞相亦与之对泣。叙情既毕，便深自陈结[7]，丞相亦厚相酬(chóu)纳[8]。既出，欢然言曰："江左自有管夷吾[9]，此复何忧！"

【注释】

1. 江左：从江北方向而言，长江以东地区在左手一边，故称江左，反之则为江右。 2. 纲纪：国家的法制。举：制定，订立。 3. 主上：对皇帝的称呼，此指晋愍帝司马邺。(按：公元316年刘曜围长安，晋愍帝投降，被赶到平阳，公元317年愍帝被杀。)幽越：流亡监禁。 4. 社稷：指国家宗庙。山陵：指皇帝的坟墓。 5.《黍离》之痛：《黍离》，《诗经·王风》篇名，有"彼黍离离，彼稷之苗"之句。据说周王室迁到东都洛阳以后，有人回西部看到原来的宗庙宫室已经毁为平地，种上了黍稷，便哀怜周王室日渐衰微，心里忧伤而作此诗。 6. 言与泗俱：犹"声泪俱下"，即说着话眼泪鼻涕一起流下来。泗，鼻涕。 7. 深自陈结：真诚地诉说结交之意。 8. 厚相酬纳：深情地接纳他的心愿。 9. 管夷吾：管仲，春秋时期齐国著名宰相，辅助齐桓公成为一代霸主。

【译文】

温峤出任刘琨的使节刚到江南来。这时，江南的政权建立工作刚刚着手，法纪还没有制定，社会秩序尚不稳定。温峤初到，对这种情况很是担忧。接着便去拜访丞相王导，诉说晋帝被囚禁流放、社稷宗庙被焚、先帝陵墓遭毁的酷烈情况,并表现出亡国的哀痛。温峤忠诚愤慨的感情深厚激烈,边说边哭,王导也随着他一起流泪。温峤叙述完实际情况以后,就真诚地诉说结交之意,王导也深情地接纳他的心愿。出来以后,他高兴地说:"江南自有像管仲一样的贤相,这还担心什么呢?"

三七、蒙尘路次

王敦兄含为光禄勋[1]。敦既逆谋,屯据南州,含委职[2]奔姑孰[3]。王丞相诣阙(què)谢[4]。司徒、丞相、扬州官僚[5]问讯,仓卒不知何辞[6]。顾司空时为扬州别驾[7],援翰(hàn)[8]曰:"王光禄远避流言[9],明公蒙尘路次[10],群下[11]不宁,不审尊体起居何如?"

【注释】

1. 光禄勋:官名,掌管皇帝宿卫侍从。 2. 委职:弃职、离开职位。 3. 姑孰:古城名,东晋时始筑,又名南州(洲),故址在今安徽当涂。 4. 王丞相诣阙谢:王敦谋反之时,王导天天领着家里子弟到朝廷待罪。 5. 司徒、丞相、扬州官僚:指司徒府、丞相府、扬州刺史府的僚员。官僚,官员和僚属。 6. 不知何辞:不知道说什么。 7. 别驾:刺史的属官,随刺史外出视察。 8. 援翰:提笔(写)。翰,即"翰墨"之"翰",原指长而坚硬的(鸟)羽,因可用作笔管,后借指毛笔,亦可指代文章、书信等。 9. 远避流言:远远地避开流言蜚语。10. 蒙尘路次:在大路上蒙受风尘,指王导每日诣阙谢罪之事。11. 群下:僚属、部下。

【译文】

王敦的哥哥王含担任光禄勋一职。王敦谋反以后,领兵驻扎在南州，王含就弃职投奔。丞相王导为这事上朝谢罪。这时候，司徒府、丞相府和扬州刺史府的官员都来打听消息，匆忙间不知应该怎样措辞。司空顾和当时任扬州别驾，拿起笔来写道：“王光禄远远地躲开了流言，明公(您)每天在路上风尘仆仆，我们作为下属心里都很不安，不知贵体饮食起居怎么样？”

三八、朱博翰音

郗太尉拜司空[1]，语同坐曰：“平生意不在多，值世故纷纭(yún)，遂至台鼎[2]。朱博[3]翰音[4]，实愧于怀。”

【注释】

1. 郗太尉拜司空：指郗鉴于晋成帝咸和四年任司空，后又进位太尉。司空，晋朝设有司空一职，主管水土营建之事，地位极高，往往作为权臣之加官。 2. 台鼎：指三公或宰相。东汉时太尉、司徒、司空合称三公，是最高的官位。人们拿“三台”(星名)和“鼎足”来比喻三公，合称“台鼎”。 3. 朱博：字子元，西汉时杜陵人。家贫，少时给事县为亭长，好客少年，捕搏敢行。伉侠好交，随从士大夫，不避风雨。汉哀帝时曾任大司空、御史大夫等职。 4. 翰音：声音高飞，比喻空名。翰，高飞。

【译文】

郗鉴就任司空一职，和同座的人说起：“我平生志向不高，遇上世事纷乱，便升至‘三公’的高位。想起朱博徒有空名，我内心实在有愧。”

三九、不作汉语

高坐道人[1]不作汉语[2]。或问此意,简文曰:“以简应对[3]之烦。”

【注释】

1. 高坐:西域僧人之名,西晋永嘉年间来到中原。道人:和尚。 2. 不作汉语:不说汉语。据《高坐别传》载:高坐和尚“性高简,不学晋语。诸公与之言,皆因传译”。 3. 简:简省、省略。应对:应酬。

【译文】

高坐和尚不说晋人的语言。有人问起这是何意,晋简文帝说:“这是为了省去应酬的烦扰。”

四〇、不舍明公

周仆射[1]雍容[2]好仪形[3]。诣王公[4],初下车,隐(yìn)[5]数人,王公含笑看之。既坐,傲然啸咏[6]。王公曰:“卿欲希嵇、阮邪?”答曰:“何敢近舍明公,远希[7]嵇、阮!”

【注释】

1. 周仆射:指周觊,其事已见前注。 2. 雍容:形容举止大方,温和从容。 3. 好仪形:指良好的外貌,仪表堂堂。 4. 王公:指王导。 5. 隐:搀扶着。(按:当时贵族出入都需要侍者搀扶,以示身份尊贵。) 6. 傲然:形容举止傲慢、没礼貌。啸咏:啸,吹口哨。咏,歌咏。(按:啸咏是当时文士之间流行的一种习俗,也是放诞不羁的傲世之人借以表现其名士风流的一种姿态。) 7. 希:思慕、仰慕。

【译文】

尚书仆射周觊举止温和从容，仪表堂堂。他去拜访王导，刚下车，就要几个人搀扶着，王导含笑看着他。落座以后，周觊旁若无人地吹奏口哨。王导说："你想学习嵇康、阮籍吗？"周觊回答说："我怎敢舍去眼前的明公，去仰慕前代的嵇康、阮籍呢！"

四一、疲于津梁

庾公尝入佛图[1]，见卧佛，曰："此子疲于津梁[2]。"于时以为名言。

【注释】

1. 佛图：佛寺。 2. 疲于津梁：比喻佛祖为接引众生而奔忙疲累。津梁，桥梁。

【译文】

庾亮曾到佛寺，看见卧佛就说："这位先生因普渡众生而疲劳了。"当时人们把这句话看成名言。

四二、挚瞻万石

挚（zhì）瞻（zhān）[1]曾作四郡太守，大将军户曹参军，复出作内史，年始二十九。尝别王敦，敦谓瞻曰："卿年未三十，已为万石（dàn）[2]，亦太早。"瞻曰："方于将军，少为太早[3]；比之甘罗[4]，已为太老。"

【注释】

1. 挚瞻：字景游，京兆长安人，挚虞从子。西晋末大乱时，依王敦为户曹参军，知敦有异志，与第五猗以荆州拒敦，竟为所害。2. 万石：官职等级经常用俸禄的多少来表示，例如太守（的俸禄）是二千石。挚瞻曾作四郡太守，现又任内史，所以其俸禄合起来是“万石”。　3. 方于：和……相比。少：稍稍、略微。　4. 甘罗：战国末下蔡（即今安徽凤台，当地有“甘罗乡”）人，秦国名臣甘茂之孙，著名的少年政治家，有“甘罗十二为丞相”的美誉。

【译文】

挚瞻曾经做过四个郡的太守，也在王敦的大将军府做过户曹参军，后（因与王敦言语不合）被贬去随国任内史之职，当时年龄才二十九岁。挚瞻曾去向王敦告别，王敦对他说：“你还没满三十岁，已经做了五任二千石的官，这也太早了吧。”挚瞻说：“同将军您相比，稍微早了一些；同甘罗相比，却已经太晚了。”

四三、杨氏小儿

梁国[1]杨氏子九岁，甚聪惠。孔君平[2]诣其父，父不在，乃呼儿出。为设果[3]，果有杨梅。孔指以示儿曰：“此是君家果。”儿应声答曰：“未闻孔雀是夫子[4]家禽。”

【注释】

1. 梁国：其封地位于洛阳东南八百五十里，国都在今河南商丘睢阳区。　2. 孔君平：名坦，字君平，晋朝会稽郡人，孔子第二十六代后裔。曾任吴郡太守，后迁尚书，疾笃未到任。累迁廷尉（掌管刑法），故也称孔廷尉。　3. 为设果：为客人摆设果品（来款待）。设，摆设、陈设。　4. 夫子：年轻人对长辈的尊称，犹“先生（您）”。

【译文】

梁国有一家姓杨的，有个儿子才九岁，很聪明。有一次，孔坦去拜访他父亲，他父亲不在家，便叫儿子出来待客。儿子给孔坦摆上果品，果品里头有杨梅。孔坦指着杨梅给他看，并说："这是你家的果子。"孩子应声答道："我却没听说过孔雀是您家的鸟。"

四四、孔沈受裘

孔廷尉以裘与从弟[1]沈，沈辞不受。廷尉曰："晏(yàn)平仲[2]之俭，祠(cí)其先人，豚(tún)肩不掩豆[3]，犹狐裘[4]数十年，卿复何辞此！"于是受而服之。

【注释】

1. 从弟：中古时期，以同曾祖父不同祖父而年幼于己的同辈男性为从弟；唐宋以后，以同祖父不同父亲而年幼于己的同辈男性为从弟。 2. 晏平仲：晏婴，字平仲，亦称"晏子"，春秋时齐国夷维(在今山东高密)人，曾任大夫之职。他是当时著名的思想家、政治家、外交家，爱国忧民，敢于直谏，具有高明的政治远见和高超的外交才能，在诸侯和百姓中享有极高的声誉。晏子的生活作风非常简朴，据说一件狐裘穿了三十年。 3. 祠：祭祀。豚：小猪。豆：古代的一种盛食物的器具，形似今之高脚盘。 4. 狐裘：作动词用，指穿着狐皮做的袍子。

【译文】

廷尉孔坦把一件裘皮大衣送给堂弟孔沈，孔沈推辞不肯收。孔坦说："晏婴那么俭省，祭祀祖先的时候，所用的猪都是那么小，即使摊开猪的两只肩肘，也盖不满盘子，如同他一件狐皮袍子穿了几十年。你又为什么不肯收下这件皮衣呢！”孔沈这才把皮衣收下来，并穿在身上。

四五、善交诸石

佛图澄[1]与诸石[2]游，林公[3]曰："澄以石虎为海鸥（ōu）鸟[4]。"

【注释】

1. 佛图澄：晋代僧人名，永嘉年间曾到洛阳。　2. 诸石：指石勒、石虎等人，羯族人。东晋时，石勒侵入中原，大肆杀戮，建立后赵政权。后石勒死，其堂弟石虎袭位。　3. 林公：支遁，字道林，常被尊称为"林公"。　4. 海鸥鸟：据《列子·黄帝篇》载，有个人喜欢海鸥，天天到海上去跟海鸥玩。一天他父亲要他捉一只海鸥回来，等他又到海上时，海鸥却再也不飞下来了。

【译文】

佛图澄和尚同石氏诸人交往，支道林说："他把石虎当作海鸥鸟了。"

四六、坐无尼父

谢仁祖[1]年八岁，谢豫章[2]将[3]送客。尔时语已神悟[4]，自参上流[5]。诸人咸共叹之，曰："年少一坐之颜回[6]。"仁祖曰："坐无尼父（fǔ）[7]，焉（yān）别颜回？"

【注释】

1. 谢仁祖：谢尚，字仁祖，陈郡阳夏（在今河南太康县）人，谢鲲之子，后任镇西将军、豫州刺史。　2. 谢豫章：谢鲲，字幼舆，国子祭酒谢衡之子，曾任豫章太守。　3. 将：带领着。　4. 神悟：指领悟神速。　5. 自参上流：自处于上等名流之中。　6. 颜回：颜氏，本姓曹，名回，字子渊（故亦称“颜渊”），春秋时鲁国宁阳（在今山东泰安宁阳县）人，是孔门“七十二贤”之一。他十四岁拜孔子为师，且终生师事之，也是孔子最得意的门生。孔子对颜回称赞最多，赞其好学且仁。历代文人对颜回推尊有加，尊称他为“复圣”，并以其陪祭于孔庙。　7. 尼父：孔子，字仲尼，尊称为“尼父”（犹“仲尼先生”）。

【译文】

谢尚八岁时，他父亲豫章太守谢鲲已经领着他送客。那时他的言谈便显示出奇异的悟性，已经自居于名流之中。大家都赞许他说：“年纪虽小，也是座中的颜回。”谢尚说：“座中如果没有孔子，怎么能识别颜回呢？”

四七、时无竖刁

陶公[1]疾笃（dǔ）[2]，都无献替[3]之言，朝士以为恨[4]。仁祖闻之，曰：“时无竖刁[5]，故不贻（yí）陶公话言[6]。”时贤以为德音。

【注释】

1. 陶公：陶侃，字士行，历任湘、广、荆等诸州刺史。晋成帝时，封长沙郡公，为太尉，赠大司马，名望很高。　2. 疾笃：重病。笃，深、重。　3. 献替：指对君主劝善规过、建议兴革等。　4. 朝士：朝廷中的官吏。恨：遗憾。　5. 竖刁：春秋时齐桓公所宠信的宦官。齐国宰相管仲病重时，齐桓公问他竖刁可否继承他做宰相，管仲认为此人绝不能用。后来竖刁果然发动了叛乱。　6. 贻：遗留。话言：指遗言。

【译文】

陶侃病势很重，有关朝廷兴利除弊、官吏进退等大事，却没有留下一句话，朝中的官员都认为是憾事。谢尚听到这事，就说："现在没有像竖刁那样的人，所以陶公不用留下遗训。"当时人士认为这是有德者的话。

四八、朱门蓬户

竺(zhú)法深[1]在简文[2]坐，刘尹[3]问："道人[4]何以游朱门？"答曰："君自见朱门[5]，贫道如游蓬户[6]。"或云卞(biàn)令[7]。

【注释】

1. 竺法深：东晋僧人，名潜，字法深。俗姓王，出自琅琊(在今山东临沂)王氏。十八岁出家，师从名僧刘元真，在洛阳小有名气。2. 简文：指晋简文帝司马昱。　3. 刘尹：指刘惔，曾为丹阳尹。4. 道人：和尚也可称为"某某道人"，下文自称"贫道"亦同。　5. 朱门：红漆大门，指代富贵人家。　6. 蓬户：用蓬草编成的门(有时也说"蓬门")，即简陋的房屋，指代穷苦人家。　7. 卞令：卞壸，字望之，济阴冤句(在今山东菏泽)人，为中书令卞粹之子。东晋书法家，曾任尚书令之职。

【译文】

竺法深做了简文帝的座上客，丹阳尹刘惔问他："和尚为什么同达官贵人家交往？"竺法深回答道："您自己看见那是达官贵人之家，我却以为如同与贫苦人家交往一样。”也有人说是尚书令卞壶（问的）。

四九、从公于迈

孙盛[1]为庾公记室参军[2]，从猎，将其二儿俱行。庾公不知，忽于猎场见齐庄[3]，时年七八岁，庾谓曰：“君亦复来邪？”应声答曰：“所谓‘无小无大，从公于迈’[4]。”

【注释】

1. 孙盛：字安国，太原中都（在今山西平遥）人，西晋冯翊太守孙楚之孙。孙盛以博学、善清谈而闻名，先后担任陶侃、庾亮、桓温等人的僚佐。曾官至长沙太守，封吴昌县侯。 2. 记室参军：专管军队中起草文书、记录表彰等事务的官员。记室，指文书记录之事。 3. 齐庄：指孙盛次子孙放。孙盛二子长者名潜字齐由（“由”指许由），幼者名放字齐庄（“庄”指庄周）。 4. “无小无大，从公于迈”：出自《诗经·鲁颂·泮水》，原诗写鲁公带着随从浩荡出行。此句意为“随从不分官大小，跟着鲁公真光彩”。从，跟随。公，指鲁公。于迈，于征。迈，行进。

【译文】

孙盛担任庾亮的记室参军，一次随着庾亮去打猎，带着自己的两个儿子一起去。庾亮本不知道这情况，忽然在猎场看见他的次子孙放，当时这孩子只有七八岁，庾亮问他：“你也来了呀？”齐庄接口回答说：“正如《诗经》所说：‘无小无大，从公于迈。’”

五〇、弃孔慕庄

孙齐由、齐庄二人,小时诣庾公。公问齐由何字,答曰:“字齐由。”公曰:“欲何齐邪(yé)[1]?”曰:“齐许由。”齐庄何字,答曰:“字齐庄。”公曰:“欲何齐?”曰:“齐庄周。”公曰:“何不慕仲尼而慕庄周?”对曰:“圣人生知[2],故难企慕[3]。”庾公大喜小儿对。

【注释】

1. 欲何齐邪:想向谁看齐。 2. 圣人生知:圣人生来有智慧,即拥有“不学而知”的良知和“不虑而能”的良能。圣人,指才能和德行最高的人,中国古代公认的“圣人”即孔子。 3. 企慕:企及、仰慕。

【译文】

孙潜、孙放兄弟二人,小时候去拜见庾亮。庾亮问孙潜的字,回答说:“字齐由。”又问:“想向谁看齐呢?”说:“向许由看齐。”又问孙放的字,回答说:“字齐庄。”问他:“想向谁看齐?”说:“向庄周看齐。”庾亮问:“为什么不仰慕孔子,而仰慕庄周呢?”孙放回答说:“圣人生来智慧,所以很难企及。”庾亮对这个小儿子的回答非常满意。

五一、弟子何泣

张玄之[1]、顾敷(fū)[2]是顾和[3]中外孙[4],皆少而聪惠。和并知之,而常谓顾胜,亲重偏至[5],张颇不恹(yān)[6]。于时张年九岁,顾年七岁。和与俱至寺中,见佛般泥洹(bō ní huán)像[7],弟子有泣者,有不泣者。和以问二孙。玄谓:“被亲[8]故泣,不被亲故不泣。”敷曰:“不然。当由忘情[9]故不泣,不能忘情故泣。”

【注释】

1. 张玄之:晋司空顾和外孙,生于徐州吴兴,故亦称“张吴兴”。 2. 顾敷:顾和之孙,生平不详。 3. 顾和:字君孝,吴郡吴县(在今江苏苏州)人。少有德操,初为王导赏识,后升至司徒左曹掾等职,太宁初年迁太子舍人等。后历迁散骑侍郎、吏部尚书。 4. 中外孙:孙子和外孙。 5. 知:了解,赏识。胜:更胜一筹。亲重:亲爱看重。偏至:很是偏爱。 6. 不怲:指心中不满。 7. 般泥洹像:佛的卧像。般泥洹,同“般涅槃”。涅槃,佛教用语,指修行的最高境界,也用以称僧尼之死。 8. 被亲:受到宠爱。 9. 忘情:指哀乐不入于心,不为感情所动。

【译文】

张玄之和顾敷分别是顾和的外孙和孙子,两人小时候都很聪明,顾和对他们都很赏识,又常对人说顾敷更胜一筹,因此特别偏爱他。张玄之心中不满。这时候玄之九岁,顾敷七岁。有次顾和带他们一起到庙里去,看见卧佛像,旁边佛的弟子有的哭,有的不哭。顾和就问两个孙子为什么会这样。玄之说:“得到佛的宠爱,所以哭;没有得到宠爱,所以不哭。”顾敷说:“不对,应该是因为忘情,所以不哭;不能忘情,所以哭。”

五二、麈尾犹在

庾法畅[1]造庾太尉(wèi),握麈(zhǔ)尾[2]至佳。公曰:“此至佳,那得在[3]?”法畅曰:“廉者不求,贪者不与,故得在耳。”

【注释】

1. 庾法畅：疑误，当作康法畅，译文从改。东晋高僧名，生平不详。　2. 麈尾：魏晋名士用来显示身份的一种道具，其形如树叶，下部靠柄处则常为平直状。清谈时挥舞指画，可使形象显得更加潇洒，实际作用介于羽扇和拂尘之间。　3. 那得在：怎么还会在（你手上）？意即这样好的东西即使不拿来送人，也会因被人看上而去索取。

【译文】

康法畅去拜访太尉庾亮，手里拿的麈尾看起来极好。庾亮问道："这东西这么好，怎么还能留得住？"法畅说："廉洁的人不会向我要，贪心的人我也不会给，所以能留下呢。"

五三、扇不在新

庾稚恭[1]为荆州，以毛扇[2]上武帝，武帝疑是故物[3]。侍中刘劭（shào）[4]曰："柏梁云构[5]，工匠先居其下；管弦繁奏，钟、夔（kuí）[6]先听其音。稚恭上扇，以好不以新。"庾后闻之，曰："此人宜在帝左右。"

【注释】

1. 庾稚恭：庾翼，字稚恭，颍川鄢陵（在今河南鄢陵）人，东晋中期将领、外戚，其兄即庾亮，其姊为晋明帝皇后庾文君。　2. 毛扇：羽毛扇。原产于江南，当时属珍稀之物，被用于贡献。　3. 上：献上，指臣民向皇帝进献物品。疑是故物：怀疑是旧东西。　4. 刘劭：彭城（在今江苏徐州）人，为刘讷（字令言）之孙。其人颇有才干，历任御史中丞、侍中、尚书等职。　5. 柏梁：指柏梁台，汉武帝时所筑，在长安城。云构：高耸入云的建筑，犹今之“大厦”。云，指高处入云。构，建筑物。 6. 钟、夔：指钟子期和师夔。钟子期，名徽，春秋时期楚国汉阳（在今湖北武汉蔡甸）人，著名音乐家。夔，舜时乐官。

【译文】

庾翼任荆州刺史的时候，向晋武帝进献羽毛扇，武帝怀疑是用过的旧扇子。侍中刘劭说：“柏梁台那样高大的楼台，是工匠先处在里面；管弦齐奏，也是懂音乐的人（乐工）先审察它的声音。庾翼进献扇子，是因为它好，而不是因为它新。”庾翼后来听说了这件事，便说：“这个人适合待在皇帝身边。”

五四、自有周公

何骠骑[1]亡后，征褚公[2]入。既至石头[3]，王长史、刘尹[4]同诣褚。褚曰：“真长何以处[5]我？”真长顾王曰：“此子能言。”褚因视王，王曰：“国自有周公[6]。”

【注释】

1. 何骠骑：何充，字次道，庐江灊县（在今安徽霍山）人，安丰太守何睿之子。康帝时任骠骑将军，穆帝时升任宰相。 2. 征褚公：褚公（即褚裒）为褚太后之父，曾任徐、兖二州刺史，镇守京口。当时朝议以为他宜掌朝政，就征他入朝。 3. 石头：石头城，在都城建康（即今江苏南京）附近。 4. 王长史：王濛，字仲祖，曾任司徒左长史。刘尹：刘惔，字真长，曾任丹阳尹。（按：时刘惔与王濛同为会稽王司马昱的座上客。） 5. 处：处理、安置，指安排职位。 6. 国自有周公：国家本来就有周公一样的肱股之臣。（按：这里用周公比喻会稽王司马昱。司马昱时任抚军大将军、录尚书事，褚太后诏他专总万机，有人劝褚裒把国政交付给他，自己仍回京口去。）

【译文】

骠骑将军何充逝世后，征召褚裒入朝。褚裒到石头城后，左长史王濛和丹阳尹刘惔一起去拜访他。褚裒问道："真长，朝廷怎么安置我呢？"刘惔看着王濛说："这一位善于言谈。"褚裒于是望着王濛，王濛说："朝中本来有（像）周公（那样的辅弼之臣）。"

五五、人何以堪

桓公北征[1]，经金城，见前为琅（láng）邪（yá）时[2]种柳，皆已十围[3]，慨然曰："木犹如此，人何以堪！"攀（pān）枝执条，泫（xuàn）然[4]流泪。

【注释】

1. 桓公：桓温。北征：指桓温于东晋太和四年（公元 369 年）伐燕一事。 2. 金城：地名，南琅琊郡治所。前为琅琊时：从前在琅琊郡做官时。（按：桓温曾于咸康七年任琅琊郡内史，奉命镇守金城，到伐燕时已近三十年。） 3. 皆以十围：都长到了十围那么粗。围，两手拇指和食指合拢的圆周长为"一围"。（按：一般柳树长到十围的粗细时，就快要干枯了。将人比作树，言时光飞逝，恍然已是暮年。） 4. 泫然：形容泪珠纷纷滴落的样子。

【译文】

桓温北伐的时候，经过金城，看见从前任琅琊内史时所种的柳树，都已经长到十围那么粗了，就感慨道："树木尚且这样，人怎么经受得起（时光蹉跎）呢！"攀着树枝，抓住柳条，泪流不止。

五六、为王前驱

简文作抚军时，尝与桓宣武[1]俱入朝，更相让在前[2]。宣武不得已而先之，因曰："伯也执殳(shū)，为王前驱[3]。"简文曰："所谓'无小无大，从公于迈'。"

【注释】

1. 桓宣武：桓温，谥号为宣武。 2. 更相：互相。让在前：彼此谦让着让对方先走。 3. 伯也执殳，为王前驱：引自《诗经·卫风·伯兮》，此句意为：我哥哥手里拿着兵器，为大王做前驱冲锋陷阵。殳，古代兵器，有棱无刃。（按：桓温因自己走在前面，故引"为王前驱"之句，以示谦让。）

【译文】

晋简文帝任抚军将军的时候，有一次和桓温一同上朝，两人多次互相谦让，要对方走在前面。桓温不得已只好先走，于是一面走一面说："伯也执殳，为王前驱。"简文帝回答说："这正是所谓'无小无大，从公于迈'。"

五七、蒲柳松柏

顾悦与简文同年，而发早白。简文曰："卿何以先白？"对曰："蒲(pú)柳之姿[1]，望秋而落；松柏之质，经霜弥茂[2]。"

【注释】

1. 蒲柳之姿：蒲柳，即水杨，因其早凋，常比喻早衰的体质。姿，通"资"，资质。 2. 松柏：松树和柏树皆为常绿乔木。经霜弥茂：

经历过秋霜更加茂盛。

【译文】

顾悦和简文帝同岁，可是头发早就白了。简文帝问他："你为什么头发比我先白呢？"顾悦回答说："蒲柳的资质差，一到秋天就凋零了；松柏质地坚实，经历过秋霜，反而更加茂盛了。"

五八、忠臣孝子

桓公入峡[1]，绝壁天悬[2]，腾波迅急，乃叹曰："既为忠臣，不得为孝子[3]，如何？"

【注释】

1. 桓公：桓温。入峡：行至峡谷中。（按：此则所记，当为永和二年桓温率部伐蜀之事。） 2. 绝壁天悬：陡峭的岩壁就像是悬挂在天空中一样。 3. 既为忠臣，不得为孝子：据《汉书·王尊传》载，王阳担任益州刺史，视察到九折坂（亦名邛崃坂，即今四川省荥经县大相岭山南坡"山道七十四盘"）时，叹道："奉先人遗体，奈何数乘此险！"便托病辞官。后来王尊继任刺史，行至此处就叫车夫赶马前进，并说："王阳为孝子，王尊为忠臣。"

【译文】

桓温率兵进入一处峡谷，看见陡峭的山崖好像悬挂在天上，翻腾的波涛迅猛飞奔，于是叹息道："既然要做忠臣，就不能做孝子，可怎么办呢？"

五九、简文忧阼

初，荧(yíng)惑(huò)[1]入太微[2]，寻废海西[3]，简文登阼，复入太微，帝恶之。时郗超为中书，在直[4]。引超入曰：“天命修短，故非所计。政当无复近日事不(fǒu)？”超曰：“大司马方将外固封疆(jiāng)，内镇社稷，必无若此之虑[5]。臣为陛下以百口保之[6]。”帝因诵庾仲初[7]诗曰：“志士痛朝危，忠臣哀主辱[8]。”声甚凄厉。郗受假还东[9]，帝曰：“致意尊公，家国之事，遂至于此[10]。由是身不能以道匡卫[11]，思患预防。愧叹之深，言何能喻？”因泣下流襟(jīn)。

【注释】

1. 荧惑：星名，即火星。 2. 太微：太微垣，在北斗星南面一带。（按：古人把星空分区，有“三垣”，即紫微垣、太微垣、天市垣。） 3. 寻废海西：寻，不久。废，废去。海西，即废帝海西公司马奕。 4. 郗超：原为桓温参军，是其亲信；简文帝时任中书侍郎，后为司徒左长史。为中书：担任中书令。在直：正在当值。直，通“值”。 5. 大司马：指桓温。必无若此之虑：一定没有这样的忧虑，指桓温内外事务正忙，应当不会再起废立之心。 6. 以百口保之：用一百口人的性命来作保证。 7. 庾仲初：庾阐，字仲初，颍川鄢陵（在今河南鄢陵北）人，东晋文学家、官员。庾阐九岁能文，后因功封吉阳县男。曾官至给事中，领著作事。 8. 志士痛朝危，忠臣哀主辱：志士见朝廷陷于危难而痛心，忠臣因君主遭受屈辱而伤怀。 9. 受假还东：指郗超获准请假回会稽探望父亲一事。按：郗超之父曾受简文帝赏识，被任命为都督浙江东五郡的军事，镇守会稽（在建康以东）。 10. 家国之事，遂至于此：公元 365 年，晋哀帝死，琅琊王司马奕登位。公元371年闰十月,荧惑星入居太微垣,十一月,桓温废司马奕为东海王,十二月又降为海西县公,并立会稽王司马昱为帝,即简文帝。十二月荧惑又逆行入太微。简文帝鉴于海西公被废一事,害怕自己也被废,故有此叹。 11. 身不能以道匡卫:我不能用正确的主张纠正失误、保卫国家。匡,匡正。卫,扶持、护卫。

【译文】

当初火星进入太微区域,不久海西公被废。简文帝即位后,火星再次进入太微,简文帝对这事很厌恶。这时郗超任中书侍郎,正好轮到他当值。简文帝招呼他进里面,说道:"国家寿命的长短,本来就不是我所能考虑的。只是不会重复最近发生的事吧?"郗超说:"大司马正要对外巩固边疆,对内安定国家,一定不会有这样的打算。臣用上百口家人的性命来给陛下担保。"简文帝于是朗诵庾阐的两句《从征诗》:"志士痛朝危,忠臣哀主辱。"声音非常凄厉。后来郗超请假回会稽看望父亲,简文帝对他说:"请向令尊转达我的问候之意。王室和国家的事情,竟到了这个地步!因此我不能用正确的主张去纠正失误、保卫国家,思虑灾难之将至,防患于未然。我的羞愧、感慨之深重,言语怎么能说得清啊!"说完便哭得泪满衣襟。

六〇、君臣暗室

简文在暗室中坐,召宣武。宣武至,问上何在。简文曰:"某在斯[1]。"世人以为能。

【注释】

1. 某在斯:出自《论语·卫灵公》,说一个盲人乐师去见孔子,孔子给他介绍在座的人，指着说“某在斯，某在斯”（意即这个人在这里、那个人在那里）。“某”用来代替不明确指出的人，后也用于对别人谦称自己。简文帝引用此语，正是利用了这种词义的变化，故译文不用“朕”而用“我”。

【译文】

简文帝在暗室里坐着，召桓温进宫，桓温到了，问皇上在哪里。简文帝说：“我在这里。”当时的人都认为他很有才能。

六一、会心之处

简文入华林园[1]，顾谓左右曰：“会心处[2]不必在远，翳（yì）然林水，便自有濠（háo）[3]、濮（pú）[4]间想也，觉鸟兽禽鱼自来亲人。”

【注释】

1. 华林园：园名，在建康台城。本是吴国的皇宫花园，东晋时仿照洛阳的华林园修整过。　2. 会心处：让人心领神会的地方。　3. 濠：水名。其事出于《庄子·秋水》。庄子和惠子到濠水的桥上游玩，觉得很快活，就认为河中的鱼也很快活。　4. 濮：水名。其事亦出于《庄子·秋水》。庄子在濮水钓鱼，楚威王派大夫去请他出来主持国政，庄子不干，表示自己宁可做在污泥中爬行的快乐乌龟，也不愿做保存在宗庙里作祭祀用的死龟。

【译文】

简文帝进入华林园游玩，回头对随从说：“令人心领神会的地方不一定在远方，只要有林木蔽空、山水掩映的处所，就自然会产生濠（梁观鱼）、濮（水之钓）那样悠然自得的想法，觉得鸟兽禽鱼会主动亲近人。”

六二、年在桑榆

谢太傅语王右军曰："中年伤于哀乐[1]，与亲友别，辄作数日恶[2]。"王曰："年在桑榆(yú)[3]，自然至此，正赖丝竹陶写[4]，恒恐儿辈觉，损欣乐之趣。"

【注释】

1. 伤于哀乐：受到哀伤情绪的折磨。哀乐，这里偏义指"哀"。　2. 作数日恶：好几天闷闷不乐。作，表现出某种状态。恶，心情不好。　3. 年在桑榆：指晚年。太阳下山时，阳光只照到桑树、榆树的树梢，后多以桑榆比喻黄昏时分或暮年晚景。　4. 丝竹：指管弦乐器。丝，弦乐。竹，管乐。陶写：陶冶抒发。写，抒写、抒发。

【译文】

太傅谢安对右军将军王羲之说："中年以来，受到哀伤情绪的折磨，每次和亲友话别后，总是好几天闷闷不乐。"王羲之说："到了晚年自然会这样，只能借助音乐寄兴消愁，还常常担心子侄们发现，减少了我欢欣快乐的情趣。"

六三、重其神骏

支道林常养数匹马。或言："道人畜(xù)马不韵[1]。"支曰："贫道[2]重其神骏(jùn)[3]。"

【注释】

1. 道人：出家人(包括僧、道)皆可称"道人"。韵：风雅，雅致。　2. 贫道：这里是僧人自谦。　3. 神骏：良马的精神姿态。

【译文】

支遁经常养着几匹马。有人说："和尚养马不太雅致。"支遁说："我只是看重马的神采姿态。"

六四、共论《礼记》

刘尹与桓宣武共听讲《礼记》[1]。桓云："时有入心处，便觉咫(zhǐ)尺玄门[2]。"刘曰："此未关至极[3]，自是金华殿之语[4]。"

【注释】

1.《礼记》：又名《小戴礼记》，为西汉礼学家戴圣所编，记载战国至秦汉间儒家学派关于礼制的言论，侧重阐明礼的作用和意义。 2. 咫尺：形容距离很近。咫，古代长度单位，八寸为一咫。玄门：奥妙的门径，指高深的境界。 3. 至极：顶点、极致，这里指最精妙的境界。 4. 金华殿之语：汉成帝时，郑宽中、张禹曾在金华殿给皇帝讲解《尚书》《论语》。这里指儒生为皇帝讲书时的"老生常谈"。

【译文】

丹阳尹刘惔和大将军桓温一起听讲《礼记》。桓温说："有时内心有所领悟，便觉得离高深境界不远了。"刘惔却说："这还没有涉及最精妙的境界，还只是老生常谈。"

六五、胤绝圣世

羊秉(bǐng)[1]为抚军参军，少亡，有令誉，夏侯孝若[2]为之叙[3]，极相赞悼(dào)。羊权为黄门侍郎[4],侍简文坐。帝问曰:"夏侯湛(zhàn)作羊秉叙,绝可想[5]。是卿何物[6]?有后不(fǒu)?"权潸(shān)然对曰:"亡伯令问夙(sù)彰(zhāng)[7],而无有继嗣(sì),虽名播天听[8],然胤(yìn)绝圣世[9]。"帝嗟慨久之。

【注释】

1. 羊秉:字长达,为羊繇之子。简文帝任抚军将军时,羊秉为参军,死时年仅三十二岁。　2. 夏侯孝若:夏侯湛,字孝若,沛国谯县(在今安徽亳州)人,为东汉征西将军夏侯渊曾孙。曾任中书侍郎、散骑常侍等职。　3. 为之叙:给他写了叙文。叙,一种文体。古人去世后,亲友常会撰写叙文,记述亡者生平、事业、成就,表达赞誉悼念之意。　4. 黄门侍郎:古代职官名,主要负责侍从皇帝,并随时传达诏命。　5. 绝可想:很令人怀念。绝,表示程度,非常、很。　6. 是卿何物:(他)是你的什么人。　7. 令问:"令闻",美好的名声。夙彰:一向显著。　8. 名播天听:指羊秉的好名声传到了皇帝的耳朵里。　9. 胤绝圣世:指(羊秉)没有后嗣来领受圣世隆恩。胤,后代。圣世,指圣明的世代,谀辞。

【译文】

羊秉曾担任抚军参军,年纪轻轻的就死了。他很有名望,夏侯湛给他写了叙文,极力赞颂并哀悼他。羊权任黄门侍郎时,一次陪侍简文帝,简文帝问他:"夏侯湛写的《羊秉叙》,很令人怀念羊秉其人。不知他是你的什么人?有后代没有?"羊权流着泪回答说:"我伯父声誉一向很好,可是没有后代;虽然陛下也听到了他的名声,可惜他却没有后嗣来领受圣世的隆恩。"简文帝听了,感叹了很久。

六六、天之自高

王长史与刘真长别后相见，王谓刘曰：“卿更长进[1]。”答曰：“此若天之自高耳。”

【注释】

1. 更长进：指更有进步了。

【译文】

王濛和刘惔两人别后重逢，王濛对刘惔说：“你更有长进了。”刘惔答道：“这就好像天空那样，本来就是高的呀！”

六七、长松清风

刘尹云：“人想王荆产[1]佳，此想长松[2]下当有清风耳。”

【注释】

1. 王荆产：王徽，字幼仁，小名荆产，出身琅琊王氏，为平北将军王乂之孙、荆州刺史王澄之子。曾任右军司马，其为人放诞不羁。

2. 长松：高大挺拔的松树。

【译文】

刘惔说：“人们都想象着王徽人才出众，这就好比想象高大的松树下一定会有清风罢了。”

六八、不解蛮语

王仲祖[1]闻蛮语[2]不解，茫然曰：“若使介葛卢[3]来朝，故当不昧此语。”

【注释】

1. 王仲祖：王濛，字仲祖，太原晋阳(在今山西太原)人。他深得会稽王司马昱倚重，曾官至司徒左长史。 2. 蛮语：指少数民族的语言，是一种蔑称。 3. 介葛卢：春秋时期，东边有个介国(少数民族政权)，其国君名叫葛卢。据《左传·僖公二十九年》载，介葛卢懂得牛的语言，他到鲁国朝见鲁君，听见牛叫声，就说这头牛叫的是：“(我)生了三头小牛，都被捉去用作祭祀了。”

【译文】

王濛听见外族人说话，却一点也听不懂，他丧气地说：“如果介葛卢来朝见，想必懂得这种话。”

六九、逸少高论

刘真长为丹阳尹，许玄度[1]出都[2]，就刘宿，床帷(wéi)新丽，饮食丰甘。许曰：“若保全此处，殊胜东山[3]。”刘曰：“卿若知吉凶由人[4]，吾安得不保此！”王逸少在坐，曰：“令巢(cháo)、许遇稷(jì)、契(qì)[5]，当无此言。”二人并有愧色。

【注释】

1. 许玄度：许询，字玄度，祖籍高阳(今属河北)，寓居会稽(在今浙江绍兴)。其人有才藻，善属文；好清谈，善析玄理；性情淡泊，终身隐遁不仕。 2. 出都：到京都去。出，来到。 3. 东山：谢安曾在会稽郡东山隐居，后常以“东山”指代隐居之处。 4. 吉凶由人：祸福由人来决定。 5. 稷：后稷，周的始祖，尧时任稷官。契：商的始祖，舜时为司徒，辅助大禹治水。

【译文】

刘惔任丹阳尹的时候，许询到京都去，便到他那里住宿。他设置的床帐簇新华丽，饮食丰盛味美。许询说："如果保全这个地方，比隐居东山强多了。"刘惔说："你如果能肯定祸福由人来决定，我怎么会不保全这里呢！"当时王羲之也在座，就说："如果巢父和许由遇见后稷和契，一定不会说这样的话。"刘、许两人听了，都面有愧色。

七〇、清言致患

王右军与谢太傅[1]共登冶城[2]，谢悠然远想，有高世之志。王谓谢曰："夏禹勤王，手足胼(pián)胝(zhī)[3]；文王旰(gàn)食，日不暇给(jǐ)[4]。今四郊多垒[5]，宜人人自效；而虚谈废务，浮文妨要[6]，恐非当今所宜。"谢答曰："秦任商鞅(yāng)，二世而亡[7]，岂清言[8]致患邪？"

【注释】

1. 王右军：王羲之，曾任右军将军。谢太傅：谢安，曾任太傅。 2. 冶城：原是吴国冶铸之地，晋孝武帝时在城中立寺，安帝时改为花园，筑亭台楼阁，其故址在今江苏南京。 3. 勤王：勤勉于王事。手足胼胝：指手上和脚上都磨起了厚厚的硬茧。 4. 旰食：天黑才吃饭。旰，天晚。(按：指勤于国事，不顾生活细节。)日不暇给：形容事情多，时间不够用。给，足够。 5. 四郊多垒：四面的郊外大多筑起了营垒，指战乱四起。 6. 虚谈：指空谈义理。废务：荒废事务。浮文：不切实际的文辞。妨要：妨害重要的事情。(按：此句暗指清谈耽误国家大事。) 7. 商鞅：战国中期法家思想的代表人物，辅佐秦孝公实行变法，秦国因此富强起来。二世而亡：只经历两代君主便灭亡。秦朝短祚，始皇死后，秦二世继位，在位仅三年；后因陈胜吴广起义、刘邦项羽用兵，秦朝便迅速灭亡。　8. 清言：清谈，指不务实际，空谈玄学。

【译文】

王羲之和谢安一起登上冶城，谢安悠闲地凝神遐想，有超尘脱俗的志趣。王羲之对他说："夏禹操劳国事，手脚都长了老茧；周文王忙到天黑才吃上饭，总觉得时间不够用。现在国家战乱四起，人人都应当自觉为国效劳。而空谈荒废政务，浮辞妨害国事，恐怕不是当前应该做的事吧。"谢安回答说："秦国任用商鞅，可是秦朝只传两代就灭亡了，这难道也是清谈所造成的灾祸吗？"

七一、道韫咏雪

谢太傅寒雪日内集[1]，与儿女讲论文义[2]，俄而雪骤(zhòu)[3]，公欣然曰："白雪纷纷何所似？"兄子胡儿[4]曰："撒盐空中差可拟[5]。"兄女曰："未若柳絮因风起[6]。"公大笑乐。即公大兄无奕女[7]，左将军王凝之妻也。

【注释】

1. 内集：指自家人的聚会。　2. 讲论文义：谈论文章的大义。3. 雪骤：雪下得紧了。骤，雪急紧貌。　4. 胡儿：谢朗，字长度，小名胡儿，其父为谢安之兄谢据。　5. "撒盐"句：往空中撒盐很可以比拟。差，甚、很。　6. "未若"句：却还比不上柳絮随风飞舞的比喻。　7. 无奕：谢奕，字无奕，为谢安长兄。女：指谢奕之女谢道韫，长大后嫁与王凝之。

【译文】

太傅谢安在一个寒冷的雪天把家里人聚在一起，和儿女辈讲谈文章大义。只一会儿的工夫，雪下得又大又急，谢安兴致勃勃地问道：“白雪纷纷何所似？”侄子谢朗说：“撒盐空中差可拟。”侄女谢道韫说：“未若柳絮因风起。”谢安大笑，非常高兴。（这位侄女）就是谢安大哥谢无奕的女儿，左将军王凝之的妻子。

七二、两可之间

王中郎[1]令伏玄度[2]、习凿齿[3]论青、楚人物[4]，临成[5]，以示韩康伯，康伯都无言。王曰：“何故不言？”韩曰：“无可无不可。”

【注释】

1. 王中郎：王坦之，字文度，晋阳（在今山西太原）人。曾任中书令，兼北中郎将。 2. 伏玄度：伏滔，字玄度，平昌安丘（在今山东安丘）人，曾任大司马桓温的参军，后历任著作郎、游击将军等职。 3. 习凿齿：字彦威，荆州襄阳（在今湖北襄阳）人。桓温为荆州刺史时，他任别驾，后又任荥阳太守。 4. 论青、楚人物：据记载，伏、习二人曾辩论青州、楚地历代人物的优劣，实际是各自赞扬家乡的人物。古代把华夏大地分为九州，青州主要指今山东半岛一带，荆州即古楚国。 5. 临成：等到成了，指评论完后（记录下来的）。

【译文】

北中郎将王坦之让伏玄度、习凿齿两人评论青州、荆州两地的历代人物。等到评论完了，王坦之拿来给韩康伯看，韩康伯一句话也没说。王坦之问：“为什么不说话？”韩康伯说：“他们的评论无所谓对，也无所谓不对。”

七三、清风朗月

刘尹云:“清风朗月[1],辄思玄度。”

【注释】

1. 清风朗月:形容夜晚天气清朗。

【译文】

丹阳尹刘惔说:“每逢风清月明之夜,就不免思念许询。”

七四、北固望海

荀中郎在京口[1],登北固望海[2]云:“虽未睹三山[3],便自使人有凌云意[4]。若秦、汉之君[5],必当褰(qiān)裳濡(rú)足[6]。”

【注释】

1. 荀中郎:荀羡,字令则,颍川颍阴(在今河南许昌)人。曾任北中郎将。京口:在今江苏镇江。 2. 北固:山名,在京口东北,山上有亭,下临长江。海:东海。 3. 三山:指传说中东海的蓬莱、方丈、瀛洲三座神山,相传山中有不死药。 4. 凌云意:指超脱尘世、登临仙境的念想。 5. 秦、汉之君:指秦始皇、汉武帝。 6. 褰裳濡足:提起衣裳、沾湿脚,这里指涉海登陟。

【译文】

北中郎将荀羡在京口任职时,曾登上北固山远望东海,说道:“虽然不曾望见三座仙山,却已经让人有超尘出世的意想。如果是秦始皇、汉武帝，一定会提起衣裳涉海而去。”

七五、圣贤在迩

谢公云：“贤圣去人[1]，其间亦迩(ěr)[2]。”子侄未之许[3]，公叹曰：“若郗超闻此语，必不至河汉[4]。”

【注释】

1. 贤圣去人：指圣贤和常人之间的距离。 2. 迩：近。 3. 未之许：没有表示赞同。 4. 必不至河汉：一定不至于不相信(他的话)。河汉，比喻像银河那样(缥缈遥远而难以令人置信)的话语。

【译文】

谢安说：“圣贤和普通人之间的距离也是很近的。”他的子侄不同意这种看法。谢安叹道：“如果郗超听见这话，一定不会不相信。”

七六、支公好鹤

支公好鹤，住剡东岇(áng)山。有人遗(wèi)[1]其双鹤(hè)，少时翅长欲飞，支意惜之，乃铩(shā)其翮(hé)[2]。鹤轩(xuān)翥(zhù)[3]不复能飞，乃反顾翅垂头，视之如有懊(ào)丧意。林曰：“既有凌霄(xiāo)之姿，何肯为人作耳目近玩！”养令翮成[4]，置使飞去。

【注释】

1. 遗：赠送。 2. 铩其翮：剪断它们的翅膀。铩，摧残、损伤。翮，原指羽毛中间的硬管，这里代指鸟的翅膀。 3. 轩翥：高举(翅膀)。 4. 翮成：鸟翅膀长硬。

【译文】

支遁喜欢养鹤,住在剡县东面的岇山上。有人送给他一对小鹤。不久后,小鹤翅膀长成,将要腾空飞走,支遁心里很舍不得它们,就剪短了它们的翅膀。鹤高举翅膀却不能飞了,便回头看看翅膀,低垂着头,看上去好像挺懊丧。支遁说:"既然有直冲云霄的资质,又怎么肯给人做就近观赏的玩物呢!"于是喂养到鹤翅再长起来时,就放它们飞走了。

七七、纳而不流

谢中郎[1]经曲阿(ē)后湖[2],问左右:"此是何水?"答曰:"曲阿湖。"谢曰:"故当渊(yuān)注渟(tíng)著[3],纳而不流。"

【注释】

1. 谢中郎:谢万,字万石,陈郡阳夏(在今河南太康)人,为谢安之弟,曾任西中郎将。　2. 曲阿后湖:曲阿湖,今名丹阳练湖,其地在江苏丹阳。　3. 渊注渟著:汇聚储存。

【译文】

西中郎将谢万路过曲阿后湖,便问随从:"这是什么湖?"随从回答说:"曲阿湖。"谢万就说:"那自然要汇聚储存,让水只注入而不流出。"

七八、欲者不多

晋武帝每饷(xiǎng)山涛[1]恒少,谢太傅以问子弟,车骑[2]答曰:"当由欲者不多,而使与者忘少。"

【注释】

1. 饷：赏赐。山涛：字巨源，河内怀县（在今河南武陟）人，曹魏至西晋时名士、政治家，“竹林七贤”之一。 2. 车骑：车骑将军，这里指谢安的侄儿谢玄（字幼度）。淝水之战时，谢安荐举他率部抗击苻坚，后因功升任建武将军，兼任兖州刺史，死后追赠车骑将军。

【译文】

晋武帝每次赏赐山涛，给的东西总是很少。太傅谢安就这件事试问子侄（以考察他们的态度），谢玄回答说：“应当是由于受赐者要求不多，才使得赏赐者不觉得少。”

七九、济河焚舟

谢胡儿[1]语庾道季[2]：“诸人莫当就卿谈[3]，可坚城垒[4]。”庾曰：“若文度来，我以偏师[5]待之；康伯来，济河焚舟[6]。”

【注释】

1. 谢胡儿：谢朗，小名胡儿。 2. 庾道季：庾龢，字道季，颍川鄢陵人。为太尉庾亮之子，娶谢尚长女。其人好学，善属文。历任丹阳尹，累迁中领军。 3. 莫当：也许，可能。就卿谈：到你这里来开展清谈活动。 4. 坚：动词，加固。城垒：城墙堡垒。 5. 偏师：在主力军侧翼协助作战的部队。（按：此指对方较弱，不须出动主力部队，只用部分军队即可应对。） 6. 济河焚舟：语出《左传·文公三年》，指过了黄河就烧掉渡船，表示要决一死战。

【译文】

谢朗告诉庾龢说：“大家也许会到你这里来清谈，你应该加固城池堡垒，并小心防备。”庾龢说：“要是王坦之来，我只用部分兵力就能对付他；如果韩康伯来，我就决心跟他拼个你死我活。”

八〇、屈志百里

李弘度[1]常叹不被遇[2]。殷扬州[3]知其家贫，问：“君能屈志百里[4]不(fǒu)？”李答曰：“《北门》之叹，久已上闻[5]。穷猿(yuán)奔林，岂暇择木[6]？”遂授剡县。

【注释】

1. 李弘度：李充，字弘度，江夏(在今湖北安陆)人。曾任大著作郎，奉命整理典籍。　2. 不被遇：不被遇合，指得不到在上者的赏识、重用。　3. 殷扬州：殷浩，字渊源，陈郡长平(在今河南西华)人。曾官至扬州刺史，又任中军将军(故亦称“殷中军”)。　4. 屈志百里：指甘心当个小小县令。屈志，降低心愿、埋没志向。百里，指方圆百里，面积约一个县大小。　5.《北门》：《诗经·邶风》中的一篇，描写一个小官吏慨叹自己位卑多劳、生活贫困，旧时以为是写“仕不得志者”。上闻：被上位者听到。上，李充对殷浩的尊称。　6. 穷猿奔林：猴子无路可走，在山林里奔逃乱窜。岂暇择木：哪里还顾得上选择树木。

【译文】

李充经常慨叹自己不能得到赏识提拔。扬州刺史殷浩知道他家境贫困，就问他：“您能不能稍稍屈就，去小地方做官呢？”李充回答说：“我的像《北门》诗那样的慨叹，早就让您听到了；我现在就像无路可逃的猿猴，在山林中四处奔窜，哪里还顾得上考虑该窜上哪棵树呢?”殷浩于是委任他做了剡县的县令。

八一、日月清朗

王司州[1]至吴兴印渚(zhǔ)[2]中看,叹曰:“非唯使人情开涤(dí)[3],亦觉日月清朗。”

【注释】

1. 王司州:王胡之,字修龄,琅琊临沂(在今山东临沂)人,东武侯王廙次子。少有声誉,才能卓著,历任吴兴太守、丹阳尹,累迁侍中,永和四年升任司州刺史。 2. 印渚:地名。在今浙江杭州桐庐一带,风光秀丽。 3. 开涤:开朗,荡涤。

【译文】

王胡之曾到吴兴郡的印渚地方去观赏景致,赞叹地说:“(山水)不只能让人的心胸开阔澄净,也能让人觉得日月更加清新明朗。”

八二、粗有才具

谢万作豫州都督[1],新拜[2],当西之都邑,相送累日[3],谢疲顿。于是高侍中[4]往,径就谢坐,因问:“卿今仗节方州[5],当疆理西蕃[6],何以为政?”谢粗道其意。高便为谢道形势,作数百语。谢遂起坐[7]。高去后,谢追[8]曰:“阿酃(líng)故粗有才具。”谢因此得终坐[9]。

【注释】

1. 谢万作豫州都督:晋穆帝升平二年,谢万为西中郎将,兼任豫州刺史,总领司、豫、冀、并四州诸军事。 2. 新拜:刚刚接到新的任命。拜,指拜(任)某职。 3. 当西之都邑:要西行到任所去。相送累日:(亲友熟人)连日为他饯行。 4. 高侍中:高崧,字茂琰,小名阿酃,广陵(在今江苏扬州)人。曾任丹阳尹、光禄大夫,后累迁侍中。 5. 仗节方州:拿着符节(作为凭证)要到治所去上任。 6. 疆理:治理。西蕃:“西藩”,指西边的屏障。(按:豫州在今河南项城一带,即古所谓长江以西,故称“西蕃”。) 7. 起坐:起身坐直,指强支精神。 8. 追:回顾。 9. 终坐:指陪其他客人一直坐到最后。

【译文】

谢万出任豫州都督,刚接到任命,要西行到任所去,亲友连日给他饯行,谢万疲惫得精神支撑不住。这时,侍中高崧来见他,径直走到谢万身旁坐下,问他:“你现在受命主管一州,就要去治理西部地区。你打算怎样处理政事呢?”谢万大略说了说自己的想法。高崧就给他叙述当地的地理概况和风土人情,(又是一番)长篇大论。谢万于是直起身坐好。高崧走后,谢万回想(并对左右之人)说:“阿酃确实有点才能。”谢万也因此有精神奉陪其他客人到最后。

八三、江山辽落

袁彦伯[1]为谢安南[2]司马[3],都下[4]诸人送至濑(lài)乡[5]。将别,既自凄惘(wǎng),叹曰:“江山辽落,居然有万里之势!”

【注释】

1. 袁彦伯:袁宏,字彦伯,小字虎,陈郡阳夏(在今河南太康)人,东晋玄学家、文学家、史学家。 2. 谢安南:谢奉,字弘道,会稽山阴(在今浙江绍兴)人。初为佐吏,累迁安南将军、广州刺史。 3. 司马：将军府的属官，管理府内事务。　4. 都下：京都。　5. 濑乡："厉乡"，"濑""厉"古音相通。（按：古时有赖〈濑〉国，其地在今河南息县包信镇，后为楚灵王所灭。）

【译文】

袁宏即将出任安南将军谢奉的司马，京城的友人给他送行，一路送到濑乡。快到分手的时候，他不胜伤感愁闷，慨叹道："江山辽阔，居然有万里的磅礴气势。"

八四、止足之分

孙绰[1]赋《遂初》[2]，筑室畎（quǎn）川[3]，自言见止足之分（fèn）[4]。斋前种一松树，恒自手壅（yōng）治[5]之。高世远时亦邻居，语孙曰："松树子非不楚楚可怜[6]，但永无栋梁用耳！"孙曰："枫柳虽合抱[7]，亦何所施？"

【注释】

1. 孙绰：字兴公，中都（在今山西平遥）人，后迁居会稽（在今浙江绍兴）。曾参与"兰亭修禊大会"，为东晋玄言诗人、书法家。　2.《遂初》：《遂初赋》，为孙绰所写。　3. 畎川：地名。　4. 止足之分：安分守己，知道满足。止足，知止、知足。分，本分。　5. 壅治：培土、灌溉。　6. 松树子：幼小的松树，指松树幼苗。楚楚可怜：这里指植物茂盛可爱。　7. 合抱：像两臂围拢那样的粗细，形容粗大。

【译文】

孙绰创作《遂初赋》来表明自己的志向，在畎川建房居住，自云安分守己。房前种着一棵松树，他经常亲手培土灌溉。高世远当时跟他是邻居，对他说："小松树不是不茂盛可爱，只是永远不能用作栋梁呀！”孙绰说：“枫树、柳树虽然长得又粗壮又高大，可又能派什么用场呢？”

八五、目城赏婢

桓征西治江陵城甚丽[1]，会宾僚(liáo)出江津望之[2]，云：“若能目[3]此城者，有赏。”顾长康[4]时为客，在坐，目曰：“遥望层城，丹楼如霞[5]。”桓即赏以二婢。

【注释】

1. 桓征西：桓温，曾任征西大将军。治江陵城：桓温初时在江陵修筑城墙、营建官署，城临汉江。　2. 会：聚集。出：指出城下到渡口。江津：指汉江的渡口。望：这里指从渡口远眺新城的景致。　3. 目：动词，品评。　4. 顾长康：顾恺之，字长康，小字虎头，无锡(在今江苏无锡)人，东晋著名画家、诗人。　5. 遥望层城，丹楼如霞：远远望去是高耸的城墙，城楼的颜色通红，像云霞一样灿烂。

【译文】

征西大将军桓温修筑江陵城，非常雄伟壮丽；他曾会集宾客僚属，出汉江渡口远远观赏城景。他说：“谁如果能恰当品评这座城，就可获得奖赏。”顾恺之当时是客人，正在座上，就评论道：“遥望层城，丹楼如霞。”桓温当即赏给他两个婢女。

八六、何与人事

王子敬[1]语王孝伯[2]曰：“羊叔子[3]自复佳耳，然亦何与人事[4]，故不如铜雀台上妓(jì)[5]。"

【注释】

1. 王子敬：王献之，字子敬，为王羲之之子。东晋大书法家，与乃父齐名，合称"二王"。 2. 王孝伯：王恭，字孝伯，小字阿宁。3. 羊叔子：羊祜，字叔子，泰山南城(在今山东新泰)人，西晋著名政治家、文学家。 4. 何与人事：何尝有助于世事。人事，指世事、人情世故。 5. 铜雀台上妓：铜雀台上的歌姬舞女。铜雀台，位于今河北邯郸临漳县城西南。三国时曹操击败袁绍，营建邺都，修筑了铜雀、金虎、冰井三座高台，史称"邺三台"。妓，通"伎"，即歌姬舞女之类。

【译文】

王献之对王恭说："羊祜这个人自然是不错的呀，可是又何尝有助于世事！所以还比不上铜雀台上的歌姬舞女。"

八七、长山坦迤

林公见东阳长山[1]曰："何其坦迤(yǐ)[2]！"

【注释】

1. 东阳：古地名，在今浙江金华。长山：山名。 2. 坦迤：形容山路平缓而蜿蜒。

【译文】

支遁看见东阳郡的长山时说："怎么这么平缓又弯弯曲曲啊！"

八八、山川之美

顾长康从会稽还,人问山川之美,顾云:“千岩竞秀,万壑(hè)争流[1],草木蒙笼[2]其上,若云兴霞蔚(wèi)[3]。”

【注释】

1. 千岩竞秀:千座山峰竞相比美。万壑争流:万条溪流争相奔涌。 2. 蒙笼:形容草木葱郁茂盛貌。 3. 云兴霞蔚:形容草木葱茏,其状如云霞一般。兴,腾起、翻涌。蔚,云气聚集弥漫貌。

【译文】

顾恺之从会稽回来,人们问他那边山川的秀丽情状,顾恺之形容道:“那里千峰竞相比高,万壑争先奔流,茂密的草木笼罩其上,有如彩云涌动,霞光灿烂。”

八九、何常之有

简文崩,孝武年十余岁立[1],至暝(míng)不临(lìn)[2]。左右启:“依常应临。”帝曰:“哀至则哭,何常之有?”

【注释】

1. 孝武:指晋孝武帝司马曜,为简文帝司马昱之子。立:指登上皇位,继承大统。 2. 暝,日暮、天晚。临:哭丧。(按:古代礼制,亲人死后,子孙辈每天在一定的时候要哭丧,叫作“临”。)

【译文】

简文帝逝世了,孝武帝十多岁就登上帝位。服丧期间,有一次天都黑了他还没开始哭。侍从向他启奏说:“按惯例您应该去哭丧了。”

孝武帝说:“悲痛到来时,自然就会哭,有什么惯例不惯例的!”

九〇、明镜清流

孝武将讲《孝经》[1],谢公兄弟与诸人私庭[2]讲习。车武子[3]难苦[4]问谢,谓袁羊[5]曰:“不问则德音[6]有遗,多问则重劳[7]二谢。”袁曰:“必无此嫌。”车曰:“何以知尔?”袁曰:“何尝见明镜疲于屡(lǚ)照,清流惮(dàn)于惠风?”

【注释】

1.《孝经》:古代儒家关于伦理思想的著作,为“十三经”之一。据传该书为孔子门人的遗言,约成书于秦汉之际。 2. 私庭:私邸,指王侯大官的府第。 3. 车武子:车胤,字武子,南平新洲(在今湖南津市)人。自幼聪颖好学,又因家境贫寒,有“囊萤”故事。其为人风姿美妙,敏捷智慧;为官清廉公正,不畏强权。 4. 难苦:用疑难的问题来劳烦某人。 5. 袁羊:疑为袁宏(小字袁虎,约公元328—376年)之误,译文从改。因袁乔(小字袁羊,约公元312—348年)卒于永和年间,此“孝武帝讲经”一事发生于宁康三年(公元375年),前后相距二十余年。 6. 德音:对别人言辞的敬称,这里指谢安兄弟的言论。 7. 重劳:多次劳烦。

【译文】

晋孝武帝将要研讨《孝经》,谢安兄弟和众人先在家里研讨、学习。车胤提出一些疑难问题来劳烦谢安兄弟,并对袁宏说:“如果不问呢,怕漏掉精湛的言论;问得多了呢,又怕反复劳累谢家兄弟。”袁宏说:“一定不会引起这种不满。”车胤说:“(您)怎么知道会是这样呢?”袁宏说:“何曾见过明亮的镜子会因为连续照影而疲劳,清澈的流水会害怕微风呢?”

九一、山川映发

王子敬云:“从山阴[1]道上行,山川自相映发[2],使人应接不暇。若秋冬之际,尤难为怀[3]。”

【注释】

1. 山阴:会稽郡山阴县(在今浙江绍兴),特以山水优美、风景秀丽著称。　2. 映发:映衬显现。映,映衬。发,显现。　3. 难为怀:令人难忘。为怀,忘怀、忘记。

【译文】

王献之说:“从山阴的道路上走过时,山光水色交相辉映,使人眼花缭乱,看不过来。如果是秋冬交替的时节,(那景致)更是令人难以忘怀。”

九二、芝兰玉树

谢太傅问诸子侄:“子弟亦何预人事[1],而正欲使其佳[2]?”诸人莫有言者,车骑[3]答曰:“譬如芝兰玉树[4],欲使其生于阶庭[5]耳。”

【注释】

1. 何预人事:何尝需要过问世事。　2. 使其佳:把他们培养成优秀人才。　3. 车骑:指谢玄,为谢安兄谢奕之子,曾任车骑将军。4. 芝兰玉树:芝,芝草。兰,兰草。二者皆有芳香。玉树,传说中的仙树。这里用来比喻才德俱美的子弟。 5. 阶庭：台阶和庭园，指代自家的庭院。

【译文】

太傅谢安问众子侄："孩子们何尝需要过问世事，为什么总想培养他们成为优秀的人才呢？"大家都不说话，只有侄儿谢玄回答说："这就好比芝兰玉树，总想使它们生长在自家的庭院中啊！"

九三、在道所经

道壹（yī）道人[1]好整饰音辞[2]，从都下还东山，经吴中[3]。已而会雪下，未甚寒，诸道人问在道所经。壹公曰："风霜固所不论，乃先集其惨澹（dàn）[4]；郊邑正自飘瞥（piē）[5]，林岫（xiù）[6]便已浩然。"

【注释】

1. 道壹道人：指道壹（按："壹"即"一"字大写）和尚，下文称"壹公"，其生平不详。 2. 整饰：整理修饰。音辞：说话的言辞。 3. 吴中：指春秋时吴国旧都，即今江苏吴县，属吴郡。 4. 集：凝聚，汇聚。惨澹："惨淡"，指色彩暗淡。 5. 飘瞥：飞掠。 6. 林岫：树林和山峰。

【译文】

道壹和尚喜欢修饰言辞。他从京都回东山，路上经过吴中。随即遇到下雪，还不是很冷。回来后，和尚们问他途中的见闻，道壹说："风霜固然不用说了，（那天空）却先凝聚起一片暗淡；郊野、村落还只是雪花飞掠，树林和山峰就已经是白茫茫的一片了。"

九四、人无嫉心

张天锡为凉州刺史[1],称制西隅(yú)[2]。既为苻坚所禽(qín),用为侍中。后于寿阳俱败,至都,为孝武所器[3],每入言论,无不竟日[4]。颇有嫉(jí)己者,于坐问张:"北方何物可贵?"张曰:"桑椹(shèn)[5]甘香,鸱(chī)鸮(xiāo)革响[6],淳(chún)酪(lào)[7]养性,人无嫉心。"

【注释】

1. 张天锡:字纯嘏,前凉文王张骏少子,是前凉政权末代君主。为凉州刺史:东晋兴宁元年,张天锡杀张玄靓,自称凉州牧,实行地方割据。(按:凉州治所在今甘肃省境,即下文中之"北方"。) 2. 称制:自己伪称为皇帝。西隅:西部边地。 3. 既为苻坚所禽……为孝武所器:公元376年苻坚进攻凉州,张天锡战败,投降前秦并担任侍中。后淝水之战苻坚军败,张天锡逃归晋朝,任散骑常侍。苻坚,字永固,又字文玉,小名坚头,氐族,略阳临渭(在今甘肃秦安)人,十六国时前秦世祖皇帝。禽,同"擒",擒获。寿阳,地名,在今安徽寿县。器,器重。 4. 竟日:一整天。 5. 桑椹:"桑葚",桑树的果实,黑紫色,味甘酸。 6. 鸱鸮:俗称"猫头鹰",属夜行猛禽。革响:指鸟振翅发出声响。革,鸟的羽翅。 7. 淳酪:醇厚的奶酪。淳,通"醇"。

【译文】

张天锡任凉州刺史,在西部地区称王,被苻坚俘虏以后,任用为侍中。后来随苻坚攻晋,在寿阳县大败,便归顺晋朝。来到京都,得到晋孝武帝的器重,每次入朝谈论,都要谈上一整天。有些人很是妒忌他,当众问他:"北方什么东西可贵?"张天锡回答说:"桑葚味道香甜,鸱鸮振翅作响,醇厚的乳酪怡情养性,(更重要的是)那里的人们没有妒忌之心。”

九五、鱼鸟何依

顾长康拜桓宣武墓[1],作诗云:“山崩溟(míng)海竭(jié),鱼鸟将何依[2]!”人问之曰:“卿凭重[3]桓乃尔,哭之状其可见乎?”顾曰:“鼻如广莫长风[4],眼如悬(xuán)河决溜(liù)[5]。”或曰:“声如震雷破山[6],泪如倾河注海[7]。”

【注释】

1. 顾长康拜桓宣武墓:顾恺之曾在桓温手下任参军,并得到桓温的赏识,所以他对桓温很感激,桓死后他还去祭拜。 2. 山崩溟海竭,鱼鸟将何依:如果山倒塌了、海枯竭了,鱼儿鸟儿还将依靠什么!溟海,神话传说中的海名。 3. 凭重:倚重。 4. 广莫长风:《淮南子·坠形训》有“穷奇广莫,风之所生也”之句,“广莫风”即北方之风。 5. 悬河:悬挂而下的河流,比喻河水倾泻不止。决溜:指河堤决口,河水急流。 6. 震雷:响雷震动。破山:使山岳崩碎。 7. 倾河注海:指河水流泻,注入大海。

【译文】

顾恺之去桓温的墓前祭拜,并作诗说:“山崩溟海竭,鱼鸟将何依!”有人问他说:“你倚重桓温到了这种程度,那么你可以大概给我们描述描述你痛哭桓温的情状吗?”顾恺之说:“(我哭的时候)鼻子翕动,像呼啸的北风;眼泪倾泻,像决堤的河水。”还有一种说法是:“(我的)哭声像疾雷,震破山岳;眼泪像江河,倾泻入海。”

九六、宁为兰玉

毛伯成[1]既负其才气[2]，常称："宁为兰摧(cuī)玉折[3]，不作萧敷(fū)艾荣[4]。"

【注释】

1. 毛伯成：毛玄，字伯成，生平不详。 2. 负其才气：为自己的才气而感到自负。 3. 兰摧玉折：被摧残的兰草，被打碎（或折断）的美玉。 4. 萧敷艾荣：艾蒿开花。萧，古时"艾"的别称。敷，植物开花。艾，艾草、艾蒿。荣，花草等开花。

【译文】

毛伯成一向自负有才气，常常声称："宁可做被摧残的香兰、被打碎的美玉，也不做开花的艾蒿。"

九七、世尊默然

范宁作豫章，八日请佛有板[1]，众僧疑，或欲作答。有小沙弥[2]在坐末，曰："世尊[3]默然，则为许可。"众从其义。

【注释】

1. 八日请佛：其时风俗，夏历四月八日为佛诞日，要请佛像来供奉。板：写字的木简。（按：请佛时要上文书说明，字写在木简上。按晋时佛教制度，板文必须有答复。） 2. 小沙弥：初出家的年轻和尚。 3. 世尊：佛教徒对释迦牟尼佛的尊称。

【译文】

范宁做豫章太守的时候，到四月八日这天用木简写了文书，向庙里请佛像，众和尚心下疑惑，猜测着是否必须给出答复。这时，有个坐在末座上的小和尚说：“佛祖不说话，就是准许了。”大家都赞同他的意见。

九八、滓秽太清

司马太傅斋(zhāi)中夜坐[1]，于时天月明净，都无纤翳(yì)[2]，太傅叹为佳。谢景重[3]在坐，答曰：“意谓乃不如微云点缀(zhuì)。”太傅因戏谢曰：“卿居心不净，乃复强欲滓(zǐ)秽(huì)太清[4]邪？”

【注释】

1. 司马太傅：司马道子，河内温县(在今河南温县)人，为晋简文帝司马昱庶子。初封琅琊王，后徙封会稽王，曾担任太傅、司徒等职。斋：书斋。夜坐：半夜闲坐。 2. 纤翳：微小的遮蔽，指云彩。 3. 谢景重：谢重，字景重，陈郡阳夏(在今河南太康)人，为谢安兄谢据之孙。此人聪明俊秀，有才名。 4. 滓秽：原意为渣滓、污秽，这里作动词用，指玷污、污染。太清：天，天空。

【译文】

太傅司马道子夜里在书房闲坐，这时天空明朗，月光皎洁，一点云彩也没有。太傅赞叹不已，认为美极了。当时谢重也在座，回答说：“私意以为倒不如有点微云点缀。”太傅便打趣谢重说：“你自己心地不干净，还要把苍天也污染了吗？”

九九、知见有余

王中郎甚爱张天锡，问之曰：“卿观过江诸人，经纬[1]江左轨(guǐ)辙

(zhé)[2],有何伟异[3]? 后来之彦[4],复何如中原?”张曰:“研求幽邃(suì),自王、何以还[5];因时修制,荀、乐之风[6]。”王曰:“卿知见有余[7],何故为苻坚所制?”答曰:“阳消阴息[8],故天步屯(zhūn)蹇(jiǎn),否(pǐ)剥(bō)成象[9],岂足多讥?”

【注释】

1. 经纬:本意指织物上的横线和纵线,这里作动词用,指治理。 2. 轨辙:本意指车轮碾过的痕迹,比喻已有先例的事情,引申为准则、法度。 3. 伟异:突出和特别之处。伟,突出。异,特别。 4. 后来之彦:犹“后起之秀”。彦,古代指有才学、德行的人。 5. 研求:探求。幽邃:幽深,指玄学。王、何:指王弼、何晏,曹魏正始年间玄学代表人物。 6. 因时修制:依据时势来修订规章制度。荀:荀勖,字公曾,颍川颍阴(在今河南许昌)人,东汉司空荀爽曾孙,三国至西晋时音律学家、文学家,为西晋开国功臣之一。荀勖博学多才,曾与贾充一起修订法令;受命掌管乐事时,又修正律吕。乐:乐广,字彦辅,南阳淯阳(在今河南南阳)人,与王衍同时,并同为清谈领袖。曾代王戎为尚书令,故亦称“乐令”。 7. 知见有余:指知识和见解很深很远,即“远见卓识”之意。 8. 阳消阴息:阴盛阳衰。阴、阳是一对哲学概念,是两个对立面。消,消亡。息,增长。 9. 天步:指国家的命运。屯蹇:屯、蹇皆《周易》卦名,卦象均为艰难险阻之象。否剥:否、剥亦皆《周易》卦名,否卦象征天地不相交,剥卦象征阴盛阳衰,这里比喻时运不利。

【译文】

北中郎将王坦之很喜爱张天锡,问他:“你看过江来的这些人治理江南的准则法度,有什么特别的地方?后起之秀和中原人士相比又怎么样？”张天锡说：“说到研讨深奥的玄学，自王弼、何晏以来是最好的了；说到根据时势修订规章制度，那就有荀勖、乐广的作风。”王坦之说：“你很有远见卓识，为什么会被苻坚挟制呢？”张天锡回答说：“阳衰阴盛，所以国运艰难，时运不好，难道这也值得大加讥笑吗？”

一〇〇、景重善对

谢景重女适王孝伯[1]儿，二门公[2]甚相爱美。谢为太傅长史[3]，被弹[4]，王即取作长史，带晋陵郡[5]。太傅已构嫌[6]孝伯，不欲使其得谢，还取作咨议[7]，外示絷(zhí)维[8]，而实以乖间(jiàn)之[9]。及孝伯败[10]后，太傅绕东府城[11]行散，僚属悉在南门要(yāo)望候拜[12]。时谓谢曰：“王宁异谋，云是卿为其计[13]。”谢曾(céng)无惧色，敛(liǎn)笏(hù)[14]对曰：“乐彦辅有言：‘岂以五男易一女？’”太傅善其对，因举酒劝之曰：“故自佳，故自佳。”

【注释】

1. 适：(女子)出嫁。王孝伯：王宁，字孝伯。 2. 门公：亲家公。 3. 谢为太傅长史：谢重出任太傅司马道子手下的骠骑长史。 4. 被弹：被弹劾、检举。 5. 取作：请过来担任(某职务)。带：捎带，此指兼任晋陵郡守。 6. 构嫌：与……结怨。 7. 咨议：王府的咨议参军。 8. 外示絷维：表面上做出罗致人才的样子。絷维，原指拴住客人的马以挽留客人，引申为延揽、挽留人才。 9. 以乖间之：(用这种方法)来离间王、谢二人的关系。乖间，指隔阂、疏远。 10. 及孝伯败：隆安二年七月，王宁与殷仲堪、桓玄等起兵反帝室，至九月兵败而死。 11. 东府：这里指司马道子的府第。太元十四年，司马道子任司徒，兼领扬州刺史，遂将州治从西州城迁往自家府宅，以方便理事，时人呼为“东府”。城：指宅第外围的院墙。 12. 要望候拜：指迎接……的到来，等候拜望。 13. 异谋：有异心，指谋反。计：出谋划策。 14. 敛笏：收起笏版。

【译文】

谢重的女儿嫁给王宁的儿子，两位亲家翁互相都很赞赏、敬重对方。谢重担任太傅司马道子的长史，被人家检举了。王宁就把谢重请去做他的长史，并兼管晋陵郡。司马道子跟王宁早有嫌隙，不想让他拉走谢重，便又安排谢担任咨议参军；表面上显示自己要罗致人才，实际上是用这种做法来离间他们两人。等到王宁起兵失败以后，有一次，司马道子绕着自家住宅的围墙散步，一班僚属都在南门迎候参拜。当时司马道子对谢重说：“王宁谋反，听说是你给他出的主意。”谢重听后毫无惧色，从容地收起笏版回答说：“乐广有句话说：‘难道会用五个儿子去换一个女儿吗？’”太傅认为他回答得好，便举起杯来劝他酒，并且说：“这当然很好！这当然很好！”

一〇一、裁之圣鉴

桓玄义兴还后，见司马太傅，太傅已醉，坐上多客。问人云：“桓温来欲作贼[1]，如何？”桓玄伏[2]不得起。谢景重时为长史，举板答曰：“故宣武公黜(chù)昏暗，登圣明，功超伊[3]、霍(huò)[4]，纷纭此议，裁之圣鉴(jiàn)。”太傅曰：“我知，我知。”即举酒云：“桓义兴[5]，劝卿酒！”桓出谢过[6]。

【注释】

1. 桓温来欲作贼：公元371年，桓温废晋帝司马奕，封其为东海王(后改封海西县公),立司马昱(道子之父)为晋简文帝;后又意欲篡位自立,然事未成而身死。"欲作贼",指桓温将要作乱。 2. 伏:拜伏于地。(按:司马太傅直呼桓温之名,并加以"作贼"大罪,其子桓玄自觉羞愤难当;且畏惧太傅对己施以惩处,故拜伏于地不敢起身。) 3. 伊:伊尹,商汤时宰相,助汤伐桀有功;汤死后又辅佐其孙太甲。 4. 霍:霍光,汉武帝时重臣,武帝遗命其辅佐昭帝;昭帝死后又迎立宣帝。(按:注3、4中此二人皆当时重臣,按先主遗命迎立新帝,并忠心辅佐之。) 5. 桓义兴:指桓玄,他曾任义兴郡守。 6. 出谢过:下席告罪。出,从座位上走出来。谢过,向……谢罪。

【译文】

桓玄从义兴郡回到都城后,去谒见司马太傅。这时太傅已经喝醉了,在座的还有很多客人,太傅就问大家说:"桓温向来想造反,是怎么回事?"桓玄拜伏在地不敢起来。谢重当时任长史,举起笏板回答说:"已故的宣武公(指桓温)废黜昏庸的人,扶助圣明的君主登上帝位,他的功勋超过了伊尹、霍光。至于那些乱纷纷的议论,只有靠太傅您英明的鉴识来裁决了。"太傅说:"我知道!我知道!"随即举起酒杯说:"桓义兴,我敬你一杯!"桓玄离开座位向太傅谢罪。

一〇二、纡曲尤佳

宣武移镇南州[1],制街(jiē)衢(qú)[2]平直。人谓王东亭[3]曰:"丞相初营建康,无所因承[4],而制置纡(yū)曲,方[5]此为劣。"东亭曰:"此丞相乃所以为巧。江左地促[6],不如中国[7]。若使阡(qiān)陌(mò)条畅[8],则一览而尽,故纡余委曲[9],若不可测。"

【注释】

1. 宣武移镇南州：兴宁二年，桓温（字宣武）兼任扬州牧。先移镇春谷县的赭圻，并在此地筑城，次年又往东移镇姑孰（又名"南州"）。 2. 制：规划修建。街衢：街道。衢，四通八达的大路。 3. 王东亭：王珣，字元琳，为王导之孙。被大司马桓温辟为主簿，累迁尚书左仆射，封为东亭侯。 4. 无所因承：没有现成的基础可以承袭。 5. 方：和……对比。 6. 地促：指土地狭小。 7. 中国：指江右的广大中原地区。 8. 阡陌：田间小路，南北方向的叫阡，东西方向的叫陌，这里指街道。条畅：条条分明，畅通无阻。 9. 纡余：迂回曲折。委曲：亦指道路蜿蜒曲折。

【译文】

桓温移镇南州，他规划修建的街道很平直。有人对东亭侯王珣说："丞相当初修筑建康城的街道时，没有现成的基础可供承袭，所以修筑得弯弯曲曲，和这里相比就显得差些。"王珣说："这正是丞相规划得巧妙的地方。江南地方狭窄，比不上中原。如果街道畅通无阻，就会一眼看到底；而特意拐弯抹角，就能营造出一种幽深莫测的感觉。"

一〇三、贤贤易色

桓玄诣殷荆州，殷在妾房昼眠，左右辞不之通[1]。桓后言及此事，殷云："初不眠[2]，纵有此，岂不有贤贤易色[3]也！"

【注释】

1. 辞不之通："不通辞"的倒装，意为不给他通报主人。 2. 初不眠：（我）本来是不睡午觉的。眠，指"昼眠"，即午休。 3. 贤贤易色：语出《论语·学而》。本指对妻子要重品德，不要重容貌；后多指尊重贤德的人，不看重女色。

【译文】

桓玄去拜访荆州刺史殷仲堪，殷正在侍妾的房里睡午觉，手下的人拒绝给他通报。桓玄后来谈起这事，殷仲堪说："我从来不睡午觉。如果有这样的事，我怎能不以敬贤之心代替爱色之欲呢！"

一〇四、共重吴声

桓玄问羊孚[1]："何以共重吴声[2]？"羊曰："当以其妖而浮[3]。"

【注释】

1. 羊孚：字子道，泰山南城（在今山东费县西南），为羊绥之子。其人才华横溢，巧于文章。 2. 重：喜爱。吴声：指吴地的音乐。3. 妖：婉转娇美。浮：轻柔动听。

【译文】

桓玄问羊孚："为什么大家都爱听吴地的歌曲呢？"羊孚说："自然是因为它既婉转娇美，又轻柔动听。"

一〇五、接神之器

谢混问羊孚："何以器举瑚（hú）琏（liǎn）[1]？"羊曰："故当以为接神之器[2]。"

【注释】

1. 器举瑚琏：一说到器皿，就要举出瑚琏为例。 2. 接神之器：

瑚琏须在祭祀时使用，以其盛装作为祭品的粮食等物，接受神的垂示，故有此称。

【译文】

谢混问羊孚："为什么说到器皿就要举出瑚琏？"羊孚说："自然是因为它是迎神的器皿。"

一〇六、圣德渊重

桓玄既篡位后[1]，御（yù）床微陷，群臣失色。侍中殷仲文[2]进曰："当由圣德渊重，厚地所以不能载。"时人善之。

【注释】

1. 桓玄既篡位后：元兴元年，晋安帝下诏讨伐桓玄。桓玄举兵东下建康，杀会稽王司马道子。元兴二年桓玄称帝，改元永始（初作"建始"），并废晋安帝为平固王。后刘裕等起兵讨之，桓玄兵败被杀。　2. 侍中殷仲文：殷仲文，陈郡长平（在今河南西华）人，为桓玄内弟、殷仲堪从弟。桓玄篡位时，任其为侍中，总领诏命。

【译文】

桓玄篡位以后，他的坐具稍微陷下去了一点，大臣们大惊失色。侍中殷仲文上前说："这是由于皇上德行深厚，以致大地承受不起。"当时的人很赞赏这句话。

一〇七、虎贲无省

桓玄既篡（cuàn）位，将改置直馆[1]，问左右："虎贲（bēn）中郎省[2]应在何处?”有人答曰:“无省。”当时殊忤(wǔ)旨[3]。问:“何以知无?”答曰:“潘岳《秋兴赋·叙》曰:‘余兼虎贲中郎将,寓(yù)直散骑之省[4]。’”玄咨嗟称善。

【注释】

1. 直馆:僚员值班的馆舍。 2. 虎贲中郎省:虎贲中郎将的官署。省,官署名。(按:虎贲中郎将是皇室近卫军的统军将领。) 3. 忤旨:本意是违背圣旨,这里指不符合刚刚篡位的“新帝”桓玄的心意。 4. 寓值散骑之省:寓,寄宿。虎贲中郎将属将校省,然当时无将校省,故其僚属当班之时暂时寄宿在散骑省。

【译文】

桓玄篡位以后,想要另行设立值班官署,就问手下的人:“虎贲中郎省应该设置在哪里?”有人回答说:“没有这个省。”这个回答很不合桓玄的心意。桓玄问:“你怎么知道没有?”那个人回答说:“潘岳在《秋兴赋·叙》里说过:‘我兼任虎贲中郎将,寄宿在散骑省值班。’”桓玄赞赏他说得好。

一〇八、不舍曲盖

谢灵运[1]好戴曲柄笠(lì)[2],孔隐士[3]谓曰:“卿欲希心高远[4],何不能遗曲盖[5]之貌?”谢答曰:“将不畏影者[6]未能忘怀。”

【注释】

1. 谢灵运:原名公义,字灵运,以字行。陈郡阳夏(在今河南太康)人,生于会稽始宁(在今浙江上虞),故后在会稽隐居多年。谢灵运是东晋著名山水诗人,且是全力创作山水诗的第一人。 2. 曲柄笠：形似曲盖的斗笠。 3. 孔隐士：孔淳之，字彦深，鲁郡鲁县（在今山东曲阜）人，为尚书祠部郎孔惔之孙。晋末宋初著名隐士，为人情操高尚，喜游山水，朝廷数次征召，悉不就，乃逃上虞山隐居，其家亦不知所终。 4. 希心：仰慕，倾心。高远：指德行高尚、志趣远大。5. 遗：抛却。曲盖：帝王或高官外出时的一种仪仗，盖如伞状，柄弯曲。 6. 将不：表示测度，犹"恐怕"。畏影者：害怕自己影子的人。典出《庄子·渔父》，原文为"人有畏影恶迹而去之走者，举足愈数而迹愈多，走愈疾而影不离身，自以为尚迟，疾走不休，绝力而死"。

【译文】

谢灵运喜欢戴曲柄笠，隐士孔淳之对他说："你想仰慕德高志远的人，为什么不能抛开曲盖的形状呢？"谢灵运回答说："恐怕是怕影子的人还不能忘记影子吧！"

政事　第三

一、不忠不孝

陈仲弓为太丘长[1]，时吏有诈称母病求假。事觉收之[2]，令吏杀焉。主簿请付狱，考众奸[3]。仲弓曰：“欺君不忠，病母[4]不孝。不忠不孝，其罪莫大，考求[5]众奸，岂复过此[6]？”

【注释】

1. 陈仲弓：陈寔，字仲弓。为太丘长：担任太丘县长。 2. 事觉收之：事情被察觉后就逮捕了他。觉，发觉、觉察。收，逮捕下狱。3. 主簿：县官属下掌管文书的佐吏。考众奸：查究（其他的）犯法之事（以便数罪并罚）。 4. 病母：指小吏诈称母亲生病一事。（按：这是诅咒母亲的恶行。） 5. 考求：查究、考察。 6. 过此：（程度）超过这件事（指“诈称母病求假”一事）。

【译文】

陈寔担任太丘县长，当时有个小吏假称母亲生病，向他告假回家。后来事情被发觉了，就逮捕了这个小吏，并命令狱吏将他处死。县衙的主簿请求把此人移交有司，并查究他其他的犯罪事实，陈寔说：“欺骗君主，就是不忠；诅咒母亲生病，就是不孝；既不忠又不孝，没有比这个罪状更大的了。查究其他的罪状，难道还有能超过这件事的吗？”

二、残害骨肉

陈仲弓为太丘长，有劫贼杀财主[1]，主者[2]捕之。未至发所[3]，道闻民有在草不起子[4]者，回车往治之[5]。主簿曰：“贼大，宜先按讨[6]。”仲弓曰：

“盗杀财主,何如骨肉相残[7]?”

【注释】

1. 劫贼:靠打劫为生的强盗。财主:财货的主人、所有者。2. 主者:指衙门主管此类事务的官吏。 3. 发所:出事地点。4. 在草:指分娩、生孩子。草,草编的产褥。(按:古时平常人家妇人分娩,多以草垫席作为产褥。)不起子:(生下孩子)却不养育。起,指养育婴孩使长成人。(按:指这家人可能有弃婴、杀婴的行为。)5. 回车往治之:将马车掉转头去处理这件事。治,处理。 6. 按讨:查办,处理。 7. 盗杀财主,何如骨肉相残:父母弃杀亲生婴孩(即“骨肉相残”),违逆人伦,天理难容,必须首先处理;而强盗杀人取财,违反的只是人间律法之常理。

【译文】

陈寔担任太丘县长时,有强盗劫财害命,主管官吏捕获了强盗。陈仲弓前去处理,还没到出事地点,半路上听说有家老百姓生下孩子却不肯养育(并残忍地将其抛弃),便(马上)掉头回去处理这件事。县衙的主簿说:“强盗(杀人劫财)事大,应该先查办。”陈寔说:“强盗杀人劫财,怎么比得上骨肉相残(严重)呢?”

三、互不相师

陈元方年十一时,候袁公[1]。袁公问曰:“贤家君在太丘,远近称之,何所履(lǚ)行[2]?”元方曰:“老父在太丘,强者绥(suí)之以德,弱者抚之以仁[3],恣(zì)其所安,久而益敬[4]。”袁公曰:“孤往者尝为邺(yè)令[5],正行此事。不知卿家君法孤?孤法卿父?”元方曰:“周公、孔子,异世而出[6],周旋动静[7],万里如一。周公不师孔子,孔子亦不师周公。"

【注释】

1. 陈元方:名纪,字元方,为陈寔长子。候:拜访问候。袁公:指袁绍。 2. 贤家君:对对方父亲的尊称,犹"令尊"。称:称赞、颂扬。履行:犹"履职",指治理政事政务。 3. 绥之以德:用恩德来笼络他们。绥,原意是古代登车时手挽的绳索,引申为安抚、笼络。抚之以仁:用仁爱来安抚他们。 4. 恣其所安:放手让他们安居乐业。恣,放纵不管。久而益敬:时间长了(老百姓)就会越发敬爱他。 5. 孤:王侯自称。往者:以前。为邺令:担任邺县县长(按:袁绍曾被封为邺侯,主管邺地)。 6. 异世而出:生于不同的时代。 7. 周旋:应酬、揖让一类的礼仪活动。动静:行止,行动。

【译文】

陈纪十一岁时,有一次去拜问袁绍。袁绍问他:"令尊在太丘县任职时,远近的人都称颂他,他是怎么治理的呢?"陈纪说:"家父在太丘时,对强者就用恩德来笼络他们,对弱者就用仁爱来安抚他们,放手让人们安居乐业,时间久了人们就更加敬重他。"袁绍说:"我曾经做过邺县县令,正是用的这种办法。不知道是你父亲效法我呢,还是我效法你父亲?"陈纪说:"周公、孔子生在两个不同的时代,考查他们的礼仪举止,虽然相隔很远,却也如出一辙。(事实上)周公并没有学习孔子,孔子也没有学习周公。"

四、会稽鸡啼

贺太傅[1]作吴郡,初不出门。吴中[2]诸强族[3]轻之,乃题府门云:"会

(kuài)稽(jī)鸡,不能啼。"贺闻故出行,至门反顾,索笔足之曰:"不可啼,杀吴儿!"于是至诸屯邸(dǐ)[4],检校诸顾、陆[5]役使官兵及藏逋(bū)亡[6],悉以事言上,罪者甚众。陆抗时为江陵都督[7],故下请孙皓(hào)[8],然后得释。

【注释】

1. 贺太傅:贺邵,字兴伯,会稽山阴人,曾任吴郡太守,后升任太子太傅。 2. 吴中:吴郡的治所在今江苏吴县,也称"吴中"。3. 强族:指豪门大族。 4. 屯邸:住宅,庄园。 5. 诸顾、陆:指顾姓和陆姓两个家族,当时是吴中大族。(按:有所谓"吴郡四姓",即顾、陆、朱、张四大家族,代表人物分别为顾雍、陆逊、朱桓、张温。) 6. 藏逋亡:窝藏逃亡的人口。(按:战乱之时赋役繁重,贫民多逃到士族大家中藏匿,给他们做苦工以谋生。) 7. 陆抗:字幼节,吴郡吴(在今江苏苏州)人,为吴大都督陆逊次子。袭父爵为江陵侯,曾任建武校尉、江陵都督等职。陆抗与其父陆逊是当时吴国的中流砥柱。江陵都督:主管江陵地方军政要务的官员。江陵,在今湖北荆州一带。 8. 下请:到下游去请求。(按:当时陆抗所在的江陵居上游,孙皓所在的建邺居下游。)孙皓:字皓宗,为吴主孙权之孙,吴国末代君主。公元280年,晋兵攻陷建邺,孙皓投降,吴亡。

【译文】

贺邵担任吴郡太守,到任之初足不出户。吴中的豪门士族都轻视他,竟在官府大门上写道:"会稽鸡,不能啼"(此为讽刺出生于会稽的贺邵)。贺邵听说后故意外出,走到门口回过头来看,向左右要来笔在下面补上一句:"不可啼,杀吴儿"。然后他就到各大族的庄园,查核顾姓、陆姓家族奴役官兵和窝藏逃亡人口的情况,然后把事情始末全部报告给朝廷,因此获罪的人很多。当时陆抗正任江陵都督,也受到牵连,便特意去建邺请求孙皓的帮助,这才获得开释。

五、如牛被制

山公以器重朝望[1],年逾七十,犹知管时任[2]。贵胜年少,若和、裴、王之徒[3],并共言咏[4]。有署阁[5]柱曰:“阁东,有大牛,和峤鞅(yāng)[6],裴楷鞦(qiū)[7],王济剔(tī)嬲(niǎo)[8]不得休。”或云潘尼[9]作之。

【注释】

1. 山公:指山涛。朝望:在朝廷中有声望。 2. 知管:主管。时任:当时重任。(按:山涛时任吏部尚书,他年纪很大了,还亲自主持官吏的任免、考选工作。) 3. 贵胜:尊贵而有权势者。和、裴、王之徒:指和峤、裴楷、王济等人,分别是汝南和氏、闻喜裴氏和晋阳王氏这几大家族的子弟。 4. 言咏:言谈吟咏。 5. 署:题字。阁:阁道,指楼与楼之间的架空复道。 6. 鞅:驾车时套在牛马脖颈上的皮套子。 7. 鞦:驾车时拴在牛马屁股后面的皮带。 8. 剔嬲:犹纠缠。 9. 潘尼:字正叔,为潘岳之侄。

【译文】

山涛由于受到器重,在朝廷中也很有威望,虽然已是七十高龄,还亲自担任考选任免的重要职务。一些年轻的权贵子弟,如和峤、裴楷、王济等,聚在一起言谈吟咏。有人在阁道的柱子上题写道:“阁道东边有大牛(按:这是把山涛比作“大牛”),和峤套着鞅,裴楷拴着鞦,王济纠缠不得休。”有人说是潘尼写的。

六、小加弘润

贾充[1]初定律令，与羊祜(hù)共咨太傅郑冲[2]。冲曰："皋(gāo)陶(yáo)[3]严明之旨，非仆暗懦(nuò)所探。"羊曰："上意欲令小加弘润。"冲乃粗下意。

【注释】

1. 贾充：字公闾，平阳襄陵(在今山西襄汾)人，为曹魏豫州刺史贾逵之子。贾充初在曹魏担任廷尉；晋武帝登位后，任尚书仆射，与裴楷共同制定《晋律》。 2. 郑冲：字文和，荥阳开封(在今河南开封)人。深研儒术和百家之言，动必循礼。郑冲初在曹魏担任司空、司徒，晋武帝登位后，任太子太傅。(按：高贵乡公时，司马昭辅政，命贾充、羊祜等分定礼仪、法令，都先咨询郑冲，然后才公布。) 3. 皋陶：亦作"皋繇"，传说是舜帝时的大法官，制定了当时的法令。

【译文】

贾充刚刚制定了法令，就和羊祜一起去征求太傅郑冲的意见。郑冲说："皋陶制定法令时遵循的严肃公正的宗旨，不是我这种愚昧软弱的人所能探测的。"羊祜说："圣上想让你稍加补充润色。"郑冲这才概略地说出了自己的意见。

七、选无失误

山司徒前后选[1]，殆(dài)周遍[2]百官，举无失才。凡所题目[3]，皆如其言。惟用陆亮，是诏所用[4]，与公意异，争之不从。亮亦寻为贿(huì)败。

【注释】

1. 山司徒：指山涛，死前升至司徒。前后选：前后两次担任选官。吏部专门负责选拔、任免官吏，山涛曾在曹魏时担任尚书吏部郎；西晋建立后，又担任吏部尚书。二者都是负责选拔人才的职位。（按：据《晋书·山涛传》载，山涛两任选职，前后共十多年。每有一职出缺，先拟出几人，呈上御览；凡所奏甄拔人物，各作品评。） 2. 周遍：这里指把百官逐个考察了一遍。 3. 题目：指对于人才的品评。 4. 惟用陆亮，是诏所用：当时吏部郎一职出缺，山涛推荐了阮咸，贾充推荐了亲信陆亮。晋武帝听信贾充的意见，选用了陆亮。

【译文】

山涛前后两次担任吏部官职，几乎考察遍了朝廷内外百官，一个人才也没有漏掉。凡是被他品评过的人物，都像他所说的那样。只有对陆亮的任命是皇帝亲自决定的，和山涛的意见不同。山涛曾为此事力争，但皇帝没有听从。不久陆亮也因为受贿而被撤职。

八、山涛出处

嵇康被诛后，山公举康子绍为秘书丞[1]。绍咨公出处（chǔ）[2]，公曰："为君思之久矣！天地四时，犹有消息[3]，而况人乎？"

【注释】

1. 秘书丞：秘书省的属官，掌管图书典籍。 2. 咨公出处：指嵇绍向山涛询问（商量）自己是该出仕还是该退隐。（按：嵇康被司马昭杀害，死前将幼子嵇绍托付给山涛抚养。嵇绍长大后，山涛推荐他到晋朝为官，嵇绍心中犹疑不决。） 3. 消息：犹"消长"，指消长、增减的变化。(按:山涛以为,就像四季有往复变化一样,人的进退也应视情况而定。)

【译文】

嵇康被杀以后,山涛推荐嵇康的儿子嵇绍(在晋朝)做秘书丞。嵇绍与山涛商量到底出任不出任,山涛说:"我替您考虑很久了。天地间一年四季,也还有交替变化,何况是人呢!"

九、何惜池鱼

王安期[1]为东海郡[2],小吏盗池中鱼,纲纪推之[3]。王曰:"文王之囿(yòu)[4],与众共之[5]。池鱼复何足惜!"

【注释】

1. 王安期:王承,字安期,太原晋阳(在今山西太原)人,为汝南太守王湛之子。其人清虚寡欲,善于清谈,被推许为东晋初年第一名士。 2. 为东海郡:王承初时任东海王的记室参军,后又升为东海郡守。 3. 纲纪:作名词用,指古代公府及州郡的主簿。推:追究、追查。 4. 囿:古代供帝王贵族进行狩猎、游乐的园林,囿中广植草木,多蓄鸟兽。 5. 与众共之:典出《孟子·梁惠王下》,原文为"文王之囿,方七十里,刍荛者往焉,雉兔者往焉,与民同之",意即周文王的苑囿是对老百姓开放的。

【译文】

王承担任东海郡守时,有个小吏偷了(公府)池塘里的鱼,郡里的主簿要追查这件事。王承说:"周文王的猎场,是和百姓共同使用的。区区池塘中的几条鱼,又有什么值得吝惜的呢!"

一〇、不挞宁越

王安期作东海郡，吏录一犯夜人[1]来。王问："何处来？"云："从师家受书还[2]，不觉日晚。"王曰："鞭挞(tà)宁越[3]以立威名，恐非致理[4]之本。"使吏送令归家。

【注释】

1. 录：拘捕、抓获。犯夜人：触犯宵禁的人。（按：当时律令有"宵禁"，即禁止人们夜间上街行走。） 2. 从师家受书还：在老师家里上完课要回家。（按：古时学生求学，为了表示尊敬老师，通常是到老师家求教，而不是老师到学生家授课，即所谓"古闻来学，未闻往教"。） 3. 宁越：战国时中牟（在今河南鹤壁，曾为赵国国都）人。其家世代以种田为生，宁越以耕作劳苦，不肯认命，遂发奋读书，终于成为文武全才。这里以"宁越"之名泛指读书人。 4. 致理："致治"，意为获得政绩。

【译文】

王承任东海郡守时，有一次差役抓回来一个触犯宵禁令的人。王承问他："你从哪里来的？"那个人回答说："从老师家学完功课回来，不知不觉时间就晚了。"王承听后说："惩处一个读书人来树立官府的威名，恐怕不是获得治绩的根本办法。"便派差役送他出门，让他回家去了。

一一、任让不赦

成帝在石头[1]，任让[2]在帝前戮(lù)侍中钟雅、右卫将军刘超。帝泣曰："还我侍中！"让不奉诏，遂斩超、雅。事平之后，陶公与让有旧，欲宥（yòu）之。许柳[3]儿思妣（bǐ）者至佳，诸公欲全之。若全思妣，则不得不为陶全让，于是欲并宥[4]之。事奏，帝曰："让是杀我侍中者，不可宥！"诸公以少主[5]不可违，并斩二人。

【注释】

1. 成帝在石头：晋成帝咸和二年，历阳内史苏峻谋反，次年攻占建康，并把成帝迁到石头城。不久苏峻败死，其弟苏逸继立为主。2. 任让：是苏峻、苏逸兄弟手下的参军和重要谋士。（按：咸和四年正月，成帝近侍钟雅、刘超密谋救帝，不料被发觉，苏逸派任让领兵入宫，杀钟、刘二人，二月苏逸败死。） 3. 许柳：是苏峻、苏逸兄弟的部下。（按：苏峻起兵时，豫州刺史祖约派许柳率兵与苏峻会合。苏峻攻陷建康后，任命许柳为丹阳尹，事败后许柳被诛。） 4. 宥：宽宥。5. 少主：指晋成帝司马衍。（按：成帝四岁即位，此时年岁也只七八岁上下。）

【译文】

晋成帝被迫迁居石头城，叛将任让当着成帝的面，要杀侍中钟雅和右卫将军刘超。成帝哭着说："把侍中还给我！"任让不听命令，终于斩了刘超和钟雅。等到叛乱平定以后，陶侃因为和任让有老交情，就想赦免他。叛军许柳有个儿子叫思妣，很有才德，众臣也想保全他。可是要想保全思妣，就不得不为陶侃保全任让，于是想把两个人一起赦免了。众臣把这个处理办法报告给成帝，成帝说："任让是杀我侍中的人，不能赦罪！"大臣们认为不能违抗成帝的命令，就把两人都杀了。

一二、人人愉悦

王丞相拜扬州[1],宾客数百人并加沾接[2],人人有说(yuè)色。唯有临海一客姓任及数胡人为未洽(qià)[3],公因便还到过任边[4]云:“君出[5],临海便无复人[6]。”任大喜说(yuè)。因过胡人前弹指[7]云:“兰阇(shé)[8],兰阇。”群胡同笑,四坐并欢。

【注释】

1. 王丞相:王导。拜扬州:担任扬州刺史。 2. 并加沾接:全部都得到了款待。 3. 临海:郡名,治所在今浙江临海。胡人:此指“胡僧”,即外国来的僧人。洽:接洽,指受到接待。 4. 因便:趁便。还到过任边:转身走到姓任的客人身边。 5. 君出:您(从临海)出来(到扬州来)。 6. 便无复人:指没有杰出的人才了。7. 弹指:犹“响指”。(按:这一动作在佛经中也可表示欢喜、许诺等意思。) 8. 兰阇:亦作“兰奢”,梵语译音,为褒赞之辞。

【译文】

丞相王导出任扬州刺史,前来道贺的几百名宾客都得到了款待,人人都很高兴。只有从临海郡来的一位任姓客人和几位外国僧人还没有接洽过。王导便找机会转身走过任姓客人身边,对他说:“您出来了,临海就不再有人才了。”任姓客人听了,非常高兴。王导又走过胡僧面前,弹着手指说:“不错!不错!”胡僧们都笑了。在座的客人都很高兴。

一三、陆玩翻异

陆太尉[1]诣王丞相咨事[2],过后辄翻异[3]。王公怪其如此,后以问陆。

陆曰:“公长民短[4],临时不知所言,既后觉其不可耳。”

【注释】

1. 陆太尉:陆玩,字士瑶,吴郡吴(在今江苏苏州)人。曾任尚书左仆射、司空等职,死后赠太尉。 2. 诣王丞相咨事:到王丞相那里去汇报请示。(按:陆玩任尚书左仆射时,王导为司徒、录尚书事,位同丞相,总揽朝政,故陆玩遇事要去请示王导。) 3. 翻异:说好的事情,过后又反悔变卦。 4. 公长民短:大人您名位尊贵,小民我名位卑微。(按:当时王导领扬州刺史,掌吴地军政大权,故陆玩自谦为“民”。)

【译文】

太尉陆玩到丞相王导那里去请示,商量好的事情过后常常变卦。王导奇怪他怎么这样,后来王导拿这事问陆玩,他回答说:“大人您名高位尊,小民我身份卑微,一时不知该说什么,过后又觉得那样做不行了呀。”

一四、天下未允

丞相尝夏月至石头看庾公。庾公正料事[1],丞相云:“暑可小简之[2]。”庾公曰:“公之遗事[3],天下亦未以为允[4]。”

【注释】

1. 庾公:指庾亮。料事:处理公事。(按:公元325年,晋成帝立,王导、庾亮共同参辅朝政。) 2. 暑可小简之:夏季天气炎热,办事(的程序)可以稍微简略一些。 3. 遗事:指处理公事时遗留的没有办结的事情。 4. 允:公允、妥当。

【译文】

有一年夏天，丞相王导到石头城探望庾亮。当时庾亮正在处理公事，王导就说：“天气炎热，（办公事）可以稍为简略一些。”庾亮说：“如果您留下些公事不办，天下人也未必认为妥当！”

一五、思念糊涂

丞相末年[1]，略不复省（xǐng）事[2]，正封箓（lù）诺[3]之。自叹曰：“人言我愦（kuì）愦[4]，后人当思此愦愦！”

【注释】

1. 丞相末年：丞相晚年时。（按：王导担任丞相，辅佐元帝、明帝、成帝三世，历数十年。） 2. 省事：亲自处理、过问政事。省，检查。 3. 封箓：指奏章、公文、簿籍等。诺：“画诺”，指签字同意。4. 愦：通“聩”，昏聩糊涂、神志昏乱。“昏”指眼花，视物不明。“聩”指耳聋，听力不佳。（按：这种情况多见于老年人，俗称“老糊涂”。）

【译文】

王导到了晚年，几乎不再亲自处理过问政事，只是在文件上签字同意。他感叹地说：“人家说我是老糊涂了，后人应当会想念我这种老糊涂吧。”

一六、废物不废

陶公性检厉[1]，勤于事。作荆州时，敕（chì）船官悉录锯木屑（xiè）[2]，不限多少，咸不解此意。后正（zhēng）会[3]，值积雪始晴，听事前除[4]雪后犹湿，于是悉用木屑覆（fù）之，都无所妨[5]。官用竹皆令录厚头[6]，积之如山。后桓宣武伐蜀（shǔ）[7]，装船[8]，悉以作钉。又云尝发[9]所在竹篙（gāo），有一官长连根取之，仍当足[10]，乃超两阶[11]用之。

【注释】

1. 性检厉：为人性格勤俭、认真。厉，指性格严厉、不随和。 2. 敕：命令、吩咐。船官：负责监督船只的建造、维修事务的官员。悉录：全部搜集起来。 3. 正会：古时正月初一，皇帝按照惯例要大会群臣，接受百官朝贺；地方上的封疆大吏便也在这一天会见僚属。陶侃作为荆州的最高长官，也有“正会”之礼。 4. 听事：也作“厅事”，指官署中处理政事的大堂。前除：前面的台阶。 5. 都无所妨：一点也不妨碍了（指积雪融化的水渍为木屑所覆盖，不再因湿滑而妨碍行走）。 6. 厚头：竹子靠近根部的一头，通常较粗。（按：人们一般使用竹子中间上下整齐的筒状部分，靠近根部的竹头常常被弃。） 7. 桓宣武伐蜀：公元346年，桓温率兵伐蜀；347年3月攻占成都，后蜀李势投降，成汉政权灭亡。 8. 装船：组装战船，指用钉和榫卯把小舟连在一起，组成大型战船。 9. 发：征发、征调，即以官府的名义砍伐竹子以充公用。 10. 当足：（把竹根）当作铁足。撑船用的竹篙，底部包上铁制的部件，就是铁足。（按：用竹根代替铁足，既善于取材，又节省原料，因冷兵器时代铁比较珍贵，能省则省。） 11. 超两阶：连跨两个等级。

【译文】

陶侃为人严谨认真，工作上兢兢业业、勤勤恳恳。他担任荆州刺史时，吩咐负责建造船只的官员把木屑全都搜集起来，多少不限，大家都不明白这是什么用意。后来到正月初一大会时，正碰上连日下雪刚刚转晴，正堂前的台阶上雪后还是湿漉漉的，于是全用木屑铺在上面，就一点也不妨碍出入了。官府用的竹子，都叫把竹头搜集起来，堆积如山。后来桓温讨伐后蜀，要组装战船，这些竹头就都被拿来做成了竹钉。又听说陶侃曾经征调过当地的竹篙，有一个主管官员把竹子连根砍下，就用根部代替铁足，陶侃便把他连升两级来任用。

一七、虞存批示

何骠(piào)骑(qí)作会稽[1]，虞存弟謇(jiǎn)作郡主簿，以何见客劳损，欲白断常客[2]，使家人节量[3]，择可通者，作白事[4]成以见存。存时为何上佐[5]，正与謇共食，语云："白事甚好，待我食毕作教[6]。"食竟，取笔题白事后云："若得门庭长[7]如郭林宗[8]者，当如所白。汝何处得此人？"謇于是止。

【注释】

1. 何骠骑：何充。作会稽：担任会稽内史。 2. 白：陈述，用于下级对上级打报告。断：谢绝。常客：指闲来无事的普通客人。3. 节量：适度、限量。（按：据《品藻》篇载，"何次道为宰相，人有讥其信任不得其人"，可知何充交往过于杂泛，不挑人而一概接待，因此应酬十分忙碌。虞謇希望何充能够学会有取舍地结交人。） 4. 作白事：拟写陈述意见的呈文、报告。 5. 上佐：高级佐官的通称，如别驾、治中、长史等。 6. 作教：做出批示。（按：虞存时任州里的治中，是主管文书的要职。其弟虞謇是郡里的主簿，也是主管文书的职位，且为其兄的直属下级。按照规定，虞謇遇事要奏报，须先见虞存，而虞存也有权在弟弟拟的文书后面题写自己的处理意见。）

7. 门庭长：当作“门亭长”，州郡佐吏名。自汉代起，州郡皆置门亭长，主管州郡府门及通报纠仪诸事，下有门卒、门吏若干。 8. 郭林宗：郭泰，字林宗。（按：郭泰为人很有眼力，品评人物很准确。）

【译文】

骠骑将军何充担任会稽内史时，虞存的弟弟虞謇正担任郡里的主簿，他认为何充接见客人太多，因此劳累伤神，便想禀告何充，要他谢绝那些常客，让手下人酌量选择可以交往的，再进来向他通报。虞謇拟好了一份呈文，便拿来给虞存看。虞存这时担任何充的高级佐官，正要和虞謇一起吃饭，就告诉他说：“这个呈文很好，等我吃完饭再作批示。”吃过了饭，虞存拿笔在呈文后面签上意见说：“如果能找到一个像郭泰那样有眼力的人做门官，一定照你所陈述的意见办。可是你到哪里去找这样的人啊？”虞謇于是作罢。

一八、政务为要

王、刘与林公共看何骠骑，骠骑看文书不顾之。王谓何曰：“我今故与林公来相看，望卿摆拨常务[1]，应对玄言[2]，那得方低头看此邪？”何对曰：“我不看此，卿等何以得存？”诸人以为佳。

【注释】

1. 摆拨：摆脱，拨冗。常务：日常俗务。 2. 应对：相谈，一起谈论。玄言：也称玄谈或清谈，内容主要崇尚虚无，专谈玄理。

【译文】

王濛、刘惔和支遁一起去看望骠骑将军何充，何充正在批阅公文，没有搭理他们。王濛便对何充说：“我们今天特意约上林公一起来看你，希望你把日常事务先放到一边，和我们谈谈玄学，你怎能还低着头看这些东西呢？”何充说：“我不看这些东西，你们这些清谈家怎么能生存呢？”大家都认为他说得好。

一九、令史受杖

桓公在荆州[1]，全欲以德被江、汉[2]，耻（chǐ）以威刑肃物[3]。令史受杖，正从朱衣上过[4]。桓式[5]年少，从外来，云：“向从阁[6]下过，见令史受杖，上捎（shāo）云根，下拂地足[7]。”意讥不著[8]。桓公云：“我犹患其重。”

【注释】

1. 桓公在荆州：晋穆帝永和元年，桓温受命都督荆、司、雍、梁、益、宁六州军事，兼任荆州刺史。 2. 德：恩德、德政。被：施加，覆盖。江、汉：荆州辖地包括长江、汉水流经的部分地区。 3. 以威刑肃物：用威势和刑罚严峻地对待人民。物，指民众。 4. 令史：主管文书的官员。受杖：接受杖刑。朱衣：指红色的官服。 5. 桓式：桓歆，字叔道，小字式，为桓温第三子。 6. 阁：官署。 7. 捎：轻轻擦过。云根：云脚（形容高处）。拂：轻轻掠过。地足：地脚，指地面。 8. 不著：指杖刑的木棒没有打到令史身上。

【译文】

桓温兼任荆州刺史的时候，想全部用恩德来对待江汉地区的百姓，而耻于用威势和严刑来整治人民。有次，一位令史受到杖刑，木棒只从他的红衣上轻轻掠过。桓温的儿子桓式年纪还小，从外面走进来（对桓温）说：“我刚才从官署门前走过，看见令史受杖刑，木棒举起时高拂云脚，落下时低擦地面。”意为讥讽没有打到令史身上（而是故意轻轻打歪）。桓温说：“我还担心打得太重了呢。”

二〇、不能不迟

简文为相[1]，事动经年[2]，然后得过[3]。桓公甚患其迟，常加劝勉（miǎn）。太宗[4]曰：“一日万机，那得速！”

【注释】

1. 简文为相：晋简文帝司马昱于公元 371 年登位，此前曾有数年（公元 366—370 年）担任丞相之职。　2. 事：政事。动：动辄。经年：一整年。　3. 得过：得到批复（通过）。　4. 太宗：简文帝的庙号。

【译文】

简文帝即位前担任丞相时，一件政务动不动就要一整年的时间才能批复下来。桓温很担心太慢了，经常加以劝说鼓励。简文帝说：“一天有成千上万件事，哪里快得了呢！”

二一、猛政之后

山遐（xiá）去东阳[1]，王长史就简文索东阳[2]云：“承藉（jiè）猛政[3]，故可以和静致治。”

【注释】

1. 山遐：字彦林，为山简之子，曾任东阳太守。他施政严厉，多用刑杀，使郡境肃然。去：指离开、卸任。东阳：在今浙江金华。　2. 王长史：王濛。索：请求，这里指自请担任。（按：简文帝为相时，王濛任司徒左长史，后自请出任东阳太守，简文不允。）　3. 承藉：凭借。猛政：严厉的政治。

【译文】

山遐离开东阳太守任上后，司徒左长史王濛到简文帝那里，要求让自己担任东阳太守，他说："凭着前任（指山遐）严厉的治政措施，我当然可以用宽和、清静的办法使得社会安定。"

二二、不犯宵禁

殷浩始作扬州[1]，刘尹行，日小欲[2]晚，便使左右取襆（fú）[3]。人问其故，答曰："刺史严，不敢夜行[4]。"

【注释】

1. 殷浩始作扬州：永和二年，殷浩受命出任扬州刺史。因父亲去世，离职归家奔丧，除服后再任扬州刺史。 2. 小欲：有点像要……的样子。 3. 襆：包袱，行囊。 4. 不敢夜行：当时有宵禁令，夜行者犯禁。

【译文】

殷浩起初担任扬州刺史时，有一天刘惔要出行，太阳刚有点要下山的样子，便叫随从拿出行李被褥（要就地宿下）。人家问他为什么，他回答说："刺史大人太严厉，我不敢在夜间走路。"

二三、为政宽容

谢公时[1]，兵厮（sī）逋（bū）亡[2]，多近窜南塘下诸舫（fǎng）[3]中。或欲求一时搜索，谢公不许，云："若不容置[4]此辈，何以为京都[5]？"

【注释】

1. 谢公时：指谢安（担任丞相）辅政之时。 2. 厮：服杂役的人、差役。逋亡：逃亡。 3. 近窜：就近逃窜到……（躲藏起来）。南塘下：秦淮河南岸下面。舫：船只。 4. 容置：指允许逃亡的流民就地宿下来。 5. 为京都：治理京城。

【译文】

谢安辅政时，常有兵员、差役逃跑，他们大多就近躲藏在南岸下面的船里。有人请求谢安同时搜索所有船只，谢安没有同意，他说："如果不能接纳宽恕这些人，又怎么能治理好京都呢？"

二四、为王忱难

王大为吏部郎[1]，尝作选草[2]，临当奏，王僧弥[3]来，聊[4]出示之。僧弥得便[5]以己意改易所选者近半，王大甚以为佳，更（gēng）写[6]即奏。

【注释】

1. 王大：王忱，字元达，小字佛大。吏部郎：属尚书省，是分科主事的长官。 2. 作选草：草拟举荐授官的人员名单。 3. 王僧弥：王珉，字季琰，小字僧弥。 4. 聊：随手，随便。 5. 得便：顺便，趁机。 6. 更写：重新、另外誊写。

【译文】

王忱任吏部郎时，曾经起草过一份举荐人员的名单，临到要上奏的时候，王珉来了，王忱就随手拿出来给他看。王珉趁机按自己的意见改换了将近半数的候选名字，王忱认为他改得非常恰当，就另外誊写了一份拿去上奏。

二五、小令誉兄

王东亭与张冠军善[1]。王既作吴郡，人问小令[2]曰："东亭作郡，风政[3]何似？"答曰："不知治化何如，唯与张祖希情好日隆[4]耳。"

【注释】

1. 王东亭：指王珣，受封为东亭侯。张冠军：张玄，字祖希，初时任吏部尚书，后又转任冠军将军、会稽内史等职。其人有才学，名望很高，仅次于谢玄，世称"南北二玄"。 2. 小令：指王珉，为王珣弟。王珣先担任中书令，后王珉接任，世称"大令""小令"。 3. 风政：风化和政绩，与下文"治化"义同。 4. 情好日隆：犹"情好日密"。隆，(程度)深厚。

【译文】

东亭侯王珣和冠军将军张玄两人关系友好。王珣担任吴郡太守以后，有人问其弟中书令王珉说："(贵兄)东亭侯担任郡守，民风和政绩怎么样？"王珉回答说："我不了解政绩和教化怎么样，只是看到他和张玄的交情一天比一天更深厚了。"

二六、仁德之辨

殷仲堪当之荆州[1]，王东亭问曰："德以居全为称[2]，仁以不害物为名。方今宰牧华夏[3]，处杀戮之职，与本操将不乖[4]乎？"殷答曰："皋陶造刑辟[5]之制，不为不贤；孔丘居司寇[6]之任，未为不仁。"

【注释】

1. 当之荆州：正要到荆州去，这里指赴任。(按：孝武帝时，授殷仲堪都督荆、益、宁州诸军事,兼荆州刺史,督镇江陵。) 2. 居全:指具有"全德",即完善无缺的德行。称:称号,名称。 3. 宰牧:治理。华夏:指晋朝的中部地区。 4. 本操:原来的操守。将不:"恐怕",表示反问。乖:违背。 5. 刑辟:刑法。 6. 司寇:掌管刑狱的官职。(按:皋陶是舜帝时的大法官;孔子曾任鲁国司寇。)

【译文】

殷仲堪正要到荆州去(就任刺史之职),东亭侯王珣问他:"德行完备称为德,不伤害人民叫作仁。现在你要去治理中部地区,担任具有生杀大权的职位,这和你原来的操守恐怕违背了吧?"殷仲堪回答说:"舜帝时皋陶做大法官,制定了刑法,不算不贤德;孔子曾经担任司寇,也不算不仁爱。"

文学　第四

一、礼乐皆东

郑玄在马融门下[1]，三年不得相见，高足弟子[2]传授而已。尝算浑天[3]不合，诸弟子莫能解。或言玄能者，融召令算，一转便决，众咸骇服[4]。及玄业成辞归，既而融有“礼乐皆东”[5]之叹。恐玄擅名而心忌焉[6]。玄亦疑有追，乃坐桥下，在水上据屐[7]。融果转式逐之[8]，告左右曰：“玄在土下水上而据木，此必死矣。”遂罢追，玄竟以得免。

【注释】

1. 郑玄：字康成，东汉高密（在今山东高密）人，著名经学家。曾遍注群经，精通历算。马融：字季长，东汉扶风茂陵（在今陕西兴平东北）人，为名将马援孙，著名经学家。 2. 高足弟子：高徒。 3. 浑天：古代的一种天体学说。（按：古代天体论中有“浑天说”，以为天像鸟蛋，地像蛋黄，日月星辰绕南、北两极旋转。古人以此推算日月星辰的位置。） 4. 一转便决：一算就解决了。骇服：惊讶佩服。 5. 礼乐皆东：礼和乐是儒家的两门重要课程。郑玄既学成东归，东方就成了讲授礼乐的中心。 6. 擅名：独享盛名。心忌：内心忌惮、记恨。 7. 据屐：坐在木板鞋上。屐，即木屐，木板鞋，底部有齿。 8. 转式：旋转式盘，以推演吉凶，为占卜之法。式，通“栻”，占卜之具，类似星盘。逐之：跟踪、推测（郑玄的踪迹）。

【译文】

郑玄在马融门下求学，过了三年也没见着马融，只是由高才弟子为他讲授罢了。马融曾用浑天算法演算，结果不相符，弟子们也没有谁能理解。有人说郑玄会演算，马融便叫他来要他演算，郑玄一算就解决了，大家都很惊奇佩服。等到郑玄学业完成辞别回家，马融随即慨叹“礼和乐的中心都将要转移到东方”。他担心郑玄会独享盛名，心里很是忌恨。郑玄也猜测到马融会来追赶，便走到桥底下，在水上垫着木板鞋坐着。马融果然旋转式盘占卜郑玄的踪迹，告诉随从说：“郑玄在土下、水上，靠着木头，这表明他一定是死了。”便决定不去追赶了。郑玄终于因此得免一死。

二、郑玄赠稿

郑玄欲注《春秋传》[1]，尚未成时行[2]，与服子慎[3]遇，宿客舍，先未相识。服在外车上，与人说己注《传》意；玄听之良久，多与己同。玄就车与语曰：“吾久欲注，尚未了。听君向言，多与吾同。今当尽以所注与君。”遂为服氏注[4]。

【注释】

1.《春秋传》：全称《春秋左氏传》，相传是鲁国史官左丘明为编年体史书《春秋》所作的传。　2. 行：出门行路。　3. 服子慎：服虔，字子慎，曾任九江太守，作《春秋左氏传解谊》。　4. 服氏注：指《左传》的服虔注本。

【译文】

郑玄想要给《左传》一书作注，还没有完成的时候（有事要）到外地去，和服虔相遇，住在同一家客店里，起初两人并不认识。服虔在店外的车子上，和别人谈到自己注《左传》的想法；郑玄听了很久，听出服虔的见解多数和自己的相同。郑玄走到车前对服虔说：“我早就想要注《左传》，现在还没有完成；听了您刚才的谈论，大多和我相同，现在应该把我作的注全部送给您。”终于成就了服氏《左传》注本。

三、二婢雅对

郑玄家奴婢皆读书。尝使一婢，不称旨[1]，将挞之。方自陈说[2]，玄怒，使人曳著泥中[3]。须臾，复有一婢来，问曰："胡为乎泥中[4]？"答曰："薄言往诉，逢彼之怒[5]。"

【注释】

1. 不称旨：（婢女的）事情做得不合（主人的）心意。 2. 陈说：分辩，陈述理由。 3. 曳著泥中：把她拖拽到泥水里。（按：这是表示惩罚的意思。） 4. "胡为"句：语出《诗经·邶风·式微》，意为：为什么你会在泥水中呢？ 5. 薄言往诉，逢彼之怒：语出《诗经·邶风·柏舟》，意为：我去诉说，反而惹得他发火。"薄言"为语助词，无实义。

【译文】

郑玄家里的奴婢都读书。有一次他使唤一个婢女，事情做得不称心，郑玄要打她。她刚要自我分辩，郑玄生气了，叫人把她拉到泥水里。过了一会儿，又有一个婢女走来，问她："胡为乎泥中？"她回答说："薄言往诉，逢彼之怒。"

四、服虔作注

服虔既善[1]《春秋》，将为注，欲参考同异；闻崔烈[2]集门生讲传，遂匿姓名，为烈门人赁作食[3]。每当至讲时，辄窃听户壁间[4]。既知不能逾己，稍共诸生叙其短长。烈闻，不测何人[5]，然素闻虔名，意疑之[6]。明蚤往，及未寤[7]，便呼："子慎！子慎！"虔不觉惊应，遂相与友善。

【注释】

1. 善：对……很有研究。　2. 崔烈：字威考，东汉冀州安平（在今河北安平）人，为东汉学者、名士、官员，灵帝时官至司徒、太尉，封阳平亭侯。　3. 赁作食：帮佣做饭。赁，给别人做雇工。　4. 户壁间：门外墙边。　5. 不测何人：猜不出他是什么人。　6. 意疑之：心里怀疑（此人是服虔）。　7. 蚤：通"早"，一大早。未寤：（服虔）还没醒。

【译文】

服虔对《春秋左氏传》一向很有研究，将要给它作注释，想参考各家说法的异同。他听说崔烈召集门生讲授此书，便隐姓埋名，去给崔烈的学生当用人做饭。每当到讲授的时候，他就躲在门外墙边偷听。等他了解到崔烈的水平不能超过自己以后，便渐渐地和那些学生谈论起崔烈（讲授过程中）的优劣得失。崔烈听说后，猜不出他是什么人，可是一向听到服虔的名声，便猜想是他。第二天一大早就去看他，趁服虔还没睡醒的时候，便突然大叫："子慎！子慎！"服虔不觉惊醒答应，从此两人就结为好友。

五、钟会掷书

钟会[1]撰《四本论》[2]始毕，甚欲使嵇公一见。置怀中，既定[3]，畏其难[4]，怀不敢出，于户外遥掷，便回急走。

【注释】

1. 钟会：字士季，颍川长社（在今河南长葛）人。三国时期魏国军事家、书法家，为太傅钟繇幼子、青州刺史钟毓之弟。出身颍川钟氏,才华横溢,精通玄学。 2.《四本论》:讨论才性关系的文章,“四本”指才性同、异、合、离的四种关系。 3. 既定:一说是“诣宅”的传写之误。 4. 难:问难,质疑。

【译文】

钟会撰著《四本论》刚刚完成,很想让嵇康看一看。他把书稿揣在怀里,又怕嵇康质疑问难,就不敢拿出来,走到嵇康家门外远远地扔进去,便转身急急忙忙地跑了。

六、王弼辩难

何晏[1]为吏部尚书,有位望,时谈客盈坐,王弼[2]未弱冠[3]往见之。晏闻弼名,因条向者胜理[4]语弼曰:“此理仆以为极,可得复难不[5]?”弼便作难,一坐人便以为屈[6],于是弼自为客主数番[7],皆一坐所不及。

【注释】

1. 何晏:字平叔,南阳宛县(在今河南南阳)人,曹魏时大臣、玄学家。其人擅长清谈,好谈名理,与王弼、郭象同为唯心主义玄学的代表。 2. 王弼:字辅嗣,山阳(在今河南焦作)人,是正始玄学的主要代表人物之一。其人能言善辩,著有《老子注》《周易注》《论语释疑》等书。 3. 弱冠:古代男子二十岁行冠礼,象征成年,在此之前即为“弱冠”。也泛指男子二十岁左右。 4. 条:分条列出。向者:以前。胜理:精妙的玄理。 5. 仆:“我”,为男子自称。极:很透彻。复难:再论难,继续辩驳。 6. 作难:提出反驳。以为屈:为何晏感到理屈。 7. 自为客主:犹“自问自答”。数番:几次,反复。

【译文】

何晏任吏部尚书时,地位名望很高,当时到他家清谈的宾客常常满座,王弼当时还不到二十岁,也去拜会他。何晏听过王弼的名声,便分条列出以前那些精妙的玄理来告诉王弼说:“这些道理我认为已经谈得很透彻了,你还能再反驳吗?”王弼便提出反驳,满座的人都觉得何晏理屈。于是王弼反复自问自答,他的谈论是在座的人都赶不上的。

七、可语天人

何平叔注《老子》[1],始成,诣王辅嗣。见王注精奇[2],乃神伏[3]曰:“若斯人,可与论天人之际[4]矣!”因以所注为道、德二论。

【注释】

1.《老子》:相传是春秋时期老聃所著,分为《道经》和《德经》两部分,后世又合称为《道德经》。 2. 王注:指王弼为《老子》所作的注释。精奇:精微独到。 3. 神伏:犹“神服”,意即倾心佩服。 4. 天人之际:指天和人的关系。(按:“天人关系”是中国传统哲学的核心问题。)

【译文】

何晏注释《老子》,刚刚完成的时候,就去拜会王弼。他看见王弼的《老子注》见解精微独到,于是心里非常佩服,并说:“像这个人(指王弼),可以和他讨论‘天人关系’的问题了!”于是把自己所注的改写成《道论》《德论》两篇。

八、圣人体无

王辅嗣弱冠诣裴徽,徽问曰:“夫无[1]者,诚万物之所资[2],圣人莫肯致言[3],而老子申之无已[4],何邪?”弼曰:“圣人体[5]无,无又不可以训[6],故言必及有;老、庄未免于有,恒训其所不足。”

【注释】

1. 无:“无”与“有”这两个概念是道家思想中一对非常重要的哲学范畴。 2. 万物之所资:万物的本源。资,凭借。 3. 圣人:这里指儒家的先圣孔子。致言:(就某一话题)发表言论。 4. 申:陈述,申明。无已:不停,没完。 5. 体:用作动词,即“以……为本体”。 6. 不可以训:不能解释清楚。训,给……作训诂,解释……的意思。

【译文】

王弼年轻时去拜访裴徽,裴徽问他:“无,确实是万物的凭借和根源,可是圣人不肯对它发表意见,老子却反复地陈述它,这是为什么呢?”王弼说:“圣人认为‘无’是本体,可是‘无’又不能解释清楚,所以言谈间必定涉及‘有’;老子、庄子不能去掉‘有’,所以要经常去解释那个还掌握得不充分的‘无’。”

九、争不相喻[1]

傅嘏善言虚胜,荀粲谈尚玄远[2]。每至共语,有争而不相喻。裴冀州[3]释二家之义,通彼我之怀,常使两情皆得,彼此俱畅。

【注释】

1. 不相喻:互相不理解。 2. 虚胜:指虚无的精微境界。

玄远：指“道”的玄妙幽远。 3. 裴冀州：裴徽，字文季，曾任冀州刺史。

【译文】

傅嘏擅长谈论“虚胜”，荀粲在清谈中崇尚“玄远”。每当两人到一起谈论的时候，发生争论却又互不理解。冀州刺史裴徽能够解释清楚两家的道理，沟通彼此的心意，常使双方都感到满意，彼此都能明白晓畅。

一〇、何晏注书

何晏注《老子》未毕，见王弼自说注《老子》旨。何意多所短，不复得作声，但应诺诺[1]，遂不复注，因作《道德论》。

【注释】

1. 诺诺：“是，是”，表示同意对方所说。

【译文】

何晏注释《老子》还没完成时，有一次听王弼谈起自己注释《老子》的意旨，对比之下，何晏的见解很多地方有欠缺，何晏就不敢再随便开口，只是连声答应“是，是”，他于是不再注释下去，便另写《道德论》。

一一、逸民在近

中朝[1]时，有怀道之流[2]，有诣王夷甫[3]咨疑者。值王昨已语多，小极[4]，不复相酬答，乃谓客曰：“身今少恶[5]，裴逸民[6]亦近在此，君可往问。”

【注释】

1. 中朝：指西晋。 2. 怀道之流：指倾慕道家学说的人。 3. 王夷甫：王衍，字夷甫，玄学家。 4. 小极：稍微有点疲倦。 5. 恶：不舒服。 6. 裴逸民：裴颀，字逸民，玄学家，善谈名理。

【译文】

西晋时，有一班倾慕道家学说的人，其中有人登门向王衍请教疑难，正碰上王衍前一天已经谈论了很久，此时有点疲乏，不想再和客人应对论说，便对客人说："我现在身体有点不舒服，正好裴颀也在我家附近住，您可以去问他。"

一二、攻难崇有

裴成公[1]作《崇有论》[2]，时人攻难之，莫能折[3]，唯王夷甫来，如小屈[4]。时人即以王理难裴，理还复申[5]。

【注释】

1. 裴成公：裴颀，死后谥号"成"。 2. 作《崇有论》：裴颀抨击当时的"贵无"思想，写了《崇有论》一文，承认世界的根本是"有"。 3. 折：驳倒，使某人折服。 4. 如小屈：感到有点理屈。 5. 理还复申：他的理论又显得头头是道了。申，指充分展开论述。

【译文】

裴颀作《崇有论》，当时的人攻讦、问难他，可是没有谁能够驳倒他。只有王衍来和他辩论的时候，他才有点理亏。当时的人就用王衍的理论来向裴颀驳难，可这时他的理论又显得头头是道了。

一三、天才卓出

诸葛厷[1]年少不肯学问。始与王夷甫谈,便已超诣[2]。王叹曰:“卿天才卓出,若复小加研寻[3],一无所愧[4]。”厷后看《庄》《老》,更与王语,便足相抗衡[5]。

【注释】

1. 诸葛厷:字茂远,仕至司空主簿。 2. 超诣:高深的造诣。 3. 小加:稍微加以。研寻:钻研寻绎。 4. 一无所愧:毫不逊色于(当代名流)。 5. 抗衡:指旗鼓相当,实力不相上下。

【译文】

诸葛厷少年时不肯学习求教,可当他开始和王衍清谈时,便已经显示出很深的造诣。王衍感叹地说:“你的聪明才智很出众,如果再稍加研讨,就丝毫也不会比当代名流差了。”诸葛厷后来阅读了《庄子》和《老子》,再和王衍清谈,便完全可以和他旗鼓相当了。

一四、梦是心想

卫玠总角[1]时问乐令“梦”,乐云:“是想。”卫曰:“形神所不接[2]而梦,岂是想邪?”乐云:“因[3]也。未尝梦乘车入鼠穴,捣齑[4]啖铁杵,皆无想无因故也。”卫思“因”,经日不得,遂成病。乐闻,故命驾为剖析之[5]。卫即小差(chài)[6]。乐叹曰:“此儿胸中当必无膏肓之疾[7]!”

【注释】

1. 总角:儿童把头发扎成抓髻,叫“总角”,通常借指幼年。 2. 形神所不接:指身体和精神没有接触过的。 3. 因:因袭,沿袭。

4. 捣齑：把葱、蒜、姜等用杵在臼中捣碎。 5. 命驾：命人驾车载着前往某处。为剖析之：给（卫玠）分析这个问题。 6. 小差：病好了一点点。 7. 膏肓之疾：心尖上的脂肪叫"膏"，心脏和隔膜之间的地方叫"肓"。古人认为这是药力达不到的地方，一旦"病入膏肓"，就无药可治了。（按：乐广的意思是卫玠一有疑难，就一定要弄个明白，这样才能使自己心安，才不会积忧成病。）

【译文】

卫玠幼年时，问乐广"人为什么会做梦"，乐广说："是因为心有所想。"卫玠说："身体和精神都不曾接触过的，却在梦里出现，这哪里是心有所想呢？"乐广说："是沿袭（曾经做过的事）。人们不曾梦见坐车进老鼠洞，或者捣碎姜蒜却吃铁杵，都是因为没有这些想法，也没有可模仿的先例。"卫玠便思索"沿袭"的问题，成天思索也得不出答案，终于想得生了病。乐广听说后，特意坐车去给他分析这个问题。卫玠的病有了起色以后，乐广感慨地说："这孩子心里一定不会得无法医治的病！"

一五、庾敳读庄

庾子嵩读《庄子》，开卷一尺许[1]便放去[2]，曰："了[3]不异人意。"

【注释】

1. 开卷：打开书本。一尺许：一尺左右。（按：古代的书写在竹简或绢帛上，平时卷起来收藏，故可计算长度。） 2. 放去：放在一边。 3. 了：完全。

【译文】

庾敳读《庄子》，打开书读了一尺左右（的篇幅），就把书放下了，还说:"和我的想法完全相同。"

一六、乐广解庄

客问乐令"旨不至"[1]者,乐亦不复剖析文句,直以麈尾柄确几[2]曰:"至不?"客曰:"至!"乐因又举麈尾曰:"若至者,那得去?"于是客乃悟服[3]。乐辞约[4]而旨达[5],皆此类。

【注释】

1. 旨不至:语出《庄子·天下篇》,原文为"指至,至不绝"。旨,同"指"。(按:大意是用手指着一个物体,并不能达到它的实质;就算达到了,也不能穷尽它。)关于《庄子》,参见"一七、郭象注庄"之注1。 2. 确几:敲着小桌子。 3. 悟服:醒悟叹服。 4. 辞约:言辞简要。约,简约、简要。 5. 旨达:意思透彻。

【译文】

有位客人问乐广《庄子·天下》篇中的"旨不至"一句是什么意思,乐广也不再分析这句话的词句,径直用麈尾的柄敲着小桌子问他:"达到了没有?"客人回答说:"达到了。"乐广于是又举起麈尾问他:"如果达到了,怎么能离开呢?"这时客人才醒悟过来,并表示信服。乐广(在解释问题时)言辞简明扼要,而意思也很透彻,都是像上面这个例子一样。

一七、郭象注庄

初,注《庄子》[1]者数十家,莫能究其旨要。向秀于旧注外为解义,妙析奇致[2]，大畅玄风[3]。唯《秋水》《至乐》二篇未竟[4]而秀卒。秀子幼，义遂零落，然犹有别本[5]。郭象[6]者，为人薄行[7]，有俊才。见秀义不传于世，遂窃为己注。乃自注《秋水》《至乐》二篇，又易[8]《马蹄》一篇，其余众篇，或定点文句[9]而已。后秀义别本出[10]，故今有向、郭二《庄》，其义一也。

【注释】

1.《庄子》：战国时思想家庄周及其后学所作，该书继承并发展了《老子》的思想，是道家学派的另一部重要著作。（按：下文的《秋水》《至乐》《马蹄》，都是其中的篇名。据传晋代向秀、郭象等都曾给《庄子》作注，只有郭注本现存。） 2. 妙析奇致：分析得很巧妙，意趣也很奇特美好。 3. 大畅玄风：使《庄子》玄奥的意旨大为畅达。 4. 未竟：还没有完成。 5. 义遂零落：（《秋水》《至乐》两篇的）注释就脱落了。别本：指副本。 6. 郭象：字子玄，西晋时著名玄学家，世称“王弼第二”。 7. 薄行：品行不端。 8. 易：更改、改换。 9. 定点文句：改正文字语句。定点，即“点定”，修改订正。 10. 出：出现，面世。

【译文】

起初，注解《庄子》的有几十家，可是没有一家能穷究其中的要领。向秀抛开旧注另求新解，以精到的分析和美妙的意趣，使《庄子》玄奥的意旨大为畅达。其中还有《秋水》《至乐》两篇的注解没有完成，向秀就死了。向秀的儿子还很小（不能继承父业），这两篇的注释便脱落了，可是还留有一个副本。郭象这个人，为人品行不好，却是才智出众。他看到向秀所释的新义在当时没有流传开，便偷来当作自己的注解。于是自己注释了《秋水》《至乐》两篇，又改换了《马蹄》

一篇(的注解),其余各篇的注,有的只是改正一下文句罢了。后来向秀释义的副本被发现了,所以现在有向秀、郭象的两种《庄子注》,其中的内容大致是一样的。

一八、三语辟掾

阮宣子[1]有令闻,太尉王夷甫见而问曰:“老、庄与圣教[2]同异?”对曰:“将无同[3]?”太尉善其言,辟之为掾[4]。世谓“三语掾”[5]。卫玠嘲之曰:“一言可辟,何假[6]于三?”宣子曰:“苟是天下人望[7],亦可无言而辟,复何假于一?”遂相与为友。

【注释】

1. 阮宣子:阮修,字宣子,好《老子》《周易》,能谈玄理。 2. 圣教:圣人的教化,指儒学。 3. 将无同:恐怕没有什么两样吧。将无,恐怕。 4. 辟:征召,调用。掾:掾吏、属官。 5. 三语掾:(只说了)三个字(就得到任用)的属官。 6. 假:凭借。(按:卫玠的意思是“将无同”其实可以简化成一个字“同”。) 7. 天下人望:天下人都仰望的人,指声名和威望很高的人。

【译文】

阮修很有名望,王衍见到他时就问他:“老子、庄子和儒家的思想有什么异同?”阮修回答说:“将无同。”王衍很赞赏他的回答,还调他来做自己的属官。世人称他为“三语掾”。卫玠嘲讽他说:“明明只说一个字就可以被调用,何必要借助三个字呢!”阮修说:“如果是天下所仰望的人,也可以不说话就能调用,又何必要借助一个字呢!”于是两人就结为了朋友。

一九、郭象受困

裴散骑娶王太尉女。婚后三日,诸婿大会,当时名士,王、裴子弟悉集。郭子玄在坐,挑[1]与裴谈。子玄才甚丰赡[2],始数交未快[3]。郭陈张[4]甚盛,裴徐理[5]前语,理致甚微[6],四坐咨嗟称快。王亦以为奇,谓诸人曰:"君辈勿为尔[7],将受困[8]寡人[9]女婿!"

【注释】

1. 挑:挑头,带头。 2. 丰赡:富足,这里指才识渊博。 3. 数交:交锋几番下来。未快:还不是很畅快。 4. 陈张:铺陈。5. 徐理:慢条斯理地整理。 6. 微:精微。 7. 君辈:你们大家。勿为尔:不要再(辩论)了。 8. 受困:被……困住,指在辩论中被难倒。9. 寡人:王侯自称。(按:王衍身居宰辅之重,亦可自称"寡人"。)

【译文】

散骑郎裴遐娶了太尉王衍的女儿为妻。婚后三天,王家邀请诸女婿聚会,当时的名士和王、裴两家的子弟齐集王家。郭象当时也在座,他领头和裴遐谈玄。郭象才识很渊博,刚交锋几个回合,还觉得不痛快。郭象把玄理铺陈得很充分;裴遐却慢条斯理地梳理前面的议论,义理和情致都很精微,满座的人都赞叹不已,连呼痛快。王衍也觉得新奇罕见,于是对大家说:"你们不要再辩论了,不然就要被我女婿困住了。"

二〇、达旦微言

卫玠始度江,见王大将军[1]。因夜坐,大将军命谢幼舆[2]。玠见谢,甚说之,都不复顾[3]王,遂达旦微言[4]。王永夕不得豫[5]。玠体素羸[6],恒为母所禁[7]。尔夕忽极[8],于此病笃,遂不起[9]。

【注释】

1. 王大将军:王敦,字处仲,历任侍中、大将军、扬州牧。 2. 命:传召,叫来。谢幼舆:谢鲲,字幼舆,初在王敦手下任长史,后出任豫章太守。 3. 顾:看顾,理会。 4. 达旦:犹"通宵"。微言:精微之言,指玄谈。 5. 永夕:长夜,一整夜。豫:通"与",指参加谈论,插上话。6. 羸:体弱。 7. 恒为母所禁:母亲怜他体弱,一直不让他过度劳累,特别是不准他连续或彻夜清谈。 8. 尔夕:这天晚上。忽极:突然(劳累疲倦)到了极点。 9. 不起:一病不起,隐指"病逝"。

【译文】

卫玠渡江避乱之初,去拜见大将军王敦。去了以后就夜坐清谈,王敦便邀来谢鲲。卫玠见到谢鲲,非常喜欢他,便不再理会王敦,两人一直清谈到第二天早晨。王敦一整夜也插不上嘴。卫玠向来体质虚弱,常常被他母亲管束(不让他多谈论);这一夜突然困倦疲乏至极,从此病情加重,终于一病不起。

二一、只言三理

旧云:王丞相过江左,止道"声无哀乐"[1]、"养生"[2]、"言尽意"[3]三理而已。然宛转关生[4],无所不入。

【注释】

1. 声无哀乐:嵇康著有《声无哀乐论》一文,大旨为音声无常,随人的感情而分为哀与乐,其本身并不具有哀与乐的表情意义。 2. 养生：嵇康著有《养生论》一文，大旨为谈论养生之道，认为人应该修身养性，自足于怀，顺应自然不逆天性。 3. 言尽意：晋代欧阳建著有《言尽意论》一文，反对“言不尽意”的不可知论，认为语言能表达人们对客观事物及其规律的认识，能用来交流彼此的思想感情。 4. 宛转：曲折，间接。关生：关系到人的生命。

【译文】

过去有种说法，说王导避难到江南以后，也只是谈论“声无哀乐”、“养生”和“言尽意”这三方面的道理而已，可是这些已经间接关系到人的一生，是能渗透到每一个方面的。

二二、王殷清言

殷中军为庾公长史，下都[1]，王丞相为之集，桓公、王长史、王蓝田、谢镇西并在。丞相自起解帐带麈尾，语殷曰：“身今日当与君共谈析理。”既共清言，遂达三更。丞相与殷共相往反[2]，其余诸贤，略无所关[3]。既彼我相尽[4]，丞相乃叹曰：“向来语，乃竟未知理源所归[5]，至于辞喻不相负[6]，正始之音[7]正当尔耳！”明旦，桓宣武语人曰：“昨夜听殷、王清言甚佳，仁祖亦不寂寞[8]，我亦时复造心[9]，顾看两王掾[10]，辄翣(shà)如生母狗馨[11]。”

【注释】

1. 下都：到京都去。（按：庾亮曾领江、荆、豫三州刺史，镇守武昌，此城位于长江中游；殷浩从武昌赴京城建康，此城即今江苏南京，处在长江下游，所以叫“下都”。） 2. 共相往反：指来回辩难。 3. 略无所关：跟他们都没有什么关系，意思是在殷浩和王导的对谈中，其他人都插不上什么话。 4. 彼我相尽：彼此之间尽情辩论，没有保留。　5. 理源所归：玄理的本源在什么地方。　6. 辞喻：旨趣和比喻。相负：互相违背。　7. 正始之音：指正始年间谈玄的风尚，糅合儒家经义，高谈老、庄，辨名析理，故作狂放。正始，三国时魏齐王曹芳的年号。　8. 不寂寞：指谢尚在殷浩和王导的对谈中颇有会心之处，仿佛找到了知音。　9. 时复：时时，不时地。造心：指心有所得。　10. 顾看：回头望望。两王掾：指王濛和王述，两人当时都是王导的下属。掾，掾吏，即属官。　11. 翣：用羽毛做成的扇子。生：活的。如……馨：像……一样。（按：这句是桓温讥讽王濛和王述不懂殷浩、王导所谈，却仍然装模作样地显示自己明白。）

【译文】

殷浩担任庾亮的长史时，有一次到京城去，王导为了他的到来，把大家召集到一起，桓温、王濛、王述、谢尚等人都在座。王导亲自离座，去解下挂在帐带上的麈尾，对殷浩说："我今天要和您一起谈论、辨析玄理。"两人一起清谈，一直谈到三更时分。王导和殷浩来回辩难，其他贤达根本就插不上话。彼此尽情辩论以后；王导感叹道："我一向谈论玄理，竟然还不知道玄理的本源在什么地方。至于旨趣和比喻不能互相违背，正始年间的清谈正是这样的呀！"第二天早上，桓温告诉别人说："我昨夜听见殷浩、王导两人清谈，非常美妙。谢尚也不感到寂寞，我也时时心有所得；回头看那两位姓王的属官，就活像身上插着漂亮羽毛扇的母狗一样。"

二三、经上玄理

殷中军见佛经云："理亦应在阿堵[1]上。"

【注释】

1. 阿堵：代词“这”，指佛经。

【译文】

殷浩看见佛经，就说：“玄理也应当在这里面。”

二四、求解难得

谢安年少时，请阮光禄[1]道《白马论》[2]。为论[3]以示谢，于时谢不即解[4]阮语，重相咨尽[5]。阮乃叹曰：“非但能言人[6]不可得，正索解人[7]亦不可得！”

【注释】

1. 阮光禄：阮裕，曾任金紫光禄大夫。 2.《白马论》：战国时名家学派代表人物公孙龙著《白马论》一文，提出“白马非马”这一著名命题，认为“马”是指形体，“白”是指颜色，所以“白马”非“马”。 3. 为论：写了一篇论说文。 4. 即解：马上理解。 5. 重相：反复。咨尽：询问、请教他人，以求尽晓其义。 6. 能言人：能够（把道理）解释明白的人。 7. 索解人：寻求透彻了解（义理）的人。

【译文】

谢安年轻的时候，曾经请阮裕为他讲解《白马论》，（阮裕就）写了一篇论说文给谢安看。当时谢安不能马上理解阮裕的话，就反复请教以求全都理解。阮裕于是赞叹道：“不但能够解释明白的人难得，就是寻求透彻了解的人也难得！”

二五、南北学人

褚季野语孙安国[1]云：“北人[2]学问，渊综广博[3]。”孙答曰：“南人学问，清通简要[4]。”支道林闻之曰：“圣贤故所忘言[5]。自中人以还[6]，北人看书，如显处视月[7]；南人学问，如牖中窥日[8]。”

【注释】

1. 褚季野：褚裒，字季野。孙安国：孙盛，字安国。　2. 北人：指黄河以北的人；与其相对的是南人，指黄河以南的人。（按：因褚季野原籍在黄河以南，孙安国则在黄河以北，这一则是说两人互相推重。）　3. 渊综广博：学问深厚广博，而且能够融会贯通。　4. 清通简要：清新通达，而且简明扼要。（按：这两句是说北方人做学问着重渊博，南方人则着重专精。）　5. 故所：本来就，自然就。忘言：指默识其意，无须用言语来说明。　6. 自……以还：从……以下。中人，指具有中等才质的人。　7. 显处视月：在敞亮的地方看月亮。（按：视野开阔，但视线不易集中专一。）　8. 牖中窥日：从窗户缝里看太阳。牖，窗户。（按：视野狭窄，但视线能够集中专　。）

【译文】

褚裒对孙盛说：“北方人做学问，深厚广博而且融会贯通。”孙盛回答说：“南方人做学问，清新通达而且简明扼要。”支遁听到后说：“对于圣贤，自然不需要用言语来说明了。对中等才质以下的人来说，北方人读书，像是在敞亮处看月亮；南方人做学问，像是从窗户缝里看太阳。”

二六、渊源稍胜

刘真长与殷渊源谈,刘理如小屈[1],殷曰:“恶(wū)[2]卿不欲作将[3]善云梯[4]仰攻[5]?”

【注释】

1. 如小屈:好像有点理亏。 2. 恶:何,怎么。 3. 作:制造。将:虚词,无实意。 4. 善:上好的。云梯:一种在攻城时用以攀爬城墙的长梯。 5. 仰攻:自下而上地发起攻击。

【译文】

刘惔和殷浩谈玄,刘惔似乎有点理亏,殷浩便说:“怎么你不想造一架上好的云梯来仰攻呢?”

二七、未得牙慧

殷中军云:“康伯[1]未得我牙后慧[2]。”

【注释】

1. 康伯:韩伯,字康伯,是殷浩的外甥,殷浩很喜欢他。 2. 牙后慧:比喻微末见解,犹言“唾余”。慧,才智。也指言外的义理情趣。

【译文】

殷浩说:“韩康伯还没有学到我牙缝里的一点聪明。”

二八、注神倾意

谢镇西少时,闻殷浩能清言,故往造之。殷未过有所通[1],为谢标榜诸义[2]，作数百语。既有佳致[3]，兼辞条丰蔚[4]，甚足以动心骇听[5]。谢注神倾意[6]，不觉流汗交面[7]。殷徐语左右："取手巾与谢郎拭面。"

【注释】

1. 过：过分，过多。通：陈述，阐发。　2. 标榜：提示。诸义：很多义理。　3. 佳致：指谈吐举止风雅。　4. 辞条：文辞的条目，指辞藻。丰蔚：丰富华美。　5. 动心：打动心弦。骇听：使人感到惊讶。　6. 注神倾意：全神贯注，倾心凝听。　7. 交面：（汗水）在脸上纵横交织。

【译文】

谢尚年轻时，听说殷浩擅长清谈，就特意去拜访他。殷浩没有做过多阐发，只是给谢尚提示了好些道理，一口气说了几百句话。他不但谈吐举止有风致，而且辞藻丰富华美，很能动人心弦，使人闻之震惊。谢尚全神贯注，倾心凝听，不觉已是汗流满面。殷浩从容地吩咐手下人："拿手巾来给谢郎擦擦脸。"

二九、每日一卦

宣武集诸名胜[1]讲《易》[2]，日说一卦。简文欲听，闻此便还。曰："义自当有难易，其以一卦为限邪？"

【注释】

1. 名胜：名流，名士。　2.《易》：《周易》，即《易经》，相传系周文王姬昌所作，内容包括《经》《传》两部分。《经》的主要内容是六十四卦和三百八十四爻（每卦六爻），卦和爻各有说明文字（卦辞、爻辞），作为占卜之用。《周易》没有提出阴阳与太极等概念，讲阴阳与太极的是被道家与阴阳家所影响的《易传》，内容包含解释卦辞和爻辞的七种文辞共十篇，统称《十翼》，相传为孔子所撰。

【译文】

桓温聚集许多著名人士讲解《周易》，每天解释一卦。简文帝本想去听，一听说是这样讲就回来了，并说："卦的内容自然是有难有易，怎么能限定每天只讲一卦呢？"

三〇、不屑逆风

有北来道人好才理[1]，与林公相遇于瓦官寺，讲《小品》[2]。于时竺法深、孙兴公悉共听。此道人语，屡设疑难，林公辩答清析，辞气俱爽。此道人每辄摧屈。孙问深公："上人当是逆风家[3]，向来何以都不言？"深公笑而不答。林公曰："白旃（zhān）檀非不馥[4]，焉能逆风？"深公得此义，夷然不屑[5]。

【注释】

1. 北来道人：从北边来的（游方）和尚。才理：指才气和文思。 2.《小品》：指《小品般若波罗密经》。（按：此指简略本，又称"小品"；另有详本，称为"大品"。） 3. 上人当是逆风家："上人"，佛教用语，尊称有上德的人，后也用以称高僧。这句指深公本不在林公之下，当不会甘拜下风，一定会逆风而上。 4. 白旃檀：白檀香树。馥：馥郁，香味浓厚。（按：支遁是说只有顺着风向才能闻见白檀香树的香味，意思是竺法深如果"逆风而上"，也不会是自己的对手。） 5. 夷然：平静地，坦然。不屑：不顾，不理会。

【译文】

有位从北方过江来的和尚很有才思，跟支遁在瓦官寺相遇了，两人便一起研讨《小品》。当时竺法深、孙绰等人都去听。这位和尚的谈论，屡次都设下疑难问题，而支遁的答辩分析透彻，言辞气概都很爽朗。这位和尚总是被驳倒而自觉理亏。孙绰就问竺法深："'上人'应该是顶风而上的人士，您刚才为什么一句话也不说？"竺法深笑笑，没有回答。支遁接着说："白檀香并不是不香，但逆风怎能闻到香呢？"竺法深体会到这话的含义，坦然自若，置之不理。

三一、孙殷争论

孙安国往殷中军许[1]共论，往反精苦[2]，客主无间(jiàn)[3]。左右进食，冷而复暖者数四[4]。彼我奋掷麈尾，悉脱落，满餐饭中[5]。宾主遂至莫[6]忘食。殷乃语孙曰："卿莫作强口马[7]，我当穿卿鼻！"孙曰："卿不见决鼻牛[8]，人当穿卿颊[9]。"

【注释】

1. 往……许：到某人的处所去。　2. 往反：来回辩驳。反，通"返"。精苦：精心竭力。　3. 无间：没有空隙，指两人的对谈之中没有漏洞，非常精密审慎。　4. 进食：端上饭菜。数四：再三地，三番四次。　5. 奋掷：使劲挥动。悉脱落：(麈尾上装饰的羽毛)都掉落下来。满餐饭中：全数落在饭食上面。　6. 至莫：直到傍晚时分。莫，通"暮"，日暮。　7. 强口马：比喻嘴硬不服输。　8. 决鼻牛：牛为了摆脱牵鼻绳，而奋力挣破鼻子。　9. 人当穿卿颊：(如果你还不认输，)人家就会用绳圈穿透你的两腮。(按：马通常不用穿鼻，只需要马嚼子和缰绳，而牛才要穿鼻环。但牛力气很大，可能挣脱鼻绳，更牢固的办法是从两颊穿过。)

【译文】

孙盛到殷浩处一起清谈，两人来回辩驳，精心竭力，宾主都无懈可击。侍候的人端上饭菜，他俩也顾不得吃，饭菜凉了又热，热了又凉，反反复复好几遍了。双方奋力甩动着麈尾，以致上面的羽毛全部脱落，饭菜上都落满了。宾主竟然到傍晚也没想起吃饭。殷浩便对孙盛说："你不要做强嘴马，我就要穿你的鼻子了！"孙盛接口说："你没见挣破鼻绳的牛吗？当心人家会穿你的腮帮子！"

三二、林公解庄

《庄子》逍遥篇[1]，旧是难处，诸名贤所可钻味[2]，而不能拔理于郭、向之外[3]。支道林在白马寺中，将冯太常[4]共语，因及[5]《逍遥》。支卓然标新理于二家之表，立异义于众贤之外，皆是诸名贤寻味[6]之所不得。后遂用支理。

【注释】

1. 逍遥篇：指《逍遥游》，是《庄子》书中的第一篇，该篇论述了万物要无所依靠（即"无待"），才能任性自适（即"逍遥"）的思想。 2. 钻味：钻研玩味。 3. 拔：突出，超过。郭、向：指郭象、向秀，两家都曾注释《庄子》。 4. 将：和，与。冯太常：冯怀，字祖思，曾任太常（主管祭祀、礼乐的官员）、护军将军。 5. 及：在言语中谈到。 6. 寻味：寻求，玩味。

【译文】

《庄子》中的《逍遥游》一篇，历来是个难点，名流们都可以钻研玩味，可是对其中义理的阐述，却不能超出郭象和向秀。有一次，支遁在白马寺里,和太常冯怀一起谈论,言语中谈到了《逍遥游》。支遁在郭、向两家的见解之外,卓越地揭示出新颖的义理,在众名流之外提出了特异的见解,所论都是诸名流探求、玩味中没能得到的。后来的人解释《逍遥游》,便采用了支遁所阐明的义理。

三三、殷多游词

殷中军尝至刘尹所清言。良久,殷理小屈,游辞[1]不已,刘亦不复答。殷去后,乃云:"田舍儿[2],强学人作尔馨[3]语。"

【注释】

1. 游辞:浮辞。 2. 田舍儿:犹"乡巴佬"。 3. 尔馨:这样。

【译文】

殷浩曾到刘惔那里去清谈,谈了很久,殷浩有点理亏了,就不住地用些浮辞来应对,刘惔也不再答辩。殷浩走了以后,刘惔就说:"这个乡巴佬,还硬要学别人发这样的议论!"

三四、汤池铁城

殷中军虽思虑通长,然于才性[1]偏精。忽言及《四本》[2],便若汤池铁城[3],无可攻之势。

【注释】

1. 才性:指才能和本性二者的含义及其关系,这也是魏晋清谈中的热门话题。 2.《四本》:《四本论》,钟会所著,"四本"指才、性之间异同离合的四种关系。 3. 汤池铁城:流着沸水的护城河、用铁打造的城墙，比喻城池非常坚固。（按：成语“固若金汤”的“金”意即“铁”，“汤”指沸水。）

【译文】

殷浩虽然才思精深广阔，可是独对“才性”一题最为精到。他随便地谈到《四本论》，便像汤池铁城，使人找不到可以进攻的机会。

三五、无有文殊

支道林造《即色论》[1]，论成，示王中郎，中郎都无言。支曰：“默而识之[2]乎？”王曰：“既无文殊[3]，谁能见赏？”

【注释】

1.《即色论》：为东晋僧人支遁提出的佛学理论，其主要内容为“即色自然空”。支遁“即色性空”思想的核心是心有色空、色无本质而空。 2. 默而识之：语出《论语·述而》，意为默默记在心里。识，记。 3. 文殊：指文殊菩萨，为佛教四大菩萨之一，与般若经典关系甚深，故称为大智文殊师利菩萨。

【译文】

支遁写了《即色论》一文，写好之后，拿给王坦之看，王坦之一句话也没说。支遁问他：“你是默记在心吧？”王坦之说：“既然没有文殊菩萨在这里，谁能赏识我的用意呢？”

三六、林公才气

王逸少作会稽，初至，支道林在焉。孙兴公谓王曰：“支道林拔新领异[1]，胸怀所及乃自佳，卿欲见不？”王本自有一往隽气[2]，殊自轻之。后孙与支共载往王许，王都领域[3]，不与交言，须臾支退。后正值王当行，车已在门。支语王曰：“君未可去，贫道[4]与君小语。”因论《庄子·逍遥游》。支作数千言，才藻新奇，花烂映发[5]。王遂披襟解带[6]，留连不能已。

【注释】

1. 拔新领异：犹“标新立异”。　2. 一往隽气：一种超凡的气质。隽，通“俊”。　3. 领域：指心存界限，着意矜持。　4. 贫道：僧人支遁自称。　5. 花烂映发：像繁花灿烂，交映生辉。　6. 披襟解带：敞开衣襟解下衣带，指脱下出门所穿的正式礼服。

【译文】

王羲之出任会稽内史，初到任时，支遁也在郡里。孙绰对王羲之说：“支遁的见解新颖，对问题有独到的体会，他胸中所思虑的义理实在美妙，你想见见他吗？”王羲之本来就有一种超凡的气质，一向很轻视支遁。后来孙绰和支遁一起坐车到王羲之那里，王羲之总是着意矜持，不和他交谈。不一会儿支遁就告退了。后来有一次正碰上王羲之要外出，车子已经在门外等着了。支遁对王羲之说：“您还不能走，我想和您稍微谈论一下。”于是就谈论到《庄子·逍遥游》。支遁一谈起来，洋洋数千言，才气不凡，辞藻新奇，像繁花灿烂，交映生辉。王羲之终于脱下外衣不再出门，和支遁交谈并流连不止。

三七、三乘炳然

三乘[1]佛家滞义[2]，支道林分判，使三乘炳然[3]。诸人在下坐[4]听，皆云可通[5]。支下坐[6]，自共说[7]，正当得两，入三便乱。今义弟子虽传，犹不尽得[8]。

【注释】

1. 三乘：佛教用语。佛教宣称人想要成正果证菩提，有三种修行途径，即声闻乘（小乘）、缘觉乘（中乘）、菩萨乘（大乘）。 2. 滞义：不易解释的内容。 3. 分判：详加辨析。炳然：指（义理）显明。 4. 在下坐：坐在下面。（按：古时座位分尊卑，上座为尊，下座为卑。） 5. 可通：能够理解。 6. 支下坐：支遁从高处的讲坛上走下来（到弟子们的座席中间去）。 7. 自共说：弟子们彼此互相解说佛理。 8. 不尽得：不能全部理解。

【译文】

三乘的教义是佛教中很难讲解的，支遁登座宣讲，详加辨析，使三乘的内容都能显豁。大家在下座听讲，都说能够理解。支遁从讲坛上走下来后，大家彼此互相说解，还是只能解通两乘，进入第三乘便混乱了。现在的三乘教义，弟子们虽然还在传习，但仍然不能全部理解。

三八、许询论辩

许掾年少时，人以比王苟子[1]，许大不平。时诸人士及于法师[2]并在会稽西寺讲，王亦在焉。许意甚忿，便往西寺与王论理，共决优劣。苦相折挫[3]，王遂大屈[4]。许复执王理，王执许理，更相覆疏[5]，王复屈。许谓支法师曰："弟子向语何似？"支从容曰："君语佳则佳矣，何至相苦[6]邪？岂是求理中[7]之谈哉！"

【注释】

1. 许掾：许询，字玄度，曾被召为司徒掾。以比：把……和……

相比较。王苟子：王修，字敬仁，小名苟子。 2. 于法师：一本作“支法师”，这是对的。支法师，指支遁，法师是对和尚的尊称。 3. 苦相折挫：彼此极力要挫败对方。 4. 王遂大屈：结果王修被彻底驳倒。大屈，非常理亏。 5. 更相覆疏：再度互相反复陈说。 6. 相苦：互相困辱。 7. 理中：得理之中，即真理。

【译文】

许询年轻时，人们拿他和王修相比，许询非常不服气。当时许多名士和支遁法师一起在会稽的西寺讲论，王修当时也在那里。许询心里很不平，便到西寺去和王修辩论玄理，誓要一决胜负。二人彼此极力要挫败对方，结果王修被彻底驳倒。接着许询又反过来用王修的义理，王修用许询的义理，再度互相反复陈说，结果王修又被驳倒。许询就问支遁："弟子刚才的谈论怎么样？"支遁从容地回答说："你的谈论好是好，但是何至于要彼此互相困辱呢？这哪里是探求真理的谈法啊！"

三九、嫂言慷慨

林道人诣谢公，东阳时始总角，新病起，体未堪劳。与林公讲论，遂至相苦。母王夫人在壁后听之，再遣信[1]令还，而太傅留之。王夫人因自出云："新妇少遭家难[2]，一生所寄，惟在此儿。"因流涕抱儿以归。谢公语同坐曰："家嫂[3]辞情慷慨，致可传述[4]，恨不使朝士[5]见。"

【注释】

1. 信：这里指传话的仆役。 2. 新妇：妇女自谦。家难：家里的不幸遭遇，这里指丈夫去世。 3. 家嫂：我嫂子，指王夫人（即谢安长兄谢奕之妻）。 4. 致：通“至”，最。可传述：值得传颂记述。

5. 朝士：指朝廷中的官员们。

【译文】

支遁曾去拜访谢安，当时谢朗还年幼，病刚好，身体还禁不起劳累。和支遁一起研讨、辩论玄理，终于弄到互相困辱的地步。他母亲王夫人在隔壁房中听见这样，就一再派人叫他回屋去，可是谢安把他留住了。王夫人只好亲自出来，说："我早年寡居，一辈子的寄托都只在这孩子身上。"于是流着泪把儿子抱回去了。谢安告诉同座的人说："家嫂言辞情意都很激愤，值得传诵，可惜没能让朝官们听见！"

四〇、二家之美

支道林、许掾诸人共在会稽王斋头[1]。支为法师，许为都讲[2]。支通一义，四座莫不厌心[3]。许送一难，众人莫不抃(biàn)舞[4]。但共嗟咏二家之美[5]，不辨其理之所在。

【注释】

1. 斋头：指书房。 2. 法师：指精通佛法可作为老师的人，通常主持受戒、解经的都是法师。都讲：指主持讲学的人。(按：凡和尚开讲佛经，是三人唱经，一人讲解，主讲者为法师，唱经者为都讲。) 3. 通一义：阐明一个义理。厌心：满足，心里感到满意。 4. 送一难：提出一个疑难。抃舞：鼓掌跳跃，非常兴奋。 5. 二家之美：指两人言辞之美。

【译文】

支遁和许询等人一同在会稽王司马昱的书房里讲解佛经，支遁为主讲法师，许询做都讲。支遁每阐明一个义理，满座的人没有不满意的；许询每提出一个疑难，大家也无不高兴得手舞足蹈。大家只是一齐赞扬两家辞采的精妙，并不去辨别两家的义理在什么地方。

四一、林公剧谈

谢车骑在安西艰中[1]，林道人往就语，将夕乃退。有人道上见者，问云："公何处来？"答云："今日与谢孝剧谈一出来[2]。"

【注释】

1. 在……艰中：这里指服父丧期间（谢奕为谢玄之父）。 2. 剧谈：畅谈。一出：一番，一次。来：语气词，无实意。

【译文】

谢玄还在服父丧期间，支遁就去他家和他谈论，太阳快下山了才告辞出来。有人在路上碰见支遁，问道："您从哪里来呀？"支遁回答说："今天和谢家的孝子畅谈了一番呢。"

四二、了不长进

支道林初从东出[1]，住东安寺中。王长史宿构精理[2]，并撰其才藻[3]，往与支语，不大当对[4]。王叙致[5]作数百语，自谓是名理奇藻。支徐徐谓曰："身与君别多年，君义言了不长进[6]。"王大惭而退。

【注释】

1. 支道林初从东出：支遁原居会稽，晋哀帝派人把他从东边接到建康。 2. 宿构：事先构思。精理：精微的义理。 3. 撰：草拟。才藻：富于才情、文思的辞藻。 4. 当对：水平相当，相称。 5. 叙致：陈述道理。 6. 了不长进：没有什么进步。

【译文】

支遁刚从会稽来到建康时，住在东安寺里。王濛事先想好精微的义理，并且拟好了富有才情、文采的言辞，去和支遁清谈，可是他和支遁的谈论不大相称。王濛作长篇论述，自以为讲的是至理名言，用的是奇丽辞藻。支遁听后，缓缓地对他说："我和您分别多年，看来您在义理、言辞两方面全都没有长进。"王濛非常惭愧地告辞走了。

四三、中军小品

殷中军读《小品》[1]，下二百签[2]，皆是精微，世之幽滞[3]。尝欲与支道林辩之，竟不得。今《小品》犹存。

【注释】

1.《小品》：指《小品般若波罗蜜经》。 2. 下二百签：作了二百多条签注。（按：读书有疑难处，多夹上字条以做标记。） 3. 幽滞：深奥难解。

【译文】

殷浩读佛经《小品》（感觉很多地方有疑难），加了二百张字条标明，这些都是精深奥妙的地方，是当时隐晦难明的。殷浩曾经想和支遁辩明这些问题，终究不能如愿。现在《小品》还保存了下来。

四四、陶练之功

佛经以为祛（qù）练神明[1]，则圣人可致[2]。简文云："不知便可登峰造极不？然陶练之功[3]，尚不可诬[4]。”

【注释】

1. 祛练：佛教用语，指摆脱烦恼、修炼智慧。神明：精神，智慧。 2. 圣人：指有德智的慈悲的人，即佛。可致：可以达致。（按：佛经上说：“一切众生皆有佛性，但能修智慧，断烦恼，万行具足，便成佛也。”） 3. 陶练：陶冶锻炼，这里指道家的内外丹功夫。功：功效。 4. 诬：抹杀。

【译文】

佛经认为摆脱烦恼、修炼智慧，就可以成佛。简文帝说：“不知是否就可以达到最高的境界呢？然而道家陶冶锻炼的功效，还是不可以抹杀的。”

四五、于支争名

于法开始与支公争名，后情渐归支[1]，意甚不忿（fèn），遂遁迹剡下[2]。遣弟子出都，语使过会稽。于时支公正讲小品。开戒[3]弟子：“道林讲，比汝至，当在某品中[4]。”因示语攻难数十番，云：“旧此中不可复通。”弟子如言诣支公，正值讲，因谨述开意。往反多时[5]，林公遂屈。厉声曰：“君何足复受人寄载[6]来！”

【注释】

1. 情：这里指“群情”，即大家的心意。渐归：逐渐偏向。 2. 遁迹：指隐居。剡下：剡县，属会稽郡。（按：支道林住在会稽郡的首府山阴县，剡县在山阴县东南，故这里用“下”。） 3. 戒：告诫，嘱咐提醒。 4. 当在某品中：就该讲到某品了。（按：佛教典籍某一部称为"某品"。) 5. 往反多时：指两人来回辩论很久。 6. 受人寄载：替人托运，指弟子代师父去和支遁辩驳（即替师父搬运言辞）。

【译文】

于法开和尚起初和支遁争名，后来大家的心意逐渐倾向于支遁，他心里很不服气，便跑到剡县隐居起来。有一次，于法开派弟子到京都去，吩咐弟子刻意经过会稽郡山阴县，当时支遁正在那里宣讲《小品般若波罗蜜经》。于法开提醒他的弟子说："支遁开讲《小品》，等你到达时，就该讲某品某品了。"于是给弟子示范，告诉他反复来回数十次的攻讦辩难，并且说："过去这里面的问题不可能比我讲得更明白了。"弟子照他的嘱咐去见支遁，正好碰上支遁宣讲，便小心地陈述于法开的见解。两人来回辩论了很久，支遁终于辩输了。于是厉声说："您何苦又要给人托运呢！"

四六、泻水注地

殷中军问："自然无心于禀受[1]，何以正善人少，恶人多？"诸人莫有言者。刘尹答曰："譬如写水著地[2]，正自纵横流漫，略无正方圆者。"一时绝叹，以为名通[3]。

【注释】

1. 禀受：指人所承受于自然的天性。 2. 写："泻"的古字，指倾泻、漫延流淌。著："之于"的合音。 3. 名通：名言通论，指精妙通达的言论。

【译文】

殷浩问道："大自然赋予人类什么样的天性，本来是无心的，为什么世上又恰恰是好人少，坏人多呢？”在座的人没有谁回答得了。只有刘惔回答说：“这就好比把水倾倒在平地上，水只是四处流淌，绝没有恰好流成方形或圆形的。”当时大家非常赞赏，认为是名言通论。

四七、僧渊知名

康僧渊[1]初过江，未有知者，恒周旋市肆[2]，乞索以自营[3]。忽往殷渊源许，值盛有宾客，殷使坐，粗与寒温，遂及义理[4]。语言辞旨，曾[5]无愧色。领略粗举[6]，一往参诣[7]。由是知之。

【注释】

1. 康僧渊：西域僧人。曾和殷浩谈及佛经义理，辨别俗书性情之义。 2. 周旋：徘徊。市肆：市场。 3. 乞索：乞讨，向他人索取钱财或食物。自营：自谋生计。 4. 义理：探究经义和名理的学问。 5. 曾：竟然、简直。 6. 领略：有着深刻领会。粗举：粗略提出。 7. 一往参诣：一向深入钻研探究的。

【译文】

康僧渊刚到江南的时候，还没有人了解他，他经常在街市上徘徊，靠乞讨来养活自己。有一次，他突然跑到殷浩家去，正碰上很多宾客在座，殷浩让他坐下，和他稍为寒暄了几句，便谈及义理。康僧渊的言谈意趣，竟然毫无愧色。不管是有深刻领会的，还是粗略提出的义理，都是他一向深入钻研过的。正是由于这次清谈，大家才了解了他。

四八、眼观万物

殷、谢诸人共集。谢因问殷:“眼往属[1]万形,万形来入眼不?”

【注释】

1. 属:通“瞩”,看。

【译文】

殷浩、谢安等人聚集在一起。谢安问殷浩:“人们用眼睛去看一切物象,一切物象是否就会进入眼睛呢?”

四九、殷浩解梦

人有问殷中军:“何以将得位而梦棺器[1],将得财而梦矢秽[2]?”殷曰:“官本是臭腐,所以将得而梦棺尸;财本是粪土,所以将得而梦秽污[3]。”时人以为名通[4]。

【注释】

1. 位:官位,爵位。棺器:指棺材。 2. 矢:通“屎”。秽:污秽,污物。(按:旧时迷信认为,做梦和现实相反,故有此问。) 3. 官本是臭腐……梦秽污:殷浩视官禄爵位和金银钱财为臭腐粪土,符合道家对于世界、人生的看法。 4. 名通:名言通论。

【译文】

有人问殷浩:“为什么将要得到官爵,就梦见棺材;将要得到钱财,就梦见粪便?”殷浩回答说:“官爵本来就是腐臭的东西,因此将要得到它时就梦见棺材尸体;钱财本来就是粪土,因此将要得到它时就梦见肮脏的东西。”当时的人认为这是名言通论。

五〇、殷浩读经

殷中军被废东阳[1]，始看佛经。初视《维摩诘》[2]，疑“般若波罗蜜”[3]太多，后见《小品》，恨此语少。

【注释】

1. 殷中军被废东阳：晋穆帝永和九年，殷浩任中军将军，率师北伐，遇姚襄起兵反，殷浩败回。次年，桓温废殷浩为庶人，迁之于东阳郡信安县。　2.《维摩诘》：《维摩诘所说经》，后秦鸠摩罗什译，凡三卷十四品，是大乘佛教的早期经典之一，旨在宣传大乘般若空观，批评小乘的片面性。维摩诘，为大乘佛教居士。　3. 般若波罗蜜：指菩萨修行之一法。

【译文】

中军将军殷浩被免职，迁到东阳郡，才开始翻阅佛经。开始看的是《维摩诘所说经》，怀疑“般若波罗蜜”这句话重复太多次了；后来看《小品般若波罗蜜经》，已经了解了这句话的意旨，又可惜这样的话太少了。

五一、崤函之固

支道林、殷渊源俱在相王[1]许，相王谓二人：“可试一交言[2]。而才性殆是渊源崤（xiáo）、函[3]之固，君其慎焉！”支初作，改辙[4]远之，数四交，不觉入其玄中。相王抚肩笑曰：“此自是其胜场[5]，安可争锋！”

【注释】

1. 相王：简文帝还未登位时，以会稽王身份兼任丞相，故称“相王”。 2. 一交言：辩论一下。 3. 崤、函：指崤山和函谷关，在今陕西潼关以东至河南新安县境一带，是秦国的险要关塞。（按：这里以崤、函之固形容殷浩善谈才性，这方面的论述无懈可击，难以攻入。） 4. 改辙：车辆在行进中改道，比喻改变方向、话题。 5. 胜场：稳操胜算的处所，指特长、杰出之处。

【译文】

支遁、殷浩都在相王府中，相王对两人说道："你们可以试着辩论一下。可是才性的关系问题恐怕是殷浩的坚固堡垒，您（指支遁）可要谨慎啊！"支遁开始论述问题时，便改变方向，远远避开才性问题；可是论辩了几个回合，便不觉进入了殷浩的玄理之中。相王拍着他的肩膀笑道："这本来就是殷浩的特长，你怎么可以和他争胜呢！"

五二、谢安论诗

谢公因子弟集聚，问《毛诗》[1]何句最佳。遏[2]称曰："昔我往矣，杨柳依依；今我来思，雨（yù）雪霏霏。"[3]公曰："讦谟定命，远猷辰告。"[4]谓此句偏有雅人深致[5]。

【注释】

1.《毛诗》：《诗经》，是先秦时期的一部诗歌总集。汉代的《诗经》版本有齐、鲁、韩、毛四家，赵国人毛亨、毛苌传下来的《诗经》，被称为"毛诗"。 2. 遏：谢玄，小字遏，为谢安之侄。 3. 昔我……雨雪霏霏：出自《诗经·小雅·采薇》，大意是：想起我离家出征的时光，那杨柳的枝条轻轻摆荡；如今我又回到家乡，眼见雪花漫天飘扬。（按：谢玄是从艺术性的层面称赞这两句的。） 4. 讦谟定命，远猷辰告：出自《诗经·大雅·抑》，大意是：国家大计一定要号召，重大方针政策应该及时宣告。（按：谢安是从政治角度肯定这一句的。）5. 雅人：高尚文雅的人。深致：深远的意趣。

【译文】

谢安有次趁着子侄们聚会的时候，问道："《诗经》里面哪一句最好？"谢玄称赞说："最好的是'昔我往矣，杨柳依依；今我来思，雨雪霏霏'。"谢安说："应该是'訏谟定命，远猷辰告'最好。"他认为这一句特别有高雅之士的深远意趣。

五三、张凭才俊

张凭举孝廉[1]出都，负其才气，谓必参时彦[2]。欲诣刘尹，乡里及同举者[3]共笑之。张遂诣刘。刘洗濯料事，处之下坐，惟通寒暑，神意不接[4]。张欲自发无端。顷之，长史诸贤来清言。客主有不通处，张乃遥于末坐判[5]之，言约旨远，足畅彼我之怀，一坐皆惊。真长延[6]之上坐，清言弥日，因留宿至晓。张退[7]，刘曰："卿且去，正当取卿[8]共诣抚军。"张还船，同侣问何处宿，张笑而不答。须臾，真长遣传教[9]觅张孝廉船，同侣惋愕。即同载诣抚军。至门，刘前进[10]谓抚军曰："下官今日为公得一太常博士[11]妙选！"既前，抚军与之话言，咨嗟称善，曰："张凭勃窣(sū)为理窟[12]。"即用为太常博士。

【注释】

1. 举：举荐，推荐。孝廉：指孝顺父母，品行清廉端正的人。（按：汉武帝时令郡国每年考察并推荐孝、廉各一人，魏晋沿用此制。）2. 负：自负，仗着。参：参与，跻身。时彦：当代有才德名望的人士，当代名流。 3. 乡里：同乡之人。同举者：一起察举上来的人。 4. 神意不接：精神和心意还没注意到他。 5. 判：评判分析。 6. 延：请。 7. 退：告退，告辞回去。 8. 正当取卿：正要和您（一起去）。 9. 传教：主管宣布教令的郡吏。 10. 前进：率先进去。 11. 太常博士：专管礼仪制度的官员，属太常寺。 12. 勃窣：形容才华迸发而出。勃，勃发、迸发。窣，穴中出也。理窟：指义理聚集之处，义理之渊薮。

【译文】

张凭被察举为孝廉后到京都去，他仗着自己有才气，认为必定能跻身名流。他想去拜访刘惔，他的同乡和一同察举上来的人都笑话他。张凭就自己去拜访刘惔，这时刘惔正在洗漱料理，就把他安排到下座，只是和他寒暄了一下，神态心意都没有注意到他。张凭想自己找话题开个头来谈谈，却又找不到好的话题。不久，王濛等名流来清谈，主客间有不能沟通的地方，张凭便远远地在末座上给他们分析评判，他言辞精炼而内容深刻，能够把清谈双方彼此的意思表述明白，满座的人都很惊奇。刘惔就请他坐到上座，和他清谈了一整天。又留他住了一宿。第二天早上张凭告辞，刘惔说："你暂时回去，我将邀你一起去谒见抚军（指简文帝）。"张凭回到船上，同伴问他在哪里过的夜，张凭笑笑没有回答。不一会儿，刘惔派郡吏来找张孝廉乘坐的船，同伴们都十分叹惋惊愕。刘惔当即和他一起坐车去谒见抚军。到了大门口，刘惔先进去对抚军说："下官今天给您找到一个太常博士的最佳人选。"张凭进见后，抚军和他谈话，交谈中不住赞叹，连声说好，并说："张凭才华横溢，是义理聚集的渊薮。"于是就任用他做太常博士。

五四、同归异名

汰法师云:“六通[1]、三明[2]同归[3],正异名耳。”

【注释】

1. 六通:佛教认为有六种神通:天眼通、天耳通、身通、它心通、宿命通、漏尽通(漏,指烦恼)。前五通一般人可能修炼到,最后一通即割断一切烦恼,实现自在无碍,只有圣者能做到。　2. 三明:指心得到解脱,能清楚地知道过去、现在、未来三世。宿命明,知过去之生命相;天眼明,知未来之生命相;漏尽明,知现在之苦相,能割断一切烦恼。明,显豁、分明。　3. 同归:同一指归。

【译文】

汰法师说:“‘六通’和‘三明’本是同一指归,只是名称不同罢了。”

五五、谢安压座

支道林、许、谢盛德[1],共集王家。谢顾谓诸人:“今日可谓彦会[2],时既不可留,此集固亦难常。当共言咏,以写其怀。”许便问主人[3]有《庄子》不,正得[4]《渔父》一篇。谢看题,便各使四坐通[5]。支道林先通,作七百许语,叙致精丽,才藻奇拔,众咸称善。于是四坐各言怀毕。谢问曰:“卿等尽不[6]?”皆曰:“今日之言,少不自竭。”谢后粗难[7],因自叙其意,作万余语,才峰秀逸。既自难干[8],加意气拟托[9],萧然[10]自得,四坐莫不厌心[11]。支谓谢曰:“君一往奔诣[12],故复自佳耳。”

【注释】

1. 盛德:品德高尚之人。　2. 彦会:“时彦之会”,指贤士的雅集。 3. 主人：指王濛。 4. 正得：只找到。 5. 各使四坐通：叫大家各自讲解（其中的义理） 6. 尽不：谈完了吗？不，通“否”。 7. 粗难：大致提出了一些论难。 8. 既自难干：这已经难以企及了。干，这里指赶上、企及。 9. 拟托：比拟寄托。 10. 萧然：潇洒貌。 11. 厌心：心里感到满意，指心悦诚服。 12. 一往奔诣：一向抓紧钻研。

【译文】

支遁、许询、谢安诸位品德高尚的人士，一起到王濛家聚会。谢安环顾左右对大家说：“今天可以说是贤士雅会。时光既不可挽留，这样的聚会当然也难常有，我们应该一起谈论吟咏，来抒发各自的情怀。”许询便问王濛有没有《庄子》这部书，王濛只找到《渔父》一篇。谢安看了题目，便叫大家一个个讲解义理。支遁先讲解，说了七百来句，义理说解得精妙优美，才情辞藻新奇拔俗，大家全都赞好。于是在座的人基本各自谈完了自己的体会。这时谢安问道：“你们说完了没有？”大家都说：“今天的谈论（很少有保留），没有不尽意的了。”谢安然后大致提出了一些疑问，就畅谈自己的意见，洋洋万余言，才思敏锐高妙，特异超俗。这已经难以企及了，加上情意有所比拟寄托，态度又够潇洒自如，满座的人无不心悦诚服。支遁对谢安说：“您一向不放松钻研，自然很优异呀！”

五六、孙盛败北

殷中军、孙安国、王、谢能言诸贤，悉在会稽王许。殷与孙共论《易象妙于见形》[1]。孙语道合[2]，意气干云[3]。一坐咸不安[4]孙理，而辞不能屈。会稽王慨然叹曰："使真长来，故应有以制彼。"即迎真长，孙意己不如。真长既至，先令孙自叙本理。孙粗说[5]己语，亦觉殊不及向[6]。刘便作二百许语，辞难简切[7]，孙理遂屈。一坐同时拊掌而笑，称美良久。

【注释】

1. 殷与孙共论《易象妙于见形》：据《晋书·刘惔传》载，孙盛作《易象妙于见形论》一文，会稽王司马昱使殷浩难之，不能屈。2. 道：道家思想体系的核心，道家认为"道"是产生物质世界的总根源。合：结合、整合。　3. 干云：冲上云霄，形容意气风发、慷慨激昂。　4. 不安：觉得(他所说的)有不妥。　5. 粗说：大略谈谈。6. 向：先前所讲的。　7. 辞难简切：论述和问难都很简明贴切。

【译文】

殷浩、孙盛、王濛、谢尚等擅长清谈的名士，都在会稽王的官邸聚会。殷浩和孙盛一起辩论《易象妙于见形论》一文，孙盛把它和道家思想结合起来谈论时，显得意气高昂。满座的人都觉得孙盛的道理不妥，可是又不能驳倒他。会稽王感慨地叹息道："如果刘惔来，自然会有办法制约他。"随即派人去接刘惔，这时孙盛料到自己会辩不过。刘惔来后，先叫孙盛谈谈自己原先的道理。孙盛大致复述了一下自己的言论，也觉得很不如刚才所讲的。刘惔便发表了二百来句话，论述和质疑都很简明贴切，孙盛的道理便被驳倒了。满座之人同时拍手欢笑，赞美不已。

五七、谁运圣人

僧意在瓦官寺中，王苟子来，与共语，便使其唱理[1]。意谓王曰："圣人有情不?”王曰:“无。”重问曰:“圣人如柱邪?”王曰:“如筹算[2],虽无情,运[3]之者有情。”僧意云:“谁运圣人邪?”苟子不得答而去。

【注释】

1. 唱理:领头提出义理。 2. 筹算:筹码,计算的用具。 3. 运:运用,使用。

【译文】

僧意住在瓦官寺,王修来了,和他一起谈玄理,让他先开个头。僧意问王修:“佛有感情吗?”王修说:“没有。”僧意又问道:“那么佛像柱子一样(没有感情)吗?”王修说:“像筹码,虽然没有感情,可是使用它的人有感情。”僧意又问:“那谁来使用佛呢?”王修回答不了就走了。

五八、妙不外传

司马太傅问谢车骑:“惠子其书五车[1],何以无一言入玄?”谢曰:“故当是其妙处不传[2]。”

【注释】

1. 惠子其书五车:据《庄子·天下》说,惠施所著的书可以装满五辆车(极言其著书之多)。 2. 妙处不传:(玄言的)精微之处难以言传。

【译文】

司马道子问谢玄:“惠子所著的书有五车之多,为什么没有一句话涉及玄言?”谢玄回答说:“这当然是因为他玄言的精微之处难以言传啊。”

五九、殷浩求教

殷中军被废,徙东阳,大读佛经,皆精解。惟至“事数”[1]处不解。遇见一道人,问所签[2],便释然。

【注释】

1. 事数:佛教理论,指一切事物的名相(耳可闻者为“名”,眼可见者为“相”),即佛经中的“五阴”“十入”“四谛”“十二因缘”“五根”“五力”之类。 2. 所签:用签条标注出来的(疑难问题)。

【译文】

殷浩被罢官后迁居东阳,大读佛经,都能精通其中的义理,只有读到论“事数”的地方理解不了(便用字条标上)。后来碰见一位和尚,就把标注的问题拿来请教,便都解决了。

六〇、不能四本

殷仲堪精核玄论[1],人谓莫不研究。殷乃叹曰:“使我解《四本》,谈不翅[2]尔。”

【注释】

1. 精核:深入考核、探究。玄论:指道家学说。 2. 不翅:同“不啻”,不只。

【译文】

殷仲堪深入地考究了道家学说,人们认为他没有哪方面不研究的。殷仲堪却叹息说:“如果我能解说《四本论》,言谈就不只是现在这样了!”

六一、灵钟东应

殷荆州曾问远公:“《易》以何为体[1]?”答曰:“《易》以感[2]为体。”殷曰:“铜山西崩,灵钟东应[3],便是《易》耶?”远公笑而不答[4]。

【注释】

1. 体:本体。 2. 感:感应。(按:《周易》认为,阴、阳二气交感相应,而产生万物。) 3. 铜山西崩,灵钟东应:据《汉书·东方朔传》载,孝武帝时,未央宫前殿的铜钟无故而鸣,东方朔就说将会有山崩。他说,铜是山之子,山是铜之母,母子相感,所以钟鸣。其后果有南郡太守上书报告山崩。

【译文】

殷仲堪曾经问惠远:“《周易》用什么做本体?”惠远回答说:“《周易》用感应做本体。”殷仲堪又问:“西边的铜山崩塌了,东边的灵钟就有感应,这就是《周易》吗?”惠远笑着没有回答。

六二、羊孚高论

羊孚弟娶王永言女[1]。及王家见婿,孚送弟俱往。时永言父东阳尚在,殷仲堪是东阳女婿,亦在坐。孚雅善理义[2],乃与仲堪道《齐物》[3]。殷难之,羊云:“君四番后当得见同。”殷笑曰:“乃可得尽[4],何必相同?”乃至四番后一通[5]。殷咨嗟曰:“仆便无以相异。”叹为新拔者[6]久之。

【注释】

1. 羊孚:字子道,泰山南城(在今山东费县西南)人,为羊绥之子。弟:指羊孚之弟羊辅,曾仕至卫军功曹。王永言:王讷之,字永言,会稽琅琊人,为王临之(曾任东阳太守)之子。 2. 雅:很、甚。理义:指理和义,是辨析名理的学问。 3.《齐物》:《齐物论》,是《庄子》书中第二篇。 4. 得尽:指把自己想要表达的意思都表达清楚、完尽了。 5. 一通:竟然相通了。一,竟然,表示事情出乎意料。6. 新拔者:后起之秀。

【译文】

羊孚的弟弟羊辅娶了王讷之的女儿为妻。当王家要接待女婿的时候,羊孚亲自送弟弟到王家。这时王讷之的父亲王临之还活着,殷仲堪是王临之的女婿,也在座。羊孚很擅长名理,便和殷仲堪谈论起《庄子》中的《齐物论》一篇。殷仲堪反驳了羊孚的见解,羊孚说:"您经过四个回合的辩驳后,将会见到我们的见解趋同。"殷仲堪笑着说:"只能说完尽了,为什么一定会相同呢?"等到四个回合后,两人的见解竟然真的相通了。殷仲堪感慨地说:"这样一来我就没有什么见解跟你不同了!"并且久久地赞叹羊孚是后起之秀。

六三、舌本间强

殷仲堪云:"三日不读《道德经》[1],便觉舌本间(jiàn)强[2]。"

【注释】

1.《道德经》:《老子》,亦称《道德经》,老聃所著,为道家重要经典。 2. 舌本:舌根。间强:生硬。

【译文】

殷仲堪说:"三天不读《道德经》,就会觉得舌根发硬(说不好话)。"

六四、小未精核

提婆[1]初至，为东亭第讲《阿毗昙》[2]。始发讲，坐裁半[3]，僧弥[4]便云：“都已晓。”即于坐分数四[5]有意[6]道人，更就余屋自讲[7]。提婆讲竟，东亭问法冈[8]道人曰：“弟子都未解，阿弥那得已解？所得[9]云何？”曰：“大略全是，故当小未精核耳。”

【注释】

1. 提婆：印度僧人名。 2. 东亭：王珣，字元琳，曾受封为东亭侯。第：这里指王侯的府第。《阿毗昙》：佛经名。 3. 发讲：宣讲开始。裁：通“才”。 4. 僧弥：王珉，字季琰，小名僧弥，为王珣弟。5. 数四：表约数，意为三四个、四五个。 6. 有意：有自己的独到见解。 7. 自讲：宣讲自己的理解。 8. 法冈：僧人名。 9. 所得：感悟、心得。

【译文】

西域僧人提婆刚到京都不久，就被请到东亭侯王珣家里讲解《阿毗昙经》。第一次开讲才到中间，王珉就说：“我已经全都懂了。”随即从座中分出几个有见解的和尚，转到别的房间里自己讲解。提婆讲完后，王珣问法冈和尚：“弟子还一点也没有理解，阿弥哪能已经理解了呢？他的心得怎么样？”法冈说：“大体上都领会到了，只是不够精密翔实罢了。”

六五、桓玄进退

桓南郡与殷荆州共谈，每相攻难。年余后，但一两番。桓自叹才思转退[1]。殷云:“此乃是君转解[2]。”

【注释】

1. 转退:倒退,退步。　2. 此乃是君转解:这句是说桓玄更加了解殷氏所谈玄理,所以质疑问难就少了。

【译文】

桓玄和殷仲堪在一起谈玄,每每互相攻讦驳难。一年多以后(辩驳逐渐少了),只有一两次。桓玄自己慨叹才思越来越倒退了,殷仲堪说:“这其实是您更加领悟了。”

六六、七步为诗

文帝[1]尝令东阿王[2]七步作诗,不成者行大法[3]。应声便为诗曰:“煮豆持作羹,漉菽以为汁[4]。萁在釜下然[5],豆在釜中泣。本是同根生,相煎何太急?”帝深有惭色。

【注释】

1. 文帝:魏文帝曹丕,字子桓,为曹操之子。曾逼献帝退位,并自立为帝。　2. 东阿王:曹植,字子建,为曹丕同母弟。因曹操爱其才学,一度欲立为太子。曹丕登位后曹植被贬为东阿王。　3. 行大法:动大刑,这里指死刑。　4. 漉菽以为汁:(将豆羹)滤去豆渣,做成豆汁。漉,过滤。菽,豆类的总称。　5. 萁:豆萁,指豆类植物的秸秆,晒干可做柴禾。然:通“燃”。

【译文】

魏文帝曹丕曾经命令东阿王曹植在七步之内作成一首诗,作不出的话就要动用死刑。曹植应声便作成一诗:“煮豆持作羹,漉菽以为汁。萁在釜下燃，豆在釜中泣。本是同根生，相煎何太急？”魏文帝听了深感惭愧。

六七、阮籍神笔

魏朝封晋文王[1]为公，备礼九锡[2]，文王固让不受。公卿将校[3]当诣府敦喻[4]。司空郑冲驰遣信就阮籍求文[5]。籍时在袁孝尼[6]家，宿醉[7]扶起，书札[8]为之，无所点定[9]，乃写[10]付使。时人以为神笔。

【注释】

1. 晋文王：指司马昭。 2. 九锡：古代天子对大功之臣“加九锡”，即赏赐车马、衣物等九种礼物。 3. 公卿将校：指朝廷中的高级文武官吏。公卿，指魏朝中央高级官员。将校，指武官中有最高职位“将军”和“校尉”者。 4. 敦喻：恳切劝说，实际就是劝进。 5. 求文：请求（阮籍）帮着写劝进文。 6. 袁孝尼：三国时魏国人，名准，字孝尼。入晋后，官至给事中。 7. 宿醉：头天晚上喝醉了。 8. 札：古代写字用的小木片。 9. 点定：修改。 10. 写：重新抄写、誊写。

【译文】

魏朝封晋文王司马昭为晋公，准备好了加九锡的礼品，司马昭坚决推辞不肯受命。朝中文武官员将要前往司马昭的府第恭请他接受，这时司空郑冲赶紧派人到阮籍那里求写劝进文。阮籍当时在袁孝尼家，隔宿酒醉未醒，被人搀扶起来，在木札上打草稿，一气呵成而无所改动，就誊抄好交给来人。当时人们称赞他是“神笔”。

六八、高名作序

左太冲作《三都赋》初成[1]，时人互有讥訾[2]，思意不惬[3]。后示张公[4]。张曰："此二京[5]可三[6]，然君文未重于世，宜以经高名之士。"思乃询求于皇甫谧[7]。谧见之嗟叹，遂为作叙。于是先相非贰[8]者，莫不敛衽[9]赞述焉。

【注释】

1. 左太冲：左思，字太冲，晋代诗人。三都：指魏、蜀、吴三国的国都。 2. 讥訾：讥笑非难。 3. 意不惬：心里觉得不舒服。 4. 张公：张华，字茂先，范阳方城（在今河北固安）人。为西晋文学家、官员，曾官至司空、太常博士。其人多才多艺，博闻强记，工于诗赋，辞藻华丽。张华还编纂了中国第一部博物学著作《博物志》，明人张溥辑有《张茂先集》。 5. 二京：指东汉班固所作《两都赋》和张衡所作《二京赋》，张衡拟班固《两都赋》作《二京赋》。两都、二京，指汉代的东都洛阳和西都长安。 6. 三：指"鼎足而三"，即三者齐名。 7. 皇甫谧：字士安，晋代学者，著有《高士传》。他博览群书，名望很高，晋武帝屡召为官，不就。 8. 非贰：非难、不同意。 9. 敛衽：整理衣襟，指表示敬意。

【译文】

左思写作《三都赋》刚刚写完，当时的人交相讥笑非难，左思心里很不舒服。后来他把文章拿给张华看，张华说："这文章可以和《两都赋》《二京赋》鼎足而三了。可是您的文章还没有受到世人重视，应当拿去通过名士推荐。"左思便拿去请教皇甫谧（并求他推荐）。皇甫谧看了这篇赋，很赞赏，就给它写了一篇叙文。于是先前非难、怀疑这篇赋的人，又都怀着敬意赞扬它了。

六九、有所寄托

刘伶[1]著《酒德颂》[2]，意气所寄。

【注释】

1. 刘伶：字伯伦，西晋沛国（在今安徽宿县西北）人，“竹林七贤”之一。其人放荡不羁，以嗜酒著名。 2.《酒德颂》：为刘伶所作文章，歌颂饮酒的品德。

【译文】

刘伶写了一篇《酒德颂》，这是他自己心意情趣的寄托。

七〇、潘文乐旨

乐令善于清言，而不长于手笔[1]。将让河南尹，请潘岳为表[2]。潘云：“可作耳。要当[3]得君意。”乐为述己所以为让，标位[4]二百许语。潘直取错综，便成名笔[5]。时人咸云：“若乐不假潘之文，潘不取乐之旨[6]，则无以成斯[7]矣。”

【注释】

1. 清言：清谈。手笔：文辞，指写文章。 2. 将让河南尹，请潘岳为表：乐广时任河南尹，他想辞归让位，便请潘岳帮忙写奏表。河南尹，即河南郡（西晋国都所在）的长官。潘岳，字安仁，世称“潘安”，荥阳中牟（在今河南郑州中牟）人。其人容貌俊美非凡，早负才名，擅写文章，长于抒情，善用辞藻，曾担任著作郎。表，呈给皇帝的奏章。　3. 要当：总归，必须。　4. 标位：阐述，说明。　5. 直取：直接拿过来。错综：这里指重新编排整合。名笔：名作。　6. 假：借重。文：文辞。取：借助。旨：意旨。　7. 斯：代词“这”，指这样优美的文章。

【译文】

乐广擅长清谈，可是不擅长写文章。他想辞去河南尹的职位，便请潘岳替他写奏表。潘岳说：“我可以帮您写呀，不过我必须知道您的（真正）意图。”乐广便向他述说了自己之所以决定让位的原因，一直说了二百来句话。潘岳把他的话径直拿过来，又重新编排了一番，便成了一篇名作。当时的人都说：“如果乐广不借重潘岳的文辞，潘岳不借助乐广的意思，就无法成就这样优美的文章了。”

七一、夏侯之诗

夏侯湛作《周诗》[1]成，示潘安仁，安仁曰：“此非徒温雅[2]，乃别见孝悌[3]之性。”潘因此遂作《家风诗》[4]。

【注释】

1.《周诗》：《诗经·小雅》里有《南陔》《白华》等六篇，其诗已失传，只存篇名。夏侯湛用其篇名成诗，并称为《周诗》。　2. 温雅：温煦雅致。　3. 孝：孝顺父母。悌：友爱兄长。　4.《家风诗》：传为潘岳所作。

【译文】

夏侯湛写成了《周诗》，拿去给潘岳看，潘岳说：“这些诗不但写得温煦雅致，另外也能看出孝顺友爱的情性。”潘岳也因此写了《家风诗》。

七二、文情并茂

孙子荆除妇服[1]，作诗以示王武子。王曰：“未知文生于情，情生于文[2]。览之凄然，增伉俪[3]之重。”

【注释】

1. 除妇服：按照礼俗，丈夫为妻子服丧期满，脱去丧服。 2. 未知文生于情，情生于文：大意为情文相生，文与情交融在一起了，分不出哪是情、哪是文，即情文并茂。文，指文章。情，指感情。 3. 伉俪：夫妻。

【译文】

孙楚为妻子服丧期满后，作了一首悼亡诗，拿给王济看。王济看后说：“真不知是文由情生，还是情由文生！看了你的诗我感到悲伤凄恻，也增加了我对夫妻情义的珍重。”

七三、此长彼短

太叔广甚辩给[1]，而挚仲治长于翰墨[2]，俱为列卿[3]。每至公坐[4]，广谈，仲治不能对。退著笔[5]难广，广又不能答。

【注释】

1. 太叔广：字季思，西晋时人，曾任太常博士，与挚虞同朝为官。辩给：有口才，口齿伶俐。 2. 挚仲治：挚虞，字仲治，京兆长安（在今陕西西安）人，曹魏太仆卿挚模之子。西晋文学家，著有《文章志》四卷，为鲁公二十四友之一。翰墨：笔墨，指写文章。 3. 列卿：诸卿，众卿。卿，古代高级职官名。 4. 公坐：官府聚会。 5. 退：回去。著笔：写文章。笔，不讲究韵律的文章（即“散文”，与“骈文”相对），通常用于说理。

【译文】

太叔广很有口才，挚虞却擅长写作，两人都担任“卿”一级的官职。每当官府聚会，太叔广谈论，挚虞不能对答；挚虞回去写成文章来反驳，太叔广也不能对答。

七四、辩讷之异

江左殷太常[1]父子[2]并能言理，亦有辩讷之异[3]。扬州口谈至剧[4]，太常辄云：“汝更思吾论。”

【注释】

1. 殷太常：殷融，字洪远，累迁吏部尚书、太常之职。 2. 父子：这里指殷融、殷浩叔侄。（按：六朝时，叔侄亦可通称为“父子”。） 3. 辩讷之异：一个口才好、善辩论，另一个口讷、不善说话。 4. 扬州：指殷浩，字渊源，曾任扬州刺史。口谈至剧：口头辩论特别厉害。

【译文】

东晋时，殷融和侄儿殷浩都擅长谈玄理，但是两人也有能言善辩和不善于言谈之别。殷浩的口头辩论是最厉害的，殷融辩不过他的时候总说：“你再想想我的道理。”

七五、有无之间

庾子嵩作《意赋》[1]成，从子文康[2]见，问曰：“若有意[3]邪，非赋[4]之所尽；若无意邪，复何所赋？”答曰：“正在有意无意之间。”

【注释】

1. 作《意赋》：《意赋》为庾敳所作，是一篇咏怀的骚体诗。意，指心意感情。据《晋书·庾敳传》载，“敳见王室多难，终知婴祸，乃作《意赋》以豁情。” 2. 从子：指侄儿。文康：庾亮，字元规，死后谥号“文康”。 3. 有意：怀有那样的心意（指《意赋》中所抒发的慨叹王室多难的心意）。 4. 赋：古代的一种文体，有韵而句式不拘字数，类似散文的句式，性质在诗和散文之间；叙事成分多，抒情成分少。

【译文】

庾敳写成了《意赋》。侄儿庾亮看见了，问：“如果有那样的心意呢，那不是一篇赋能说尽的；如果没有那样的心意呢，又写赋做什么？”庾敳回答说：“正是在有意和无意之间。”

七六、阮孚论诗

郭景纯[1]诗云：“林无静树，川无停流[2]。”阮孚[3]云：“泓峥萧瑟[4]，实不可言。”每读此文，辄觉神超形越。

【注释】

1. 郭景纯：郭璞，字景纯，河东闻喜（在今山西闻喜）人。晋代文学家、诗人，为建平太守郭瑗之子。 2. 林无静树，川无停流：山林中没有静止不动的树木，江河中没有停滞不前的水流。 3. 阮孚：字遥集，陈留尉氏（在今河南尉县）人，为始平太守阮咸之子。其人放纵不羁，酷好饮酒，是史上著名的“兖州八伯”之一。 4. 泓峥：喧闹，形容流水的淙淙声。萧瑟：形容风吹树木的沙沙声，也形容景色凄凉。

【译文】

郭璞有两句诗写的是："林无静树，川无停流。"阮孚评价说："川流涌动，山风呼啸，的确不可言传。每当读到这两句，总觉得身心都超尘脱俗了。"

七七、温庾双美

庾阐[1]始作《扬都赋》[2]，道温、庾[3]云："温挺义之标，庾作民之望。方响则金声[4]，比德则玉亮[5]。"庾公闻赋成，求看，兼赠贶[6]之。

【注释】

1. 庾阐：字仲初，颍川鄢陵（在今河南鄢陵北）人，东晋著名诗人、文学家、官员。 2. 扬都：指建康，即今江苏南京，是当时扬州的首府，晋元帝建都于此。 3. 温、庾：指温峤和庾亮，皆是元帝登位之初的辅佐重臣。 4. 方：用……比拟。响：声音，声响。金声：洪钟大吕的声音。 5. 德：品德。玉亮：美玉的莹润光彩。 6. 赠贶：赠送，送给。

【译文】

庾阐当初写《扬都赋》，赋中称赞温峤和庾亮说："温氏树立起道义的准则，庾氏成为人们仰慕的对象。若比拟其声音，就像大钟的音色那样铿锵；若比拟其品德，就像美玉的色泽一样莹润发亮。"庾亮听说赋已经写好了，就要求看看，同时希望能送给自己。

七八、孙绰撰诔

孙兴公作《庾公诔》[1]。袁羊[2]曰:“见此张缓[3]。”于时以为名赏[4]。

【注释】

1.《庾公诔》:庾亮去世后的哀悼文章,叙述庾亮的生平事迹,并表示作者的哀思之情。诔,一种为哀悼死者所作的文章。 2. 袁羊:袁乔,字彦叔,小字羊。 3. 张缓:紧张和轻松,比喻处理事情有缓急之别(所谓“文武之道,一张一弛”)。 4. 名赏:著名的鉴赏评语。

【译文】

孙绰写了《庾公诔》,袁乔看后说:“从这篇文章中能看出一张一弛(的治国之道)。”在当时,人们认为这是著名的鉴赏评语。

七九、屋下架屋

庾仲初作《扬都赋》成,以呈庾亮。亮以亲族之怀[1],大为其名价[2]云:“可三《二京》[3]、四[4]《三都》。”于此人人竞写[5],都下纸为之贵[6]。谢太傅云:“不得尔[7],此是屋下架屋[8]耳,事事拟学,而不免俭狭[9]。”

【注释】

1. 以亲族之怀:指出于同一宗族的情分。 2. 大为其名价:大力抬高这篇赋的声价。 3. 可三《二京》:指在《二京赋》之后就可以鼎足而三了。 4.(可)四《三都》:指在左思的《三都赋》之后,就可以“四角俱全”了。 5. 竞写:争着传抄。(按:古代没有印刷技术,如果想读某书或某文章,只有从别处借来,自己抄写后再读。)

6. 都下纸为之贵：成语“洛阳纸贵”的衍用。这里“都下”指东晋都城建康。　7. 不得尔：不能这样写。　8. 屋下架屋：比喻文章的内容、结构有重复、冗沓之处。（按：指《扬都赋》有意模仿前人文字，结果从内容到结构都与《二京赋》《三都赋》有所重复。）　9. 拟学：模拟学习。俭狭：指所写的文章内容贫乏，视野狭窄。

【译文】

庾阐写完了《扬都赋》，把它呈递给庾亮。庾亮出于同宗的情分，大力抬高这篇赋的声价，说它可以和《两都赋》《二京赋》《三都赋》等名篇比美。从此人人争着传抄，就连京都的纸张也因此涨价了（按：因为古时造纸术还没有成熟，纸张数量有限，大量传抄造成纸张供不应求，因此纸价飞涨）。太傅谢安说：“不能这样写，这是屋下架屋呀，如果写文章处处都模仿别人，就免不了内容贫乏，视野狭窄了。”

八〇、凿齿遭际

习凿齿史才不常[1]，宣武甚器之[2]，未三十，便用为荆州治中[3]。凿齿谢笺[4]亦云：“不遇明公[5]，荆州老从事[6]耳！”后至都见简文，返命[7]，宣武问：“见相王[8]何如？”答云：“一生不曾见此人！”从此忤旨[9]，出[10]为衡阳郡，性理遂错[11]。于病中犹作《汉晋春秋》[12]，品评卓逸。

【注释】

1. 史才：指编撰史书的才学。不常：非同寻常。　2. 宣武：桓温的谥号。器：器重。　3. 治中：州郡长官的僚佐，主管文书簿记。　4. 谢笺：答谢信。笺，书信。　5. 遇：遇合，指得到权贵的赏识。明公：对尊贵者的敬称，这里指桓温。　6. 从事：州郡长官的下属。

7. 返命：复命，指属下执行命令后回来报告。 8. 相王：指简文帝司马昱，已见前注。 9. 忤旨：这里指习凿齿的回答违背了桓温的心意。（按：此时桓温已久与司马昱不睦。） 10. 出：被放逐、贬斥到边远地方做官。 11. 性理遂错：神志由此错乱。 12.《汉晋春秋》：此书为习凿齿所著，内容为品评汉晋时代的人物、史实。

【译文】

习凿齿治史的才学很不寻常，桓温非常看重他，还没到三十岁，就任用他为荆州治中。习凿齿在给桓温的答谢信里也说："如果不是得到您的赏识，我还只是荆州的一个老从事罢了！"后来桓温派他到京都去见丞相，回来报告的时候，桓温问："你见了相王，觉得他怎么样？"习凿齿回答说："我从来不曾见过这样的人啊！（意为惊异赞叹。）"由此触犯了桓温，被贬为衡阳郡守，从此就神志错乱了。他在病中还坚持写《汉晋春秋》，品评人物、史实，见解卓越。

八一、五经鼓吹

孙兴公云："《三都》、《二京》，五经[1]鼓吹[2]。"

【注释】

1. 五经：指《诗经》《尚书》《周礼》《周易》《春秋》五种儒家经典。 2. 鼓吹：本意是鼓和萧等乐器（合奏），这里指成为（五经的）宣扬和羽翼。

【译文】

孙绰说："《三都赋》和《二京赋》这两篇文章，是五经的羽翼。"

八二、为母作诔

谢太傅问主簿陆退[1]："张凭何以作母诔，而不作父诔？"退答曰："故当是丈夫[2]之德，表于事行；妇人之美，非诔不显。"

【注释】

1. 主簿陆退：陆退，字黎民，为张凭之婿，时任谢安手下主簿，后官至光禄大夫。 2. 丈夫：指男子。

【译文】

太傅谢安问主簿陆退："张凭为什么作悼念母亲的诔文，而不为父亲作诔文呢？"陆退回答说："这自然是因为男子的品德已经在他的事迹中表现出来；而妇女的美德，那就非写成诔文不能显扬了。"

八三、敬仁之论

王敬仁[1]年十三，作《贤人论》。长史[2]送示真长，真长答云："见敬仁所作论，便足参微言[3]。"

【注释】

1. 王敬仁：王修，字敬仁。 2. 长史：指王濛，字仲祖，曾任司徒左长史，为王修之父。 3. 参：参悟。微言：精微的言辞，指玄言。

【译文】

王修十三岁时写了《贤人论》一文，他父亲王濛派人送去给刘惔看，刘惔看后答复说："看了王修所写的文章，就知道他已经能够参悟玄言了。"

八四、潘陆文章

孙兴公云:“潘文烂若披锦[1],无处不善;陆文若排沙简金[2],往往见宝。”

【注释】

1. 烂:(色彩)绚烂。披锦:摊开锦绣。披,摊开。锦,有彩色花纹的丝织品。比喻美好之物。 2. 排沙简金:“披沙拣金”,比喻从大量的事物中挑选精华。排,分开、拨开。简,通“拣”,拣选、选择。

【译文】

孙绰说:“潘岳的文章好像摊开锦绣一样五彩斑斓,没有一处不好;陆机的文章好像披沙拣金,常常能(在字里行间)发现瑰宝。”

八五、妙绝时人

简文称许掾[1]云:“玄度五言诗[2],可谓妙绝时人[3]。”

【注释】

1. 许掾:指许询,字玄度,曾受召为司徒掾,不就。 2. 五言诗:古代诗歌体裁之一,每句有五个字。 3. 妙绝时人:非常绝妙,超过当时所有人。绝,独一无二、无人能比。

【译文】

晋简文帝司马昱称赞许询说:“玄度的五言诗,可以说是精妙过人。”

八六、金石之声

孙兴公作《天台赋》[1]成，以示范荣期[2]，云："卿试掷地，要作金石声[3]。"范曰："恐子之金石，非宫商中声[4]！"然每至佳句，辄云："应是我辈[5]语。"

【注释】

1.《天台赋》：全名《游天台山赋》，为孙绰所作。天台，指天台山，在今浙江天台以北。 2. 范荣期：范启，字荣期，南阳顺阳（在今河南内乡）人，为尚书右丞范坚之子。 3. 金石声：指金石般的声音。金，指金属。石，指玉、石等制成的钟磬之类的乐器。（按：这是孙绰自夸文章之美，能掷地有声。） 4. 宫商中声：指代典型、正统的庙堂音乐。（按：范启的意思是，孙绰的文章虽是"金石声"，却难成正统曲调，是"另类"之音。） 5. 我辈：我们这样的人，意思是范启认为自己和孙绰是同一类人。

【译文】

孙绰写成了《天台赋》，拿去给范启看，并且说："你试着把它扔到地上，定会发出金石般的声音。"范启说："恐怕您的金石声，是不成曲调的金石声。"可是范启每当看到优美的句子，总是说："这正该是我们这些人的语言。"

八七、安石碎金

桓公见谢安石作简文谥议[1]，看竟，掷与坐上诸客曰："此是安石碎金[2]。"

【注释】

1. 简文谥议：晋帝司马昱驾崩后，大臣们商议着给他拟个谥号，上奏表建议谥为“简文”。议，古代朝廷中的一种公文体裁，是大臣上给皇帝议论事情的奏表。 2. 碎金：本指零碎金子，比喻文学的绪余。（按：“简文”这个谥号的含义深刻，“简”指为人清虚寡欲，“文”指文章方面有所成就。这个谥号说明谢安对司马昱评价很高；而当时桓温心中正没好气，故说是“碎金”。）

【译文】

桓温看见谢安所作给简文帝拟谥号的奏议，看完了，扔给座上的宾客说：“这是谢安（文章）的零碎金子。”

八八、袁宏吟诗

袁虎[1]少贫，尝为人佣载运租。谢镇西[2]经船行，其夜清风朗月，闻江渚间估客[3]船上有咏诗声，甚有情致。所诵五言，又其所未尝闻，叹美不能已。即遣委曲[4]讯问，乃是袁自咏其所作《咏史诗》[5]。因此相要，大相赏得[6]。

【注释】

1. 袁虎：袁宏，字彦伯，小字虎。受任为谢尚参军，后累迁东阳太守。 2. 谢镇西：谢尚，字仁祖，曾任镇西将军。 3. 估客：商贩。 4. 委曲：详尽地。 5.《咏史诗》：袁宏曾作《咏史诗》，其诗曰：“无名困蝼蚁，有名世所疑。中庸难为体，狂狷不及时。杨恽非忌贵，知及有余辞。躬耕南山下，芜秽不遑治。赵瑟奏哀音，秦声歌新诗。吐音非凡唱，负此欲何之。” 6. 要：通“邀”，邀约。赏得：指赞赏叹许,并互相合得来。

【译文】

袁宏年轻时家里很穷,曾经受雇替人运送租粮。一次谢尚坐船出游,那天夜里风清月明,忽然听见江边商船上有人吟诗,很有情味;所吟诵的五言诗,又是自己过去未曾听过的,便赞叹不绝。随即派人去打听底细,原来是袁宏在吟咏自作的《咏史诗》。谢尚因此邀请袁虎来相谈,并对他非常赞赏,彼此之间十分投合。

八九、潘陆文章

孙兴公云:"潘[1]文浅而净[2],陆[3]文深而芜[4]。"

【注释】

1. 潘:指潘岳。 2. 浅而净:浅显而纯净。浅,指内容浅显,不过于深奥。净,指风格清爽纯净,不过于芜杂。 3. 陆:指陆机。 4. 深而芜:深刻而芜杂。

【译文】

孙绰说:"潘岳的文章浅显却又纯净,陆机的文章深刻却又芜杂。"

九〇、裴郎语林

裴郎作《语林》[1],始出,大为远近所传。时流年少,无不传写,各有一通[2]。载王东亭[3]作《经王公酒垆下赋》[4],甚有才情。

【注释】

1. 裴郎:裴启,字荣期。《语林》:相传为裴启所著,是辑录汉魏以来言语应对之可称述者，此书今已散佚。 2. 一通：一份，一本。3. 王东亭：王珣，曾袭爵为东亭侯。 4.《经王公酒垆下赋》：考“王公”应为“黄公”之误，译文据改。黄公酒垆，黄公开的酒馆。

【译文】

裴启写了《语林》一书，刚拿出来时，远近的人广为传看。当时的名流和后生少年们，没有人不争着传抄的，以至于人人手执一卷。其中记录了东亭侯王珣所作《经王公酒垆下赋》一文，很有才情。

九一、君齐作论

谢万作《八贤论》[1]，与孙兴公往反，小有利钝[2]。谢后出以示顾君齐[3]，顾曰：“我亦作[4]，知卿当无所名[5]。”

【注释】

1.《八贤论》：八贤，指古时楚地的渔父、屈原、司马季主、贾谊、楚老、龚胜、孙登、嵇康共八位贤人。 2. 利钝：指胜负、高下。3. 顾君齐：顾夷，字君齐，吴郡吴（在今江苏苏州）人，东晋文学家。曾受召为州主簿，不就。 4. 我亦作：（假如）我也写（同样的内容）。 5. 无所名：无法给文章标出题目。名，即命名。

【译文】

谢万写了《八贤论》一文，就其内容和孙绰来回辩论，并稍有胜负。谢万后来把这篇文章拿出来给顾夷看，顾夷说：“如果我也写这几个人，料你一定无法为你的文章命名了。”

九二、彦伯增句

桓宣武命袁彦伯作《北征赋》[1],既成,公与时贤共看,咸嗟叹之。时王珣在坐云:“恨少一句,得‘写’字足韵[2],当佳。”袁即于坐揽笔益云:“感不绝于余心,泝流风而独写[3]。”公谓王曰:“当今不得不以此事推袁。”

【注释】

1. 桓宣武命袁彦伯作《北征赋》:桓温曾于公元369年率师北伐鲜卑慕容氏政权,后因粮尽而退兵。故命时任记室参军的袁宏作赋以记其事。 2. 足韵:赋体为韵文之一种,若篇幅较长,中间往往会在叙述完一件事而转叙另一件事时换韵。如果感到某一韵中所叙之事未尽,就加几句来补足,叫“足韵”。 3. 感不绝于余心,泝流风而独写:此句大意为,我心里的感触绵延不断,追慕前人的遗风,抒发自己的情怀。流风,遗风。写,抒发(感情)。

【译文】

桓温命袁宏作一篇《北征赋》,赋写好以后,桓温和当时的贤士们一起阅读,大家都赞叹写得好。当时王珣也在座,说:“遗憾的是少了一句。如果加上一句以‘写’字结尾,赋文的韵脚完整了,就会更好一些。”袁宏即席拿笔增加了一句:“感不绝于余心,泝流风而独写。”桓温对王珣说:“从这件事(指临时增写一句以足韵)上来看,我们如今不能不推重袁氏啊。”

九三、酷无裁制

孙兴公道曹辅佐[1]:“才如白地明光锦[2],裁为负版绔[3],非无文采,酷无裁制[4]。"

【注释】

1. 曹辅佐：曹毗，字辅佐，曾累迁太学博士、光禄勋。其人好典籍，擅文辞。 2. 白地：白底子。明光锦：泛指明洁光灿之锦。3. 负版：背着国家图籍的人，指差役之类的劳动者。负，背负。版，印刷的底版，指代图籍文书。绔：通"裤"，为体力劳动者所穿套裤。 4. 酷：程度副词，极、甚。裁制：剪裁，比喻(写文章时的)取舍安排。

【译文】

孙绰谈到曹毗时说："他的文才就像一幅白底子的明光锦，却裁成了差役穿的裤子，并非是他没有文采，只是文章太没个剪裁了。"

九四、游戏之言

袁彦伯作《名士传》[1]成，见谢公。公笑曰："我尝与诸人道江北事[2]，特作狡狯[3]耳！彦伯遂以著书。"

【注释】

1.《名士传》：袁宏曾把三国、西晋时代的一些名人事迹编成《名士传》一书。 2. 江北事：指晋室南渡以前(即西晋时期)的事。3. 狡狯：儿戏，游戏。

【译文】

袁宏写成了《名士传》一书，带着去见谢安。谢安笑着说："我曾经和大家讲过江北时期的事，那不过是说着好玩罢了，彦伯竟拿来写书！"

九五、王珣敏捷

王东亭到桓公吏，既伏阁下[1]，桓令人窃取其白事[2]。东亭即于阁下更作[3]，无复[4]向一字。

【注释】

1. 伏阁下：伏于阁下。伏，身处在……。阁，官署。　2. 白事：指报告，官府公文的一种。　3. 更作：重新写一份。　4. 复：重复。

【译文】

王珣就任桓温的属官，已经到了官署里，桓温叫人偷偷拿走了他的报告文书。王珣立即在官署里重新写了一份，没有一个字和前一份报告重复。

九六、马前挥笔

桓宣武北征，袁虎时从，被责免官[1]。会须露布文[2]，唤袁倚马前[3]令作。手不辍笔[4]，俄得七纸[5]，殊可观。东亭在侧，极叹其才。袁虎云："当令齿舌间得利[6]。"

【注释】

1. 桓宣武……免官：公元369年，桓温自姑孰起兵，北伐前燕。袁宏时任记室参军，随军出征，途中因言语顶撞桓温，遂被责免官。2. 会须：恰巧需要。露布文：军中不封口（即公开、非机密）的文书，多指征讨的檄文或捷报。　3. 倚马前：倚靠在马前。（按：这样的姿势写字不便，需要速思速写。）　4. 手不辍笔：指不停挥笔写作。

5. 七纸：七张纸(的一篇文章)。　6. 当令齿舌间得利：大意是我虽有才，却仕途不利；如今我的文才得到你王珣的口头赞赏，也算于齿舌间得到点好处。

【译文】

桓温率师北伐，当时袁宏也随军出征，因事受到桓温的责备，被罢免了官职。正好急需拟一份告捷公文，桓温便叫袁宏来起草。袁宏倚靠在马旁，手不停挥笔，一会儿就写了七张纸，写得很好。当时王珣也在旁，极力赞赏他的才华。袁宏说："也该让我从齿舌中得点好处了。"

九七、袁宏作赋

袁宏始作《东征赋》，都不道陶公[1]。胡奴[2]诱之狭室[3]中，临以白刃[4]，曰："先公勋业如是！君作《东征赋》，云何相忽略？"宏窘蹙无计[5]，便答："我大道[6]公，何以云无？"因诵曰："精金百炼，在割能断[7]。功则治人，职思靖乱[8]。长沙之勋，为史所赞[9]。"

【注释】

1. 陶公：指陶侃，曾受封为长沙郡公，故下文称"长沙"。2. 胡奴：陶范，字道则，小字胡奴，陶侃第十子，为其诸子中最有名者，太元初年官至光禄勋。　3. 狭室：内室，密室。　4. 临以白刃：拿刀对着。　5. 窘蹙：窘迫，为难。无计："无计可施"，没有办法。6. 大道：极度称道。　7. 精金百炼，在割能断：精金经过千锤百炼，用来切割任何东西都能切断。　8. 功则治人，职思靖乱：论到他的事业，就是使人能安居乐业；说起他的职责，就是希望能平定祸乱。

功,事业、事功。靖,镇压、平定。 9. 长沙之勋,为史所赞:长沙郡公(陶侃)的功勋,正是史家所赞美的那样。

【译文】

袁宏起初写《东征赋》的时候,没有一句话提到陶侃。陶侃之子陶范就把他骗到一个密室里,拔出刀来对着他问道:“先父的功勋业绩是这样伟大,您写《东征赋》为什么忽略了他呢?”袁宏很窘急,却又无计可施,便回答说:“我大大地称道了陶公一番,怎么说我没有写呢?”于是就朗诵道:“精金百炼,在割能断。功则治人,职思靖乱。长沙之勋,为史所赞。”

九八、自论其赋

或问顾长康[1]:“君《筝赋》何如嵇康《琴赋》?”顾曰:“不赏者[2],作后出相遗[3]。深识者[4],亦以高奇见贵[5]。”

【注释】

1. 顾长康:顾恺之,字长康,小字虎头,晋陵无锡(在今江苏无锡)人,东晋著名画家、艺术理论家、诗人。 2. 不赏者:指不会、不懂鉴赏文章之人。 3. 后出:后写的。相遗:“遗之”,意为抛弃我(的《筝赋》)。 4. 深识者:深刻懂得、会鉴赏文章之人。 5. 高奇:文章主旨高妙,风格新奇。见贵:“贵之”,意为推崇我(的《筝赋》)。

【译文】

有人问顾恺之说:“您的《筝赋》和嵇康的《琴赋》相比,哪一篇文章写得更好?”顾恺之回答说:“不会鉴赏的人会因为我的文章后出就遗弃它，而鉴赏力强的人会因为我的文章写得高妙新奇而推许、看重。”

九九、不减班固

殷仲文天才宏赡[1]，而读书不甚广，傅亮[2]叹曰：“若使殷仲文读书半袁豹[3]，才不减班固[4]。”

【注释】

1. 殷仲文：陈郡长平（在今河南西华）人，为太常殷融之孙、南蛮校尉殷觊之弟。宏赡：宏大充裕。 2. 傅亮：字季友，北地灵州（在今陕西耀县）人，为西晋司隶校尉傅咸玄孙，曾任尚书令、左光禄大夫等职。其人博涉经史，尤善文辞。 3. 袁豹：字士蔚，陈郡阳夏（在今河南太康）人，为东阳太守袁质之子。初为著作佐郎（主要负责修撰国史），后为太尉长史、丹阳尹。其人博学，尤善文辞，有经国之材。 4. 班固：字孟坚，东汉扶风安陵（在今陕西咸阳东北）人，著名史学家、文学家，《汉书》的编撰者。

【译文】

殷仲文天赋甚高，可是读书不甚广博。傅亮感叹地说：“如果殷仲文读的书能有袁豹的一半，他的才华就不会次于班固。”

一〇〇、羊孚赞雪

羊孚作《雪赞》云：“资清以化，乘气以霏[1]。遇象能鲜，即洁成辉[2]。”桓胤[3]遂以书扇。

【注释】

1. 资清以化,乘气以霏:大意是靠纯净的雨变成的雪,趁着空气的流动(即风)而漫天飞扬。霏,形容雪花飘舞。 2. 遇象能鲜,即洁成辉:大意是各种景物接触到它就能鲜艳夺目,洁白的物体附上它就能熠熠生辉。 3. 桓胤:字茂远,谯国龙亢(在今安徽怀远龙亢集)人,为桓冲之孙、桓玄之侄。其人少有清操,恬静谦退,深得叔父桓玄喜爱,曾官至中书令。

【译文】

羊孚写了一篇《雪赞》,其中说:"资清以化,乘气以霏。遇象能鲜,即洁成辉。"桓胤便把这两句话题写在扇面上。

一〇一、孝伯论诗

王孝伯在京行散[1],至其弟王睹[2]户前,问:"古诗中何句为最[3]?"睹思未答。孝伯咏:"'所遇无故物,焉得不速老[4]?'此句为佳。"

【注释】

1. 行散:指外出散步,以发散(五石散等药物的)药性。 2. 王睹:王爽,字季明,小字睹,曾官至侍中,死后赠太常。 3. 何句为最:哪一句写得最好。(按:此问意在观察王爽心志。) 4. 所遇无故物,焉得不速老:出自《古诗十九首》中《回车驾言迈》一诗,大意是一路上看到的再也不是曾经熟悉的景物,人哪能不很快就老了呢?(按:王恭是借此表示对时光流逝、生死无常的感叹。)

【译文】

王恭在京都的时候,有一次行散到他弟弟王爽家门前,问王爽古诗里哪一句最好。王爽尚未回答还在考虑，王恭就吟道："'所遇无故物，焉得不速老？'"并说："这句是最好的。"

一〇二、桓玄作诔

桓玄尝登江陵[1]城南楼云："我今欲为王孝伯作诔[2]。"因吟啸[3]良久，随而下笔。一坐[4]之间，诔以之成。

【注释】

1. 江陵：今湖北荆州。 2. 作诔：写一篇祭奠文字。 3. 吟：吟咏。啸：长啸，即吹口哨。 4. 一坐：坐了一小会儿，表示时间很短暂。

【译文】

桓玄有一次登上江陵城墙的南楼，说："我现在想给王恭写一篇悼念的诔文。"于是他先是长时间地吟咏歌啸，接着就动笔。只是坐了一会儿的工夫，诔文便写成了。

一〇三、粲然成章

桓玄初并西夏，领荆、江二州，二府一国[1]。于时始雪，五处俱贺，五版并入[2]。玄在听事[3]上，版至即答版后[4]，皆粲（càn）然[5]成章，不相揉杂[6]。

【注释】

1. 桓玄初并西夏……一国：据《资治通鉴》卷一一四《宋纪》注云，"江左六朝以荆楚之地为西夏"，此"西夏"盖泛指西部一带。桓玄才华出众，文笔优美，其父桓温死后，袭封为南郡公，封国在广州，此即“一国”。桓玄都督荆、司、雍、秦、梁、益、宁七州，领荆州刺史，又兼任江州刺史，此即“二州”。二府，指都督府和后将军府。下文“五处”即指二州、二府、一国。 2. 版：书写用的木简，这里指贺信。并入：一齐送到。 3. 听事：指官厅。 4. 版至：贺信刚一送到。答版后：在贺信后面写答复语。 5. 粲然：鲜明华美貌。 6. 揉杂：杂糅，混同。

【译文】

桓玄刚刚接管西部地区，兼任荆、江两州刺史，并担任两个府的长官，还袭封了一个侯国。当时恰是这年初雪，五处的官府都表示祝贺，五封贺信一齐送到。桓玄坐在官厅上，贺信刚一送到就在信后起草答复，每封复信都下笔成章，文采斑斓，而且互相之间没有混同。

一〇四、百口赖卿

桓玄下都[1]，羊孚时为兖州别驾[2]，从京来诣门，笺曰：“自顷世故睽离[3]，心事沧蕴[4]。明公[5]启晨光于积晦[6]，澄百流以一源。”桓见笺，驰唤前，云：“子道[7]，子道，来何迟！”即用为记室参军[8]。孟昶为刘牢之[9]主簿，诣门谢，见云：“羊侯[10]，羊侯，百口赖卿[11]。”

【注释】

1. 桓玄下都：公元402年，晋帝下诏讨伐桓玄；桓玄于是率兵东下，三月攻下京都建康。 2. 别驾：兖州刺史的佐吏，负责总理众务。 3. 世故：世事，这里指纷乱的世道。睽离：离散，阔别。4. 心事：心情，情绪。沧蕴：消沉郁结。 5. 明公：对对方的尊称，犹“大人您”。 6. 积晦：久暗长夜，比喻当时的黑暗世道。 7. 子道：羊孚，字子道。 8. 记室参军：官名，主管军队中的文书工作。 9. 孟昶：字彦达，平昌安丘（在今山东安丘县）人。桓玄之乱时，联合刘裕兄弟等人收复建康，迎立晋安帝，光复东晋王朝。刘牢之：字道坚，徐州彭城（在今江苏徐州）人，曾任徐州刺史。桓玄东下时，晋室任命他为代理征西将军，以抵抗桓玄，后归降桓玄。 10. 羊侯：当指羊孚，但其所受封的侯爵名未见于史传记载。 11. 百口赖卿：我全家人的性命就依靠你来保护了。百口，这里是虚数，比喻家族众多人口。

【译文】

桓玄东下京都，当时羊孚任兖州别驾，从京都来登门拜访，他给桓玄的求见信上说：“自从不久前因为战乱分别，我也意志消沉，心情郁结，明公给漫漫长夜送来晨光，用一源澄清百流。”桓玄见到信，赶紧派人把他请上来，对他说：“子道，子道，你怎么来得这么晚啊！”立即任他做记室参军。当时孟昶在刘牢之手下任主簿，来登门向羊孚告辞，见面就说：“羊侯，羊侯，我一家百口就托付给你了。”

方正　第五

一、元方答客

陈太丘与友期行[1]，期日中[2]。过中不至，太丘舍去[3]，去后乃至。元方时年七岁，门外戏。客问元方："尊君[4]在不(fǒu)？"答曰："待君久不至，已去。"友人便怒曰："非人哉！与人期行，相委[5]而去。"元方曰："君与家君[6]期日中，日中不至，则是无信；对子骂父，则是无礼。"友人惭，下车引[7]之。元方入门不顾[8]。

【注释】

1. 期行：约定时间一起外出。 2. 日中："日到中天"，指正午。 3. 舍去：不等他，自己先走了。 4. 尊君：对对方父亲的尊称。 5. 委：抛弃，扔下。 6. 家君：对别人称呼自己的父亲。 7. 引：招呼。 8. 不顾：不再回头看。

【译文】

太丘长陈寔和朋友约好一同外出，约定中午出发，过了中午那朋友还没有来，陈寔就不管他，自己先走了，走了以后那位朋友才到。当时陈寔的儿子陈纪才七岁，正在门外玩耍。来客问陈纪："令尊在家吗？"陈纪回答说："家父等了您很久，见您不来，已经走了。"那位朋友便生起气来，说道："真不是人呀！和别人约好一起走，却扔下别人不管，自己先走了！"陈纪说："您是跟家父约定中午走的，到了中午还不来，这就是不守信用；对着人家的儿子骂父亲，这就是不讲礼貌。"那位朋友听了很惭愧，就下车来招呼他。陈纪掉头走进家门去，再也不回头看一眼。

二、松柏之志

南阳宗世林[1]，魏武同时，而甚薄其为人，不与之交。及魏武作司空，总朝政[2]，从容问宗曰："可以交未[3]？"答曰："松柏之志犹存。"世林既以忤(wǔ)旨见疏(shū)[4]，位不配德[5]。文帝兄弟[6]每造其门[7]，皆独拜床下[8]，其见礼[9]如此。

【注释】

1. 宗世林：宗承，字世林，南阳人士，以德行为世所重。　2. 及魏武作司空，总朝政：曹操于汉献帝建安元年(公元196年)升任司空，总揽朝廷大权。司空，为三公之一。　3. 未：是否。　4. 忤旨：违背曹操的意旨。见疏：被疏远。(按：曹操后来只是在礼节上厚待宗承，但压低他的官职，没有重用他。)　5. 位不配德：指身份地位和德行不相符，这里是指地位太低，与他那高尚的德行根本不相配。(按：孔子在《周易·系辞下》有"德不配位，必有灾殃；德薄而位尊，智小而谋大，力小而任重，鲜不及矣"之说，这里反其意而用之。)6. 文帝兄弟：指曹操的儿子曹丕、曹植等，曹丕后来登位为魏文帝。7. 造其门：登门拜访。造，前往、到……去。　8. 独拜：特别地要去行礼。床下：指坐床前。　9. 见礼：受到礼遇、尊敬。

【译文】

南阳人宗承，是和曹操同时代的人，他很瞧不起曹操的为人，不肯和他结交。曹操后来做了司空，总揽朝廷大权的时候，曾经安闲地问宗承："现在我和您可以结交了吗？"宗承回答说："我那松柏一样的意志还没有改变。"宗承因为不合曹操心意被疏远以后，官职很低，和他的德行不相配。但是曹丕兄弟每次登门拜访，都是以晚辈的身份,特别在他的坐床前行拜见礼。他就是这样地受到尊敬。

三、义形于色

魏文帝受禅(shàn)[1],陈群有戚(qī)容[2]。帝问曰:“朕应天受命[3],卿何以不乐?”群曰:“臣与华歆(xīn)[4]服膺(yīng)先朝[5],今虽欣圣化[6],犹义[7]形于色。”

【注释】

1. 受禅:接受禅让,指登位称帝。(按:公元220年曹操死,其子曹丕继位为汉丞相;十月,曹丕废汉献帝为山阳公,自称皇帝。本为“逼宫”,这里反说是“受禅”。) 2. 陈群:字长文。东汉末,曹操召陈群为司空西曹掾属,后迁御史中丞;曹丕即帝位后,迁为尚书令。戚容:忧伤的神色。 3. 应天受命:指登上帝位。(按:古代帝王都认为自己是顺应天意、接受天命而登位的。) 4. 华歆:字子鱼。曹操召华歆为议郎,后任尚书令、御史大夫。建安十九年,华歆秉承曹操意旨领兵入宫,收杀皇后伏氏,灭其族。曹丕即帝位后,迁为司空。 5. 服膺先朝:指不忘汉朝。服膺,谨记在心。(按:陈群、华歆都当过汉朝的臣子,要表示不忘汉室之恩。) 6. 欣:欣然接受。圣化:圣朝的教化,这里是对曹魏政权的美称。 7. 义:免不了,必然会。

【译文】

魏文帝曹丕登位称帝,陈群面带愁容。文帝问他:“朕顺应天命登上帝位,你为什么不高兴?”陈群回答说:“臣和华歆铭记先朝,现在虽然欣逢盛世,但是怀念故主恩义的心情,还是不免要在表面上流露出来。”

四、特赦郭妻

郭淮(huái)作关中都督(dū)[1],甚得民情,亦屡(lǚ)有战庸(yōng)[2]。淮妻,太尉(wèi)王凌[3]之妹,坐凌事[4]当并诛(zhū)。使者征摄(shè)[5]甚急,淮使戒装[6],克日当发[7]。州府文武及百姓劝淮举兵,淮不许[8]。至期,遣(qiǎn)妻[9],百姓号(háo)泣追呼者数万人。行数十里,淮乃命左右追夫人还,于是文武奔驰,如徇(xùn)身首之急[10]。既至,淮与宣帝书曰:"五子哀恋,思念其母,其母既亡,则无五子。五子若殒(yǔn),亦复无淮。"[11]宣帝乃表,特原淮妻[12]。

【注释】

1. 郭淮:字伯济,太原阳曲人。魏国名将,曾官至车骑将军。嘉平元年,受命为征西将军,都督雍、凉诸州军事,在关中(今陕西省地)三十余年,功绩显著。都督:地方军政长官。 2. 战庸:战功。庸,功劳。 3. 王凌:历任司空、太尉,密谋废立,司马懿当时为魏朝大将军,亲自领兵讨伐,王凌遂被迫自杀。 4. 坐凌事:因王凌之事获罪。坐,连坐。 5. 征摄:收捕。 6. 使戒装:让她准备行装。 7. 克日:限定日期。发:出发上路。 8. 不许:不同意(起兵谋反)。 9. 至期:到了限定的日期。遣妻:将妻子打发走。 10. 奔驰:奔走。徇:谋求。身首:指性命。 11. 哀恋:哀痛,依恋不舍。既亡:要是死了。殒:殒命,死亡。 12. 宣帝:指司马懿,时为魏朝大将军,死后被追尊为晋宣帝。表:上表奏请。特原:特别原宥,这里指特许赦免其罪。

【译文】

郭淮出任关中都督期间,很得民心,也多次建立过战功。郭淮的妻子,是太尉王凌的妹妹,因为王凌犯罪事受株连,应当一起处死。派来逮捕她的官吏要人要得很急,郭淮让妻子准备好行装,限定日子就要上路。州府的文武官员和百姓都劝说郭淮起兵反抗,郭淮不同意。到期打发妻子上路,百姓号啕痛哭、一路跟着呼唤不舍的有几万人。走了几十里路后,郭淮到底还是叫手下的人去把夫人追回来,于是文武官员飞跑传命,好像救自家性命那么急。夫人追回来以后,郭淮写了封信给时任大将军的司马懿说:“五个孩子哀痛欲绝,恋恋不舍,思念他们的母亲。如果他们的母亲死了,我就会失去五个孩子;五个孩子如果死了,也就不再有我郭淮了。”司马懿于是上表魏帝,特准赦免了郭淮的妻子。

五、渭水相持

诸葛亮之次渭(wèi)滨(bīn)[1],关中震动[2]。魏明帝[3]深惧晋宣王[4]战,乃遣(qiǎn)辛毗(pí)为军司马[5]。宣王既与亮对渭而陈(zhèn)[6],亮设诱谲(jué)万方[7]。宣王果大忿(fèn),将欲应之以重兵。亮遣间(jiàn)谍(dié)觇(chān)[8]之,还曰:“有一老夫,毅(yì)然仗黄钺(yuè)[9],当军门立,军不得出。”亮曰:“此必辛佐治也。”

【注释】

1. 诸葛亮之次渭滨:公元234年,诸葛亮出兵渭水南岸五丈原,魏国遣大将军司马懿领兵防御。次,到达。 2. 震动:指人心震恐。3. 魏明帝:曹睿,为曹丕之子。 4. 晋宣王:指司马懿。晋国初立时尊为宣王,司马炎建立晋朝后又追尊为宣帝。 5. 辛毗:字佐治。军司马:将军府属官,平时总理府内事务,作战时负参谋之责。

6. 陈：通“阵”，排军布阵。 7. 诱谲：诱惑，欺诈。万方：想千方设百计地。 8. 觇：侦察。 9. 仗：拿着，持着。黄钺：用黄金装饰的斧钺。（按：黄钺是帝王赐给主管征伐的重臣的、带有象征性质的武器，这里用以表明辛毗的身份是奉命监军。）

【译文】

诸葛亮屯兵于渭水南岸，致使关中地区人心震动。魏明帝非常害怕晋宣王司马懿出战，便派辛毗去担任军中司马。司马懿和诸葛亮隔着渭水列成阵势以后，诸葛亮千方百计地设法诱骗他出战。司马懿果然非常愤怒，就打算用重兵来对付诸葛亮。诸葛亮派间谍去侦察他的行动，回报说：“有一位老丈，拿着金斧，坚定地站在军营门口，军队都出不来。”诸葛亮说：“这一定是辛毗呀。”

六、临危不惧

夏侯玄[1]既被桎（zhì）梏（gù）[2]，时钟毓（yù）为廷尉（wèi）[3]，钟会先不与玄相知，因便狎（xiá）之[4]。玄曰：“虽复刑余之人，未敢闻命[5]！”考掠[6]（lüè）初无一言，临刑东市[7]，颜色不异。

【注释】

1. 夏侯玄：字太初。魏齐王曹芳时，夏侯玄任太常，为九卿之一，主管礼仪祭祀之事。时司马师以大将军之职辅政，中书令李丰因司马师专权，密谋以夏侯玄代之。然事泄，李丰被杀，夏侯玄交廷尉审理，随后被杀。 2. 桎梏：原意为脚镣和手铐，这里指拘捕。3. 钟毓：钟会之兄。廷尉：九卿之一，掌诉讼刑狱之事。 4. 钟会先不与玄相知：钟会因夏侯玄为名士，曾经想结交他，被夏侯玄拒绝。因便狎之：当钟毓审理夏侯玄案件时，钟会在座，遂趁便对夏侯玄表示狎昵。狎，亲近、狎昵。 5. 刑余之人：受过刑的人。未敢闻命：不敢听从（您的）命令，意即夏侯玄仍然不愿与钟会交往。 6. 考掠：严刑拷打。 7. 东市：汉代惯例，以长安东面市场为刑场，在此处决囚犯，后世遂以“东市”称法场。

【译文】

夏侯玄被逮捕了，当时钟毓任廷尉，其弟钟会先前和夏侯玄不相交好，这时趁机对夏侯玄表示狎昵。夏侯玄说：“我虽然是罪人，也还不敢遵命。”经受刑讯拷打，始终不出一声，临到解赴法场行刑时，也依然面不改色。

七、同杂之辨

夏侯泰初[1]与广陵陈本[2]善。本与玄在本母前宴（yàn）饮，本弟骞[3]（qiān）行还[4]，径（jìng）入，至堂户。泰初因起曰：“可得同，不可得而杂。”

【注释】

1. 夏侯泰初：夏侯玄，字泰（一作“太”）初。 2. 陈本：字休元，广陵（在今江苏扬州）人，曾任郡守、廷尉，迁镇北将军。 3. 骞：陈骞，字休渊，为陈本之弟，时年纪尚轻，任中领军（掌管卫兵）。 4. 行还：从外面回来。

【译文】

夏侯玄和广陵人陈本是好朋友。当陈本和夏侯玄在陈本母亲面前宴饮时，陈本的弟弟陈骞从外面回来，直接走到堂屋门口。于是夏侯玄站起来说:“相同的事可以一齐办,不同的事不能混杂在一起办。”

八、但见其上

高贵乡公[1]薨(hōng),内外喧(xuān)哗(huá)[2]。司马文王问侍中陈泰曰:“何以静[3]之?”泰云:“唯杀贾充,以谢天下[4]。”文王曰:“可复下此[5]不(fǒu)?”对曰:“但见其上,未见其下[6]。”

【注释】

1. 高贵乡公:曹髦,为魏文帝曹丕之孙,未登位时封为高贵乡公。 2. 内外:朝廷内外。喧哗:群情激愤,议论纷纷。 3. 静:让舆论平静下来。 4. 以谢天下:来向天下人谢罪。 5. 下此:(比杀人)轻一点(的办法)。 6. 其上、其下:分别指更重的和更轻的。

【译文】

高贵乡公被杀掉了,朝廷内外群情激愤,议论纷纷。文王司马昭问侍中陈泰:“怎样才能使舆论平静下来呢?”陈泰说:“只有杀掉贾充来向天下人谢罪。”司马昭说:“可不可以再考虑一个比这轻一些的处理办法呢?”陈泰回答说:“我只知道有比这更重的,不知道有比这更轻的。”

九、圣质如初

和峤(qiáo)[1]为武帝所亲重,语峤曰:“东宫顷似更成进[2],卿试往看。”还问“何如”,答曰:“皇太子圣质[3]如初。”

【注释】

1. 和峤：字长舆，任侍中，迁中书令。 2. 东宫：太子居住的宫室，指代太子。顷：最近。成进：成熟，长进。 3. 圣质：资质。“圣”字是敬辞。

【译文】

和峤是晋武帝所亲近、器重的人，有一次武帝对和峤说：“太子近来似乎更加成熟、长进了，你试着去看看。”和峤去了回来，武帝问他怎么样，和峤回答说：“皇太子的资质还是和以前一样（指没多少长进）。”

一〇、背洛而坐

诸葛靓（jìng）后入晋，除大司马，召不起。以与晋室有仇，常背洛水而坐。与武帝有旧，帝欲见之而无由，乃请诸葛妃[1]呼靓。既来，帝就太妃间[2]相见。礼毕，酒酣（hān），帝曰：“卿故复忆竹马之好[3]不（fǒu）？”靓曰：“臣不能吞炭（tàn）漆（qī）身[4]，今日复睹（dǔ）圣颜。”因涕（tì）泗（sì）百行。帝于是惭悔而出。

【注释】

1. 诸葛妃：指司马懿之子琅琊王的王妃（为晋武帝婶母，诸葛靓之姊）。 2. 就……间：到……那里去。太妃，时武帝在位，其婶母被尊为太妃。 3. 竹马之好：比喻儿童时代的交情。竹马，儿童用来当马骑的竹竿。 4. 吞炭漆身：这里比喻为父报仇。

【译文】

诸葛靓后来才到晋朝首都洛阳，被任命为大司马，他不肯应召赴任。因为和晋室有仇(其父被晋室所杀),常常背对洛河(晋室所在)的方向坐着。他和晋武帝有旧交情,武帝很想见他,却又找不到缘由,就请婶母诸葛太妃招呼诸葛靓来。到来以后,武帝到太妃那里和他见面。行过礼就喝酒,喝到痛快的时候,武帝问:"你还记得我们小时候的交情吗?"诸葛靓说:"臣不能吞炭漆身,今天又见到了圣上。"说完便涕泪交流。武帝于是既惭愧又懊悔地退了出去。

一一、武子之愧

武帝语和峤曰:"我欲先痛骂王武子,然后爵(jué)之[1]。"峤曰:"武子俊爽,恐不可屈[2]。"帝遂召武子,苦责[3]之,因曰:"知愧(kuì)不(fǒu)?"武子曰:"'尺布斗粟(sù)'[4]之谣(yáo),常为陛(bì)下耻之!他人能令疏亲,臣不能使亲疏。以此愧陛下。"

【注释】

1. 我欲先……爵之:晋武帝命齐王司马攸回到封国去,王济极力劝谏,触怒了武帝,被降职为国子祭酒。爵,赐了封爵。(按:和峤是王济的姐夫。)　2. 俊爽:潇洒爽利。屈:使……屈服。　3. 苦责:狠狠地责骂。　4. "尺布斗粟"之谣:比喻兄弟不和。(按:用汉文帝与其弟淮南王事典。晋武帝和齐王也是兄弟,王济以此讽之。)

【译文】

晋武帝告诉和峤说:"我想先痛骂王济一顿,然后才封给他爵位。"和峤说:"王济才智出众,性情直爽,恐怕不能使他屈服。"武帝于是召见王济,狠狠地责骂了他,然后问道:"你知道羞愧了吗?"王济说:"我想起了'尺布斗粟'的民谣,经常替陛下感到羞愧。别人能让关系疏远的人亲近起来，臣却不能使亲近的人变得疏远。就因为这一点对陛下有愧。”

一二、夏门盘马

杜预[1]之荆州，顿七里桥[2]，朝士悉祖[3]。预少贱，好豪侠，不为物所许[4]。杨济[5]既名氏，雄俊不堪，不坐而去[6]。须臾（yú），和长舆（yú）来，问：“杨右卫何在？”客曰：“向来[7]，不坐而去。”长舆曰：“必大夏门下盘马[8]。”往大夏门，果大阅骑[9]，长舆抱内（nà）车[10]，共载归，坐如初。

【注释】

1. 杜预：字元凯，京兆杜陵（在今陕西西安）人。曾都督荆州诸军事，奉命镇守襄阳。 2. 顿：停留。七里桥：桥名，在洛阳城东。（按：京都士人送往迎来，常在此处。） 3. 祖：一种正式隆重的饯行仪式。祭祀路神后，在路上设宴送行。 4. 不为物所许：得不到大家的赞许。物，指人们。 5. 杨济：字文通，弘农华阴（在今陕西华阴）人。累迁太子太傅、右卫将军。 6. 不坐而去：杨、杜并为晋室外戚。杜预功名虽高，杨济却以杜预是罪人之子，不愿与之同坐。 7. 向来：刚才来过。 8. 大夏门：洛阳城门之一。盘马：犹“遛马”。 9. 大阅骑：观看大规模的兵马操练。 10. 抱内车：把某人抱（拉）上车。内，通“纳”，进入。

【译文】

杜预到荆州去任职，走到七里桥，朝廷的官员全都来给他饯行。杜预年轻时家境贫贱，却喜欢当豪侠之士，得不到大家的赞许。杨济既是出自名门，忍受不了这种场面，没落座就走了。一会儿，和峤来了，问："杨济在哪里？"有位客人说："刚才来了，没坐一坐就走了。"和峤说："一定是到大夏门下骑马游乐去了。"便到大夏门去看，果然是在那里观看大规模的兵马操练。和峤便把他拉到车子上，一起坐车回去，好像刚来时那样入座。

一三、连榻坐客

杜预拜镇南将军，朝士悉至，皆在连榻（tà）[1]坐。时亦有裴叔则。羊稚（zhì）舒[2]后至，曰："杜元凯乃复[3]连榻坐客[4]！"不坐便去。杜请裴追之，羊去数里住马[5]，既而俱还杜许。

【注释】

1. 连榻：当时坐榻分为独榻和连榻两种，坐独榻为尊，坐连榻则否。　2. 羊稚舒：羊琇，字稚舒，为晋室外戚。与上则中的杨济类似，皆恃贵而骄之辈。　3. 乃复：感叹语气，此处译为"竟然"。　4. 坐客：招待客人。坐，犹"延请客人入座"。　5. 住马：同"驻马"，停下马来。

【译文】

杜预被任命为镇南将军，朝内官员都来庆贺，大家都坐在连榻上。当时在座的也有裴楷。羊琇后来才到，说："杜预竟然还用连榻来待客！（意为不尊重客人）"不落座就走了。杜预请裴楷去追他回来，羊琇骑马走了几里地就停下了，接着就和裴楷一起回到杜预家。

一四、监令共车

晋武帝时，荀勖（xù）[1]为中书监（jiàn），和峤为令[2]。故事，监、令由来共车[3]。峤性雅正,常疾勖谄(chǎn)谀(yú)[4]。后公车来,峤便登[5],正向前坐,不复容[6]勖。勖方更觅车[7],然后得去。监、令各给(jǐ)车[8]自此始。

【注释】

1. 荀勖:字公曾,颍川颍阴(在今河南许昌)人,为东汉司空荀爽曾孙。三国至西晋时文学家、音律学家,西晋开国功臣。 2. 中书监、令:晋代设中书监和中书令,是中书省的长官,掌管机要。监与令同级,但监在令之前。 3. 故事:前代的制度,成例、旧时惯例。由来:向来。 4. 雅正:正直。疾:厌恶。谄谀:谄媚阿谀。 5. 登:登上车。 6. 容:容许,这里指给某人留位子。 7. 方更觅车:只好再另外找辆车。 8. 各给车:分别派车。给,提供。

【译文】

晋武帝时,荀勖任中书监,和峤任中书令。按照旧例,监和令向来同坐一辆车上朝。和峤本性正直,一向憎恶荀勖那种阿谀逢迎的作风。后来每逢官车来接他们上朝,和峤便上车,径直往前坐,不再给荀勖留出位子。荀勖还要另外找一辆车,然后才能走。以后监和令分别派车,就是从这时开始的。

一五、父不如儿

山公大儿着(zhuó)短帢(qià)[1],车中倚。武帝欲见之,山公不敢辞[2],问儿,儿不肯行。时论乃云胜山公。

【注释】

1. 短帢:一种轻便的小帽。(按:戴帢帽见客,是不讲究礼节的做法。）　2. 辞：指（替儿子）推辞。

【译文】

山涛的大儿子戴着一顶便帽，靠在车子上。晋武帝想召见他，山涛不敢替他推辞，就出来问儿子的意见，他儿子不肯去。当时的舆论就说这个儿子胜过山涛。

一六、向雄忤旨

向雄[1]为河内主簿[2]，有公事不及[3]雄，而太守刘淮（huái）横（hèng）怒，遂与杖遣（qiǎn）之[4]。雄后为黄门郎，刘为侍中[5]，初不交言[6]。武帝闻之，敕（chì）雄复君臣之好[7]，雄不得已，诣（yì）刘，再拜曰："向受诏而来，而君臣之义绝，何如？"于是即去。武帝闻尚[8]不和，乃怒问雄曰："我令卿复君臣之好，何以犹绝？"雄曰："古之君子，进人以礼，退人以礼[9]；今之君子，进人若将加诸膝，退人若将坠诸渊[10]。臣于刘河内，不为戎（róng）首，亦已幸甚[11]，安复为君臣之好？"武帝从之[12]。

【注释】

1. 向雄：字茂伯，河内山阳（在今河南商洛）人，为曹魏彭城太守向韶之子。　2. 河内主簿：指河内郡的主簿。河内郡，在今河南省黄河以北一带。　3. 不及：和……没有关系。　4. 而太守刘淮横怒，遂与杖遣之：太守刘淮暴怒之中（以非罪）罚向雄杖刑，并赶走了他。横怒，暴怒。杖，杖责。遣，打发走。　5. 黄门郎：也称黄门侍郎，负责侍从皇帝，传达诏命。侍中：亦为宫中近侍（多是加官，且无定员）。　6. 不交言：指两人之间互相不说话。　7. 君臣之好：上下级之间的和睦关系。（按：下文的"君臣之义"可解为上下级之间的恩与义，上级对下级有恩，下级事上级以义，“绝”即恩断义绝。）8. 尚：暂且，还是。 9. 君子：指有身份的人，即达官贵人。进：推荐、提拔。退：撤职、降职。以礼：按照礼法的规定。 10. 若将：就像是要。加诸膝：把人家抱到膝盖上（形容亲密）。坠诸渊：把人家推到深渊里（形容手段狠辣）。此句“古之君子……坠诸渊”，语出《礼记·檀弓下》。 11. 刘河内：指太守刘淮。戎首：指挑起争端的人。亦已幸甚：已经够幸运了。 12. 从之：听从了他的话，这里的意思是不再勉强他（复君臣之好）。

【译文】

向雄担任河内郡的主簿，有件公事本来和他没关系，可是郡守刘淮为这事大为震怒，便对他动了杖刑，并且打发他走了。向雄后来调任黄门郎，刘淮任侍中，两人虽在同一衙门，却从来不交谈。晋武帝听说这件事，便命令向雄恢复两人原有的上下级和睦关系。向雄不得已，就到刘淮那里，行再拜礼后说：“刚才奉皇上的命令而来，可是我们之间的上下级恩义已经断绝了，怎么办呢？”说完，马上就走了。武帝后来听说两人还是不和，就生气地问向雄：“我命令你恢复旧时的和睦关系，为什么还要绝交？”向雄说：“古时候的君子，按礼法举荐官员，也按礼法贬黜官员；现在的君子，举荐人家时就亲密，贬黜人家时就手段狠辣。微臣对于刘太守，如果不（主动）挑起争端，也算幸运得很了，怎么还能修复旧有的上下级关系呢？”晋武帝听后，就不再勉强他了。

一七、作事可法

齐王冏（jiǒng）为大司马，辅政[1]，嵇绍[2]为侍中，诣冏咨事。冏设宰会[3]，召葛旟(yú)、董艾[4]等共论时宜[5]。旟等白冏："嵇侍中善于丝竹，公可令操之。"遂送乐器。绍推却不受，冏曰："今日共为欢，卿何却邪(yé)？"绍曰："公协辅皇室，令作事可法[6]。绍虽官卑，职备常伯[7]。操丝比竹盖乐官之事，不可以先王法服[8]为伶(líng)人[9]之业。今逼高命[10]，不敢苟[11]辞，当释冠(guān)冕(miǎn)，袭(xí)私服[12]，此绍之心也。"旟等不自得[13]而退。

【注释】

1. 齐王冏：司马冏，字景治，封为齐王。为大司马，辅政：永康二年，赵王伦篡位称帝。齐王冏起兵讨伐，迎惠帝复位，并自任大司马，专擅国政。　2. 嵇绍：嵇康之子，名绍，字延祖。　3. 宰会：指招待僚属的宴会。　4. 葛旟：齐王手下的从事中郎。董艾：原为县令，齐王起兵时兼任右将军。　5. 时宜：指时政。　6. 令作事可法：让大家做事情都能有榜样(可供模仿)。　7. 职备常伯：指忝居常伯之位。常伯，天子左右的近臣，如侍中、散骑常侍等。(按：谦辞，表示自己不称职。)　8. 法服：法定的服装。(按：上古先王按尊卑定"五服"，为礼仪制度之一种。)　9. 伶人：乐工。　10. 逼高命：迫于您的命令。高，对上级的尊称。　11. 苟：随便地。　12. 释：脱掉，摘下。冠冕：正式的服饰，这里意会为"官服"。袭：穿上。私服：私人的衣服，便服。　13. 不自得：自觉没趣。

【译文】

齐王司马冏担任大司马，辅理国政，嵇绍当时担任侍中，到司马冏那里请示公事。司马冏安排了一个僚属的宴会，召来葛旟、董艾等人一起讨论当前政务。葛旟等人告诉司马冏说："嵇侍中擅长乐器，您可以叫他演奏一下。"于是(叫仆人)送上乐器，嵇绍拒绝接受。司马冏说："今天大家一起饮酒作乐，你为什么拒绝呢？"嵇绍说："您辅助皇室，应该使大家做事能够有个榜样。我官职虽然卑下，也毕竟忝居常伯之位。吹弹演奏，本是乐官的事情，不能穿着官服来做乐工的事。我现在迫于尊命，不敢随便推辞，可是应该脱下官服，穿上便服。这是我的愿望。"葛旟等人自觉没趣，就退了出去。

一八、鬼子敢尔

卢志[1]于众坐问陆士衡(héng)[2]："陆逊(xùn)、陆抗，是君何物？"答曰："如卿(qīng)于卢毓(yù)、卢珽(tǐng)。"士龙[3]失色，既出户，谓兄曰："何至如此，彼容不相知[4]也？"士衡正色曰："我父、祖名播海内，宁有不知，鬼子[5]敢尔！"议者疑二陆优劣，谢公以此定之[6]。

【注释】

1. 卢志：字子道，历任成都王左长史、中书监。其父为魏朝卫尉卿卢珽，祖父为魏朝司空卢毓。 2. 陆士衡：陆机，字士衡，历任著作郎、平原内史，故称"陆平原"。 3. 士龙：陆云，字士龙，为陆机之弟。曾官至清河内史，故称"陆清河"。其父为吴国大司马陆抗，祖父为吴国丞相陆逊。 4. 不相知：指不清楚底细。 5. 鬼子：鬼的后代，属骂人的说法。（按：孔约《志怪》云，卢志的远祖卢充曾因打猎而入鬼府，与崔少府的亡女结婚生子。陆机因此骂卢志是鬼的子孙。） 6. 谢公以此定之：指谢安认为陆机更胜一筹。

【译文】

卢志在大庭广众中问陆机说："陆逊、陆抗是您的什么人？"陆机回答说："正像您和卢毓、卢珽的关系一样。"陆云听了大惊失色。出门以后，就对哥哥说："哪至于弄到这种地步呢？他可能真是不了解底细呀！"陆机神色严厉地说："我们的父亲、祖父海内知名，哪里有不知道他们的人呢？（姓卢的）鬼子竟敢这样无礼！"舆论界对陆家兄弟的优劣一向难以确定，谢安就拿这件事来判定两人的优劣。

一九、羊忱得免

羊忱（chén）[1]性甚贞（zhēn）烈，赵王伦为相国[2]，忱为太傅长史，乃版以参相国军事[3]。使者卒（cù）[4]至，忱深惧豫（yù）[5]祸（huò），不暇（xiá）被（pī）马[6]，于是帖（tiē）骑[7]而避。使者追之，忱善射，矢（shǐ）左右发，使者不敢进，遂得免。

【注释】

1. 羊忱：字长和，历任太傅长史、扬州刺史，迁侍中。　2. 赵王伦为相国：指赵王司马伦于晋惠帝永康元年（公元 300 年）杀皇后贾氏及司空张华等，并自任相国。（按：羊忱不愿在赵王伦手下做官，怕得祸。）　3. 版以……（某职位）：这里指以版授予职位。版，笏版，大臣觐见君上须手持笏版，以此议事奏报等。参相国军事：在相府中任事者多称此名。　4. 卒：通"猝"，突然。　5. 豫：通"与"，涉及、牵连。　6. 被马：给马套上马鞍。被，通"披"。　7. 帖骑：骑没有安放马鞍的马。

【译文】

羊忱的性格非常坚贞刚烈。赵王司马伦自任相国的时候，羊忱正受任太傅府的长史，司马伦便任命他为参相国军事。传达任命的使者突然来到，羊忱非常害怕自己受到牵连，于是匆忙间来不及备马,还没套好马鞍就骑上马奔走逃避。使者去追赶他,羊忱擅长射箭,朝着使者左右开弓。使者不敢再追,羊忱这才得以逃脱。

二〇、我自卿卿

王太尉(wèi)不与庾(yǔ)子嵩(sōng)交,庾卿(qīng)之不置[1]。王曰:“君[2]不得为尔。”庾曰:“卿自君我,我自卿卿;我自用我法,卿自用卿法。”

【注释】

1. 卿之不置:“卿”啊、“卿”啊地喊他,亲热个没完。卿,一种对官爵、辈分低于自己的人或同辈之间亲热、不拘礼节的称呼。置,放下、停止。　2. 君:对对方的尊称。

【译文】

太尉王衍不和庾敳交往,可是庾敳却对他“卿”啊、“卿”啊地亲热个没完。王衍说:“你不能用这个(来称呼我)。”庾敳回答说:“卿尽管称我为‘君’,我尽管称卿为‘卿’;我自己用我的叫法,卿自己用卿的叫法。”

二一、砍伐社树

阮宣子伐社树[1],有人止之,宣子曰:“社而为树[2],伐树则社亡[3];树而为社,伐树则社移[4]矣。”

【注释】

1. 社树:种在社坛周围的树。社,土地神和祭土地神的社坛都叫“社”。　2. 社而为树：按照惯例，社坛周围要种树，社坛和社树是互相依存的。　3. 亡：消失，不存在。　4. 移：迁移，搬走。

【译文】

阮修要砍掉社坛周围的树，有人阻止他。阮修说：“如果为了社而种树，那么砍了树，社也就不存在了；如果为了树而立社，那么砍了树，社也就随之迁走了。”

二二、宣子论鬼

阮宣子论鬼神有无[1]者。或以人死有鬼，宣子独以为无，曰：“今见鬼者，云着(zhuó)生时衣服，若人死有鬼，衣服复有鬼邪(yé)？”

【注释】

1. 鬼神有无：这是魏晋清谈中的热门议题之一。

【译文】

阮修谈论鬼神有无的问题。有人认为人死后有鬼，唯独阮修认为没有，他说：“现有自称看见过鬼的人，说鬼是穿着活着时候的衣服；如果人死了有鬼，那么衣服也有鬼吗？”

二三、周王苦争

元皇帝[1]既登阼(zuò)，以郑后之宠(chǒng)，欲舍明帝而立简文。时议者咸谓：“舍长立少，既于理非伦[2]，且明帝以聪明英断，益宜为储(chǔ)副[3]。”周、王诸公并苦争肯切[4]，唯刁(diāo)玄亮独欲奉少主以阿(ē)帝旨[5]。元帝便欲施行，虑诸公不奉诏。于是先唤周侯、丞相入，然后欲出诏付刁。周、王既入，始至阶头，帝逆遣(qiǎn)传诏，遏(è)使就东厢(xiāng)[6]。周侯未悟，即却略下阶[7]。丞相披拨传诏，径至御(yù)床[8]前曰："不审(shěn)[9]陛(bì)下何以见臣？"帝默然无言，乃探怀中黄纸诏裂掷(zhì)之[10]。由此皇储始定。周侯方慨(kǎi)然愧叹曰："我常自言胜茂弘，今始知不如也！"

【注释】

1. 元皇帝：指晋元帝司马睿，为东晋第一位皇帝。 2. 非伦：指不合乎伦理秩序。(按：在宗法制度下，立嗣要立嫡、立长，否则就不合伦理。) 3. 益：更。储副：指太子，下文"皇储"义同。 4. 周、王：指武城侯周颉、丞相王导(字茂弘)。苦争：竭力争辩。肯切：通"恳切"。 5. 刁玄亮：刁协，字玄亮，累迁尚书令。少主：年少之君，这里指简文帝司马昱。阿：阿附，迎合上意。 6. 逆：预先。传诏：指传令官，即负责传达皇帝命令的官吏。遏：阻拦。 7. 未悟：没有明白。却略：却步，往后退。 8. 披拨：用手拨开。御床：皇帝的坐床。 9. 不审：不知道，不明白。 10. 探：取出。黄纸诏：按例皇帝下达的诏书要用黄纸书写。裂掷：撕毁扔掉。

【译文】

晋元帝登位以后，因为宠爱新纳的郑夫人，就想废掉原来立的储君司马绍，改立郑氏的儿子司马昱为太子。当时朝廷的舆论都认为"舍弃长子而立幼子为储君，不但在道理上不合立嗣的习惯顺序，而且司马绍(为人)聪明诚实，(处事)英明果断，更适合作为太子的人选"。周颉、王导诸位大臣都竭力争辩，情辞恳切，只有刁协一人想尊奉年少的司马昱，来迎合元帝的心意。元帝想付诸实施，又担心诸位大臣不接受命令，于是先传召武城侯周颉和丞相王导入朝，然后就想把诏令交给刁协去发布(意为皇帝把周、王二人“请”来,并派人看着,不让他们有机会阻挠改立一事)。周、王二人进宫后,才走到台阶上面,元帝已经事先派传诏官迎着他们,拦着不让他们入内,请他们到东厢房去。周𫖮还没醒悟过来,就从台阶上退了下来。王导则拨开传诏官,一直走到元帝座前,说道:“不明白陛下为什么召见臣?”元帝哑口无言,从怀里摸出(事先拟好的)黄纸诏书来撕碎扔掉。从此太子才算正式确定了。周𫖮这才既感慨又惭愧地叹道:“我常常自以为胜过王导,现在才知道我还是比不上他啊!”

二四、培塿无松

王丞相初在江左[1],欲结援吴人[2],请婚陆太尉[3]。对曰:“培(póu)塿(lóu)无松柏,薰(xūn)莸(yóu)不同器[4]。玩虽不才,义不为乱伦之始[5]。”

【注释】

1. 初在江左:刚刚过江来的时候。江左,即江南,指晋室南迁。2. 结援:结交、攀附。吴人:吴地人士。(按:东晋王朝偏安江左,其地在春秋时期的吴国旧地。) 3. 请婚:向……请求结成儿女亲家。陆太尉:陆玩,字士瑶,吴郡吴(在今江苏苏州)人,晋元帝命为丞相参军,曾官至太尉。 4. 培塿:小土丘。松柏:常青乔木,一般皆高大笔直。薰:香草。莸:臭草。不同器:不能插放在同一个器物里。(按:魏晋时士人重视生活的审美,喜爱花艺,今日本之花道即由此传入。花艺对于使用的花草植物、插花的器皿、摆放的方式和位置等都有一套精致的标准。) 5. 义不为:按照道理也不能那样做。乱伦:指破坏尊卑上下的道德关系。伦,人伦、伦常。始:开始,开端。

【译文】

丞相王导到江南之初,想结交、攀附吴地人士,就向太尉陆玩提出要结成儿女亲家。陆玩回复说:“小土丘上长不了松柏那样的大树,香草和臭草也不能同放在一个器物里。我虽然没有才能,可是按道理也不能带头来做破坏人伦的事情。”

二五、诸葛嫁女

诸葛恢(huī)大女适太尉(wèi)庾(yǔ)亮儿[1],次女适徐州刺史羊忱(chén)儿。亮子被苏峻(jùn)害,改适[2]江虨(bīn)。恢儿娶(qǔ)邓攸(yōu)女。于时谢尚书[3]求其小女婚。恢乃云:“羊、邓是世婚,江家我顾伊,庾家伊顾我[4],不能复与谢裒(póu)儿婚[5]。”及恢亡,遂婚[6]。于是王右军往谢家看新妇,犹有恢之遗法[7],威仪端详,容服光整。王叹曰:“我在遣(qiǎn)女裁得尔耳[8]!”

【注释】

1. 诸葛恢:字道明,琅琊阳都(在今山东沂南)人,为东吴右将军诸葛靓之子。适:指女子嫁人。 2. 改适:改嫁。 3. 谢尚书:谢裒,字幼儒,曾任吏部尚书。 4. 世婚:两家人世代联姻。顾:看顾。伊:他。 5. 不能复与谢裒儿婚:诸葛恢是士族,庾亮更是大士族的代表。当时谢裒家功业不显,所以诸葛恢不肯与他结亲。 6. 及恢亡,遂婚:诸葛恢死后,谢家兴起,诸葛家渐趋衰微,这才肯嫁女给谢家。 7. 往谢家看新妇:“看新妇”是古代嫁娶习俗之一。据《南史·齐·顾协传》载:“晋、宋以来,初婚三日,妇见舅姑,众宾皆列见。”舅姑,指公婆。遗法:旧有的法度。 8. 在:在世。遣女:送女出嫁。裁：通“才”，仅仅。尔：像这样子。

【译文】

诸葛恢的大女儿嫁给太尉庾亮的儿子，二女儿嫁给徐州刺史羊忱的儿子。庾亮的儿子被苏峻杀害了，大女儿又改嫁江虨。诸葛恢的儿子娶了邓攸的女儿为妻。当时尚书谢裒为儿子谢石向诸葛恢求娶他的小女儿，诸葛恢就说：“羊家、邓家和我们是世代姻亲，江家是我看顾他，庾家是他看顾我，我不能再和谢裒的儿子结亲。”等到诸葛恢死了以后，两家终于结亲。结婚时，王羲之到谢家去看新娘，看到新娘还保存着诸葛恢旧有的法度，容貌举止端庄安详，风采服饰华美整齐。王羲之叹道：“我活着时嫁女儿，也仅仅能做到这样啊！”

二六、临别洒泪

周叔治[1]作晋陵太守，周侯、仲智往别，叔治以将别，涕(tì)泗(sì)不止。仲智恚(huì)[2]之曰：“斯人乃妇女[3]，与人别唯啼泣！”便舍去。周侯独留，与饮酒言话，临别流涕，抚其背曰：“奴[4]好自爱。”

【注释】

1. 周叔治：周谟，字叔治，小字阿奴，是武城侯周颉(字伯仁)和周嵩(字仲智)的弟弟。　2. 恚：生气。　3. 乃妇女：像个女人的样子，犹“婆婆妈妈”。　4. 奴：阿奴。

【译文】

周谟要出任晋陵太守，他的两个哥哥周颉和周嵩去和他话别。周谟因为兄弟就要离别了，哭个不停。周嵩生他的气，说：“你这个人怎么婆婆妈妈的，和人家告别只会哭哭啼啼！”便不理他，自顾自地走了。周颛独自留下来，陪小弟喝酒说话，临别时流着泪，拍着弟弟的背说：“阿奴啊，你要好好地爱惜自己呀！”

二七、鄙视佞人

周伯仁为吏部尚书，在省内夜疾[1]危急，时刁(diāo)玄亮为尚书令，营救备亲好之至[2]，良久小损[3]。明旦，报仲智，仲智狼狈(bèi)[4]来。始入户，刁下床[5]对之大泣，说伯仁昨危急之状。仲智手批之[6]，刁为辟(bì)易于户侧[7]。既前，都不问病，直云：“君在中朝[8]，与和长舆(yú)齐名，那与佞(nìng)人[9]刁协有情[10]？”径便出。

【注释】

1. 省：尚书省的官署。夜疾：夜里得了急症。 2. 备……之至：做到……的极致。亲好，亲密友好。 3. 小损：指(病情)有了一点点好转。损，病愈。 4. 狼狈：急急忙忙。 5. 下床：从坐床上走下来。 6. 手批之：用手掌打他。 7. 辟易：退避。户侧：门边。 8. 中朝：指南渡以前的晋室，即西晋时。 9. 佞人：惯于用花言巧语奉承、讨好别人的人。 10. 有情：有交情。

【译文】

周颛任吏部尚书时，有一夜在官署里得了病，很危急。当时刁协任尚书令，多方设法抢救，表现得亲密友好极了，过了很久，周颛的病情才稍微减轻了些。第二天早晨，才通知了周颛的二弟周嵩，他急急忙忙地赶来。刚进门，刁协就离开座位，对着他大哭，并述说头天夜里周颛病危的情况。周嵩扬手给了他一耳光，刁协被打得连连后退到门边。周嵩走到哥哥的病榻前，一点也不问病况，直截了当地说：

“您在西晋时，跟和峤名望相等，怎么会跟刁协这种谄佞之人有交情呢？”说完就头也不回地走了。

二八、充即庐人

王含[1]作庐（lú）江郡，贪浊（zhuó）狼藉（jí）[2]。王敦护[3]其兄，故于众坐称：“家兄在郡定佳[4]，庐江人士咸称[5]之！”时何充为敦主簿（bù），在坐，正色曰：“充即庐江人，所闻异于此！”敦默然。旁人为之反侧[6]，充晏（yàn）然[7]，神意自若。

【注释】

1. 王含：字处弘，为王敦兄长。　2. 浊：污浊（的行径），“贪浊”与“廉清”正相对。狼藉：行为不法。　3. 护：袒护，偏袒。　4. 佳：政绩良好。　5. 称：称颂。　6. 反侧：惶恐不安貌。　7. 晏然：安闲平静貌。

【译文】

王含任庐江郡太守，贪赃枉法，无恶不作。王敦袒护兄长，因此特意在大家面前赞扬说：“我哥哥在郡内一定政绩很好，庐江人士都称颂他。”当时何充在王敦手下任主簿，也在座，严肃地说：“我就是庐江人，所听到的和你说的不一样。”王敦哑口无言。旁人都替何充捏了一把汗，何充却十分坦然，神态自若。

二九、孟著劝柱

顾孟著[1]尝以酒劝周伯仁，伯仁不受[2]。顾因移[3]劝柱，而语柱曰：

“讵(jù)可便作栋梁自遇[4]。”周得之[5]欣然,遂为衿(jīn)契(qì)[6]。

【注释】

1. 顾孟著:顾显,字孟著,吴郡吴(在今江苏苏州)人,为顾荣从子。与周𫖮相契,早卒。 2. 不受:推辞不肯饮酒。 3. 移:转开去。 4. 讵:难道。自遇:自视为。 5. 得之:听到这话。 6. 衿契:意气相投的朋友。

【译文】

顾显有一次向周𫖮劝酒,周𫖮不肯喝。顾显便转向一旁的柱子劝酒,并且对柱子说:“你难道就可以把自己看成栋梁吗?”周𫖮听到这话很高兴,两人便成了要好的朋友。

三〇、何如尧舜

明帝在西堂,会诸公饮酒,未大醉,帝问:“今名臣共集,何如尧、舜?”时周伯仁为仆射(yè)[1],因厉声曰:“今虽同人主[2],复那(nǎ)得等于圣治[3]!”帝大怒,还内[4],作手诏[5]满一黄纸,遂付廷尉令收[6],因欲杀之。后数日,诏出[7]周,群臣往省(xǐng)之[8]。周曰:“近[9]知当不死,罪不足至此。”

【注释】

1. 仆射:尚书仆射,是尚书省长官的副职。 2. 同人主:指(明帝和尧舜)一样都是君主。 3. 圣治:圣明的政治,指太平盛世。 4. 还内:回到内宫。 5. 作手诏:指明帝亲自手写了一份诏书。 6. 付:交付。令收:下令逮捕。 7. 出:释放出狱。 8. 往省之:前去探望他。 9. 近:此前。

【译文】

晋明帝在西堂,召集诸位大臣一同饮宴,还没有大醉的时候,明帝问道:“今天的名臣都聚会在一起,和尧、舜时相比怎么样呢?”当时周顗担任尚书仆射,便声音激昂地回答说:“现在圣上和尧、舜虽然同样是君主,可又怎么能和那个太平盛世等同起来呢?”明帝大怒,回到内宫,亲自写了满满一张黄纸的诏令,便交给廷尉,下令逮捕周顗,想就此杀掉他。过了几天,又下令放了他。众大臣去探望周顗,他说:“之前我就知道不会死,因为我的罪状还没有到这个地步。”

三一、王敦称兵

王大将军当下[1],时咸谓无缘[2]尔。伯仁曰:“今主非尧、舜,何能无过?且人臣安得称兵以向朝廷?处仲狼抗[3]刚愎(bì)[4],王平子[5]何在?”

【注释】

1. 当下:正要率兵东下,攻打都城建康。　2. 无缘:找不到缘由,没有借口。　3. 狼抗:狂妄自大,性情乖戾。　4. 刚愎:性格倔强,脾气固执。　5. 王平子:王澄,字平子。

【译文】

大将军王敦即将率兵东下,当时人们都以为他找不到借口。武城侯周顗说:“现在的君主不是尧、舜,怎么会没有过失呢?再说臣下怎么能兴兵来针对朝廷啊!王敦太狂妄自大,刚愎自用,试看王澄到哪儿去了(意思是王澄早已被王敦借口诛杀)?”

三二、温峤不屈

王敦既下,住船石头[1],欲有废明帝意。宾客盈坐[2],敦知帝聪明,欲以不孝废之。每言帝不孝之状,而皆云:"温太真[3]所说。温尝为东宫率[4],后为吾司马,甚悉(xī)之。"须臾(yú),温来,敦便奋[5]其威容,问温曰:"皇太子作人何似?"温曰:"小人无以测[6]君子。"敦声色并厉,欲以威力使从己,乃重问温:"太子何以称佳?"温曰:"钩深致远[7],盖非浅识[8]所测。然以礼侍亲,可称为孝。"

【注释】

1. 住船:把船停下。石头:石头城,在建康城边。 2. 盈坐:坐满。 3. 温太真:温峤,字太真,得晋明帝宠遇,王敦便请温峤出任左司马。 4. 东宫率:太子卫率,是太子府负责门卫的官吏。 5. 奋:拼命(摆出……的样子)。 6. 测:测度,估量。 7. 钩深致远:指才识广博精深。 8. 浅识:肤浅的认识,这里是自谦。

【译文】

王敦从武昌东下,把船停在石头城,他的愿望是想废掉明帝。有一次宾客满座,王敦知道明帝聪敏明慧,就想借不孝的罪名废掉他。每次说到明帝不孝的情况,都说:"这是温峤说的。他曾经做过太子卫率,后来在我手下担任司马,非常熟悉太子的情况。"一会儿,温峤来了,王敦便拼命摆出一副威严的神色,问温峤说:"太子的为人怎么样呢?"温峤回答说:"小人没法儿估量君子。"王敦声色俱厉,想靠威力来迫使对方顺从自己,便重新问道:"根据什么来称颂太子的好呢?"温峤说:"太子的才识广博精深,似乎不是我这种认识肤浅的人所能估量的;可是能按照礼法来侍奉双亲,这就可以称得上'孝'。"

三三、以此负公

王大将军既反，至石头，周伯仁往见之。谓周曰："卿何以相负[1]?"对曰："公戎(róng)车犯正[2]，下官忝(tiǎn)率六军[3]，而王师不振[4]，以此负公。"

【注释】

1. 负：辜负。(按：因先前周颉曾投奔王敦麾下。)　2. 戎车犯正：指举兵谋反。戎车，指兵车。　3. 忝：自谦之辞，表示有愧不敢承当。六军：天子之军，义同下文"王师"。　4. 不振：不振作，意即吃了败仗，为委婉语。

【译文】

大将军王敦反叛以后，率军来到石头城，武城侯周颉去见他。王敦问周颉："你为什么辜负我?"周颉回答说："您举兵谋反，下官不得已率六军出战，可是军队不能奋勇杀敌，因此才辜负了您。"

三四、钟雅独在

苏峻(jùn)既至石头，百僚(liáo)奔散，唯侍中钟雅独在帝侧。或谓钟曰："见可而进，知难而退，古之道也。君性亮直[1]，必不容于寇(kòu)雠(chóu)[2]，何不用随时之宜[3]，而坐待其弊(bì)[4]邪(yé)?"钟曰："国乱不能匡[5]，君危不能济[6]，而各逊(xùn)遁(dùn)以求免[7]，吾惧董狐将执简而进[8]矣!"

【注释】

1. 亮直：忠诚正直。　2. 寇雠：亦作"寇仇"，即敌寇。　3. 用随时之宜：因时制宜，即根据不同的时机，采取合适的措施。 4. 坐待其弊："坐以待毙"。弊，通"毙"。 5. 匡：匡正，匡扶。 6. 济：救济，救助。 7. 逊遁：逃避。求免：祈求免除（灾祸）。 8. 惧董狐将执简而进：担心史官秉笔直书，记其恶事（如弃主而逃）于籍册（而使之遗臭万年）。董狐，春秋时晋国史官，以记事不加隐讳、直书其事而著名。

【译文】

苏峻（率叛军）到了石头城后，朝廷百官四散奔逃，只有侍中钟雅独自留在成帝身边。有人对钟雅说："看到情况允许就前进，如果实在困难就后退，这是古时候的常理。您本性忠诚正直，一定不会被仇敌宽恕。为什么不采取权宜之计，却要坐着等死呢？"钟雅说："国家有战乱而不能拯救，君主有危难而不能救助，却各自逃避以求免祸，我怕董狐就要拿着竹简上朝来啦！"

三五、当期克复

庾公临去[1]，顾语钟后事[2]，深以相委。钟曰："栋折榱（cuī）崩[3]，谁之责邪（yé）？"庾曰："今日之事，不容复言，卿当期克复之效[4]耳！"钟曰："想足下不愧荀（xún）林父（fǔ）[5]耳。"

【注释】

1. 庾公临去：接上条事，苏峻反叛时，百僚奔散，而庾亮亦在其中。去，出逃。 2. 钟：指侍中钟雅。后事：指自己走后的各项事宜。 3. 栋折榱崩：房子倒塌散架，梁柱断裂倾颓。栋，栋梁。榱，椽子。此处比喻社稷存亡之危。 4. 克复之效：指收复京城，迎帝还朝。　5. 荀林父:《左传》载,楚庄王围攻郑国,晋国派荀林父率军救郑,结果大败。荀林父请晋侯处死自己,被劝止,晋侯仍让他官复原职。宣公十五年,荀林父打败了赤狄,灭了潞国——可见荀林父是能打胜仗的。

【译文】

庾亮将要出逃,回头向钟雅交代自己走后的事宜,把朝廷重任深切地托付给他。钟雅说:"国家危在旦夕,这是谁的责任呢?"庾亮说:"当前的事,不许再谈论了,你应该期望京城得以收复啊!"钟雅说:"想必您不会有愧于荀林父吧?"

三六、犹憎其眼

苏峻(jùn)时,孔群在横塘[1]为匡(kuāng)术所逼。王丞相保存[2]术,因[3]众坐戏语,令术劝群酒,以释[4]横塘之憾(hàn)。群答曰:"德非孔子,厄(è)同匡人[5]。虽阳和布气,鹰(yīng)化为鸠(jiū)[6],至于识者,犹憎(zēng)其眼[7]。"

【注释】

1. 横塘:地名,在建康淮水南。沿长江筑长堤,即为"横塘"。2. 保存:保护着使之活下来。　3. 因:借着,趁着。　4. 释:消除。5. 德非孔子,厄同匡人:孔子曾到宋国去,路上经过匡地,被匡人围攻他。当时孔子和弟子子路一起唱歌,以示礼义教化,匡人遂撤去。厄,困苦、灾难。　6. 布:散布。鹰化为鸠:古人把一年分为二十四节气,每一节气又分为三候(每一候记载着应时出现的物候现象),惊蛰的三候是桃始华、鸧鹒鸣、鹰化为鸠。鸠,布谷鸟。　7. 犹憎其眼:

还是厌恶它的眼睛。（按：鹰的目光极其锐利，能在高空中看清地面上的小动物，从而飞落捕杀之。）

【译文】

苏峻叛乱时，孔群在横塘受到了匡术的威胁。后来丞相王导把匡术保全下来，并且趁着大家在一起谈笑时，叫匡术给孔群敬酒，来消除横塘一事的遗憾。孔群回答说："我的德行不能和孔子相比，可是困苦却同孔子遇到匡人一样。虽然春日和暖，老鹰变成了布谷鸟，至于有识之士，还是厌恶它的眼睛。"

三七、孔坦牢骚

苏子高事平[1]，王、庾诸公欲用孔廷尉为丹阳[2]。乱离之后，百姓凋（diāo）弊（bì）。孔慨然曰："昔肃祖[3]临崩，诸君亲临御床，并蒙眷（juàn）识，共奉遗诏（zhào）[4]。孔坦疏贱，不在顾命[5]之列。既有艰难，则以微臣为先，今犹俎（zǔ）上腐（fǔ）肉，任人脍（kuài）截[6]耳！"于是拂衣而去，诸公亦止。

【注释】

1. 苏子高事平：苏峻（字子高）的叛乱被平定下来。 2. 欲用孔廷尉为丹阳：丹阳郡时为国都所在，应该任用有名望的人为京兆尹；孔坦协助王导平息苏峻叛乱，出任丹阳尹比较合适。 3. 肃祖：指晋明帝，庙号为"肃"。 4. 共奉遗诏：公元325年，晋明帝临终，召司徒王导、尚书令卞壶、护军将军庾亮、丹阳尹温峤等同受遗诏，辅佐太子司马衍。 5. 顾命：君主临终时的遗令，这里指顾命大臣，亦即接受先帝遗诏、辅佐新皇登基的重臣。 6. 俎上腐肉，任人脍截：犹"人为刀俎,我为鱼肉”。俎,砧板。腐肉,腐烂的臭肉。脍截,细细切割。

【译文】

苏峻的叛乱被平定以后,王导、庾亮诸大臣想用廷尉孔坦来治理丹阳郡。经过战乱而颠沛流离之后,百姓生活困苦。孔坦激愤地说:“往日先帝临终之时,诸君亲上御床前,一起受到先帝的关怀赏识,共同接受了先帝的遗诏。我孔坦才疏位卑,不在接受遗诏之列。你们现在有困难,就把我推到前面,我像是砧板上的臭肉,任人细剁精切罢了!”说完就拂袖而去。大臣们也就不再提起。

三八、犹恶其眼

孔车骑[1]与中丞[2]共行,在御(yù)道[3]逢匡(kuāng)术,宾从甚盛。因往与车骑共语。中丞初不视,直云:“鹰(yīng)化为鸠(jiū),众鸟犹恶(wù)其眼。”术大怒,便欲刃(rèn)[4]之。车骑下车,抱术曰:“族弟发狂,卿为我宥(yòu)[5]之!”始得全首领[6]。

【注释】

1. 孔车骑:孔愉,字敬康,累迁尚书左仆射,赠车骑将军。 2. 中丞:指孔群,字敬林,为孔愉堂弟,官至御史中丞(属御史台),掌管律令、督察等。 3. 御道:专供皇帝通行的道路。 4. 刃:手刃,杀掉。 5. 宥:原宥,宽恕。 6. 全首领:保全性命。

【译文】

车骑将军孔愉和御史中丞孔群一起外出,在御道遇见匡术,后面跟随的宾客、侍从很多,匡术便前去和孔愉说话。孔群开始并不看他,只是说:“就算鹰变成了布谷鸟,群鸟还是讨厌它的眼睛。”匡术听了大怒,便想杀掉孔群。孔愉赶紧下车,抱住匡术说:“堂弟发疯了,你看在我的面子上饶了他吧!”孔群这才得以保住脑袋。

三九、仲真屈膝

梅颐(yí)尝有惠于陶公,后为豫章太守,有事[1],王丞相遣(qiǎn)收[2]之。侃(kǎn)曰:“天子富于春秋[3],万机[4]自诸侯出[5],王公既得录[6],陶公何为不可放!”乃遣人于江口夺(duó)之[7]。颐见陶公,拜,陶公止之。颐曰:“梅仲真膝,明日岂可复屈邪(yé)?”

【注释】

1. 有事:犯了事,犯下罪行。 2. 遣收:派人去逮捕。 3. 富于春秋:指尚且年轻。 4. 万机:这里指政令。 5. 自诸侯出:由王公大臣们发布。 6. 得录:有权力抓人。 7. 江口:地名。夺:把人抢夺(救)回来。

【译文】

梅颐曾经对陶侃有过恩德。后来梅颐担任豫章郡太守,犯了罪,丞相王导派人去逮捕他。陶侃说:“天子还年轻,政令都由大臣发布;他王导既然能抓人,我陶侃为什么就不能放!”于是派人到江口把梅颐夺了回来。梅颐一见陶侃,立即屈膝下拜,陶侃拦住他不让拜。梅颐说:“我梅仲真(颐字仲真)的膝头,以后难道还会向别人跪拜吗?”

四○、蔡公不悦

王丞相作女伎(jì)[1],施设床席[2]。蔡公[3]先在坐,不说(yuè)而去,王亦不留。

【注释】

1. 作女伎：设计歌女舞女(的表演)。　2. 施设床席：安排铺设床榻座席。　3. 蔡公：蔡谟，字道明，历任录尚书事、扬州刺史、司徒等职。

【译文】

丞相王导安排了歌舞伎表演，还安排下床榻座席。蔡谟先已在座，看见这种做法很不高兴，就走了，王导也不挽留他。

四一、次道直言

何次道[1]、庾季坚[2]二人并为元辅[3]。成帝初崩，于时嗣(sì)君[4]未定。何欲立嗣子[5]，庾及朝议以外寇(kòu)方强，嗣子冲[6]幼，乃立康帝[7]。康帝登阼(zuò)，会群臣，谓何曰："朕(zhèn)今所以承大业，为谁之议?"何答曰："陛(bì)下龙飞[8]，此是庾冰之功，非臣之力。于时用微臣之议，今不睹(dǔ)盛明之世。"帝有惭(cán)色。

【注释】

1. 何次道：何充，字次道，晋成帝时任丹阳尹、中书令。　2. 庾季坚：庾冰，字季坚，曾任中书监、扬州刺史，是成帝母舅。　3. 元辅：辅政大臣。(按：成帝临终时，何充、庾冰一同受命辅佐王室。)　4. 嗣君：继位的君主，指帝位继承人。　5. 嗣子：嫡长子。(按：成帝死后，何充主张由成帝之子继位，以为父子相传是先王旧典，不得改易。)　6. 冲：指成帝之子司马冲。　7. 乃立康帝：(按：成帝死后，因强敌环伺虎视眈眈，庾冰主张宜立年长的君主，即由成帝同母弟、琅琊王司马岳继位。） 8. 龙飞："飞龙在天"，为《周易》乾卦九五爻，喻指君主登位。

【译文】

何充、庾冰两人一起受命为辅政大臣。晋成帝刚去世，这时由谁继位还没有定下来。何充主张立皇子，庾冰和大臣们议论，都认为外来之敌正强大，皇子司马冲尚且年幼，于是就立成帝之弟司马岳为康帝。康帝登上帝位，会见群臣，问何充："朕今天能继承国家大业，是谁的主张？"何充回答说："陛下登位，这是庾冰的功劳，不是我的力量。当时如果采纳了小臣的主张，那么今天就看不到太平盛世了。"康帝面有愧色。

四二、不唯围棋

江仆射（yè）年少，王丞相呼与共棋[1]。王手尝不如两道许[2]，而欲敌道戏[3]，试以观之[4]。江不即下[5]。王曰："君何以不行[6]？"江曰："恐不得[7]尔。"傍有客曰："此年少[8]戏乃不恶[9]。"王徐举首曰："此年少，非唯围棋见胜。"

【注释】

1. 呼与共棋：招呼他来一起下棋。 2. 手：指棋艺。两道许：两颗棋子左右（的差距）。道，指围棋子。许，约莫。 3. 敌道：指双方对等，不饶子儿。（按：两人弈棋，如果明知力量悬殊，有时棋艺精湛的一方会刻意提前饶数颗棋子，以延长下棋时间。）戏：游艺，这里指下围棋。 4. 观之：观察他（的为人）。 5. 即下：立即下子儿。 6. 行：走棋，下子。 7. 不得：不能。 8. 年少：少年，年轻人。

9. 不恶：不错。

【译文】

左仆射江虨年轻时，有一次丞相王导招呼他来一起下围棋。王导的棋艺比起江虨来有两颗棋子左右的差距，可是他想不饶子儿直接对弈，试图拿这事来观察江虨的为人。江虨并不马上下子儿，王导问："你为什么不走棋？"江虨说："恐怕不行呢。"旁边有位客人说："这年轻人的棋艺原本不错。"王导慢慢抬起头来说："这年轻人不只是围棋胜过我。"

四三、君平将终

孔君平疾笃(dǔ)，庾司空为会稽[1]，省(xǐng)[2]之，相问讯(xùn)甚至[3]，为之流涕(tì)。庾既下床[4]，孔慨然曰："大丈夫将终[5]，不问安国宁家[6]之术，乃作儿女子相问[7]！"庾闻，回谢之[8]，请其话言[9]。

【注释】

1. 庾司空：指庾冰。为会稽：庾冰曾担任会稽郡内史。 2. 省：探望。 3. 问讯：问候病情。甚至：非常周到恳切。 4. 下床：指离席(告辞)。 5. 大丈夫：男子自称。将终：快要死了。 6. 安国宁家：安邦定国。 7. 作儿女子相问：像女人和小孩子一样来问候我，意即没有男子气概。儿女子，指妇孺。 8. 回谢之：返回去向他道歉。谢，致歉。 9. 请其话言：请他指教。话言，特指有益处的话语。

【译文】

孔坦病重，司空庾冰时任会稽郡内史，前去探望他，十分恳切地问候病情，并为他病重而伤心流泪。庾冰离座告辞后，孔坦感慨地说："我都快死了，你却不问安邦定国的办法，竟像个娘们儿一样来问候我！"庾冰听见了，便返回去向孔坦道歉，并请他指教。

四四、弹弓弹枕

桓大司马诣(yì)刘尹，卧不起。桓弯弹(dàn)[1]弹(tán)刘枕，丸[2]迸(bèng)碎床褥(rù)间。刘作色[3]而起曰："使君[4]如馨(xīn)地[5]，宁可斗战求胜[6]？"桓甚有恨容。

【注释】

1. 弯弹：拉起弹弓。 2. 丸：弹丸。 3. 作色：变了脸色，指恼怒。 4. 使君：对州郡长官的称呼。(按：桓温曾任徐州刺史，刘惔是徐州人，故称桓温为"使君"。) 5. 如馨地：像这样。 6. 斗战求胜：靠打仗(武力)获胜。(按：刘惔此语意在讽刺桓温是当兵出身，做事不离兵家本行。)

【译文】

桓温去探望刘惔，(刘惔)还躺着没起来。桓温用弹弓射向刘惔的枕头，弹丸在被褥上迸碎了。刘惔生气地坐起身说："您怎么这样呢？难道这也可以靠打仗取胜吗？"桓温的神情十分恼怒。

四五、勿论宿士

后来年少，多有道[1]深公者。深公谓曰："黄吻(wěn)[2]年少，勿为评论宿士[3]。昔尝与元明二帝、王庾二公周旋[4]。"

【注释】

1. 道：谈论。　2. 黄吻：犹“黄口小儿”。　3. 宿士：指老成博学之人，资深人士。　4. 周旋：交往，打交道。

【译文】

后生少年们多有谈论竺法深的，竺法深告诉他们说：“黄口小儿，不要(自以为可以)做评论界的资深人士。以前我曾经和元帝、明帝两位皇帝，王导、庾亮两位名公打过交道呢(意为我从前风光的时候你们还没出生呢)。”

四六、何得拟我

王中郎年少时，江虨(bīn)为仆射(yè)，领选[1]，欲拟之为[2]尚书郎[3]。有语(yù)[4]王者，王曰：“自过江来，尚书郎正用第二人[5]，何得拟(nǐ)我[6]！”江闻而止。

【注释】

1. 领选：兼任选官。选，指选曹，主管官吏任免调动等事。2. 拟之为：“拟任”，指想选用他担任某职，但还未确定。　3. 尚书郎：尚书省分曹办事，下设尚书郎，主管文书起草等事务。　4. 语：告诉，告知。　5. 第二人：第二流的人，指出身“寒门”者。(按：晋人注重门第，王坦之出身世家大族，故此心有不屑。)　6. 何得：怎么能。拟我：考虑选用我。

【译文】

王坦之年轻时，江虨为尚书左仆射，兼任选曹，他考虑选用王坦之担任尚书郎。有人把这事告诉了王坦之，他说：“自东渡以来，尚书郎都只用寒门士子担任,怎么能选用我呢!”江彪听说后,就不再考虑他了。

四七、蓝田不让

王述转尚书令[1],事行便拜[2]。文度[3]曰:“故应让杜、许[4]。”蓝田云:“汝谓我堪此不(fǒu)[5]?”文度曰:“何为不堪,但克让自是美事,恐不可阙(quē)[6]。”蓝田慨然曰:“既云堪,何为复让?人言汝胜我,定[7]不如我。”

【注释】

1. 王述:字怀祖,太原晋阳(在今山西太原)人,东海太守王承之子。王述少年丧父,袭父爵为蓝田侯,故又称“王蓝田”。转:调动官职,这里指升官。 2. 事行:事情实现,这里指诏命下达。拜:接受官职。 3. 文度:王坦之,字文度,为王述之子。 4. 杜、许:可能指杜预、许燥。 5. 堪:能够胜任。不:通“否”。 6. 何为:怎么会。克让:能够谦让。不可阙:指(礼节上)不可缺少。 7. 定:终究,一定。

【译文】

王述升任尚书令时,诏命下达了就去受职。其子王坦之说:“本来应该让给杜、许的。”王述说:“你认为我能否胜任这个职务?”王坦之说:“怎么会不胜任呢?不过能谦让一下总是好事,礼节上恐怕不可缺少。”王述感慨地说:“既然说能够胜任,为什么又要谦让呢?人家说你胜过我,据我看终究不如我。”

四八、兴公作诔

孙兴公作《庾公诔(lěi)》,文多托寄之辞[1]。既成,示庾道恩[2],庾见,慨然[3]送还之,曰:“先君[4]与君,自不至于此[5]。”

【注释】

1. 托寄之辞:寄托情谊和哀思的文辞。 2. 示:出示,给……看。庾道恩:庾羲,字叔和,小字道恩,为庾亮之子。 3. 慨然:神情激愤貌。 4. 先君:对别人称呼自己的亡父。 5. 自不至于此:指交情还没有达到这样(情谊深厚的地步)。

【译文】

孙绰写了《庾公诔》,文中有很多寄托情谊的言辞。写好了,拿给庾羲看。庾羲看了,愤激地送还给他,并说:“先父和您的交情,还没有达到这个地步啊。”

四九、临终任用

王长史求东阳[1],抚军不用[2]。后疾笃(dǔ),临终,抚军哀叹曰:“吾将负仲祖于此[3]。命用之[4]。”长史曰:“人言会稽王痴,真痴。”

【注释】

1. 求东阳:请求让自己出任东阳太守。 2. 不用:不肯任用他。 3. 负:辜负,对不起。于此:在这件事上。 4. 命用之:下命令任用他。

【译文】

左长史王濛请求出任东阳太守,时任抚军大将军的司马昱不肯委任他。后来王濛病重,临去世时,司马昱哀叹说:“我要在这件事上对不起仲祖(王濛字仲祖)了。”便下命令委任他。王濛说:“人们说会稽王痴心,他确实痴心。”

五〇、刚直见疏

刘简[1]作桓宣武别驾,后为东曹参军,颇以刚直见疏。尝听记[2],简都无言。宣武问:"刘东曹何以不下意[3]?"答曰:"会不能用[4]。"宣武亦无怪色。

【注释】

1. 刘简:字仲约,生平事迹不详。 2. 听记:处理公文。听,处理、处置。记,公文、文件。 3. 下意:表示自己的意见。 4. 会:一定,终归。用:采纳,接受。

【译文】

刘简曾在桓温手下任别驾,后又调任东曹参军,因为性格刚强正直,被桓温疏远。有一次处理公文,刘简一句话也不说。桓温问他:"刘东曹为什么不提出意见呢?"刘简回答说:"反正终归也不会被采纳。"桓温听了这话,也没有一点责怪的脸色。

五一、不可作缘

刘真长、王仲祖共行,日旰(gàn)[1]未食。有相识小人[2]贻(yí)[3]其餐,肴(yáo)案[4]甚盛,真长辞[5]焉。仲祖曰:"聊以充虚[6],何苦辞?"真长曰:"小人都不可与作缘[7]。"

【注释】

1. 日旰:天色晚。 2. 小人:晋代注重门第,士族阶层把杂役、百姓等身份地位低的人都看成小人。 3. 贻:送。 4. 肴案:菜肴。案,指食盘。 5. 辞:辞谢,推辞不受。 6. 充虚:充饥。 7. 作缘:

打交道，结交。

【译文】

刘惔、王濛一起外出，天色晚了还没吃饭。有个相熟的杂役送饭给他们吃，菜肴很丰盛，刘惔却辞谢不受。王濛说："可以暂且拿来充饥，何苦推辞呢？"刘惔说："（我们这样出身高门的名士）绝不能跟小人为伍。"

五二、不须陶米

王修龄[1]尝在东山[2]甚贫乏[3]。陶胡奴[4]为乌程[5]令，送一船米遗（wèi）[6]之，却[7]不肯取。直答语："王修龄若饥，自当就谢仁祖[8]索[9]食，不须陶胡奴米。"

【注释】

1. 王修龄：王胡之，字修龄，琅琊临沂（在今山东临沂市）人。少有声誉，才能卓著。历任吴兴太守，迁侍中、丹阳尹。　2. 东山：山名，在会稽郡，适于隐居。　3. 贫乏：贫困，缺衣少食。　4. 陶胡奴：陶范，小字胡奴，是陶侃第十子。　5. 乌程：县名，在今浙江吴兴。6. 遗：送给。　7. 却：推辞，推却。　8. 谢仁祖：谢尚，字仁祖，曾为会稽王友。　9. 索：索要。

【译文】

王胡之曾在东山隐居，那时很贫困。陶范时任乌程县令，就运一船米去送给他。王胡之推辞不肯收下，只是回话说："我如果挨饿，自然会到谢尚那里要吃的，不需要你陶范送的米。"

五三、不近思旷

阮光禄[1]赴(fù)山陵[2],至都,不往殷、刘许,过事便还[3]。诸人相与追之。阮亦知时流[4]必当逐己,乃遄(chuán)疾[5]而去,至方山不相及[6]。刘尹时为会稽,乃叹曰:“我入当泊(bó)安石渚(zhǔ)下耳[7]。不敢复近思旷傍,伊[8]便能捉杖[9]打人,不易[10]。”

【注释】

1. 阮光禄:阮裕,字思旷,曾任金紫光禄大夫。 2. 山陵:帝王驾崩后归于山陵的葬礼。(按:公元342年晋成帝崩,葬于兴平陵。阮裕时居会稽剡县,闻成帝死,遂赶赴葬礼。) 3. 过事便还:事情完结就往回走,丝毫不逗留。 4. 时流:当时名士,即上文“诸人”。5. 遄疾:急速。 6. 方山:地名,在丹阳郡江宁县以东。不相及:指追赶不上。 7. 入:指到达会稽。安石:谢安,字安石,娶刘惔之妹。(按:谢安时在东山隐居。)渚:水中小洲。 8. 伊:代词,“他”。9. 捉杖:拿起手杖。 10. 不易:不会改变。

【译文】

阮裕去参加晋成帝的葬礼,到京都时,没有去殷浩、刘惔家探望,事情结束后就往回走。诸位好友知道了,约着一起去追赶他。阮裕也知道这些名士一定会来追赶自己,便急匆匆地走了,一直走到方山,直到他们赶不上为止。刘惔当时正要出任会稽太守,便叹息说:“我如果到了会稽,要在靠近谢安居处的小洲旁停船,再不敢靠近阮裕身旁。否则他就会拿起手杖打人,改不了的。”

五四、刘惔酒后

王、刘与桓公共至覆(fù)舟山[1]看。酒酣(hān)后,刘牵(qiān)脚加桓公颈[2],桓公甚不堪[3],举手拨去。既还,王长史语刘曰:“伊讵(jù)[4]可以形色加人[5]不(fǒu)?”

【注释】

1. 覆舟山:其地在建康(在今江苏南京),东连钟山,北临玄武湖。　2. 牵脚:伸腿。牵,伸着。加:放在……上。　3. 不堪:不能忍受。　4. 讵:难道。　5. 以形色加人:给人脸色看。加(诸),指凌驾于……之上。

【译文】

王濛、刘惔和桓温一起到覆舟山去观赏景致。酒喝到半醉以后,刘惔伸着腿放在桓温脖子上,桓温很受不了,就抬手拨开。回来以后,王濛对刘惔说:“他难道可以给人脸色看吗?”

五五、谢万难犯

桓公问桓子野[1]:“谢安石料万石[2]必败,何以不谏(jiàn)[3]?”子野答曰:“故当出于难犯[4]耳。”桓作色曰:“万石挠(náo)弱凡才[5],有何严颜[6]难犯!”

【注释】

1. 桓子野:桓伊,字叔夏,小字子野,谯国铚县(在今安徽宿州)人,为桓景之子。东晋军事家、音乐家。　2. 万石:谢万,其字万石,为谢安之弟,曾任豫州刺史,监司、豫、冀、并四州军事。(按:升平三年，谢万受命北伐燕国，因骄傲轻敌而兵败。） 3. 谏：劝谏。 4. 难犯：难以触犯。 5. 挠弱：软弱。凡才：平庸的人。 6. 严颜：威严的面孔。

【译文】

桓温问桓伊："谢安已经估计到谢万一定会失败，为什么不劝他改正错误呢？"桓伊回答说："自然是由于他很难触犯呀。"桓温生气地说："谢万是个软弱的庸才，还有什么威严的面孔不能触犯啊！"

五六、不烦复尔

罗君章曾在人家[1]，主人令与坐上客共语，答曰："相识已多[2]，不烦复尔[3]。"

【注释】

1. 在人家：到别人家里做客。 2. 相识已多：彼此之间已经认识许久。 3. 不烦复尔：不用再（讲客套话）了。

【译文】

罗含曾经在别人家里作客，主人让他和在座的客人一起谈谈话，他回答说："大家相识已经很久了，用不着再讲客套话了。"

五七、何异王莽

韩康伯病，拄（zhǔ）杖前庭消摇[1]。见诸谢[2]皆富贵，轰（hōng）隐交路[3]，叹曰："此复何异王莽（mǎng）[4]时？"

【注释】

1. 消摇：同“逍遥”，指散步。 2. 诸谢：指谢安一家。（按：时前秦苻坚势大，四处侵扰，谢安派其弟谢万、侄儿谢玄率兵征讨，屡建战功，后兄弟叔侄皆升官受封。） 3. 轰隐交路：车马、仪仗、仆从等往来于路。轰隐，拟车行声。交，穿插往来。 4. 王莽：西汉末年，王莽独揽朝政，后自立为王，改国号为“新”。（按：王莽在位时，其宗族共有十侯、五大司马，气焰甚是嚣张。）

【译文】

韩康伯生病在家，拄着拐杖在前院漫步。眼看谢家诸人大富大贵，车子进进出出，一路轰鸣，便感叹道：“这和王莽那时又有什么两样呢？”

五八、蓝田拒婚

王文度为桓公长史时，桓为儿求王女，王许咨（zī）[1]蓝田。既还，蓝田爱念[2]文度，虽长人，犹抱着膝（xī）上。文度因言桓求己女婚。蓝田大怒，排[3]文度下膝，曰：“恶（wù）见[4]，文度已复痴[5]，畏桓温面？兵[6]，那（nǎ）可[7]嫁女与之！”文度还报[8]温云：“下官家中先得婚处[9]。”桓公曰：“吾知矣，此尊府君[10]不肯耳。”后桓女遂嫁文度儿。

【注释】

1. 许咨：答应商量。 2. 爱念：怜爱。 3. 排：推。 4. 恶见：讨厌看见。 5. 痴：犯傻。 6. 兵：这里指桓温从武行出身，含贬讽义。 7. 那可：怎么可以。那，通“哪”。 8. 还报：回复。9. 先得婚处：女儿早已许了婆家。 10. 尊府君：犹“令尊”。

【译文】

王坦之在桓温手下任长史时，桓温为其子求娶王坦之之女，王坦之答应回去和父亲蓝田侯王述商量一下。回家以后，王述因为怜爱儿子坦之，虽然长大成人了，也还是抱在膝上坐。王坦之便说到桓温求娶女儿的事。王述非常生气，把他从膝头上推下去，说道："真不想看啊，你又犯傻了，是害怕桓温那副面孔吗？（桓温本来只是个）'丘八'，怎么可以嫁女儿给他家呢！"王坦之就回复桓温说："下官家里已经给女儿找好了婆家。"桓温说："我知道了，这是令尊大人不答应呢。"后来桓温的女儿便嫁给了王坦之的儿子。

五九、小儿自命

王子敬数岁时，尝看诸门生[1]樗（chū）蒲（pú）[2]，见有胜负，因曰："南风不竞（jìng）[3]。"门生辈轻[4]其小儿，乃曰："此郎[5]亦管中窥（kuī）豹（bào），时见一斑（bān）[6]。"子敬瞋（chēn）目[7]曰："远惭荀奉倩[8]，近愧刘真长[9]！"遂拂衣而去。

【注释】

1. 门生：门客，多为依附于权贵之家的寒士。 2. 樗蒲：古代的一种赌博游戏。 3. 南风不竞：比喻坐在南边的人要输。典出《左传·襄公一八年》。一次楚国出兵攻打郑国，晋国乐师师旷说：我屡次唱北方的曲调，又唱南方的曲调。南方的曲调不强（即"南风不竞"），象征死亡的声音多，所以楚国一定不能建功。 4. 轻：轻视，轻蔑。 5. 郎：古称所尊敬的青少年为"郎"，门生、僮仆也多称主人之子为"郎"。 6. 管中窥豹，时见一斑：只看到实物的一部分，所见并不全面;也比喻从观察到的部分推测事物的全貌。　7. 嗔目:发怒时睁大眼睛的样子。　8. 荀奉倩:荀粲,字奉倩,三国时曹魏人。其为人清高,不与俗人交往。　9. 刘真长:刘惔,字真长,曾任丹阳尹,其个性与荀粲相似。

【译文】

王献之只有几岁的时候,曾经观看众门客赌博,见他们要分出输赢的时候,便说:"坐在南边的人要输。"门客们轻视他是小孩子,就说:"这位小郎也是'管中窥豹,时见一斑'。"献之气得瞪大眼睛说:"比远的,我愧对荀粲;比近的,我愧对刘惔!"说完甩甩衣袖就走了。

六〇、羊绥自重

谢公闻羊绥(suí)[1]佳,致意[2]令来,终不肯诣。后绥为太学博士[3],因事见谢公,公即取以为主簿(bù)[4]。

【注释】

1. 羊绥:为人清淳简贵,曾为太学博士,任中书郎,惜少亡。2. 致意:派人转达倾慕之意。　3. 太学博士:太学里负责教授课程的老师。(按:太学是当时一般官员和庶民家中俊秀子弟就读的学校。)　4. 主簿:主管文书的官员,为将帅、大臣的幕僚长,地位很高。

【译文】

谢安听说羊绥很优秀,就派人向他致意并请他来,可羊绥始终不肯上门。后来羊绥担任太学博士,有事去见谢安,谢安就把他调来任自己帐下的主簿。

六一、推人正难

王右军与谢公诣阮公[1]，至门，语谢："故当共推[2]主人。"谢曰："推人[3]正自难。"

【注释】

1. 阮公：阮裕，字思旷。 2. 推：推举……为尊。 3. 推人：推举他人为尊。

【译文】

王羲之和谢安去看望阮裕，走到门口，王羲之对谢安说："我们自然是要一同推尊主人(指阮裕)。"谢安说："推尊别人恰恰是最难的。"

六二、魏祚不长

太极殿(diàn)[1]始成，王子敬时为谢公长史，谢送版，使王题之[2]，王有不平[3]色，语信[4]云："可掷(zhì)著(zhuó)门外。"谢后见王，曰："题之上殿何若？昔魏朝韦诞(dàn)诸人，亦自为也[5]。"王曰："魏祚(zuò)[6]所以不长。"谢以为名言。

【注释】

1. 太极殿：晋孝武帝主持修建的宫室名。 2. 版：做匾额用的木板。题：题写文字。 3. 不平：愤愤不平。 4. 信：信使。 5. 昔魏朝韦诞诸人，亦自为也：据传魏明帝时筑陵云殿成，误将作为匾额的空木板先钉于壁上，而忘题字；遂将一凳高高吊起，令侍中韦诞坐于凳上，悬在空中题写匾额。韦诞题写完后，须发全白(可能系墙灰落下所致)。韦诞，字仲将，曹魏书法家，擅长楷书。曹魏宫观匾额题字，多系其手笔。　6. 魏祚：指曹魏的帝位世系。

【译文】

太极殿刚建成时，王献之正担任丞相谢安的长史，谢安派人送块木板来，叫王献之帮着题写匾额。王献之露出不满的神色，对来人说："把板子扔在门外吧。"谢安后来看见王献之，就说："这可是给正殿题匾啊，怎么样呢？从前曹魏时的韦诞等人，也做过这个呀。"王献之说："这就是曹魏世系不能长久的原因。"谢安把这话当作名言。

六三、自量为难

王恭欲请江卢(lú)奴[1]为长史，晨往诣江，江犹在帐中。王坐，不敢即言。良久乃得及，江不应。直唤人取酒，自饮一碗，又不与王。王且笑且言："那(nǎ)得独饮？"江曰："卿亦复须邪(yé)[2]？"更使酌(zhuó)与[3]王。王饮酒毕，因得自解去[4]。未出户，江叹曰："人自量(liàng)[5]，固为难！"

【注释】

1. 江卢奴：江敳，字仲恺，小字卢奴，为当时名士。　2. 卿亦复须邪：你也要(喝酒)吗？　3. 更使酌与：于是又叫仆人倒酒给他。4. 得自解去：自己找了个借口告辞了。　5. 自量：原意为自己估量自己(的才德)，这里指"自知之明"。

【译文】

王恭想请江敳担任长史，早晨到江家去，江敳还在帐子里没起床。王恭坐下来，不敢马上开口，过了许久才有机会说到这件事。江敳也不回答，只是叫人拿酒来，自己喝了一碗，也不给王恭喝。王恭一边笑着一边说:“哪能一个人喝酒呢?”江敳说:“你也要喝吗?”再叫仆人倒碗酒来给王恭。王恭喝完酒,借机给自己找了个台阶下,便告辞离去了。还没出门,江敳叹口气说:“一个人要有自知之明,确实很难啊!”

六四、忠孝当先

孝武问王爽[1]:“卿何如卿兄?”王答曰:“风流秀出[2],臣不如恭,忠孝亦何可以假人[3]!”

【注释】

1. 王爽:为王蕴之子、王恭之弟,曾官至侍中;后参与王恭起兵,兵败被杀。 2. 风流:风雅。秀出:出众。 3. 忠孝亦何可以假人:按王爽以忠孝正直闻名,此句意为自己在忠孝方面不比兄长差。假人,让给某人。

【译文】

晋孝武帝问王爽:“你比你哥哥(王恭)怎么样呢?”王爽回答说:“风雅超群,我比不上哥哥;至于忠孝之事,又怎么可以让给别人呢!”

六五、拒称小子

王爽与司马太傅[1]饮酒,太傅醉,呼王为“小子[2]”。王曰:“亡祖长史[3],与简文皇帝为布衣[4]之交;亡姑、亡姊(zǐ)[5],伉(kàng)俪(lì)[6]二宫。何小子之有[7]?”

【注释】

1. 司马太傅:指会稽王司马道子,曾任太傅。 2. 小子:尊对卑的称呼，含轻慢之意，亦可指后生年幼者。　3. 亡祖长史：指王濛，曾任司徒左长史，是王爽已故的祖父。　4. 布衣：平民。　5. 亡姑：王爽的姑姑曾是晋哀帝的皇后。亡姊：王爽的姐姐曾是晋孝武帝的皇后。　6. 伉俪：指夫妻。　7. 何小子之有：王爽的意思是按照出身背景来看，自己不能被称为“小子”。

【译文】

王爽和太傅司马道子在一起饮酒，太傅喝醉了，喊王爽“小子”。王爽说：“我已故的祖父曾担任长史，和简文帝是布衣之交；我已故的姑母、姐姐是两朝皇后。我怎么能算是‘小子’呢？”

六六、张王相交

张玄与王建武先不相识，后遇于范豫章许，范令二人共语。张因正坐敛（liǎn）衽（rèn）[1]，王孰（shú）视[2]良久，不对[3]。张大[4]失望，便去，范苦譬（pì）留之，遂不肯住[5]。范是王之舅（jiù），乃让[6]王曰：“张玄，吴士之秀，亦见遇于时，而使至于此，深不可解[7]。”王笑曰：“张祖希[8]若欲相识，自应见诣（yì）。”范驰报[9]张，张便束带[10]造之。遂举觞（shāng）对语，宾主无愧（kuì）色。

【注释】

1. 正坐敛衽：犹“正襟危坐”。敛衽，收束衣襟，指严肃端坐。　2. 孰视：“熟视”，认真地看着。　3. 不对：不答话。　4. 大：很，非常。　5. 苦譬留之：苦劝挽留。譬，解释、解劝。住：停留。　6. 让：责备，怪罪。　7. 深不可解：很让人不解。　8. 张祖希：张玄，字祖希。　9. 驰报：（派人）跑去告诉。　10. 束带：扎好衣带，指穿着礼服。

【译文】

张玄和建武将军王忱两人原先不认识,后来在豫章太守范宁家相遇。范宁叫两人言语交谈。张玄就正襟危坐,王忱久久地仔细看着他,不答话。张玄很失望,便告辞要走;范宁苦苦地解释并挽留他,他到底不肯留下。范宁是王忱的舅舅,就责怪王忱说:“张玄是吴地名士中的优秀人物,又是当代名流所看重的人,你却让他处在这种尴尬的情况下,真是很难理解。”王忱笑着说:“张玄如果想认识我,自然应该主动上门拜访我。”范宁赶紧派人把这话告诉了张玄,张玄便穿上礼服去拜访他。两人于是一边喝酒一边谈论,宾主都没有抱愧的表情。

雅量　第六

一、顾雍丧子

豫章太守顾邵(shào),是雍(yōng)[1]之子。邵在郡卒。雍盛集僚(liáo)属,自围棋。外启[2]信至,而无儿书,虽神气不变,而心了[3]其故。以爪[4]掐(qiā)掌,血流沾褥(rù)。宾客既散,方叹曰:“已无延陵[5]之高,岂可有丧明[6]之责!”于是豁(huò)情散哀,颜色自若。

【注释】

1. 雍:指顾雍,字元叹,吴郡吴(在今江苏苏州)人,三国时吴国重臣。累迁尚书令,位至丞相。 2. 外启:外面有人禀报说。 3. 了:明了,明白。 4. 爪:指甲。 5. 延陵:春秋时,吴国人季札受封于延陵,故称“延陵季子”。他熟悉礼制,其子死后,葬丧都合乎礼,还说“骨肉归复于土,命也。若魂气,则无不之也”。 6. 丧明:据《礼记·檀弓上》载,孔门弟子子夏死,其子哭瞎眼。另一弟子曾子为此责备子夏,认为让儿子哭瞎眼是一种罪过。明,指眼睛。

【译文】

豫章太守顾邵,是顾雍的儿子。顾邵死在任内,当时顾雍正大聚下属饮酒作乐,他自己正在跟人下围棋。这时外面有人禀报说有送信人从豫章来到,却没有他儿子的书信。顾雍虽然神态不变,可是心里已明白其中的缘故;他悲痛得用指甲紧掐手掌,血流出来沾湿了座褥。直到宾客散去以后,才叹气说:“已经不可能有延陵季子那么高尚,难道可以哭瞎眼睛而受人责备吗!”于是就敞开胸怀,驱散哀痛,神情泰然自若。

二、临刑弹琴

嵇中散临刑东市，神气不变。索[1]琴弹之，奏《广陵散》[2]。曲终，曰："袁孝尼[3]尝请学此散，吾靳（jìn）固[4]不与，《广陵散》于今绝[5]矣！"太学生[6]三千人上书，请以为师，不许。文王亦寻[7]悔焉。

【注释】

1. 索：要来。　2.《广陵散》：古琴曲。　3. 袁孝尼：名准，字孝尼，三国时魏国人，入晋后官至给事中。　4. 靳固：吝惜固执。5. 绝：失传。　6. 太学生：在太学里就读的学生。太学，中国古代设于京城的最高学府，初为汉武帝设立，后世沿置。　7. 寻：不久，随即。

【译文】

中散大夫嵇康被押赴法场处决时，神态不变，要求拿琴来弹，奏了一首《广陵散》曲。弹完后说："袁孝尼曾经请求学这支曲子，我吝惜固执不肯传给他，《广陵散》从今以后要失传了！"当时，三千名太学生曾上书，请求拜他为师（意即求免其罪），朝廷不准许。嵇康被杀后，文王司马昭随即也后悔了。

三、倚柱作书

夏侯太初尝倚柱作书[1]。时大雨，霹（pī）雳（lì）破[2]所倚柱，衣服焦然[3]，神色无变，书亦如故。宾客左右，皆跌（diē）荡不得住[4]。

【注释】

1. 作书：写字。　2. 破：劈坏，击毁。　3. 焦然：烧焦貌。　4. 跌荡：跌跌撞撞。不得住：指站立不稳，摇晃不停。

【译文】

夏侯玄有一次靠着柱子写字，当时下着大雨，雷电击坏了他靠着的柱子，衣服烧焦了，他神色不变，照样写字如常。宾客和随从都跌跌撞撞站不稳。

四、王戎识李

王戎(róng)七岁，尝与诸小儿游。看道边李树多子折枝[1]。诸儿竞走取之[2]，唯戎不动。人问之，答曰："树在道边而多子，此必苦李。"取之，信然[3]。

【注释】

1. 多子折枝：因为果实结得太多太满，把树枝压弯(断)了。 2. 竞走：争先恐后地跑过来。取：摘取。 3. 信然：确实是这样。

【译文】

王戎七岁的时候，有一次和一帮小孩儿出去玩，看见路边的李树上挂了很多果实，压弯(断)了树枝。小孩儿们争先恐后跑去摘李子，只有王戎站着不动。别人问他(为什么)，他回答说："树长在路边，还能结这么多李子，一定是苦李子啊。"拿来那李子一尝，果真是苦的。

五、看虎无恐

魏明帝于宣武场[1]上断虎爪牙[2]，纵百姓观之。王戎七岁，亦往看。虎承间[3]攀(pān)栏而吼，其声震地，观者无不辟(bì)易颠仆[4]。戎湛

(zhàn)然[5]不动,了(liǎo)[6]无恐色。

【注释】

1. 宣武场:军事演练的场所,汉魏洛阳故城北。 2. 断虎爪牙:据记载,明帝命手下以布包起老虎爪牙,令与人相搏。 3. 承间:同"乘间",趁着间隙(即"钻空子")。 4. 辟易:退避,避开。颠仆:跌倒。 5. 湛然:心中澄明平静。 6. 了:完全。

【译文】

魏明帝在宣武场上包着老虎的爪和牙,举行人虎搏斗表演,任凭百姓观看。王戎当时七岁,也跑去看。老虎趁着间隙攀住栅栏大吼,吼声震天动地,围观的人全都吓得退避不迭,跌倒在地。王戎却平静如常,一动不动,一点也不害怕。

六、退布报书

王戎为侍中,南郡太守刘肇(zhào)遗(wèi)筒中笺(jiān)布五端[1],戎虽不受,厚报其书[2]。

【注释】

1. 遗:赠送。筒中笺布:一种细布,卷作筒形。端:量词,二丈为一端。 2. 厚报其书:很认真地写了回信。

【译文】

王戎担任侍中的时候,南郡太守刘肇送给他十丈筒中细布,王戎虽然没有受礼,还是认真地给他写了一封回信。

七、叔则自若

裴叔则被收[1],神气无变,举止自若。求纸笔作书[2]。书成,救者多,乃得免[3]。后位仪同三司[4]。

【注释】

1. 被收:被逮捕。(按:公元290年,晋武帝死,惠帝立,太傅杨骏辅政。次年,皇后贾氏杀杨骏,裴楷和杨骏是儿女亲家,以连坐被捕。) 2. 作书:写信。 3. 乃得免:才得以免罪。 4. 仪同三司:指仪仗和太尉、司徒、司空等同。(按:此三者号称"三公",又称"三司"。三公以下有"位从公"之名,"仪同三司"的都是"位从公",即非在"三公"之位,却给予和"三公"同等的待遇。)

【译文】

裴楷被逮捕时,神态不变,举动如常。他要来纸笔,写信给亲朋故旧;信写完发出后,来营救他的人很多,才得以免罪。后来位至仪同三司。

八、牛背眼光

王夷甫尝属(zhǔ)[1]族人事,经时未行[2]。遇于一处[3]饮燕[4],因语之曰:"近属尊事,那(nǎ)得不行[5]?"族人大怒,便举樏(lěi)[6]掷其面。夷甫都无言,盥(guàn)洗毕,牵王丞相臂,与共载去。在车中照镜,语丞相曰:"汝看我眼光,乃出牛背上[7]。"

【注释】

1. 属:通"嘱",嘱咐、嘱托。 2. 经时未行:过了一段时间还没去办理。　3. 遇于一处：碰到一起。　4. 饮燕：同“饮宴”。　5. 近：先前。属尊事：嘱托您办理的事情。那得不行：怎么还没去办？那，通“哪”。　6. 樏：食盒、餐盘。　7. 乃出牛背上：牛背是挨鞭子打的地方，说“眼光超出牛背之上”，是眼光很高，不屑计较小事之意。

【译文】

王衍曾经托族人办事，过了一段时间还没办。后来两人碰到一起吃饭，王衍便问那位族人：“原先托您办的事，怎么还不去办呢？”族人非常生气，就举起食盒扔到他脸上。王衍一言不发，洗干净后，挽着丞相王导的手，和他一起坐着车走了。王衍在车里照着镜子，对王导说：“您看我的眼光，竟然超出牛背之上。”

九、裴遐默受

裴遐（xiá）在周馥（fù）所[1]，馥设主人[2]。遐与人围棋，馥司马行酒[3]。遐正戏[4]，不时为饮[5]。司马恚（huì），因曳（yè）遐坠地[6]。遐还坐，举止如常，颜色不变，复戏如故。王夷甫问遐：“当时何得颜色不异？”答曰：“直是暗当故耳[7]。”

【注释】

1. 在……所：在某人家（做客）。所，寓所，指家。　2. 设主人：以主人的身份备办酒食招待客人。　3. 馥司马：指周馥府中的司马。行酒：在宴会上主持行酒令、斟酒劝饮等事。　4. 戏：这里指下围棋。　5. 不时为饮：时不时地讨酒喝。　6. 恚：生气、发火。曳：拖拽。　7. 直是暗当故耳：只不过是暗地里忍受着罢了。暗，暗地里。当，承当、忍受。故，原因、缘故。

【译文】

裴遐到周馥家做客，周馥以主人身份宴请大家。裴遐和人下围棋，周馥手下的司马负责斟酒。裴遐正在下棋，时时要讨酒喝；司马很生气，便把他拽倒在地。裴遐（站起身来）回到座位上，举动如常，脸色不变，仍然照旧下棋。后来王衍问他："当时怎么能做到面不改色呢？"他回答说："只不过是暗地忍受着罢了！"

一〇、君子之心

刘庆孙[1]在太傅府，于时人士多为所构[2]，唯庾子嵩纵心事外[3]，无迹可间(jiàn)[4]。后以其性俭家富，说(shuì)太傅令换千万[5]，冀(jì)其有吝(lìn)，于此可乘。太傅于众坐中问庾，庾时颓(tuí)然已醉，帻(zé)堕(duò)几上，以头就穿取[6]。徐答云："下官家故可有两娑(suō)千万，随公所取[7]。"于是乃服。后有人向庾道此，庾曰："可谓以小人之虑，度(duó)君子之心。"

【注释】

1. 刘庆孙：刘舆，字庆孙，在太傅司马越手下任长史。 2. 构：构陷，指罗织罪状（陷害人）。 3. 纵心事外：放开心思，不关心世事。 4. 间：离间。 5. 性俭：生性吝啬。说：怂恿。换：借。千万：千万钱。 6. 颓然：精神不振。帻：头巾。几：古人坐时用来倚靠或放物品的小桌子。以头就穿取：指低下头伸进头巾里（而不是把头巾拿起来戴上）。 7. 故可有：原本差不多有。两娑："两三"，"娑"为"三"字音转所致，或因其酒醉舌绕吐字不清。随公所取：随您想要拿多少（都可以）。

【译文】

刘舆在太傅府任职，他曾（故意罗织罪名，）构陷了当时的许多名士，只有庾敳不把心思放在世事上，使他没有空子可钻。后来他就抓住庾敳生性吝啬而家境富裕这点，怂恿太傅向庾敳借千万钱，希望他表现得吝啬不肯借，在此事上找到可乘之机。于是太傅就在大庭广众之下向庾敳借钱，这时庾敳已经醉醺醺的了，头巾掉落在小桌上；他把头伸进头巾里戴上，慢吞吞地回答说："下官家原本大约有两三千万钱，随您取多少。"刘舆这才信服了。后来有人向庾敳谈起这件事，庾敳说："这可以说是以小人之心，度君子之腹啊。"

一一、不动声色

王夷甫与裴景声志好不同[1]，景声恶（wù）欲取之，卒不能回[2]。乃故诣王，肆（sì）言极骂[3]，要（yāo）王答己，欲以分谤（bàng）[4]。王不为动色，徐曰："白眼儿[5]遂作。"

【注释】

1. 裴景声：裴邈，字景声，历太傅从事中郎、左司马，监东海王军事。志好：志趣和爱好。　2. 恶欲取之：指裴讨厌王想要任用自己一事。不能回：无法改变，指无法打消王衍的主意。　3. 故诣：故意去见某人。肆言极骂：肆无忌惮地痛骂一番。　4. 要：要挟，强迫。分谤：指（通过让王衍回骂自己，也表现得气急败坏来）让王衍帮自己分担别人的指责。　5. 白眼儿：与"青眼"相对。"青眼"即用黑眼珠看，表示自己很重视、喜爱对方；"白眼"即斜着眼看，表示自己很轻蔑、瞧不起对方。

【译文】

王衍和裴邈两人志趣、爱好不同，裴邈不想让王衍任用自己，可是始终没法改变王衍的主意。于是就故意到王衍那里，肆意攻击痛骂一番，想迫使王衍回骂自己，用这种办法使王衍分担别人的指责。王衍却始终不动声色，从容地说："（你这不识相的）白眼儿终于发作了。"

一二、全君雅志

王夷甫长裴成公[1]四岁，不与相知。时共集一处，皆当时名士，谓王曰："裴令[2]令望何足计[3]！"王便卿[4]裴，裴曰："自可全君雅志[5]。"

【注释】

1. 裴成公：裴頠，字逸民，累迁尚书左仆射、侍中，死后谥号"成"。 2. 裴令：指裴楷，字叔则，为裴頠叔父。曾任中书令，很有名望。 3. 令望：美好的声望。何足计：哪里值得考虑啊！ 4. 卿：称呼某人为"卿"。（按：这是表示王衍把裴頠看成小辈，是一种不讲礼法的称呼。） 5. 全：成全。雅志：高雅志趣。（按：这是裴頠的一种机智的调侃，也是对王衍不礼貌的有力回击。）

【译文】

王衍比裴頠大四岁，两人不相交好。有一次，两人一起处在一个集会中，在座的都是当时的名士。有人对王衍说："裴令的名望哪里排得上号啊！"王衍便称呼裴頠为"卿"，裴頠说："我自然可以成全您的高雅志趣。"

一三、径还乌衣

有往来者云:“庾公有东下意。”或谓王公:“可潜稍严[1],以备不虞(yú)[2]。”王公曰:“我与元规虽俱王臣[3],本怀布衣之好[4]。若其欲来,吾角巾[5]径还乌衣[6],何所[7]稍严。”

【注释】

1. 潜:暗中,秘密地。稍严:略作戒备。(按:庾亮在晋成帝的时候权势强盛,想要罢免王导。) 2. 不虞:预料不到的,指难测的突发事件。 3. 王臣:皇帝的臣子。 4. 布衣之好:原来做布衣(平民)时结下的情谊。 5. 角巾:一种有棱角的头巾,隐士常佩戴。(按:指在家闲居时所穿的服饰。) 6. 乌衣:“乌衣巷”,在首都建康城内(即今江苏南京夫子庙),东晋时王导、谢安等豪贵士族都住在这里。 7. 何所:干什么。

【译文】

有往来于首都的人说:“庾公有起兵东下(攻占都城)的意图。”有人对王导说:“应该暗中略作戒备,以防备不测事件。”王导说:“我和庾亮虽然都是国家大臣,但是本来就怀有布衣之交的情谊。如果他想上朝做官,我就径直回家当老百姓好了,略作戒备做什么呢?”

一四、与君周旋

王丞相主簿欲检校帐下[1],公语主簿:“欲与主簿周旋[2],无为[3]知人几(jī)案间事[4]。”

【注释】

1. 检校：检查核对。帐下：指幕僚。 2. 周旋：指交谈应对。3. 无为：没有必要做某事。 4. 几案间事：指官府的文牍案卷之类的公务。

【译文】

丞相王导的主簿想去查核幕僚们承办的公务，王导对他说："我只想和您交谈一下，不用去了解人家具体的公务事。"

一五、祖财阮屐

祖士少好（hào）财，阮遥集好屐（jī）[1]，并恒自经营[2]。同是一累[3]，而未判其得失[4]。人有诣祖，见料视[5]财物。客至，屏当[6]未尽，余两小簏（lù）[7]，著（zhuó）背后，倾身障（zhàng）之，意未能平。或有诣阮，见自吹火蜡（là）屐[8]，因叹曰："未知一生当著几量屐[9]？"神色闲畅。于是胜负始分。

【注释】

1. 屐：一种木板鞋，鞋底下多有二齿。 2. 恒自经营：总是亲自料理这些事，即不愿假手于下人。 3. 同是一累：这两件事实质上是同一种毛病。（按：晋人推崇超脱、旷达，名士们若有嗜好，便将其视为毛病，即"某癖"。） 4. 得失：高下，优劣。 5. 料视：整理，点看。 6. 屏当：同"摒当"，料理、收拾。 7. 簏：竹箱子。 8. 吹火蜡屐：点火烧蜡，使之熔化，再将蜡油涂在屐上，使屐滑润好穿。9. 未知一生当著几量屐：不知道人的一辈子会穿多少双木屐。（按：此语意为搜集木屐的"集物癖"从某种程度上来讲是一种浪费。）

【译文】

祖约喜欢聚敛钱财，阮孚喜欢搜集木屐，两人经常亲自料理。这两种嗜好（从本质上说）是同一种毛病，可是还不能由此判定两人的高下。有人到祖约家，看见他正在收拾、查点财物；客人到了还没收拾完，剩下两小箱。他就放在背后侧身挡着，还有点心神不定的样子。又有人到阮孚家，看见他亲自点火给木屐打蜡，还叹息着说："不知我这辈子会穿几双木屐啊！"说时神态安详自在。于是两人的高下才见分晓。

一六、难得眠处

许侍中、顾司空[1]俱作丞相从事[2]，尔时已被遇[3]，游宴集聚，略无不同[4]。尝夜至丞相许戏，二人欢极[5]，丞相便命使入己帐眠。顾至晓回转[6]，不得快孰[7]。许上床便咍（hái）台[8]大鼾（hān）。丞相顾诸客曰："此中亦难得眠处。"

【注释】

1. 许侍中：许璪，字思文，曾任侍中。顾司空：顾和，字君孝，官至尚书令，死后追赠司空。　2. 从事：三公和州郡长官的属官。（按：王导任扬州刺史时，召许、顾二人为从事。）　3. 被遇：受到赏识。　4. 略无不同：指两人都一样参与，没有什么区别。　5. 欢极：玩得很尽兴。　6. 回转：犹"辗转反侧"。　7. 孰：通"熟"，这里指成眠。　8. 咍台：拟声词，指鼾声。

【译文】

许璪和顾和一起在王导手下任从事，那时两人都已经得到赏识，凡是游乐、宴饮、聚会，两人都参加，没有什么区别。有一次两人晚上到王导家玩，玩得高兴极了。王导便叫他们到自己的床上睡。顾和辗转反侧直到天亮，不能很快成眠；许璪一上床就鼾声如雷。王导回头对客人们说："这里也难得个睡觉的地方。"

一七、元规非假

庾太尉风仪伟长，不轻举止[1]，时人皆以为假。亮有大儿数岁，雅重之质[2]，便自如此，人知是天性。温太真尝隐幔(màn)[3]怛(dá)[4]之，此儿神色恬(tián)然[5]，乃徐跪[6]曰："君侯[7]何以为此？"论者谓不减亮[8]。苏峻(jùn)时[9]遇害。或云："见阿恭[10]，知元规非假。"

【注释】

1. 风仪伟长，不轻举止：据《晋书·庾亮传》载，庾亮之为人"美姿容，作风严整，动由礼节"。 2. 雅重之质：高雅稳重的气质。3. 幔：帷帐。 4. 怛：吓唬。 5. 恬然：安静恬适、无动于衷。6. 徐跪：慢慢跪下来。（按：这是少者对尊长回话时的礼节。）7. 君侯：对列侯和地方高级官吏的尊称，即"您"。 8. 不减亮：不亚于他父亲庾亮。 9. 苏峻时：指"苏峻之乱"一事，已见前注。10. 阿恭：庾亮大儿庾彬的小名。

【译文】

太尉庾亮仪容奇伟，风度出众，更兼举止稳重，当时人们都认为这是假象。庾亮有个大儿子，当时只有几岁，高雅稳重的气质，从小就是那样，人们才知道这是出自本性。温峤曾经藏在帷帐后面吓唬他，这孩子神色安详，慢慢地跪下问道："您为什么要做这样的事？"舆论认为他的气质不亚于庾亮。这儿子后来在苏峻叛乱时被杀。有人说："看见庾彬的样子，就知道他父亲庾亮不是装假。"

一八、牛屋贵客

褚(chǔ)公[1]于章安令迁太尉记室参军[2]，名字已显而位微，人未多识。公东出，乘估[3]客船，送故[4]吏数人投钱唐亭住[5]。尔时吴兴沈充为县令，当送客过浙江，客出，亭吏[6]驱公移牛屋[7]下。潮水至，沈令起彷(páng)徨(huáng)[8]，问："牛屋下是何物？"吏云："昨有一伧(cāng)父(fǔ)来寄亭中，有尊贵客，权移之[9]。"令有酒色，因遥问："伧父欲食饼不(fǒu)？姓何等？[10]可共语。"褚因举手[11]答曰："河南褚季野。"远近久承公名[12]，令于是大遽(jù)[13]，不敢移公，便于牛屋下修刺[14]诣(yì)公，更宰杀为馔(zhuàn)，具于公前，鞭挞(tà)亭吏，欲以谢惭(cán)。公与之酌(zhuó)宴，言色无异，状如不觉。令送公至界[15]。

【注释】

1. 褚公：褚裒，字季野，河南阳翟人。初为章安县令，苏峻叛乱时，车骑将军郗鉴(后升为太尉)调他任参军。　2. 记室参军：官职名，掌管军中文书事宜。　3. 估：指雇(车、船等)。　4. 送故：古时风气，若长官殁于任所，其属吏多赠钱使送，或亲自护送灵柩回乡。5. 投钱唐亭住：投宿于钱唐亭。钱唐亭，即"钱塘亭"，指钱塘县的驿亭(供旅客留宿的公家驿所)。　6. 亭吏：驿亭中的办事人员。7. 牛屋：牛棚。(按：晋人多以牛驾车，故客店亦多设牛棚。)　8. 彷徨：徘徊，即踱步、走来走去。　9. 权移之：暂且把他移到外面去。10. 伧父：吴人称中州人为"伧人"，意为"粗鄙的人"，为骂人语。

姓何等:(你)姓甚名谁。 11. 举手:拱手,是对人答话时的一种礼节。 12. 远近:周围的人。久承公名:犹"久闻大名"。承,闻知。 13. 大遽:很惶恐。 14. 修刺:备办名片。刺,名刺、名帖。15. 送公至界:指一直把褚季野送至县界。这是一种很高规格的礼节,也表示崇高的敬意。

【译文】

褚裒从章安县令升任太尉郗鉴的记室参军,当时名声已经很大,可是官位还比较低,很多人不认识他。褚裒坐着商船往东去,和几位送旧官的属吏到钱塘亭投宿。这时,吴兴人沈充担任钱塘县令,正好要送客人到浙江去。客人一来,亭吏就把褚裒赶出门去,让他移到牛棚里去住。夜晚钱塘江涨潮,沈县令起来在亭外徘徊踱步,问手下牛棚里是什么人,亭吏说:"昨天有个北方佬来亭中寄宿,因为另有尊贵的客人,就姑且把他挪到这里。"沈县令这时尚有几分酒意,便远远地问道:"喂,那个北方佬!想吃饼吗?你姓什么?可以出来一起谈谈。"褚裒便拱手回答道:"我是河南人褚裒。"远近的人都久仰褚裒的大名,沈县令于是大为惶恐,又不敢起动他,便到牛棚呈上名片拜谒他,并且宰杀牲畜,整治酒食,端到褚裒面前,还鞭责亭吏,想用这些做法来道歉,表示愧意。褚裒和县令对饮,言谈、脸色没有什么异样,好像对这一切都不在意。后来要走的时候,沈县令一直把他送到县界才回转。

一九、东床坦腹

郗太傅在京口,遣(qiǎn)门生与王丞相书,求女婿(xu)[1]。丞相语郗信[2]:“君往东厢[3],任意选之。”门生归,白郗曰:“王家诸郎,亦皆可嘉(jiā)[4],闻来觅(mì)婿,咸自矜(jīn)持[5]。唯有一郎,在东床上坦腹[6]卧,如不闻。”郗公云:“正此好!”访之,乃是逸少[7],因嫁女与焉。

【注释】

1. 求女婿:想在他家的子侄辈中挑个人做女婿。 2. 郗信:指郗鉴派来传话的信使。 3. 东厢:东边的厢房。 4. 亦皆可嘉:也都很优秀,值得夸赞。 5. 咸自矜持:都各自矜持起来。矜持,即拘谨。(按:指言行过于庄重,但不太自然放松。) 6. 坦腹:敞开上衣,露出腹部,这是一种非常随意的姿态,也表明其人个性放达不拘。7. 逸少:王羲之,字逸少,是王导的侄儿。

【译文】

太傅郗鉴在京口的时候,派门生送信给丞相王导,想在他家挑个女婿。王导对郗鉴派来的人说:“您到东厢房去,随意挑选吧。”门生回去禀告郗鉴说:“王家的那些公子还都值得夸奖,听说来挑女婿,就都拘谨起来,只有一位公子在东边床上袒胸露腹地躺着,好像没有听见一样。”郗鉴说:“正是这个好!”一查访,原来是王羲之,便把女儿嫁给他。

二〇、真率为高

过江初拜官,舆(yú)饰(chì)供(gōng)馔(zhuàn)[1]。羊曼拜丹阳尹,客来蚤(zǎo)[2]者,并得佳设[3]。日晏(yàn)渐罄(qìng)[4],不复及[5]精,随客早晚,不问贵贱。羊固拜临海[6],竟日[7]皆美供,虽晚至,亦获盛馔。时论以固之丰华[8],不如曼之真率[9]。

【注释】

1. 舆饰供馔：都要办酒席来招待前来祝贺的人。舆，都、皆。饰，通“饬”，办。供馔，酒宴。 2. 蚤：通“早”。 3. 佳设：指美味佳肴。设，酒肴。 4. 罄：尽、完。 5. 及：能吃到。 6. 拜临海：担任临海太守。 7. 竟日：一整天。 8. 丰华：丰盛华美，指酒食精美、丰盛。 9. 真率：指其为人本性真诚直率。

【译文】

晋室南渡之初，新官员接受任命时，都要备办酒宴，以招待前来祝贺的客人。羊曼出任丹阳尹，客人来得早的，都能吃到丰盛的酒食。来得晚了，先前备办的酒食逐渐吃完了，就吃不到精美的酒食了，只是随客人来得早晚而不同，不管地位高低、身份贵贱。羊固出任临海太守时，从早到晚都有精美的酒宴。即使有人来得很晚，也能吃上丰盛的酒食。当时的舆论认为羊固的酒宴虽然丰盛、精美，但是他比不上羊曼的本性真诚直率。

二一、火攻下策

周仲智饮酒醉(zuì)，嗔(chēn)目还(xuán)面[1]谓伯仁曰：“君才不如弟，而横(hèng)得重名[2]！”须臾(yú)，举蜡烛火掷(zhì)伯仁。伯仁笑曰：“阿奴[3]火攻，固出下策耳！”

【注释】

1. 嗔目还面：瞪着眼，扭着头。还，通“旋”，扭转。 2. 横得重名：意外地得到了盛名。横，意外、无缘无故。 3. 阿奴：周嵩(字仲智)的小名。

【译文】

周嵩喝酒喝醉了,瞪着眼扭着头对他哥哥周顗说:“您才能比不上我,却意外地获得了大名声!”接着,举起点着的蜡烛扔到周顗身上。周顗笑着说:“老弟你用火攻,原来是用的下策啊!”

二二、搏虱如故

顾和始为扬州从事[1]。月旦当朝[2],未入顷(qǐng),停车州门外。周侯诣丞相,历[3]和车边。和觅虱(shī)[4],夷(yí)然[5]不动。周既过,反还[6],指顾心曰:“此中何所有?”顾搏(bó)[7]虱如故,徐应曰:“此中最是难测[8]地。”周侯既入,语丞相曰:“卿州吏中有一令仆才[9]。”

【注释】

1. 顾和始为扬州从事:王导升为丞相前,曾任扬州刺史,调顾和做从事。 2. 月旦:农历每月初一。当朝:应该是下属进见长官的时候。 3. 历:经过。 4. 觅虱:把手伸进衣服中抓虱子。 5. 夷然:安然貌。 6. 反还:折回来。反,通“返”。 7. 搏:抓、掐。 8. 难测:难以捉摸。 9. 令仆才:可以做尚书令和仆射的人才。

【译文】

顾和初任扬州府从事的时候,到初一该进见长官了,他还没有进府,暂时把车子停在州府门外。这时武城侯周顗也到(时任扬州刺史的)王导那里去,从顾和的车子旁边经过,顾和正在抓虱子,安闲自在,没有搭理他。周顗已经过去了,又折回来,指着顾和的胸口问道:“这里面装了些什么?”顾和照样掐着虱子,慢吞吞地回答说:“这里面是最难捉摸的地方。”周顗进府后,告诉王导说:“你的下属里有一个可做尚书令或仆射的人才。”

二三、可使著贼

庾太尉与苏峻战[1]，败，率左右十余人乘小船西奔[2]，乱兵相剥(bō)掠(lüè)[3]，射，误中舵(duò)工，应(yìng)弦而倒，举船上咸失色分散。亮不动容，徐曰：“此手那可使著(zhuó)贼[4]！”众乃安。

【注释】

1. 庾太尉与苏峻战：晋成帝时庾亮任中书令，苏峻起兵时，朝廷下诏使其都督征讨诸军事。 2. 西奔：向西逃窜。 3. 剥掠：抢掠(行人财物)。 4. 著：这里指射中。贼：苏峻率领的叛军。

【译文】

太尉庾亮率兵和苏峻的叛军作战，打败了，带了十几个随从坐着小船往西边逃去。这时叛乱的士兵正在抢劫百姓，小船上的人用箭射贼兵，却失手射中舵工，舵工随即扑倒在地。全船的人看见了，都吓得脸色发白想要逃散。庾亮神色自若，慢慢说道：“这样的手怎么可以用来杀贼！”大家这才安定下来。

二四、堕地不惊

庾小征西[1]尝出未还。妇母阮[2]是刘万安妻，与女上安陵[3]城楼上。俄顷翼(yì)归，策(cè)良马，盛(shèng)舆(yú)卫。阮语女：“闻庾郎能骑，我何由得见？”妇告翼，翼便为于道开卤(lǔ)簿(bù)[4]盘马[5]，始两转[6]，坠马堕地，意色自若。

【注释】

1. 庾小征西：庾翼，为庾亮弟。庾亮曾任征西将军，他死后，庾翼也升任征西将军，称为“小征西”，以示区别。 2. 妇母：其妻之母，即岳母。阮：指其母娘家姓阮。 3. 安陵：地名。 4. 开卤簿：摆开仪仗。 5. 盘马：骑着马来回绕圈子。 6. 两转：转了两圈。

【译文】

征西将军庾翼有一次出去了还没回来。他的岳母阮氏是刘万安的妻子，和女儿一起上安陵城楼观望。一会儿庾翼回来了，骑着高头大马，带领着浩荡的车马卫队。阮氏对女儿说：“听说庾郎会骑马，我能否见一见呢？”庾翼的妻子于是告诉了庾翼，庾翼就为岳母在道上摆开仪仗，骑着马绕圈子，刚转了两圈，就从马上摔下来了，可是他神态自如，满不在乎。

二五、穆然清恬

宣武与简文、太宰[1]共载，密令人在舆[2]前后鸣鼓大叫。卤簿[3]中惊扰，太宰惶(huáng)怖(bù)，求下舆，顾看[4]简文，穆(mù)然[5]清恬(tián)[6]。宣武语人曰：“朝廷间故复有此贤。”

【注释】

1. 太宰：指武陵王司马晞，晋穆帝即位后升任太宰。 2. 舆：车驾。 3. 卤簿：仪仗队伍。 4. 顾看：回头望着。 5. 穆然：镇静貌。 6. 清恬：心神平和安适。

【译文】

桓温和简文帝司马昱、太宰司马晞共坐一辆车，桓温暗中叫人在车前车后敲起鼓来，还大喊大叫。仪仗队伍受惊混乱，太宰神色惊惶怖惧，要求下车。（桓温）回头看看简文帝，他却镇定自若，满不在乎。后来桓温对旁人说：“朝廷里仍然有这样的贤能人才啊！”

二六、坚坐不动

王劭、王荟[1]共诣宣武，正值收庾希家[2]。荟不自安[3]，逡(qūn)巡(xún)[4]欲去；劭坚坐不动，待收信[5]还，得不(fǒu)定[6]，乃出。论者以劭为优。

【注释】

1. 王劭、王荟：为王导二子。 2. 收：逮捕。庾希：为当时皇亲国戚，兄弟皆显贵。（按：庾希聚众谋反，桓温讨伐并俘虏之，庾希兄弟子侄五人皆被斩。） 3. 不自安：心里觉得不安生、不自在。 4. 逡巡：有顾虑而徘徊不敢前进。 5. 收信：指被派去执行逮捕命令的使者。 6. 得不：得与不得，指事情是否成功。不，通“否”。定：成为定局。

【译文】

王劭、王荟兄弟一起去拜访桓温，恰好碰上桓温派人逮捕庾希一家。王荟心里不安，徘徊犹豫，想离开；王劭却稳稳当当地坐着不动，直等到派去执行逮捕的使者回来，知道事情的结果后才退出。评论者认为王劭比王荟强。

二七、入幕之宾

桓宣武与郗超议芟(shān)夷[1]朝臣，条牒(dié)[2]既定，其夜同宿。

明晨起，呼谢安、王坦之入，掷疏[3]示之。郗犹在帐内。谢都无言，王直掷还，云："多！"宣武取笔欲除，郗不觉窃从帐中与宣武言。谢含笑曰："郗生可谓入幕宾[4]也。"

【注释】

1. 芟夷：除去，指撤换。 2. 条牒：分项的文书，指要上报的人员名单。 3. 疏：臣下呈给皇帝的奏议。 4. 入幕宾：古代将帅办公的地方称"幕府"，幕府中的属官称幕僚或幕宾，郗超当时是桓温手下的幕僚；而"幕"又有帷幔、帐幔义，郗超当时正在帐中，故谢安以此讥之。

【译文】

桓温和郗超商议撤换朝廷大臣的事，上报名单拟定后，当晚两人同一处安歇。第二天一早起来，桓温就派人传唤谢安和王坦之进来，把拟好的奏疏扔给他们看。当时郗超还睡在帐子里。谢安看了奏疏，一句话也没说，王坦之径直扔回给桓温，说："人太多了！"桓温拿起笔想删去一些，这时郗超不自觉地偷偷从帐子里和桓温说话。谢安笑着说："郗先生真可以说是'入幕之宾'呀！"

二八、谢安泛海

谢太傅盘桓东山时[1]，与孙兴公诸人泛海[2]戏。风起浪涌，孙、王诸人色并遽(jù)，便唱使还[3]。太傅神情方王(wàng)[4]，吟啸(xiào)[5]不言。舟人以公貌闲意说(yuè)[6]，犹去不止[7]。既风转急，浪猛，诸人皆喧动不坐[8]。公徐云："如此，将无归[9]！"众人即承响[10]而回。于是审其量[11]，足以镇安朝野。

【注释】

1. 谢太傅盘桓东山时：谢安在出任官职前，曾在会稽郡东山隐居，常与孙兴公、王羲之、支道林等畅游山水。盘桓，徘徊、逗留。 2. 泛海：坐船出海。 3. 便唱使还：就提议让船往回开。唱，通"倡"，提议。 4. 神情方王：精神兴致才刚振奋高昂。王，通"旺"，指精神振奋。 5. 吟啸：义同"啸咏"。 6. 貌闲意说：神态安闲，心情舒畅。说，通"悦"，愉快。 7. 犹去不止：仍旧驾着船往前驶。犹，仍然、依旧。去，这里指继续往前行。 8. 喧动不坐：骚动喧哗，坐不住。 9. 将无归：怕是要回去了吧。将无，莫非。 10. 承响：响应。承，应声。响，声音。 11. 审其量：明白了(谢安的)气度。

【译文】

太傅谢安在东山闲居期间，时常和孙绰等人坐船到海上游玩。(有一次正在行船，)忽然刮起了风，波涛汹涌，孙绰、王羲之等人一齐惊恐失色，便提议掉转船头回去。谢安这时精神振奋，兴致正高，又朗吟又吹口哨，不发一言。船夫因为谢安神态安闲，心情舒畅，便仍然摇船向前。一会儿，风势更急，浪更猛了，大家都叫嚷骚动起来，无法安坐。谢安慢条斯理地说："照这样看来，恐怕是该回去了吧？"大家立即响应，就转回去了。从这件事里人们明白了谢安的气度，认为他完全能够镇抚朝廷，安定社稷。

二九、始判优劣

桓公伏甲设馔[1]，广延朝士[2]，因此欲诛谢安、王坦之。王甚遽[3]，问谢曰："当作何计[4]？"谢神意不变，谓文度曰："晋阼[5]存亡，在此一行。"

相与俱前[6]。王之恐状,转见于色。谢之宽容,愈表于貌。望阶趋席[7],方(fǎng)作洛生咏[8],讽“浩浩洪流”[9]。桓惮其旷远[10],乃趣(cù)解兵[11]。王、谢旧齐名,于此始判优劣。

【注释】

1. 桓公伏甲设馔:桓温率部入都,屯兵新亭,指名要谢、王前去迎接,想趁机杀掉二人。伏,事先埋伏。甲,甲士。设馔,设宴。2. 广延朝士:犹“大宴百官”。延,宴请。 3. 遽:通“惧”,恐惧、惊慌。 4. 当作何计:应该用什么办法呢? 5. 阼:皇位,这里指皇室。 6. 俱前:一同前去(赴宴)。 7. 望阶趋席:指(谢安)到了台阶上便疾行就座。 8. 方作:指仿作。方,通“仿”,仿效。洛生咏:用洛阳书生读书的语音来吟诗,指声音安闲自若,不疾不徐。 9. 浩浩洪流:嵇康《赠秀才入军》诗中的句子,意谓大河浩浩荡荡。10. 惮:忌惮。旷远:旷达,心胸宽阔。 11. 趣:通“促”,急促。解兵:撤掉之前埋伏好的甲士。

【译文】

桓温埋伏好甲士,设宴遍请朝中百官,想趁此机会杀害谢安和王坦之。王坦之非常惊恐,问谢安:“(咱们)应该采取什么办法(来躲避此次杀身之祸)呢?”谢安神色不变,对王坦之说:“晋朝的存亡,决定于我们此去的结果。”两人便一起前去赴宴,王坦之惊恐之态,越来越明显地表现在脸色上;谢安宽宏大量,也在神态上表示得更加清楚。谢安走到台阶上就快步入座,还模仿洛阳书生读书的声音,朗诵起“浩浩洪流”的诗篇。桓温害怕他那种旷达的气度,便赶快撤走了埋伏的甲士。原先王坦之和谢安名望相等,通过这件事才分出了高低。

三〇、谢安能忍

谢太傅与王文度共诣郗超，日旰（gàn）未得前[1]，王便欲去。谢曰：“不能为性命忍俄顷[2]？”

【注释】

1. 日旰：天色已晚。旰，天晚。未得前：还没能够上前（参见）。（按：当时礼仪，下级参见上官，要按照顺序挨个入内见面，并且非经传唤不得擅入。） 2. 不能为性命忍俄顷：当时郗超得到桓温的器重，掌握生杀大权，故此谢安有所担忧。俄顷，一会儿，片刻。

【译文】

谢安和王坦之一起去拜望（时任桓温幕僚的）郗超，一直等到天色晚了还不能上前会见。王坦之便想回去，谢安说：“你就不能为了性命再忍耐一会儿吗？”

三一、不为面计

支道林还东[1]，时贤并送于征虏（lǔ）亭[2]。蔡子叔前至[3]，坐近林公。谢万石后来，坐小远[4]。蔡暂起，谢移就其处[5]。蔡还，见谢在焉，因合褥（rù）举谢掷地，自复坐[6]。谢冠帻（zé）倾脱[7]，乃徐起振衣就席[8]，神意甚平，不觉嗔沮（jǔ）[9]。坐定，谓蔡曰：“卿奇人，殆（dài）坏[10]我面。”蔡答曰：“我本不为卿面作计[11]。”其后，二人俱不介意。

【注释】

1. 支道林还东：支遁原在建康（在今江苏南京），这时要回到会稽（在今浙江绍兴）东山去。 2. 征虏亭：亭名。（按：此亭系太安年间谢安所立，后逐渐成为送客之处。）　3. 蔡子叔：蔡系，字子叔，或为蔡谟次子。前至：率先来到。　4. 谢万石：谢万，字万石，为谢安之弟。小远：稍稍远些。　5. 起：起身走开。移就其处：移坐到他的座位上。　6. 合褥举谢掷地：将坐褥和谢万一起抬起扔到地上。自复坐：自己再次坐回原处。　7. 冠帻：帽子和头巾。倾脱：掉落。8. 振衣：抖抖衣衫。就席：回到席位上。　9. 嗔沮：生气，颓丧。10. 殆：差点，险些。坏：碰破。　11. 我本不为卿面作计：一语双关，既指"我本来没为你的脸颊考虑"，也指"我本来就不顾及你的面子"。

【译文】

支遁要回到东边去，当时名士一起到征虏亭给他饯行。蔡系先到，就坐到支遁近旁；谢万后到，坐得稍微远点。蔡系走开了一会儿，谢万就移坐到他的座位上。蔡系回来，看见谢万坐在自己位子上，就连坐垫一块把他掀翻在地，自己再坐回原处。谢万头巾都跌掉了，便慢慢地爬起来，拍干净衣服，回到自己座位上去；他的神色很平静，看不出生气或颓丧。他坐好了，就对蔡系说："你真是个怪人，险些碰破了我的脸啊。"蔡系回答说："我本来就没有替你的脸打算。"后来两个人都不介意。

三二、只言损米

郗嘉宾钦崇释道安德问[1]，饷米千斛（hú）[2]，修书累（lěi）纸[3]，意寄殷勤[4]。道安答，直云："损米[5]。"愈觉有待之为烦[6]。

【注释】

1. 钦崇：钦慕推崇。释道安：僧人名。德问：德行和学问。

2. 饷：送给某人食物。斛：量词，十斗为一斛。 3. 修书：写信。累纸：一张纸叠着一张纸，指信写得很长，犹“连篇累牍”。 4. 意寄：其中寄托的心意。殷勤：殷切深厚。 5. 损米：对别人馈赠的客套语，指破费了对方的米，等于说“蒙惠赠米”。 6. 有待：“有所待”，有可以依靠、凭借的东西。（按：《庄子》认为“无待”才可以“逍遥”，即得到精神上的真正自由。）

【译文】

郗超很钦佩、推崇道安法师的道德、学识，送给他一千斛大米，并且写了一封长长的信，情意恳切深厚。道安的回信中只是说：“蒙惠赐米。”也更加觉得有所依靠是令人烦恼的。

三三、谢奉奇士

谢安南免[1]吏部尚书还东，谢太傅赴桓公司马出西[2]，相遇破冈[3]。既当远别，遂停[4]三日共语。太傅欲慰其失官，安南辄引以它端[5]。遂信宿中涂[6]，竟不言及此事。太傅深恨在心未尽[7]，谓同舟[8]曰：“谢奉故是[9]奇士。”

【注释】

1. 谢安南：谢奉，字弘道，曾任安南将军。（按：谢奉是会稽山阴人，“还东”盖指回到会稽。）免：罢免，解除官职。 2. 谢太傅赴桓公司马出西：谢安隐居在会稽郡东山，一直不肯出仕；后来征西大将军桓温请他出任司马，谢安才赴召。赴，赴任。出西，指往西边去。 3. 破冈：地名。 4. 停：逗留。 5. 引以它端：用别的事情把话头岔开。引，支引。端，事端。 6. 信宿：连续宿留两个夜晚。中涂：

半路上。涂,通“途”。　7. 深恨：深感遗憾。未尽：没有完全表达出来。　8. 同舟：同船的人。　9. 故是：的确是。

【译文】

安南将军谢奉被免去吏部尚书的官职,要(从建康)回东边老家去,太傅谢安应召出任桓温的司马,要(从会稽)往西去,两人在破冈相遇。想到就要久别了,便停留了三天一起叙旧。谢安想就谢奉丢官一事安慰他几句,谢奉总是借别的事岔开这个话题。虽然两人半路上同住了两夜,却始终没有谈到这件事。谢安因为自己的心意还没有完全表达出来,深感遗憾,就对同船的人说:“谢奉确实是个奇特的人。”

三四、悠然识戴

戴公从东出[1],谢太傅往看之。谢本轻[2]戴,见但与论琴书[3]。戴既无吝(lìn)色[4],而谈琴书愈妙[5]。谢悠然[6]知其量。

【注释】

1. 戴公：戴逵,字安道,居会稽郡剡县。擅棋琴书画,为人清高不肯出仕。从东出：指从东边的会稽到京都去。　2. 轻：轻视,瞧不起。　3. 见但与论琴书：见面后只是跟他讨论琴艺和书法。　4. 吝色：指不乐意的神色。吝,感到为难。　5. 妙：指见解高妙。　6. 悠然：闲适貌。

【译文】

戴逵从会稽到京都去,太傅谢安去看望他。谢安原来轻视戴逵,见了面只是与他谈论琴艺和书法(却不说正事)。戴逵不但没有不乐意的表情，而且谈起琴技、书法见解更加高妙。谢安从此了解了戴逵那种闲适自得的气量。

三五、儿辈破贼

谢公与人围棋，俄而谢玄淮上[1]信至。看书竟[2]，默然无言，徐向局[3]。客问淮上利害[4]，答曰："小儿辈[5]大破贼。"意色举止，不异于常。

【注释】

1. 淮上：淮水上，指淝水之战的战场。信至：这里指前方捷报送回。（按：公元383年，前秦王苻坚南侵，兵分几路，企图灭晋，屯军淮、淝间。谢安时任录尚书事、征讨大都督，派其弟谢万、侄谢玄率军在淝水坚拒苻坚军，苻坚大败，即"淝水之战"。） 2. 看书竟：阅完信。 3. 徐向局：（继续）慢慢地下起棋来。 4. 利害：战场上的胜负情况。 5. 小儿辈：指子弟侄等。

【译文】

谢安和客人正在下围棋，一会儿侄儿谢玄从淝水战场上派回去送信的使者到了，谢安看完信，默不作声，又慢慢地下起棋来。客人问他战场上的胜败情况，谢安回答说："孩儿们大破贼兵。"说话间，神色、举动和平时没有两样。

三六、二王神宇

王子猷、子敬[1]曾俱坐一室，上忽发火[2]，子猷遽走避[3]，不惶[4]取屐；子敬神色恬然[5]，徐唤左右，扶凭[6]而出，不异平常。世以此定二王神宇[7]。

【注释】

1. 王子猷、子敬：指王徽之、王献之，皆王羲之之子。 2. 发火：起火，着火。 3. 遽：匆忙。走避：奔走躲避。 4. 不惶：没有时间。惶，通"遑"，空闲。 5. 恬然：安详貌。 6. 扶凭：搀扶着。(按：当时流行的"贵族气派"是走路一定要由仆人搀扶着。) 7. 神宇：神情气宇。

【译文】

王子猷和子敬曾经同坐在一个房间里，忽然着火了。子猷急忙逃避，连木屐也来不及穿；子敬却神色安详，慢悠悠地叫来随从，搀扶着走出去，就跟平时一样。世人从这件事上可以判定二王神情气宇(的高下)。

三七、苻坚游魂

苻坚游魂[1]近境，谢太傅谓子敬曰："可将当轴(zhóu)[2]，了其此处[3]。"

【注释】

1. 游魂：流散的魂魄，是对敌寇的憎称，犹"鬼子兵"。 2. 可将当轴：可以让一个治政大臣来当军队的统帅。将，任命某人为将。当轴，朝廷中当权的执政大臣、要员。 3. 了其此处：把他们就地歼灭。了，了结(生命)。

【译文】

苻坚的鬼子兵逼近边境，太傅谢安对王献之说："可以用个执政大臣为统帅，把他们就地消灭。"

三八、吴兴钓徒

王僧弥、谢车骑共王小奴[1]许集。僧弥举酒劝谢云:“奉使君一觞(shāng)。”谢曰:“可尔。”僧弥勃然[2]起,作色曰:“汝故是吴兴溪中钓碣(jié)[3]耳!何敢诪(zhōu)张[4]!”谢徐抚掌而笑曰:“卫军,僧弥殊不肃省(xǐng)[5],乃侵陵上国[6]也。”

【注释】

1. 王小奴:王荟,字敬文,小名小奴,为王导之子、王珉之叔。督浙江东五郡左将军、会稽内史,死后追赠“卫将军”。 2. 勃然:盛怒貌。 3. 钓碣:本指水中便于垂钓的石头,借指渔夫。(按:谢玄素喜垂钓;且谢玄小名“羯”,与“碣”同音。) 4. 诪张:胡说八道。 5. 肃省:严肃明白。 6. 侵陵:侵犯欺凌。上国:指春秋时中原各国,这是对周围的夷狄部族而言。

【译文】

王珉和谢玄一起到王荟家聚会,王珉举杯向谢玄劝酒说:“我敬使君一杯。”谢玄说:“行啊。”王珉生气地站起来,满脸怒色地说:“你原先不过是吴兴山溪里垂钓的贱民罢了,怎么敢这样胡言乱语(指态度傲慢无礼)!”谢玄慢慢拍着手笑道:“卫军,你看僧弥太不懂事了,竟敢侵犯欺凌上国的人呀。”

三九、公辅之器

王东亭为桓宣武主簿,既承藉(jiè)[1],有美誉,公甚欲其人地为一府之望[2]。初,见谢失仪[3],而神色自若。坐上宾客即相贬笑。公曰:“不然,观其情貌,必自不凡。吾当试之。”后因月朝阁下伏[4],公于内走马直出突之[5],左右皆宕(dàng)仆[6],而王不动。名价[7]于是大重,咸云:“是公辅器[8]也。”

【注释】

1. 承藉:继承、凭借祖先的福荫。　2. 人地:人品和门第。一府之望:整个府里的希望(指成为榜样)。　3. 失仪:指言行举止有失礼之处。　4. 因月:趁着初一。月,指“月旦”,即农历每月初一,按例为僚属觐见官长的日子。朝阁下伏:到阁子下面去埋伏着。阁,官府办事的公厅。　5. 于内:从里面,指从府衙的后院里。走马直出突之:骑着马直冲出来。突,突然、猛冲。　6. 宕仆:摇摆站立不稳而跌倒。宕,同“荡”。　7. 名价:名声身价。　8. 公辅器:指相当于三公、辅弼大臣一类的高级人才,后也指可以做宰相的人才。

【译文】

东亭侯王珣担任桓温的主簿,既受到祖辈的福荫,名声又很好,桓温很希望他在人品和门第上都能成为整个将军府的榜样。当初王珣在面对桓温时举止上有失礼之处,但他的神色依然如常,在座的宾客却立刻开始贬低并嘲笑他。桓温说:“不是这样的,看他的神情态度,一定不平常。我要试试他。”后来趁着初一(僚属进见的时候),桓温就从后院骑着马直冲出来。手下的人都吓得跌跌撞撞,王珣却稳坐不动。于是名声身价大为提高,大家都说:“这是做辅弼大臣的人才呀。”

四〇、举杯劝星

太元末,长星见(xiàn)[1],孝武心甚恶(wù)之。夜,华林园[2]中饮酒，举杯属(zhǔ)[3]星云："长星！劝尔一杯酒，自古何时有万岁天子！"

【注释】

1. 太元末，长星见：据记载，太元二十年九月，天空出现"长星"(是彗星的一种)。太元，晋孝武帝年号。见，通"现"，出现。(按：古人迷信，长星出现不吉利，多预示兵灾，或预示帝王之死。) 2. 华林园：园林名。 3. 属：通"嘱"，劝酒。

【译文】

太元末年，长星出现，晋孝武帝心里非常厌恶。入夜，他在华林园里饮酒，举杯向长星劝酒说："长星！朕劝你一杯酒。从古到今，什么时候有过万岁天子啊！"

四一、慢戏之流

殷荆州有所识[1]，作赋，是束皙(xī)慢戏[2]之流。殷甚以为有才，语王恭："适见新文，甚可观[3]。"便于手巾函(hán)中出之[4]。王读，殷笑之不自胜[5]。王看竟，既不笑，亦不言好恶，但以如意[6]帖[7]之而已。殷怅(chàng)然自失。

【注释】

1. 有所识：有了一点(新的)见识。 2. 束皙：字广微，曾任尚书郎。作《劝农赋》《饼赋》等，文颇诙谐。慢：轻慢、不庄重。戏：戏谑、开玩笑。 3. 适：适才。新文：新作的文章。甚可观：非常值得一看。 4. 手巾函：装手巾的匣子。出：取出。 5. 笑之不自胜：笑个不停。自胜，克制自己。 6. 如意：器物名。用玉、骨等制成，可用来搔痒，也供指划、赏玩之用。 7. 帖：通"贴"，压着。

【译文】

荆州刺史殷仲堪有了点新见解，就写成了一篇赋，是束皙常写的那种轻松幽默的文章。殷仲堪自认为很有才华，告诉王恭说："我刚才见到了一篇新作，很值得看看。"说着便从手巾套子里拿出文章来。王恭一面读，殷仲堪一面得意地笑个不停。王恭看完后，既不笑，也不说文章好坏，只是拿了个如意把它压在下面。殷仲堪于是感到怅然若失。

四二、中国尚虚

羊绥(suí)第二子孚(fú)，少有俊才，与谢益寿[1]相好，尝蚤(zǎo)往谢许[2]，未食。俄而王齐、王睹[3]来。既先不相识，王向席有不说(yuè)色[4]，欲使羊去。羊了不眄(miǎn)，唯脚委几(jī)上[5]，咏瞩自若[6]。谢与王叙寒温数语毕，还与羊谈赏[7]，王方悟其奇，乃合共语。须臾(yú)食下[8]，二王都不得餐，唯属(zhǔ)[9]羊不暇。羊不大应对之，而盛(shèng)[10]进食，食毕便退。遂苦相留，羊义不住[11]，直云："向者不得从命，中国尚虚[12]。"二王是孝伯两弟。

【注释】

1. 谢益寿：谢混，字叔源，小字益寿，陈郡阳夏(在今河南太康)人，为谢安之孙。有美誉，善属文，累官至尚书左仆射。 2. 蚤：通"早"。许：住所。 3. 王齐：王熙，字叔和，小字齐。王睹：王爽，字季明，小字睹。二人均为王恭之弟。 4. 向席：入席，落座。不说：不高兴。说，通"悦"，高兴。 5. 了不眄：看也不看。眄，斜眼看。唯脚委几上：只是把脚搭在几案上。委，放。 6. 咏瞩自若：无拘无束地吟诗、观赏。咏，吟咏。瞩，顾盼、观赏。　7. 谈赏：谈论品评。赏，赏鉴。　8. 食下：食物端上桌了。　9. 属：通“嘱”，劝人吃饭、喝酒。　10. 盛：大口大口、狼吞虎咽地。　11. 义：决意。不住：不肯停留。　12. 中国：比喻肚腹。尚虚：还是空的。

【译文】

羊绥的次子羊孚，少年时就才智出众，和谢混很要好。有一次，他一大早就到谢家去，还没有吃早饭。一会儿王齐、王睹也来了，他们原先不认识羊孚，一落了座，就有点不高兴，想让羊孚离开。羊孚看也不看他们，只是把脚搭在小桌上，无拘无束地吟诗、观赏。谢混和二王寒暄了几句后，回头仍旧和羊孚谈论、品评；二王方才体会出他非同一般，这才和他一起说话。一会儿饭菜摆上来了，二王一点也顾不上吃，只是不停地劝羊孚吃喝。羊孚也不大搭理他们，只自顾自地大口吃喝，吃完便告辞要走。二王苦苦挽留，羊孚决意不肯留下，只是说：“刚才我不能顺从你们的心意马上走开，是因为肚子还空着。”二王是王恭的两个弟弟。

识鉴　第七

一、乱世英雄

曹公少时见乔玄[1]，玄谓曰："天下方乱，群雄虎争[2]，拨而理之[3]，非君乎？然君实乱世之英雄，治世之奸贼[4]。恨[5]吾老矣，不见君富贵，当以子孙相累(lěi)[6]。"

【注释】

1. 乔玄：字公祖，梁国睢阳(在今河南商丘)人，曾任尚书令、司空等职。他性格刚直，疾恶如仇。 2. 群雄虎争：各路豪强像猛虎争夺领地那样(互相征伐)。 3. 拨而理之：犹"拨乱反正"。拨，拨开(乱象)。理，理清(局势)。 4. 乱世、治世：分别指混乱纷争的世道和太平安定的世道。英雄、奸贼：分别指才能勇武过人的人和狡诈凶残的人。 5. 恨：可惜，遗憾。 6. 以子孙相累：指把子孙托付给他照顾。累，牵累。

【译文】

曹操年轻时去见乔玄，乔玄对他说："现在天下正动乱不定，各路豪强如虎相争，能够拨乱反正、澄清玉宇的，难道不是您吗？可是您其实是乱世中的英雄，盛世中的奸贼。遗憾的是我老了，看不到您富贵的那一天，我要把子孙拜托给您照顾。"

二、一方之主

曹公问裴潜[1]曰："卿昔与刘备共在荆州[2]，卿以备才如何[3]？"潜曰："使居中国，能乱人，不能为治[4]。若乘边守险[5]，足为一方之主[6]。"

【注释】

1. 裴潜：字文行，河东闻喜（在今山西闻喜）人。曹操平定荆州时，裴潜归附曹操，并出任丞相府军参谋，后入京任丞相府仓曹掾。2. 卿昔与刘备共在荆州：指裴潜曾避乱荆州，投奔刘表，当时刘备也依附于刘表。　3. 以……才如何：认为某人才干怎么样。　4. 使居中国：占有中原地区，指处在京都的统治地位上。能乱人：会扰乱百姓。不能为治：指不能让社会得以安定。　5. 乘边守险：指守住边境险要地区。乘，指利用条件、机会等。　6. 一方之主：一个地区的首脑。

【译文】

曹操问裴潜道："你过去和刘备一起在荆州，你认为刘备的才干怎么样？"裴潜说："如果让他治理国家，会扰乱百姓，不能得到太平；如果利用边远地区的条件而防守险要地区，就完全能够成为一个地区的首脑。"

三、傅嘏拒交

何晏（yàn）、邓飏（yáng）、夏侯玄并求傅嘏（gǔ）交[1]，而嘏终不许。诸人乃因荀粲（càn）说合之[2]，谓嘏曰："夏侯太初一时之杰士，虚心于子，而卿意怀不可[3]，交合则好成，不合则致隙（xì）[4]。二贤若穆，则国之休[5]，此蔺（lìn）相如所以下[6]廉颇也。"傅曰："夏侯太初，志大心劳，能合虚誉[7]，诚所谓利口覆国[8]之人。何晏、邓飏有为而躁，博而寡要，外好利而内无关籥（yuè）[9]，贵同恶异[10]，多言而妒前[11]。多言多衅（xìn）[12]，妒前无亲[13]。以吾观之：此三贤者，皆败德之人尔！远之犹恐罹（lí）祸，况可亲之邪（yé）？"后皆如其言。

【注释】

1. 何晏、邓飏、夏侯玄：皆是三国时魏人，当时名位都很高，先后被司马氏杀害。傅嘏：字兰石(一字昭先)，北地泥阳(在今甘肃宁县)人，曹魏后期重臣。此人才干练达，有军政见识。 2. 因：借，托。荀粲：字奉倩，颍川颍阴(在今河南许昌)人，为荀彧幼子，其人性简贵。说合：讲和，修好。 3. 一时之杰士：一个时代的俊杰之士。虚心于子：对您表示虚怀若谷。意怀不可：心里觉得不行。 4. 好成：有交谊。致隙：关系产生裂痕。 5. 二贤若穆：两位贤人(指夏侯玄和傅嘏)如果关系和睦。则国之休：国家就会喜庆吉祥。 6. 下：居在某人之下，指谦恭、退让。 7. 虚誉：虚名、虚荣。 8. 利口覆国：用能言善辩来倾覆国家。《论语·阳货》说："恶利口之覆邦家者。"利口，指言辞锋利。 9. 关籥：原意指门闩，这里指检点约束。 10. 贵：看重、重视。恶：讨厌、厌恶。同、异：指处事时的意见。 11. 前：超过自己的人。 12. 多衅：指会招致很多人来挑衅。 13. 无亲：指不讲情面，无人敢与之亲近。

【译文】

何晏、邓飏、夏侯玄都希望和傅嘏结交，可是傅嘏始终没有答应。他们便一起托荀粲前去说合。荀粲对傅嘏说："夏侯玄是一代俊杰，对您很虚心，而您心里却认为不行。如果能结交，就有了情谊；如果不能修好，就会产生裂痕。两位贤人如果能和睦相处，国家就会获得吉祥。这就是当年蔺相如对廉颇退让的原因。"傅嘏说："夏侯玄，志向很大，用尽心思去达到目的，很能迎合虚名的需要，确实是所谓的耍嘴皮子亡国的人。何晏和邓飏，有作为却很急躁，知识广博却不得要领；对外喜欢得到好处，对自己却不加检点约束；重视和自己意见相同的人，讨厌和自己意见相左的人；好发表意见，却忌妒超过自己的人。发表的意见多，露出的破绽也就多；忌妒别人胜过自己，就会不讲情谊无人亲近。依我看来，这三位‘贤人’都不过是败坏道德的人罢了！离他们远远的还怕遭祸，更何况是去亲近他们呢？”后来的情况果然都像他所说的那样。

四、暗与道合

晋武帝讲武[1]于宣武场，帝欲偃(yǎn)武修文[2]，亲自临幸[3]，悉召群臣。山公[4]谓不宜尔，因与诸尚书言孙、吴[5]用兵本意。遂究论[6]，举坐无不咨嗟。皆曰："山少傅乃天下名言。"后诸王骄汰(tài)[7]，轻遘(gòu)祸难[8]。于是寇(kòu)盗(dào)处处蚁合[9]，郡国多以无备[10]，不能制服，遂渐炽(chì)盛[11]，皆如公言。时人以谓[12]山涛不学孙、吴，而暗与之理会[13]。王夷甫亦叹云："公暗与道合。"

【注释】

1. 讲武：讲授并练习武艺。 2. 偃武修文：停止武备，提倡教化。 3. 临幸：皇帝到某处叫"幸"。临，降临、到场。 4. 山公：指山涛，字巨源，曾任太子少傅，故下文称"山少傅"。 5. 孙、吴：指孙武、吴起，皆著名军事理论家。孙武，春秋时齐国人，著有《孙子兵法》，被后世尊为"兵圣"。吴起，战国时魏国人，著名将领，著有《吴子兵法》。 6. 究论：详尽细致地讨论。 7. 诸王：皇帝给其同族人的封爵，最高一级称"王"。诸王都有被分封的土地，称为"国"。骄汰：放纵、奢侈。 8. 轻遘祸难：轻率地招致了祸患。这里指"八王之乱"。（按：西晋初大封宗室，诸王拥兵自重。晋武帝死后，诸王互相攻伐,内讧长达十六年,史称“八王之乱”。)遘,遭遇。 9. 寇盗:流寇和盗匪。蚁合:像蚂蚁一样聚合。 10. 无备:没有武力配备。 11. 炽盛:指寇匪猖獗。 12. 以谓:认为。 13. 理会:理合,指在事理上相同。

【译文】

晋武帝命令军队在宣武场练武,他想停止武备,提倡文教,所以亲自到场,并且把群臣都召集过来。山涛认为不宜这样做,便和诸位尚书谈论孙武、吴起用兵的本意,于是详尽地探讨下去,满座的人听了没有不赞叹的。大家都说:“山少傅所论才是天下的名言。”后来诸王放纵奢侈,轻率地造成了灾难,于是四处的兵匪像蚂蚁一样聚合,郡国多数因为没有武备不能制服他们,终于逐渐猖獗蔓延,正像山涛所说的那样。当时人们认为山涛虽然不学孙、吴兵法,可是和他们的见解自然相同。王衍也慨叹道:“山公所说和常理暗合。”

五、山羊论衍

王夷甫父乂(yì),为平北将军,有公事,使行人论,不得[1]。时夷甫在京师,命驾见[2]仆射(yè)羊祜(hù)、尚书山涛。夷甫时总角[3],姿才秀异,叙致既快[4],事加有理[5],涛甚奇之。既退[6],看之不辍(chuò)[7],乃叹曰:“生儿不当如王夷甫邪(yé)?”羊祜曰:“乱天下者,必此子也!”

【注释】

1. 使:派遣。行人:这里指使者,即奉命执行任务的人。论:这里指向上级陈述。不得:(交付的公事)没有办成。 2. 命驾见……:让人驾车载着去见……。 3. 总角:指未成年时。(按:据《晋书·

王衍传》载，当时王衍年方十四。） 4. 叙致既快：陈述意见痛快淋漓。 5. 事加有理：加上事实本身理由充分。 6. 既退：指王衍已经告退出去了。 7. 不辍：指目不转睛。辍，中止、停止。

【译文】

王衍的父亲王乂，担任平北将军，曾经有件公事，派人去上报，结果没办成。当时王衍在京都，就坐车去谒见尚书左仆射羊祜和尚书山涛。王衍当时还是少年，风姿才华与众不同，陈述意见痛快淋漓，加以事实本身又理由充分，所以山涛认为他很不寻常。他告辞后，山涛一直目不转睛地看着他，并叹息说："生儿子难道不该像王衍这样吗？"羊祜却说："将来会扰乱天下的，也一定是这个家伙啊！"

六、蜂目豺声

潘阳仲[1]见王敦小时，谓曰："君蜂目[2]已露，但豺（chái）声[3]未振[4]耳。必能食[5]人，亦当为人所食。"

【注释】

1. 潘阳仲：潘滔，字阳仲，曾任太子洗马、河南尹。 2. 蜂目：像胡蜂一样的眼睛，比喻眼珠凸露。 3. 豺声：像豺狼一样的声音，比喻声音尖锐。（按：古人认为这种形貌特征的人为人多凶悍，性格中包含着残忍。） 4. 振：扬起。 5. 食：蚕食，吞噬。

【译文】

潘滔看见王敦少年时候的样子，就对他说："您已经露出了胡蜂一样的眼神，只是还没有嗥出豺狼般的声音罢了。你一定能吃人，也会给别人吃掉。"

七、石勒读史

石勒不知书[1],使人读汉书。闻郦(lì)食(yì)其(jī)[2]劝立六国后,刻印将授之,大惊曰:"此法当失[3],云何得遂有天下?"至留侯[4]谏,乃曰:"赖有此耳[5]!"

【注释】

1. 石勒:东晋时后赵君主,羯族人,曾起兵反晋室。公元319年,自称"赵王",攻占了淮水以北的大片地区;330年,自称"大赵天王",行皇帝事。不知书:指没有文化,不识字。 2. 郦食其:汉高祖刘邦的谋士。(按:楚汉之争中,项羽把刘邦困在荥阳,郦食其献上一计,谓可大封六国后代,以此壮大势力,阻挠项羽扩张。刘邦闻之大喜,马上下令准备加封事宜。) 3. 此法当失:这种做法会失去(天下)。 4. 留侯:指张良,字子房,颍川城父人。张良与萧何、韩信同为汉初"三杰",曾受封为留侯,死后谥号"文成"。 5. 赖有此耳:幸亏有这个人(指张良)啊!

【译文】

石勒不识字,叫别人读《汉书》给他听。他听到郦食其劝刘邦把六国的后代立为王侯,刘邦马上刻印,将要授予爵位时,就大惊道:"这种做法会失去天下,怎能最终得到天下呢!"当听到留侯张良劝阻刘邦时,便说:"幸亏有这个人呀!"

八、卫玠有异

卫玠(jiè)年五岁,神衿(jīn)[1]可爱。祖太保[2]曰:"此儿有异[3],顾吾老[4]，不见其大耳！"

【注释】

1. 神衿：胸襟，襟怀。　2. 太保：指卫玠祖父卫瓘，晋武帝时曾官至太保。　3. 有异：与常人有不同之处。　4. 顾吾老：只是怕我老了。顾，但、只。

【译文】

卫玠五岁时，襟怀便令人佩服。祖父卫瓘说："这孩子真是与众不同，只是我老了，看不到他将来的成就啊！"

九、不足有余

刘越石[1]云："华彦夏[2]识能[3]不足，强(jiàng)果[4]有余。"

【注释】

1. 刘越石：刘琨，字越石，中山魏昌(在今河北无极)人，为西汉中山靖王刘胜之后。晋朝政治家、军事家、文学家、音乐家，为鲁公二十四友之一。　2. 华彦夏：华轶，字彦夏，曾任江州刺史，甚得士人欢心。他心忧天下，不从晋元帝命令，遂被诛杀。　3. 识能：指见识和才能。　4. 强果：指倔强和果敢。

【译文】

刘琨说："华轶在见识、才能方面有所欠缺，而倔强、果敢则尚有余。"

一〇、张翰见机

张季鹰辟齐王东曹掾(yuàn)[1]，在洛[2]见秋风起，因思吴中菰(gū)

菜羹(gēng)[3]、鲈(lú)鱼脍(kuài),曰:"人生贵得适意[4]尔,何能羁(jī)宦(huàn)[5]数千里以要(yāo)名爵(jué)[6]?"遂命驾便归[7]。俄而齐王败,时人皆谓为见机[8]。

【注释】

1. 张季鹰:张翰,字季鹰,吴郡吴(在今江苏苏州)人。时在洛阳为官,见战乱不断,便借口嘴馋思乡,弃官归家。辟:征调,调任。齐王:名司马冏,晋惠帝时任大司马,封齐王,辅政。东曹:官名,主管二千石长史的调动等事。掾:掾吏,属官。 2. 洛:今河南洛阳,时为都城。 3. 菰菜羹:茭白煮的汤羹,与鲈鱼脍并为吴中名菜。 4. 适意:顺遂心意。 5. 羁宦:寄居在外地做官。 6. 要名爵:追求名声和爵位。要,通"邀",邀买、希求。 7. 命驾便归:让人驾车载着就回老家去了。 8. 见机:洞察事情的苗头。机,通"几",几微之处、苗头。

【译文】

张翰调任齐王冏的东曹属官,在首都洛阳,他看见秋风起了,便想吃老家吴中的菰菜羹和鲈鱼脍,说道:"人生最可贵的是能够顺遂心意啊,怎么能远离家乡到几千里外做官,只是为了追求名声和爵位呢?"于是坐上车就南归了。不久齐王冏事败而死,当时人们都认为张翰能够见微知著。

一一、为黑头公

诸葛道明[1]初过江左,自名道明,名亚王、庾之下[2]。先为临沂(yí)令,丞相谓曰:"明府[3]当为黑头公[4]。"

【注释】

1. 诸葛道明：诸葛恢，字道明（意为“志在使大道昌明”）。初任临沂（在今山东临沂）令，渡江后累迁会稽太守、中书令、丹阳尹，晚年升至侍中、尚书令等高位。与荀闿、蔡谟并称“中兴三明”。 2. 名亚……之下：名望在……之下。王、庾，指王导、庾亮。 3. 明府：汉代称太守为明府，晋以后也称县令为明府。（按：王导是临沂人，故称曾任临沂令的诸葛恢为“明府”，即“家乡的县太爷”。） 4. 黑头公：指壮年时（头发还没变白）就升至三公之高位者。

【译文】

诸葛恢初到江南时，给自己起名叫“道明”，其名望仅次于王导、庾亮。先前任临沂县令，王导曾对他说：“您将会是一位‘黑头公’。”

一二、死坞壁间

王平子[1]素不知眉子[2]，曰：“志大其量[3]，终当死坞（wù）壁[4]间。”

【注释】

1. 王平子：王澄，字平子，曾任荆州刺史。 2. 眉子：王玄，字眉子，为王澄之侄。后代理陈留太守，大行威罚，终被害。 3. 志大其量：志向比气量还大。 4. 坞壁：村落外围的小型城堡式建筑，为防寇盗所用。（按：王澄的意思是，王玄的志向大于他的气量，就很难有大成就，终将在争夺天下的战乱中死于一隅。）

【译文】

王澄向来对侄儿王玄没什么好感，他评论道：“（眉子的）志向大过他的气量，终究要死在小城堡里。”

一三、杨朗知人

王大将军始下[1]，杨朗[2]苦谏(jiàn)不从，遂为王致力[3]，乘中鸣云露车[4]径前曰："听下官鼓音，一进而捷(jié)[5]。"王先把其手[6]曰："事克，当相用为荆州[7]。"既而忘之[8]，以为南郡。王败后，明帝收[9]朗，欲杀之。帝寻崩，得免[10]。后兼三公，署(shǔ)数十人为官属[11]。此诸人当时并无名，后皆被知遇[12]。于时称其知人。

【注释】

1. 王大将军始下：指晋明帝时，王敦起兵造反，东下京都一事。 2. 杨朗：人名，生平不详。 3. 为王致力：指杨朗为王敦出力卖命。 4. 中鸣云露车：或说即云车，一名楼车，车上载有望楼，以窥敌之进退。中鸣，指云车中设置锣鼓号角，以指挥军队进退。 5. 一进而捷：一旦(听我的鼓声为号)进攻，就可以获得大捷。 6. 把其手：握着他的手。 7. 事克：如果战事能够取得胜利。事，战事。克，能够(获得胜利)。相用：这里指我(王敦)将会提拔任命你(杨朗)做……。 8. 继而：接着，过后。忘之：把这话抛在脑后。 9. 收：寻获并逮捕某人。 10. 得免：(杨朗)才得以免去(一死)。 11. 署：任命。官属：官府的属官。 12. 被知遇：受到赏识。

【译文】

大将军王敦刚要进军京都的时候，杨朗极力劝阻，可他不听，杨朗终于为他尽力。在进攻时，杨朗坐着中鸣云露车一直来到王敦面前，说："听我的鼓音，一旦进攻就能获胜。"王敦握住他的手预先告诉他说："如果战事胜利了，我就要任用你来掌管荆州。"过后忘了这话，把他派到南郡做太守。王敦失败后，晋明帝下令逮捕了杨朗，想杀掉他;不久明帝死了,才侥幸得到赦免。后来兼任三公之职,安排了几十人做属官。这些人在当时都没有什么名气,后来又都受到他的赏识重用。当时人们称赞他能识别人才。

一四、阿奴碌碌

周伯仁[1]母冬至举酒赐三子[2]曰:“吾本谓渡江托足无所[3]。尔家有相[4],尔等并罗列吾前,复何忧?”周嵩(sōng)[5]起[6],长跪[7]而泣曰:“不如阿母言[8]。伯仁为人志大而才短[9],名重而识暗[10],好乘人之弊(bì)[11],此非自全之道[12]。嵩性狼抗[13],亦不容于世。唯阿奴碌(lù)碌[14],当在阿母目下[15]耳。”

【注释】

1. 周伯仁:周颉,字伯仁,汝南安城(在今河南汝南)人。 2. 冬至:阳历每年12月22日,为全年白昼最短、黑夜最长的一天。(按:古人重视冬至,这一天要祭祖、家宴、庆贺、往来。)赐:这里指母亲与三个儿子一起饮酒,用“赐”表示对母亲的尊敬。 3. 托足无所:没有立足之地。托,托付。 4. 尔家有相:你们的家庭有福气啊。有相,有吉相、福相。 5. 周嵩:字仲智,为周颉二弟。阿奴:周谟,字叔治,小字阿奴,为周颉三弟。 6. 起:起身,离开座位。7. 长跪:古人坐时臀部放在脚跟上,跪时挺直上身(即“长跪”),表示尊敬。 8. 不如阿母言:并不像阿母说的那样。 9. 志大:志向远大。才短:才能疏陋。 10. 名重:名气很大。识暗:见识浅薄。11. 乘人之弊:借着别人的短处(来达到自己的目的)。 12. 自全之道:保全自身的办法。 13. 狼抗:亦作“狼伉”或“狼亢”,指(性格)傲慢、暴戾。 14. 碌碌:平庸无能。 15. 在阿母目下:待在母亲身边、膝前,一直陪伴母亲,也指最终能够得以保全。

【译文】

周顗的母亲在冬至那天的家宴上赐酒给三个儿子,对他们说:"我本来以为过江以后没有个立脚的地方,好在周家有福气,你们几个都在我眼前,还要担心什么呢?"这时次子周嵩离座,恭敬地跪在母亲面前,流着泪说:"并不像您说的那样。大哥为人志大才疏,名重识浅,喜欢故意利用别人的短处,这不是保全自己的做法。我本性傲慢乖戾,也不会受到世人的宽容。只有小弟平平常常,将会待在母亲眼前罢了。"

一五、王应沉江

王大将军[1]既亡,王应[2]欲投世儒[3],世儒为江州。王含[4]欲投王舒[5],舒为荆州。含语应曰:"大将军平素与江州云何?而汝欲归之。"应曰:"此乃所以宜往也。江州当人强盛时,能抗同异[6],此非常人所行。及睹衰(shuāi)厄(è)[7],必兴愍(mǐn)恻(cè)[8]。荆州守文[9],岂能作意表行事[10]?"含不从,遂共投舒。舒果沉含父子于江。彬(bīn)闻应当来,密具船以待之。竟不得来,深以为恨。

【注释】

1. 王大将军:指王敦。 2. 王应:字安期,本为王含之子,因王敦无子,遂过继给他。 3. 世儒:指王彬,字世儒,为王敦堂弟,被王敦分派做江州刺史。 4. 王含:字处弘,为王敦之兄。 5. 王舒:字处明,为王敦堂弟,被王敦分派做荆州刺史。[按:本条所叙背景为王敦意欲谋反,派(过继的)儿子王应担任武卫将军,做自己的副手。后王敦兵败,且当时病重临终,派其兄王含为元帅,起兵再反;兵又败后,王含、王应父子逃奔王舒,王舒竟派人把他们沉入长江。]
6. 江州当人强盛时,能抗同异:公元322年,王敦起兵攻下石头城,杀侍中周顗。王敦的堂弟王彬和周顗是故交,前去哭尸,并责骂王敦犯上,且无故杀害忠良。同异,这里偏义指"异",即不同的、相左的意见。 7. 衰厄:衰败,危急。 8. 愍恻:怜悯,同情。 9. 守文:遵守成文的律法。 10. 作意表行事:按意料之外的做法办事。

【译文】

大将军王敦死后,王应想去投奔王彬,王彬当时任江州刺史;王含想去投奔王舒,王舒当时任荆州刺史。王含对王应说:"王敦平时和王彬的关系怎么样呢?(意思是不怎么样)而你却想去投靠他!(你大概是不想要命了)"王应说:"这才是应该去的原因。王彬在人家强大的时候,能够坚持不同意见,这不是普通人所能做到的;到了看见人家衰败、危急时,就一定会表示同情。王舒一向谨守律法,怎么能按意料之外的做法办事!"王含不听他的意见,于是两人便一起投奔王舒,王舒果然把父子俩沉入长江。王彬听说王应会来,暗地里准备好了船来等候他们;他们竟然没能来,王彬深感遗憾。

一六、此君小异

武昌孟嘉[1]作庾太尉州从事[2],已知名。褚太傅有知人鉴[3],罢豫章还[4],过武昌,问庾曰:"闻孟从事佳,今在此不(fǒu)?"庾云:"卿自求之。"褚眄(miǎn)睐(lài)[5]良久,指嘉曰:"此君小异[6],得无[7]是乎?"庾大笑曰："然[8]。"于时既叹褚之默识[9]，又欣嘉之见赏[10]。

【注释】

1. 孟嘉：字万年，江夏人，其家住武昌，故称"武昌孟嘉"。 2. 作庾太尉州从事：太尉庾亮兼任江州刺史时，江州的首府在武昌县，遂召孟嘉为从事。 3. 褚太傅有知人鉴：指褚裒于正月初一去谒见庾亮，当时恰逢州府聚会，褚裒遂自于座中识别出孟嘉。 4. 罢豫章还：指褚裒除去了豫章太守的职务，要回家乡。 5. 眄睐：观察，打量。（按：斜着眼睛看是"眄"，向旁边看是"睐"。） 6. 小异：（和旁人）稍有不同。 7. 得无：恐怕。 8. 然：是，对。 9. 默识：在不言中识别人物。 10. 见赏：受到赏识。

【译文】

孟嘉任太尉庾亮手下的州从事时，已经很有名气了。太傅褚裒有识别人物的观察力，他免去豫章太守回家时，路过武昌，去见庾亮，问道："听说您手下有个孟从事很有才学，他现在在这里吗？"庾亮说："你试着自己找找看。"褚裒观察了很久，指着孟嘉说："这一位稍有不同，恐怕是他吧？"庾亮大笑道："对。"庾亮既赞赏褚裒这种在不言中识别人物的才能，又高兴孟嘉受到了赏识。

一七、但恨吾老

戴安道[1]年十余岁，在瓦官寺[2]画。王长史见之，曰："此童非徒能画，亦终当致名[3]。恨吾老，不见其盛时[4]耳！"

【注释】

1. 戴安道：戴逵，字安道，谯郡铚县（在今安徽濉溪）人，为金城太守戴绥之子。东晋隐士、美术家、雕塑家。 2. 瓦官寺：中国佛教史上重要寺院“五山十刹”之一，位于今江苏省南京市秦淮区集庆路南侧，始建于东晋兴宁二年(公元364年)，至今已历一千六百余年。3. 致名：得到名望。 4. 盛时：盛年、青壮年。

【译文】

戴逵十几岁时，在瓦官寺画画。司徒左长史王濛看见他，说：“这孩子不只会画画，将来也会很有名望。遗憾的是我已经年纪大了，见不到他的盛年了！”

一八、渊源不起

王仲祖、谢仁祖、刘真长俱至丹阳墓(mù)所[1]省(xǐng)[2]殷扬州[3]，殊有确然[4]之志。既反[5]，王、谢相谓曰：“渊源不起，当如苍生何[6]？”深为忧叹。刘曰：“卿诸人真忧渊源不起邪(yé)？”

【注释】

1. 丹阳墓所：指殷氏的墓地。丹阳，即今江苏丹阳，为殷氏族人重要聚居地之一。 2. 省：看望，探视。 3. 殷扬州：殷浩，字渊源，陈郡长平县(在今河南西华)人，为豫章太守、光禄勋殷羡之子，东晋时期著名将领、官员、清谈名士。年轻时名声很大，曾长期在先祖墓园结庐隐居，后出任建武将军、扬州刺史。 4. 确然：形容坚决、坚定。 5. 反：通“返”，回去。 6. 起：复出，出仕。苍生：天下的民众。当如……何：……该怎么办。

【译文】

王濛、谢尚、刘惔三人一起到丹阳郡殷氏墓地去探望殷浩，从谈话中知道他退隐的志向坚定不移。回去以后，王濛和谢尚互相议论说："殷浩如果不出仕，天下的老百姓该怎么办呢？"表现出非常忧虑、叹惜的心情。刘惔说："你们这些人真的担心殷浩不会出来做官吗？"

一九、不可复制

小庾[1]临终，自表以子园客[2]为代。朝廷虑其不从命，未知所遣[3]，乃共议用桓温。刘尹曰："使伊[4]去，必能克定西楚[5]，然恐不可复制[6]。"

【注释】

1. 小庾：庾翼，为庾亮之弟，庾亮死后任安西将军、荆州刺史，又称"庾小征西"。后病重，上表荐其次子庾爰之代理荆州刺史一职。 2. 园客：庾亮次子庾爰之的小名。 3. 未知所遣：不知道该派遣谁去。 4. 伊：代词，"他"，这里指桓温。 5. 西楚：指晋国西部地区。（按：庾翼死后，任桓温为安西将军、荆州刺史，桓温首先起兵西伐，平定蜀地。） 6. 不可复制：意为"再也不能控制他了"，即言桓温个性骄横自大，可能借荆州地利拥兵自重，甚或造反，后果如其言。

【译文】

庾翼临死时，亲自上表推荐儿子庾爰之代理自己的职务。朝廷担心庾爰之不肯服从命令，不知该派谁去好，于是一同商议任用桓温为荆州刺史。丹阳尹刘惔说："派他去，一定能克服并安定西部地区，可是恐怕以后就再也控制不了他了。"

二〇、必得乃为

桓公将伐蜀(shǔ)[1],在事[2]诸贤咸以李势在蜀既久,承藉(jiè)累(lěi)叶[3],且形据上流,三峡(xiá)未易可克[4]。唯刘尹云:"伊必能克蜀。观其蒲(pú)博[5],不必得[6],则不为。"

【注释】

1. 桓公将伐蜀:李势子承父业,据蜀地称王,国号"汉"。公元346年,桓温率军伐蜀,一年灭其国。　2. 在事:正在居官。　3. 承藉:指继承先人的仕籍。累叶:累世,好几代。(按:自李特起兵反,传至李势已历六世,前后四十余年。)　4. 形据上流:在地理形势上占据上游(优势)。未易可克:不是轻易可以攻下来的。　5. 蒲:指樗蒲,一种赌博游戏。博:博戏。　6. 必得:"志在必得"之"必得"。

【译文】

桓温将要讨伐蜀地,当时居官的贤达都认为李势在蜀地已经很久,继承了好几代的基业,而且地理形势又居上游,长江三峡不是轻易能够攻克的。只有丹阳尹刘惔说:"他一定能攻克蜀地。从他赌博可以看出,没有必胜的把握,他是不会干的。"

二一、同乐同忧

谢公在东山畜(xù)妓(jì)[1],简文[2]曰:"安石[3]必出[4],既与人同乐,亦不得不与人同忧。"

【注释】

1. 畜:蓄养。妓:指歌女、舞女。(按:谢安隐居会稽东山,常与王羲之等纵情山水,出游常携歌舞妓同行,以娱耳目。) 2. 简文:指晋简文帝司马昱。(按:谢安隐居时,简文帝尚未登位,仍任丞相、抚军将军。) 3. 安石:谢安的字。 4. 出:出山、出仕。

【译文】

谢安在东山隐居时养着一群歌舞女,简文帝说:"谢安一定会出山,他既会和人同乐,也就不得不和人同忧。"

二二、憎不匿善

郗超与谢玄不善[1]。苻坚将问晋鼎(dǐng)[2],既已狼噬(shì)梁、岐(qí)[3],又虎视淮(huái)阴[4]矣。于时朝议遣玄北讨[5],人间(jiàn)颇有异同之论[6]。唯超曰:"是必济事[7]。吾昔尝与共在桓宣武府[8],见使才皆尽[9],虽履(lǚ)屐(jī)[10]之间,亦得其任[11]。以此推之,容必能立勋(xūn)[12]。"元功既举[13],时人咸叹超之先觉[14],又重[15]其不以爱憎(zēng)匿(nì)善[16]。

【注释】

1. 不善:关系不和。 2. 苻坚将问晋鼎:指苻坚想要篡夺晋室政权。(按:传说夏代君主曾铸造九鼎,后来成为国家权力的象征,亦为传国之宝。据《左传·桓公三年》载,楚王出征,至周朝境内,问起九鼎轻重,以表示自己想要夺取周朝天下。) 3. 狼噬:像豺狼一样吞噬,指侵吞、侵占土地。梁、岐:晋孝武帝宁康元年(公元373年),前秦苻坚攻占梁州、岐山。 4. 虎视:对某块土地虎视眈眈。淮阴:时属徐州广陵郡,在今江苏淮安西北。 5. 遣玄北讨:派遣谢玄去北伐苻坚。 6. 间:悄悄地,私下里。异同之论:这里偏义指"异",即看法不同的论调。 7. 是必济事:这个人(指谢玄)一定能成事。济，成功、成就。　8. 吾昔尝与共在桓宣武府：指谢玄曾被桓温召去任军府的属官，后来桓温升任大司马，他又调为参军，后又调任征西将军桓豁的司马。　9. 见使才皆尽：我亲眼看见他用人能够使人人得以尽其才。　10. 履屐：皆"鞋"之别称，比喻小事。　11. 亦得其任：也能把人人都安排到合适的位置上去。　12. 容必能立勋：他一定能建立功勋。容，应当。　13. 元功：大功，首功。元，有"首""始"之意。既举：已经成功。　14. 先觉：前见，先见之明。　15. 重：敬重，推重。　16. 善：长处，优点。

【译文】

郗超和谢玄不和。这时苻坚打算灭亡晋朝，已经占据了梁州、岐山，又虎视眈眈地注视着淮阴。当时朝廷商议派谢玄北伐苻坚，人们私下里很有些不赞成的论调。只有郗超说："这个人一定能成事。我过去曾经和他一起在桓温的军府内共事，发现他用人都能尽其才，即使是很小的事情，也能使各人得到适当的安排。从这里推断，想必他能建立功勋。"大功告成以后，当时的人都赞叹郗超有先见之明，又敬重他不因个人爱憎而埋没别人的长处。

二三、好名能战

韩康伯与谢玄亦无深好[1]。玄北征[2]后，巷（xiàng）议疑其不振[3]。康伯曰："此人好名，必能战。"玄闻之甚忿（fèn），常于众中厉色[4]曰："丈夫提千兵入死地[5]，此事君亲故发[6]，不得复云为名！"

【注释】

1. 无深好：没有深交。　2. 玄北征：指谢玄北伐前秦苻坚一事。 3. 巷议：人们的议论。不振：不会胜利。 4. 厉色：神色严厉。 5. 丈夫：古时男子自称。提：率领。死地：决死之地，指战场。6. 君亲：偏义指“君”，即君主。故：为了……的缘故。发：出兵。

【译文】

韩康伯和谢玄也没有深交。谢玄北伐苻坚后，街谈巷议都怀疑他会打败仗。韩康伯说：“这个人好名，一定能作战。”谢玄听到这话非常生气，曾经在大庭广众中声色俱厉地说：“大丈夫率领千军进入决死之地，是为了报效君主才出征，不能再说是为了名声。”

二四、不复相士

褚期生[1]少时，谢公甚知之[2]，恒云：“褚期生若不佳者，仆不复相士[3]。”

【注释】

1. 褚期生：褚爽，字茂弘，小字期生，为褚裒之孙。少有令称，谢安甚重之。 2. 甚知之：非常赏识他。 3. 相士：通过观察命相来鉴别人才。

【译文】

褚爽年轻时，谢安很赏识他，经常说：“褚爽如果还不优秀，我就不再鉴别人才了！”

二五、保家在兄

郗超与傅瑗(yuàn)[1]周旋[2]。瑗见(xiàn)[3]其二子，并总发(fà)[4]，超观之良久,谓瑗曰:“小者才名皆胜,然保卿家者,终当在兄。”即傅亮兄弟[5]也。

【注释】

1. 傅瑗:字叔玉,北地灵州人,为傅咸之孙。与郗超善,累官护军长史、安城太守。 2. 周旋:交往、交结。 3. 见:通“现”,指为某人引见。 4. 总发:总角,指幼年时。 5. 傅亮兄弟:指傅亮及其兄傅迪。傅亮曾任尚书令、左光禄大夫,后因罪被杀;其兄傅迪曾官至五兵尚书。

【译文】

郗超和傅瑗有交往。傅瑗叫他两个儿子出来见郗超,两人都还是小孩子。郗超观察了他们很久,对傅瑗说:“小些的那个将来才学名望都会超过他哥哥,可是保全你们一家的,终究是大些的那个。”所说的就是傅亮兄弟。

二六、非尔之友

王恭随父在会(kuài)稽(jī),王大自都(dū)来拜墓(mù)[1],恭暂往墓下看之[2]。二人素善[3],遂十余日方还。父问恭:“何故多日?”对曰:“与阿大语,蝉(chán)连[4]不得归。”因语之曰:“恐阿大非尔之友,终乖(guāi)爱好[5]。”果如其言。

【注释】

1. 拜墓:祭扫祖坟。 2. 暂往墓下看之:古时墓地旁常常为祭扫者建一住所,以供祭扫时短期歇宿。 3. 素善:一向交好。4. 蝉连:连续不断。 5. 终乖爱好:这里指王恭和王大的爱好最终会背道而驰。乖，违背、相反。

【译文】

王恭跟随父亲住在会稽郡，王大从京都来会稽扫墓，王恭暂且到墓地去看望他。两人一向很要好，王恭索性在那住了十多天才回家。他父亲问他：“你为什么在外迁延这许多天呢？”王恭回答说：“和阿大谈话，谈起来没完，没法回来。”他父亲就告诉他说：“恐怕阿大不是你的朋友，以后你们俩的爱好恐怕还是会背道而驰。”果然和他父亲的话一样。

二七、当致高名

车胤（yìn）[1]父作南平郡功曹[2]，太守王胡之避司马无忌之难[3]，置郡于酆（fēng）阴[4]。是时胤十余岁，胡之每出，尝于篱（lí）中见而异焉。谓胤父曰：“此儿当致高名[5]。”后游集，恒命之[6]。胤长，又为桓宣武所知[7]。清通于多士之世[8]，官至选曹尚书[9]。

【注释】

1. 车胤：字武子，南平新洲（在今湖南津市）人。少年家贫，夏夜用布袋装萤火虫借光读书，即“囊萤”的典故。 2. 南平郡：西晋太康元年（公元280年）置，属荆州。治所在作唐县（在今湖南安乡县北），后移治江安县（在今湖北公安）。功曹：官名，郡守的属官，掌管人事并参与政务。 3. 司马无忌之难：南郡、河东二郡太守司马无忌的父亲司马承原为湘州刺史，在王敦起兵叛乱时被俘；押送途中，王敦派王廙在半道上把他杀害了。王胡之为王廙之子，怕司马无忌为父报仇，就想避开无忌。 4. 置郡于酆阴：把郡的治所设在酆阴。酆阴，古地名。　5. 当致高名：应当会得到极高的声望。致，达到、得到。6. 游集：游玩、聚会。命之：让他来，派人叫他来。　7. 为……所知：指得到某人赏识。（按：桓温任安西将军、荆州刺史时，召车胤为从事，渐升为主簿、别驾、征西长史，车胤终于名显于朝廷。）　8. 清通：清廉通达。多士之世：人才众多的时代。　9. 选曹尚书：吏部尚书。吏部在东汉时代称为吏部曹，末期改称选部曹，魏晋以后又称吏部，主要掌管朝廷用人及人才选拔。

【译文】

车胤的父亲任南平郡的功曹，郡守王胡之因为要避开司马无忌的报复，就把郡的首府设在酆阴。这时车胤才十多岁，王胡之每次外出，曾经隔着篱笆看见他，大感惊奇。王胡之对车胤的父亲说："这孩子将会得到很高的名望。"后来遇有游玩、聚会等事，经常把他叫来。车胤长大后，又受到桓温的赏识，在那人才济济的时代里，以清廉通达知名，官至吏部尚书。

二八、国之亡征

王忱（chén）死，西镇[1]未定[2]，朝贵[3]人人有望[4]。时殷仲堪在门下[5]，虽居机要[6]，资名轻小，人情未以方岳[7]相许[8]。晋孝武欲拔亲近腹心[9]，遂以殷为荆州。事定，诏未出。王珣（xún）问殷曰："陕（shǎn）西[10]何故未有处分[11]？"殷曰："已有人。"王历问公卿[12]，咸云："非。"王自计才地[13]，必应任己[14]。复问："非我邪（yé）？"殷曰："亦似非。"其夜[15]诏出用殷。王语所亲曰："岂有黄门郎而受如此任？仲堪此举，乃是国之亡征。"

【注释】

1. 西镇：指荆州，为晋朝西部重镇。 2. 未定：还没有选出新的镇守人选。 3. 朝贵：朝廷中的达官贵人。 4. 有望：满怀希望。 5. 门下：门下省。（按：殷仲堪时为太子中庶子，职责如同侍中，又兼任黄门侍郎。而黄门侍郎即隶属门下省。） 6. 机要：掌握机密和重要事宜的朝廷部门。 7. 方岳：方，四方；岳，四岳。方岳连用，指“方镇”，即镇守一方的长官。 8. 人情未以……相许：指大家投票一致认为还不能把这个职位交托给他（殷仲堪）。 9. 拔：提拔，拔擢。亲近腹心：指亲信、心腹之人。 10. 陕西：代指荆州。（按：西周时，周公、召公辅佐王室。两人管辖的地区以王畿陕地分界，周公管陕地以东，召公管陕地以西。而东晋时，护卫首都的两个重镇分别是西部的荆州和东部的扬州，故用周、召“分陕而治”来比拟，称荆州为“陕西”或“西陕”。） 11. 处分：处理，安排。 12. 历问：逐个询问。公卿：三公九卿，泛指朝中重臣。 13. 自计才地：自己估量自己的才能和门第。（按：当时在选拔人才时，除才能以外，也非常重视门第出身。） 14. 必应任己：认为一定会选用自己。15. 其夜：当晚，当天夜里。

【译文】

王忱死了，荆州长官的人选还没有决定，朝廷显贵人人都对这个官位存有希望。当时殷仲堪在门下省任职，虽然处在机要部门，但是资历浅名望小，大家都觉得还不应该把地方长官的重任交给他。可是晋孝武帝想提拔自己的亲信心腹，就委任殷仲堪为荆州刺史。事情已经决定了，诏令还没有发出时，王珣问殷仲堪：“荆州刺史为什么还没有安排人选？”殷说：“已经有了人选。”王珣就历举大臣们的名字,一个个问遍了,殷仲堪都说不是。王珣估量自己的才能和门第,认为一定是自己了,又问:“不会是我吧?”殷说:“好像也不是。”当夜下达诏令任用殷仲堪。王珣对亲信说:“哪里有黄门侍郎却能担负起这样的重任呢?对殷仲堪的这种提拔,就是国家灭亡的预兆啊!”

赏誉　第八

一、世之干将

陈仲举尝叹曰:“若周子居者,真治国者器[1]。譬(pì)诸宝剑,则世之干(gān)将[2]。”

【注释】

1. 治国者器:治理国家的人才。器,才。 2. 干将:古代宝剑名。(按:传说吴王阖闾命吴地匠人干将铸剑,后来铸成两剑,雄剑叫“干将”,雌剑叫“莫邪”。)

【译文】

陈仲举曾经赞叹说:“像周乘这样的人,的确是治国之才。就拿宝剑来打比方吧,他就是当代的‘干将’啊!”

二、劲松下风

世目[1]李元礼:“谡(sù)谡[2]如劲松[3]下风。”

【注释】

1. 目:品评,指以某一方式指出人或物的独特之处。 2. 谡谡:拟疾风之声。 3. 劲松:挺拔的松树。

【译文】

世人评论李膺说:“像挺拔的松树下呼啸而过的疾风。”

三、平舆二龙

谢子微[1]见许子将兄弟[2]曰:“平舆(yú)之渊[3],有二龙焉。”见许子政弱冠[4]之时，叹曰："若许子政者，有干（gān）国[5]之器。正色忠謇（jiǎn）[6]，则陈仲举之匹[7]；伐恶退不肖（xiào）[8]，范孟博[9]之风。"

【注释】

1. 谢子微：汝南召陵（在今河南漯河郾城东）人，东汉名士，与边让、郭泰相善。其为人高才远识，有盛名；后不拘细行，为时人所毁。 2. 许子将兄弟：哥哥许虔，字子政；弟弟许劭，字子将。汝南平舆人，皆东汉末名士。 3. 平舆：在今河南驻马店平舆县。渊：深渊、深潭。 4. 弱冠：未成年。古时男子至二十岁称为"弱冠"，须行冠礼，即加冠以示成年；但体犹未壮，故称"弱"。 5. 干国：治国。干，施展才能。 6. 正色：态度严正。忠謇：忠诚正直。 7. 陈仲举：陈蕃。其为人有肃清天下之志，曾反抗贵戚，谋诛宦官，被誉为忠正之士。匹：相当。 8. 伐：讨伐，打击。退：斥退。不肖：常与"贤"相对，指品行不端、为人不正派。 9. 范孟博：范滂，字孟博，汝南细阳人，亦有肃清天下之志。

【译文】

谢子微看见许虔、许劭兄弟俩，便说："平舆县的深潭里有两条龙啊。"他看见许虔年轻时的样子，赞叹说："像许虔这样的人，有治国之才。态度严正，忠诚正直，足以和陈蕃相提并论；打击恶棍，斥退不端，又有范滂的风范。"

四、云中白鹤

公孙度[1]目邴（bǐng）原[2]："所谓云中白鹤（hè），非燕雀之网所能罗[3]也。"

【注释】

1. 公孙度：字升济，辽东襄平(在今辽宁辽阳)人，东汉末辽东地区割据军阀。初平元年(公元190年)，经同乡徐荣推荐，被董卓任命为辽东太守。 2. 邴原：三国时魏国人，避乱辽东，受到公孙度礼遇。 3. 罗：动词，捕捉。

【译文】

公孙度评论邴原说："他就是人们说的在层云中翱翔的白鹤，不是用一般捕捉燕雀的罗网所能捕到的。"

五、王戎了了

钟士季目王安丰："阿戎了(liǎo)了[1]解[2]人意。"谓"裴公[3]之谈，经日不竭(jié)[4]。"吏部郎阙(que)[5]，文帝问其人[6]于钟会，会曰："裴楷清通[7]，王戎简要[8]，皆其选[9]也。"于是用裴。

【注释】

1. 了了：聪明伶俐。 2. 解：懂得，能够了解。 3. 裴公：裴楷，字叔则，曾任中书令，故亦称"裴令公"。 4. 经日不竭：一整天也(谈)不完。 5. 阙：出缺，指某一职位(暂时)无人担任。 6. 问其人：询问谁人(可以担当此任)。 7. 清通：清廉通达。 8. 简要：简约扼要。 9. 选：候选人。

【译文】

钟会评论安丰侯王戎说："王戎聪明伶俐，能够懂得别人的心意。"又说："裴楷健谈，一整天也谈不完。"吏部郎的位置空出来了，晋文帝司马昭问钟会谁可当此任，钟会回答说："裴楷清廉通达，王戎处事简约而能掌握要领，都是适当的人选。”于是选用了裴楷。

六、冀无滞才

王浚(jùn)冲、裴叔则二人，总角[1]诣钟士季，须臾[2]去，后客问钟曰：“向[3]二童何如？”钟曰：“裴楷清通，王戎简要。后二十年，此二贤当为吏部尚书，冀(jì)尔时[4]天下无滞(zhì)才[5]。”

【注释】

1. 总角：古时少年男子未冠、女子未笄时的常用发型，将头发梳成两个发髻，形如头顶两角。后用以指代儿童时期。 2. 须臾：一会儿。 3. 向：先前，刚才。 4. 冀：希冀，希望。尔时：到那时。 5. 滞才：被遗漏的人才。滞，遗留。（按：吏部主管官吏任免考选之事。）

【译文】

王戎、裴楷两人童年时同去拜访钟会，坐了一会儿就走了。后来的客人问钟会：“刚才那两个小孩怎么样？”钟会说：“裴楷清廉通达，王戎简约扼要。二十年以后，这两位贤才可以担任吏部尚书。希望到那个时候天下再没有被遗漏的人才。”

七、后来领袖

谚(yàn)[1]曰：“后来[2]领袖[3]有裴秀[4]。”

【注释】

1. 谚：在群众间口耳相传的谚语。 2. 后来：后辈。 3. 领袖：指为人仪则、表率者，也比喻同类人或物中的佼佼者。 4. 裴秀：字季彦，晋初封钜鹿公，累迁左光禄大夫、司空，为裴楷堂兄。

【译文】

时谚说："裴秀是后辈中的领袖人物。"

八、裴目四士

裴令公目夏侯太初："肃肃如入廊(láng)庙(miào)中，不修敬而人自敬[1]。"一曰："如入宗庙，琅(láng)琅但见礼乐器[2]。见钟士季，如观武库，但睹矛戟(jǐ)[3]。见傅兰硕(shuò)[4]，汪廧(qiáng)[5]靡(mǐ)[6]所不有。见山巨源，如登山临下[7]，幽然深远。"

【注释】

1. 肃肃如入廊庙中，不修敬而人自敬：就好像进入朝廷中，没要求人致敬，而人们自然能够肃然起敬。肃肃，恭敬貌。廊庙，殿下屋和太庙，后多指代朝廷。　2. 宗庙：天子或诸侯祭祀祖先的专用房屋。琅琅：形容玉的光彩。礼乐器：指礼器和乐器。　3. 武库：存放武器的库房。矛戟：兵器。矛，冷兵器时代常用进攻性武器，长柄，有刃，用以刺敌。戟，古代兵器之一种，实际上是戈和矛的合成体。　4. 傅兰硕："硕"当为"石"字之误。傅嘏，字兰石，北地泥阳(在今甘肃宁县)人，为曹魏尚书傅巽之侄，三国曹魏后期重臣。其为人才干练达，有军政见识，任职河南尹期间，集前人之政举，使百姓获益。　5. 汪廧：《晋书·裴楷传》作"汪翔"(翔、廧，音近借用)，即汪洋，意为广大、浩大。　6. 靡：无，没有。　7. 临下：向下看。

【译文】

中书令裴楷评论夏侯玄说："好像进入朝廷一样态度恭恭敬敬，

让人们无须刻意去尊敬他，却自然会对他肃然起敬。”另一种说法是：“好像进入宗庙之中，只看见礼器和乐器琳琅满目。看见钟会，好像参观武器库，矛戟刀枪森然陈列。看见傅嘏，好像见到一片汪洋，浩浩荡荡无所不有。看见山涛，好像登上山顶往下看，幽深得很。”

九、出境免官

羊公[1]还洛，郭奕（yì）[2]为野王[3]令。羊至界，遣人要（yāo）[4]之。郭便自往。既见，叹曰：“羊叔子何必减[5]郭太业！”复往羊许，小悉[6]还，又叹曰：“羊叔子去人[7]远矣！”羊既去，郭送之弥日[8]，一举数百里，遂以出境免官[9]。复叹曰：“羊叔子何必减颜子[10]！”

【注释】

1. 羊公：羊祜，字叔子，泰山南城（在今山东新泰）人。魏晋时期著名战略家、政治家和文学家，其为人博学能文，善谈论。 2. 郭奕：字泰业（文中为“太业”），太原阳曲（在今山西太原）人，郭淮弟郭镇之子。西晋时期大臣，曾官至尚书、雍州刺史，封平陵县男。 3. 野王：古县名。公元596年，隋朝将野王县改为河内县。1913年改名沁阳，在今河南省西北部。 4. 要：古同“邀”，中途拦截、约请某人来。 5. 减：不如，次于。 6. 小悉：少顷，不一会儿。 7. 去人：超过别人。 8. 弥日：一整天。 9. 以出境免官：按当时律例，县官不得私出县界，违者严惩，最严重者免职。 10. 颜子：名回，字子渊，孔子最得意的学生。

【译文】

羊祜回洛阳（路过野王县），当时郭奕担任野王县令。羊祜到了县界，派人去请郭奕来会面，郭奕便自己去了。见面后，郭奕赞叹说："羊祜何必要不如我郭奕呢！"过后再前往羊祜住所，不多久便回去，又赞叹道："羊祜远远超过一般人啊！"羊祜走的时候，郭奕花了一整天送他，一送就送了几百里，终于因为出了县境而被免官。他仍旧赞叹道："羊祜何必一定比颜回差呢！"

一〇、璞玉浑金

王戎目山巨源："如璞（pú）玉浑金[1]，人皆钦（qīn）[2]其宝，莫知名[3]其器。"

【注释】

1. 璞玉浑金：未经雕琢的玉和未经提炼的金，比喻本质真纯质朴。 2. 钦：钦慕，艳美。 3. 名：命名。

【译文】

王戎评论山涛说："他就像是璞玉浑金，人人都看重它是宝物，可是没有谁知道该给它取个什么名字。"

一一、从兄不亡

羊长和[1]父繇（yáo）与太傅祜（hù）同堂[2]相善，仕至车骑掾（yuàn）[3]。蚤（zǎo）[4]卒。长和兄弟五人，幼孤[5]。祜来哭[6]，见长和哀容举止，宛若[7]成人，乃叹曰："从兄[8]不亡[9]矣！"

【注释】

1. 羊长和：羊忱，字长和，泰山羊氏，其父羊繇。 2. 同堂：同一祖父。 3. 车骑掾：车骑将军的属官。 4. 蚤：通“早”。 5. 幼孤：幼而无父曰“孤”。 6. 哭：哭灵，指参加丧礼。 7. 宛若：仿佛，好像。 8. 从兄：同一祖父下的兄长，今天汉语白话叫“堂哥”。 9. 不亡：没有死，这里意为后继有人。

【译文】

羊忱的父亲羊繇和太傅羊祜是堂兄弟，很友爱，羊繇做官做到车骑将军的属官，但死得很早。羊忱兄弟五人，年纪很小就成了孤儿。羊祜来哭丧，看见羊忱悲痛的神情举止，像个成年人，便叹道：“我堂兄没有死，已经后继有人了啊！”

一二、清真寡欲

山公举阮咸[1]为吏部郎，目曰：“清真寡（guǎ）欲[2]，万物不能移[3]也。”

【注释】

1. 阮咸：字仲容，陈留尉氏（在今河南开封）人，魏晋时期名士、文学家，“竹林七贤”之一。为阮籍之侄，并称“大小阮”。阮咸仕途不顺，然精通音律，善弹琵琶，弹拨乐器“阮咸”亦因之命名。 2. 清真：纯洁真挚。寡欲：欲望很少。 3. 移：改变，这里指改变志向。

【译文】

山涛推荐阮咸做吏部郎，并评论道：“（阮咸之为人）纯洁真挚，私欲很少，任何事物也不能改变他的志向。”

一三、未有此人

王戎目阮文业[1]："清伦有鉴识[2]，汉元[3]以来未有此人。"

【注释】

1. 阮文业：阮籍族兄，生平不详。 2. 清伦：言行高洁，通晓伦理。鉴识：审察辨识的能力，指识别人才、知人论世的智慧。 3. 汉元：指汉初。元，同"始""肇""祖""基"等，意为起初、初始。

【译文】

王戎评论阮文业说："（阮文业之为人）清高、通伦理，有知人论世之明，从汉初以来还没有这样的人。"

一四、戎约楷通

武元夏[1]目裴、王曰："戎尚[2]约[3]，楷清通。"

【注释】

1. 武元夏：武陔，字元夏，西晋沛国竹邑人，其父武周为曹魏卫尉。泰始初年，拜尚书，掌吏部；后升任左仆射、左光禄大夫、开府仪同三司，未到任而去世，谥号"定"。 2. 尚：崇尚，注重。 3. 约：简约，简要。

【译文】

武陔评论裴楷、王戎两人说："王戎注重简要，裴楷清廉通达。"

一五、大厦栋梁

庾子嵩目和峤："森森[1]如千丈松，虽磊（lěi）砢（luǒ）[2]有节目[3]，施之大厦(lěi)[4],有栋梁之用。”

【注释】

1. 森森:高耸直立貌。 2. 磊砢:指植物多节,亦喻人有奇特的才能。 3. 节目:指树木分出树杈的地方,即圪节。 4. 施之大厦:指用来盖(建筑)高楼。施,实行、用上。厦,大屋子。

【译文】

庾敳评论和峤说:“好像高耸入云的千丈青松,虽然圪节累累,可是用它来盖高楼大厦,还是可以用作栋梁之材。”

一六、瑶林玉树

王戎曰:“太尉神姿[1]高彻(chè)[2],如瑶(yáo)林琼(qióng)树[3],自然是风尘外物[4]。”

【注释】

1. 神姿:风神,风姿。 2. 高彻:高雅清澈。 3. 瑶林琼树:瑶、琼都是美玉,瑶林琼树泛指精美之物。 4. 风尘外物:尘世之外的人物。风尘,尘世、世俗。

【译文】

王戎说:“太尉王衍的风度仪态高雅清澈,好像晶莹的玉树,自然是尘世之外的人物。”

一七、出人意外

王汝南[1]既除所生服[2],遂停墓所[3]。兄子济每来拜墓,略不过叔[4],叔亦不候。济脱[5]时过，止寒温[6]而已。后聊试问近事，答对甚有音辞，出济意外，济极惋（wǎn）愕（è）[7]。仍与语，转造精微[8]。济先略无子侄之敬，既闻其言，不觉懔（lǐn）然，心形俱肃[9]。遂留共语，弥（mí）日累（lěi）夜[10]。济虽俊爽，自视缺然，乃喟（kuì）然叹曰[11]："家有名士，三十年而不知！"济去，叔送至门。济从骑[12]有一马，绝难乘，少能骑者。济聊问叔："好骑乘不？"曰："亦好尔。"济又使骑难乘马，叔姿形既妙，回策如萦（yíng）[13]，名骑无以过之[14]。济益叹其难测，非复一事[15]。既还，浑问济："何以暂行累日[16]？"济曰："始得一叔。"浑问其故，济具叹述如此。浑曰："何如我？"济曰："济以上人[17]。"武帝每见济，辄（zhé）以湛（zhàn）调之，曰："卿家痴叔死未？"[18]济常无以答。既而得叔，后武帝又问如前，济曰："臣叔不痴。"称其实美[19]。帝曰："谁比？"济曰："山涛以下，魏舒[20]以上。"于是显名，年二十八，始宦（huàn）。

【注释】

1. 王汝南：王湛，字处冲，为司徒王浑之弟，曾任汝南内史。 2. 除所生服：父母死后服丧守孝，期满方可脱去孝服。所生，即"生下自己的人"，本指父母，这里偏义指父亲。 3. 停墓所：指停留在墓地旁筑室卜居。（按：对于当时的隐士而言，山泽、寺庙、墓地等处，因人迹罕至，皆为较好的卜居之地。） 4. 拜墓：祭扫祖坟。不过：不去探访。（按：王湛少年时寡言少语，大家以为他痴呆，王济也瞧不起他，不把他当叔父看待，即下文"略无子侄之敬"。） 5. 脱：或许，偶尔。 6. 寒温：指简单的寒暄。 7. 甚有音辞：言语辞致都很不错。（按：魏晋时人极重言语音辞。）惋愕：叹惋惊愕。 8. 转造精微：愈谈倒愈进入了精深的境界。造，到达，进入。 9. 懔然：严肃不苟貌。肃：恭敬，严肃庄重。 10. 弥日累夜：犹"没日没夜"

“夜以继日”。 11. 俊爽：才华俊杰，性情爽利。自视缺然：还是感觉自己少了点什么。缺然，不足，缺少。喟然：长叹貌。 12. 从骑：指同行的队伍。 13. 策：马鞭子。萦：围绕盘旋。 14. 名骑：著名的骑手。无以过之：不能超过他。 15. 难测：形容为人深邃难以测度。非复一事：不仅仅只是（骑马）这一件事。 16. 暂行累日：短暂出行却停留多日才回。 17. 济以上人：是超过我（王济）的人。18. 调：调侃。痴叔：痴傻的叔叔，指王湛，见上注。 19. 称其实美：称赞叔叔真实的美质。 20. 魏舒：字阳元，任城樊县（在今山东兖州西南）人。

【译文】

汝南内史王湛守孝期满，脱下孝服后，便留在墓地结庐居住。他哥哥王浑的儿子王济每次来扫墓，大都不去看望叔叔，叔叔也不等他来。王济有时偶尔去看望一下，也只是寒暄几句罢了。后来试着问问近来的事，叔叔回答时的言语辞致都很不错，出乎王济意料之外，王济非常叹惋惊愕；继续和他谈论，愈谈倒愈进入了精深的境界。王济原先对叔叔几乎没有一点晚辈的敬意，听了他的谈论后，不觉肃然起敬，神情举止都变得严肃恭谨了。便留下来和叔叔谈论，一连多日没日没夜地谈。王济虽然才华出众，性情豪爽，却还是觉得自己缺少点什么，于是感慨地叹息说：“家中有此名士，可我三十年来一直不知道！”王济临走时，叔叔送他到门口。王济的随行队伍中有一匹烈马，非常难以驾驭，很少有人能骑它。王济就问叔叔：“喜欢骑马吗？”他叔叔说：“还可以吧。”王济就让叔叔骑那匹难驾驭的烈马，他叔叔不但骑马的姿势美妙，而且甩起鞭子来，就像条带子似的回旋自如，就是著名的骑手也没法超过他。王济更加赞叹叔叔难以估测，知道了他的长处绝不止一种。王济回家后,父亲王浑问他:“为什么出去一趟停留了好几天?”王济说:“我刚刚找到了一个叔叔。”王浑问是什么意思,王济就一五一十地边赞叹边述说以上情况。王浑问:“他和我相比怎么样?”王济说:“是在我之上的人。”以前晋武帝每逢见到王济,总是拿王湛来跟他开玩笑,说道:“你家的痴傻叔叔死了没有?”王济常常不知如何回答。等到他深入了解了王湛这个叔叔以后,晋武帝又像以前那样问他,王济就说:“我叔叔不傻。”并且称赞叔叔美好的素质。武帝问道:“可以和谁相比?”王济说:“在山涛之下,魏舒之上。”于是王湛的名声就传扬开来,在二十八岁那年才出来做官。

一八、言谈林薮

裴仆射(yè)[1],时人谓为言谈之林薮(sǒu)[2]。

【注释】

1. 裴仆射:指裴颜,字逸民,河东闻喜(在今山西闻喜)人,其父为司空裴秀。西晋大臣,曾任左仆射。 2. 林薮:山林、泽薮,为草木丛聚之处,比喻事物集聚之所。

【译文】

(说到)左仆射裴颜,当时的人都认为他是清谈的“府库”。

一九、不鸣不跃

张华见褚(chǔ)陶[1],语陆平原[2]曰:“君兄弟龙跃云津[3],顾彦先[4]凤鸣朝阳。谓东南之宝[5]已尽,不意复见褚生。”陆曰:“公未睹不鸣不跃者耳！”

【注释】

1. 褚陶：字季雅，吴郡钱塘（在今浙江杭州）人，西晋文学家、藏书家。少而聪慧，年十三，作《鸥鸟》《水碓》二赋，见者奇之。为人清淡闲默，好学不倦，喜读《三坟》《五典》等上古典籍。　2. 陆平原：陆机，字士衡，吴郡人，曾任平原内史。张华很赏识陆机及其弟陆云（字士龙，曾任清河内史）。　3. 云津：指天上的银河。　4. 顾彦先：顾荣，字彦先，吴人，曾任吴国黄门侍郎。吴亡后，与陆机兄弟同到洛阳，时人称为“三俊”。　5. 东南之宝：指东南地方的人才，即吴地的人才。

【译文】

张华见到褚陶以后，告诉平原内史陆机说：“您兄弟两人像在天河上腾跃的飞龙，顾荣像迎着朝阳鸣叫的凤凰，我以为东南的人才已经全在这里了，想不到又见到了褚先生啊。”陆机说：“这是因为您没有看见过不鸣不跃的人才罢了！”

二〇、吴名士赞

有问秀才[1]：“吴旧姓何如？”答曰：“吴府君圣王之老成，明时之俊乂（yì）[2]。朱永长理物之至德，清选之高望[3]。严仲弼（bì）九皋（gāo）之鸣鹤，空谷之白驹（jū）[4]。顾彦先八音之琴瑟（sè），五色之龙章[5]。张威伯岁寒之茂松，幽夜之逸光[6]。陆士衡、士龙鸿（hóng）鹄（hú）之裴（pái）回（huái），悬鼓之待槌（chuí）[7]。凡此诸君：以洪笔为耝（chú）耒（lěi）[8]，以纸札（zhá）[9]为良田。以玄默为稼（jià）穑（sè）[10]，以义理为丰年[11]。以谈论为英华,以忠恕为珍宝[12]。著文章为锦绣,蕴五经为缯(zēng)帛(bó)[13]。坐谦虚为席荐(jiàn),张义让为帷(wéi)幕[14]。行仁义为室宇,修道德为广宅[15]。"

【注释】

1.(本则故事中人物简介)秀才:蔡洪,字叔开,吴人。吴府君:吴展,字士季,吴郡人,曾任吴郡太守,故称府君。朱永长:朱诞,字永长,吴郡人。体履清和,黄中通理,累迁议郎,吴平归家。工书,书品中之下,以偏艺流声。严仲弼:据蔡洪《与刺史周浚书》注:"严隐,字仲弼,吴郡人……禀气清纯,思度渊伟。"顾彦先:顾荣,字彦先,吴郡人,事已见前注。张威伯:据《蔡洪集》载蔡洪与刺史周俊书:"……张畅,字威伯,吴郡人。禀性坚明,志行清朗,居磨涅之中,无淄磷之损。" 2.老成:年老德高的人。明时:圣明时代,指太平盛世。俊乂:才德出众的人。 3.理物:治理人民。至德:德行最高的人。清选:公开透明地选拔官员。高望:声望很高的人。 4.九皋:深潭,深泽。空谷:空旷幽深的山谷。白驹:白马。 5.八音:乐器的统称,指金、石、土、革、丝、木、匏、竹八类乐器。琴瑟:古代乐器中的代表。五色:青、黄、赤、白、黑五色,指五彩交错而成的花纹。龙章:龙形图案,指五彩纹样中最华美的纹饰。章,即"纹章"之"章",指图案、纹样。 6.幽夜:幽深的暗夜。逸光:四射的光芒。逸,即"散",散发、四射。 7.鸿鹄:天鹅。裴回:通"徘徊"。悬鼓:大鼓。槌:动词,敲击。 8.洪:大。耝耒:锄头和木叉,泛指农具。 9.札:古代用来写字的木简。 10.玄默:玄远沉静。稼穑:春耕为稼,秋收为穑,即播种与收获,泛指农业劳动。 11.义理:这里指掌握义理。丰年:丰收。 12.谈论:特指清谈。英华:

“花”,这里指人的名誉、声望。忠恕:忠即尽心竭力,恕即宽恕仁慈,是两种重要的传统美德。 13. 著:创作。锦绣:花纹色彩精美鲜艳的丝织品。蕴:储藏,积聚。缯:古代对丝织品的总称。帛:顶级的丝制品。 14. 坐:把……当作座席。席荐:草席。张:张挂。义让:仗义谦让。帷幕:用作遮挡的幕布。 15. 行:践行。室宇:房屋。宇,指空间(与“宙”指时间相对)。修:加强修养。广宅:大宅,广居。

【译文】

有人问秀才蔡洪:“吴地的世家大族怎么样?”蔡洪回答说:“府君吴展是圣明君主的贤臣,太平盛世的杰出人才;朱永长是执政大臣里面德行最高尚的人,公开选拔的官员中最有声望的人;严隐像隐于深泽中的鸣鹤,像潜于空谷中的白驹;顾荣像乐器中的琴瑟,像五彩花纹中的龙纹;张畅像寒冬时茁壮的青松,像黑夜里四射的光芒;陆机、陆云兄弟像在高空中盘旋的天鹅,像有待敲击的大鼓。所有这些名士:把大笔当农具,拿纸张当良田,把清静无为当劳动,把掌握义理当丰收,把清谈当声誉,把忠恕当珍宝,把著述文章当作刺绣锦缎,把精通五经当作贮藏丝绸,把坚持谦虚当作坐垫和草席,把发扬道义礼让当作张挂帷幕,把推行仁义当作修造房屋,把加强道德修养当作构筑大厦。”

二一、义理合旨

人问王夷甫:“山巨源义理何如?是谁辈[1]?”王曰:“此人初不肯以谈自居[2],然不读老、庄,时闻其咏[3],往往[4]与其旨合[5]。”

【注释】

1. 是谁辈：和谁处于同一等级、同一水平。 2. 以谈自居：以清谈家自居。 3. 咏：谈论，讽咏。 4. 往往：处处，到处。 5. 旨：思想主旨。合：相互吻合。

【译文】

有人问王衍："山涛谈义理谈得怎么样？水平和谁相当？"王衍说："这个人从来不肯以清谈家自居，可是，他虽然不读《老子》《庄子》，但常常听到他的谈论倒是处处和老庄思想相合的。"

二二、雅雅铮铮

洛中雅雅[1]有三嘏（gǔ）[2]：刘粹字纯嘏，宏字终嘏，漠字冲嘏，是亲兄弟，王安丰甥（shēng），并是王安丰女婿（xù）。宏，真长祖也。洛中铮（zhēng）铮[3]冯惠卿，名荪（sūn），是播子。荪与邢乔俱司徒李胤（yìn）外孙，及胤子顺并知名。时称"冯才清，李才明，纯粹邢[4]"。

【注释】

1. 洛中：洛阳。雅雅：指风雅人士众多。 2. 三嘏：指刘氏三兄弟的字分别为"纯嘏""终嘏""冲嘏"。三兄弟曾分别任光禄勋、侍中、吏部尚书，皆闻名当世。 3. 铮铮：原指金属撞击时发出的声音，后用以比喻声名显赫。 4. 清：清通。明：明达。纯粹：纯正完美。

【译文】

洛阳众多风雅人士中有"三嘏"：刘粹，字纯嘏；刘宏，字终嘏；刘漠，字冲嘏。三人是亲兄弟，是安丰侯王戎的外甥，又都是王戎的女婿。刘宏是丹阳尹刘惔(字真长)的祖父。洛阳声名显赫的人士中有冯荪(字惠卿),是冯播的儿子。冯荪和邢乔都是司徒李胤的外孙,两人和李胤的儿子李顺都闻名当世。时人称赞说:“冯荪才识清通,李胤才识明达,纯正完美的是邢乔。”

二三、披云见天

卫伯玉[1]为尚书令,见乐广[2]与中朝名士谈议,奇之[3]曰:“自昔诸人没(mò)已来[4],常恐微言将绝[5]。今乃复闻斯言于君矣!”命子弟造[6]之曰:“此人,人之水镜[7]也,见之若披[8]云雾睹青天。”

【注释】

1. 卫伯玉:卫瓘,字伯玉,河东安邑(在今山西夏县北)人,为曹魏尚书卫觊之子。曹魏后期至西晋初年重臣、书法家。 2. 乐广:字彦辅,南阳淯阳(在今河南南阳)人,因曾任尚书令,人称“乐令”。3. 奇之:认为……不同寻常。 4. 诸人:指何晏、邓飏等清谈家。没:指去世。已来:以来。 5. 微言:微小的言论,此处特指清谈。绝:灭绝,绝迹。 6. 造:造访,拜访。 7. 水镜:古人初多临水为镜,比喻明察秋毫,对道理能了解得很清楚。 8. 披:拨开。

【译文】

卫瓘任尚书令时,看见乐广和西晋的名士清谈,认为他不寻常,说道:“自从当年那批名士们逝世到现在,我常常害怕清谈快要绝迹,今天竟然在您这里又听到清谈了!”便叫自己的子侄去拜访乐广,并说:“这个人是人们的镜子,看到他就像拨开云雾看见青天一样。”

二四、死而可作

王太尉曰："见裴令公[1]精明朗然[2]，笼(lǒng)盖人上[3]，非凡识[4]也。若死而可作[5]，当与之同归[6]。"或云王戎语。

【注释】

1. 裴令公：指裴楷。(按：裴楷任中书令时，王衍还只是黄门郎，故称裴楷为"令公"。后王衍升为太尉，而裴楷已死。) 2. 精明：精细明察。朗然：形容开朗。 3. 笼盖人上：超越别人，在别人之上。 4. 凡识：一般见识的人。 5. 作：起立，这里指复活。 6. 同归：为统一宗旨/目标而努力。

【译文】

太尉王衍说："我认为裴令公精明开朗，超越于众人之上，那不是一般见识的人呀。如果人死了还能再活，我要和他为同一宗旨而努力。"也有人说这是王戎说的话。

二五、我言为烦

王夷甫自叹："我与乐令谈，未尝不觉我言为烦[1]。"

【注释】

1. 烦：烦琐。

【译文】

王衍自己感叹说："我和乐广清谈时，未尝不感到我的话太烦琐。"

二六、庾敳称象

郭子玄[1]有俊才,能言老庄。庾敳(ái)尝称之,每曰:"郭子玄何必减[2]庾子嵩!"

【注释】

1. 郭子玄:郭象,字子玄,河南洛阳人,曾官至黄门侍郎、太傅主簿。西晋时期玄学家,其为人好老庄,善清谈。 2. 减:不如。

【译文】

郭象才智出众,很会谈论老庄思想,庾敳曾经称赞过他,常常说:"郭象为什么一定要在我庾子嵩之下!"

二七、弟兄互赞

王平子[1]目太尉:"阿兄形似道[2],而神锋太俊[3]。"太尉答曰:"诚[4]不如卿落落穆穆[5]。"

【注释】

1. 王平子:王澄,字平子,为王衍之弟,善于品评人物。 2. 道:正直。 3. 神锋:气度,锋芒。俊:突出,显露。 4. 诚:确实,实在。 5. 落落穆穆:形容豁达大度、容止温和。

【译文】

王澄评论太尉王衍说:"哥哥你外貌好像很正直,可是锋芒太露了。"王衍回答说:"确实比不上你那样豁达大度,仪表温和。"

二八、太傅三才

太傅[1]府有三才：刘庆孙长才[2]，潘阳仲大才[3]，裴景声清才[4]。

【注释】

1. 太傅：指东海王司马越。（按：西晋惠帝时，司马越以太傅录尚书事。） 2. 刘庆孙：刘舆，字庆孙，曾任宰府尚书郎、颍川太守、东海王司马越长史。长才：才学优异、学有所长的人。 3. 潘阳仲：潘滔，字阳仲，曾任太子洗马、河南尹，亦曾在太傅府任职。大才：才学广博的人。 4. 裴景声：裴邈，字景声，河东闻喜（在今山西闻喜）人，“八裴”之一。少有通才，深得从兄裴頠器赏，历太傅从事中郎、监东海王诸军事等职。清才：才学精深、见识清通透彻的人。

【译文】

司马越的太傅府里有三个人才：刘舆是长才，潘滔是大才，裴邈是清才。

二九、七贤之子

林下诸贤[1]，各有俊才子：藉子浑，器量弘旷[2]；康子绍，清远雅正[3]；涛子简，疏通高素[4]；咸子瞻，虚夷[5]有远志，瞻弟孚，爽朗多所遗[6]；秀子纯、悌（tì），并令淑有清流[7]；戎子万子，有大成之风，苗而不秀[8]；唯伶子无闻。凡此诸子，唯瞻为冠，绍、简亦见重当世。

【注释】

1. 林下诸贤：魏时阮籍、嵇康、山涛、阮咸、向秀、王戎、刘伶七人，常常在竹林下聚会，饮酒抒怀，世称“竹林七贤”。 2. 弘旷：指为人之气象宏大宽广。 3. 清远雅正：指为人之心性高洁，志向远大，本性端雅正直。 4. 疏通高素：指为人之性情疏朗通达，情操高洁纯真。素，朴素纯真。 5. 虚夷：指为人之性格谦虚平易。 6. 多所遗：指政务多所忽略。（按：《晋书·阮孚传》载，阮孚“终日酣纵”，“蓬发饮酒，不以王务婴心”。） 7. 令淑：善良文雅。清流：比喻德行高洁。 8. 大成：指学问大有成就。苗而不秀：庄稼生长却不抽穗开花。（按：“苗而不秀”语出《论语·子罕》，古人多以为是孔子痛惜颜回早逝。王戎的儿子王万子有美名，十九岁早夭，故亦以“苗而不秀”比之。）

【译文】

竹林七贤，各有才能出众的儿子：阮籍的儿子阮浑，气量宽宏；嵇康的儿子嵇绍，志向高远，本性正直；山涛的儿子山简，通达而且高洁纯真；阮咸的儿子阮瞻，谦虚平易，志向远大；阮瞻的弟弟阮孚，为人爽朗，不受政务牵累；向秀的儿子向纯、向悌，都很善良文雅，不肯同流合污；王戎的儿子王万子，有集大成的风度，可惜早夭；只有刘伶的儿子默默无闻。在所有这些人里面，唯有阮瞻可堪居于首位，嵇绍和山简在当时也很受尊重。

三〇、城西公府

庾子躬有废疾[1]，甚知名。家在城西，号曰“城西公府[2]”。

【注释】

1. 庾子躬：庾琮，字子躬。废疾：残废、残疾。 2. 公府：本指“三公”的府第。庾琮曾任太尉（“三公”之一）的属官，故其宅亦可称

“公府”。

【译文】

庾琮有残疾，可是很有名望。他的住宅在城西，当时号称“城西公府”。

三一、当容澄知

王夷甫语乐令：“名士无多人，故当容平子知[1]。”

【注释】

1. 容……知：这里指任凭……先予以评价。

【译文】

王衍告诉尚书令乐广说：“名士没有很多，自然应该任凭王澄做出评价。”

三二、语如悬河

王太尉云：“郭子玄语议，如悬河[1]写[2]水，注[3]而不竭[4]。”

【注释】

1. 悬河：悬挂的河流，指瀑布。 2. 写：通“泻”，倾泻。（按：“悬河写水”形容能言善辩，滔滔不绝。） 3. 注：向下倒，流下。4. 竭：绝，完，尽。

【译文】

太尉王衍说：“郭象的言论好像瀑布倾泻下来，滔滔不绝。”

三三、一时俊异

司马太傅府多名士,一时俊异[1]。庾文康[2]云:“见子嵩在其中,常自神王[3]。”

【注释】

1. 一时俊异:都是当时的优异人物。 2. 庾文康:庾亮死后谥号“文康”。 3. 神王:“神旺”,指精神振奋。(按:《晋书·庾敳传》“神王”二字作“袖手”。)

【译文】

司马越的太傅府里名士很多,都是当时的优异人物。庾亮说:“我在这些人中间看见庾敳,常常自己感到精神旺盛(指精神因之而振奋)。”

三四、人伦之表

太傅东海王镇许昌[1],以王安期为记室参军[2],雅相知重[3]。敕(chì)世子毗(pí)[4]曰:“夫学之所益者浅,体之所安者深[5]。娴(xián)习礼度[6],不如式瞻(zhān)仪形[7];讽味遗言[8],不如亲承音旨[9]。王参军人伦之表[10],汝其师之。”或曰:“王、赵、邓三参军,人伦之表,汝其师之!”谓安期、邓伯道[11]、赵穆也。袁宏作《名士传》,直云王参军。或云:“赵家先犹有此本[12]。”

【注释】

1. 太傅东海王镇许昌:西晋末,怀帝即位,东海王司马越辅政;因怀帝亲理政事,司马越不能专权,便请求镇守许昌。 2. 王安期:

王承，字安期，太原晋阳（在今山西太原）人，为汝南太守王湛之子。其人清虚寡欲，无所修尚。记事参军：军中文职，掌管文书记录一类事。 3. 雅相知重：非常赏识重视他。 4. 敕：告诫。世子：帝王公卿之子（通常是嫡长子），是帝位或王爵继承人。毗：指司马毗。5. 学：指学习书本知识。益：增益，收获。体：体验生活。安：保留。6. 娴习：熟习，熟练掌握。礼度：礼制法度。 7. 式：典礼，仪式。瞻：观看，观摩。仪形：指仪式。 8. 讽味：背诵体味。遗言：古圣先贤流传下来的话。 9. 亲承：亲自接受。音旨：语言和意思。10. 人伦：人类、人们。表：表率。 11. 邓伯道：邓攸，字伯道，平阳襄陵（在今山西襄汾西北）人，太子中庶子邓殷之孙。邓攸幼年丧亲，先后服丧九年，以孝道著称。 12. 本：版本，这里指手抄本。

【译文】

太傅东海王司马越镇守许昌的时候，任用王承做记室参军，非常赏识看重他。东海王告诫儿子司马毗说："学习书本知识的收获浅，体验生活所保留的感受深。熟习礼制法度，不如好好观看礼节仪式；背诵并体味前人的遗训，不如亲自接受贤人的教诲。王参军是人们的榜样，你要向他学习。"有人说（他原话说的是）："王、赵、邓三位参军是人们的榜样，你要向他们学习。"所说的三位参军指王承、赵穆和邓攸。袁宏写《名士传》的时候，只说到王参军。有人说："赵穆家原先还有这个抄本。"

三五、庇其宇下

庾太尉少为王眉子所知。庾过江，叹王曰："庇（bì）其宇下[1]，使人忘寒暑。"

【注释】

1. 庇其宇下：指得到他(王玄)的赏识、荫庇。庇，这里指在某人处得到赏识、荫庇。宇，屋檐。

【译文】

太尉庾亮年轻时得到王玄的赏识。后来庾亮过江避难，(向别人)称赞王玄说："在他的屋檐下得到庇护，使人忘记了冬寒夏暑。"

三六、谢鲲三友

谢幼舆(yú)曰："友人王眉子清通简畅，嵇延祖弘雅[1]劭(shào)长[2]，董仲道[3]卓荦(luò)[4]有致度[5]。"

【注释】

1. 弘雅：宽宏正直。 2. 劭长：德行美好。 3. 董仲道：董养，字仲道，陈留浚仪人也。泰始初至洛下，不干禄以求荣。及杨后废，养因游太学，乃著《无化论》(一说为《元化论》)以非之。永嘉中，与妻荷担入蜀，莫知所终。 4. 卓荦：卓越杰出。 5. 致度：风致气度。

【译文】

谢幼舆说："我的朋友王玄清廉通达，简约舒畅；嵇绍宽宏正直，德行高尚；董养见识卓越，很有风致气度。"

三七、壁立千仞

王公目太尉："岩岩[1]清峙(zhì)[2]，壁立千仞(rèn)[3]。"

【注释】

1. 岩岩：形容山势高峻。 2. 清峙：清静地耸立。 3. 仞：长度单位，七尺或八尺为一仞。

【译文】

王导评论太尉王衍说："陡峭而肃静地耸立在那里，像千丈石壁一样屹立着。"

三八、酬酢终日

庾太尉在洛下[1]，问讯（xùn）[2]中郎。中郎留之云："诸人当来。"寻温元甫[3]、刘王乔[4]、裴叔则俱至，酬（chóu）酢（zuò）[5]终日[6]。庾公犹忆刘、裴之才俊[7]，元甫之清中[8]。

【注释】

1. 洛下：指洛阳，为当时首都。 2. 问讯：探望。 3. 温元甫：温几，字元甫，太原人，才性清婉。 4. 刘王乔：刘畴，字王乔，彭城人，为刘讷之子。少有美誉，善谈名理。 5. 酬酢：宾主互相敬酒，泛指应对、清谈。 6. 终日：一整天。 7. 才俊：才华俊秀。 8. 清中：恬静平和。

【译文】

太尉庾亮在洛阳的时候，有一次，去探望从事中郎庾敳，庾敳挽留他说："大家等下会来聚集的。"过了一会儿，温几、刘畴、裴楷都来了，大家清谈了一整天。庾亮后来还能回忆起当时刘、裴两人的才华俊秀和温几恬静平和的情状。

三九、陆机兄弟

蔡司徒在洛，见陆机兄弟住参佐[1]廨（xiè）[2]中，三间瓦屋，士龙住东头，士衡住西头。士龙为人，文弱可爱。士衡长七尺[3]余，声作钟声，言多忼（kāng）慨[4]。

【注释】

1. 参佐：参僚，部佐。 2. 廨：官署。 3. 七尺：指成年人应有的身高。（按：古代一尺只有现代六七寸长。） 4. 忼慨：犹“慷慨”。

【译文】

司徒蔡谟在洛阳的时候，看见陆机、陆云兄弟住在僚属办公处里，有三间瓦屋，陆云住在东头，陆机住在西头。陆云文雅纤弱得让人怜爱；陆机身高七尺多，声音像洪钟般响亮，说话总是慷慨激昂。

四〇、入理泓然

王长史是庾子躬之外孙，丞相目子躬云：“入理[1]泓（hóng）然[2]，我已上[3]人。”

【注释】

1. 入理：入于玄理之中，指能够领会玄理。 2. 泓然：深入貌。 3. 已上：通“以上”。

【译文】

长史王濛是庾琮的外孙，丞相王导评论庾琮说：“能够深刻地领会玄理，是（智慧）超过我的人。”

四一、家从谈谈

庾太尉目庾中郎：家从[1]谈谈[2]之许[3]。

【注释】

1. 家从：家从父，这里指堂叔。（按：庾亮的父亲和庾敳是同一祖父，故庾敳为庾亮堂叔。） 2. 谈谈：深深地。 3. 许：赞许。

【译文】

太尉庾亮评论中郎庾敳说："家叔深受人们的称赞。"

四二、神气融散

庾公目中郎："神气[1]融散[2]，差如[3]得上[4]。"

【注释】

1. 神气：精神。 2. 融散：和乐，闲散。（按：据《晋阳秋》载："敳颓然渊放，莫有动其听者"。） 3. 差如：大致，比较地。 4. 得上：算得上上等、出众。

【译文】

太尉庾亮评论中郎庾敳说："他的精神安适、疏散，大致还能算得上出众。"

四三、祖逖朗诣

刘琨（kūn）[1]称祖车骑[2]为朗诣（yì）[3]，曰："少为王敦[4]所叹[5]。"

【注释】

1. 刘琨：字越石，中山魏昌（在今河北无极）人，曾任司空。 2. 祖车骑：祖逖，字士稚，范阳遒县（在今河北涞水）人，东晋名将、官员，“车骑将军”系死后追赠。（按：祖逖曾与刘琨同任司州主簿，感情很好。二人立志报国，“闻鸡起舞”之典即由此出。） 3. 朗诣：开朗通达。 4. 王敦：字处仲，琅琊临沂（在今山东临沂）人，王导堂兄，为东晋初期权臣。 5. 为……所叹：受到某人的赞叹、称赏。

【译文】

刘琨称赞祖逖是开朗通达的人，说：“他年轻时受到王敦的赞赏。”

四四、托大自藏

时人目庾中郎：“善于讬（tuō）大[1]，长于自藏[2]。”

【注释】

1. 讬大：倨傲自尊，把高位看成是寄身之所。此处意为虽然身居高位，而不作威作福。讬，通“托”。大，指高位。 2. 长于：擅长，善于。自藏：据《晋书·庾敳传》载，庾敳不多问世事，“常静默无为”，“处众人中，居然独立”。自藏，即指不露头角，明哲保身。藏，隐藏形迹、收敛锋芒。

【译文】

当时人士评论从事中郎庾敳说：“善于托身高位，善于自我隐藏。”

四五、王澄绝倒

王平子迈世[1]有俊才，少[2]所推服[3]。每闻卫玠言，辄[4]叹息绝倒[5]。

【注释】

1. 迈世：超越世俗。迈，超迈。 2. 少：很少。 3. 推服：推重，佩服。 4. 辄：就，总是。 5. 绝倒：倾倒，钦佩。

【译文】

王澄有超迈世俗的卓越才华，很少有他推重佩服的人。可每当他听到卫玠说话，总不免赞叹、倾倒。

四六、常人之患

王大将军与元皇表[1]云："舒[2]风概简正[3]，允作雅人[4]，自多于邃(suì)[5]。最是臣少所知拔[6]。中间夷甫、澄见语[7]：'卿知处明、茂弘。茂弘已有令名，真副卿清论[8]；处明亲疏无知之者[9]。吾常以卿言为意[10]，殊未有得，恐已悔之？'臣慨然曰：'君以此试，顷来始乃有称者[11]。'言常人正自患知之使过[12]，不知使负实。"

【注释】

1. 与元皇表：呈给晋元帝的奏章。 2. 舒：王舒，字处明，为王敦堂弟。据《晋书·王舒传》载，王舒"以天下多故，不营当时名，恒处私门，潜心学植"。后避难过江，始出任官职。 3. 风概：风采气概。简正：指为人处事简约刚直。 4. 允作：确实称得上。雅人：风雅之士，指品德高尚的人。 5. 自多于：自然胜过。邃：王邃，字处重，为王舒之弟。 6. 臣少所知拔：(他是)少有的臣很赏识并扶植提拔的人。 7. 中间：在此期间。见语：对我说，告诉我。（按：此处数“王”皆为同族。） 8. 令名：美名。真副：确实符合。副，通“符”。清论：这里指议论、品评。 9. 亲疏：亲者和疏者。知之：了解他。 10. 以……为意：把……放在心里。 11. 以此试：按照（我说的）去试试。顷来：最近以来。有称者：有人称赞（王舒）。 12. 知之使过，不知使负实：（担心）了解人家了解得过了头，不担心对实际才能了解得不够。

【译文】

王敦呈给晋元帝的奏章说：“臣的堂弟王舒很有风采气概，为人处事简约刚直，确实称得上是高雅的人，自然胜过他弟弟王邃。他（王舒）是少有的臣很赏识并扶植提拔的人。在这期间，王衍、王澄兄弟俩都曾告诉我说：‘你了解王舒和王导。王导已经有了美名，确实和你的高论相符；王舒却是无论亲疏都没有人了解他。我常常把你的话放在心上，去了解王舒，却毫无收获，恐怕你对自己说过的话已经感到后悔了吧！’臣感慨地说：‘您按我说的试着再看看，近来开始有人赞扬王舒了。’这说明一般人只是担心了解人了解得过了头，而不担心对其实际才能了解不够。”

四七、何可得遗

周侯[1]于荆州败绩[2]，还[3]，未得用[4]。王丞相与人书[5]曰：“雅流宏器[6]，何可得遗[7]？”

【注释】

1. 周侯：周顗，字伯仁，汝南安成（在今河南汝南）人，弱冠袭封武城侯。 2. 于荆州败绩：晋元帝时，周颉任宁远将军、荆州刺史，刚到任即遇叛军，大败弃城投奔豫章。 3. 还：指周颉受召返回都城建康。 4. 未得用：指未能得到委任。 5. 与人书：给某人写信。 6. 雅流：高雅人士。宏器：大器，指有大才的人。 7. 何可得遗：怎么能把他遗漏（抛弃，此指委弃不用）呢。

【译文】

武城侯周颉在荆州大败后，回到京城建康，却未能得到委任。丞相王导给别人写信说："周颉是高雅人士，有大才，怎么能把他抛弃不用呢？"

四八、高坐卓朗

时人欲题目[1]高坐[2]而未能。桓廷尉[3]以问周侯，周侯曰："可谓卓朗[4]。"桓公曰："精神渊箸[5]。"

【注释】

1. 题目：作动词用，意为品评。 2. 高坐：一僧人名，生平不详。 3. 桓廷尉：桓彝，字茂伦，死后追赠廷尉。 4. 卓朗：卓越开朗。 5. 渊箸：深沉明澈。箸，清朗、明澈。

【译文】

当时人士想给高坐和尚下个评语，还没有想出恰当的。廷尉桓彝拿这事问武城侯周颉，周颉说："可以说他是卓越开朗的人。"桓温说："他的精神深沉而明澈。"

四九、神候似可

王大将军称[1]其儿云:"其神候[2]似欲可[3]。"

【注释】

1. 称:称赞、赞赏。 2. 神候:神态。候,情况。 3. 似欲可:好像还可心。可,可心、合意。

【译文】

大将军王敦称赞其儿说:"看他的神态好像还可心。"

五〇、如百间屋

卞令[1]目叔向[2]:"朗朗[3]如百间屋。"

【注释】

1. 卞令:卞壸,字望之,曾任尚书令。 2. 叔向:似指卞壸之叔父卞向,不确考。 3. 朗朗:气度宽广宏阔。

【译文】

尚书令卞壸评论他叔叔卞向说:"他的气度宽阔,好像有上百个敞亮房间的大屋。"

五一、王澄绝倒

王敦为大将军,镇豫章。卫玠避乱,从洛投敦,相见欣然,谈话弥日[1]。于时谢鲲为长史,敦谓鲲曰:"不意永嘉[2]之中,复闻正始[3]之音[4]。阿平[5]若在,当复绝倒[6]。"

【注释】

1. 弥日：成天，整日。 2. 永嘉：晋怀帝年号。 3. 正始：三国时期曹魏君主魏齐王曹芳的第一个年号，前后共计十年。 4. 音：特指清谈。 5. 阿平：王澄，字平子，“阿平”为昵称。 6. 绝倒：叹绝倾倒。

【译文】

王敦任大将军时，镇守豫章。卫玠为了躲避战乱，从洛阳来到豫章投奔王敦，两人一见面都很高兴，成天清谈。当时谢鲲在王敦手下任长史，王敦对谢鲲说：“想不到永嘉年间，又听到了正始时的那种清谈。如果阿平在这里，就会佩服得五体投地。”

五二、风气日上

王平子与人书，称其儿：“风气[1]日上[2]，足散人怀[3]。”

【注释】

1. 风气：风采气量。（按：称赞子弟，以此抬高他们的身价，是晋代风气。） 2. 日上：一天比一天强。 3. 足散人怀：足以让人心怀舒畅。

【译文】

王澄给人写信，称赞自己的儿子说：“他的风采和气量一天比一天长进，足以让人心怀舒畅。”

五三、佳言如屑

胡毋彦国吐佳言如屑[1]，后进领袖[2]。

【注释】

1. 屑：木屑，木头加工时留下的锯末、刨花等。 2. 后进：后起之辈。领袖：可作为带领、表率的人物。

【译文】

胡毋辅之谈吐中的优美言辞，就像锯木时的木屑一样连绵不断，他是后辈中的领袖人物。

五四、察察岩岩

王丞相云："刁玄亮之察察[1]，戴若思之岩岩[2]，卞望之之峰距[3]。"

【注释】

1. 刁玄亮：刁协，字玄亮（一作元亮），渤海饶安（在今河北盐山）人，御史中丞刁攸之子。察察：明辨是非。 2. 戴若思：戴渊，字若思，广陵（在今江苏扬州）人，会稽太守戴昌之子。岩岩：（山势）险峻，指神态威严。 3. 卞望之：卞壶，字望之，济阴冤句（在今山东菏泽）人，中书令卞粹之子。峰距：余嘉锡《世说新语笺疏》引陈仅《扪烛脞存》云："峰距，犹岳峙也。言其高峻，使人不可近。"即"孤峰特立"之意，比喻为人刚正不阿。

【译文】

王导说："像刁协那样明察秋毫，像戴渊那样仪态威严，像卞壶那样刚直不阿。"

五五、是佳子弟

大将军语右军[1]:“汝是我佳子弟,当不减[2]阮主簿[3]。”

【注释】

1. 右军:指王羲之,曾任右军将军,为大将军王敦堂侄。 2. 不减:不比……差。 3. 阮主簿:阮裕,字思旷,其为人爽快无私,且有德行。王敦素闻其名,召为主簿。

【译文】

王敦对堂侄王羲之说:“你是我家的优秀子弟,想必不会比阮裕差。”

五六、嶷如断山

世目周侯:嶷(yí)[1]如断山[2]。

【注释】

1. 嶷:山高特立貌。 2. 断山:指悬崖峭壁。形容为人清高正直。(按:据《晋书·周顗传》载,人们都不敢随意轻慢周顗。)

【译文】

世人评论武城侯周顗说:“他就像悬崖绝壁一样陡峭。”

五七、夜语忘疲

王丞相招[1]祖约夜语,至晓不眠。明旦[2]有客,公头鬓(bìn)未理[3],亦小倦[4]。客曰:“公昨如是,似失眠[5]。”公曰:“昨与士少语,遂使人忘疲。”

【注释】

1. 招：邀请某人来。 2. 明旦：次日清早。 3. 头鬓未理：还没梳理头发。 4. 小倦：有点疲倦。 5. 公昨如是，似失眠："是"字疑为衍文，此句应为"公昨如似失眠"，否则于理不顺。

【译文】

王导邀祖约晚上来清谈，一直谈到天亮还不睡觉。第二天一早有客人来，王导出来见客时，还没有梳头，精神也有点困倦，客人问道："您昨天夜里好像失眠了。"王导说："昨晚和祖约清谈，让人不觉忘记了疲劳。"

五八、足与之处

王大将军与丞相书，称杨朗[1]曰："世彦识器理致[2]，才隐明断[3]，既为国器[4]，且是杨侯淮[5]之子。位望[6]殊为陵迟[7]，卿亦足与之处[8]。"

【注释】

1. 杨朗：字世彦，系弘农杨氏之后。 2. 识器：识见和气量。理致：义理和情致。 3. 才隐：才学精微。明断：论断高明。4. 国器：足以主持国政的人才。 5. 杨侯淮：实为杨准，字始丘，为杨修之孙，司隶弘农郡（在今河南灵宝东北）人。西晋元康末年，官至冀州刺史。侯，即诸侯，地方相对于中央政权的说法。杨准为冀州刺史，封疆大吏，相当于一方诸侯。永嘉之乱后，杨准一系南迁。 6. 位望：地位，声望。 7. 陵迟：指衰微，卑微。 8. 与之处：跟他结交。

【译文】

王敦给王导写信，称赞杨朗说："杨朗这人很有识见气量，言谈深得事物之义理而又有情趣，才学精微而论断高明。既是足以治国的人才，又是冀州刺史杨淮的儿子（意为虎父无犬子），可他现在的地位和名望还很卑微。你当然也可以和他相处。”

五九、麈尾指坐

何次道[1]往丞相许，丞相以麈（zhǔ）尾指坐，呼何共坐曰：“来！来！此是君坐。”

【注释】

1. 何次道：何充，字次道，为王导妻姐之子。小时与王导要好，为王导所看重，长成后历任显官。王导于东晋初年任右将军、扬州刺史、监江南诸军事，想让何充辅助自己，并准备让他接任，常借故露出此意。

【译文】

何充到姨丈王导那里去，王导拿麈尾指着座位，招呼他一块坐，还说：“来啊，来啊，这是给你留的座位。”

六〇、为充治此

丞相治[1]扬州廨（xiè）舍[2]，按行[3]而言曰：“我正为[4]次道治此尔！”何少[5]为王公所重[6]，故屡发此叹。

【注释】

1. 治：修建。 2. 廨舍：官署。 3. 按行：巡视（修建情况）。按，即“巡按”之“按”。 4. 正为：就是为了。 5. 少：年轻时。

6. 重：看重，重视。

【译文】

王导下令修建扬州的官署，他在视察修建情况时说："我只是替何充修建这个官署罢了（意为何充也是能做州府一级官员的人才）！"何充年轻时就受到王导的重视，所以王导屡次表示这样的赞叹。

六一、不独拜公

王丞相拜司徒[1]而叹曰："刘王乔[2]若过江，我不独拜[3]公。"

【注释】

1. 拜：官拜……，受任为……职。司徒：与司空、太尉并称"三公"，为中央最高行政长官。又因司徒与丞相职责多相通，故一般不并置。（按：晋明帝即位后，王导升任司徒。） 2. 刘王乔：刘畴，字王乔，彭城人，为刘讷之子。少有美誉，善谈名理。西晋永嘉年间，任司徒左长史，后被害。（按：当时有人以为他是司徒的合适人选。） 3. 不独拜：不会独自受任为。

【译文】

王导受任为司徒时叹道："如果刘畴有幸到江东来，我就不会一个人受任三公了。"

六二、何得皆是

王蓝田为人晚成，时人乃谓之痴[1]。王丞相以其东海[2]子，辟为掾

(yuàn)[3]。常集聚,王公每发言,众人竞赞之;述于末坐[4]曰:"主[5]非尧、舜,何得事事皆是[6]?"丞相甚相叹赏。

【注释】

1. 王蓝田……痴:王述为人恬静内敛,众人竞相辩论,他亦不为所动,到三十岁时还没有名望,别人就认为他痴呆。王蓝田,即王述,字怀祖,袭爵为蓝田县侯。晚成,成就比较晚。 2. 东海:指王承,为王述之父,曾任东海太守。(按:王承在东晋初年名望很大,王导、庾亮等都比不上他;王导因为他的关系,而有意提拔其子王述。) 3. 辟:征召某人为官。掾:掾吏,属官。 4. 末坐:最后面的座位。 5. 主:僚属称上司为"主"。 6. 何得:怎么能够。是:对,正确。

【译文】

王述为人成就比较晚,当时人们都认为他痴呆。王导因为他是东海太守王承的儿子,就召他做属官。属吏们常常聚会,王导每次讲话,大家都争着赞美;王述坐在末座上说:"主公不是尧、舜,怎么能事事都对!"王导非常赞赏他的话。

六三、杨朗大才

世目杨朗[1]:"沈(chén)审经断[2]。"蔡司徒云:"若使中朝不乱,杨氏[3]作公[4]方未已[5]。"谢公云:"朗是大才。"

【注释】

1. 杨朗:见前注,其父杨准,为杨修之孙。杨准有六子,以杨朗最有美名,做到三公之位。 2. 沈审:深沉审慎。沈,通"沉",深沉。经断:顺理决断。经,即"荒诞不经"之"经",意为合乎常理。 3. 杨氏：杨朗共有五个兄弟，他们六人名声都很大。其父杨准于晋惠帝末年任冀州刺史，因见战乱频起，国事无望，遂终日纵酒。 4. 作公：指担任三公的职位。 5. 方未已：将会接连不断。

【译文】

世人评论杨朗说："深沉审慎，顺理决断。"司徒蔡谟说："如果西晋不乱，杨氏兄弟中出任三公高位的将会接连不断。"谢安说："杨朗是有大才的人。"

六四、灼然玉举

刘万安即道真从子[1]。庾公所谓"灼（zhuó）然玉举"[2]。又云："千人亦见（xiàn）[3]，百人亦见。"

【注释】

1. 刘万安：人名，生平不详。道真：刘宝，字道真，山阳高平（在今山东邹城）人，西晋将领、文学家。他自幼聪颖，能歌善箫，文武双全。从子：侄儿。 2. 庾公：指庾琼。灼然：鲜明貌。玉举：玉立，比喻操守坚定。 3. 见：同"现"，显露、凸显。

【译文】

刘万安是刘宝的侄儿，是庾琼所说的"鲜明坚定（的人物）"。又说："他在千人中也能显露出来，在百人中也能显露出来。"

六五、海岱清士

庾公为护军[1]，属（zhǔ）桓廷尉觅（mì）一佳吏[2]，乃经年[3]。桓后遇见徐宁而知之[4],遂致于庾公[5]曰:“人所应有,其不必有;人所应无,己不必无[6]。真海岱(dài)清士[7]。”

【注释】

1. 庾公:指庾亮。护军:指护军将军,掌握中央军权。(按:庾亮在晋明帝时升任护军将军。) 2. 属:通“嘱”,嘱托。桓廷尉:指桓彝。佳吏:优秀的属官。 3. 经年:过了一年(还没找到)。 4. 徐宁:已见前注。知之:赏识他。 5. 致于庾公:把他推荐给庾亮。致,送给、推荐。 6. 人所……必无:这里所说的有、无,大概是指礼法、道德方面的内容。(按:似指徐宁与众不同。) 7. 海岱:古称今山东省东海与泰山间之地。(按:徐宁是东海郡人,东海郡包括江苏、山东东部一带。)清士:清廉正直之士。

【译文】

庾亮任护军将军的时候,托廷尉桓彝物色一个优秀的属官,过了一年竟然还没找到。桓彝后来碰见徐宁很赏识他,就把他推荐给庾亮,介绍说:“人们应该有的,他不一定有;人们不应该有的,他不一定没有。他确实是东海、泰岳一带清廉正直的人士。”

六六、皮里阳秋

桓茂伦[1]云:“褚季野[2]皮里阳秋[3]。”谓其裁中[4]也。

【注释】

1. 桓茂伦:桓彝,字茂伦。 2. 褚季野:褚裒,字季野。 3. 皮里阳秋:指腹内有《春秋》笔法,即表面上不作评论,内心却有褒贬。(按:原作“皮里春秋”,因避太后郑阿春讳,改“春”为“阳”。) 4. 裁中:"裁于中",指内心有裁决。

【译文】

桓彝说:"褚裒是皮里春秋。"指的是他心中有裁决。

六七、诸侯上客

何次道尝送东人[1],瞻(zhān)望[2]见贾宁[3]在后轮[4]中,曰:"此人不死,终为诸侯上客[5]。"

【注释】

1. 东人:指从建康以东来的客人。 2. 瞻望:往远处看。 3. 贾宁:字建宁,曾任苏峻的参军,随苏峻起兵反帝室,失败后投降,官至新安太守。 4. 后轮:后面的车驾。 5. 诸侯上客:指各诸侯王的座上宾、贵客。

【译文】

何充有一次送走从东面来的客人,远远望见贾宁在后面的车子上,就说:"这个人如果不死,将来终归要做王侯的座上宾。"

六八、杜乂墓崩

杜弘治[1]墓崩[2],哀容不称(chèn)[3]。庾公顾[4]谓诸客曰:"弘治至羸(léi)[5],不可以致哀[6]。"又曰:"弘治哭不可哀。"

【注释】

1. 杜弘治:杜乂,字弘治,少时即有盛名,号为"神仙中人",后曾官至丹阳丞。 2. 墓崩:指祖坟崩塌。 3. 哀容不称:指应表现出哀伤的神色而他并没有。不称：不相称。 4. 顾：环顾，环视。 5. 至羸：极度瘦弱。 6. 致哀：极其哀痛。

【译文】

杜乂家的祖坟塌了，他的表情和（面对这件事本来应该表现出的）悲哀的神色不相称。庾亮环顾众宾客并说："弘治的身体极衰弱，不可以太伤心。"又说："弘治不能哭得太伤心了。"

六九、丰玉荒谷

世称："庾文康为丰年玉[1]，稚恭为荒年谷[2]。"庾家论云："是文康称恭为荒年谷，庾长仁[3]为丰年玉。"

【注释】

1. 丰年玉：比喻能润色太平的人，形容庾亮是能够锦上添花的治国人才。 2. 荒年谷：比喻能救助困苦的人，形容庾翼是能够雪中送炭、挽救危亡的人才。（按：据《晋书·庾翼传》载，庾翼"素有大志，以平胡、平蜀为己任"。） 3. 庾长仁：庾统，字长仁，为庾亮之侄，曾任寻阳太守。

【译文】

世人称颂庾亮像丰年的美玉，称颂庾翼像荒年的粮谷。庾家内部评论则说："是庾亮称赞庾翼像荒年的粮食，庾统像丰年的美玉。"

七〇、标鲜穆少

世目："杜弘治标鲜[1]，季野穆少[2]。"

【注释】

1. 标鲜：标致鲜明。 2. 季野：褚裒，字季野。穆少：温和、淡泊。

【译文】

世人评论说："杜乂标致鲜明，褚裒温和淡泊。"

七一、德风可咏

有人目杜弘治标鲜清令[1]，盛德之风[2]，可乐咏[3]也。

【注释】

1. 标鲜：俊秀光鲜。清令：清高纯美。 2. 盛德：道德高尚。风：风度，仪范。 3. 乐咏：用音乐、诗歌来赞颂。

【译文】

有人评论杜乂说："他风采俊秀光鲜，本性清高纯美，表现出大德的风范，是值得歌颂的。"

七二、拔萃国举

庾公云："逸少国举[1]。"故庾倪（ní）[2]为碑文[3]云："拔萃（cuì）[4]国举。"

【注释】

1. 国举：受到全国上下推崇的人。 2. 庾倪：庾倩（一名倪），是庾冰第五子，颍川鄢陵人，有才器，曾任太宰长史，为桓温所忌。3. 为碑文：撰写碑文，指题写墓志铭。 4. 拔萃：出类拔萃，指超过常人。

【译文】

庾亮说:“王羲之是全国所推崇的人。”所以庾倪给王羲之写碑文时就写道:“拔萃国举”。

七三、庾翼荐友

庾稚恭与桓温书,称:“刘道生[1]日夕在事[2],大小殊快[3]。义怀通乐[4],既佳,且足作友,正实良器[5],推[6]此与君,同济艰不(pǐ)[7]者也。”

【注释】

1. 刘道生:人名,生平不详。 2. 日夕:白天和夜晚,指日日夜夜。在事:处理政务。 3. 大小:大事小情。殊快:(处理得让人)非常称心如意。快,痛快、舒畅。 4. 义怀:仁义心怀。通乐:豁达和乐。 5. 正实良器:确实是优秀的人才。 6. 推:推荐。 7. 同济:一起度过、一起克服。艰不:艰难困苦。不,通“否”,阻塞不通。(按:“否极泰来”之“否”。)

【译文】

庾翼写信给桓温,称赞说:“刘道生白天晚上都在处理政事,大小事情都处理得非常称心如意。这个人胸怀仁义,豁达和乐,不但这方面很好,而且很值得结为良友,确实是优秀人才。我现在把他推荐给您,让他和您一起度过这艰难困苦的时日吧。”

七四、主簿请讳

王蓝田拜扬州,主簿[1]请讳(huì)[2],教[3]云:“亡祖先君,名播海内,远近所知;内讳[4]不出于外[5]。余无所讳。”

【注释】

1. 主簿:官名,为衙门属吏,主管文书一类事。　2. 请:请教,请问。讳:指家讳,即家内长辈的名字。(按:晋人重视家讳。如新官上任时,下属要请求指出应该避忌的家族长辈的名讳,以免无意中触犯。)　3. 教:上级对下级做出批示。　4. 内讳:家内妇女的名字。　5. 不出于外:不出到家门之外,即不让外人知道。(按:《礼记》云:“妇人之讳不出门。”)

【译文】

王述就任扬州刺史时,州府的主簿向他请示要避忌的名讳。王述批示说:“我家的先祖、先父,名声远播全国,是远近的人们都知道的。妇女的名字不能向外人说道,此外没有要避忌的了。”

七五、无所不堪

萧中郎[1],孙承公妇父[2]。刘尹在抚军坐[3],时拟为太常[4],刘尹云:“萧祖周不知便可作三公[5]不(fǒu)?自此以还[6],无所不堪[7]。”

【注释】

1. 萧中郎:萧轮,字祖周,曾任常侍、从事中郎等职。　2. 孙承公:人名,生平不详。妇父:岳父。　3. 在……坐:在某人家里做客。　4. 拟为:商议任命他为……。太常:九卿之一,主管祭祀礼乐。　5. 三公:太尉、丞相、御史大夫,是皇帝以下的中央最高行政长官。(按:九卿在三公之下,也是中央行政机关的长官。)　6. 自此以还:从三公以下。　7. 无所不堪:没有一个职务是他不能胜任的。

堪，堪当，能够胜任。

【译文】

萧轮是孙承公的岳父，刘惔在司马昱那里做客时，商议提升萧轮担任太常。刘惔说："萧轮不知可以不可以就直接提为三公？从三公以下，没有一个职务是他不能胜任的。"

七六、亹亹逼人

谢太傅未冠(guàn)[1]，始出西[2]，诣王长史，清言良久[3]。去后，苟子[4]问曰："向客何如尊[5]？"长史曰："向客亹(wěi)[6]亹，为来逼人。"

【注释】

1. 未冠：还没成年。（按：古代男子二十岁行冠礼，表示已经成年。） 2. 出西：到首都建康去。（按：谢安曾隐居会稽郡东山，从会稽去建康要往西走，故称为"出西"。） 3. 清言：清谈。良久：很久。 4. 苟子：王修，字敬仁，小名苟子，为王濛之子。 5. 向客：刚才那位客人（指谢安）。何如：比起……怎么样。尊：儿子对父亲的敬称。 6. 亹：形容勤勉不倦。这里指谈论不倦。

【译文】

谢安还未成年时，初到京都，到王濛家去拜访，清谈了很久。他走了以后，王濛的儿子王修问他父亲："刚才那位客人和您相比怎么样呢？"王濛说："他说话滔滔不绝，气场逼人。"

七七、共推安石

王右军语刘尹:“故当共推[1]安石。”刘尹曰:“若安石东山志立[2],当与天下共推之[3]。”

【注释】

1. 推:推崇,推重。 2. 东山志立:指志在隐居。东山在会稽,谢安曾隐居于此。东山志,指隐居的心愿。立,确立。 3. 当与天下共推之:谢安曾寓居会稽,官府多次征召,他也不肯出任官职,只想在东山隐居,畅游山水。可他名望很大,众人一致希望他出仕。一直到四十多岁时,他才答应桓温的邀请,出任司马。

【译文】

王羲之对刘惔说:“我们当然要一起推崇谢安。”刘惔说:“如果谢安志在隐居,我们应该和天下人一起推崇他。”

七八、掇皮皆真

谢公称蓝田:“掇(duō)[1]皮[2]皆真[3]。”

【注释】

1. 掇:揭去。 2. 皮:表皮,表面。 3. 真:真诚,真率。

【译文】

谢安称赞王述说:“他去掉表面都是真率的。”

七九、王敦可儿

桓温行经王敦墓边过,望之云:"可儿[1]！可儿!"

【注释】

1. 可儿:等于"可人",可意的、可爱的。(按:所谓"可儿",多指才德方面而言。)

【译文】

桓温出行经过王敦的坟墓边,望着(王敦的墓)说:"可意人儿!可意人儿!"

八〇、逸少清贵

殷中军道王右军云:"逸少清贵[1]人,吾于之甚至[2],一时无所后[3]。"

【注释】

1. 清贵:清高尊贵。 2. 于之甚至:对于他到了顶点,意为喜欢他到了极致。 3. 无所后:没有后来人,指没有人能比得上他。

【译文】

殷浩评论王羲之说:"王羲之是个清高尊贵的人,我对他(喜欢)到了极点,一时没有人能比得上他的。"

八一、处长胜人

王仲祖称殷渊源:"非以长胜人[1],处长亦胜人[2]。"

【注释】

1. 以长胜人：凭自己的长处胜过别人。　2. 处长亦胜人：在对待自己的长处上也超过别人。处，处理、对待。长，长处、优点。

【译文】

王濛称赞殷浩说："他不但凭自己的长处胜过别人，而且在对待自己的长处上也胜过别人。"

八二、陈势浩汗

王司州与殷中军语，叹云："己之府奥[1]，蚤(zǎo)[2]已倾泻[3]而见(xiàn)[4]，殷陈(zhèn)[5]势浩汗[6]，众源[7]未可得测[8]。"

【注释】

1. 府奥：指肺腑，比喻内心深处的话。　2. 蚤：通"早"。　3. 倾泻：这里指倾吐胸臆。　4. 见：通"现"，净尽、见底。　5. 陈：通"阵"。　6. 浩汗："浩瀚"，浩荡、广阔。　7. 众源：各个源头。8. 测：估测，估量。

【译文】

王胡之和殷浩清谈，赞叹地说："我心中的见解，早已倾吐净尽；殷浩才刚刚摆开清谈的阵势，(他的言辞听上去)浩浩荡荡，其中的各个源头还没法估量。"

八三、金玉满堂

王长史谓林公："真长可谓金玉满堂[1]。"林公曰："金玉满堂，复何为简选[2]?”王曰:“非为简选,直致言处自寡(guǎ)耳[3]。”

【注释】

1. 金玉满堂:原指以宝物填满整个房间,用来比喻极为富有;这里用来描写清谈,是说刘惔的辞藻和玄理丰富多彩。 2. 简选:“拣选”,挑选、选择。(按:刘惔善谈玄理,风格是言辞简洁;支遁由此认为他言语谨慎,经过了挑选润色。) 3. 直致言处自寡耳:原注曰“谓吉人之辞寡,非择言而出也”。

【译文】

王濛对支遁说:“刘惔的言谈可以说是像金玉满堂一样丰富多彩。”支遁说:“既然是金玉满堂,为什么又要挑选言辞呢?”王濛说:“不是经过挑选,只是他应用言辞的地方本来就不多呀。”

八四、不必有无

王长史道江道群[1]:“人可应有,乃不必有[2];人可应无,己必无[3]。”

【注释】

1. 江道群:江灌,字道群,陈留圉人。年少知名,历任治中、别驾、晋陵太守等职。为人刚正不阿,蔑视权贵。 2. 可应有:指应该具备的各个方面。不必有:不一定都有。 3. 可应无:指应该避免的各种问题。必无:一定没有。

【译文】

王濛评论江灌说:“人们应该具备的(品质),他不一定都有;人们应该避免的(问题),他自己一定没有。”

八五、四族俊杰

会稽孔沈[1]、魏颛(yǐ)[2]、虞(yú)球[3]、虞存[4]、谢奉[5]并是四族之俊[6]，于时之桀(jié)[7]。孙兴公目之曰："沈为孔家金，颛为魏家玉[8]，虞为长、琳宗[9]，谢为弘道伏[10]。"

【注释】

1. 孔沈：字德度，会稽山阴(在今浙江绍兴)人，为孔群之子。性俭正，有美名。 2. 魏颛：字长齐，会稽山阴(在今浙江绍兴)人，曾任山阴令。被何充提拔为佐吏，后迁丹阳尹。其宽广胸怀为后人称道，但不擅才学。 3. 虞球：字和琳。 4. 虞存：字道长。(按：虞球、虞存二人并出会稽虞氏，以才学见识闻名当世。) 5. 谢奉：字弘道，其事已见前注，以德行闻名。 6. 四族之俊：四个家族的俊杰人才。 7. 于时之桀：当时的杰出人物。桀，通"傑"，即"杰"的异体字。 8. 金、玉：皆宝物，多用于比喻人才。 9. 宗：以……为宗，即尊重、推崇。 10. 伏：通"服"，敬佩、佩服。

【译文】

会稽郡的孔沈、魏颛、虞球、虞存、谢奉五人，同是孔、魏、虞、谢四个家族的英俊之才，是当时的杰出人物。孙绰评论他们说："孔沈是孔家的金子，魏颛是魏家的宝玉，虞家应推崇虞球和虞存的才识，谢家应敬佩谢奉的美德。"

八六、堕其雾中

王仲祖、刘真长造殷中军谈[1]，谈竟[2]，俱载去[3]。刘谓王曰："渊源真可[4]。”王曰：“卿故堕(duò)其云雾[5]中。”

【注释】

1. 造……谈：到某人家里去清谈。 2. 谈竟：谈罢，谈完。 3. 俱载去：一起坐车离开。 4. 可：指才学优良可取。 5. 云雾：比喻让人迷离恍惚、足以蒙蔽人的谈论。

【译文】

王濛和刘惔到殷浩家清谈，谈完了就一起坐车走。刘惔对王濛说：“殷浩的言论真可人心意啊。”王濛说：“你原来掉进了他设下的迷雾中。”

八七、通而有节

刘尹每称王长史云：“性至通[1]，而自然有节[2]。”

【注释】

1. 通：通达，通透。 2. 有节：有所节制。（按：“通而有节”似竹子之暗喻。）

【译文】

刘惔常常称许王濛说：“他为人本性最是通达，且能够自然而有节制。”

八八、王赞四士

王右军道谢万石“在林泽[1]中，为自[2]遒(qiú)上[3]”。叹林公“器朗神俊[4]”。道祖士少“风领毛骨[5]，恐没(mò)世[6]不复见如此人”。道刘真长

“标[7]云柯(kē)[8]而不扶疏[9]”。

【注释】

1. 林泽：指山林湖泽，多为隐居之所。　2. 为自：自为，自然会。　3. 遒：刚劲有力。上：超迈，拔群。　4. 器朗：胸襟开阔。神俊：精神俊逸。　5. 风：风度。领：超过。毛骨：毛发与骨骼，指人的骨相容貌。　6. 没世：终生。　7. 标：“高标”，指高树、高枝。8. 云柯：高耸入云的树枝。　9. 扶疏：枝叶茂盛貌。

【译文】

王羲之评论谢万说：“他身处山林湖泽之中，自然会刚劲超群。”赞叹支遁说：“他的胸襟开朗，精神俊逸。”评论祖约说：“他的风度比容貌更动人，恐怕我一辈子不会再见到这样的人了。”评论刘惔说：“他就像高耸入云的大树，枝叶却并不繁茂。”

八九、胸无宿物

简文目庾赤玉[1]：“省(xǐng)率(shuài)治除[2]。”谢仁祖[3]云：“庾赤玉胸中无宿物[4]。”

【注释】

1. 庾赤玉：庾统，字长仁，小字赤玉，为庾亮次弟庾怿之子。少有令名，辟为司空、太尉，皆不就。后调补会稽王司马，出为建威将军、寻阳太守，年二十九而卒，时人称其才器，甚痛惜之。　2. 省：清省，指明察秋毫。率：性格直率。治：修养很好。除：洁身自好，无不良嗜好。　3. 谢仁祖：谢尚，字仁祖，为谢鲲之子、谢安从兄。4. 宿物：积物，旧物。胸中无宿物，犹“心无芥蒂”。

【译文】

简文帝评论庾统说："他为人明察直率，修养很好，能够洁身自好。"谢尚说："庾统心里不存芥蒂。"

九〇、是出群器

殷中军道韩太常[1]曰："康伯少自标置[2]，居然是出群器[3]。及其发言遣辞[4]，往往有情致[5]。"

【注释】

1. 韩太常：韩伯，字康伯，为殷浩外甥。曾任吏部尚书，后升任太常，未到任而病故。 2. 少：年少时。标置：自视甚高。 3. 居然：显然。出群器：超群出众之才。 4. 发言遣辞：说话谈论。5. 有情致：充满情感和意趣。

【译文】

殷浩评论他的外甥韩康伯说："康伯少时就自视甚高，显然是超群出众的人才。当他发表意见时，他的言谈辞藻处处都包含情趣。"

九一、真率少许

简文道王怀祖："才既不长，于荣利又不淡[1]；直以真率少许[2]，便足对[3]人多多许[4]。"

【注释】

1. 才既不长，于荣利又不淡：据《晋书·王述传》载，王述年轻时性沉静，人以为痴。后任宛陵县令时，颇受赠遗，为州司所检。

2. 直以：只凭着。真率：真诚直率。少许：一点儿。 3. 足对：足以抵得上。对，对当、相等。 4. 多多许：很多很多。

【译文】

简文帝评论王述说："他的才能既不突出，对名利又很热心；可是只凭着他那一点真诚直率，就足以抵得上别人很多很多东西。"

九二、不欲苦物

林公谓王右军云："长史作数百语[1]，无非德音[2]，如恨不苦[3]。"王曰："长史自不欲苦物[4]。"

【注释】

1. 作数百语：说几百句话。 2. 德音：合乎仁德的话。（按：这里指"套话""陈词滥调"。） 3. 如恨不苦：遗憾的却是不能困住人家。 4. 苦物：使别人无话可说，陷入困境。物，指人。（按：清谈者以能够用言语困住对方，使对方无话可答为上。）

【译文】

支道林对王羲之说："王濛说上几百句话，无非是一些仁义道德的套话，遗憾的却是不能在言语上困住人家。"王羲之说："他本来就不想困住人家。"

九三、文理转遒

殷中军与人书，道谢万："文理[1]转遒（qiú）[2]，成殊不易[3]。"

【注释】

1. 文理：文辞和义理。 2. 转：转变。遒：遒劲，这里指言辞刚劲有力。 3. 成：成就。殊不易：很不容易。

【译文】

殷浩给别人写信，评论谢万说："他的文辞和义理变得刚劲有力了，能取得这样的成就很不容易。"

九四、不翅儒域

王长史云："江思悛(quān)[1]思怀所通[2]，不翅(chì)[3]儒域[4]。"

【注释】

1. 江思悛：人名，生平不详。 2. 思怀：胸中的学识。通：贯通。 3. 不翅："不啻"，不止、不仅。 4. 儒域：儒学的领域。

【译文】

王濛说："江思悛的学识所能贯通的，不止是儒学领域。"

九五、才过所闻

许玄度送母，始出都，人问刘尹："玄度定称(chèn)[1]所闻[2]不(fǒu)[3]?"刘曰："才情过于[4]所闻。"

【注释】

1. 称：符合，相称。 2. 所闻：像传闻的那样。 3. 不：通"否"。 4. 过于：超过。

【译文】

许询为了送他母亲，初到京都来，有人问刘惔说："许询究竟和传闻的那样相称不相称呢？"刘惔说："他的才华超过了传闻。"

九六、王家三少

阮光禄[1]云："王家有三年少：右军[2]、安期[3]、长豫[4]。"

【注释】

1. 阮光禄：阮裕，字思旷，曾任金紫光禄大夫。　2. 右军：王羲之，字逸少，曾任右军将军。　3. 安期：王应，字安期，为王含之子、王敦之侄。　4. 长豫：王悦，字长豫，为王导长子、王恬之兄。（按：三人同出于琅琊王氏。）

【译文】

阮裕说："王家有三个（杰出的）少年：王羲之（字逸少）、王应（字安期）、王悦（字长豫）。"

九七、把臂入林

谢公道豫章[1]："若遇七贤，必自把臂[2]入林。"

【注释】

1. 豫章：指谢鲲，字幼舆，曾任豫章太守。其人喜好道学，不修边幅，行为举止放荡不羁。　2. 把臂：手拉着手，表示亲密。

【译文】

谢安评论谢鲲说："他如果遇到竹林七贤，一定会手拉手地进入竹林。”

九八、不亚王弼

王长史叹林公：“寻微[1]之功[2]，不减[3]辅嗣（sì）。”

【注释】

1. 寻微：探索深奥微妙的玄理。 2. 功：功力。 3. 不减：不亚于，不比……差。

【译文】

王濛赞赏支遁，他说：“他探索玄理的功力，不亚于王弼。”

九九、以拟管葛

殷渊源[1]在墓所几（jī）[2]十年。于时朝野[3]以拟（nǐ）管、葛[4]，起不起，以卜江左兴亡[5]。

【注释】

1. 殷渊源：殷浩，字渊源，善谈玄理，少时即有美名。曾出任官职，后称病隐居于祖坟所在陵园中近十年。2. 几：将近。 3. 朝野：朝廷和乡野，指朝廷内外。 4. 以拟管、葛：把他喻为管仲、诸葛亮一类人物。管，指管仲，曾辅助齐桓公成为春秋五霸之一。葛，指诸葛亮，曾帮助刘备建立蜀国政权，后又用心辅佐幼主刘禅。二人皆为古代名相。 5. 起不起，以卜江左兴亡：殷浩素有盛名，江左人士认为他有宰相之才，他的出仕与否直接关系着东晋政权的兴亡。起，指出来做官。

【译文】

殷浩在殷氏祖坟的陵园中隐居了将近十年。在这期间,朝廷内外的人士都把他比作管仲和诸葛亮一类的贤相,以他是选择出仕还是退隐,来预测东晋政权的兴衰存亡。

一〇〇、清鉴贵要

殷中军道右军:“清鉴[1]贵要[2]。”

【注释】

1. 清鉴:清高,有鉴识。 2. 贵要:可贵的是能够“扼要”。

【译文】

殷浩评论王羲之说:“他为人清高,有精辟的见解,且难能可贵的是谈论时能抓住要点。”

一〇一、见如此人

谢太傅为桓公司马[1]。桓诣(yì)谢,值[2]谢梳头,遽(jù)[3]取衣帻(zé)[4],桓公云:“何烦此[5]。”因下[6]共语至暝(míng)[7]。既去,谓左右[8]曰:“颇(pō)曾见[9]如此人不(fǒu)?”

【注释】

1. 谢太傅为桓公司马:谢安四十多岁仍隐居会稽,桓温时任征西大将军,请他出任司马,他才离家赴任。 2. 值:正值,恰逢。3. 遽:急忙。 4. 帻:头巾。 5. 何烦此:何必这样麻烦呢。 6. 下:走到堂下,指到谢安梳头的地方去。 7. 至暝:直到天色已晚。

8. 左右：侍者，随从。　9. 颇曾见：可曾见过。

【译文】

谢安曾出任桓温的司马。有一次，桓温到谢安那里去，正碰上谢安在梳头，谢安就匆匆去取衣服、头巾来穿戴（以为桓温要他一起出门）。桓温说："何必为这事麻烦呢！"便下堂去和他一直谈到很晚。桓温出门后，问随从说："你们可曾见过这样的人吗？"

一〇二、门生悉用

谢公作宣武司马，属（zhǔ）门生数十人于[1]田曹中郎[2]赵悦子。悦子以告[3]宣武，宣武云："且为用半[4]。"赵俄而悉[5]用之，曰："昔安石在东山，搢（jìn）绅（shēn）敦逼，恐不豫人事[6]；况今自乡选，反违之邪[7]？"

【注释】

1. 属……于……：把……托付给……，这里意为希望受托人能够替他们安排职位。　2. 田曹中郎：掌管农事的官员。田，指农事。曹，古代分科办事的官署。　3. 以告：把（这事）告诉。　4. 且为用半：姑且选用其中的一半。　5. 俄而：不久。悉：全，都。　6. 昔安石……人事：据《晋书·谢安传》载，谢安隐居会稽时，扬州刺史想请他出来任职，累次敦逼催促，"不得已赴召，月余告归"。搢绅，指官员。敦逼，敦促逼迫。豫，参与。人事，指政事。　7. 况今自乡选，反违之邪：况且现在是他自己从家乡选来的人，怎么反而不依从他呢？自，亲自。乡选，在家乡选拔人才（向上举荐）。违，违背、不依从。

【译文】

谢安出任桓温的司马时，把几十个门生托付给时任田曹中郎的赵悦子安排职位。赵悦子把这事告诉了桓温,桓温说:"姑且先用一半人。"赵悦子不久就把这些人全部录用了,还说:"谢安过去在东山隐居时,郡县的官员敦促、逼迫他出仕,唯恐他不过问政事。况且现在是他自己从家乡选来的人,怎么反而不依从他呢?"

一〇三、少致民誉

桓宣武表[1]云:"谢尚神怀[2]挺率[3],少致[4]民誉(yù)[5]。"

【注释】

1. 表:上表,呈送奏章。 2. 神怀:神气,胸襟。 3. 挺率:正直,坦率。 4. 少:少时。致:获得。 5. 民誉:众人的称赞。

【译文】

桓温上奏章说:"谢尚胸怀正直坦率,年轻时就得到众人的赞誉。"

一〇四、自然令上

世目谢尚为令达[1],阮遥集[2]云:"清畅[3]似达。"或云:"尚自然[4]令上[5]。"

【注释】

1. 令达:品德美好,心胸旷达。 2. 阮遥集:阮孚,字遥集,事已见前注。 3. 清畅:德行高尚,通达事理。 4. 自然:指道家所追求的"自然"之道。 5. 令:美好。上:优异。

【译文】

世人评论谢尚是美好旷达。阮孚说:"高尚通畅,类似旷达。"又有人说:"谢尚为人自然不做作,十分美好优异。"

一〇五、谢公省病

桓大司马病。谢公往省(xǐng)病,从东门入。桓公遥望,叹曰:"吾门中久不见如此人[1]!"

【注释】

1. 吾门中久不见如此人:谢安曾在桓温幕府之中,桓温于晋哀帝隆和初年加侍中、大司马职,其时谢安早已离开桓温幕府,桓温故有此叹。

【译文】

桓温生病了,谢安前去探望他,从东门走进去。桓温远远望见了,叹息说:"我家里很久不见这样的人了!"

一〇六、王恬朗豫

简文目敬豫[1]为"朗豫[2]"。

【注释】

1. 敬豫:王恬,字敬豫,为王导之子。 2. 朗豫:本性开朗,心气和悦。

【译文】

简文帝评论王恬说,"本性开朗,且心气和悦"。

一〇七、沐浴此言

孙兴公为庾公参军,共游白石山[1]。卫君长[2]在坐,孙曰:"此子神情都不关山水,而能作文[3]。"庾公曰:"卫风韵[4]虽不及卿诸人,倾倒处[5]亦不近[6]。"孙遂沐浴[7]此言。

【注释】

1. 白石山:在今河北涞源,号称北方第一奇山。 2. 卫君长:卫永,字君长,济阴成阳(在今山东)人,曾官至左军长史。 3. 此子神情都不关山水,而能作文:"不关山水"是讥议,会欣赏山水才是名士风流,"能作文"即为会欣赏的标志。 4. 风韵:风度韵味。5. 倾倒处:令人心悦诚服、倾心于此的地方。 6. 不近:指突出。近,浅近、平常。 7. 沐浴:指浸润其中。

【译文】

孙绰担任太尉庾亮的参军时,曾和庾亮一起游白石山,卫君长也在场。孙兴公说:"此君神情一点也不关心山水风景,却能做文章。"庾亮说:"卫君长风度韵味虽然比不上你们这些人,可是令人心悦诚服的地方也很突出。"孙兴公于是就反复吟味这句话,深受教育。

一〇八、正人骨气

王右军目陈玄伯[1]:"垒(lěi)块[2]有正骨[3]。"

【注释】

1. 陈玄伯:陈泰,字玄伯,颍川许昌(在今河南许昌)人,三国时魏国名将,司空陈群之子。他得到司马氏重用,却有意回避朝廷内部斗争。甘露五年,得知皇帝曹髦遇弑,遂悲愤而死。 2. 垒块:块垒,指郁积在心中的愤慨。 3. 正骨:刚正不阿的骨气。

【译文】

王羲之评论陈泰说:“遇不平会愤慨,刚正而有骨气。”

一〇九、刘尹知人

王长史云:“刘尹知我,胜我自知[1]。”

【注释】

1. 刘尹知我,胜我自知:据《晋书·王濛传》载,王濛和刘惔很友好,“惔常称濛性至通,而自然有节”,王濛遂以为知己。

【译文】

王濛说:“刘惔对我的了解,胜过我对自己的了解。”

一一〇、高座王何

王、刘听林公讲[1],王语刘曰:“向高坐者,故是凶物[2]。”复更听[3],王又曰:“自是钵(bō)后王、何人[4]也。”

【注释】

1. 听……讲:指聆听高僧宣讲佛法。 2. 向:先前。高坐:讲席。凶物:凶恶的人,指违背佛法的人。 3. 更听:继续听下去。4. 自是钵后王、何人:指支遁是佛教徒中王弼、何晏一类的人物。钵后,意为“佛门后世”,指佛教徒。钵,钵盂,即和尚化斋用的碗。

【译文】

王濛、刘惔听支道林和尚宣讲佛法时,王濛对刘惔说:“讲坛上的那个人,原来是个违背佛法的凶徒啊。”再听下去,王濛又说:“原来他是佛门后世中的王弼、何晏啊。(指他也擅长清谈。)”

一一一、刘尹简文

许玄度言:“《琴赋》[1]所谓‘非至精者[2],不能与之[3]析理[4]’,刘尹其人;‘非渊静者[5],不能与之闲止[6]’,简文其人。”

【注释】

1.《琴赋》:相传为嵇康所作。 2. 至精者:最精通的人。 3. 之:原文指琴,这里指人。 4. 析理:辨析事理。(按:刘惔精通道学,善谈玄理,受到当时名流敬重。) 5. 渊静者:深沉静默的人。 6. 闲止:安闲地居处,指相安无事。(按:据《晋书》载,简文帝“清虚寡欲,尤善玄言”。)

【译文】

许询说:“《琴赋》里说的‘不是最精通的人,不能同他一起辨析事理’,刘惔就是这样的人;‘不是沉静的人,不能同他一起安闲地居处’,简文帝就是这样的人。”

一一二、魏氏后人

魏隐[1]兄弟,少有学义[2],总角[3]诣(yì)谢奉[4]。奉与语,大说(yuè)[5]之,曰:“大宗[6]虽衰(shuāi),魏氏已复有人[7]。”

【注释】

1. 魏隐:曾任义兴太守,生平不详。 2. 学义:学识。 3. 总角:小时候,未成年。 4. 谢奉:字弘道,号道欣,会稽山阴(在今浙江绍兴)人。历任安南将军、广州刺史,晋穆帝时任吏部尚书,后因事免。 5. 大说:非常喜欢。说,通"悦"。 6. 大宗:对对方家世宗族的尊称。 7. 有人:这里指有了继承人,犹"后继有人"。

【译文】

魏隐兄弟年轻时就有学识。小时候曾经去拜见谢奉,谢奉和他们谈话,非常喜欢他们(的谈吐),还说:"魏氏宗族虽然已经衰微了,但是现在又有了继承人。"

一一三、故有局陈

简文云:"渊源[1]语不超诣简至[2],然经纶(lún)思寻[3]处,故有局陈(zhèn)[4]。"

【注释】

1. 渊源:殷浩,字渊源。 2. 超诣:造诣极高。简至:极其简练。 3. 经纶:原意为整理丝线编成绳子,比喻整理思维和组织言辞。思寻:思考,寻绎。 4. 局陈:布局,章法。陈,通"阵",排布、组织。

【译文】

简文帝说:"殷浩的清谈造诣既不高,言辞也不简练,可是经他认真斟酌、思考过的说话,的确也很有章法。"

一一四、法汰知名

初,法汰北来[1]未知名,王领军[2]供养[3]之。每与周旋[4],行来[5]往名胜许[6],辄(zhé)与俱。不得[7]汰,便停车不行。因此名遂重。

【注释】

1. 法汰：一僧人名，生平不详。北来：当时北方地区受到外族侵扰，法汰渡江向南到达扬州。 2. 王领军：王洽，字敬和，为王导之子。曾任吴郡内史，后召为中领军，寻加中书令，不受。 3. 供养：供给生活所需，或用供品祭祀。 4. 周旋：应酬往来。 5. 行来：来往。 6. 往名胜许：到风景名胜之地去(游览)。 7. 不得：没来。

【译文】

当初，法汰刚从北方来的时候还不出名，由王洽供养着他。王洽常常和他应酬来往，到有名的地方出游，总是和他一起去。如果法汰没有来，王洽就停车不走。因此法汰的声望便大起来了。

一一五、足副时谈

王长史与大司马书，道渊源："识致安处[1]，足副时谈[2]。"

【注释】

1. 识致安处：有见识情趣，能够悠闲安适地居住、生活。 2. 足副时谈：足以符合当代的评论。

【译文】

王濛给桓温写了一封信，评论殷浩说："他有见识，有情致，又悠闲自得，足以符合当代的评论。"

一一六、刘尹审细

谢公云："刘尹语审细[1]。"

【注释】

1. 审细：精密细致。（按：或云刘惔“言必珠玉”，即为“审细”之故。）

【译文】

谢安说：“刘惔的谈论精密细致。”

一一七、仪行百揆

桓公语嘉宾：“阿源[1]有德有言[2]，向使作令仆[3]，足以仪行百揆(kuí)[4]。朝廷用违其才[5]耳。”

【注释】

1. 阿源：指殷浩，字渊源，“阿源”为昵称。 2. 有德有言：按《左传》有“太上立德，其次立功，其次立言”，殷浩以一人之身而占其二。 3. 向：原先，起初。使作令仆：让他做辅弼之臣。令仆，尚书令和仆射，亦泛指股肱重臣。 4. 仪行：给……做榜样。仪，典范、表率。百揆：百官。揆，原意为掌管、管理，因宰相职责为管理百官百事，后遂以“揆”指宰相或相当于宰相之职。 5. 朝廷用违其才：殷浩好道学，善清谈，本非将才。朝廷欲平定中原，竟用殷浩为中军将军、都督五州军事，举兵北征，结果大败。

【译文】

桓温对郗超说：“殷浩（即阿源）德行高洁，善于清谈，当初如果让他做辅弼大臣，足以成为百官的榜样。只是朝廷没有按照他的才能来任用他啊！”

一一八、刘尹其言

简文语嘉宾:“刘尹语末后[1]亦小异[2],回复[3]其言,亦乃无过[4]。”

【注释】

1. 末后:到后来。 2. 小异:稍有不同。 3. 回复:反复咀嚼回味。 4. 亦乃无过:也没有什么错误。

【译文】

简文帝对郗超说:“刘惔的清谈到后来也和以前稍有不同,但是反复回味他的话,却也没有什么错。”

一一九、自有才情

孙兴公、许玄度共在白楼亭[1],共商略[2]先往名达[3]。林公既非所关[4],听讫(qì)[5]云:“二贤[6]故自[7]有才情。”

【注释】

1. 白楼亭:古亭名,故址在今浙江绍兴。 2. 商略:品评,评论。 3. 先往:先前,往昔。名达:贤达人士。 4. 既非所关:并不关心这些事。 5. 听讫:听完。 6. 二贤:二位贤才,这里意为“您两位”,是对对方的敬称。 7. 故自:的确。

【译文】

孙绰、许询一起在白楼亭上,共同品评往昔的贤达。支遁并不关心这些事,听完后,他只说:“您两位的确有才华。”

一二〇、章清太出

王右军道东阳[1]:“我家阿林,章清[2]太出[3]。”

【注释】

1. 东阳:王临之,字仲产,为王羲之堂侄,曾任东阳太守。下文“阿林”即其小字。 2. 章:通“彰”,彰显、显明。清:清高,高洁。3. 太出:过于突出。

【译文】

右军将军王羲之评论东阳太守王临之说:“我们家的王临之(即阿林),为人显明高洁,甚是突出。”

一二一、触事长易

王长史与刘尹书,道渊源“触事[1]长易[2]”。

【注释】

1. 触事:犹“处事”。 2. 长:常常。易:平易,随和。

【译文】

王濛给刘惔写信,评论殷浩说:“他处事经常很平和。”

一二二、乐讬之性

谢中郎云:“王修载[1]乐讬(tuō)[2]之性,出自门风[3]。”

【注释】

1. 王修载：王耆之，字修载，为王羲之伯父王廙第三子。 2. 乐讬：犹“落拓”，指性格豪放、不拘小节。 3. 门风：一个家族世代流传的做人准则和行事习惯，犹言“家风”。

【译文】

谢万说：“王耆之那种豪放不羁的性格，是来自他们王家的家风。”

一二三、王修超悟

林公云：“王敬仁[1]是超悟[2]人。”

【注释】

1. 王敬仁：王修，字敬仁，出身琅琊王氏。 2. 超悟：超脱，悟性高。

【译文】

支遁说：“王修是个超脱、悟性高的人。”

一二四、昔尝北面

刘尹先推[1]谢镇西，谢后雅[2]重刘曰：“昔尝北面[3]。”

【注释】

1. 推：推崇，推重。 2. 雅：很，非常。 3. 昔尝北面：过去我曾向他学习过。北面，指脸朝北，表示师事对方。（按：北面在古代可指学生敬师之礼，皇帝延请老师讲课时，帝师须坐于北面，以表示皇帝尊师重教之意。)

【译文】

刘惔先推崇谢尚,谢尚后来也很推重刘惔,他说:“过去我曾经向他学习过。”

一二五、可与同游

谢太傅称王修龄[1]曰:“司州可与林泽游[2]。”

【注释】

1. 王修龄:王胡之,字修龄,曾任司州刺史。 2. 林泽游:“游于林泽(之间)”,指在山野林泉间畅游。

【译文】

谢安称赞王胡之说:“王胡之这个人,可以和他一起纵情于山水之间。”

一二六、扬州独步

谚(yàn)曰:“扬州独步[1]王文度,后来出人[2]郗(chī)嘉宾。”

【注释】

1. 独步:指超群出众、独一无二。 2. 后来出人:犹“后起之秀”。出人,指超出常人。

【译文】

谚语说:“扬州有个超群拔俗的人才叫王坦之,又有个后起之秀叫郗超。”

一二七、足自生活

人问王长史江虨（bān）兄弟群从[1]，王答曰：“诸江皆复足自生活[2]。”

【注释】

1. 兄弟群从：指亲兄弟和堂兄弟们。 2. 足自生活：指足以自立。

【译文】

有人问王濛（关于）江虨家的兄弟和堂兄弟（的情况），王濛回答说：“江氏诸人都完全能够自立。”

一二八、不厌不思

谢太傅道安北[1]：“见之乃不使人厌，然出户去，不复使人思。”

【注释】

1. 安北：指王坦之，字文度，死后追赠安北将军。（按：王坦之为人坦率直言，曾苦谏谢安。）

【译文】

谢安评论王坦之说：“见到他时，却不让人生厌；可他走了以后，也不再让人思念。”

一二九、司州造胜

谢公云："司州造胜[1]遍决[2]。"

【注释】

1. 造胜：到达胜境，即能够进入优美的境界。造，到达。胜，胜境。 2. 遍决：全面排除（疑难问题）。遍，全面地。决，断定、拿主意。

【译文】

谢安说："王胡之谈玄能到达胜境，全面排疑决难。"

一三〇、欲倾家酿

刘尹云："见何次道饮酒[1]，使人欲倾家酿（niàng）[2]。"

【注释】

1. 见何次道饮酒：据《晋书·何充传》载，何充（字次道）能饮酒，注云"言其能温克也"。（按："温克"意为蕴藉自持，能胜外物，指喝醉酒后能温和情绪，控制自己的言行。克，意为"胜"，同样用法如《尚书·洪范》"沉潜刚克，高明柔克"，大意是对于柔弱的人要用强硬的办法去制服他；对于刚强的人要用软化的办法去制服他。）这里意为刘惔欣赏何充的酒德酒品，知道他酒量很大，而且喝醉后不会乱发酒疯。 2. 欲倾家酿：想把家里珍藏的酒都拿来给他喝。倾，倾其所有。家酿，家藏美酒。

【译文】

刘惔说："看见何充喝酒，就想把家里珍藏的酒都拿来给他喝。"

一三一、名士高操

谢太傅语真长:“阿龄[1]于此事,故欲太厉[2]。”刘曰:“亦名士之高操[3]者。”

【注释】

1. 阿龄:王胡之,字修龄,故亲切呼之“阿龄”。 2. 故欲:好像。厉:严厉,态度严肃。 3. 高操:操守高尚。(按:王胡之为当时名士,其为人清廉简约,以有操守、有风采自居。)

【译文】

谢安对刘惔说:“王胡之(即阿龄)对这件事好像太严肃了。”刘惔说:“他也算得上是名士里面有高尚操守的人了。”

一三二、士少彻朗

王子猷(yóu)说:“世目士少[1]为朗[2],我家[3]亦以为彻[4]朗。”

【注释】

1. 士少:祖约,字士少。 2. 朗:开朗。 3. 我家:自指,即“我”。 4. 彻:通达,透彻。

【译文】

王徽之说:“世人评论祖约为人开朗,我也认为他为人通透开朗。”

一三三、谢濛令音

谢公云:“长史语甚不多,可谓有令音[1]。”

【注释】

1. 令音：优美的言辞，多指语音语调方面。

【译文】

谢安说："长史王濛说话很少，可以说是言辞优美。"

一三四、文学镞镞

谢镇西[1]道敬仁[2]："文学镞（zú）镞[3]，无能不新[4]。"

【注释】

1. 谢镇西：谢尚，字仁祖，曾任镇西将军。 2. 敬仁：王修，字敬仁，为王濛之子。起家著作郎，又任琅琊王文学（此"文学"为官名。诸王国置文学一职，主管校阅典籍，侍奉文章事），多有异才，为时贤所重。 3. 文学：辞章才学。镞镞：形容突出。 4. 无能不新：没有一种才能不是新奇的。

【译文】

谢尚评论王修说："他的辞章才学卓然不群，且没有一种才能不是新奇的。"

一三五、尔能不言

刘尹道[1]江道群[2]："不能言[3]而能不言[4]。"

【注释】

1. 道：称道，评价。 2. 江道群：江灌，字道群，陈留圉人，事已见前注。 3. 不能言：指不擅长言谈。 4. 能不言：指能以不言

(胜人)。

【译文】

刘惔评论江灌说:"他虽不擅长言辞,却善于不发言。"

一三六、警悟交至

林公云:"见司州警悟[1]交至[2],使人不得住[3],亦终日忘疲。"

【注释】

1. 警悟:机敏和悟性。 2. 交至:交替出现。 3. 不得住:不想停下来。住,停止。

【译文】

支遁说:"看到王胡之(在清谈时)的机敏和悟性递相涌现的时候,真使人听得不愿停下来,听一整天也不觉得疲劳。"

一三七、苟子阿兴

世称:"苟子[1]秀出[2],阿兴[3]清和[4]。"

【注释】

1. 苟子:王修,字敬仁,小名苟子。 2. 秀出:优秀杰出。 3. 阿兴:王蕴,字叔仁,小名阿兴,为王修之弟。 4. 清和:清静平和。

【译文】

世人称赞说:"哥哥王修优秀杰出,弟弟王蕴清静平和。"

一三八、刘尹茗柯

简文云："刘尹茗(míng)柯(kē)[1]有实理[2]。"

【注释】

1. 茗柯：酩酊，意为懵懂、糊里糊涂。　2. 有实理：谈论起玄理来却很充分。实，充实、充分。

【译文】

简文帝说："刘惔表面上看像是糊涂，而谈论玄理却很充分。"

一三九、谢朗作传

谢胡儿[1]作著作郎，尝作王堪传。不谙(ān)[2]堪是何似人，咨[3](zī)谢公。谢公答曰："世胄(zhòu)[4]亦被遇[5]。堪，烈[6]之子，阮千里[7]姨兄弟，潘安仁[8]中外[9]。安仁诗所谓'子亲伊姑，我父唯舅(jiù)[10]'。是许允婿(xù)。"

【注释】

1. 谢胡儿：谢朗，小名胡儿，为谢安之侄，事已见前注。　2. 谙：熟悉。谢朗任职著作郎时，受命撰写《名臣传》，但他不熟悉王堪，所以有此问。　3. 咨：向……询问、打听。　4. 世胄：王堪，字世胄，曾任车骑将军，后被害，追赠太尉。　5. 被遇：指受到重视、任用。6. 烈：王烈，为王堪之父。　7. 阮千里：阮瞻，字千里。　8. 潘安仁：潘岳，字安仁。　9. 中外：指中表兄弟(外为"表"，内为"中"，合称"中表")，即姑表亲。　10. 子亲伊姑，我父唯舅：语出潘岳诗，大意为你的母亲是我的姑母，我的父亲是你的舅舅。伊、唯，都是加强肯定语气的助词。

【译文】

谢朗担任著作郎一职，曾经（受人嘱托）写过一篇《王堪传》。可他不知道王堪是什么样的人，就去问谢安。谢安回答说："王堪也曾得到过君主的重用。王堪是王烈的儿子，是阮瞻的姨表兄弟，是潘岳的姑表兄弟，就是潘岳诗里所说的'子亲伊姑，我父唯舅'。他也是许允的女婿。"

一四〇、伯道无儿

谢太傅重邓仆射（yè）[1]，常言："天道[2]无知[3]，使伯道无儿。"

【注释】

1. 邓仆射：邓攸，字伯道，曾官至尚书左仆射。　2. 天道：指老天爷。　3. 无知：无知无识，俗称"没长眼"。

【译文】

谢安很敬重邓攸，曾说："老天不长眼，竟然让邓攸这样的人绝了后嗣。"

一四一、栖讬好佳

谢公与王右军书曰："敬和[1]栖（qī）讬（tuō）[2]好佳[3]。"

【注释】

1. 敬和：王洽，字敬和，为王导第三子、王羲之堂弟。（按：王洽历官至吴郡内史，征拜中书令，苦让不受。）　2. 栖讬：安身，寄托。

3. 好佳：美妙，美好。

【译文】

谢安给王羲之的信中说："王洽的安身之处很好啊！"

一四二、吴中四姓

吴四姓[1]旧目[2]云："张文、朱武、陆忠、顾厚。"

【注释】

1. 吴四姓：吴郡有张、朱、陆、顾四姓，三国时这四姓人丁兴旺，人才辈出，是当地豪族。 2. 旧目：从前人的评论。

【译文】

从前人评论吴郡四大家族说："张家出文人，朱家出武官，陆家出忠诚人，顾家出厚道人。"

一四三、无常人事

谢公语王孝伯："君家[1]蓝田，举体[2]无常人事[3]。"

【注释】

1. 君家：指王述与王恭同宗。 2. 举体：遍体，全身上下。3. 无常人事：指与常人不同。

【译文】

谢安对王恭说："你家那个王述啊，所做的事全都和常人不同。"

一四四、造膝共语

许掾(yuàn)尝诣(yì)简文,尔时风恬(tián)月朗[1],乃共作曲室[2]中语。襟(jīn)怀之咏[3],偏是许之所长。辞寄清婉[4],有逾(yú)平日。简文虽契(qì)素[5],此遇尤相咨(zī)嗟(jiē)[6]。不觉造膝(xī)[7],共叉手[8]语,达于将旦[9]。既而曰:"玄度才情,故未易多有许[10]。"

【注释】

1. 恬:清静。朗:明朗。 2. 曲室:密室,幽室。 3. 襟怀之咏:抒发襟怀的吟咏。 4. 辞寄:言辞寄托。清婉:清新婉约。 5. 契:情意相投。素:速来,一向。 6. 此遇:这次会面。咨嗟:赞叹,赞赏。 7. 造膝:两人膝腿相接,表示亲近。 8. 叉手:执手。 9. 达于将旦:一直谈论到天快要亮的时候。 10. 未易多有许:不易多得。

【译文】

许询曾去谒见简文帝,那一夜风静月明,两人就一起到密室中清谈。各自抒发胸怀,这是许询最擅长的事。他的言辞和寄托的情意都清新婉约,超过了平时的谈论。简文帝虽然一向和他情意相投,这次会面却更加赞赏他,言谈中两人不觉愈靠愈近,终于促膝相谈,执手共语,一直谈到天快亮了。事后简文帝说:"像许询这样的才华,确实是不易多得啊!"

一四五、袁生开美

殷允出西[1],郗超与袁虎书云:"子思求良朋[2],讬(tuō)好[3]足下[4],勿以开美[5]求之。"世目袁为"开美[6]",故子敬诗曰:"袁生开美度。"

【注释】

1. 殷允:字子思,陈郡长平(在今河南西华)人,为太常殷融之子。东晋孝武帝时任豫章太守,后官至太常。出西:到京都去。(按:周平王东迁洛邑,因称镐京为"西京"。后多以"西"字泛指国都。) 2. 求良朋:寻找好友。 3. 讬好:交好。讬,通"托"。 4. 足下:对对方的敬称,犹"您"。 5. 开美:开朗美好。(按:袁虎为一代文宗。其为人性格刚强正直,文章之才超群。) 6. 开美:开朗美好。

【译文】

殷允到京都去,郗超给袁虎写信说:"殷允要寻找好友,想和您结交,请不要用'开美'的标准来要求他。"世人评论袁虎为"开美",所以王献之的诗中说:"袁生开美度。"

一四六、生性至峭

谢车骑问谢公:"真长性至峭(qiào)[1],何足乃重[2]?"答曰:"是不见耳[3]!阿见子敬,尚使人不能已[4]。"

【注释】

1. 性至峭:秉性最为严厉。 2. 何足乃重:哪里值得您如此敬重(他)? 3. 是不见耳:你是没见过他(指刘惔)罢了。(按:刘惔逝世时,谢玄尚且年幼,谢安认为两人未曾谋面。) 4. 阿见子敬,尚使人不能已:我对王献之尚且敬重(何况是对刘惔呢)。阿,我。

【译文】

谢玄问谢安说:"刘惔的秉性最是严厉,哪里值得您如此敬重他?”谢安回答说;“你是没见过他罢了!我看见王献之,尚且情不自禁呢。”

一四七、不能已已

谢公领中书监(jiàn)[1],王东亭有事,应同上省[2]。王后至,坐促[3],王、谢虽不通[4],太傅犹敛(liǎn)膝容之[5]。王神意闲畅[6],谢公倾目[7]。还谓刘夫人[8]曰:“向见阿瓜[9],故自未易有[10]。虽不相关[11],正是使人不能已已[12]。”

【注释】

1. 领:兼任……职务。中书监:中书省官职名,掌管机要。2. 有事:这里指有公事要办理。上省:指到中书省的办公处所去。3. 坐促:指座位因狭窄而拥挤。 4. 王、谢虽不通:指王珣兄弟原为谢家女婿,后两家有了摩擦,便断绝儿女婚嫁来往,终于成了仇家。5. 敛膝:指收腿,给人让出位置。容:这里指让他坐在自己旁边。6. 神意闲畅:神情意态闲适舒畅。 7. 倾目:倾心注目。 8. 刘夫人:谢安的妻子是刘惔的妹妹。 9. 向:刚刚,适才。阿瓜:王珣的小名。 10. 未易有:这里指难遇的(人才)。易有,指易得。11. 不相关:指上文所说两家绝交断婚之事。 12. 已已:第一个“已”,意为停止;第二个“已”是语气词,用法同“矣”。

【译文】

谢安兼任中书监的时候,王珣有公事,须要同他一起(坐公车)上中书省。王珣来晚了,而他们的座位紧挨着,有点局促。王、谢两家虽然不来往了,太傅谢安还是收紧腿留出地方给王珣坐。王珣神态闲适自在,使得谢安对他倾心注目。后来谢安回到家里对妻子刘氏说:“我刚才看见阿瓜,他确是个不易得的人物。现在虽然和他不相关了,还是使人心情不能平静下来。”

一四八、公故潇洒

王子敬语谢公:“公故[1]萧洒[2]。”谢曰:“身[3]不萧洒,君道[4]身最得[5],身正自调畅[6]。”

【注释】

1. 故:的确,本就是。 2. 萧洒:同“潇洒”,指态度豁达,不拘小节。 3. 身:指我自己。 4. 道:评论。 5. 最得:最合适。 6. 调畅:精神调和,心情舒畅。

【译文】

王献之对谢安说:“您的确风度潇洒。”谢安说:“我不潇洒。您评论我的话是最合我意的,我只是自己觉得身心调和舒畅。”

一四九、愔愔竟夕

谢车骑初见王文度曰:“见文度,虽萧洒[1]相遇[2],其复[3]愔(yīn)愔[4]竟夕[5]。”

【注释】

1. 萧洒:通“潇洒”,指态度潇洒,这里意为放纵而不拘小节。 2. 相遇:相对待。遇,对待。 3. 复:还是。 4. 愔愔:安详和悦貌。 5. 竟夕:一整夜。

【译文】

谢玄初次见到王坦之后对人说："我觉得王坦之这个人，虽然用潇洒不羁的态度来对待他，他也仍旧整晚保持温和的态度与安详的举止。"

一五〇、后起之秀

范豫章[1]谓王荆州[2]："卿风流俊望[3]，真后来之秀[4]。"王曰："不有此舅(jiù)，焉有此甥(shēng)[5]？"

【注释】

1. 范豫章：范宁，字武子，曾任豫章太守。　2. 王荆州：王忱，字佛大，曾任荆州刺史。其事俱已见前注（按：王忱之母为范宁妹，故下文王称范为舅，范称王为甥。）　3. 风流俊望：为人风雅倜傥，有很高的声望。　4. 后来之秀：犹"后起之秀"。秀，优秀的人才。5. 不有……焉有……：如果没有……，哪来的……。

【译文】

范宁对外甥王忱说："你为人风雅倜傥，声望过人，真是后起之秀。"王忱说："如果没有您这样的舅舅，哪里会有我这样的外甥呢？"

一五一、萧索寡会

子敬与子猷(yóu)书，道："兄伯[1]萧索[2]寡(guǎ)会[3]，遇酒则酣(hān)畅[4]忘反[5]，乃自可矜(jīn)[6]。"

【注释】

1. 兄伯：兄长。（按：古人兄弟排行曰"伯、仲、叔、季"，犹今之

“老大、老二、老三、老四”。） 2. 萧索：为人淡漠、淡泊。 3. 寡会：寡合，指本性很少能与流俗相合。 4. 酣畅：尽兴痛饮，酩酊大醉。 5. 反：通“返”。 6. 可矜：值得骄傲的。矜，骄傲。

【译文】

王献之给哥哥王徽之的信上说：“兄长你为人淡泊，不随流俗，每次看到酒，便尽兴痛饮，流连忘返，这确是值得骄傲的。”

一五二、边人之杰

张天锡（xī）世雄凉州，以力弱诣（yì）京师[1]，虽远方殊类，亦边人之桀（jié）也[2]。闻皇京多才，钦（qīn）羡（xiàn）弥至[3]。犹在渚（zhǔ）住，司马著作往诣之[4]。言容鄙（bǐ）陋（lòu），无可观听[5]。天锡心甚悔来，以遐（xiá）外可以自固[6]。王弥有俊才美誉（yù），当时闻而造焉[7]。既至，天锡见其风神清令[8]，言话如流，陈说古今，无不贯悉[9]。又谙（ān）人物氏族，中来皆有证据[10]。天锡讶（yà）服[11]。

【注释】

1. 张天锡……诣京师：张天锡占据凉州，继承前凉政权，后投降苻坚，在其弟苻融手下任征南司马。到淝水之战苻坚大败时，张天锡又逃归晋朝。世雄，世代称雄。雄，指凭武力统治。（按：这里的“以力弱诣京师”并非事实，只是掩盖之辞。） 2. 远方殊类：指边远地区的外族异类，这里所说不准。因张天锡本是东汉张耳后代，是安定郡（在今甘肃东部）人，并非“远方殊类”。边人：边境地方之人。桀：通“杰”，杰出人物。 3. 闻皇京多才：听说京城人才众多。钦羡弥至：钦佩、羡慕到了极点。 4. 渚：指江边码头。住：停住、停留。

司马著作：一位姓司马的著作郎，其人未详。　5. 言容鄙陋，无可观听：言语粗鄙，容貌丑陋，既不中听，也不中看。　6. 天锡心甚悔来，以遐外可以自固：所谓“心甚悔来”，并非事实。张天锡所占领的凉州被前秦苻坚吞并，他投降苻坚，而苻坚又大败，不得已才归顺晋朝。遐外，指边远地区。自固，即自我固守。　7. 王弥：“王僧弥”，指王珉。闻而造焉：听说张天锡来了，就去拜访他。　8. 风神清令，言话如流：风度高雅清爽，神气秀美出众；言语敏捷，谈讲滔滔不绝。9. 陈说古今，无不贯悉：谈古论今，无不知晓。贯，通贯。悉，知晓、了解。　10. 又谙人物氏族，中来皆有证据：又谙熟各方人士的宗族和亲戚关系，都有真凭实据（指了解掌握细情，不是胡乱瞎说）。中来，当为“中表”，或因形似致误，意为“中外亲”。　11. 讶服：惊讶，叹服。

【译文】

张天锡世代称雄凉州，后来因为势力衰微，便来投奔京都；他虽属远方异族，却也是边境上的杰出人物。他听说京都人才很多，钦佩羡慕到了极点。刚到京都，还停留在江边码头上时，一位姓司马的著作郎便闻讯前去拜访。这位司马氏言语粗鄙，容貌丑陋，既不中听，也不中看。张天锡因此很后悔来这一趟，认为凭着凉州那样的边远地区，还可以自己固守下去。王僧弥才能出众，名声很好，当时听说张天锡来，就去拜访他。到那里后，张天锡看见王僧弥风度清爽，神气秀美，言谈敏捷，说古道今，无不通晓。又熟悉各方人士的宗族和亲戚关系（按：这是评论人物的重要内容之一），都有真凭实据。张天锡十分惊讶、叹服。

一五三、王大濯濯

王恭始与王建武甚有情,后遇袁悦之间(jiàn),遂至疑隙(xì)[1]。然每至兴会,故有相思[2]。时恭尝行散[3]至京口射堂[4],于时清露晨流[5],新桐初引[6],恭目之曰:"王大故自濯(zhuó)濯[7]。"

【注释】

1. 王恭始与……疑隙:王恭和族叔王忱起初很要好,而且同样有名望。后来袁悦在会稽王司马道子面前责备王恭,王恭以为是王忱假手袁悦来陷害自己,两人之间便产生裂痕。王建武,指王忱,字佛大,小字阿大,曾任建武将军,为王恭同族叔父辈。间,离间。疑隙,因怀疑而使关系产生裂痕。 2. 每至:每到,每逢。兴会:指饶有兴致之时。相思:怀念,怀想。 3. 行散:晋人服食五石散以后身体发热瘙痒,需要外出散步以发散药性。 4. 京口:地名,在今江苏镇江一带。(按:王恭曾镇守京口。)射堂:古时习射的场所。 5. 清露晨流:清晨有露水在草木上闪动。 6. 新桐初引:桐树上新吐出嫩芽。初引,指新芽萌发、新叶初成。 7. 故自:确实是。濯濯:形容有光泽,清朗貌。

【译文】

王恭起初和族叔王忱很有交情,后来受到袁悦的挑拨,便妄自猜疑,以致两人的关系出现了裂痕。可是每到兴致勃勃时,王恭还是会想起王忱。那时王恭曾服药后行散,走到京口的射箭场,这时正好看见清露在晨光中闪动,新桐刚刚吐出嫩芽,王恭触景生情地评论王忱说:"王大(之为人)确实清亮明朗。"

一五四、亭亭罗罗

司马太傅[1]为二王[2]目曰:“孝伯亭亭直上[3],阿大罗罗清疏[4]。”

【注释】

1. 司马太傅:指会稽王司马道子,曾任太傅,事已见前注。 2. 二王:指王恭和王忱,恭字孝伯,忱小字阿大。 3. 亭亭直上:形容刚强正直。亭亭,直立貌。直上,指挺拔。 4. 罗罗清疏:指清朗疏放。罗罗,清疏貌。清,清朗、朗彻。疏,疏放、放达。

【译文】

司马道子给王恭和王忱下评语说:“王恭刚强正直,王忱清朗放达。”

一五五、不觉为烦

王恭有清辞简旨[1],能叙说[2],而读书少,颇(pō)有重出[3]。有人道孝伯常有新意,不觉为烦[4]。

【注释】

1. 清辞:言辞清新。简旨:意旨简洁。 2. 能叙说:善于谈论。3. 颇有重出:这里指说话时总是前后重复,“车轱辘话”太多,缺少逻辑层次。(按:古人把书本中同一内容前后重复出现的情况叫作“重出”。) 4. 不觉为烦:(听他说话的人)不会感觉烦闷。

【译文】

王恭的谈论言辞清新,意思简明,他善于畅谈,可是因为读书少,所以说话时总有前后重复的地方。有人说王恭言谈中常有新意,不会使人感到烦闷。

一五六、映彻九泉

殷仲堪丧后，桓玄问仲文[1]："卿家仲堪，定是何似人[2]？"仲文曰："虽不能休明一世[3]，足以映彻九泉[4]。"

【注释】

1. 殷仲堪：陈郡长平（在今河南西华）人，曾任荆州刺史，故称"殷荆州"。仲文：为殷仲堪堂弟。 2. 定：究竟。何似人：什么样的人。 3. 虽不能休明一世：他虽然不能一辈子都德行完美光明。（按：殷仲堪生前名望很高，是东晋末年重臣、大将，曾两度响应王恭讨伐朝臣的主张，在王恭死后，又与桓玄及杨佺期结盟，以对抗当时朝廷，逼令晋室屈服。但桓玄最后倒戈，击败了杨佺期所部，殷仲堪逃向酇城，被桓玄的追兵俘虏，桓玄逼使殷仲堪自杀，遂死于柞溪。殷仲堪是被桓玄逼死的，所以殷仲文的回答必须小心谨慎。） 4. 映彻：光芒照彻。九泉：本指地下极深之处，亦代指往生之所、阴间，又称"黄泉"。

【译文】

殷仲堪死后，桓玄问他堂弟殷仲文说："你家的仲堪，究竟是怎么样的一个人？"仲文回答说："他虽然不能一辈子都德行完美光明，可是也足以光照九泉了。"

Yilin Classics

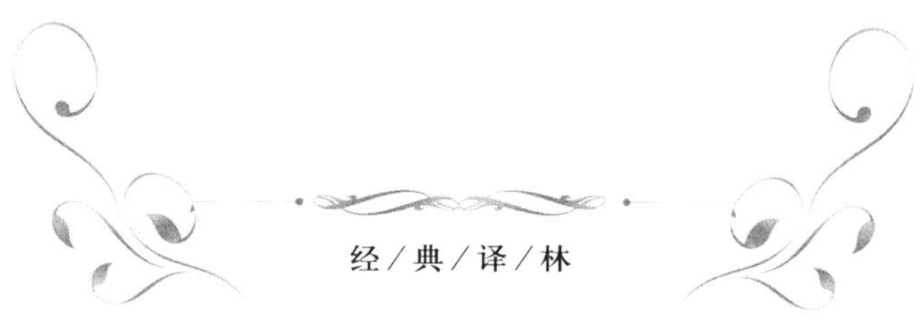

经／典／译／林

世说新语

（下）

[南朝宋] 刘义庆 著

杨铭硕 李 楚 译注

译林出版社

图书在版编目(CIP)数据

世说新语. 下 / (南朝宋) 刘义庆著; 杨铭硕, 李楚译注 .—南京: 译林出版社, 2023.8 (2024.3 重印)
(经典译林)
ISBN 978-7-5447-9715-3

Ⅰ. ①世… Ⅱ. ①刘… ②杨… ③李… Ⅲ. ①笔记小说-中国-南朝时代②《世说新语》-译文③《世说新语》-注释 Ⅳ. ①I242.1

中国国家版本馆 CIP 数据核字 (2023) 第 109127 号

世说新语(下) [南朝宋] 刘义庆 / 著 杨铭硕 李 楚 / 译注

责任编辑 冯一兵 张紫毫
装帧设计 孙逸桐
校　　对 王 敏
责任印制 颜 亮

出版发行 译林出版社
地　　址 南京市湖南路 1 号 A 楼
邮　　箱 yilin@yilin.com
网　　址 www.yilin.com
市场热线 025-86633278
排　　版 南京展望文化发展有限公司
印　　刷 江苏凤凰盐城印刷有限公司
开　　本 880 毫米 × 1240 毫米 1/32
印　　张 28.25 (上、下册)
插　　页 8
版　　次 2023 年 8 月第 1 版
印　　次 2024 年 3 月第 2 次印刷
书　　号 ISBN 978-7-5447-9715-3
定　　价 89.00 元 (上、下册)

CONTENTS · 目录

品藻　第九

一、功德先后

汝南陈仲举，颍(yǐng)川李元礼[1]二人，共论其功德[2]，不能定先后。蔡伯喈(jiē)[3]评之曰："陈仲举强于犯上[4]，李元礼严于摄(shè)下[5]。犯上难，摄下易。"仲举遂在三君之下，元礼居八俊之上[6]。

【注释】

1. 汝南：在今河南驻马店东。陈仲举：陈蕃，字仲举。颍川：在今河南禹州一带。李元礼：李膺，字元礼。 2. 功德：指功劳(成就)和德行。 3. 蔡伯喈：蔡邕，字伯喈，陈留圉县(在今河南杞县南)人，东汉文学家、书法家、名臣，蔡文姬之父。 4. 强：有勇气，敢于做……。犯上：冒犯上级。 5. 严：要求严格。摄下：整饬下属。6. 仲举遂在三君之下，元礼居八俊之上：陈蕃和李膺在当时名气地位不相上下，就用某一标准决其高下。士人群体常互相标榜，彼此给予各种称号。例如举出上等的三人，称为"三君"，包括窦武、刘淑、陈蕃，为当时人们所崇敬的人；比"三君"次一等的有八人，称为"八俊"，即李膺、荀昱、杜密、王畅、刘佑、魏朗、赵典、朱宇八个才能出众的人。君，指能够作为时代楷模典范的人。俊，指士人群体中的俊杰人才。

【译文】

汝南郡陈蕃、颍川郡李膺两人，人们谈起他们的成就和德行，决定不了谁先谁后。蔡邕评论说："陈蕃敢于冒犯上司，李膺严于整饬下属。冒犯上司比较困难，整饬下属相对容易。"于是陈蕃就排在"三君"末尾，李膺就排在"八俊"之首。

二、士元评友

庞士元[1]至吴，吴人并友之[2]。见陆绩(jì)、顾劭(shào)、全琮(cóng)而为之目曰："陆子所谓驽(nú)马有逸足之用，顾子所谓驽牛可以负重致远[3]。"或问："如所目[4]，陆为胜邪(yé)？"曰："驽马虽精速，能致一人耳[5]。驽牛一日行百里，所致岂一人哉[6]？"吴人无以难[7]。"全子好声名[8]，似汝南樊(fán)子昭[9]。"

【注释】

1. 庞士元：庞统，字士元，号"凤雏"，荆州襄阳(在今湖北襄阳)人。三国时蜀主刘备帐下重要谋士，与诸葛亮同拜为军师中郎将。 2. 吴人并友之：庞统曾为周瑜帐下功曹，周瑜暴病死于巴丘，庞统送丧至东吴。东吴人士大多听说过庞统的名号，等到他回去的时候，便相约送他到苏州阊门(为当时吴国西大门)，送行人包括陆绩、顾劭、全琮等人。 3. 陆子：指陆绩，字公纪，吴郡吴(在今江苏苏州)人，为庐江太守陆康之子，三国时吴国官员。其为人博学多识，孝悌亲爱，有"怀橘遗亲"典故。驽马：劣马，跑不快的马。逸足：代步。顾子：指顾劭，字孝则，吴郡吴(在今江苏苏州)人，为吴国丞相顾雍长子，三国时吴国官员。其人博览群书，为官知人善任，颇有治绩。驽牛：劣牛。负重致远：载重物，行远路。 4. 如所目：如果真的像你所评价的这样。目，品评。 5. 精速：快速，跑得快。精，十分、非常。能致一人：只能驮一个人。(按：马一般用于骑坐，一人只一匹。) 6. 所致岂一人：能负载的难道仅仅是一个人吗？(按：牛一般用于驾车，牛车可坐多人。) 7. 无以难：找不到话来反驳。难，问难。 8. 全子：指全琮，字子璜，吴郡钱唐(在今浙江杭州西)人，三国时吴国名将。其人恭顺,言辞未尝忤人;为将有谋略,曾于石亭之战大破曹休军。好声名:名声很好。 9. 樊子昭:其字及生卒年不详,汝南(在今河南上蔡东南)人。初为小商贩,后由名士许劭所荐,得为官,时年六十。后不知所终。

【译文】

庞统(护送周瑜灵柩)到了吴地,东吴人士都来和他结交。他见到陆绩、顾劭、全琮三人,就给他们下评语说:"陆君可以说是能够用来骑乘代步的驽马,顾君可以说是能够(拉着车)载重物走远路的驽牛。"有人问道:"真像你的评语那样,是陆君胜过顾君吗?"庞统说:"驽马就算跑得很快,也只能载一个人罢了;驽牛一天走一百里,可是所运载的难道只是一个人吗?"吴人没话反驳他。(庞统又评价说:)"全琮有很好的名声,像汝南郡的名士樊子昭。"

三、一日之长

顾劭尝与庞士元宿语[1],问曰:"闻子名知人[2],吾与足下孰愈(yù)?"曰:"陶冶(yě)世俗[3],与时浮沉[4],吾不如子;论王(wàng)霸(bà)之余策(cè)[5],览倚仗之要害[6],吾似有一日之长[7]。"劭亦安其言[8]。

【注释】

1. 宿语:深夜叙谈。 2. 名知人:"以知人而闻名"。知人,指了解人、懂得鉴识人才。 3. 陶冶:熏陶,给予良好影响。世俗:指普罗大众。 4. 与时浮沉:跟着时代走,能顺应潮流。 5. 王霸:指王道和霸道,即用仁义治天下和用武力治天下,为帝王常用的两种统治策略。余策:遗策,指前人留下的策略。 6. 览:通"揽",包揽,掌握。倚仗:一本作"倚伏",为是。倚伏,指互相依存、制约,互为因果。(按:《老子》第五十八章云:"祸兮福之所倚,福兮祸之所伏",即此意。)　7. 有一日之长:(我的)年纪比你稍微大一点,意为比你擅长一点。(按:古人惯以"一日之长"谦指自己年长有资历,例如《论语·先进》中孔子对侍坐弟子云"以吾一日长乎尔,毋吾以也"。)　8. 安其言:指认为他说得对,评价得妥当。

【译文】

顾劭曾经和庞统做过一次夜谈,顾问庞说:"听说您因善于鉴识人才而闻名,那么我和您两人谁更好些?"庞统说:"移风易俗,顺应潮流,这点我比不上您;至于谈论历代帝王统治的策略,掌握事物因果变化的要害,这方面我似乎比你稍强一些。"顾劭也认为他的话妥当。

四、诸葛兄弟

诸葛瑾(jǐn)弟亮及从弟诞(dàn),并有盛名,各在一国[1]。于时以为"蜀得其龙,吴得其虎,魏得其狗[2]"。诞在魏与夏侯玄[3]齐名;瑾在吴,吴朝服其弘量[4]。

【注释】

1. 诸葛瑾……一国:三国时,徐州琅琊阳都(在今山东临沂沂南县)诸葛三兄弟分别在三国从政,且均任要职。长兄诸葛瑾,字子瑜,在吴国任大将军,兼豫州牧;其弟诸葛亮,字孔明,号"卧龙",在蜀国任丞相;从弟诸葛诞,字公休,在魏国任征东大将军,并被召为司空。　2. 蜀得……其狗:"龙""虎""狗"表明三人才智、品德等级的不同。虎低于龙,狗低于虎。　3. 夏侯玄:生平已见前注。其人仪表出众,名望很高,为司马懿所重。 4. 服其弘量:佩服他为人宽宏大量的美好品质。(按:诸葛瑾不仅仪表堂堂,为人更是温文大方,气质高雅,而尤以仁义宽厚闻名,曾先后为朱治、殷模、虞翻等人向孙权求情。)

【译文】

诸葛瑾及其弟诸葛亮以及堂弟诸葛诞都有很大的名望,各在一个国家任职。当时,人们认为"蜀国得到了其中的龙,吴国得到了其中的虎,魏国得到了其中的狗"。诸葛诞在魏国,和夏侯玄齐名;诸葛瑾在吴国,吴国的官员都佩服他的宽宏大量。

五、父子优劣

司马文王问武陔(gāi)[1]:"陈玄伯[2]何如其父司空?"陔曰:"通雅博畅[3],能以天下声教[4]为己任者,不如也。明练简至[5],立功立事,过之。"

【注释】

1. 司马文王:指晋文王司马昭。武陔:字元夏,沛国竹邑(在今安徽宿州)人,为曹魏卫尉武周长子。武陔年轻时好品评人物,为司马昭所重。 2. 陈玄伯:陈泰,字玄伯,为曹魏司空陈群之子。 3. 通雅博畅:指为人通达正直,渊博流畅。 4. 声教:指声威和教化。 5. 明练简至:指做事明察精练,简约扼要。

【译文】

晋文王司马昭问武陔:"陈泰和他父亲司空陈群相比,该怎样评价?"武陔说:"说到通雅博畅,能够在全国树立君王的声威和推行教化这方面,陈泰比不上他父亲;至于明练简至、建功立业这方面,陈泰则超过了他父亲。”

六、人士比论

正始[1]中，人士比论，以五荀方[2]五陈[3]：荀淑方陈寔(shì)，荀靖(jìng)方陈谌(chén)，荀爽方陈纪，荀彧(yù)方陈群，荀觊(jì)方陈泰。又以八裴方八王[4]：裴徽(jì)方王祥，裴楷(kǎi)方王夷甫，裴康方王绥(suí)，裴绰(chuò)方王澄，裴瓒(zàn)方王敦，裴遐(xiá)方王导，裴頠(wěi)方王戎(róng)，裴邈(miǎo)方王玄。

【注释】

1. 正始：魏齐王曹芳的年号。　2. 方：把……和……相比，使并列。　3. “五荀”“五陈”关系梳理：荀淑为荀爽、荀靖之父；荀彧为荀绲之子、荀淑之孙；荀觊为荀彧之子。陈寔为陈谌、陈纪之父；陈群为陈泰之父；陈纪为陈群之父。　4. “八裴”“八王”关系梳理：裴康、裴楷、裴绰为亲兄弟；裴徽为裴康、裴楷、裴绰之父；裴楷为裴瓒之父；裴绰为裴遐、裴邈之父；裴頠为裴秀之子，裴秀与裴楷为堂兄弟。王衍、王澄为亲兄弟；王敦、王导为堂兄弟；王戎为衍、澄之堂兄；衍、戎为敦、导堂兄；王绥为王戎之子；王玄为王衍之子；王导为王览之孙；王览为王祥之弟(同父异母)。

【译文】

曹魏正始年间，知名人士对比评论人物时，拿荀氏家族中的五位和陈氏家族中的五位对比：拿荀淑比陈寔，拿荀靖比陈谌，拿荀爽比陈纪，拿荀彧比陈群，拿荀觊比陈泰。又拿裴氏家族中的八位和王氏家族中的八位对比：拿裴徽比王祥，拿裴楷比王夷甫，拿裴康比王绥，拿裴绰比王澄，拿裴瓒比王敦，拿裴遐比王导，拿裴頠比王戎，拿裴邈比王玄。

七、后出之俊

冀(jì)州刺史杨淮二子乔与髦(máo)，俱总角为成器[1]。淮与裴頠、乐广友善，遣(qiǎn)见之[2]。頠性弘方，爱乔之有高韵(yùn)[3]，谓淮曰："乔当及卿(qīng)，髦小减也[4]。"广性清淳(chún)，爱髦之有神检[5]，谓淮曰："乔自及卿，然髦尤精出[6]。"淮笑曰："我二儿之优劣，乃裴、乐之优劣。"论者评之：以为乔虽高韵，而检不匝(zā)[7]；乐言为得[8]。然并为后出之俊。

【注释】

1. 杨淮：误，应作杨准，译文据改。乔与髦：指杨乔（或作"峤"）、杨髦，为杨准二子。总角：幼年时。（按：古时少儿男未冠、女未笄时的发型，将头发总至头顶，梳成双髻，有如头顶两角，后常用以代指儿童时代。）成器：成为卓有成就的人才。 2. 遣见之：让两个儿子去见他们。 3. 弘方：为人宽宏正直。弘，大。方，正。高韵：风度高雅。韵，仪态、风度。 4. 当及：能够赶得上。小减：稍微差一点。 5. 清淳：为人清廉淳厚。清，清廉。淳，淳朴。神检：品德高贵。检，品格、德行。 6. 自及：自然比得上。精出：高明，突出。 7. 检：上文之"神检"。匝：环绕一圈，指遍、满。 8. 乐言为得：乐广的话说得准确。

【译文】

冀州刺史杨准的两个儿子杨乔和杨髦，都是幼年时就成名了的。

杨准和裴頠、乐广两人很友好，就打发两个儿子去见他们。裴頠禀性宽宏正直，所以喜欢杨乔那种高雅的风度，他对杨准说："杨乔将会赶上你，杨髦就稍差一点。"乐广禀性清廉淳厚，所以喜欢杨髦那种高贵的品德，他对杨准说："杨乔自然能赶上你，可是杨髦会更高出一头。"杨准笑道："我两个儿子的长处和短处，就是你裴、乐二人的长处和短处啊。"当时的人物评论家品评这两人的看法，认为杨乔虽然风度高雅，可是品德修养还不够完美，还是乐广的话说对了。不过两个孩子都是后起之秀。

八、洛阳名士

刘令言[1]始入洛，见诸名士而叹曰："王夷甫太解明[2]，乐彦（yàn）辅[3]我所敬，张茂先[4]我所不解，周弘武[5]巧于用短，杜方叔[6]拙（zhuō）于用长。"

【注释】

1. 刘令言：刘讷，字令言，彭城（在今江苏徐州）人，西晋名士。刘讷善于识人，有"人伦鉴识"之美称。　2. 解明：指为人精明。（按：《晋书・王衍传》说王衍"有盛才美貌，明悟若神"，盖指"解明"之意。）　3. 乐彦辅：乐广，字彦辅，淯阳（在今河南南阳）人，西晋名士、官员，因曾任尚书令，人称"乐令"。　4. 张茂先：张华，字茂先，范阳方城（在今河北固安）人，西晋时名士、政治家、文学家，著《博物志》一书，并有《鹪鹩赋》《神女赋》等作品。　5. 周弘武：周恢，字弘武，汝南安城（在今河南汝南）人，西晋名士、官员，为安东将军周浚之侄。其人才华横溢，官至散骑常侍。　6. 杜方叔：杜育，字方叔，襄城定陵（在今河南叶县）人，为曹魏平阳乡侯杜袭之孙，西晋名士、官员、茶学家。

【译文】

刘讷初到洛阳，见到诸多名士，感慨地说："王衍过于精明，乐广是我所崇敬的人，张华是我所不理解的人，周恢能巧妙地使用自己的短处，杜育则不善于发挥自己的长处。"

九、并是高才

王夷甫云："闾(lǘ)丘冲[1]优于满奋[2]、郝(hǎo)隆[3]。此三人并是高才，冲最先达[4]。"

【注释】

1. 闾丘冲：复姓闾丘，名冲，字宾卿，高平昌邑(在今山东巨野)人，西晋名士、诗人。其人清平有鉴识，博学有文义。 2. 满奋：字武秋，高平昌邑(在今山东巨野)人，西晋名士、大臣，为曹魏太尉满宠之孙。其为人清静平和，甚有才识，体量通雅，颇有乃祖风采。 3. 郝隆：误，当作郗隆。郗隆，字弘始，西晋名士、官员，为郗鉴叔父。其人正直忠诚。(按：郝隆亦有其人，然生于东晋时，字佐治，山西原平人，在桓温手下任"南蛮参军"。) 4. 先达：优秀显贵。

【译文】

王衍评论说："闾丘冲胜过满奋和郗隆；这三个人同是高级人才，闾丘冲是其中最优秀显贵的。"

一〇、乐广之俪

王夷甫以王东海[1]比乐令，故王中郎[2]作碑(bēi)云："当时标榜[3]，为乐广之俪(lì)[4]。”

【注释】

1. 王东海：王承，字安期，曾任东海郡守。　2. 王中郎：王坦之，曾任北中郎将，为王承之孙。　3. 标榜：赞扬，宣扬。　4. 俪：成双成对，并列齐排。

【译文】

王衍拿东海太守王承和尚书令乐广作对比，所以王澄的孙子王坦之给祖父写的碑文上说：“当时称扬他和乐广齐名。”

一一、如同雁行

庾中郎[1]与王平子[2]雁(yàn)行[3]。

【注释】

1. 庾中郎：庾敳，字子嵩，曾任太傅从事中郎。　2. 王平子：王澄，字平子。　3. 雁行：飞雁的行列，指如飞雁一样并列有序。

【译文】

庾敳和王澄并列齐平。

一二、以扇障面

王大将军在西朝[1]时，见周侯辄(zhé)扇(shàn)障(zhàng)面[2]不得住[3]。后度江左[4]，不能复尔[5]，王叹曰：“不知我进，伯仁退[6]？”

【注释】

1. 西朝：指晋室未南渡之时，即西晋时。 2. 辄扇障面：疑应作“辄扇面”，“障”字为衍文。 3. 不得住：止不住、不停地。（按：据沈约《晋书》载，“周顗，王敦素惮之，见辄面热，虽复腊月，亦扇面不休。其惮如此”。） 4. 度：通“渡”，过江。江左：指长江南岸。 5. 不能复尔：就不再这样做了。（按：王敦在洛阳时畏惧周顗，过江后自觉踌躇满志，就不再怕了。） 6. 进、退：指长进和退步。

【译文】

大将军王敦在西晋时期，每次见到武城侯周顗，总止不住要拿扇子遮住脸（拿扇子往自己脸上扇风）。后来到了江南，就不再这样了。王敦叹道：“不知是我有了长进，还是他周伯仁退步了？”

一三、才望兼备

会稽虞骙[1]，元皇[2]时与桓宣武同侠[3]，其人有才理胜望[4]。王丞相尝谓骙曰：“孔愉[5]有公才而无公望[6]，丁潭[7]有公望而无公才，兼之者其在卿乎[8]？”骙未达而丧[9]。

【注释】

1. 虞骙：字思行，陈国武平（在今福建龙岩）人，虞诩之子。为吏部郎，与桓彝关系密切，历任吴兴太守、金紫光禄大夫，卒于任。 2. 元皇：指晋元帝司马睿。 3. 桓宣武：误，应作“桓宣城”。［按：《晋书·虞骙传》载，与虞氏为同僚者非桓温，而是温父桓彝（曾任宣城太守），二人曾俱为吏部郎，交情甚厚。］同侠：误，应作“同僚”，指同在一个官署任职之人。 4. 才理：才思。胜望：美好的声望。

5. 孔愉：字敬康，会稽山阴（在今浙江绍兴）人，为湘东太守孔恬之子。东晋名臣，曾官至镇军将军、会稽内史，死后追赠车骑将军、开府仪同三司，谥号“贞”。另孔愉与同郡人丁潭、张茂（字伟康）并称“会稽三康”。　6. 公才、公望：指三公的才能和名望（按：“三公”，为朝廷重臣）。　7. 丁潭：字世康，会稽山阴（在今浙江绍兴）人。东晋名臣，曾官至廷尉，数迁左光禄大夫，死后追赠侍中，谥号“简”。8. 其在卿乎：大概就是你了吧。　9. 未达而丧：还没有达到（三公的）高位就去世了。达，指身份显贵。

【译文】

会稽郡虞骙，晋元帝时和桓温（应是桓彝）是同僚，这个人既有才思，声望又很高。丞相王导曾经对虞骙说过：“孔愉有三公的才能，却没有三公的名望；丁潭有三公的名望，却没有三公的才能；这两方面兼而有之的，大概就是你了吧！”可是虞骙还没有登上三公的高位就去世了。

一四、答明帝问

明帝[1]问周伯仁：“卿（qīng）自谓何如郗（chī）鉴（jiàn）？”周曰：“鉴方[2]臣，如有功夫[3]。”复问郗，郗曰：“颉（yǐ）比臣，有国士门风[4]。”

【注释】

1. 明帝：指晋明帝司马绍。　2. 方：和……比较。　3. 功夫：指功力，素养。　4. 国士：一国的杰出人物。门风：家风。

【译文】

晋明帝问周颉：“你自己认为你和郗鉴相比，谁更强些？”周颉说：

"郗鉴和臣相比,似乎更有功力。"明帝又问郗鉴,郗鉴说:"周顗和臣相比,他更显示出国士的家风。"

一五、自有公论

王大将军下[1],庾公问:"卿有四友[2],何者是?"答曰:"君家中郎,我家太尉、阿平,胡毋(wú)彦国。阿平故当最劣(liè)。"庾曰:"似未肯劣。"庾又问:"何者居其右[3]?"王曰:"自有人。"又问:"何者是?"王曰:"噫(yì)[4]! 其自有公论。"左右蹑(niè)[5]公,公乃止。

【注释】

1. 下:指从武昌顺长江东下,到都城建康去。 2. 四友:庾敳(字子嵩,曾任从事中郎)、王衍(字夷甫,曾任太尉)、王澄(字平子)、胡毋辅之(字彦国)四人。 3. 何者居其右:哪位更(最)出众?(按:古人云"无出其右者",即以右为尊、为上。) 4. 噫:感叹词,犹"唉"。 5. 左右:侍从,手下。蹑:踩脚。(按:王敦不肯说出谁居右,他以为自己居右,又不好直说。庾亮没有领会王敦的意思,而他也瞧不起王敦,手下的人便踩他的脚,示意他不要再问。)

【译文】

大将军王敦从武昌东下建康后,庾亮问他:"听说你有四位好友,是哪几位?"王敦答道:"您家的中郎、我家的太尉、阿平和胡毋彦国。阿平当然是其中最差的。"庾亮说:"好像他还不是最差的。"庾亮又问:"哪一位更出众?"王敦说:"自然有人。"庾亮又追问:"是哪一位?"王敦说:"唉! 自然会有公论吧。"手下的人踩了一下庾亮的脚,庾亮才没有再问下去。

一六、长舆嵯蘖

人问丞相："周侯[1]何如和峤(qiáo)?"答曰："长舆(yú)[2]嵯(cuó)蘖(niè)[3]。"

【注释】

1. 周侯：周颉，曾袭爵为武城侯。　2. 长舆：和峤的字。3. 嵯蘖："嵯峨"，形容山势高峻。

【译文】

有人问丞相王导："周颉相比和峤怎么样呢?"王导回答说："长舆像高山屹立。"

一七、一丘一壑

明帝问谢鲲(kūn)[1]："君自谓何如庾亮?"答曰："端委庙堂[2]，使百僚(liáo)准则[3]，臣不如亮。一丘一壑(hè)[4]，自谓过之[5]。"

【注释】

1. 谢鲲：字幼舆，陈郡阳夏(在今河南太康)人。西晋名士、官员，为谢安伯父。谢鲲年少知名，生性豁达放荡；好读《易》《老》，当时舆论以庾亮并提。　2. 端委：原意为古代礼服，这里指整肃、整饬。庙堂：指朝廷。　3. 使百僚准则：让百官有个榜样可以效法。4. 一丘一壑：指山水胜境，比喻寄情山水，隐处岩壑。　5. 自谓过之：自认为超过他。

【译文】

晋明帝问谢鲲："您自己认为您和庾亮相比，谁强些?"谢鲲回答说:“用礼制整饬朝廷,使百官有个榜样,这方面臣不如庾亮;至于寄情于山水的志趣方面,臣自以为超过他。”

一八、丞相二弟

王丞相二弟不过江,曰颍(yǐng)[1],曰敞(chǎng)[2]。时论以颍比邓伯道[3],敞比温忠武[4]。议郎、祭(jì)酒者也。

【注释】

1. 颍:指王颍,曾任议郎(掌管顾问应对)。 2. 敞:指王敞,曾被召为丞相祭酒(丞相府属官)。(按:两人皆死于晋室南渡以前。) 3. 邓伯道:邓攸,字伯道。 4. 温忠武:温峤,字泰真,谥号“忠武”。

【译文】

丞相王导有两个弟弟,没有随晋室南渡,一个叫王颍,一个叫王敞。当时的舆论把王颍和邓攸并列,把王敞和温峤并列。两人曾分别担任议郎和丞相祭酒。

一九、不须牵比

帝[1]问周侯:“论者以卿比郗鉴,云何[2]?”周曰:“陛(bì)下不须牵(qiān)比[3]。”

【注释】

1. 帝:指晋明帝。 2. 云何:你怎么说,你认为如何。 3. 牵比:强拉二者作比较。

【译文】

晋明帝问武城侯周颉："评论界把你和郗鉴并列，你认为怎么样？"周颉说："陛下不必拉着臣和郗鉴去比较。"

二〇、此君特秀

王丞相云："顷下[1]论以我比安期、千里[2]。亦推此二人。唯共推[3]太尉(wèi)，此君特秀[4]。"

【注释】

1. 顷下：误，应作"洛下"，译文据改。　2. 安期：王承，字安期。千里：阮瞻，字千里。　3. 推：推重。　4. 特秀：格外出众。

【译文】

丞相王导说："洛阳的舆论把我和王安期、阮千里相提并论，我也推重这两个人。我所希望的是大家共同推重太尉王衍，因为这个人格外出众。"

二一、田舍贵人

宋祎(yī)[1]曾为王大将军妾(qiè)，后属谢镇西[2]。镇西问祎："我何如王？"答曰："王比使君，田舍、贵人耳！"镇西妖冶(yě)[3]故也。

【注释】

1. 宋祎：西晋时女子名。为石崇宠妾绿珠之弟子，姿容绝佳，尤善吹笛。她曾先后归属于王敦、明帝司马绍、阮孚和谢尚。　2. 谢镇西：指谢尚，曾任镇西将军。（按：下文称谢尚为"使君"，是因其曾任豫州刺史。） 3. 妖冶：容貌过分艳丽（有不庄重之感）。

【译文】

宋袆曾经是大将军王敦的侍妾，后来又归属镇西将军谢尚。谢尚问宋袆："我和王敦相比怎么样？"宋袆回答说："王氏和使君您相比，只是以农家儿比贵人罢了。"这是由于谢尚容貌艳丽的缘故。

二二、萧条方外

明帝问周伯仁："卿自谓何如庾元规？"对曰："萧条[1]方外[2]，亮不如臣；从容[3]廊（láng）庙（miào）[4]，臣不如亮。"

【注释】

1. 萧条：逍遥自在。 2. 方外：指世外。（按：古代有"八方"之说，为"四方""四隅"的统称，即东、南、西、北、东北、东南、西北、西南八个方位，此外的广阔地域均为"方外"。） 3. 从容：周旋应对。 4. 廊庙：指朝廷。

【译文】

晋明帝问周顗："你自认为和庾亮相比，谁强些？"周顗回答说："说到退隐山林，逍遥世外，庾亮比不上臣；至于周旋于朝廷之上，臣比不上庾亮。"

二三、蓝田何似

王丞相辟王蓝田为掾（yuàn），庾公问丞相："蓝田何似？"王曰："真[1]独[2]简[3]贵[4]，不减父祖；然旷（kuàng）澹（dàn）[5]处，故当不如尔。"

【注释】

1. 真：率真。　2. 独：独特。　3. 简：简约。　4. 贵：尊贵。5. 旷澹：旷达、淡泊，指不求名利。

【译文】

王导征召王述做丞相府的属官，庾亮问王导说："王述这个人怎么样？"王导说："这个人率真独特，简约尊贵，这点不比他父亲、祖父逊色；可是在旷达、淡泊这方面，自然还是比不上的呀。"

二四、郗鉴三反

卞(biàn)望之[1]云："郗公体中有三反[2]：方于事上[3]，好(hào)下佞(nìng)己[4]，一反；治身清贞(zhēn)[5]，大修计校(jiào)[6]，二反；自好(hào)读书，憎(zēng)人学问，三反。"

【注释】

1. 卞望之：人名，《晋书》有传。　2. 体中：指(某人)身上。三反：三种矛盾的现象。　3. 方：正直。事上：侍奉君上。　4. 好：喜好。下：下属。佞：奉承、谄媚。　5. 治身：修身，加强身心修养。清贞：清廉贞正、有节操。　6. 大修：非常注重。计校：犹"计较"，盘算、算计，指对财物斤斤计较。

【译文】

卞望之说："郗鉴身上有三种矛盾现象：侍奉君主很正直，却喜欢下级奉承、谄媚自己，这是第一个矛盾；很注意加强清廉节操方面的修养，却非常喜欢计较财物得失，这是第二个矛盾；自己喜欢读书，却讨厌别人做学问，这是第三个矛盾。"

二五、温峤失色

世论温太真[1],是过江第二流之高者[2]。时名辈(bèi)共说人物[3],第一将尽[4]之间,温常失色[5]。

【注释】

1. 温太真:温峤,字太(一作"泰")真。 2. 第二流之高者:第二等人物中的佼佼者。 3. 名辈:名士们。共说人物:在一起品评人物。 4. 第一将尽:指第一等人物快要列举完的时候。 5. 失色:脸色发白、失常。

【译文】

世人评论温峤是晋室南渡的第二等人物中名列前茅的人。当时,名士们在一起品评人物,第一等人快要列举完的时候,温峤经常紧张得脸色发白。

二六、举手指地

王丞相云:"见谢仁祖[1]恒令人得上[2]。"与何次道[3]语,唯举手指地[4]曰:"正自尔馨(xīn)[5]!"

【注释】

1. 谢仁祖:谢尚,字仁祖。 2. 得上:有意气超拔之感。 3. 何次道:何充,字次道。 4. 举手指地:这里指举起手指着何充。 5. 正自:正如,就像。尔馨,这样。(按:王导一向推重何充,对其意见多所赞同。)

【译文】

丞相王导说:"见到谢尚,常常使人能够意气高昂。"和何充谈话时，他只是用手指着地（实为指着何充）说："正是这样。"

二七、布衣宰相

何次道为宰相，人有讥（jī）其信任不得其人[1]。阮思旷[2]慨（kǎi）然曰："次道自不至此。但布衣超居宰相之位[3]，可恨！唯此一条而已。"

【注释】

1. 何次道……其人：据《晋书·何充传》载，何充"所昵庸杂，信任不得其人"。　2. 阮思旷：阮裕，字思旷。　3. 但布衣超居宰相之位：何充历任显官，而阮裕仍说他"布衣超居宰相之位"，这是出于当时的门阀观念，因何充出身不是名门望族。超，即超迁，指越级提升。

【译文】

何充就任宰相以后，有人指责他信任了不值得信任的人。阮裕感慨地说："次道自然不会做到这一步。只是他由一介平民，直接越级提到宰相的高位，真是令人遗憾！只有这一条罢了。"

二八、右军少时

王右军少时，丞相云："逸少何缘（yuán）[1]复减[2]万安[3]邪（yé）？"

【注释】

1. 何缘："缘何"，凭什么。　2. 复减：还要次于。　3. 万安：刘绥，字万安，事已见前注。

【译文】

王羲之年轻时，丞相王导说："王逸少凭什么还要次于刘万安呢？"

二九、故是常奴

郗司空家有伧(cāng)奴[1],知及文章[2],事事有意[3]。王右军向刘尹(yǐn)称之。刘问:“何如方回[4]?”问曰:“此正小人[5]有意向[6]耳!何得便比方回?”刘曰:“若不如方回,故是常奴[7]耳!”

【注释】

1. 伧奴:指奴仆,“伧”为当时南方人对北方人的蔑称。 2. 知及文章:指懂得文字辞藻的事。 3. 事事有意:什么事情都有自己的见识。 4. 方回:郗愔,字方回,为郗鉴之子。其为人纯朴沉静,历任会稽内史、徐兖二州刺史、司空。 5. 小人:豪富之家对平民、奴仆的称呼。 6. 有意向:有点志向。 7. 常奴:普通的奴仆。

【译文】

郗鉴家有个(北方来的)仆人,懂得文辞,对什么事都有一些见识。王羲之对刘惔称赞他,刘惔问道:“和(郗家大郎)郗愔相比,怎么样?”王羲之说:“这只是小人有那么点志向罢了,哪里就能和方回相比?”刘惔说:“如果比不上方回,那仍旧是个普通的奴仆罢了。”

三〇、兼有诸美

时人道阮思旷:“骨气[1]不及右军,简秀[2]不如真长,韶(sháo)润[3]不如仲祖,思致[4]不如渊源,而兼有诸人之美。”

【注释】

1. 骨气:指气概风骨刚直。(按:《晋书·王羲之传》称王羲之

“以骨鲠称，尤善隶书”。）　2. 简秀：指风格简约内秀。　3. 韶润：指品性华美柔润。　4. 思致：指才思和韵致。

【译文】

当时人士评论阮思旷说：“他的骨气比不上王羲之，简约内秀比不上刘惔，华美柔润比不上王濛，才思韵致比不上殷浩，可却兼有这几个人的长处。”

三一、简文论人

简文[1]云：“何平叔[2]巧累于理[3]，嵇叔夜[4]俊伤其道[5]。”

【注释】

1. 简文：指晋简文帝司马昱。　2. 何平叔：何晏，字平叔，为魏晋玄学的代表人物之一。　3. 巧：精巧（的言辞）。累于理：连累了他所论的道理。　4. 嵇叔夜：嵇康，字叔夜，为“竹林七贤”之一。其人相貌英伟，有奇才，志趣不凡，喜好道学。　5. 俊：指俊杰之才。伤其道：妨碍了他的大道（指主张）。

【译文】

简文帝说：“何晏的精巧言辞连累到他所说的道理，没有很大的说服力；嵇康的奇才妨害了他的主张（使之不能得以实现）。”

三二、共论武帝

时人共论晋武帝出齐王之与立惠帝，其失孰（shú）多？多谓立惠帝为重。桓温曰：“不然，使子继父业[1]，弟承家祀（sì）[2]，有何不可？”

【注释】

1. 使子继父业：指让太子继位为帝。 2. 弟承家祀：指让弟弟来接续王国的祭祀，即回到其受封的王国去。（按：古时诸侯所封之地称“国”，大夫所封之地称“家”。）

【译文】

当时人士一起议论晋武帝“令齐王归国”和“确立惠帝（太子之位）”两件事，哪一件失误更大。多数人都认为确立惠帝为太子一事失误更重。桓温说：“不是这样的。让儿子继承父亲的事业，让弟弟去治理王国，有什么不行的！”

三三、识通暗处

人问殷渊源：“当世王公[1]以卿比裴叔道[2]，云何？”殷曰：“故当以识通暗处[3]。”

【注释】

1. 王公：王侯公卿，指显贵。 2. 裴叔道：裴遐，字叔道。3. 故当以识通暗处：殷浩和裴遐两人都擅长清谈（指两人共同点而言）。识，见识。暗处，这里指有疑义之处，不明白之处。

【译文】

有人问殷浩：“当代的显贵把你和裴遐并列，怎么样？”殷浩说：“这自然是因为（我二人）都能用识见疏通疑义。”

三四、故当胜耳

抚军[1]问殷浩:"卿定何如裴逸民[2]?"良久答曰:"故当胜耳。"

【注释】

1. 抚军:指简文帝司马昱,登位前曾任抚军大将军。　2. 裴逸民:裴頠,字逸民。

【译文】

司马昱问殷浩:"你和裴頠相比,到底怎么样?"过了很久,殷浩才回答说:"我自然是超过他呀。"

三五、宁肯作我

桓公少与殷侯齐名,常有竞心[1]。桓问殷:"卿何如我?"殷云:"我与我周旋久,宁作我[2]。"

【注释】

1. 竞心:争竞之心。　2. 我与我周旋久,宁作我:《晋书·殷浩传》作"我与君周旋久,宁作我也"。殷浩并不看重桓温,既不甘退让,又不愿和他竞争,故如此说。

【译文】

桓温年轻时和殷浩同样有名望,所以常常有竞争之心。桓温问殷浩:"你和我相比,谁强些?"殷浩回答说:"我和自己长期打交道,宁愿就做我自己。"

三六、兴公高论

抚军问孙兴公:“刘真长何如?”曰:“清蔚简令[1]。”“王仲祖何如?”曰:“温润恬和[2]。”“桓温何如?”曰:“高爽迈出[3]。”“谢仁祖何如?”曰:“清易令达[4]。”“阮思旷何如?”曰:“弘润通长[5]。”“袁羊[6]何如?”曰:“洮(táo)洮清便(pián)[7]。”“殷洪远[8]何如?”曰:“远有致思[9]。”“卿自谓何如?”曰:“下官才能所经[10],悉不如诸贤;至于斟(zhēn)酌(zhuó)时宜,笼罩当世[11],亦多所不及。然以不才,时复托怀玄胜[12],远咏[13]老、庄,萧条高寄[14],不与时务经怀[15],自谓此心无所与让也。”

【注释】

1. 清蔚:指言谈清新俊秀。简令:指禀性简约美好。 2. 温润恬和:温和柔顺,恬静平和。 3. 高爽迈出:高尚爽朗,神态超逸。 4. 清易令达:清廉平易,善良通达。 5. 弘润:指心地宽大、品性柔润。通长:指才思精深广阔。 6. 袁羊:袁乔,字彦叔,小字羊,陈郡阳夏(在今河南太康)人,为东晋国子祭酒袁瑰之子。 7. 洮洮:通“滔滔”,形容谈论滔滔不绝。清便:清雅善言。便,指能说会道。 8. 殷洪远:殷融,字洪远,陈郡长平(在今河南西华)人,为光禄勋殷羡之弟(殷浩即殷羡之子)。 9. 致思:同“思致”,指新颖的思想和情趣。 10. 才能所经:才能能够达到、做得到的事情。 11. 斟酌时宜:考虑时势的需要。笼罩当世:全面把握时局动向。 12. 托怀:寄托情怀。玄胜:指玄妙的、超越世俗的境界,即玄理,或指老庄之道。 13. 咏:赞叹,誉美。 14. 萧条:犹“逍遥”。高寄:寄情高远,实指隐居。 15. 不与时务经怀:不以纷繁时势萦怀。与,同“以”。

【译文】

抚军将军司马昱问孙绰(字兴公):“刘惔(字真长)这个人怎么样?”孙绰回答说:“他言谈清新华美,禀性简约美好。”又问:“王濛(字仲祖)怎么样?”孙绰回答说:“他为人温和柔润,恬静平和。”又问:“桓温(字元子)怎么样?”孙绰回答说:“他为人高尚爽朗,神态超逸。”又问:“谢尚(字仁祖)怎么样?”孙绰回答说:“他为人清廉平易,美好通达。”又问:“阮裕(字思旷)怎么样?”孙绰回答说:“他为人宽大柔润,精深广阔。”又问:“袁乔(字彦叔,小字羊)怎么样?”孙绰回答说:“他为人谈吐清雅,滔滔不绝。”又问:“殷洪远这个人怎么样?”孙绰回答说:“他大有新颖的思想情趣。”司马昱最后问道:“那你认为你自己怎么样?”孙绰回答说:“下官所擅长的事,全比不上诸位贤达;至于考虑时势的需要,全面把握时局,也大多赶不上他们。可是以我这个没有才能的人而论,还时常寄怀于超脱的境界,赞美古代的老聃和庄周,逍遥自在,寄情高远,不让纷繁的世事打扰自己的心志,我自认为这种胸怀是没有什么可推让的。”

三七、正是我辈

桓大司马下都,问真长曰:“闻会稽王[1]语奇进[2],尔邪(yé)?”刘曰:“极进[3],然故是第二流中人耳!”桓曰:“第一流复是谁?”刘曰:“正是我辈耳!”

【注释】

1. 会稽王:指简文帝司马昱,登位前封会稽王。性喜清谈,刘惔为常谈座客之一。 2. 奇进:神奇的进步。 3. 极进:非常有进步。

【译文】

桓温到京都后,问刘惔说:"听说会稽王的清谈有了出人意料的长进,是这样吗?"刘惔说:"是有非常大的长进,不过仍旧是第二流中的人罢了!"桓温说:"第一流的人又是谁呢?"刘惔说:"正是我们这些人呀!"

三八、当出我下

殷侯既废[1],桓公语诸人曰:"少时与渊源共骑竹马[2],我弃去,已辄(zhé)取之,故当出我下[3]。"

【注释】

1. 殷侯既废:殷浩曾任中军将军、都督五州军事,北征时大败。桓温一向忌妒殷浩,乘机上奏章请求惩办他,结果殷浩被废为庶人。 2. 共骑竹马:一块骑着竹马玩耍。竹马,古代一种儿童玩具。多为一长竹竿,一端安上(假)马头,另一端装上轮子,儿童跨立其上,拟骑马之态作耍。 3. 出我下:不如我。

【译文】

殷浩被罢官以后,桓温对大家说:"我小时候和渊源一道骑竹马玩,我扔掉的竹马,他总是拾来骑,可知他本就不如我。"

三九、献酬群心

人问抚军:"殷浩谈竟[1]何如?"答曰:"不能胜人[2],差(chā)可[3]献(xiàn)酬(chóu)[4]群心[5]。"

【注释】

1. 谈：指清谈。竟：究竟。　2. 胜人：超过别人。　3. 差可：大体能够。　4. 献酬：本指主人反复给宾客敬酒，这里指应酬、满足。　5. 群心：大家的心愿。

【译文】

有人问司马昱："殷浩的清谈究竟怎么样？"司马昱回答说："不能超过别人，大体上还能满足大家的心愿。"

四〇、居然自胜

简文云："谢安南[1]清令[2]不如其弟[3]，学义[4]不及孔岩[5]，居然自胜[6]。"

【注释】

1. 谢安南：指谢奉，字弘道，曾任安南将军。　2. 清：清雅。令：美、善。　3. 其弟：指谢聘，字弘远。　4. 学义：指学识。5. 孔岩：一作"孔严"，人名。　6. 居然：显然。自胜：原注云"言（奉）任天真也"。指质性自然，不拘礼俗。

【译文】

简文帝说："谢奉在为人清雅善美方面不如他弟弟谢聘，学识方面又不如孔岩，但他显然有自己的优越之处。"

四一、宁为管仲

未废海西公时[1]，王元琳（lín）[2]问桓元子[3]："箕（jī）子、比干[4]，迹（jì）异心同，不审明公孰是孰非？"曰："仁称不异，宁为管仲[5]。"

【注释】

1. 未废海西公时：公元 365 年，晋哀帝死，其弟司马奕继位。公元 371 年，桓温仗其声威，废晋帝为东海王，立简文帝，又降东海王为海西县公。 2. 王元琳：王珣，字元琳。 3. 元子，桓温的字。4. 箕子、比干：是商纣王的两个叔父。纣王无道，箕子进谏，不被采纳，就披发佯狂，降为奴隶。比干亦苦谏，被纣王杀死，《史记·殷本纪》有“贤比干剖心”的故事。两人的做法虽然不同，但看到纣王凶横残暴、人民陷于水火、国家危在旦夕时的不忍之心却是相同的，曾被孔子称为“仁人”（参《论语·微子》）。 5. 管仲：齐桓公时宰相，曾助桓公称霸诸侯，孔子也称赞其仁德（参《论语·宪问》）。

【译文】

还没有罢黜海西公的时候，王珣问桓温说：“箕子和比干两人，行事不同但用心一致，不知道您肯定谁、否定谁？”桓温说：“如果都一样被称为仁人，那么我宁愿做管仲。”

四二、肤清神令

刘丹阳、王长史在瓦官寺集，桓护军[1]亦在坐，共商略[2]西朝及江左[3]人物。或问：“杜弘治何如卫虎？”桓答曰：“弘治肤清[4]，卫虎奕（yì）奕神令[5]。”王、刘善其言。

【注释】

1. 桓护军：指桓伊，曾任护军将军。 2. 商略：指品评。 3. 西朝：指西晋。江左：江南，指东晋。 4. 肤清：指外表清丽。 5. 卫虎：卫玠小名。奕奕：精神焕发。神令：精神美好。

【译文】

刘惔和王濛在瓦官寺聚会，桓伊也在座，一道评价西晋和江南有声望的人士。有人问："杜弘治和卫玠相比，哪个好？"桓伊回答说："弘治外表清丽，卫玠神采奕奕。"王濛和刘惔认为他的评论很恰当。

四三、但有都长

刘尹抚（fǔ）王长史背曰："阿奴[1]比丞相，但[2]有都长[3]。"

【注释】

1. 阿奴：王濛的小字。　2. 但：只不过。　3. 都长：容貌漂亮、本性淳厚。

【译文】

刘惔拍着王濛的背说："你和王丞相相比，只不过比他漂亮、淳厚。"

四四、不减向秀

刘尹、王长史同坐，长史酒酣（hān）起舞。刘尹曰："阿奴今日不复减[1]向子期[2]。"

【注释】

1. 不复减：不再比……差，赶得上。　2. 向子期：向秀，字子期，"竹林七贤"之一。

【译文】

刘惔和王濛坐在一起，王濛喝酒喝到痛快的时候就跳起舞来。

刘惔说："你今天赶上向秀了。"

四五、不可陵践

桓公问孔西阳[1]："安石何如仲文[2]？"孔思未对，反问公曰："何如？"答曰："安石居然不可陵（líng）践（jiàn）[3]其处[4]，故乃胜也。"

【注释】

1. 孔西阳：孔严，字彭祖，历任丹阳尹、尚书，封西阳侯。 2. 仲文：指桓温之婿殷仲文。 3. 陵践：欺压，压制。 4. 处：处理，决断。

【译文】

桓温问孔严："谢安和殷仲文相比，谁强些？"孔严考虑着没有回答，反问桓温："您以为怎么样？"桓温回答说："谢安显然使人不能压制他的决断，自然就是更胜一筹了。"

四六、弘度流涕

谢公与时贤共赏说[1]，遏（è）、胡儿[2]并在坐，公问李弘度[3]曰："卿家平阳[4]，何如乐令？"于是李潸（shān）然[5]流涕（tì）曰："赵王篡（cuàn）逆，乐令亲授玺绶[6]。亡伯雅正，耻处乱朝，遂至仰药[7]。恐难以相比！此自显于事实，非私亲之言[8]。"谢公语胡儿曰："有识者果不异人意。"

【注释】

1. 赏说：鉴赏、评说。 2. 遏：谢玄，小字遏，谢安长兄谢奕之子。胡儿：谢朗，小字胡儿，谢安次兄谢据之子。 3. 李弘度：李充，字弘度，江夏（在今湖北安陆）人，东晋著名文学家、文论家、目录学家，官至五品中书侍郎。 4. 平阳：指李重，字茂曾，曾任平阳太守，为李充伯父。（按：赵王司马伦任相国时，调李重做相国左司马；李重心知司马伦有篡位意图，忧愤成疾而死。） 5. 潸然：（流泪）扑簌貌。 6. 篡逆：篡位谋逆。玺绶：皇帝的金印和拴金印的带子，指代皇位。 7. 雅正：指为人正直高尚。仰药：服毒药自杀。（按：据《晋书·李重传》载，李重"以忧逼成疾而卒"，《晋诸公赞》说他有病不治，终于病死。） 8. 自显于：自然有……会证明。私亲：偏袒亲属。

【译文】

谢安和当时贤达一起鉴赏、评论人物，当时他的两个侄子谢玄和谢朗都在座。谢安问李充："你家的李重和乐广相比怎么样？"这时李充泪流不止地说："赵王叛逆篡位时，尚书令乐广曾亲自奉献玺绶；我那死去的伯父为人正直，耻于在叛逆的乱世中为官，终至于服毒身死。两人恐怕难以拿来比较啊！这自有事实来表明，并不是我为了偏袒亲人才这么说。"谢安于是对谢朗说："有识之士果然和人们的心愿相同啊！"

四七、未为不贵

王修龄[1]问王长史[2]："我家临川[3]，何如卿家宛（wǎn）陵[4]？"长史未答，修龄曰："临川誉（yù）贵[5]。"长史曰："宛陵未为不贵。"

【注释】

1. 王修龄：指王胡之，字修龄。 2. 王长史：指王濛，曾任司徒左长史。 3. 临川：指王羲之，曾任临川太守。 4. 宛陵：指王述，曾任宛陵县令。［按：王胡之与王羲之同族，即琅琊王氏；王述与王濛同族，即晋阳（太原）王氏。］ 5. 誉贵：名声好，身份尊贵。

【译文】

王胡之问王濛说："我家的王羲之和你家的王述相比，谁强些？"王濛还没有回答；王胡之又说："王羲之名声好，而且尊贵。"王濛说："王述也不能算不尊贵。"

四八、子问父答

刘尹至王长史许清言，时苟子[1]年十三，倚床边听。既去，问父曰："刘尹语何如尊[2]？"长史曰："韶（sháo）音令辞[3]，不如我；往辄（zhé）破的（dì）[4]，胜我。"

【注释】

1. 苟子：王修，小名苟子，为王濛之子。 2. 尊：儿子对父亲的称呼。 3. 韶音令辞：韶、令，美好的。音、辞，指语音语调与言辞。 4. 破的：原指（射箭）中靶，这里指谈论切中义理，能够点明要旨。的，目标、标靶。

【译文】

刘惔到王濛那里清谈，当时王修十三岁，靠在坐床边听他们说话。刘惔走后，王修问他父亲："刘惔的谈论和您相比怎么样？"王濛说："要论音调的抑扬顿挫，言辞的优美，他不如我；至于针对所谈内容能够直接切中玄理，在这点上他比我强。"

四九、区别智勇

谢万寿春败后[1]，简文问郗超："万自可[2]败，那(nǎ)得[3]乃尔[4]失士卒情？"超曰："伊[5]以[6]率任之性[7]，欲区别智勇[8]。"

【注释】

1. 谢万寿春败后：晋穆帝升平三年，谢万(时任豫州刺史)受命北伐，未遇敌而兵自溃。 2. 自可：自然有可能。 3. 那得：怎么会。那，通"哪"。 4. 乃尔：如此，像这样。 5. 伊：第三人称"他"。 6. 以：凭借、依恃。 7. 率任之性：任性放纵的性格。 8. 区别智勇：把智谋和勇敢区分开，这里指谢万有勇而无谋。

【译文】

谢万在寿春战败了，简文帝问郗超："谢万当然可能打败仗，可是怎么竟会如此失掉士兵们的爱戴之情？"郗超说："他凭着任性放纵的性格，想把智谋和勇敢区分开。"

五〇、受而不恨

刘尹谓谢仁祖曰："自吾有四友[1]，门人加亲。"谓许玄度曰："自吾有由[2]，恶言不及于[3]耳。"二人皆受而不恨[4]。

【注释】

1. 自吾有四友：疑此"四"字当作"回"，译文据改。"回"即颜回，字子渊，又称"颜渊"。(按：《尚书大传》云："孔子曰：'文王有四友。自吾得回也，门人加亲，是非胥附邪！……自吾得由也，恶言不入于耳，是非御侮邪！'") 2. "由"：仲由，字子路。(按：颜回、子路皆为孔子高足。这里刘惔借用孔子评价弟子的话,指称与自己同辈的谢尚、许询,是不太礼貌的说法。) 3. 不及于:达不到。(按:恶言"达不到"耳朵,意为听不见恶言。) 4. 受而不恨:容忍了这种(没有礼貌的)说法,没有表露怨恨的情绪。

【译文】

刘惔对谢尚说:"自从我有了'颜回',和学生之间就更加亲密。"又对许询说:"自从我有了'仲由',对我不满的话就再也听不到了。"两个人都容忍了他的说法,而没有怨言。

五一、堪比羊祜

世目殷中军:"思纬(wěi)[1]淹(yān)通[2],比[3]羊叔子[4]。"

【注释】

1. 思纬:思路。纬,与"经"相对("经"指纵向,"纬"指横向),这里泛指东西向的横路。 2. 淹通:宽广通畅。淹,广。 3. 比:与……相比,与……相提并论。 4. 羊叔子:羊祜,字叔子,事已见前注。

【译文】

世人评论殷浩说:"他的思路宽广通畅,可以和羊祜相提并论。"

五二、不复语卿

有人问谢安石、王坦之优劣于桓公。桓公停[1]欲言,中悔[2]曰:"卿喜传人语[3],不能复[4]语卿。"

【注释】

1. 停：正要。　2. 中悔：中途后悔了(没有接着往下说)。　3. 喜传人语：犹"长舌"。　4. 复：又，再次。

【译文】

有人向桓温问起谢安和王坦之两人的优劣。桓温正要说，中途后悔了，便说："你喜欢传别人的话，我不能再告诉你了。"

五三、直言不讳

王中郎[1]尝问刘长沙[2]曰："我何如苟子[3]？"刘答曰："卿才乃当不胜苟子，然会名[4]处多。"王笑曰："痴！"

【注释】

1. 王中郎：王坦之，字文度，为王述之子(晋阳王氏)，曾任北中郎将。　2. 刘长沙：刘奭(与汉元帝同名)，字文时，东晋时彭城(在今江苏徐州)人，曾担任长沙相，故称。　3. 苟子：王修，字敬仁，小名苟子，为王濛之子(琅琊王氏)，曾任大司农郎中令。　4. 会名：对于名理能够融会贯通。(按："名理"问题特指魏晋清谈家辨析事物名和理的是非同异。)

【译文】

王坦之曾问长沙相刘奭："我和王修相比怎么样？"刘奭回答说："你的才学本来不会超过王修，可是领会名理的地方却比他强。"王坦之笑着说："傻话！"

五四、弟子服膺

支道林问孙兴公:“君何如许掾(yuàn)?”孙曰:“高情远致[1],弟子[2]蚤(zǎo)[3]已服膺(yīng)[4];一吟一咏[5],许将北面[6]。”

【注释】

1. 高情远致:高远的情趣。 2. 弟子:因支遁为东晋名僧,故孙绰自谦为“弟子”。 3. 蚤:通“早”。 4. 服膺:衷心信服。 5. 一吟一咏:指写诗作文。(按:据《晋书·孙绰传》载,孙绰为人博学,擅作文章,曾作《遂初赋》《天台山赋》等。) 6. 北面:以……为师。

【译文】

支遁问孙绰说:“您和许询相比怎么样?”孙绰说:“要论情趣高远,我对他早已心悦诚服;可说到吟诗咏志,许询却要拜我为师。”

五五、谢安为雄

王右军问许玄度:“卿自言何如安石[1]?”许未答,王因曰:“安石故相为[2]雄,阿万当裂眼[3]争邪(yé)?”

【注释】

1. 安石:一本作“安、万”,指谢安、谢万兄弟两人,应当是这种说法(因下文王羲之同时谈及二人)。 2. 相为:向你,对你。 3. 裂眼:睁大眼睛,形容极度愤怒的神情。

【译文】

王羲之问许询说:“你自己说说,你和谢安、谢万兄弟俩相比谁强些？”许询还没有开口，王羲之便说：“谢安自然对你称雄，谢万可要和你怒目相争了吧！”

五六、田舍江虨

刘尹云：“人言江虨（bīn）[1]田舍[2]，江乃自田宅（zhái）屯（tún）[3]。”

【注释】

1. 江虨：字思玄，陈留圉县人。晋室衣冠南渡时，乔迁江南济阳郡，为济阳江氏名士。其为人博学知名，更兼善弈，遂为中兴之冠。历任长山令、长史、吏部尚书、尚书左仆射。　2. 田舍：指农家儿、乡下人。　3. 自田宅屯：意译为过着自给自足的田园生活。

【译文】

刘惔说：“人们都说江虨像农家子弟（土气），江虨其实是在村庄里自营田地、房舍，过着田园生活。”

五七、苏绍最胜

谢公云：“金谷[1]中苏绍（shào）最胜。”绍是石崇姊（zǐ）夫，苏则[2]孙，愉[3]子也。

【注释】

1. 金谷：指金谷园，洛阳城外金谷涧中一园林，为石崇修建。石崇官至荆州刺史，为当时巨富，曾在金谷园大宴宾客。席间推苏绍为首，绍时年五十，其妻为石崇姊石氏。　2. 苏则：字文师，扶风武功（在今陕西武功西）人，曹魏官员。　3. 愉：苏愉，字休预（一作“休豫"),苏则次子(其长兄苏怡)。

【译文】

谢安说:"在金谷园的聚会中苏绍的诗最优秀。"苏绍是石崇的姐夫,是苏则的孙子,苏愉的儿子。

五八、中郎突兀

刘尹目庾中郎:"虽言不愔(yīn)愔[1]似道[2],突兀(wù)[3]差(chā)可[4]以拟(nǐ)道[5]。"

【注释】

1. 愔愔:静寂无声。 2. 道:道家哲学体系的核心,指产生天地万物的本源。 3. 突兀:高耸突出。 4. 差可:尚可,勉强可以。 5. 拟道:与大"道"相比拟。

【译文】

刘惔评论庾敳说:"虽然他的言谈不像大'道'那样寂静无为,但其中突出之处大体能和'道'相比拟。"

五九、谢公清润

孙承公[1]云:"谢公清于无奕(yì)[2],润(rùn)于林道[3]。"

【注释】

1. 孙承公:孙统,字承公,太原中都(在今山西平遥)人,为孙绰之兄。 2. 无奕:谢奕,字无奕,为谢安之兄。 3. 林道:陈逵,字林道,曾任西中郎将,兼梁、淮南二郡太守。

【译文】

孙统说:“谢安比谢奕清廉高洁,比陈逵温和宽厚。”

六〇、攀安提万

或问林公:“司州何如二谢?”林公曰:“故当攀(pān)安[1]提万[2]。”

【注释】

1. 攀安:仰攀(前面的)谢安。　2. 提万:提携(后面的)谢万。(按:指才能介于两人之间——不及谢安,超过谢万。)

【译文】

有人问支遁:“王胡之和谢家两兄弟相比怎么样?”支遁说:“当然是仰攀谢安,提携谢万。”

六一、高情才藻

孙兴公、许玄度皆一时名流。或重许高情,则鄙(bǐ)孙秽(huì)行[1];或爱孙才藻(zǎo)[2],而无取于许。

【注释】

1. 则鄙孙秽行:据《续晋阳秋》载,(孙绰)“虽有文才,而诞纵多秽行,时人鄙之”。　2. 或爱孙才藻:据《晋书·孙绰传》载,孙绰“博学善属文”,与许询“俱有高尚之志”,但喜讥讽他人。

【译文】

孙绰、许询都是当时的名流。有人看重许询的高远情趣,就鄙视孙绰的丑恶行为;有人喜欢孙绰的才华,就认为许询无可取之处。

六二、正得谓朋

郗嘉宾道谢公："造膝（xī）[1]虽不深彻[2]，而缠绵纶（lún）至[3]。"又[4]曰："右军诣（yì）[5]嘉宾。"嘉宾闻之曰："不得称诣，政[6]得谓之朋[7]耳！"谢公以嘉宾言为得。

【注释】

1. 造膝：促膝交谈。 2. 深彻：说理精深透彻。 3. 缠绵纶至：情意特别深厚。 4. 又：通"有"，这里指有人。 5. 诣：造诣很深。（按："嘉宾"二字疑是衍文，与其后句为重出。这里讲王羲之对名理的造诣，与郗超无涉。） 6. 政：通"正"，只、仅。 7. 朋：同等，不相上下。

【译文】

郗超评论谢安说："他的议论虽然不很深透，可是情意特别深厚。"有人说："王羲之造诣很深。"郗超听了说："不能说他造诣很深，只能说王、谢两人不相上下罢了。"谢安认为郗超的话说对了。

六三、道季自评

庾道季[1]云："思理伦和[2]，吾愧[3]康伯[4]；志力强正[5]，吾愧文度[6]。自此已还[7]，吾皆百之[8]。"

【注释】

1. 庾道季：庾和，字道季，庾亮之子。少好学，有文才，名重当时。（按：庾和十分看重韩康伯、王坦之二人，常常对人称扬。） 2. 思理：指思路。伦和：指条理和谐。 3. 愧：这里指"愧于"，即自愧不如。　4. 康伯：韩伯，字康伯，颍川长社（在今河南长葛西）人，东晋玄学家、训诂学家。　5. 志力：志气勇力。强正：刚强正直。6. 文度：王坦之，字文度，太原晋阳（在今山西太原）人，为蓝田侯王述长子。　7. 自此已还：犹“除此以外”。　8. 百之：“百倍过之”的简写。“百”，作动词用，指超过百倍。

【译文】

庾和说：“要论思路条理清楚，我自愧不如康伯；要论志气坚强刚正，我自愧不如文度。除此以外的人，我都超过他们百倍。”

六四、勿学汝兄

王僧恩[1]轻林公，蓝田曰：“勿学汝兄[2]，汝兄自不如伊[3]。”

【注释】

1. 王僧恩：王祎之，字文劭，小字僧恩，为蓝田侯王述幼子。其大兄王坦之，字文度；次兄王处，字文将，小名阿智。　2. 汝兄：指长兄王坦之。　3. 自：本来。伊：代词，指“他”，即指支遁（字道林）。

【译文】

王祎之轻视支遁，其父蓝田侯王述说：“不要学你大哥，你大哥本来就比不上他（指支遁）。”

六五、袁羊何似

简文问孙兴公：“袁羊何似？”答曰：“不知[1]者不负其才[2]，知之者无取[3]其体[4]。”

【注释】

1. 知：了解。 2. 负其才：对不起、辜负他的才能。 3. 无取：看不上。 4. 体，原意为“根本”，引申为（一个人的）基本道德品质。

【译文】

简文帝司马昱问孙绰：“袁乔这个人怎么样？”孙绰回答说：“不了解他的人不会辜负他的才能，了解他的人却会瞧不起他的品德。”

六六、康伯肤立

蔡叔子[1]云：“韩康伯虽无骨干[2]，然亦肤立[3]。”

【注释】

1. 蔡叔子：当时名士，生平不详。 2. 无骨干：指（韩康伯）身体肥胖，好像没有骨骼一样柔软。 3. 肤立：指外表、形象能立起来。

【译文】

蔡叔子说：“韩康伯虽然像没有骨架似的，但是（因为体型壮美）形象也还能立得住。”

六七、谢安论人

郗嘉宾问谢太傅曰：“林公谈何如嵇公？”谢云：“嵇公勤著脚，裁可得去耳[1]。”又问：“殷何如支？”谢曰：“正尔有超拔[2]，支乃过殷。然亹（wěi）亹[3]论辩，恐殷欲制支。”

【注释】

1. 嵇公勤著脚，裁可得去耳：嵇康要努力前进，才能赶上支遁。

勤著脚，指马不停蹄地赶路。裁，通“才”。　2. 超拔：超尘拔俗。3. 亹亹：犹“娓娓”，即谈话娓娓不倦、滔滔不绝。

【译文】

郗超问谢安：“支遁的清谈跟嵇康相比怎么样？”谢安说：“嵇康是要马不停蹄地走，才能前进呀。”郗超又问：“殷浩跟支遁相比怎么样？”谢安说：“正是因为能够超脱尘俗，支遁才超过殷浩；可是在娓娓不倦的辩论方面，恐怕殷浩的口才就会制服支遁了。”

六八、虽生犹死

庾道季云：“廉颇、蔺（lìn）相如[1]虽千载上死人，懔（lǐn）懔恒如有生气[2]。曹蜍（chú）、李志虽[3]见（xiàn）在[4]，厌（yān）厌如九泉下人[5]。人皆如此，便可结绳而治[6]，但恐狐狸[7]貒（tuān）貉（hé）[8]啖（dàn）尽。”

【注释】

1. 廉颇、蔺相如：战国时赵国人。蔺相如完璧归赵，拜为上卿，位在大将军廉颇之上。廉颇心中不服，想羞辱蔺相如，被蔺巧妙化解。廉颇受到感动，遂负荆请罪，与蔺相如成为至交。　2. 懔懔：同“凛凛”，敬畏貌。有生气：充满活力，富于生机。　3. 曹蜍：曹茂之，字永世，小字“蜍”，彭城（在今江苏徐州）人。祖父曹韶，曾为镇东将军司马；其父曹曼，曾为少府卿，后仕至尚书郎；曹蜍本人则寂寂无名。李志：字温祖，江夏钟武（在今湖南衡阳）人。曾官至员外常侍、南康相，与王羲之同时，书亦争衡。（按：曹、李二人皆憨厚而缺乏才智，虽做官而功业不显。庾和将曹、李比作死人，意指倘若人人皆如曹、李，质鲁而淳悫，则天下无奸民，亦可结绳致治。然其才智无闻，功绩俱灭，无擅世之名。“曹李之才”甚至成了平庸之人的代名词，他们虽亦精于书道，却被王氏父子的大才高名所淹没，后世常用以形容与大师同时却湮灭不闻之人。） 4. 见在：现在还活着。5. 厌厌：精神不振貌。九泉下人：“死人”。九泉，犹“黄泉”。6. 结绳而治：远古时代没有文字，用“结绳记事”的方法来处理政事。指复归原始时代。 7. 狐狸：“狐”，即“红狐”“赤狐”，又叫“草狐”；“狸”，即“狸猫”“豹猫”，又叫“山猫”。 8. 貒貉：猪獾和狗獾。（按：“狐狸貒貉”泛指各种野兽。）

【译文】

庾和说：“廉颇和蔺相如虽然是千年以上的古人，却依旧正气凛然，经常使人感到虎虎有生气。曹蜍、李志虽然现在还活着，却精神萎靡像坟墓里的死人。如果人人都像曹、李那样，我们就要回到结绳而治的原始时代去了，只是恐怕野兽会把人都吃光。”

六九、理义中人

卫君长是萧祖周妇兄，谢公问孙僧奴[1]：“君家[2]道卫君长云何？”孙曰：“云是世业人[3]。”谢曰：“殊不尔[4]，卫自是理义人[5]。”于时以比殷洪远[6]。

【注释】

1. 孙僧奴：孙腾，字北海，小字僧奴，为孙统之子。以博学著称，曾官至廷尉。其弟孙登，任尚书郎，喜好名理之学，曾注《老子》。2. 君家：“您”。 3. 世业人：管世事（尘俗之事）的人。 4. 殊不尔：根本不是这样。 5. 理义人：研究名理的人。 6. 殷洪远：殷融，字洪远，事已见前注。

【译文】

卫君长是萧祖周的大舅子，谢安问孙腾："您说卫君长这个人怎么样？"孙腾说："听说是个俗事缠身的人。"谢安说："根本不是这样，卫君长本是研究名理的人。"当时人们把卫君长和殷融并列。

七〇、林公庾公

王子敬问谢公："林公何如庾公？"谢殊不受[1]，答曰："先辈[2]初无[3]论，庾公自足[4]没（mò）[5]林公。"

【注释】

1. 殊不受：很不情愿这样比较。　2. 先辈：从前的人。　3. 初无：从来没有。　4. 自足：自然能够。　5. 没：超过。

【译文】

王献之问谢安："支遁相比庾亮怎么样？"谢安很不同意这样相比，回答说："前辈从来没有这样评论、比较过，庾亮自然能够超过支遁。"

七一、竹林优劣

谢遏（è）[1]诸人共道竹林[2]优劣，谢公曰："先辈初不臧（zāng）贬[3]七贤。"

【注释】

1. 谢遏：谢玄，字幼度，小字"遏"，为谢安之兄谢奕子。　2. 竹林：指竹林七贤。　3. 臧贬：犹"褒贬"。臧，即"臧否"之"臧"

(“臧”为褒,“否”为贬)。

【译文】

谢玄等人一起谈论竹林七贤的优劣,谢安说:“前辈从来不褒贬七贤。”

七二、窟窟成就

有人以王中郎比车骑,车骑闻之曰:“伊窟(gǔ)窟[1]成就。”

【注释】

1. 窟窟:同“搰搰”,用力貌。(意为王坦之花了很大的力气,才取得了如今的成就。)

【译文】

有人把北中郎将王坦之和车骑将军谢玄相对比,谢玄听说了这事,就说:“他(指王坦之)是经过努力做出了成绩。”

七三、刘惔自知

谢太傅谓王孝伯[1]:“刘尹亦奇自知[2],然不言胜长史。”

【注释】

1. 王孝伯:王恭,字孝伯,为司徒左长史王濛之孙。 2. 奇:很,非常。自知:了解自己。

【译文】

谢安对王恭说:“刘惔也是非常了解自己的,可是他不说自己超过王濛。”

七四、吉人辞寡

王黄门[1]兄弟三人俱诣(yì)谢公，子猷(yóu)、子重[2]多说俗事[3]，子敬寒温而已[4]。既出，坐客问谢公：“向三贤[5]孰(shú)愈(yù)？”谢公曰：“小者[6]最胜。”客曰：“何以知之？”谢公曰：“吉人之辞寡(guǎ)，躁(zào)人之辞多[7]。推此知之。”

【注释】

1. 王黄门：王徽之，字子猷，为王羲之第五子，曾任黄门侍郎。2. 子重：王操之，字子重，为王羲之第六子。兄弟三人，指徽之、操之、献之(字子敬)，其中献之最幼。　3. 多说俗事：大多谈些日常俗务。　4. 寒温而已：只是寒暄几句。　5. 向三贤：刚才的三位贤士，指王氏三兄弟。　6. 小者：最小的那个，指王献之。　7. 吉人之辞寡，躁人之辞多：语出《周易·系辞下》。吉人，指善良贤明的人。躁人，指急躁冒进的人。

【译文】

王徽之兄弟三人一同去拜访谢安，王徽之和王操之大多说些日常事务，王献之只是寒暄了几句。三人走了以后，在座的客人问谢安：“刚才那三位谁比较好？”谢安说：“小的(指献之)最好。”客人问道：“怎么知道呢？”谢安说：“善良贤明的人话少，急躁的人话多。我是从这两句话中推断出来的。”

七五、外人哪知

谢公问子敬："君书何如君家尊[1]？"答曰："固当不同[2]。"公曰："外人论殊不尔[3]。"王曰："外人那(nǎ)得[4]知！"

【注释】

1. 君书何如君家尊：当时有人认为王献之的书法风格比较秀媚，骨力比不上他父亲王羲之；有的认为他父亲比不上他。谢安一向很尊崇王羲之的书法，才有此一问。 2. 固当不同：（我们两人的风格和造诣）本来就有所不同。（按：王羲之众体兼备，而行书尤善，以《兰亭集序》为天下第一行书，更是自成一家，广采众长；王献之则精于草、隶。） 3. 殊不尔：绝不是这样。 4. 那得：怎么会。那，通"哪"。

【译文】

谢安问王献之："您的书法比起令尊怎么样？"王献之回答说："（我们两人）本来就是不同的。"谢安说："外面的议论绝不是这样。"王子敬说："外人哪里会懂得啊！"

七六、身意如此

王孝伯问谢太傅："林公何如长史？"太傅曰："长史韶(sháo)兴[1]。"问："何如刘尹？"谢曰："噫(yī)！刘尹秀[2]。"王曰："若如公言，并不如此二人邪(yé)？"谢云："身意正尔[3]也。"

【注释】

1. 韶兴：美好的意趣。 2. 秀：指才能出众。（按：王濛很欣赏自己的"韶音令辞"，自认为胜过刘惔。谢安也称赞他的言谈，而不很欣赏支遁。）　3. 身意：我的意思。正尔：正是如此。

【译文】

王恭问谢安说："支遁和王濛相比怎么样？"谢安说："王濛的清谈意趣清新。"王恭又问："（支遁）和刘惔相比怎么样？"谢安说："哎！还是刘惔才能出众。"王恭说："如果像您说的那样，支遁全都比不上这两个人吗？"谢安说："我的意思正是这样啊。"

七七、子敬谁比

人有问太傅："子敬可是先辈谁比[1]？"谢曰："阿敬近撮（cuō）[2]王、刘之标[3]。"

【注释】

1. 子敬可是先辈谁比：王献之到底和哪一位前辈相当？（这里是从清谈的义理方面而言。）　2. 阿敬：王献之，字子敬，"阿敬"为昵称。近：从近处说。撮：聚合。　3. 王、刘：指王濛、刘惔。标：风标，指风度仪范。

【译文】

有人问太傅谢安："王献之到底和哪一位前辈相当？"谢安说："从近处说，阿敬集中了王濛、刘惔二人的风度。"

七八、非不能逮

谢公语孝伯[1]："君祖[2]比刘尹，故为得逮（dài）[3]。"孝伯云："刘尹非不能逮，直不逮。"

【注释】

1. 孝伯：王恭，字孝伯，为王蕴之子。 2. 君祖：“您的祖父”，指王濛。 3. 逮：达到，赶上。

【译文】

谢安对王恭说：“您的祖父和刘惔齐名，自然能够赶上他。”王恭说：“刘惔那样的人并不是难以做到的，只是家祖父不那样做罢了。”

七九、袁宏做官

袁彦伯[1]为吏部郎，子敬与郗嘉宾书曰：“彦伯已入[2]，殊足顿兴往之气[3]。故知捶（chuí）挞（tà）[4]自难为人，冀（jì）小却[5]，当复差（chài）[6]耳。”

【注释】

1. 袁彦伯：袁宏，字彦伯，小字虎，陈郡阳夏（在今河南太康）人，东晋玄学家、文学家、史学家。 2. 已入：已经进入（朝廷），指就任吏部郎。 3. 殊足：特别能够。顿：舍弃，消除。兴往之气：指仕进的志向。 4. 捶挞：指处分官吏的杖刑。（按：郎官如果有过错，就会受到杖刑，所以有人不愿担任这一职务。） 5. 冀：希冀，希望。小却：稍微推辞一下，即表示不接受。 6. 差：病愈，这里指转好。

【译文】

袁彦伯担任了吏部郎，王献之写信给郗超说：“彦伯已经入朝就职了，这个官职特别能挫伤人的仕进志气。我原先就知道，受了杖刑自然很难做人，所以希望他能稍微辞让一下，这样就会好一些呀。”

八〇、长卿慢世

王子猷(yóu)、子敬兄弟共赏《高士传》[1]人及赞[2]。子敬赏井丹高洁[3],子猷云:“未若长卿慢世[4]。”

【注释】

1.《高士传》:晋代皇甫谧所著,记载先代高尚之士的事迹和言行。　2. 赞:一种文体,放在人物传记的结尾部分,相当于总评,内容主要是褒贬人物。　3. 井丹高洁:《高士传》在井丹的传记后面写了“其赞曰:‘井丹高洁,不慕荣贵,抗节五王,不交非类’”。　4. 长卿慢世:这也是《高士传》中的赞语。长卿,即司马相如,字长卿,蜀郡成都人,西汉辞赋家,思想有明显的道家与神仙色彩。慢世,指怠慢世人世事,玩世不恭。

【译文】

王徽之、王献之兄弟一起欣赏《高士传》一书所记的人物和所写的“赞”词。王献之特别欣赏井丹的高洁,王徽之说:“不如司马相如的玩世不恭。”

八一、名士风流

有人问袁侍中[1]曰:“殷仲堪何如韩康伯?”答曰:“理义所得,优劣乃复未辨;然门庭萧寂,居然有名士风流,殷不及韩。”故殷作诔(lěi)云:“荆门昼(zhòu)掩[2],闲庭晏(yàn)然[3]。”

【注释】

1. 袁侍中:袁恪之,字元祖,曾任黄门侍郎、侍中。　2. 荆门:

柴门,指贫苦人家用木头、树枝等编的门。昼掩:白昼也掩闭着。3. 闲庭:清幽的庭院(指少人来往)。晏然:安静貌。

【译文】

有人问侍中袁恪之:"殷仲堪和韩康伯相比,谁强些?"袁恪之回答说:"这两人义理上的成就,其优劣实在是还没有辨明;可是若论到门庭闲静,保持着名士的风雅,(在这一点上)殷仲堪是赶不上韩康伯的。"所以殷仲堪在哀悼韩康伯的诔文上说:"柴门白天也关闭着,清幽的庭院安安静静。"

八二、郗超为上

王子敬问谢公:"嘉宾何如道季?"答曰:"道季诚复[1]钞(chāo)撮(cuō)[2]清悟[3],嘉宾故自[4]上[5]。"

【注释】

1. 诚复:的确是。 2. 钞撮:聚集。 3. 清悟:清虚善悟。4. 故自:本来就。 5. 上:出众,超尘拔俗。

【译文】

王献之问谢安:"郗超和庾和相比,谁强些?"谢安回答说:"庾和的清谈的确集中了他人的清虚善悟,而郗超却本来就出众。"

八三、不可无年

王珣(xún)[1]疾,临困[2],问王武冈[3]曰:"世论以我家领军[4]比谁?"武冈曰:"世以比王北中郎[5]。"东亭转卧向壁,叹曰:"人固不可以无年[6]!"

【注释】

1. 王珣：字元琳（小字法护），为王导之孙、王洽之子，曾受封为东亭侯。　2. 临困：临死。困，病重。　3. 王武冈：王谧，字致远，为王导之孙、王劭之子。少有美誉，拜秘书郎，承继父爵为武冈侯。4. 领军：指王洽，曾任吴郡内史，调任领军。不久又加中书令，死时年仅三十六岁。　5. 王北中郎：指王坦之，字文度，曾任北中郎将。6. 人固不可以无年：人确是不能没有寿数呀。无年，即“夭寿”。

【译文】

王珣病重，临死的时候问堂弟王谧说：“舆论界把家父和谁并列？”王谧说：“世人把他和王坦之并列。”王珣翻身面向墙壁，叹气说：“人确是不能没有寿数呀！”

八四、王恭评人

王孝伯道谢公浓至[1]。又曰：“长史虚[2]，刘尹秀[3]，谢公融[4]。”

【注释】

1. 浓至：指道德深厚到极点。　2. 虚：谦虚。（按：《晋书·王濛传》说王濛“虚己应物，恕而后行”。）　3. 秀：才智出众。　4. 融：恬适，指和乐通达。（按：《晋书·谢安传》说他“神识沈敏，风宇条畅”。）

【译文】

王恭评论谢安为人之德最深厚。又说：“王濛谦虚宽和，刘惔才智出众，谢安和乐通达。”

八五、林公何如

王孝伯问谢公："林公何如右军？"谢曰："右军胜林公，林公在司州前，亦贵彻[1]。"

【注释】

1. 贵彻：尊贵通达。

【译文】

王恭问谢安："支遁和王羲之相比，谁强些？"谢安说："王羲之胜过支遁，可是支遁排在起王胡之前，也还是尊贵而通达的。"

八六、千载之英

桓玄为太傅，大会，朝臣毕集，坐裁竟[1]，问王桢(zhēn)之[2]曰："我何如卿第七叔[3]？"于时宾客为之咽(yàn)气[4]。王徐徐答曰："亡叔是一时之标[5]，公是千载之英[6]。"一坐欢然[7]。

【注释】

1. 坐裁竟：才刚落座完毕。裁，通"才"。 2. 王桢之：为王徽之之子。 3. 卿第七叔：指王献之，他在王羲之诸子中行七，最幼。 4. 咽气：气塞、屏气，指紧张得喘不过气来。 5. 一时之标：时代楷模。 6. 千载之英：千古英才。 7. 一坐欢然：满座的人都高兴起来。

【译文】

桓玄任太傅的时候，有一次大会宾客，朝中大臣全都来了。大家才入座，桓玄就问王桢之："我和你七叔（即王献之）相比，谁强些？"

当时在座的宾客都为王桢之紧张得不敢喘气。王桢之从容回答说："我那亡故的叔叔只是一代的楷模，您却是千古的英才。"满座的人听了都非常高兴。

八七、各有其美

桓玄问刘太常[1]曰："我何如谢太傅？"刘答曰："公高，太傅深[2]。"又曰："何如贤舅(jiù)[3]子敬？"答曰："楂、梨、橘、柚，各有其美[4]。"

【注释】

1. 刘太常：刘瑾，字仲璋，历任尚书、太常卿。(按：其母为王羲之与郗璿所生独女，嫁与浙江余姚人刘畅，生一子一女。子即刘瑾，女嫁与谢玄之子谢瑍，生谢灵运。)　2. 高：高明。深：深厚。3. 贤舅：对对方舅舅的尊称。(按：因刘瑾之母为王羲之之女，即为王献之之姊。)　4. 楂、梨、橘、柚，各有其美：指几种水果味道不同，却都很可口，借指两人各有各的长处。

【译文】

桓玄问太常刘瑾说："我和太傅谢安相比，怎么样？"刘瑾回答说："您高明，谢安深厚。"桓玄又问："比起你舅舅王献之怎么样？"刘瑾回答说："山楂、梨子、柑橘、柚子，各有各的美味。"

八八、哪得及此

旧以桓谦(qiān)比殷仲文[1]。桓玄时[2]，仲文入[3]，桓于庭中[4]望见之，谓同坐[5]曰："我家中军[6]，那得及此[7]也！"

【注释】

1. 桓谦：字敬祖，谯国龙亢（在今安徽怀远）人，太傅桓冲之子，桓楚第二位君主（公元404—405年）。殷仲文：桓玄姐夫，曾投奔桓玄，任咨议参军。其人才华出众，容貌美，有风度，故为世所重。（按：下文桓玄正是从这方面评论桓谦比不上他。） 2. 桓玄时：指桓玄攻下建康、自称皇帝时。 3. 入：指入朝觐见。 4. 庭中：厅堂中间，指朝堂上。 5. 同坐：在座的人。 6. 我家中军：指桓谦。（按：桓玄篡位后，任用桓谦为尚书左仆射，兼吏部，加中军将军。） 7. 那得及此：怎么比得上这个人（指殷仲文）。

【译文】

过去人们总是把桓谦和殷仲文相比较。桓玄称帝时，殷仲文入朝觐见，桓玄在朝堂上望见他，对在座的人说："我家桓谦哪里赶得上这个人呢！"

规箴　第十

一、乳母获赦

汉武帝乳母尝于外犯事[1]，帝欲申宪（xiàn）[2]，乳母求救东方朔（shuò）[3]。朔曰："此非唇舌所争，尔必望济者[4]，将去时但当屡（lǚ）顾[5]帝，慎勿言！此或可万一冀（jì）[6]耳。"乳母既至，朔亦侍侧，因谓曰："汝痴耳！帝岂复忆汝乳哺（bǔ）时恩邪？"帝虽才雄心忍[7]，亦深有情恋[8]，乃凄（qī）然愍（mǐn）之[9]，即敕（chì）免罪。

【注释】

1. 汉武帝乳母尝于外犯事：据记载，汉武帝乳母之亲戚子孙仗势横行长安，有司奏请流放乳母于边地，武帝准奏。 2. 申宪：申明法令，指执行法令的要求。 3. 东方朔：字曼倩，平原厌次（在今山东德州）人。汉武帝时担任太中大夫、侍中等职。他滑稽多智，言词敏捷，亦曾为武帝言政治得失，陈"农、战强国"之计。但武帝目之为俳优，不予重用。 4. 必望济者：如果一定要成功（指求救说情一事）的话。济，成功。 5. 屡顾：连连回头看。 6. 万一冀：（求得）一丝希冀。 7. 才雄心忍：才智杰出，心肠刚硬。 8. 深有情恋：产生深切的依恋之情。 9. 凄然：形容悲伤的样子。愍：怜悯。

【译文】

汉武帝的奶妈曾经在外面犯了罪，武帝要按法令治罪，奶妈去向东方朔求救。东方朔说："这不是靠唇舌能争得来的事。你如果一定要把事办成的话，临走时只可连连回头望着皇帝，千万不要说话呀！这样也许能有一丝希望。"奶妈进来辞行时，东方朔也陪侍在皇帝身边，奶妈照东方朔所说频频回顾武帝，东方朔就对她说："你犯傻呀！皇上难道还会想起你喂奶时的恩情吗？"武帝虽然才智杰出，心肠刚硬,也不免产生深切的依恋之情,于是悲伤地怜悯起奶妈来,立刻下令免罪。

二、京房论政

京房[1]与汉元帝共论,因问帝:“幽、厉之君[2]何以亡?所任何人[3]?”答曰:“其任人不忠。”房曰:“知不忠而任之,何邪(yé)?”曰:“亡国之君各贤其臣,岂知不忠而任之?”房稽(qǐ)首[4]曰:“将恐今之视古,亦犹后之视今也[5]。”

【注释】

1. 京房:本姓李,字君明,推律自定为京氏,东郡顿丘(在今河南清丰西南)人。汉元帝时以孝廉为郎官(皇帝的侍从官)。 2. 幽、厉之君:幽指周幽王,厉指周厉王,都是西周时代的君主。周厉王暴虐无道,滥施杀伐,终于被国人流放。周幽王宠幸妃子褒姒,沉迷酒色,后来外族入侵,把他杀死。 3. 所任何人:任用的都是些什么人。 4. 稽首:古时的一种跪拜礼,俯身下跪,然后叩头至地,是“九拜”中最恭敬的一种礼节。 5. 将恐……今也:时汉元帝亲信中书令石显、尚书令五鹿充宗专擅朝政,京房恐其犯上作乱,故借幽、厉之事向元帝进谏。

【译文】

京房和汉元帝在一起议论,趁机问元帝:“周幽王和周厉王为什么灭亡了呢?他们所任用的是些什么人?”元帝回答说:“他们任用的人不忠。”京房又问:“明知他们不忠,却还要任用,这是什么原因呢?”元帝说:“亡国的君主,各自都认为他的臣下是贤能的,哪里是明知不忠还要任用呢!”京房于是拜伏在地,说道:“就怕我们今天看古人,也像后代的人看我们今天一样啊。”

三、元方丧父

陈元方遭父丧,哭泣哀恸(tòng),躯体骨立[1]。其母愍(mǐn)[2]之,窃以锦被蒙上。郭林宗吊而见之,谓曰:“卿海内之俊才,四方是则[3],如何当[4]丧,锦被蒙上?孔子曰:‘衣夫(fú)锦也,食夫稻也,于汝安乎[5]?’吾不取[6]也!”奋衣[7]而去。自后宾客绝百所日[8]。

【注释】

1. 躯体骨立:指因悲伤不食不眠,身体极度消瘦,以至于皮包骨。 2. 愍:同“悯”,怜悯、心疼。 3. 是则:为“则是”之倒装,即“效法(你)”。是,“这”,指你。 4. 当:临到,在……期间。 5. 衣夫……安乎:语出《论语·阳货》。孔门弟子宰我认为,为父母守孝三年,时间未免太长;孔子却以为不到三年期满,就吃大米、穿绸缎(意为生活优越舒适),心里实在不安。 6. 取:认同,认为可取。 7. 奋衣:犹“振衣”,即拂袖。 8. 绝:指不再上门。百所日:犹“百余天”。所,指约数。

【译文】

陈纪遭遇了父亲去世的不幸,哭泣悲恸,身体骨瘦如柴。他母亲心疼他,在他睡觉的时候,偷偷地用条锦缎被子给他盖上。郭泰去吊丧,看见他盖着锦缎被子,就对他说:“你是海内的杰出人物,各地的人都学习你,你怎么能在服丧期间盖锦缎被子呢?孔子说:‘穿着那花缎衣服,吃着那大米白饭,你心里踏实吗?’我认为这种做法是不可取的。”说完就拂袖而去。自此以后有百来天宾客都不来吊唁了。

四、孙休好射

孙休[1]好射雉(zhì)[2],至其时[3]则晨去夕反。群臣莫不止谏(jiàn)[4]:“此为小物,何足甚耽(dān)[5]?”休曰:“虽为小物,耿(gěng)介[6]过人,朕所以好之。”

【注释】

1. 孙休:字子烈,为吴主孙权第六子。孙权死后,孙休弟孙亮先继位,为吴少帝,后被废,孙休继位,为吴景帝。 2. 雉:野鸡。3. 其时:指适合捕猎野鸡的季节。 4. 止谏:谏言劝止。 5. 耽:沉迷留恋。 6. 耿介:正直,心意专一。(按:《周礼·春官·大宗伯》有“士执雉”,注云:“雉,取其守介而死,不失其节。”据说雉鸡在受到攻击或惊吓时,常常惊飞乱撞,有时甚至撞得头破血流而死,即所谓“守介而死,不失其节”。《禽经》云:“雉,介鸟也。”此当系托词。)

【译文】

孙休喜欢射野鸡,到了适合射猎野鸡的季节,就早去晚归。群臣都劝止他说:“这是小东西,哪里值得您过分迷恋呢?”孙休说:“虽然是小东西,可是比人还耿直,我因此喜欢它呀。”

五、政荒民弊

孙皓(hào)[1]问丞相陆凯[2]曰:“卿一宗[3]在朝有几人?”陆曰:“二相、五侯、将军十余人。”皓曰:“盛[4]哉!”陆曰:“君贤臣忠,国之盛也。父慈子孝,家之盛也。今政荒民弊(bì)[5],覆(fù)亡是惧[6],臣何敢言盛!"

【注释】

1. 孙皓:吴国亡国之主。孙休死后孙皓继位,他荒淫骄横,朝野失望。后晋兵攻下建康,孙皓降,吴亡。 2. 陆凯:字敬风,与陆逊同族。孙皓生性暴虐,陆凯直言敢谏,由于他宗族强盛,孙皓不敢随便诛杀他。 3. 卿一宗:你们家全族人。 4. 盛:兴盛、兴旺。5. 政荒民弊:朝政荒废,百姓疲敝。 6. 覆亡是惧:"惧(是)覆亡"的倒装,"是"字无实义(如"唯才是举"即"举唯才"的倒装)。

【译文】

孙皓问丞相陆凯:"你们那个家族在朝中做官的有多少人?"陆凯说:"有两个丞相、五个侯爵、十几个将军。"孙皓说:"真兴旺啊!"陆凯说:"君主贤明,臣下尽忠,就是国家兴旺的象征;父母慈爱,儿女孝顺,就是家庭兴旺的象征。现在政务荒废,百姓困苦,臣唯恐国家遭到灭亡,哪还敢说什么兴旺啊!"

六、管辂作卦

何晏(yàn)、邓飏(yáng)[1]令管辂(hé)作卦[2],云:"不知位至三公不?"卦成,辂称引古义,深以戒之[3]。飏曰:"此老生之常谈。"晏曰:"知几(jī)其神乎[4]!古人以为难。交疏吐诚,今人以为难。今君一面尽二难之道[5],可谓'明德惟馨(xīn)[6]'。诗不云乎:'中心藏之,何日忘之[7]!'"

【注释】

1. 何晏、邓飏:曹爽执魏国之政时,何、邓二人为其心腹,皆任尚书之职。 2. 令管辂作卦:时管辂举为秀才,由冀州至后,何、邓令其占卜,欲知能否位至三公。管辂,字公明,平原(在今山东德州)人,曹魏术士,被后世奉为卜卦观相之祖。其人体性宽大,常以德报怨。3. 称引古义,深以戒之:指管辂趁占卜之机,用《易》理劝戒二人宜明存亡之理,忧虑国家危机,尽心辅助君主,使民怀德,则三公之位可得。　4. 几:预兆,苗头。神:神妙,高超。　5. 今君一面尽二难之道:从管辂的做法里可了解到,知"几"并不神,交疏也可以吐诚。6. 明德惟馨:语出《左传·僖公五年》所引《周书》,大意是:光明的德行是芳香的。　7. 中心藏之,何日忘之:语出《诗经·小雅·隰桑》,大意是:心中藏着他,何曾有一天忘记过!中心,即心中。(按:何晏引这两句来表示对管辂的赞赏和谢意。)

【译文】

何晏、邓飏叫管辂给他们占卦,说:"不知道我们的官位能不能升到三公?"卦成以后,管辂引证《周易》义理,意味深长地劝诫他们。邓飏说:"你这是老生常谈。"何晏说:"了解事物变化的征兆大概是很微妙的吧!古人认为这很困难。交情很浅而说话却吐露真心,现代人认为这很困难。现在您才跟我们见了一面,就说出了这两个难题的全部解决办法,可以说是'明德惟馨'。《诗经》里不是这样说过吗:'中心藏之,何日忘之!'"

七、卫瓘行谏

晋武帝既不悟太子之愚(yú)[1],必有传后意,诸名臣亦多献直言[2]。帝尝在陵云台[3]上坐,卫瓘(guàn)在侧,欲申其怀[4],因如醉[5]跪帝前,以手抚床曰:"此坐可惜!"帝虽悟,因笑曰:"公醉邪?"

【注释】

1. 太子之愚：晋武帝早立次子司马衷为皇太子。衷时年九岁，本乏才智，又不肯向学，太子少傅卫瓘多次奏请废太子。 2. 献直言：指直言进谏。献，进（言）。 3. 陵云台：台名。 4. 欲申其怀：想要表明（欲废太子）的想法。申，表明、申述。 5. 如醉：佯醉，装作喝醉了一样。

【译文】

晋武帝不明白太子司马衷愚笨，就有意要把帝位传给他。众位名臣中也多有直言强谏者。有一次，武帝在陵云台上坐着，少傅卫瓘陪侍在旁，想趁机申述自己的心意，便装作喝醉酒一样跪在武帝面前，用手拍着武帝的坐床说："这个座位可惜了！"武帝虽然明白了他的用意，却还是笑着说："您这是醉了吗？"

八、王夷甫妇

王夷甫妇郭泰宁[1]女，才拙（zhuō）而性刚，聚敛（liǎn）无厌[2]，干预[3]人事。夷甫患之而不能禁[4]。时其乡人幽州刺史李阳，京都大侠，犹汉之楼护[5]，郭氏惮（dàn）[6]之。夷甫骤（zhòu）[7]谏之，乃曰："非但我言卿不可，李阳亦谓卿不可。"郭氏为之小损[8]。

【注释】

1. 郭泰宁：人名，生平不详。（按：王衍之妻郭氏与晋惠帝皇后贾南风为表姊妹。） 2. 无厌：没有满足（的时候）。 3. 干预：干涉。 4. 患之而不能禁：郭氏倚仗贾后是自己的表亲，非常霸道强势，王衍也管不了她。 5. 楼护：汉代游侠，为人颇重义气，能舍己助人。 6. 惮：忌惮，害怕。 7. 骤：屡次。 8. 小损：稍微收敛了些。损，减少、收敛。

【译文】

王衍的妻子是郭泰宁的女儿，才情笨拙而又性情倔强，还贪得无厌，喜欢干涉别人的事。王衍对她很伤脑筋，却又制止不了。当时他的同乡、幽州刺史李阳，是京都的一个大侠客，如同汉代的楼护，郭氏很怕他。王衍常常劝诫他的妻子，跟她说："不只我说你不能这样做，李阳也认为你不能这样做。"郭氏因此才稍微收敛了一点。

九、阿堵之物

王夷甫雅尚玄远[1]，常嫉（jí）[2]其妇贪浊[3]，口未尝言"钱"。妇欲试之，令婢（bì）以钱绕床[4]，不得行。夷甫晨起，见钱阂（hé）行[5]，令婢："举却[6]阿（ē）堵物[7]！"

【注释】

1. 雅：很、非常。尚：崇尚、喜好。玄远：指玄妙幽远的大道。2. 嫉：憎恶、讨厌。 3. 贪浊：贪婪卑污。 4. 以钱绕床：把床边一圈绕着摆满了钱。 5. 阂行：阻碍行走。 6. 举却：拿走、拿掉。举，拾起。却，相当于"掉""去"。 7. 阿堵物：这东西（指钱，略带贬义）。阿堵，六朝时期口语词汇，犹言"这个"。

【译文】

王衍非常崇尚玄远的大道，所以常常憎恶他妻子的贪婪卑污，甚至于口里不曾说过"钱"字。他的妻子想试探他，就叫婢女拿钱来围着睡床放着，让他不能走路。王衍早晨起床，看见钱碍着自己走路，就招呼婢女说："把这些个玩意拿掉！"

一〇、逾窗而走

王平子[1]年十四五，见王夷甫妻郭氏贪欲，令婢路上儋(dān)[2]粪。平子谏(jiàn)之，并言不可。郭大怒，谓平子曰："昔夫人[3]临终，以小郎[4]嘱(zhǔ)新妇[5]，不以新妇嘱小郎！"急捉衣裾(jū)[6]，将与杖[7]。平子饶力[8]，争[9]得脱，逾(yú)[10]窗而走。

【注释】

1. 王平子：王澄，字平子，为王衍之弟。 2. 儋："担(擔)"的古字，用肩挑。 3. 夫人：指王衍的母亲、郭氏的婆婆。 4. 小郎：妇人称夫弟为"小郎"，犹"小叔"。 5. 新妇：才出嫁的妇女，此指郭氏自称。 6. 捉：抓住。裾：衣服的大襟。 7. 杖：用木棍责打。 8. 饶力：力气大。 9. 争：通"挣"，用力撕扯。 10. 逾：翻越。

【译文】

王澄十四五岁时，看见哥哥王衍的妻子郭氏很贪心，竟叫婢女到路上捡粪。王澄劝阻她，并说这样做不好。郭氏大怒，对王澄说："以前婆婆临终的时候，把小叔你托付给我，并没有把我托付给你啊！"说完一把抓住王澄的衣服，要拿棍子打他。王澄力气大，得以挣脱，就跳窗逃跑了。

一一、流涕谏酒

元帝[1]过江犹好酒，王茂弘与帝有旧，常流涕谏[2]。帝许之，命酌

(zhuó)酒,一酣(hān)[3],从是遂断[4]。

【注释】

1. 元帝:指晋元帝司马睿,晋室南渡后第一位皇帝,登位前曾担任安东将军、都督扬州诸军事;永嘉初年,始过江镇守建业,封为晋王,愍帝死后入继帝位。 2. 王茂弘:王导,字茂弘。与帝有旧,常流涕谏:王导一向和元帝很亲近,常哭着(动情地)劝元帝不要酗酒。(按:王导还曾劝元帝移镇建业,并帮助他开创大业,是肱股之臣。) 3. 一酣:大醉一场,喝了个痛快。 4. 从是遂断:从那以后就戒了酒。断,断绝,此指戒酒。

【译文】

晋元帝到江南后还是很喜欢喝酒,王导和元帝向来有交情,常常流着泪规劝他(不要酗酒)。元帝终于答应了,就叫倒酒来喝个痛快,从此以后就戒了酒。

一二、巧劝王敦

谢鲲(kūn)为豫章太守[1],从大将军下至石头。敦谓鲲曰:"余不得复为盛德之事[2]矣。"鲲曰:"何为其然[3]?但使自今已后,日亡日去[4]耳!"敦又称疾不朝[5],鲲谕(yù)[6]敦曰:"近者,明公之举,虽欲大存[7]社稷(jì),然四海之内,实怀未达[8]。若能朝天子,使群臣释然,万物之心,于是乃服[9]。仗民望以从众怀,尽冲退[10]以奉主上,如斯则勋侔(móu)一匡[11],名垂千载。"时人以为名言。

【注释】

1. 谢鲲为豫章太守:谢鲲曾任大将军王敦的长史,后被王敦降为豫章太守。　2. 盛德之事：道德高尚之事，此指辅佐君主。(按：此话表明王敦目无君主、准备篡位的意图。)　3. 何为其然：为什么要这么说呢？　4. 日亡日去：按《晋书·谢鲲传》作"日忘日去"，《资治通鉴·晋纪十四》载"但使自今以往，日忘日去耳"，并注："言日复一日，浸忘前事，则君臣猜嫌之迹亦日去耳。"　5. 称疾不朝：推托自己有病，不去上朝。(按：这也是"不臣之心"的表现。)　6. 谕：劝说。　7. 大存：极力保存。　8. 实怀未达：您的这种胸怀还没有被全国人民知晓。达，明白、知晓。　9. 万物：这里指万民。于是乃服：这样人民才会敬服您。　10. 冲退：谦虚退让。　11. 勋侔一匡：指与"一匡天下"之功相等。侔，相等、等同。一匡天下，使天下一切得到纠正。

【译文】

谢鲲任豫章太守的时候，随大将军王敦东下到达石头城。王敦对谢鲲说："我不能再做那种道德高尚的事了！"谢鲲说："为什么要说这样的话呢？只要从今以后，让以前的猜嫌一天天忘掉就是了(指皇帝猜疑王敦有谋反意图)。"王敦又托病不去朝见，谢鲲劝告他说："近来您的举动虽然是想极力地保存国家，可是全国民众还不了解您的真实意图。如果您能去朝见天子，使群臣放下心来，众人才会真正敬服您。仰仗人民的愿望来顺从众人的心意，用全部的谦让之心来侍奉君主，这样做您的功勋就等同于一匡天下，您的名声也就能够流传千古了。"当时的人都认为这是名言。

一三、私作都门

元皇帝时，廷尉张闿(kǎi)[1]在小市居，私作都门[2]，早闭晚开。群小[3]患之，诣(yì)州府诉，不得理[4]，遂至挝(zhuā)登闻鼓，犹不被判[5]。闻贺司空[6]出，至破冈[7]，连名[8]诣贺诉。贺曰："身被征作礼官，不关此事。"群小叩头曰："若府君[9]复不见治，便无所诉[10]。"贺未语，令且去，见张廷尉当为及之[11]。张闻，即毁门[12]，自至方山迎贺。贺出见辞之[13]曰："此不必见关[14]，但与君门情[15]，相为惜之[16]。"张愧谢曰："小人有如此，始不即知，早已毁坏。"

【注释】

1. 张闿：字敬绪，丹阳(在今江苏丹阳)人。少孤，有志操，太常薛兼屡荐之，元帝以其才干贞固，甚加礼遇。担任廷尉为其晚年事。 2. 私作：私自设立。都门：京都中之里门。里门，指街巷的门。 3. 群小：指跟张闿同住一个街坊的邻里。 4. 诣州府诉：到州府衙门去告状。不得理：状告未得到官府受理。 5. 挝：敲击。登闻鼓：古代的一种谏鼓，悬挂于朝堂门外，有冤屈欲诉或有言欲谏者，可击鼓上达。犹不被判：还是得不到裁决。判，审理裁断。 6. 贺司空：贺循，字彦先，会稽郡山阴(在今浙江绍兴)人，孙吴中书令贺邵之子，两晋名臣，死后赠司空。贺循与纪瞻、闵鸿、顾荣、薛兼并称"五俊"，晋元帝时任太常(为九卿之一，主管祭祀礼乐，即下文"礼官")，其人言行举止必讲礼让。 7. 破冈：地名。下文"方山"亦地名。 8. 连名："联名"。 9. 府君：汉代对郡相、太守的尊称，后沿用。 10. 复不见治：还是(仍旧)不管此事。无所诉：没地方申诉。 11. 当为及之：一定替大家说说这件事。(按：这是贺循对来告状的百姓们的许诺。) 12. 即毁门：马上就把(里坊的)门拆掉了。毁，拆毁。 13. 出见辞之：出来见他，并对他说。 14. 此不必见关：这件事本来用不着我关心。见，助词，表示被动或对我如何。关，关心、挂怀。

15. 但与君门情：只是我和您是世交。门情，世代相交的情谊。（按：贺循曾祖贺齐与张闿曾祖张昭皆吴之名将，循、闿两人也相与友善，故称“门情”。） 16. 相为惜之：希望您能够珍惜这份情谊。

【译文】

晋元帝时，廷尉张闿住在小市场上，他私自设置里巷大门，每天关门很早，开门却很晚。附近的百姓为这事发愁，就到州衙去告状，衙门不受理；于是去击登闻鼓，却还是得不到裁决。大家听说司空贺循外出，到了破冈，就联名到他那里告状。贺循说：“我被朝廷征召，任命为礼官，但与此事无关（意即此事不在我的职责范围内）。”百姓给他磕头说：“如果州府大人也不管我们，我们就没有地方申诉了。”贺循没有说什么（裁决的话），只叫大家暂时退下去，说以后见到张廷尉，一定替大家问起这件事。张闿听说后，立刻把门拆了，而且亲自到方山去迎接贺循。贺循出来见他，并对他说：“这件事本来用不着我过问，只是我和您是世交，希望您能够珍惜这份情谊。”张闿惭愧地谢罪说：“百姓有这样的要求，我从前竟没有立刻知晓，现在那门早已拆了。”

一四、郗鉴讷言

郗太尉晚节[1]好谈，既雅非所经[2]，而甚矜(jīn)之[3]。后朝觐(jìn)，以王丞相末年多可恨[4]，每见，必欲苦相规诫(jiè)。王公知其意，每引作他言。临还镇[5]，故命驾诣丞相。丞相翘鬓(bìn)厉色[6]，上坐[7]便言：“方当乖别[8]，必欲言其所见。”意满口重，辞殊不流[9]。王公摄(shè)其次[10]曰：“后面未期，亦欲尽所怀[11]，愿公勿复谈。”郗遂大嗔(chēn)，冰衿而出[12],不得一言。

【注释】

1. 郗太尉:郗鉴,字道徽,高平金乡(在今山东金乡)人。曾和王导、庾亮等同受明帝遗诏,辅佐成帝。咸和初年任徐州刺史,镇守京口;后升任司空,进位太尉。晚节:晚年。 2. 雅非所经:实在不是他以往所考虑的。经,考虑、关心。 3. 而甚矜之:态度还很倨傲。矜,骄矜,倨傲自负。 4. 多可恨:做了很多应该感到遗憾的事。恨,憾。 5. 临还镇:等到郗鉴快要回到原来镇守的地方(指京口)。6. 丞相翘须厉色:(郗鉴)吹胡子瞪眼,神情严肃。须,须角、胡须。(按:"丞相"二字似为重出,应删。据上下文判断,"翘须厉色"者应是郗鉴。) 7. 上坐:落座,坐下来。 8. 乖别:辞行告别。乖,违,指离开。 9. 意满口重:神态自满,口气很重。辞殊不流:指语无伦次,说话不顺当。流,流利、流畅。 10. 摄其次:整理他谈话的顺序。摄,整理。次,次序。 11. 后面未期:犹"后会无期"。欲尽所怀:想要尽量说出我心中所想。 12. 大嗔:大怒。冰衿:心情冰冷。衿,心怀、心情。

【译文】

太尉郗鉴晚年喜欢谈论,所谈的事既不是他向来所考虑的,态度又极其自负。后来他去上朝的时候,因为丞相王导晚年做了许多值得遗憾的事,所以郗鉴每次见到王导,一定要苦苦劝诫。王导知道郗鉴的意图,就常常用别的话题来引开。等到郗鉴快要回京口时,特意坐车去看望王导。郗鉴翘着胡子,脸色严肃,一落座就说:"快要分别了,我一定要把看到的事说出来。"他神态自满,口气也很重,可话却说得乱七八糟,不是太顺当。王导替他纠正了说话的层次,然后说:

“后会无定期,我也想尽量说出我的意见,就是希望您以后不要再谈论这些事了。”郗鉴于是非常生气,心里冰冷地走了,一句话也说不出来。

一五、自视缺然

王丞相为扬州,遣(qiǎn)八部从事之职[1]。顾和时为下传还[2],同时俱见。诸从事各奏二千石(dàn)[3]官长得失,至和独无言。王问顾曰:“卿何所闻?”答曰:“明公作辅,宁使网漏(lòu)吞舟[4],何缘采听风闻[5],以为察察之政[6]?”丞相咨(zī)嗟(jiē)称佳,诸从事自视缺(quē)然[7]也。

【注释】

1. 遣八部从事之职:当时扬州统属丹阳、会稽等八郡,按制每郡须置部从事一人,主管督促文书、察举非法等事,故“分遣部从事八人”。之职,指到职视事。 2. 顾和时为下传还:王导任扬州刺史时,调顾和任别驾从事(这是和“部从事”不同的职务)。下传,指乘着传车(驿车)下地方视察。当时州里有别驾从事一职,刺史视察各地时,别驾就乘传车随行。顾和大概只以别驾身份随部从事到郡里去视察工作。还,回来。 3. 二千石:郡守的通称。(按:当时郡守的俸禄一般为二千石,即月俸一百二十斛。) 4. 网漏吞舟:指能吞下一条船那样的大鱼逃脱了渔网的抓捕,比喻让大坏人逃脱了法网。(按:顾和的意思是宁可管理上粗疏一点,也不要因捕风捉影而冤枉好人。) 5. 采听风闻:寻访传闻,道听途说。 6. 察察之政:清明的政治。 7. 自视缺然:犹“自愧不如”。

【译文】

丞相王导任扬州刺史时,派遣八个部从事到各郡任职。顾和当时任别驾，也随着到郡里去；回来以后大家一起谒见王导。部从事们各自启奏郡守们的优劣，唯独轮到顾和时，他没有发言。王导问顾和说："你听到什么了吗？"顾和回答说："您可是辅政的刺史大人，宁可让大鱼漏网，怎么能寻访传闻，（凭借这些来）推行清明的政治呢？"王导赞叹着连声说好，其他部从事也都自愧不如。

一六、阊门放火

苏峻（jùn）东征沈充[1]，请吏部郎陆迈与俱。将至吴，密敕（chì）左右，令人阊（chāng）门[2]放火以示威。陆知其意，谓峻曰："吴治平未久[3]，必将有乱。若为乱阶，请从我家始[4]。"峻遂止。

【注释】

1. 苏峻东征沈充：晋明帝太宁二年（公元 324 年），王敦再次起兵造反，并任命沈充为车骑将军，沈充于是起兵直向建康。朝廷召临淮太守苏峻领兵入卫京都，大破沈充军。　2. 阊门：苏州古城西门，通往虎丘方向。　3. 治平未久：刚刚太平不久。　4. 若为乱阶，请从我家始：陆迈反对苏峻在吴地放火，故先说破苏峻的意图。阶，借口、因由。我家，陆迈即是苏州本地人。

【译文】

苏峻起兵东下讨伐沈充，请求吏部郎陆迈一起出征。快要到吴地的时候，苏峻秘密吩咐手下的人，叫他们进阊门去放火来显示军威。陆迈明白苏峻的意图，对他说："吴地刚太平了不长时间，你这样做一定会引起骚乱。如果要引起骚乱，请从我家开始（放火）。"苏峻这才作罢。

一七、莫倾栋梁

陆玩拜司空[1],有人诣之,索美酒,得,便自起,泻著梁柱间地[2],祝[3]曰:"当今乏才,以尔为柱石之臣,莫倾人栋梁[4]。"玩笑曰:"戢(jí)卿良箴(zhēn)[5]。"

【注释】

1. 陆玩拜司空:陆玩,字士瑶,吴郡吴(在今江苏苏州)人,为东吴丞相陆逊侄孙。为东晋重臣、书法家。成帝时,王导、郗鉴、庾亮等名臣相继死去,陆玩遂受任为司空,他还推辞说:"以我为三公,是天下无人矣。" 2. 泻著梁柱间地:把酒洒在顶梁柱旁边的空地上。(按:这是表示祭奠的意思。) 3. 祝:告祝,祷告。 4. 当今……栋梁:这是一个巧妙的比喻,以柱石喻三公之位(此处指司空),以栋梁喻国家,是希望陆玩不要让国家倾覆。才,双关语,一指"可做栋梁的材料(木头)",一指人才。柱石、栋梁用法亦同。 5. 戢卿良箴:我记下了你的忠言。戢,收藏、记下。箴,忠言、劝告。

【译文】

陆玩就任司空,有位客人去看望他,向他要一杯美酒。酒拿来了,客人便(端着酒)站起来,在顶梁柱旁边的地上奠酒,并祝告说:"当前缺少好材料,才用你做柱石,你千万不要让人家的屋梁塌下来了。"陆玩听了笑着说:"你的忠告我记下了。"

一八、庾翼之志

小庾[1]在荆州,公朝大会[2],问诸僚佐曰:"我欲为汉高、魏武[3],何如?”一坐莫答[4]。长史江虨(bīn)曰:“愿明公[5]为桓、文[6]之事,不愿作汉高、魏武也。”

【注释】

1. 小庾:庾翼,字稚恭,颍川鄢陵(在今河南鄢陵)人,为庾亮之弟。曾任安西将军、荆州刺史,又称“庾小征西”。 2. 公朝大会:指僚属参见上官的集会。 3. 汉高、魏武:指汉高祖刘邦和魏武帝曹操,他们皆为以武力夺取天下之帝王。 4. 一坐莫答:满座的人都回答不上来。 5. 明公:犹“大人您”,对郡守的尊称。 6. 桓、文:指齐桓公和晋文公,春秋五霸中最有声望的两个霸主,皆主张尊奉周王室,以抵御外患。

【译文】

庾翼在荆州任职时,在一次僚属拜见长官的集会上,问大家说:“我想做汉高祖、魏武帝那样的人,你们看怎么样?”满座的人都不敢回答。这时长史江虨说:“希望您效法齐桓公、晋文公的事业,不希望您效法汉高祖、魏武帝。”

一九、君章检校

罗君章[1]为桓宣武从事,谢镇西[2]作江夏[3],往检校[4]之。罗既至,初不问郡事,径就[5]谢数日,饮酒而还。桓公问有何事?君章云:“不审[6]公谓谢尚是何似人?”桓公曰:“仁祖是胜我许[7]人。”君章云:“岂有胜公人而行非[8]者,故一无所问。”桓公奇其意[9]而不责也。

【注释】

1. 罗君章:罗含,字君章,耒阳(在今湖南耒阳南)人。擅文章,被誉为“湘中之琳”“江左之秀”。历任桓温别驾、宜都太守、长沙相。致仕后居于荆州城西小洲上，竹篱茅舍，布衣蔬食，怡然自乐。2. 谢镇西：谢尚，字仁祖，陈郡阳夏(在今河南太康)人。曾任建武将军、江夏相，后进号“镇西将军”。 3. 作江夏：指谢尚当时担任江夏相。(按：江夏郡属荆州，当时桓温都督荆、梁等四州诸军事，任荆州刺史。) 4. 检校：检查视察。 5. 径就：径直去到……。 6. 不审：不知道，不清楚。 7. 胜我许：比我强一点。 8. 行非：做不合理的事。 9. 奇其意：认为他的想法很奇特。

【译文】

罗含任桓温手下的从事，当时镇西将军谢尚任江夏相，桓温派罗含到江夏去检查谢尚的工作。罗含到江夏后，从不问郡里的政事，径直去到谢尚那里，喝了几天酒就回去了。桓温问他江夏有什么事，罗含反问道：“不知道您认为谢尚是怎样的人?”桓温说：“谢尚是胜过我一些的人。”罗含便说：“哪里有胜过您的人而会去做不合理的事呢？所以那里的政事我一点也没问。”桓温认为他的想法很有意思，也就不责怪他了。

二〇、右军甚愧

王右军与王敬仁、许玄度并善。二人亡后，右军为论议更克[1]。孔岩[2]戒之曰：“明府[3]昔与王、许周旋有情，及逝没之后，无慎终之好[4]，民所不取[5]。”右军甚愧。

【注释】

1. 为论议：议论、评价(王、许两人)。克：刻薄。 2. 孔岩：会稽郡山阴县人,生平不详。 3. 明府:王羲之曾任会稽内史,故孔岩尊称其为"明府",而自谦为"民"。 4. 慎终之好:指谨慎友善地对待去世的朋友。 5. 民所不取:(这是)小民我所不能赞同的。

【译文】

右军将军王羲之和王修、许询都很友好。两人死后,王羲之(对他们的)评论却变得刻薄。孔岩告诫他说:"大人您以前和王、许交往,情谊很深;等到他们逝世之后,却没有始终如一的友情,这是小民我所不赞同的。"王羲之听了非常惭愧。

二一、败逃之前

谢中郎[1]在寿春[2]败,临奔走[3],犹求玉帖镫(dèng)[4]。太傅在军[5],前后初无损益之言[6]。尔日[7]犹云:"当今岂须烦此!"

【注释】

1. 谢中郎:谢万,字万石,陈郡阳夏(在今河南太康)人,为谢安之弟。曾任西中郎将、豫州刺史,受命北征,不战而败。当时其兄谢安还未出任官职,只以平民身份随军,帮助谢万对各部将做了很多工作。 2. 寿春:地名,在今安徽淮南寿县。 3. 奔走:崩溃逃跑。 4. 求:讲究。玉帖镫:用玉装饰的马镫。 5. 在军:从军随行。 6. 前后初无损益之言:之前始终没有提过什么意见。损益之言,指兴利除弊的批评和建议。 7. 尔日:这一天,此日此时。

【译文】

西中郎将谢万在寿春遭遇兵败,临逃跑时,还要讲究用玉装饰的马镫。其兄谢安正跟随他在军中,之前始终没有提过什么意见。这时仍然(只是)说:“现在哪里还需要找这个麻烦啊!”

二二、论成不恶

王大语东亭:“卿乃复论成不恶[1],那得[2]与僧弥戏[3]?”

【注释】

1. 论成不恶:此四字可能有误,“论成”也可能指时人品评已有定论。 2. 那得:“哪里能够”。 3. 戏:博戏,指赌胜负、决输赢的赌博游戏。

【译文】

王忱(小字佛大)对东亭侯王珣说:“对你的定评原来就已经不错了,何必和你弟弟王珉(小字僧弥)争胜呢?(意思是哥哥本就不如弟弟。)”

二三、殷觊病困

殷觊(jì)病困[1],看人政[2]见半面。殷荆州兴晋阳之甲[3],往与觊别,涕零,属(zhǔ)以消息所患[4]。觊答曰:“我病自当差(chài)[5],正忧汝患耳!”

【注释】

1. 病困:病得很厉害,病重。 2. 政:通“正”,只。 3. 兴晋阳之甲:指兴兵。晋阳之甲,指晋阳地方的士兵。 4. 属以消息所患:嘱咐他好好休息养病。属,通“嘱”,嘱咐。消息,即将息,休养。所患,指得的病。 5. 我病自当差:我的病自会好转。差,通“瘥”,指病愈。

【译文】

殷觊病重,看人只能看见半面。其堂弟殷仲堪当时正要起兵谋反,去和殷觊告别,(看见他病成那样)就哭了,还嘱咐他好好休养。殷觊回答说:"我的病自然会好的,我只担心你的病呀!"(按:据《晋书·殷觊本传》载,殷觊对殷仲堪说:"我病不过身死,但汝病在灭门,幸熟为虑,勿以我为念也。")

二四、远公讲论

远公[1]在庐山中,虽老,讲论不辍(chuò)。弟子中或有惰(duò)者,远公曰:"桑榆(yú)之光[2],理无远照;但愿朝阳之晖(huī)[3],与时并明[4]耳。"执经登坐,讽咏朗畅,词色甚苦[5]。高足[6]之徒,皆肃然增敬。

【注释】

1. 远公:指慧远,东晋时高僧。出身书香世家,素有学识。曾卜居庐山东林寺,为净土宗始祖。 2. 桑榆之光:指落日的余晖斜照在桑树、榆树的树梢上,比喻人的老年时光。 3. 朝阳之晖:比喻人的少年时光。 4. 与时并明:随着时间的推移变得越来越明亮。 5. 词色:同"辞色",指言辞和表情。苦:恳切。 6. 高足:高才,指同一师父门下最优秀的学生。

【译文】

慧远禅师住在庐山,虽然年老了,还不断地宣讲佛经。弟子中有人怠惰不肯好好学习,慧远就说:"我就像落日的余晖,按理说不会照得久远了;但愿你们像朝阳的曦光,越来越明亮呀!"就拿着佛经登上讲坛,诵经的声音响亮而流畅,言辞神态非常恳切。那些高足弟子们都更加肃然起敬了。

二五、自带绛绳

桓南郡[1]好猎,每田狩(shòu)[2],车骑甚盛[3]。五六十里中,旌旗蔽隰(xí)[4]。骋(chěng)良马,驰击若飞,双甄(zhēn)所指,不避陵壑(hè)[5]。或行陈(zhèn)[6]不整,麏(jūn)兔腾逸[7],参佐无不被系束。桓道恭,玄之族也,时为贼曹参军[8],颇敢直言。常自带绛(jiàng)绵绳著腰中,玄问:"用此何为?"答曰:"公猎,好缚(fù)人士,会当被缚[9],手不能堪芒也[10]。"玄自此小差[11]。

【注释】

1. 桓南郡:桓玄,为桓温之子,袭爵为南郡公。 2. 田狩:打猎。 3. 车骑:这里指随行的车子和马匹。盛:众多。 4. 隰:低而湿的洼地,泛指原野。 5. 双甄:作战时军队的左右两翼称为"双甄",这里以"打仗"喻"田猎"。陵壑:指丘陵和溪谷。 6. 行陈:"行阵",指军队的行列。 7. 麏:獐子。腾逸:跳起来逃脱。 8. 贼曹参军:参军,即州府属官,分曹(犹"分科")办事,"贼曹"是其中一科。 9. 会当:总有一天会。缚:绑缚。 10. 手不能堪芒:因绑缚人常用麻绳,绳粗有刺扎手,所以道恭自带绵绳。芒,刺。 11. 小差:稍微有所收敛。

【译文】

南郡公桓玄喜欢打猎。每逢出猎的时候,车马非常多,五六十里的地面,旗帜铺天盖地、漫山遍野。良马奔驰,像飞起来一样追击着野物;侧翼队伍所向之处,不管山坡沟谷,概不回避。有时队列不整齐，让獐兔等野物逃脱了，跟随的手下没有不被捆起来的。桓道恭是桓玄的族人，当时任贼曹参军，颇敢有话直说。打猎时常常腰里系着一条红绵绳，桓玄问他："这是干什么用的？"道恭回答说："您打猎的时候喜欢捆人，我总会被捆的，怕两只手受不了那粗绳上的芒刺啊。"从此以后，桓玄捆人的事就稍微少些了。

二六、狱吏为贵

王绪、王国宝相为唇(chún)齿，并上下权要[1]。王大不平其如此，乃谓绪曰："汝为此歘(xū)歘[2]，曾不虑狱吏之为贵乎[3]？"

【注释】

1. 王绪、王国宝相为唇齿，并上下权要：王绪、王国宝两位堂兄弟互相勾结，倚仗权势扰乱国政。唇齿，比喻有共同利害关系的双方互相依靠。上下，唐写本作"弄"，"弄"字俗写作"卡"，为"上""下"合体(古人写字习惯由上至下)。"上下权要"，指把权贵要人玩弄于股掌之间。 2. 为此歘歘：意即轻举妄动。歘，同"欻"，象声词，指急促的声响。 3. 曾不虑狱吏之为贵乎：西汉名臣周勃被免去丞相之职后，回到封国去，有人告他谋反。汉文帝把他交给廷尉问罪，使他遭受到狱吏的凌辱。周勃出狱后说："吾尝将百万军，然安知狱吏之贵乎！"(有种"落难凤凰不如鸡，龙陷浅滩遭虾戏"的意味。)王忱意在警告王绪，如他仍不悔改，将来也会被下狱治罪的。

【译文】

王绪和王国宝互相勾结，倚仗权势扰乱国政。王忱对他们的所作所为很不满，便对王绪说："你如此轻举妄动，竟然没有考虑到自己终有一天会被下狱而遭到狱吏的欺侮吗？”

二七、文靖之德

桓玄欲以谢太傅宅为营[1]，谢混曰：“召（shào）伯之仁，犹惠及甘棠[2]；文靖（jìng）之德[3]，更（gēng）不保五亩之宅[4]？”玄惭而止。

【注释】

1. 桓玄欲以谢太傅宅为营：桓玄得势时谢安已死，桓玄就想把谢安的旧宅夺过来，结果遭到谢安孙子谢混的反抗。营，指带有围墙的住宅。 2. 召伯之仁，犹惠及甘棠：《诗经·召南·甘棠》曰：“蔽芾甘棠，勿翦勿伐，召伯所茇。”召伯，即召公奭，为周文王之子、周武王之弟。因受封于召地，故称为“召伯”。召伯曾巡视南国，住在甘棠树下处理政事，他离开以后，百姓想念他的恩德，就不忍损伤甘棠树。3. 文靖：谢安死后谥号。 4. 五亩之宅：这里指谢安留下的旧宅院。（按：《孟子·梁惠王上》曰：“五亩之宅，树之以桑，五十者可以衣帛矣。”）

【译文】

桓玄想把太傅谢安的旧宅要来修府第，谢安的孙子谢混对他说：“召伯的仁爱，尚且能给甘棠树带来好处（指能够得以保全，逃过了被砍伐的悲剧命运）；我祖父谢文靖的恩德，竟也保不住五亩大小的住宅吗？”桓玄听了很惭愧，就不再提夺宅之事了。

捷悟　第十一

一、杨修拆门

杨德祖[1]为魏武主簿,时作相国门[2],始构榱(cuī)桷(jué)[3],魏武自出看,使人题门作“活”字,便去。杨见,即令坏[4]之。既竟,曰:“‘门’中‘活’,‘阔’字。王正嫌门大也。”

【注释】

1. 杨德祖:杨修,字德祖。其人有才学,妙悟聪颖,终因曹操多疑,被借故杀害。 2. 作:建造。相国门:指相国府的大门。相国,即丞相。(按:汉代有时设相国,有时设丞相,称呼不一。) 3. 榱桷:椽子,一种放在檩上架着屋顶使之固定的木条。 4. 坏:拆毁。

【译文】

曹操为丞相时,杨修任主簿,当时正在建造相国府的大门。刚架上椽子,曹操亲自出来看,叫人在门上写了个“活”字就走了。杨修看见了,立刻叫人把门拆下来。拆完后,他说:“‘门’里加个‘活’,是‘阔’字啊。魏王是嫌门太大了。”

二、杨修啖酪

人饷(xiǎng)[1]魏武一杯酪(lào)[2],魏武啖(dàn)[3]少许,盖头上提[4]“合”字以示众。众莫能解[5]。次[6]至杨修,修便啖,曰:“公教人啖一口[7]也,复何疑?”

【注释】

1. 饷:送给某人食物。 2. 酪:奶酪,用动物的乳汁做成的半凝固食品。 3. 啖:吃。 4. 提:通“题”,题写。 5. 解:明白,弄懂,解释。　6. 次:按顺序,依次。　7. 教人啖一口:让每"人"吃"一""口",这三个引号内的字竖写合在一起便成"合"。

【译文】

有人送给曹操一杯奶酪,曹操吃了一点,就在盖子顶上写了一个"合"字给大家看,没有谁能看懂是什么意思。轮到杨修去看时,他便吃了一口,并说:"曹公是教大家每人吃一口呀,你们还犹豫什么呢?"

三、绝妙好辞

魏武尝过曹娥碑[1]下,杨修从,碑背[2]上见题作"黄绢幼妇,外孙齑(jī)臼(jiù)"八字。魏武谓修曰:"解不(fǒu)[3]?"答曰:"解。"魏武曰:"卿未可言,待我思之。"行三十里,魏武乃曰:"吾已得。"令修别记所知[4]。修曰:"黄绢,色丝[5]也,于字为绝。幼妇,少女也,于字为[6]妙。外孙,女子[7]也,于字为好。齑臼[8],受辛[9]也,于字为辞[10]。所谓'绝妙好辞'也。"魏武亦记之,与修同,乃叹曰:"我才不及卿,乃觉(jiào)[11]三十里。"

【注释】

1. 曹婢碑:东汉年间,人们为颂扬孝女曹娥的美德,纪念其孝行而立的一块石碑。　2. 碑背:石碑背面。　3. 解不:明白吗?不,通"否"。　4. 别记所知:把自己理解的另外写下来。　5. 色丝:有颜色(这里是黄色)的丝绢。　6. 于字为:组合成某字。　7. 女子:是"(吾)女之子"的简称,自己女儿的儿子,即外孙。　8. 齑臼:捣姜、蒜等用的器具,由一捣杵及一石臼组成,犹今之"捣蒜缸"。

9. 受辛：承受辛味。（按：姜、蒜等统称为香辛料。） 10. 辞：异体字是“辤”，即“受”“辛”的组合。 11. 觉：通“较”，相差、相距。

【译文】

曹操曾经从曹娥碑旁路过，杨修在身边跟着。看见碑的背面写着“黄绢幼妇，外孙齑臼”八个字，曹操就问杨修：“你懂这是什么意思吗？”杨修回答说：“懂。”曹操说：“你不要说出来，等我想一想。”又走了三十里路，曹操才说：“我已经想出来了。”他叫杨修把自己的理解另外写下来。杨修写道：“黄绢，是有颜色的丝，‘色’‘丝’合成‘绝’字；幼妇，是少女的意思，‘少’‘女’合成‘妙’字；外孙，是女儿的儿子，‘女’‘子’合成‘好’字；齑臼，是用来承受辛辣东西的，‘受’‘辛’合成‘辞（辤）’字。这就是‘绝妙好辞’。”曹操也把自己的理解写下了，结果和杨修的一样，于是感叹道：“我的才力赶不上你，竟然相差三十里。”

四、竹片之用

魏武征袁本初[1]，治装[2]，余有数十斛（hú）[3]竹片，咸长数寸，众云并不堪用，正令烧除。太祖[4]思所以用之，谓可为竹椑（pí）楯（dùn）[5]，而未显其言。驰使问主簿杨德祖。应声答之，与帝心同。众伏[6]其辩[7]悟。

【注释】

1. 征：征伐，征讨。袁本初：袁绍，字本初。 2. 治装：修造武器装备。 3. 斛：旧时容量单位，一斛本为十斗，后改为五斗。 4. 太祖：曹操的庙号。 5. 竹椑楯：一种椭圆形的竹盾牌。椑，椭圆形。楯，通“盾”，盾牌。 6. 伏：通“服”，佩服。 7. 辩：聪明机辩。

【译文】

曹操将要讨伐袁绍，正在修造装备，剩下几十斛竹片，都是几寸长。大家说这些全部用不上，正要叫人烧掉。曹操就想怎么利用这些竹片，认为可以用来做竹盾牌，只是还没有把这话说出来。他派人速去问主簿杨修，杨修随即答复了来人，结果和曹操想的一样。大家都佩服杨修的聪明和悟性。

五、巧言补过

王敦引军垂至大桁(háng)[1]，明帝自出中堂[2]。温峤(qiáo)为丹阳尹，帝令断大桁[3]，故未断，帝大怒，瞋(chēn)目[4]，左右莫不悚(sǒng)惧。召诸公来。峤至不谢[5]，但求酒炙(zhì)[6]。王导须臾至，徒跣(xiǎn)[7]下地，谢曰："天威在颜[8]，遂使温峤不容[9]得谢。"峤于是下谢，帝乃释然[10]。诸公共叹王机悟[11]名言。

【注释】

1. 王敦引军垂至大桁：晋明帝时，王敦起兵谋反。然此时王敦已病重，只派王含和钱凤率军下京都。引，率领。垂，将近、临近。大桁，指朱雀桥，在建康城南朱雀门外，跨秦淮河两岸。　2. 中堂：举行朝会等事务的办公厅堂。　3. 帝令断大桁：王敦起兵时，温峤任丹阳尹，据守石头城。后王含、钱凤军直达秦淮河南岸，温峤奉命烧断朱雀桥，使王含军无法渡河。　4. 瞋目：发怒时瞪大双眼。5. 不谢：没有谢罪。　6. 炙：烤肉。　7. 徒跣：赤足步行。徒，步行。跣，赤足。　8. 天威：天子的威严。颜：脸庞，这里指眼前、面前。　9. 容：会，可能。　10. 释然：形容怒气消释而心平气和。

11. 机悟：机敏，有悟性。

【译文】

王敦率领军队将要逼近朱雀桥，晋明帝亲自出到中堂。温峤当时任丹阳尹，明帝命令他毁掉朱雀桥，结果没有毁成，明帝怒目圆睁，随从的人都很惧怕。明帝立刻召集大臣们来，温峤到后竟没有谢罪，只是求赐酒肉（意为吃饱喝足好接受死刑）。不一会儿王导来了，他光着脚跪到地上，告罪说："天子的威严就在眼前，使温峤吓得不会请罪了。"温峤这才跪下谢罪，明帝也就慢慢心平气和了。大臣们都很赞赏王导的机敏而有悟性的名言。

六、郗超救父

郗司空[1]在北府[2]，桓宣武恶其居兵权[3]。郗于事机素暗[4]，遣笺诣桓："方欲共奖王室，修复园陵[5]。"世子嘉宾[6]出行，于道上闻信至，急取笺，视竟，寸寸毁裂，便回。还更作笺，自陈老病，不堪人间[7]，欲乞闲地自养[8]。宣武得笺大喜，即诏转[9]公督五郡，会稽太守。

【注释】

1. 郗司空：郗愔，字方回，曾兼任徐、兖二州刺史，都督徐、兖、青、幽诸州军事。后征拜司空，未就任。 2. 北府：京口的别称。 3. 桓宣武恶其居兵权：桓温北伐前，郗愔曾镇守京口。桓温想借用京口的军事力量，就把郗愔调为会稽内史，自己兼任徐、兖二州刺史，率领京口之兵。 4. 于……素……：对某事一向（表现出某种状态）。事机：情势。暗：糊涂，不清楚。 5. 奖：辅佐，辅助。园陵：指帝王的陵墓。 6. 世子嘉宾：指郗超，字嘉宾，为郗愔长子，在桓温的大司马府任参军。世子，古代诸王公侯嗣子之称谓。 7. 自陈老病，不堪人间：自陈自己年老体弱多病，受不了世事纷扰。 8. 乞闲地：求赐闲职。自养：颐养天年。 9. 转：命……调任。

【译文】

司空郗愔镇守北府的时候，桓温不喜欢他掌握兵权。郗愔对情势的了解一向糊涂，还寄信给桓温说："我正想和您一起辅佐王室，修复（被战火毁坏的）先帝陵寝。"当时他的嫡长子郗超正到外地去，走到半路上听说送信的人到了，急忙拿过父亲的信来看，看完了把信撕得粉碎，就折返回去，（代他父亲另外写了封信，）诉说自己年老多病，经不住世事烦扰，想找个闲散的官位来自我调养。桓温收到信非常高兴，立刻下令把郗愔调任为都督浙江东五郡军事兼会稽太守。

七、奕奕在前

王东亭作宣武主簿，尝春月与石头[1]兄弟乘马出郊。时彦[2]同游者，连镳（biāo）[3]俱进。唯东亭一人常在前觉（jiào）[4]数十步，诸人莫之解。石头等既疲倦，俄而乘舆回，诸人皆似从官[5]，唯东亭奕奕[6]在前。其悟捷如此。

【注释】

1. 石头：桓温长子桓熙的小名。 2. 时彦：当时名流。彦，古代指有才学、德行之人。 3. 连镳：坐骑并排着。镳，本义指马嚼子，即马口中所衔铁具露在外的两头部分，指代马匹、坐骑。 4. 觉：通"较"，较之（多出），指领先、走在前面。 5. 从官：指侍从的属吏。 6. 奕奕：精神抖擞貌。

【译文】

东亭侯王珣任桓温的主簿时,曾经在春天和桓熙兄弟骑马到郊外游春。当时同游的名流都并马前进,只有王珣一个人总是走在前面,把他们远远甩在几十步以后,大家都不理解其中的缘故。桓熙等人玩得疲倦了,不久就坐车回去,其他人都像侍从官一样跟在后面,只有王珣精神抖擞地走在前面。他就是这样的有悟性而且机敏。

夙惠　第十二

一、得言忘炊

宾客诣陈太丘宿，太丘使元方、季方炊(chuī)[1]。客与太丘论议，二人进火[2]，俱委[3]而窃听。炊忘箸(zhuó)箄(dān)[4]，饭落釜(fǔ)[5]中。太丘问："炊何不馏(liù)[6]？"元方、季方长跪[7]曰："大人与客语，乃俱窃听，炊忘箸箄，饭今成糜(mí)[8]。"太丘曰："尔颇有所识(zhì)[9]不(fǒu)？"对曰："仿佛志之。"二子俱说[10]，更相易夺[11]，言无遗失。太丘曰："如此，但糜自可，何必饭也？"

【注释】

1. 炊：烧火做饭。 2. 进火：将燃烧物送进炉中，点火燃烧。 3. 委：放下，丢下。 4. 箸：通"著"，放置。箄：古代盛饭用的圆竹器。 5. 釜：一种器物，圆底而无足，安置在炉灶之上，用于蒸煮饭菜，可视为现代"锅"的前身。 6. 馏：指把半熟的食物重新入锅蒸得熟透，或把已经冷却的食物重新蒸热。 7. 长跪：指直身而跪。(按：古时席地而坐，坐时两膝据地，以臀部着足跟；跪则伸直腰股，以示庄敬。) 8. 糜：粥。(按：蒸饭时釜内盛水，米入水而为粥。) 9. 有所识：记住一些。识，通"志"，记。(下句中"志"字义同) 10. 说：这里指给父亲复述听见的谈话。 11. 更相易夺：互相补充改正。更，交替。相，相互。易夺，改正补充。

【译文】

有客人到太丘长陈寔家拜访并要留宿，陈寔就叫儿子陈纪和陈谌做饭待客。客人和陈寔在一起清谈，陈纪兄弟俩在烧火，却一同放下手头的事，都跑去偷听。结果做饭时忘了放上蒸格，要蒸的米饭都落到了锅子里。陈寔问他们："饭为什么没蒸呢？"两人直挺挺地跪着说:“父亲和客人清谈,我们俩一起去偷听,蒸饭时忘了放上蒸格,现在饭煮成了粥。”陈寔问:“你们可记住一些谈话内容了吗?”兄弟俩回答说:“似乎还能记得一些。”于是两人一起复述,互相穿插补正,竟一句话也没有漏掉。陈寔说:“既然这样,只喝粥也行,何必一定要吃干饭呢?”

二、何氏之庐

何晏七岁,明惠(huì)若神,魏武奇[1]爱之。因晏在宫[2]内,欲以为子[3]。晏乃画地令方,自处其中。人问其故,答曰:“何氏之庐(lú)[4]也。”魏武知之,即遣还[5]。

【注释】

1. 奇:程度副词,非常、特别。　2. 宫:指曹操的魏王府。　3. 欲以为子:指曹操想认何晏做自己的儿子。　4. 庐:原意是简陋的房屋,这里泛指房子。　5. 遣还:把他送还给何家。

【译文】

何晏七岁的时候,聪明伶俐,慧黠如有神助,曹操特别喜爱他。因为何晏在曹操的府中长大,曹操便想认他做儿子。何晏在地上画了个方框,自己站在里面。别人问他是什么意思,他回答说:“这是何家的房子。”曹操知道了这件事,随即把他送回了何家。

三、明帝辨远

晋明帝数岁,坐元帝膝上。有人从长安来,元帝问洛下消息[1],潸

(shān)然流涕。明帝问何以致泣？具以东渡意告之[2]。因问明帝："汝意谓长安何如日远?"答曰："日远。不闻人从日边来,居然可知。"元帝异之。明日集群臣宴会,告以此意,更重问之。乃答曰："日近。"元帝失色,曰："尔何故异昨日之言邪?"答曰："举目见日,不见长安。"

【注释】

1. 有人从长安来,元帝问洛下消息：司马睿原为安东将军,镇守建康。后(西晋)旧都洛阳失守,晋怀帝逃至平阳。建兴四年,刘曜围困长安,逼晋愍帝出降,西晋灭亡。建兴五年,司马睿遂以建康为新都,改元建武;次年即位,改元太兴,是为晋元帝。 2. 具以东渡意告之：晋元帝为琅琊王时,曾居洛阳。王导素与之交厚,知天下将大乱,遂劝其回封国(会稽),后又劝其移镇建康。由此观之,王导经营已久,欲重整河山,复兴晋室,即所谓"东渡意"。

【译文】

晋明帝才几岁时,有次坐在元帝膝上。当时有人从长安来,元帝就问起洛阳的情况,听说后不觉伤心流泪。明帝问父皇是什么事引得他哭泣,元帝就把晋朝皇室渡江而来的意图一五一十地告诉了他,并问他："你看长安和太阳相比,哪个更远?"明帝回答说："太阳更远。我从没听说过有人从太阳那边来,显然就知道答案了。"元帝对他的回答大感惊奇。第二天召集群臣宴饮,就把明帝说的话告诉了大家,并且重新问他,不料明帝却回答说："太阳更近。"元帝大惊,问他："你这为什么和昨天说的不一样呢?"明帝回答说："现在抬起头就能看见太阳,可是看不见长安。"

四、复生此宝

司空顾和与时贤共清言，张玄之、顾敷（fū）是中外孙[1]，年并七岁，在床边戏。于时闻语，神情如不相属（zhǔ）[2]。瞑（míng）[3]于灯下，二儿共叙[4]客主之言，都无遗失。顾公越席[5]而提其耳[6]曰："不意衰（shuāi）宗[7]复生此宝。"

【注释】

1. 中外孙：指亲孙子和外孙子。　2. 属："属意"之"属"，意为依附、集中。　3. 瞑：闭着眼。　4. 叙：复述。　5. 越席：起座，离席。　6. 提其耳：拽着（两个孩子的）耳朵（表示亲昵、疼爱）。　7. 不意：想不到。衰宗：谦称自己的家族。

【译文】

司空顾和曾与当代贤达在一起清谈。张玄之和顾敷分别是他的外孙和孙子，两人皆时年七岁，围在坐床旁玩耍。这时（两个孩子）听着大人们谈论，神情好像漠不关心。后来两个孩子在灯下闭着眼睛，一起复述主客双方的话，竟一句也没有漏掉。顾和听见了，离开座位，拉着他们的耳朵说："想不到敝家族还能生出这样的宝贝司儿！"

五、着襦舍裈

韩康伯数岁，家酷（kù）贫，至大寒，止得襦（rú）[1]。母殷夫人自成之，令康伯捉[2]熨（yùn）斗[3]，谓康伯曰："且箸（zhuó）[4]襦，寻[5]作复裈（kūn）[6]。"儿云："已足，不须复裈也。"母问其故，答曰："火在熨斗中而柄热[7]，今既箸襦，下亦当暖，故不须耳。"母甚异之，知为国器[8]。

【注释】

1. 襦：短上衣，短袄。 2. 捉：拿着。 3. 熨斗：汉魏时期的熨斗，外形呈圜腹、宽口沿，有长柄。先将烧红的火炭放入熨斗腹内，待底部热得烫手了，再用来熨烫衣物，故又称“火斗”。 4. 箸：通“著”，穿着。 5. 寻：不久，一会儿。 6. 复裈：夹裤、棉裤。 7. 火在熨斗中而柄热：因当时熨斗多用青铜铸成，铜导热性能好，火炭置于熨斗腹内，而斗柄亦自然发烫。 8. 国器：治国栋梁之材。

【译文】

韩康伯才几岁时，家境非常贫苦，到了隆冬时节，只能穿上一件短袄，还是他母亲殷夫人亲手做的，做衣服时叫康伯拿着熨斗。母亲告诉康伯说：“你暂时先穿上短袄，马上就给你做夹裤。”康伯说：“这已经够了，不需要夹裤了。”母亲问他为什么，他回答说：“火炭放在熨斗里面，斗柄也就热了，现在我已经穿上短袄，下身也会暖和的，所以不需要再做夹裤呀。”他母亲听了非常惊奇，知道他将来准会成为治国之栋梁。

六、昼动夜静

晋孝武[1]年十二，时冬天，昼(zhòu)日不箸(zhuó)复衣[2]，但箸单练衫五六重(chóng)[3]，夜则累(lěi)茵(yīn)褥(rù)[4]。谢公谏曰：“圣体宜令有常[5]。陛下昼过冷，夜过热，恐非摄养[6]之术。”帝曰：“昼动夜静[7]。”谢公出叹曰：“上理[8]不减先帝[9]。”

【注释】

1. 晋孝武：指孝武帝司马曜，为简文帝司马昱之子。 2. 复衣：

指有衣里，内可装入棉絮的衣服，犹今之“夹衣”“棉袄”。　3. 单练衫：白色熟绢所做的单层衣衫。五六重：五六层。　4. 累：叠层。茵褥：垫褥。　5. 有常：有规律。　6. 摄养：保养。　7. 昼动夜静：《老子》第四十五章云：“躁胜寒，静胜热”，此用其意。　8. 理：说理，讲道理。　9. 不减：不比……差。先帝：指已故的简文帝。（按：简文帝擅长谈玄理。）

【译文】

晋孝武帝十二岁那年，当时正是冬天，他白天不穿夹衣，只叠穿着五六件丝绸做的单衣，夜里却铺着两张褥子睡觉。谢安规劝他说：“圣上的贵体应该生活得有规律。陛下白天太冷，夜里太热，这恐怕不是养生的办法。”孝武帝说：“白天活动着（就不会冷），夜里不动弹（就不会热）。”谢安退了出来，并赞叹说：“皇上说理不比先帝差。”

七、桓玄泣旧

桓宣武薨（hōng），桓南郡[1]年五岁，服始除[2]，桓车骑[3]与送故文武[4]别，因指与南郡：“此皆汝家故吏佐。”玄应声恸（tòng）哭，酸（suān）[5]感傍人。车骑每自目己坐曰：“灵宝成人，当以此坐还之[6]。”鞠（jū）[7]爱过于所生。

【注释】

1. 桓南郡：桓玄，小名灵宝，为桓温之子，袭父爵为南郡公。2. 服：指丧服。始除：刚刚脱下。　3. 桓车骑：桓冲，为桓温之弟，曾任车骑将军。　4. 送故文武：指护送遗体回乡的下属文武官员。5. 酸：酸楚，悲痛。　6. 当以此坐还之：桓温生前正镇守姑孰，因他死后桓玄年纪尚幼,朝廷任桓冲为中军将军、扬州刺史,暂代桓温之职。此坐,指镇守姑孰的职位。 7. 鞠:养育。

【译文】

桓温去世时,其子桓玄只有五岁,守孝期满,刚脱下丧服,叔父桓冲与扶柩回乡的文武官员道别,并指着他们告诉桓玄说:“这些人都是你家的老下属。”桓玄随着他的话恸哭起来,那情景实在悲痛感人。桓冲每每看着自己的座位说:“等灵宝长大成人,我就要把这个座位交还给他。”桓冲抚养、疼爱桓玄胜过自己的儿女。

豪爽　第十三

一、王敦击鼓

王大将军年少时，旧有田舍名[1]，语音亦楚[2]。武帝唤时贤共言伎艺[3]事。人皆多有所知，唯王都无所关[4]，意色殊恶[5]，自言知打鼓吹[6]。帝令取鼓与之，于坐振袖[7]而起，扬槌（chuí）奋击，音节谐捷（jié），神气豪上[8]，傍若无人。举坐叹其雄爽[9]。

【注释】

1. 田舍名：绰号叫作“乡巴佬”。 2. 楚：中原人把南方人都视作“楚人”。[按：王敦本是琅琊郡临沂（在今山东临沂一带）人，说话语音不同于中原，却一概被认作“楚音”。] 3. 伎艺：指歌舞。 4. 都无所关：一点也不关心。 5. 意色殊恶：神态脸色很不好看。 6. 打鼓吹：指鼓箫等乐器合奏。 7. 振袖：抖动手臂，挥舞衣袖。 8. 豪上：豪迈奋发。 9. 雄爽：威武雄健，豪迈爽朗。

【译文】

大将军王敦年轻时，原来就有“乡巴佬”的绰号，说的话也是南方的土话。晋武帝召集当时的名流，一起谈论关于歌舞音乐等方面的事，别人大多都懂得一些，只有王敦一点也不关心这些事，他的神态、脸色都很不好看，自称只懂得打鼓。武帝叫人拿鼓给他，他马上从座位上振臂站起，挥舞鼓槌精神振奋地击起鼓来。鼓音急促而能和谐，气概豪迈昂扬奋发，以至旁若无人。满座的人都赞叹他的威武豪爽。

二、纳谏戒色

王处仲世许高尚之目[1]，尝荒恣（zì）于色[2]，体为之弊（bì）[3]。左右谏

(jiàn)之,处仲曰:“吾乃不觉[4]尔。如此者,甚易耳!”乃开后阁[5],驱诸婢(bì)妾(qiè)数十人出路,任其所之,时人叹焉。

【注释】

1. 世许……之目:世人都用……来赞许他。 2. 荒恣:放纵。色:指女色。 3. 弊:疲敝。 4. 不觉:没有感觉,不觉得怎样。5. 后阁:与“前门”相对,指后面开的小门。

【译文】

世人赞许王敦高尚,他曾经沉迷于女色,身体也因此而疲惫。身边的下属都规劝他,他说:“我没觉得怎么样。既然这样的话,很容易解决呀!”于是打开侧门,把几十个婢女和小妾都放出去,打发她们上路,凭她们爱到哪里就到哪里。当时的人都纷纷赞叹。

三、王敦自评

王大将军自目[1]:“高朗踈(shū)率[2],学通《左氏》[3]。”

【注释】

1. 自目:自我审视,自我评价。 2. 高朗:高尚开朗。踈率:通达直率。踈,古同“疏”(或“疎”),这里指为人疏朗、通达。 3.《左氏》:指《春秋左氏传》,也称《左传》,相传是春秋末年鲁国史官左丘明根据鲁国国史《春秋》编成,记叙范围起自鲁隐公元年(公元前722年),迄于鲁哀公二十七年(公元前468年)。

【译文】

大将军王敦评论自己道:高尚开朗,通达直爽,并且在学问上精通《左传》。

四、壶口尽缺

王处仲每酒后辄(zhé)咏"老骥(jì)伏枥(lì),志在千里。烈士暮年,壮心不已[1]"。以如意[2]打唾(tuò)壶(hú)[3],壶口尽缺。

【注释】

1. 老骥伏枥……壮心不已:引自曹操《龟虽寿》诗,意思是老了的千里马卧在马棚里,它的志向却在于驰骋千里;壮士虽然岁月已晚,雄心却仍不减当年。 2. 如意:器物名。用骨角、竹木或玉石、铜铁等制成,长三尺许,前端作手指形。脊背有痒,手所不到,用以搔抓,可如人意,因而得名。 3. 唾壶:承人口唾之器,犹今之"痰盂",形制多为小口巨腹。

【译文】

王敦每逢酒后,就吟咏曹操的"老骥伏枥,志在千里。烈士暮年,壮心不已"诗句,还拿如意敲着唾壶打拍子,壶口全给敲缺了。

五、一夜成池

晋明帝欲起池台[1],元帝不许。帝时为太子,好养武士。一夕中[2]作池,比晓[3]便成。今太子西池[4]是也。

【注释】

1. 起:修建。池台:池塘和亭台。 2. 一夕中:有天半夜。夕中,半夜。 3. 比晓:等到天亮时。比,及、等到。晓,拂晓、天明。4. 太子西池:池名,据说最早孙吴时所挖;后来淤泥积满,晋明帝为太子时又修复,故称"太子西池"。

【译文】

晋明帝想挖建池塘、修筑亭台,他父皇晋元帝不答应。明帝当时还是太子,喜欢招募、豢养武士。有一晚半夜命人挖池塘,到天亮就挖成了。这就是现在的太子西池。

六、祖逖慑敌

王大将军始欲下都处分树置[1],先遣参军告朝廷[2],讽旨[3]时贤。祖车骑[4]尚未镇寿春[5],嗔(chēn)目厉声语使人曰:“卿语阿黑[6]:何敢不逊(xùn)[7]!摧(cuī)摄(shè)面去[8],须臾(yú)不尔[9],我将三千兵槊(shuò)脚[10]令上[11]!”王闻之而止[12]。

【注释】

1. 处分:处理。树置:栽培,安插。 2. 参军:军中官职名,为将帅手下僚佐,负责参谋军务。告:禀报。 3. 讽旨:暗示自己的意图。讽,以委婉曲折的言语进行暗示。旨,意旨、意图。 4. 祖车骑:祖逖,字士稚,曾任豫州刺史,封为奋威将军,屡建战功,死后追赠车骑将军。 5. 镇寿春:晋元帝太兴二年,祖逖败于石勒,率部退屯梁国(首府在睢阳,即今河南商丘县南),后又退屯淮南郡寿春县(为郡首府)。镇,这里指移镇。 6. 阿黑:为王敦小名。 7. 逊:谦恭,恭敬。 8. 摧:通“催”,叫、让。摄面:收起老脸面。去:骂人话,犹“滚开”“躲开”。 9. 须臾不尔:如果不马上走的话。 10. 槊脚:用长矛扎某人的脚。槊,古代冷兵器之一,是重型的骑兵武器,即“长杆矛枪”。 11. 上:溯江而上,指西上武昌。(按:当时王敦镇守武昌,其地在建康上游。) 12. 止:停止,指打消了东下京都的念头。

【译文】

大将军王敦起初想领兵东下京都，将要处理朝臣安插亲信，便先派参军去报告朝廷，并且向当时的贤达暗示了自己的意图。那时车骑将军祖逖还未转去镇守寿春，他瞪起眼睛声色俱厉地对王敦派来的使者说："你去告诉阿黑：怎么敢这样傲慢无礼！叫他收起老脸滚开些！如果他不马上走掉，我就要率领三千兵马，用长矛戳他的脚，把他赶回老家去！"王敦听说后，就打消了东下京都的念头。

七、三起三叠

庾稚(zhì)恭既常有中原之志，文康时，权重未在己[1]。及季坚作相[2]，忌兵畏祸[3]，与稚恭历同异者久之，乃果行。倾荆、汉之力，穷舟车之势[4]，师次于襄阳，大会参佐，陈其旌(jīng)甲[5]，亲援弧(hú)矢(shǐ)[6]曰："我之此行，若此射矣！"遂三起三叠(dié)[7]，徒众属(zhǔ)目[8]，其气[9]十倍。

【注释】

1. 庾稚恭……未在己：庾翼想北伐入侵的外族，收复中原。晋成帝时，其兄庾亮(谥号文康)升任司空，一度执掌朝廷大权。当时庾翼任南蛮校尉、南郡太守，镇守江陵，权位不重。 2. 及季坚作相：庾冰，字季坚，为庾亮之弟、庾翼之兄，曾担任丞相。 3. 忌兵畏祸：畏惧兵祸。 4. 倾荆……之势：庾翼北伐时，以荆州刺史及都督六州军事之名，征调辖下兵员、仆役及车、牛、驴、马。 5. 陈其旌甲：摆开军队的阵势。陈，排布。旌，旗帜。旌甲，指军队。甲，甲胄。 6. 亲援弧矢：亲自拿着弓箭。援，拿过。弧矢，指弓箭。 7. 三起三叠：犹“三发三中”。 8. 徒众：指众将士。属目：注目。属，同“瞩”。 9. 气：士气。

【译文】

庾翼早有收复中原地区的志向，可是他哥哥庾亮当政时，大权并不在自己手里。等到庾冰作丞相时又害怕兵祸，和庾翼经过了长时间不同意见的争论，才决定出兵北伐。庾翼出动荆州、汉水一带的全部力量，调集了所有的车船，并率领军队驻扎襄阳；到达襄阳后，召集所有下属开会，摆开军队的阵势，亲自拿着弓箭说：“我此次出征，（结果如何）就看我射出的箭了！”接着连射三箭，三发三中。士兵们全神贯注观看，大为振奋，士气顿时增长了十倍。

八、盛会豪言

桓宣武平蜀[1]，集参僚（liáo）置酒于李势殿（diàn），巴、蜀缙（jìn）绅（shēn）[2]，莫不来萃（cuì）[3]。桓既素有雄情爽气，加尔日音调英发[4]，叙古今成败由人，存亡系才，其状磊落[5]，一坐叹赏。既散，诸人追味余言。于时寻阳周馥（fù）[6]曰：“恨卿辈不见王大将军。”

【注释】

1. 桓宣武平蜀：指桓温扫平蜀地李势政权一事。 2. 缙绅：官员（包括曾经为官后赋闲者）。 3. 来萃：聚集，聚会。 4. 英发：英气勃发。 5. 磊落：仪态俊伟。 6. 周馥：字祖宣，庐江寻阳人，为周浚从父弟，曾任王敦的属官。

【译文】

桓温平定蜀地后，在李势原先的官殿里设酒宴召集下属，巴、蜀一带的官员(及曾经做过官的人)全都邀请来聚会。桓温一向有着豪放的性情、直爽的气概,加上这一天的谈话语调英气勃勃,畅谈古今成败存亡的关键在于人才,且仪态俊伟,满座的人都很赞赏。散会以后,大家还在回忆、玩味他的话,这时寻阳人周馥说:"遗憾的是你们没有见过王大将军!"

九、桓公掷书

桓公读《高士传》[1],至於(wū)陵(líng)仲子[2],便掷(zhì)去曰:"谁能作此溪刻[3]自处!"

【注释】

1.《高士传》:晋代皇甫谧所著,讲述高尚隐逸之人及事,从上古尧舜时期的被衣、王倪开始,讲到东汉末年的荀靖、焦先。 2. 於陵仲子:战国时齐国隐士。 3. 溪刻:指行事苛刻,不近情理。[按:据《高士传》载,陈仲子住在於陵(在今山东周村及邹平东南),夫妻俩靠编草鞋、织布过活。其兄任齐国丞相,仲子认为哥哥的俸禄是不义之财,分文不取。有人送来一只鹅,母亲杀给仲子吃,当他知道是哥哥送的,立刻吐了出来。楚王想请仲子出任丞相,他便和妻子逃到别处去给人做工。]

【译文】

桓温读《高士传》时,读到於陵仲子的传记,便把书抛开说:"谁能用这种苛刻的、不近情理的做法来对待自己!"

一〇、石虔救叔

桓石虔(qián)[1],司空豁(huò)之长庶(shù)也[2]。小字镇恶,年十七八未被举[3],而童隶(lì)已呼为镇恶郎[4]。尝住宣武斋(zhāi)头[5]。从征枋(fāng)头[6],车骑冲没(mò)陈(zhèn)[7],左右莫能先救。宣武谓曰:"汝叔落贼[8],汝知不(fǒu)?"石虔闻之,气甚奋。命朱辟为副,策马于数万众中,莫有抗[9]者,径致冲还[10],三军叹服。河朔(shuò)[11]后以其名断疟(nüè)[12]。

【注释】

1. 桓石虔:小字镇恶,谯国龙亢(在今安徽怀远)人,东晋名将。2. 豁:桓豁,字朗子,为桓温之弟,曾任征西大将军,死后赠司空。长庶:妾所生长子。 3. 举:正式承认庶出子女的身份地位。 4. 童隶:家里的僮仆。郎:对家中年轻男性主子的尊称,犹"少爷"。5. 斋头:书斋,书房。 6. 从征枋头:晋海西公太和四年,桓温率领其弟桓冲等北伐燕国,一直打到枋头(属今河南省地)。因粮尽后撤,被燕将乘机追击,大败被擒。 7. 车骑冲:桓冲,字幼子,为桓温之弟。从桓温出征,任振威将军、江州刺史,桓温死后改任车骑将军、徐州刺史。没:冲陷。陈:同"阵",指战斗时的队列。 8. 落贼:落入敌手。 9. 抗:敌得过。 10. 致……还:把……带回来。 11. 河朔:黄河以北。 12. 以其名断疟:古人迷信,以为疟疾是疟鬼作祟。由于桓石虔声威大震,当时以为对患疟疾的人大喊"桓石虔来",吓跑疟鬼,就可除病。断,断除、驱走。疟,疟疾。

【译文】

桓石虔是司空桓豁的庶出长子,小名叫"镇恶"。一直长到十七八岁的时候，庶出的身份还没有得到承认，而家里的奴仆们已经称呼他为“镇恶少爷”了。他曾住在伯父桓温家的书斋里。后来跟随桓温出征到枋头，在一次战斗中，叔父车骑将军桓冲陷入敌阵，手下的人没有谁能抢先去救。桓温告诉石虔说：“你叔父落入敌阵，你知道吗？”桓石虔听了，勇气倍增，命令朱辟做副手，跃马扬鞭冲入几万敌军的重围中，没有人能抵挡。他径直把桓冲救了回来，全军都十分称赞佩服。后来黄河以北的居民就用他的名字来驱赶疟鬼。

一一、牛渚之会

陈林道[1]在西岸[2]，都下诸人共要(yāo)[3]至牛渚(zhǔ)[4]会。陈[5]理既佳，人欲共言折[6]。陈以如意拄颊(jiá)[7]，望鸡笼山[8]叹曰：“孙伯符志业不遂[9]！”于是竟坐不得谈[10]。

【注释】

1. 陈林道：陈逵，字林道，任西中郎将兼淮南郡守，驻守历阳县(在今安徽和县)。 2. 西岸：淮南郡包括今天的江苏、安徽一带，在长江以北(按江水流向来说在西岸)。 3. 要：通“邀”，邀请。4. 牛渚：牛渚山，在今安徽当涂，临长江南岸。 5. 陈：陈述，谈论。6. 折：“折服”，指言谈说理使某人信服。 7. 拄颊：支撑着脸颊。8. 鸡笼山：在今江苏南京江宁一带，方位在牛渚山以东。 9. 孙伯符：孙策，字伯符，为孙权之兄。东汉末封吴侯，平定江东，后被仇家射伤而死，传位于孙权。志业不遂：志向、事业都未如愿。 10. 竟坐不得谈：一直坐到最后也没谈成。竟，终了。

【译文】

陈逵驻守江北之时，京都诸友一起邀他到牛渚山聚会。陈逵谈玄理谈得很好，大家想一同和他辩论并希望能驳倒他。陈逵却拿起如意支着腮，远远望着鸡笼山的方向感叹地说："孙策的志向和事业都没有如愿！"于是大家坐到散时也没机会谈论玄理。

一二、一坐无人

王司州在谢公坐，咏"入不言兮出不辞，乘回风兮载云旗[1]"。语人云："当尔时，觉一坐无人[2]。"

【注释】

1. 入不言兮……载云旗：引自屈原《九歌·少司命》，大意为（神灵）来时不说话，离去时不告辞，乘着旋风，驾着云旗（形容神灵来无影去无踪，神的形貌也不得见）。 2. 当尔时……无人：当那时，因神往于超现实的神灵境界，故似乎感觉到座中空无一人。

【译文】

司州刺史王胡之有一次在谢安家做客，朗诵起屈原大夫"入不言兮出不辞，乘回风兮载云旗"的诗句。他对别人说："那个时候，我好像感觉到四周空寂无人。"

一三、梁王安在

桓玄西下，入石头[1]。外白："司马梁王奔叛（pàn）[2]。"玄时事形已济[3]，在平乘（chéng）[4]上笳（jiā）[5]鼓并作，直高咏云："箫管有遗音，梁王安在哉[6]?"

【注释】

1. 桓玄西下,入石头:晋安帝元兴元年,桓玄从江陵出发,举兵攻入建康,自任丞相,杀会稽王司马道子。石头,石头城,在今江苏南京附近。 2. 司马梁王奔叛:桓玄攻入建康时,梁王司马珍之出逃到寿春;后桓玄事败,他才又返回朝廷。 3. 事形已济:大局已定。事形,事态、局势。已济,已经注定、结局明显。(按:《周易》有"未济""既济"二卦。) 4. 平乘:大船名,又名平乘舫。 5. 笳:指胡笳,一种类似笛子的乐器。 6. 箫管有遗音,梁王安在哉:句出阮籍《咏怀》诗,原诗是为凭吊战国时魏国的古迹"吹台"(在今河南开封)所作,大意是,箫管奏出的乐曲里还有魏国时的音调,可是魏王又在哪里呢?梁王,这里用其字面义,指司马珍之。[按:战国时期"三家分晋",为韩、赵、魏三国。公元前361年,魏惠王将国都由安邑(今山西运城)迁到大梁(今河南开封),其后魏国亦称"梁国",例如《孟子》中的"梁惠王"即指魏惠王。]

【译文】

桓玄从江陵领兵西下,攻入石头城,外面的人报告称:"梁王司马珍之叛逃了。"这时桓玄方面大局已定,在舰船上鼓乐齐鸣,竟高声朗诵道:"箫管有遗音,梁王安在哉?"

容止　第十四

一、威雄远国

魏武[1]将见匈(xiōng)奴使,自以形陋(lòu),不足雄[2]远国,使崔(cuī)季珪(guī)[3]代,帝自捉刀[4]立床[5]头。既毕,令间(jiàn)谍(dié)问曰:"魏王何如?"匈奴使答曰:"魏王雅望[6]非常,然床头捉刀人,此乃英雄也。"魏武闻之,追杀此使。

【注释】

1. 魏武:魏武帝曹操。(按:下文的帝、魏王都指曹操。) 2. 雄:称雄,向……显示威严。 3. 崔季珪:崔琰,字季珪,为曹操部下。他仪表堂堂,相貌威严。(按:据说曹操"姿貌短小",内心有些自卑。) 4. 捉刀:握刀、提刀。捉,握、持。 5. 床:古代坐具。6. 雅望:崇高的威望。雅,美好的、高尚的。

【译文】

魏武帝曹操将要接见匈奴使节。他自认为相貌丑陋,不足以对远方国家显示出应有的威严,便让一位叫崔琰的手下代替自己,然后自己却握着刀站在崔琰的坐床边。接见结束后,曹操派密探去问匈奴使节说:"你觉得魏王这个人怎么样?"匈奴使节回答说:"魏王的崇高威望非同一般,可是在他坐床边握着刀的那个人,才是真英雄啊!"曹操听说后派人追上去,杀了这个使节。

二、面色皎然

何平叔美姿仪,面至白,魏明帝[1]疑其傅(fū)粉[2]。正夏月,与热汤饼[3]。既啖(dàn),大汗出,以朱衣自拭(shì),色转皎(jiǎo)然[4]。

【注释】

1. 魏明帝：曹睿。 2. 傅粉：搽粉。傅，通“敷”，涂抹。（按：当时习气，贵公子希望自己面容白皙美好，喜欢涂脂抹粉。） 3. 汤饼：水煮的面食，即“热汤面”。 4. 色：脸色。转：变得。皎然：白而明亮。

【译文】

何晏相貌俊美，脸很白。魏明帝怀疑他脸上搽了粉（想证实一下），当时正好是夏天，就让手下给他端来热汤面。何晏吃完后，浑身大汗淋漓，撩起红衣擦拭面庞，脸色反而更加白净光洁。

三、蒹葭玉树

魏明帝使后弟毛曾[1]与夏侯玄共坐，时人谓“蒹（jiān）葭（jiā）倚玉树[2]”。

【注释】

1. 后弟毛曾：明帝毛皇后之弟毛曾。太和元年，毛氏被册为皇后，毛曾遂被封为郎中，后又加封驸马都尉。 2. 蒹葭：芦苇，比喻品貌丑陋。玉树：传说中的仙树（或珍宝制作的树），比喻品貌之美。倚：相倚，此处指两个（品貌极不相称的）人坐在一起。

【译文】

魏明帝让毛皇后的弟弟毛曾和夏侯玄并排而坐，当时的人把他们评论为“芦苇倚靠着玉树”。

四、玉山日月

时人目夏侯太初[1]朗朗如日月之入怀,李安国[2]颓(tuí)唐[3]如玉山之将崩[4]。

【注释】

1. 夏侯太初:夏侯玄,字太初(一作“泰初”),沛国谯县(在今安徽亳州)人,为征南大将军夏侯尚之子。曹魏文学家、官员。 2. 李安国:李丰,字安国(一作“宣国”),冯翊东县(在今陕西大荔)人,为卫尉李义之子。曹魏官员。 3. 颓唐:指精神萎靡不振。 4. 玉山:用玉石堆成的山,形容姿态仪容美好。崩:崩塌。

【译文】

当时的人评论夏侯玄“怀里像揣着日月一样”光彩照人;评论李丰“像玉山将要崩塌一样”精神颓丧。

五、松玉风神

嵇康身长七尺八寸[1],风姿特秀。见者叹曰:“萧萧肃肃,爽朗清举[2]。”或云:“肃肃如松下风,高而徐引[3]。”山公曰:“嵇叔夜之为人也,岩岩[4]若孤松之独立;其醉(zuì)也,傀(guī)俄[5]若玉山之将崩。”

【注释】

1. 七尺八寸:说明身材高大。 2. 萧萧:举止潇洒脱俗。肃肃:仪态清静安详。清举:清爽超脱。举,挺拔、超逸。 3. 肃肃:象声词,拟风声。徐引:舒缓悠长。 4. 岩岩:形容高峻挺拔。5. 傀俄:形容高大雄伟。

【译文】

嵇康身高七尺八寸，风度姿态秀美出众。见过的人都赞叹说：“他的举止潇洒安详，气质清爽超逸。”有人说：“他像松树间的风声，高远而舒缓悠长。”山涛评论说：“嵇康的为人，像挺拔的孤松傲然独立；他的醉态，像高大的玉山快要倾倒。”

六、明眸如电

裴令公目王安丰：“眼烂烂[1]如岩下[2]电。”

【注释】

1. 眼烂烂：目光闪烁。烂烂，明亮貌。　2. 岩下：山岩之下（把眉毛比作山岩，瞳仁正如电光）。

【译文】

中书令裴楷评论安丰侯王戎说：“他眼里射出灼灼精光，像山岩下的闪电。”

七、妍媸有别

潘岳妙有姿容，好神情。少时挟（xié）弹（dàn）出洛阳道[1]，妇人遇者，莫不连手共萦（yíng）之[2]。左太冲[3]绝丑，亦复效岳游遨（yāo）[4]，于是群妪（yù）齐共乱唾（tuò）之[5]，委顿[6]而返。

【注释】

1. 挟弹：夹着弹弓。出洛阳道：走在洛阳的大街上。出，上街。2. 连手：手拉着手。萦：围绕。　3. 左太冲：左思，字太冲，齐国临淄(在今山东淄博)人。西晋著名文学家,亦为当时名士,据说相貌丑陋。 4. 效:效法,学习。游遨:游荡。 5. 妪:妇之年老者。唾:吐唾沫。 6. 委顿:疲乏、颓丧貌。

【译文】

潘岳有美好的容貌和优雅的神态风度。年轻时夹着弹弓走在洛阳大街上,遇到他的妇女无不手拉手地一同围住他。左思长得非常难看,也学潘岳到处游逛,这时妇女们就都向他乱吐唾沫,弄得他垂头丧气地回来。

八、玉手玄姿

王夷甫容貌整丽[1],妙于[2]谈玄,恒捉[3]白玉柄麈(zhǔ)尾,与手都无分别。

【注释】

1. 整丽:整齐端庄,漂亮俊秀。 2. 妙于:善于,擅长做……。 3. 捉:拿着。

【译文】

王衍容貌端庄漂亮,善于谈玄,平常总拿着用白玉做柄的麈尾,白玉的颜色和他的手一点也没有分别。

九、连璧之美

潘安仁[1]、夏侯湛(zhàn)[2]并有美容[3],喜同行,时人谓之“连璧(bì)[4]”。

【注释】

1. 潘安仁：潘岳，字安仁，巩县（在今河南巩义）人，为中国古代著名美男子。 2. 夏侯湛：字孝若，谯县（在今安徽亳州）人，为东汉征西将军夏侯渊曾孙。据说容貌俊美，元康初年病逝，终年四十九岁。 3. 并有美容：两个人都长得很漂亮。 4. 连璧：两璧相连（比喻两人并美）。璧，一种玉器，圆形，中间有孔。

【译文】

潘岳和夏侯湛两人都长得很漂亮，而且喜欢一同行走，当时人们评论他们是“两块相连的玉璧”。

一〇、望颜知病

裴令公[1]有俊容姿，一旦有疾至困[2]，惠帝使王夷甫往看，裴方向壁[3]卧，闻王使至，强回视[4]之。王出语人曰：“双目闪闪，若岩下电，精神挺动[5]，体中故小恶[6]。”

【注释】

1. 裴令公：裴楷，字叔则，河东闻喜（在今山西闻喜）人，曾任中书令。 2. 至困：非常疲惫。 3. 向壁：面对着墙。 4. 强回视：勉强回头看。 5. 精神挺动：这里指精神涣散。挺动，晃动、动摇、分散。 6. 小恶：（身体）有点不舒服。

【译文】

中书令裴楷容貌俊美。有一次生了病，非常疲乏，晋惠帝派王衍去看望他。这时裴楷正好面对着墙躺着，听说王衍奉命来到，就勉强回过头来看看他。王衍告辞出来，告诉别人说：“他双眼目光闪烁，好像山岩下的闪电;可是精神分散,估计身体是有点不舒服。”

一一、鹤在鸡群

有人语王戎曰:“嵇(jī)延祖[1]卓卓[2]如野鹤(hè)之在鸡群。”答曰:“君未见其父耳!”

【注释】

1. 嵇延祖:嵇绍,字延祖,为嵇康之子。　2. 卓卓:形容超群出众,气度不凡。

【译文】

有人对王戎说:“嵇绍气度不凡,在人群中就像野鹤站在鸡群中一样。”王戎回答说:“那是因为您没有见过他的父亲罢了!”

一二、珠玉之形

裴令公有俊容仪,脱冠冕(miǎn)[1],粗服乱头皆好[2]。时人以为“玉人[3]”。见者曰:“见裴叔则如玉山上行,光映照人。”

【注释】

1. 脱:摘掉。冠冕:帝王、士大夫所戴的礼帽。　2. 粗服乱头:(穿着)粗糙简陋的衣服,头发蓬乱。好:(仪表)美好。　3. 玉人:把人比作“玉”,说明容貌美丽。

【译文】

中书令裴楷仪表出众,即使脱下礼帽,穿着粗陋的衣服、头发蓬乱也很美,当时人们说他是“玉人”。见到他的人说:“看见裴楷,就像在玉山上行走，感到光彩照人。”

一三、土木形骸

刘伶(líng)[1]身长六尺[2]，貌甚丑悴(cuì)[3]，而悠悠忽忽[4]，土木形骸(hái)[5]。

【注释】

1. 刘伶：字伯伦，沛国(在今安徽淮北)人，为“竹林七贤”之一。其人嗜酒，放荡不羁。　2. 六尺：古代的六尺约相当于现在的四尺多一点，属于比较矮小的身材。　3. 悴：憔悴。　4. 悠悠忽忽：悠闲、不经意。　5. 土木形骸：把身体当成土块、木头，即不加修饰，保持天然的状态。

【译文】

刘伶身高只有四尺多，相貌非常丑陋、憔悴，可是他精神悠闲自在，外表不修边幅，质朴自然。

一四、珠玉在侧

骠(piào)骑(qí)王武子[1]是卫玠(jiè)[2]之舅，俊爽有风姿。见玠辄叹曰：“珠玉[3]在侧，觉我形秽(huì)！”

【注释】

1. 王武子：王济，字武子，死后追赠骠骑将军。　2. 卫玠：王济外甥，其母为王浑之女、王济之妹。据说卫玠风采秀异，见者皆以为“玉人”。　3. 珠玉：这里形容卫玠容貌秀美，尤其皮肤光润洁白，如珠似玉。

【译文】

骠骑将军王济是卫玠的舅舅，容貌俊秀，精神清爽，很有风度仪表。他每见到卫玠，总是赞叹说：“有珠玉在身边，就觉得我自己的形象丑陋了！”

一五、琳琅珠玉

有人诣王太尉[1]，遇安丰、大将军、丞相在坐；往别屋见季胤（yìn）、平子。还，语人曰：“今日之行，触目见琳（lín）琅（láng）[2]珠玉。”

【注释】

1. 王太尉：指王衍。［按：下文所说王衍家的五个人都是王衍的（堂）兄弟，“安丰”，即王衍堂兄王戎；“大将军”，即王衍堂弟王敦；“丞相”，即王衍堂弟王导；“季胤”，即王衍亲弟王诩；“平子”，即王衍亲弟王澄。］ 2. 琳琅：美玉，比喻人物风姿秀逸。

【译文】

有人去拜访太尉王衍，遇到安丰侯王戎、大将军王敦、丞相王导在座；到另一个房间去，又见到王诩和王澄。回去后告诉别人说：“今天这一趟，满眼所见都是珠宝美玉。”

一六、不堪罗绮

王丞相见卫洗（xiǎn）马[1]，曰：“居然有羸（léi）形[2]，虽复终日调（tiáo）畅[3]，若不堪罗绮（qǐ）[4]。”

【注释】

1. 卫洗马：卫玠，字叔宝，河东安邑（在今山西夏县北）人，曾任太子洗马（一般不写为“冼马”，但“洗”仍读 xiǎn）。他容貌秀美，但体弱多病。 2. 羸形：病弱貌。 3. 调畅：调和、和适，舒畅。4. 若不堪罗绮：好像不能穿着衣服的样子（指病恹恹地卧床）。罗绮，有花纹的丝织品，这里代指衣物。

【译文】

丞相王导看见太子洗马卫玠，说：“（他的）身体显然很瘦弱，虽然整天和适舒畅，也还是一副弱不胜衣的样子。”

一七、珠玉瓦石

王大将军称太尉：“处众人中，似珠玉[1]在瓦石[2]间。”

【注释】

1. 珠玉：形容形貌美好。 2. 瓦石：形容外形粗陋。

【译文】

大将军王敦称赞太尉王衍说：“他处在众人之中，就像把珠玉放在瓦砾石块中间一样。”

一八、颓放不拘

庾子嵩长不满七尺[1]，腰带十围[2]，颓（tuí）然[3]自放[4]。

【注释】

1. 七尺：古代的七尺约相当于现在的五尺。 2. 十围：两手的拇指和食指合拢起来的圆周长是一围，腰宽十围，形容一个人的腰很粗。 3. 颓然：此指温和、顺从貌。 4. 自放：指自我放纵，不拘礼法。放，放纵、恣肆。

【译文】

庾敳身高不足五尺，腰带却有十围大小，可是他本性温顺，却又纵情放达。

一九、看杀卫玠

卫玠从豫章[1]至下都[2]，人久闻其名，观者如堵墙。玠先有羸疾，体不堪劳，遂成病而死。时人谓“看杀卫玠”。

【注释】

1. 豫章：今江西南昌。 2. 下都：指当时的京都建康。（按：西晋旧都洛阳，故称新都为“下都”。）

【译文】

卫玠从豫章郡到京都时，人们早已听到他的名声，出来看他的人围得像一堵墙。卫玠本来就有虚弱的病，身体受不了这种劳累，终于重病而死。当时的人说是卫玠被“看死”了。

二〇、嵚崎历落

周伯仁[1]道桓茂伦[2]：“嵚（qīn）崎（qí）历落[3]，可笑[4]人。”或云谢幼舆（yú）[5]言。

【注释】

1. 周伯仁：周顗，字伯仁，汝南安成（在今河南汝南）人，为安东将军周浚之子。　2. 桓茂伦：桓彝，字茂伦，谯国龙亢人，为东汉名儒桓荣九世孙。　3. 嵚崎：形容山势高峻，也比喻人高大英俊。历落：指举止洒脱。　4. 可笑：可喜。　5. 谢幼舆：谢鲲，字幼舆，陈郡阳夏（在今河南太康）人，为国子祭酒谢衡之子，又是谢安伯父。

【译文】

周顗称赞桓彝："高大英俊，举止潇洒，是个招人喜爱的人。"有人说这是谢鲲说的话。

二一、雅怀有概

周侯说王长史父[1]："形貌既伟，雅怀有概[2]，保而用之[3]，可作诸许物也[4]。"

【注释】

1. 王长史父：指王濛的父亲王讷。　2. 伟：高大魁梧。雅怀：情怀高雅。有概：有风度。概，气概、风度。　3. 保而用之：保持并发扬。用，利用。　4. 作：做到，办到。诸许物：一切事情。

【译文】

武城侯周顗评论长史王濛的父亲王讷说："他的外形魁梧，又有高雅的情怀和不凡的风度，如果能保持并发扬这些特长，一切事情都是可以办到的。"

二二、旄仗下形

祖士少[1]见卫君长[2]云:“此人有旄(mào)仗下形[3]。”

【注释】

1. 祖士少:祖约,字士少,范阳遒县(在今河北涞水)人,镇西将军祖逖之弟,东晋将领、叛臣。 2. 卫君长:名永,字君长,济阴成阳(在今山东菏泽)人,曾任左军长史。 3. 旄仗下形:指将帅风度。旄仗,指旗帜、仪卫。

【译文】

祖约见到卫永,说:“这个人有将帅的风度。”

二三、惺惺相惜

石头故事,朝廷倾覆(fù)[1]。温忠武与庾文康投陶公求救[2],陶公云:“肃祖顾命不见及[3],且苏峻(jùn)作乱,衅(xìn)由诸庾[4],诛其兄弟,不足以谢天下。”于时庾在温船后闻之,忧怖(bù)无计。别日,温劝庾见陶,庾犹豫未能往,温曰:“溪狗[5]我所悉,卿但见之,必无忧也!”庾风姿神貌,陶一见便改观[6]。谈宴(yàn)竟日,爱重顿至。

【注释】

1. 石头故事,朝廷倾覆:指苏峻作乱,颠覆中央政权之事,已见前注。 2. 温忠武与庾文康投陶公求救:苏峻作乱时,温峤(谥号忠武)任平南将军、江州刺史,驻扎寻阳。庾亮战败,逃至其处,温峤劝庾亮(谥号文康)一起去见陶侃(时为征西将军、荆州刺史,镇守江陵),并共推陶侃为盟主,再起兵伐苏。 3. 肃祖:晋明帝庙号。顾命：君主临终前的最后遗命。不见及：指自己没有被涉及。（按：明帝病重时，王导、庾亮、温峤等同受顾命，辅佐幼主成帝。陶侃因自己不在顾命之列，深以为憾。） 4. 衅由诸庾：事端都是由庾家的人挑起。衅，挑衅、挑起事端。 5. 溪狗："傒狗"。吴人把江西一带的人叫"傒狗"，是指其语音不正、带有方言，含鄙薄意。（按：陶侃本为鄱阳人。） 6. 改观：改变原有的看法（偏见）。

【译文】

石头事变发生，朝廷政权倾覆。温峤和庾亮去投奔陶侃求救。陶侃说："先帝的遗诏并没有涉及我。再说苏峻作乱，事端都是由庾家的人挑起的，就是杀了庾家兄弟，也不足以向天下人谢罪。"这时庾亮正在温峤的船后，听见这些话，既发愁又害怕，无计可施。有一天，温峤劝庾亮去见见陶侃，庾亮犹豫不敢去。温峤说："那溪狗我很了解，你只管去见他，一定不会出什么事的。"庾亮那非凡的风度仪表，使得陶侃一见便改变了原来的看法，他和庾亮畅谈欢宴了一整天，对庾亮的爱慕和推重一下子达到了顶点。

二四、丘壑独存

庾太尉在武昌[1]，秋夜气佳景清，使吏[2]殷浩、王胡之之徒登南楼理咏[3]。音调始遒（qiú）[4]，闻函（hán）道[5]中有屐（jī）声甚厉，定是庾公。俄而率左右十许人步来，诸贤欲起避之。公徐云："诸君少住，老子[6]于此处兴复不浅！"因便据胡床[7]，与诸人咏谑（xuè）[8]，竟坐甚得任乐[9]。后王逸少下，与丞相言及此事。丞相曰："元规尔时风范，不得不小颓（tuí）[10]。"右军答曰："唯丘壑（hè）[11]独存。"

【注释】

1. 庾太尉在武昌：苏峻叛乱平定后，庾亮（字元规）升任都督江、荆等六州诸军事，移镇武昌。　2. 使吏：《晋书·庾亮传》作“佐吏”，指地方长官的僚属。　3. 理咏：吟咏，作诗吟唱。　4. 遒：高昂。　5. 函道：楼梯。　6. 老子：庾亮作为年老者的自称，相当于“老夫”。　7. 胡床：交椅，一种坐具，椅腿交叉能折叠，犹今之“小马扎儿”。　8. 谑：开玩笑。　9. 任乐：尽情欢乐。　10. 风范：气派。颓：低落，收缩。　11. 丘壑：山水幽美处所，常常为隐士所居之地，比喻深远的意境。

【译文】

太尉庾亮在武昌的时候，正值秋夜天气凉爽、景色清幽，他的属官殷浩、王胡之一班人登上南楼吟诗咏唱。正当吟兴高昂之时，听见步道的楼梯上传来沉重响亮的木齿鞋踩踏的声音，便料定是庾亮来了。不一会儿庾亮果然带着十来个随从走过来，大家就想起身回避。庾亮慢条斯理地说：“诸君暂且留步，老夫对这方面兴趣也不浅。”于是就坐在马扎儿上，和大家一起吟咏谈笑，满座的人都得以尽情欢乐。后来王羲之东下建康，和丞相王导谈到这件事。王导说：“庾亮那时候的气派也不得不稍微收敛一点。”王羲之回答说：“唯独那幽深的情趣还保留着。”

二五、才不称貌

王敬豫[1]有美形，问讯[2]王公。王公抚其肩曰：“阿奴，恨才不称（chèn）！”又云：“敬豫事事似王公。”

【注释】

1. 王敬豫：王恬，字敬豫，小字阿奴，为王导次子。为人好武，不拘礼法，为王导所不喜。 2. 问讯：问安。

【译文】

王恬形貌很美。有一次去向父亲王导请安，王导拍着他的肩膀说："阿奴！遗憾的是你的才能和形貌不相称（意即貌美却质陋才疏）。"有人说："王恬样样都像他父亲王导。"

二六、神仙中人

王右军见杜弘治[1]，叹曰："面如凝（níng）脂（zhī），眼如点漆（qī）[2]，此神仙中人。"时人有称王长史形[3]者，蔡公[4]曰："恨诸人不见[5]杜弘治耳！"

【注释】

1. 杜弘治：晋代人，生平不详。传说其貌甚美，别称"神仙中人"。 2. 凝脂：油脂凝固，形容皮肤白嫩细腻。点漆：漆为墨色，形容眼睛乌黑发亮。 3. 称……形：称赞某人的外貌形象好。4. 蔡公：蔡谟，字道明，曾任司徒之职。 5. 恨诸人不见：可惜你们没有见过某人，意为他长得更好。

【译文】

王羲之见到杜弘治，赞叹说："他的脸像凝脂一样白嫩，眼睛像点漆一样黑亮，这是神仙行列里的人啊。"当时有人称赞王濛的相貌，司徒蔡谟说："可惜这些人没有见过杜弘治啊！"

二七、英雄之貌

刘尹道桓公：鬓(bìn)如反猬(wèi)皮，眉如紫石棱(léng)[1]，自是孙仲谋、司马宣王[2]一流人。

【注释】

1. 鬓如反猬皮，眉如紫石棱：形容桓温相貌威武。鬓，鬓角，脸旁靠近耳朵的头发。反猬皮，指刺猬毛皮翻开、毛刺四散竖起的样子。紫石棱，陇州出产的一种紫色石块，其上有棱角。 2. 孙仲谋：孙权，字仲谋，吴国开国君主。司马宣王：司马懿，晋国建立后被追尊为宣王。

【译文】

丹阳尹刘惔评论桓温说："双鬓像刺猬毛竖起，眉棱像紫石棱一样有棱有角，确实是孙仲谋、司马宣王一类的人。"

二八、敬伦英姿

王敬伦[1]风姿似父，作侍中，加授[2]桓公，公服从大门入。桓公望之曰："大奴固自有凤毛[3]。"

【注释】

1. 王敬伦：王劭，字敬伦，小字大奴，为王导第五子。 2. 加：指在原有官职外加领其他官职。授：授以……职位。(按：据《晋书·哀帝纪》载，兴宁元年加征西大将军桓温为侍中、大司马。) 3. 凤毛：凤毛、麟角常常并称，皆珍稀之物，且毛(角)生于、依附于凤(麟)身上。这里比喻王劭也有父辈的才华、风采。

【译文】

王劭的仪表风度像他的父亲王导，受命担任侍中，这时桓温也加授侍中，穿着官服从大门进入（官署）。桓温望见他，说："大奴的确有他父亲的风采。"

二九、轩轩韶举

林公道[1]王长史："敛（liǎn）衿（jīn）[2]作一来[3]，何其轩（xuān）轩韶（sháo）举[4]！"

【注释】

1. 道：评论，品评。　2. 敛衿：整理衣襟，这里表示仪态恭肃。3. 作一：指做事情态度认真专一。来：语气词。　4. 轩轩：形容仪态轩昂。韶举：优美的举止。

【译文】

支道林评论王濛说："他一旦仪容严肃起来，做事专心致志了，那姿态多么轩昂优美啊！"

三〇、矫如惊龙

时人目[1]王右军："飘如游云，矫（jiǎo）若惊龙[2]。"

【注释】

1. 目：品评。　2. 飘如游云，矫若惊龙：按《晋书·王右军传》载，这句话原是评论王羲之的书法笔势。

【译文】

当时的人评论右军将军王羲之说："像浮云一样飘逸，像惊龙一样矫捷。"

三一、异人林公

王长史尝病，亲疏不通[1]。林公来，守门人遽(jù)[2]启之曰："一异人[3]在门，不敢不启[4]。"王笑曰："此必林公。"

【注释】

1. 不通：指不让门房向主人通报消息。 2. 遽：急，匆忙。3. 异人：奇异、相貌特别之人。 4. 启：禀告，通报。

【译文】

王濛有一次生了病，（想要闭门卧床休息，）无论亲疏来探病，都不让守门人传递消息。一天支遁来了，守门人急忙跑去禀报王濛说："有一个相貌特别的人来到门口，我不敢不给您通报。"王濛笑道："这一定是林公了。"

三二、天际真人

或以方谢仁祖不乃重者[1]。桓大司马曰："诸君莫轻道[2]，仁祖企脚[3]北窗下弹琵琶，故自有天际真人想[4]。"

【注释】

1. 方：比并，并列。不乃重者：不那么看重他。乃，那样、那么。2. 轻道：轻易评论。 3. 企脚：跷起脚。企，原意为抬起脚后跟站着。 4. 天际真人：泛指修真得道之仙人。想：想象。

【译文】

有人拿别人来和谢尚并列，而不那么看重他。桓温说："诸位不要轻易评论，仁祖跷起脚在北窗下弹琵琶的时候，确是给人以飘飘欲仙的想象。"

三三、不似世人

王长史为中书郎，往敬和[1]许。尔时积雪，长史从门外下车，步入尚书[2]，著公服。敬和遥望，叹曰："此不复似世中[3]人！"

【注释】

1. 敬和：王洽，字敬和（一字"元豫"），琅琊临沂（在今山东临沂）人。为王导第三子，在王导诸子中声名最盛。 2. 尚书：指尚书省的办公场所。 3. 世中：尘世之中。

【译文】

王濛担任中书郎的时候，一次往王洽那里去。那时连日天寒，路有积雪，王濛在门外下车，走入尚书省，穿着官服。王洽远远望见雪景衬着王濛，赞叹说："这人不再像是尘世中人！"

三四、湛若神君

简文作相王[1]时，与谢公共诣桓宣武。王珣（xún）先在内，桓语王："卿尝欲见相王，可住帐里[2]。"二客既去，桓谓王曰："定何如[3]？"王曰："相王作辅[4]，自然湛（zhàn）若神君[5]，公亦万夫之望[6]。不然，仆射（yè）

何得自没(mò)[7]?"

【注释】

1. 相王：由宰相而封王者。(按：晋简文帝登位前曾任丞相之职，后又受封为琅琊王。) 2. 住：停住、停留。帐：帐幔、帷幔。 3. 定何如：究竟怎么样。 4. 辅：辅佐之职，指丞相。 5. 湛：清澈。神君：神灵，神仙。 6. 万夫之望：万民的希望。夫，旧时指服劳役的人，泛指人民、老百姓。 7. 仆射：宁康元年九月，谢安出任尚书仆射。何得：怎会。自没：自我埋没，自甘藏拙，这里指委屈自己。

【译文】

简文帝任丞相时，和谢安一起去看望桓温。这时王珣已经先在桓温那里，桓温对王珣说："你说过想看看相王，可以留在帷幔后面(偷偷地看)。"两位客人走了以后，桓温问王珣说："相王究竟怎么样?"王珣说："相王任丞相，自然像神灵一样清澈贤明，但您也是万民的希望，不然的话，谢安怎么会委屈自己来拜访您呢?"

三五、朝霞在堂

海西[1]时，诸公每朝，朝堂犹暗；唯会稽王来，轩(xuān)轩如朝霞(xiá)举[2]。

【注释】

1. 海西：晋废帝海西公。 2. 轩轩：仪态轩昂貌。举：升起。

【译文】

海西公为帝时，大臣们每次上早朝，殿堂里还是很昏暗；只有等到会稽王司马昱来了，他气宇轩昂，像朝霞高高升起一样(把朝堂照得光亮）。

三六、山泽间仪

谢车骑道谢公："游肆（sì）[1]复无乃高唱，但恭坐捻（niē）鼻[2]顾睐（lài）[3]，便自有寝（qǐn）处[4]山泽间仪。"

【注释】

1. 游肆：尽情游乐。肆，肆意。　2. 捻鼻：捏住鼻子。捻，同"捏"。（按：谢安有鼻疾，故说话时常捏鼻。）　3. 顾睐：左右顾盼。4. 寝处：憩息，栖止。

【译文】

车骑将军谢玄称道谢安："一旦纵情游乐，又无须放声高唱，只是端坐捏鼻，顾盼自如，就自然流露出栖止于山水草泽间的超然仪态。"

三七、目光如炬

谢公云："见林公双眼黯（àn）黯明黑[1]。"孙兴公："见林公棱（léng）棱露其爽[2]。"

【注释】

1. 黯：深黑色。明：作动词，照亮。黑：这里指黑暗处。　2. 棱棱：威严正直貌。爽：直爽，率直。

【译文】

谢安说："我觉得林公一双眼睛黑油油的，能照亮黑暗的地方。"孙绰也说："我觉得林公威严的眼神里透露出直爽。"

三八、长仁神姿

庾长仁[1]与诸弟入吴，欲住亭[2]中宿。诸弟先上，见群小[3]满屋，都无相避意。长仁曰："我试观之。"乃策（cè）杖将[4]一小儿，始入门，诸客望其神姿，一时退匿（nì）[5]。

【注释】

1. 庾长仁：庾统，字长仁，是庾亮之侄。 2. 亭：设在道边供旅客停宿的驿站。 3. 群小：指平民老百姓。 4. 将：扶着。 5. 退匿：退避，躲开。

【译文】

庾统和弟弟们过江去到吴地，途中想在驿亭里歇下。几个弟弟先进去，看见满屋都是（赶路的）老百姓，这些人一点回避的意思也没有。庾统说："我试着进去看看。"于是就拄着拐杖扶着童子，他刚走进门，那些赶路的客人们望见他的神采，一下子都躲开了。

三九、濯濯春柳

有人叹王恭形茂[1]者，云："濯（zhuó）濯[2]如春月柳。"

【注释】

1. 形：外形，外表。茂：这里指人的仪容丰满美好。 2. 濯濯：形容清朗光鲜貌。

【译文】

有人赞赏王恭形貌丰满美好，说："像春天的柳树一样清朗而有光辉。"

自新　第十五

一、周处自新

周处[1]年少时，凶强侠气[2]，为乡里所患。又义兴水中有蛟(jiāo)，山中有邅(zhān)迹虎[3]，并皆暴犯百姓，义兴人谓为三横(hèng)，而处尤剧[4]。或说(shuì)处杀虎斩蛟，实冀三横唯余其一。处即刺杀虎，又入水击蛟，蛟或浮或没，行数十里，处与之俱。经三日三夜，乡里皆谓已死，更(gēng)相庆，竟杀蛟而出。闻里人相庆，始知为人情所患，有自改意[5]。乃自吴寻二陆[6]，平原不在，正见清河，具以情告，并云："欲自修改，而年已蹉(cuō)跎(tuó)[7]，终无所成。"清河曰："古人贵朝闻夕死[8]，况君前途尚可。且人患志之不立，亦何忧令名不彰(zhāng)邪(yé)？"处遂改励[9]，终为忠臣孝子。

【注释】

1. 周处：字子隐，吴兴郡阳羡人，后改属义兴郡(在今江苏宜兴)。 2. 凶强侠气：指凶狠强暴，刚强不屈的气概。 3. 邅迹虎：一种极其凶猛的老虎。邅迹，指行踪不定。邅，改变方向。 4. 三横：三个豪横/强横的人(物)，指蛟、虎和周处。尤剧：尤其厉害。 5. 为人情所患：被人们所痛恨。自改：改过自新。(按：下文的"欲自修改"指想要自我修正错误，改过前科。) 6. 二陆：指陆机、陆云兄弟，吴郡吴县(在今江苏苏州)人。机字士衡，曾任平原内史；云字士龙，曾任清河内史。 7. 蹉跎：虚度光阴。 8. 贵：看重。朝闻夕死：《论语·里仁》有"朝闻道，夕死可矣"，大意为早上听到了真理，就算晚上死去也不算虚度此生。 9. 改励：改过自新，自我激励。

【译文】

周处年轻时凶狠强暴，好使气力，是乡里的祸害，加上义兴郡河里有蛟龙,山上有大老虎,都危害百姓,义兴人把他们叫作“三横”,其中周处的危害尤其大。有人劝周处去杀虎斩蛟,其实是希望“三横”中只剩下一个。周处立刻上山刺杀了老虎,又下河去斩蛟龙。蛟龙时而浮出水面,时而潜入水底,游了几十里,周处一直在水里和蛟龙搏斗。经过三天三夜,乡亲们都认为他已经死了,就互相庆贺。没想到周处竟然杀死了蛟龙,从水里走上岸来。他听说乡亲互相庆贺,才知道自己是人们又怕又恨的人,就有意改过自新。于是到吴郡寻找陆机、陆云兄弟,正好哥哥陆机不在家,只见到弟弟陆云,就把情况一五一十地告诉了陆云,并且说:“我想要改正错误重新做人,可是岁月已经虚度,恐怕终究不会有什么成就。”陆云说:“古人尚且重视‘朝闻夕死’,何况您的前途还远大着呢。再说,一个人就怕不能立志,又何必担心美名不能显扬呢?”于是周处便改正错误,振作起来,终于成了忠臣孝子。

二、戴渊投剑

戴渊少时,游侠[1]不治行检[2],尝在江、淮(huái)间攻掠(lüè)[3]商旅。陆机赴(fù)假(jià)还洛,辎(zī)重甚盛[4]。渊使少年掠劫(jié),渊在岸上,据胡床[5],指麾(huī)左右,皆得其宜。渊既神姿峰颖(yǐng)[6],虽处鄙(bǐ)事[7],神气犹异。机于船屋[8]上遥谓之曰:“卿才如此,亦复作劫[9]邪?”渊便泣涕,投剑归机[10],辞厉非常[11]。机弥重之,定交,作笔荐(jiàn)焉[12]。过江,仕至征西将军。

【注释】

1. 游侠:古代指性情豪爽,喜好交游,轻生重义,勇于为他人排难解纷的人。 2. 不治行检：行为不检点。 3. 攻掠：袭击、抢劫，下文“掠劫”同。 4. 赴假：出门度假。辎重：行李。 5. 据胡床：坐在小马扎上。胡床，一种可以折叠携带的轻便坐具，又称“交床”，即今之“马扎”。 6. 神姿峰颖：身材挺拔，仪容突出。 7. 鄙事：指劫掠之事。 8. 船屋：船舱。 9. 劫：强盗。 10. 投剑：扔下剑。投：扔掉（如“投笔从戎”）。归：归顺，跟随。 11. 辞厉：应作“辞属”，指谈吐。非常：非同寻常。 12. 定交：结交。作笔荐焉：写信把他推荐给（上级）。

【译文】

戴渊年轻时，为人很侠义，但不注意品行，曾在长江、淮河之间袭击、抢劫商人和过往旅客。陆机度假后回洛阳，行李很多，戴渊便指使一班年轻人去抢劫他的财物。戴渊在岸上，坐在马扎上指挥手下的人，安排得头头是道。戴渊原本就风度仪态挺拔不凡，虽然是做抢劫这种事，神气仍旧与众不同。陆机在船舱里远远地对他说：“你有这样的才能，还要做强盗吗？”戴渊感悟流泪，扔掉剑投靠了陆机。他的谈吐非同一般，陆机更加看重他，和他结为朋友，并写信推荐他。过江以后，戴渊做官一直做到征西将军。

企羡　第十六

一、阿龙超脱

王丞相拜司空[1],桓廷尉作两髻(jì)、葛(gě)裙、策(cè)杖[2],路边窥(kuī)之,叹曰:"人言阿龙[3]超,阿龙故自超[4]!"不觉至台门[5]。

【注释】

1. 司空:为"八公"之一,往往作为权臣之加官。 2. 两髻:把头发分向两边梳成两个发髻。葛裙:用葛布做的裙子。策:拄着。 3. 阿龙:指王导,小名赤龙。 4. 故自超:本来就很出众。超,卓越、出众。 5. 台门:指公府的大门。

【译文】

丞相王导受任为司空,(他去就任的时候,)廷尉桓彝梳起两个发髻,穿着葛裙,拄着拐杖,在路边偷偷观察王导,并赞叹说:"人们说阿龙出众,阿龙本来就很出众啊!"不知不觉就跟到官衙门口。

二、丞相恋旧

王丞相过江,自说昔在洛水边,数[1]与裴成公、阮千里诸贤共谈道。羊曼曰:"人久以此许[2]卿,何须复[3]尔?"王曰:"亦不言我须[4]此,但欲尔时[5]不可得耳!"

【注释】

1. 数:屡次。 2. 许:赞许,称赞。 3. 复:重复说。 4. 须:需要。 5. 尔时:那时。

【译文】

丞相王导到江南后,自己说起以前在洛水边,经常和裴頠、阮瞻等诸多贤达人士一起谈论大道。羊曼说:“人们很久以来都因为这件事称赞你,哪里还需要再说呢!”王导说:“也不是说我需要这个(来为自己夸大名声),只是想到那样的时刻(指聚谈论道)不会再有啊!”

三、羲之欣然

王右军得人以《兰亭集序》[1]方《金谷诗序》[2],又以己敌[3]石崇,甚有欣色。

【注释】

1.《兰亭集序》:晋穆帝永和九年(公元353年),王羲之和谢安等四十一人在会稽郡山阴县的兰亭聚会饮宴,并即兴赋诗。后来王羲之把这些诗汇编成集,并为之作序,就是《兰亭集序》,是一篇非常优美的散文。因王羲之是“书圣”,书法写得极好,当时的心情和状态又很不错,这篇序也便成为书法史上的重要范本。 2.《金谷诗序》:该文是西晋富豪、文学家石崇为一次宴会上宾客所作诗词的合集写的一篇序文。金谷,即金谷园,为石崇私人园林,遗址在今洛阳老城东北七里处的金谷涧内。 3.敌:足以匹敌,与……旗鼓相当。

【译文】

右军将军王羲之得知人们把《兰亭集序》和《金谷诗序》并列,又认为自己和石崇相当,神色非常欣喜。

四、希见盛德

王司州先为庾公记室参军,后取殷浩为长史。始到,庾公欲遣王使下都[1],王自启[2]求住[3]曰:“下官希见盛德[4],渊源始至,犹贪与少日周旋[5]。”

【注释】

1. 下都:到京城去。 2. 自启:表白心愿。启,启禀,指下级向上级表达自己的想法和请求。 3. 求住:请求让自己留下(不要去)。 4. 希见:很少见到。盛德:德高望重之人。 5. 贪:贪恋。少日:稍稍多几天。周旋:指叙谈、交流。

【译文】

司州刺史王胡之先任庾亮的记室参军,后来庾亮又调殷浩来任长史。殷浩刚到,庾亮想派王胡之到京都去,王胡之表白心愿请求留下,说:“下官很少见到德高望重的人,殷浩才刚来不久,我还贪恋着和他多叙谈几天呢。”

五、郗超大喜

郗嘉宾得人以己比苻坚[1],大喜。

【注释】

1. 苻坚:东晋时人,夺取前秦政权,自称大秦天王。其人博学多才,屡建战功。

【译文】

郗超得知人们把自己比作苻坚,非常高兴。

六、微雪鹤氅

孟昶(chǎng)[1]未达[2]时,家在京口[3]。尝见王恭[4]乘高舆(yú)[5],被

(pī)鹤(hè)氅(chǎng)裘(qiú)[6]。于时微雪,昶于篱间窥之,叹曰:"此真神仙中人!"

【注释】

1. 孟昶:字彦达,平昌安丘(在今山东安丘)人,东晋末官员。 2. 达:指出仕为官、身份显贵。 3. 京口:长江下游渡口名,在今江苏镇江,其地为江南运河的北口,过长江与江淮运河相连。 4. 王恭:曾任青、兖二州刺史,镇守京口。 5. 高舆:高高的车子。 6. 被:通"披"。鹤氅裘:用鹤鸟的羽毛制成的裘衣,多作冬季外套使用。

【译文】

孟昶还没有显贵时,家住京口。有一次看见王恭坐着高车,穿着鹤氅。当时天上正飘着零星小雪,孟昶从竹篱后偷看他,赞叹说:"真是神仙一样的人啊!"

伤逝　第十七

一、驴鸣送葬

王仲宣[1]好驴(lǘ)鸣。既葬(zàng),文帝临其丧[2],顾语同游[3]曰:“王好驴鸣,可各作一声以送之。”赴(fù)客皆一作驴鸣。

【注释】

1. 王仲宣:王粲,字仲宣,山阳郡高平县(在今山东微山)人,“建安七子”之一。少有才名,善属文,其诗赋为七子之冠。 2. 临其丧:参加某人的葬礼。 3. 顾语:转过头对……说。同游:(平日)一起游玩的人,友人。

【译文】

王粲生前喜欢听驴叫。等到要下葬的时候,魏文帝曹丕去参加他的葬礼,回头对往日同游的人说:“王粲喜欢听驴叫,大家都应该学一声驴叫来送他。”于是前来吊丧的客人每人学了一声驴叫。

二、邈若山河

王浚(jùn)冲[1]为尚书令,着公服,乘轺(yáo)车[2],经黄公酒垆(lú)[3]下过,顾谓后车客:“吾昔与嵇叔夜、阮嗣宗[4]共酣饮于此垆,竹林之游,亦预其末[5]。自嵇生夭、阮公亡以来,便为时所羁(jī)绁(xiè)[6]。今日视此虽近,邈(miǎo)若山河[7]。”

【注释】

1. 王浚冲:王戎,字浚冲。 2. 轺车:一马驾之轻便车。 3. 黄公酒垆:皇宫开的酒店。酒垆,酒店里放酒瓮的台子,借指酒店。 4. 嵇叔夜:嵇康,字叔夜。阮嗣宗:阮籍,字嗣宗。 5. 亦预其末：（我）也跟在他们后面。（按：竹林七贤按年齿及名望排位，嵇、阮居首，王戎年纪稍小，居于末尾）预，参加。　6. 为时所羁绁：被时势所束缚（指嵇、阮亡后，“七贤”四散，竹林之趣不再，自己不得已又出仕）。　7. 邈若山河：就像（隔着）山河那样远。

【译文】

王戎任尚书令时，有一次穿着官服，坐着轻车，从黄公的酒垆旁经过。他（触景生情想起过往，）就回头对后车的客人说：“我从前和嵇康、阮籍他们一起在这个酒店畅饮过。竹林中的交游，我也跟在后面。自从嵇生早逝、阮公亡故以来，我就被时势纠缠束缚住了。今天看着这间酒店，虽然离得很近，（追怀往事，却觉得）像隔着山河一样遥远。”

三、驴鸣送葬

孙子荆[1]以有才，少所推服，唯雅敬[2]王武子。武子丧时，名士无不至者[3]。子荆后来[4]，临尸恸（tòng）哭[5]，宾客莫不垂涕（tì）。哭毕，向灵床[6]曰：“卿常好我作驴鸣，今我为卿作。”体[7]似真声，宾客皆笑。孙举头曰：“使君辈存，令此人死！”

【注释】

1. 孙子荆：孙楚，字子荆，太原中都（在今山西平遥西北）人，南阳太守孙宏之子。　2. 雅敬：很尊敬。雅，程度副词，非常、很。　3. 无不至者：没有不来（吊丧）的。　4. 后来：后到，来得晚。　5. 恸哭：大哭，形容极哀伤。　6. 灵床：停放尸体的床铺。　7. 体：大体上。

【译文】

孙楚倚仗自己有才能，很少推重并佩服别人，只是很尊敬王济。

王济去世了，当时有名望的人都来吊丧。孙楚后到，对着遗体痛哭，宾客都感动得流泪。他哭完后，朝着灵床说："你平时喜欢听我学驴叫，现在我为你学一学。"听上去像真的驴叫声一样，宾客们都笑了。孙楚抬起头说："让你们这类人活着，却让他（指王济）死了！"

四、王戎高情

王戎丧儿万子，山简往省（xǐng）[1]之，王悲不自胜[2]。简曰："孩抱中物[3]，何至于此？"王曰："圣人忘情[4]，最下不及情[5]；情之所钟[6]，正在我辈。"简服[7]其言，更为之恸。

【注释】

1. 往省：去看望、吊敛。 2. 悲不自胜：悲伤得不能抑制自己。 3. 孩抱中物：指婴孩。 4. 忘情：指不动感情，不为情所累。 5. 最下：最下等的人。不及情：谈不上有感情，情感麻木。 6. 情之所钟：感情能够专注的。钟，集中、专一。 7. 服：佩服，服膺。

【译文】

王戎的儿子万子死了，山简去探望他，王戎悲伤得受不了。山简说："只是一个尚在怀抱中的婴儿罢了，何至于悲痛到这个地步！"王戎说："圣人不动情，最下等的人谈不上有感情；感情最专注的，正是我们这一类人。"山简很佩服这话，更加为他感到悲痛。

五、千丈松崩

有人哭[1]和长舆[2]曰："峨（é）峨[3]若千丈松崩[4]。"

【注释】

1. 哭：指吊唁时的哀哭。 2. 和长舆：和峤，字长舆。 3. 峨峨：形容（和峤）个子很高，身材伟岸挺拔。 4. 崩：倒下。

【译文】

有人哭吊和峤，说："好像巍峨的千丈青松倒下来了。"

六、悼念卫玠

卫洗（xiǎn）马以永嘉六年丧[1]，谢鲲（kūn）[2]哭之，感动路人。咸和[3]中，丞相王公教[4]曰："卫洗马当改葬[5]。此君风流名士，海内所瞻（zhān）[6]，可修薄祭[7]，以敦旧好[8]。"

【注释】

1. 卫洗马：指卫玠，曾官至太子洗马。永嘉：西晋末年皇帝晋怀帝年号。 2. 谢鲲：字幼舆，陈郡阳夏（在今河南太康）人，为国子祭酒谢衡之子。 3. 咸和：东晋皇帝晋成帝的第一个年号。 4. 教：诸侯王公的文告。 5. 改葬：把死去的人从……迁葬到……［按：卫玠死后初葬于豫章（即今江西南昌），永嘉之乱以后晋室南渡，咸和年间卫玠改葬江宁（在今江苏南京）］。 6. 瞻：瞻仰，仰慕。 7. 修：置备，备办。薄祭：菲薄的祭品，谦词。 8. 敦：使（情感）更加深厚。旧好：旧友，故交。

【译文】

太子洗马卫玠死于永嘉六年，谢鲲前去吊丧，哀哭感动了路人。咸和年间，丞相王导发表文告说："卫洗马今当改葬。此君是风雅名流，受到国人的仰慕，大家应整治些微薄的祭品，来加深我们对这位老友的怀念。”

七、鼓琴送葬

顾彦(yàn)先[1]平生好琴,及丧,家人常以琴置灵床上。张季鹰[2]往哭之,不胜其恸,遂径上床,鼓琴,作数曲竟[3],抚琴曰:“顾彦先颇复赏此不(fǒu)?”因又大恸,遂不执孝子手[4]而出。

【注释】

1. 顾彦先:顾荣,字彦先,吴郡吴(在今江苏苏州)人。 2. 张季鹰:张翰,字季鹰,吴郡吴人,时人称为“江东步兵”。 3. 竟:完,(乐曲)终了。 4. 执孝子手:古礼吊丧临走之时,应与孝子握手,表示安抚慰问。“不执孝子手”当是由于伤痛至极,以至于忘了礼数。

【译文】

顾荣平生喜欢弹琴,他死后,家人一直把琴放在灵床上。张翰去吊丧,实在忍不住满心悲痛,便径直走去坐在灵床上弹起琴来。弹完了几曲,抚摩着琴说:“顾荣还能再欣赏这个吗?”于是又大哭起来,竟忘了握孝子的手,径自走出去了。

八、若在初没

庾亮儿[1]遭苏峻难遇害。诸葛道明[2]女为庾儿妇[3],既寡(guǎ),将改适[4],与亮书及之[5]。亮答曰:“贤女尚少,故其宜[6]也。感念亡儿,若在初没(mò)[7]。”

【注释】

1. 庾亮儿：指庾亮长子庾会，字会宗，小字阿恭，颍川鄢陵（在今河南许昌鄢陵县）人，东晋官员，苏峻起兵叛乱后被杀。 2. 诸葛道明：诸葛恢，字道明，琅琊阳都（在今山东沂南）人，为东吴右将军诸葛靓之子。 3. 女为庾儿妇：诸葛恢长女名文彪，嫁与庾亮之子庾会。 4. 既寡，将改适：庾彬死后，其妻改嫁江虨。改适，改嫁他人。适，旧称女子出嫁。 5. 及之：谈到这件事。 6. 故其宜：这样做（指改嫁）是合适的。 7. 若在初没：就好像他刚刚死去不久一样。没，通“殁”，死去。

【译文】

庾亮的儿子庾会在苏峻的叛乱中被杀。诸葛恢之女是庾会的妻子，守寡后将要改嫁，诸葛恢写信给庾亮谈到这件事。庾亮回信说：“令爱还年轻，这样做自然合适。我只是感念死去的孩儿，就像他刚刚去世一样。”

九、土埋玉树

庾文康[1]亡，何扬州[2]临葬云：“埋玉树[3]著（zhuó）[4]土中，使人情何能已已[5]！”

【注释】

1. 庾文康：指庾亮，死后谥号文康。 2. 何扬州：何充，曾任扬州刺史。 3. 玉树：传说中的仙树，比喻宝贵的人材。 4. 著：放入，安放。 5. 已已：停止，平静。

【译文】

庾亮去世了，扬州刺史何充赶去送葬，并说：“（就好像）把玉树埋到土里，使人的感情无法平静下去啊！”

一〇、犀柄麈尾

王长史病笃，寝卧灯下，转麈（zhǔ）尾视之，叹曰：“如此人，曾不得四十！”及亡，刘尹临殡（bìn）[1]，以犀（xī）柄麈尾[2]著柩（jiù）[3]中，因恸绝[4]。

【注释】

1. 临殡：参加某人的大殓仪式。 2. 犀柄麈尾：用犀牛角做柄的麈尾。 3. 著：安放。柩：灵柩。 4. 恸绝：因为哭得太伤心而晕厥过去。

【译文】

司徒左长史王濛病重的时候，在灯下躺着，手中转动着麈尾，一边看着一边叹息说：“像我这样的人，竟然连四十岁都活不到！”他死后，丹阳尹刘惔去参加大殓仪式，把带犀角柄的麈尾放到棺材里，然后痛哭得昏死过去。

一一、与友同亡

支道林丧法虔（qián）[1]之后，精神霣（yǔn）丧[2]，风味转坠。常谓人曰：“昔匠石废斤于郢（yǐng）人[3]，牙生辍（chuò）弦于钟子[4]，推己外求[5]，良不虚也！冥契[6]既逝，发言莫赏，中心蕴结，余其[7]亡矣！”却后[8][illegible]年，支遂殒（yǔn）。

【注释】

1. 法虔：指竺法虔，僧人。与支遁为同学，颇有才华。 2. 霣丧：同“陨丧”，形容精神萎靡，意志消沉颓丧。 3. 匠石废斤于郢人：《庄子·徐无鬼》里有个“运斤成风”的故事，说郢地有个人鼻尖上溅了一点白灰，匠石挥动斧子削掉了白灰，而没有碰伤他的鼻子；郢人也一动不动地站着，面不改色。这是一种高超神妙的技术，但也需要双方默契配合，才能发挥作用。后来郢人死了，匠石失去了配合的对象，神技也就无所施展了。废，这里指因为失去某人，所以弃（斧斤）而不用。斤，斧子。郢，古地名，在今湖北荆州北面的纪南城。 4. 牙生辍弦于钟子：据《韩诗外传》载，琴师伯牙鼓琴，志在泰山，钟子期听了说：“巍巍乎若泰山！”转又志在流水，钟子期就说：“洋洋乎若流水！”伯牙就把钟子期引为知音。钟子期死后，伯牙失去了知音，便终身不再鼓琴。 5. 推己外求：犹“推己及人”。外求，向外探求。 6. 冥契：冥默之中的契合，指知己至交。 7. 其：可能，大概。 8. 却后：其后，过后。

【译文】

支道林自好友、同学竺法虔去世以后，精神萎靡不振，风度也日渐丧失。他常对人说：“从前匠石因为郢人死去就不再用斧子，伯牙因为钟子期死去而终止鼓琴，推己及人，这话确实不假。现在我的知己（法虔）已经去世，我说的话再也无人欣赏，我心里郁结难解，大概就要死了！”过后一年，支道林便死了。

一二、郗公丧子

郗嘉宾[1]丧，左右白郗公[2]“郎[3]丧”，既闻，不悲，因语左右：“殡时可道。”公往临殡，一恸几(jī)绝。

【注释】

1. 郗嘉宾：郗超，字嘉宾，卒年四十二岁。　2. 郗公：指郗超的父亲郗愔。　3. 郎：对长者称其子侄辈为“某郎”。

【译文】

郗超去世了，手下的人禀告其父郗愔说：“大郎死了。”郗愔听了并不悲伤，告诉手下说：“出殡时可以来告诉我。”临到出殡时，郗愔去参加大殓，却一下子哀痛得几乎气绝。

一三、怀念林公

戴公见林法师墓，曰：“德音[1]未远，而拱木已积[2]。冀(jì)神理绵绵[3]，不与气运[4]俱尽耳！”

【注释】

1. 德音：有德者的话，后用以尊称别人的言谈。　2. 拱木：两手合围那样粗的树，也指墓上的树。(按：“墓木拱矣”一词被用以形容一个人去世已久，其坟前树木已长到合抱粗细。)积：积累成片。3. 冀：希望，但愿。神理：精湛的玄理。绵绵：连续不断的样子。4. 气运：气数，指人的阳寿之数。

【译文】

戴逵看见支道林法师的坟墓，说：“那高明的言谈还在耳畔回响，可是墓旁的树木已经连成一片。但愿您那精湛的玄理能绵延不断地流传下去，不会和寿数一起完结啊！”

一四、可惜人丧

王子敬与羊绥(suí)善[1]。绥清淳(chún)简贵[2],为中书郎,少亡。王深相痛悼(dào)[3],语东亭云:"是国家可惜人[4]!"

【注释】

1. 与……善:和……交好。 2. 清淳简贵:指本性清廉敦厚、为人简约尊贵。 3. 深相痛悼:深切沉痛地悼念。 4. 可惜人:值得痛惜的人才。

【译文】

王献之和羊绥很友好。羊绥清廉淳厚,简约贵重,曾任中书郎,可惜年纪轻轻就去世了。王献之痛切地悼念他,曾对东亭侯王珣说:"他是国内值得痛惜的人才!"

一五、哭丧释嫌

王东亭与谢公交恶[1]。王在东闻谢丧,便出都诣子敬[2],道欲哭谢公。子敬始卧,闻其言,便惊起曰:"所望于[3]法护。"王于是往哭。督帅刁约不听前[4],曰:"官[5]平生在时,不见此客。"王亦不与语,直前,哭甚恸,不执末婢[6]手而退。

【注释】

1. 交恶:王氏兄弟都是谢家的女婿。王珣娶谢安弟谢万之女,其弟王珉娶谢安之女,后因猜忌产生摩擦,都离了婚,两家便成了仇人。 2. 子敬:王献之,字子敬,是王殉族兄,甚得谢安赏识。3. 所望于:这是我希望的。 4. 督帅:领兵的官。不听前:不让他上前。听,听凭、允许。 5. 官:下属对长官的敬称,俗呼曰"大人"。 6. 末婢:谢安之子谢琰,小名末婢。

【译文】

东亭侯王珣和谢安结了仇。王珣在东边听说谢安去世了,就到京都去见族兄王献之,说他想去哭吊谢安。王献之起初还躺着,听了他的话惊讶地坐起来说:"这正是我对你的希望。"王珣于是就去哭吊。谢安帐下的督帅刁约不让他上前,说:"大人活着的时候,从来不见这个客人。"王珣也不理他,径直上前吊敛,哭得非常伤心,结果没有按常礼握谢琰的手就退出来了。

一六、人琴俱亡

王子猷(yóu)、子敬[1]俱病笃,而子敬先亡。子猷问左右:"何以都不闻消息?此已丧矣!"语时了(liǎo)[2]不悲。便索舆(yú)[3]来奔丧,都不哭。子敬素好琴,便径入坐灵床上,取子敬琴弹,弦既不调(tiáo)[4],掷(zhì)地云:"子敬!子敬!人琴俱亡。"因恸绝良久,月余亦卒。

【注释】

1. 王子猷:王徽之。子敬:王献之。二人皆王羲之之子。 2. 了:完全。 3. 索舆:叫车来。 4. 弦既不调:琴弦怎么也调不好。(按:古琴弹奏时须先调整琴弦,以确保音准。)

【译文】

王徽之和王献之两兄弟都病得很重,献之先去世了。一天徽之问随从说:"最近为什么都没有听到献之的音讯?一定是他已经去世了!"说这话时似乎一点也不悲伤。当下便要车赶去奔丧,路上一点也没有哭。献之平时喜欢弹琴，徽之便径直走上去，坐在灵床上，拿过献之的琴来弹，可琴弦却怎么也调不好（老是走调）。（徽之）就把琴扔到地上说：“子敬，子敬，你的人和琴都已经不在了啊！”说完就悲痛得昏了过去，很久才苏醒过来。过了一个多月，他也去世了。

一七、亡国之叹

孝武山陵夕[1]，王孝伯入临（lìn）[2]，告其诸弟曰：“虽榱（cuī）桷（jué）[3]惟新，便自有黍（shǔ）离之哀[4]！”

【注释】

1. 山陵：指“山陵崩”，对帝王去世的讳称。夕：古代丧礼有“夕祭”，即规定在傍晚黄昏时举行祭奠仪式。　2. 入临：进京哭祭。入，指外官有事进京。临，很多人聚众而哭，为丧事悲痛哭泣。3. 榱桷：屋梁上的木椽，这里代指陵寝。　4. 黍离之哀：《诗经·王风》有《黍离》一篇，借以形容王室衰微，心里忧伤。黍，一种农作物，其子实成熟后有黏性，可食用，即今北方人所谓“大黄米”。离，指植物茂盛、摇荡貌。

【译文】

晋孝武帝去世了，夕祭的时候，王恭进京哭祭，对几个弟弟说：“虽然陵寝是新的，却让人感到有《黍离》之悲。”

一八、祝予之叹

羊孚（fú）年三十一卒，桓玄与羊欣书曰：“贤从[1]情所信寄[2]，暴疾而殒(yǔn),祝予[3]之叹,如何可言!”

【注释】

1. 贤:这里是对对方亲属的敬称。从:从(堂)兄弟。(按:羊孚是羊欣从兄。) 2. 情所信寄:可以信赖和寄托感情的人。 3. 祝予:亡我、断绝我。(按《公羊传·哀公十四年》:“子路死,子曰:‘噫,天祝予!”另《论语·先进》篇载:“颜渊死,子曰:‘噫!天丧予!天丧予!’”二者类似。)

【译文】

羊孚三十一岁时死了,桓玄在给其堂弟羊欣的信上说:“贤堂兄是我所信赖、寄托友情的人,可惜他突然暴病而死。就像孔子的‘天将亡我’之叹一样,怎么能用言语表达出来呢!”

一九、悼念羊孚

桓玄当篡(cuàn)位,语卞(biàn)鞠(jū)云:“昔羊子道[1]恒禁吾此意。今腹心[2]丧羊孚,爪牙[3]失索元[4],而匆匆作此诋(dǐ)突[5],讵(jù)允天心[6]?”

【注释】

1. 卞鞠:原为桓玄长史,后桓玄举兵攻入京都,委派他担任丹阳尹。羊子道:羊孚,字子道,东晋大臣、名士,中书郎羊绥的儿子。 2. 腹心:心腹。 3. 爪牙:助手。腹心与爪牙都指身边服侍、辅助,又值得信任的人。 4. 索元:人名,生平不详。 5. 诋突:“底突”,指唐突、冒犯之事。 6. 讵允天心:难道能符合天意。讵,岂、怎。允,符合。天心,天意。

【译文】

桓玄将要篡位的时候,对卞鞠说:"以前羊孚经常不容许我有这种意图(指谋反)。现在我的心腹里头死了羊孚,助手里头又失去了索元,(在这种情况下,)我却要匆匆忙忙做这种冒犯君上的事,难道符合天意吗?"

栖逸　第十八

一、苏门长啸

阮步兵啸(xiào)[1],闻数百步[2]。苏门山[3]中,忽有真人,樵(qiáo)伐者咸共传说[4]。阮籍往观,见其人拥膝[5]岩侧。籍登岭就[6]之,箕(jī)踞(jù)[7]相对。籍商略终古[8],上陈黄、农玄寂之道[9],下考三代[10]盛德之美,以问之,仡(yì)然[11]不应。复叙有为[12]之教,栖神导气之术[13]以观之,彼犹如前,凝瞩(zhǔ)不转[14]。籍因对之长啸。良久,乃笑曰:"可更作。"籍复啸。意尽,退,还半岭许,闻上遒(qiú)然[15]有声,如数部鼓吹[16],林谷传响。顾看,乃向人啸也。

【注释】

1. 啸:撮口作声,犹今之"吹口哨"。 2. 步:古代长度单位,三百步为一里。 3. 苏门山:在今河南新乡辉县西北一带,属太行山支脉。(按:古人砍柴为樵,取草为苏,"苏门"即"樵苏者入山之门"。) 4. 传说:指口耳相传,互相转述。 5. 拥膝:抱着膝盖(坐着)。 6. 就:靠近,走近。 7. 箕踞:伸开两腿像簸箕一样坐着。(按:这是一种不拘礼节的坐法。) 8. 商略:品评,评论。终古:往昔,自古以来。 9. 黄、农:指黄帝轩辕氏和炎帝神农氏,皆为上古帝王。玄寂之道:道家玄妙虚无的道理。 10. 三代:指夏、商、周三个朝代。 11. 仡然:抬头的样子。 12. 有为:有所作为、积极而为,指儒家的学说。 13. 栖神导气之术:道家修炼之法,指精神凝定不散乱,引导气息,颐养精神。 14. 凝瞩不转:犹"目不转睛"。 15. 遒然:象声词,犹"啾然",形容声音众多。 16. 数部鼓吹:几个声部的乐器一起演奏。

【译文】

步兵校尉阮籍吹口哨,声音能传一两里远。苏门山忽然来了个得道真人,砍柴人都这么传说。阮籍跑去看,只见那个人抱膝坐在山岩边上,就爬到山上见他,两人伸开双腿对面而坐。阮籍就评论起古代的事来,往上述说黄帝、神农时代玄妙虚无的道术,往下考究夏、商、周三代深厚的美德,并拿这些问那人,那人仰着头不回答。阮籍又说到儒家的德教主张,道家凝神导气的方法,来观察他的反应,他还是像原先那样,目不转睛地凝视着。阮籍便对着他长长地吹了一个口哨儿。过了好一会儿,他才笑着说:"可以再吹一次。"阮籍就又吹了一次。待到意兴已尽,便退下来,约莫回到半山腰处,听到山顶上众音齐鸣,好像几个声部的乐器一起演奏,树林和山谷里都传来回声。阮籍回头一看,原来是刚才那个人在吹口哨。

二、不善自保

嵇康游于汲(jí)郡山中,遇道士孙登,遂与之游[1]。康临去,登曰:"君才则高矣,保身之道[2]不足。"

【注释】

1. 嵇康……遂与之游:据说孙登隐居在汲郡北面的山上,嵇康入山采药时遇见他,和他交往了三年。嵇康曾经询问他的意图,孙登却始终不肯回答。孙登,字公和,自号"苏门先生",汲郡共(在今河南辉县东)人。此人博才多识,熟读"三玄";善弹一弦琴,尤善长啸。与之游,和他交游。 2. 保身之道:保全自身的办法。

【译文】

嵇康到汲郡的山里游览，遇见道士孙登，便和他交往。嵇康临走时，孙登说："您的才能是很高了，可是保身的方法还欠缺些。"

三、嵇山绝交

山公将去选曹，欲举嵇康[1]；康与书告绝[2]。

【注释】

1. 山公将去选曹，欲举嵇康：山涛曾在晋朝任选曹郎，主管官吏选拔、任免，后来他升任散骑常侍，就推荐好友嵇康代替自己。举，举荐。　2. 与书告绝：嵇康、山涛相与为友，但嵇康不愿到晋朝做官，就写信与山涛宣告绝交，即《与山巨源绝交书》。

【译文】

山涛将要从选曹郎的职位上卸任，他想推荐好友嵇康来代替；结果嵇康就给他写了《与山巨源绝交书》。

四、李廞拒仕

李廞（xīn）[1]是茂曾[2]第五子，清贞（zhēn）有远操，而少羸（léi）病[3]，不肯婚宦（huàn）。居在临海[4]，住兄侍中[5]墓下。既有高名，王丞相欲招礼之，故辟为府掾（yuàn）。廞得笺（jiān）命，笑曰："茂弘乃复以一爵（jué）假人[6]！"

【注释】

1. 李廞：字宗子，为李重第五子，好学，善草、隶二书。尝为二府辟,号为"李公府"。 2. 茂曾:李重,字茂曾,江夏钟武(在今河南信阳)人,为泰山太守李秉之子。少有文才,父母早亡,与诸弟同住,以友爱著称。 3. 羸病:指李廞少时腿瘸,行动不便。 4. 居在临海:李廞之兄李式南渡后,累迁临海(在今浙江台州)太守。 5. 兄侍中:指李廞之兄李式,曾官至侍中。(按:因李廞腿跛不能行,故随其兄同住。后李式死,李廞移居其墓旁。) 6. 茂弘:王导的字。爵:官位。假:雇用。

【译文】

李廞是李重第五子,为人清正,品德高尚,但从小瘦弱多病,加之腿瘸,所以不肯结婚、做官。他(南渡后)留在临海郡,住在他哥哥侍中李式的陵园里。因为他名望很高,丞相王导就想礼聘他出来做官,所以征辟他做相府的掾吏。李廞收到王导派人送来的任命书,笑着说:"茂弘竟然拿一个官爵来雇用人。"

五、高情避世

何骠(piào)骑(qí)弟[1]以高情避世[2],而骠骑劝之令仕[3]。答曰:"予第五之名,何必减[4]骠骑?"

【注释】

1. 何骠骑弟:何骠骑,即何充,其弟何准,字幼道,排行第五。 2. 以高情避世:因为志趣高远而躲避世俗。(按:何准为人高尚寡欲,弱冠即名闻四方,尝征为散骑侍郎,不就。何充居宰辅之重,权倾一时;何准散带衡门,不及人事,唯念诵佛经,修营塔庙而已。) 3. 劝之令仕:劝他出去做官。 4. 减:减于,低于。

【译文】

骠骑将军何充的弟弟何准因为志趣高尚,选择了避世隐居,何充曾劝他出来做官,何准回答说:“我何老五的名望,又何尝比哥哥你低呢?”

六、宠辱不惊

阮光禄在东山,萧然[1]无事,常内足于怀[2]。有人以问王右军,右军曰:“此君近不惊宠(chǒng)辱(rǔ),虽古之沈(chén)冥(míng)[3],何以过此?”

【注释】

1. 萧然:清静貌。 2. 内足于怀:指内心感到自我满足(即不必向外求索)。 3. 古之沈冥:指古代的隐士。沈,通“沉”,即沉潜。冥,通“溟”,即溟没。

【译文】

阮裕隐居东山,清静无为,内心一直很自足。有人因此问右军将军王羲之,王羲之说:“这位先生近乎不因荣辱而动摇心性,即使是古时隐士,又怎能超越他呢?”

七、孔愉避世

孔车骑(jì)[1]少有嘉(jiā)遁(dùn)[2]意,年四十余,始应安东[3]命。未仕宦时,常独寝(qǐn),歌吹自箴(zhēn)诲(huì)[4],自称孔郎,游散名山。百姓谓有道术[5],为生立庙[6]。今犹有孔郎庙。

【注释】

1. 孔车骑：孔愉，字敬康，死后追赠车骑将军，故称。　2. 嘉遁：对隐遁的美称，指合乎正道的隐遁。　3. 安东：指安东将军司马睿（即后来的晋元帝）。　4. 歌吹：歌唱吹奏。自箴诲：自己告诫自己。箴，劝诫。诲，教导。　5. 百姓谓有道术：据《晋书·孔愉传》载，孔愉入新安山隐居期间，只是耕读度日，在乡里很有信誉。后来忽然离去，大家都以为他是神人。　6. 生立庙，即"立生祠"，指在某人活着时给他建庙来纪念他。

【译文】

车骑将军孔愉年轻时就有隐居的打算，到四十多岁才接受了安东将军的任命出来做官。先前没有做官的时候，一直是独自住在山中，歌咏吹弹以告诫自己谨言慎行。他自称孔郎，在名山大川漫游散心。百姓认为他有道术，给他立了个生祠。现在还有孔郎庙。

八、阳岐隐士

南阳刘驎（lín）之，高率善史传（zhuàn）[1]，隐于阳岐（qí）[2]。于时苻坚临江[3]，荆州刺史桓冲将尽吁（xū）谟（mó）之益[4]，征为长史，遣人船往迎，赠贶（kuàng）[5]甚厚。驎之闻命，便升舟[6]，悉不受所饷（xiǎng），缘道以乞穷乏[7]，比至上明[8]亦尽。一见冲，因陈无用，翛（xiāo）然而退[9]。居阳岐积年，衣食有无常与村人共。值己匮（kuì）乏，村人亦如之甚厚，为乡闾（lǘ）所安[10]。

【注释】

1. 高率：高尚直率。善史传：善读史书。　2. 阳岐：地名，离荆州约二百里。 3. 苻坚临江：指苻坚反叛南侵，其军队已逼近长江沿线。 4. 尽吁谟之益：尽力实现宏伟谋划的效益。吁谟，指远大宏伟的谋划，《诗经·大雅·抑》有“吁谟定命，远猷辰告”之句。5. 赠贶：赠送。 6. 升舟：登船。 7. 缘道：沿途。乞：给，施与。穷乏：贫困的人。 8. 比至：等到达。上明：地名。 9. 翛然：无拘无束的样子。退：这里指辞归（即不接受长史的任命）。 10. 乡闾：乡邻。（按：《周礼》有“五家为比，五比为闾”，故“闾”指二十五户聚居的人家。）为……所安：使……感到安心。

【译文】

南阳人刘驎之，为人高尚直率，历史知识很丰富，在阳岐村隐居。当时苻坚南侵的军队已经逼近长江，荆州刺史桓冲想尽力实现宏图大计，就聘刘驎之出任刺史下属的长史，还派人和船前去迎接他，并赠给他很多礼物。刘驎之只好从命登船出发，但桓冲所送的礼物一点也没有收受，沿途拿来送给贫困的人；等船走到上明，东西都送光了。他一见到桓冲，便陈述自己没有才能，然后就辞去职务，自由自在地游荡去了。他后来在阳岐住了多年，衣食向来是和村人互通有无的。偶然碰到他自己物资短缺了，村人也同样热情帮助他，供给他许多吃穿用度，乡邻都对他深感满意。

九、仕隐殊途

南阳翟（zhái）道渊与汝南周子南少相友，共隐于寻阳[1]。庾太尉说周以当世之务，周遂仕，翟秉（bǐng）志弥固[2]。其后周诣翟，翟不与语。

【注释】

1. 寻阳：地名，一作“浔阳”，时属扬州庐江郡（在今江西九江以西）。　2. 秉志弥固：更加坚持自己的志向（指隐居）。

【译文】

南阳人翟道渊和汝南人周子南从小就很友好，两人一道在寻阳县隐居。太尉庾亮曾劝说周子南关心国家大事，周子南终于同意出来做官；翟道渊却更加坚定了隐居的志向。后来周去看望翟，翟不和他说话。

一〇、万年可死

孟万年[1]及弟少孤[2]，居武昌阳新县。万年游宦[3]，有盛名当世，少孤未尝出，京邑（yì）人士思欲见之，乃遣信报少孤，云“兄病笃（dǔ）”。狼狈[4]至都。时贤见之者，莫不嗟重[5]，因相谓曰：“少孤如此，万年可死。”

【注释】

1. 孟万年：孟嘉，字万年，江夏郡人，为陶渊明外祖，有“孟嘉落帽”的典故。　2. 及弟少孤：孟嘉有弟名陋，字少孤。　3. 游宦：“宦游”，指离开家乡到外地去做官。　4. 狼狈：指急匆匆地赶路。5. 嗟重：赞叹，敬重。

【译文】

孟嘉和弟弟孟陋住在武昌郡阳新县。孟嘉外出做官，在当时享有盛名。孟陋没有外出求官，京都士人都想见见孟陋，就派人给他送信说：“你哥哥病得很重。”孟陋急急忙忙地赶到京都。当代贤达见到他，没有人不赞叹、敬重的。他们评论道：“少孤既是这样，万年就可以死而无憾了。”

一一、豫章精舍

康僧渊在豫章[1],去郭[2]数十里,立精舍[3]。旁连岭,带长川[4],芳林列于轩(xuān)亭,清流激于堂宇。乃闲居研讲,希心理味[5],庾公诸人多往看之。观其运用吐纳[6],风流[7]转佳。加已处之怡然,亦有以自得,声名乃兴。后不堪,遂出[8]。

【注释】

1. 康僧渊:僧人名。豫章,即今江西南昌。 2. 郭:在城的外围加筑的城墙,代指城镇。 3. 精舍:僧人修炼的住所。 4. 带长川:大河像衣带一样环绕。带,这里指像衣带一样。川,河流。5. 希心:倾心。理味:义理和趣味。 6. 吐纳:一种吐故纳新的呼吸法,呼出旧的浊气,吸入新的清气,是养生之术。 7. 风流:这里指风度仪表。 8. 不堪:不能忍受(名声太盛的生活)。出:离开,走掉。

【译文】

康僧渊在豫章郡时,在离城几十里远的地方修建禅室。旁边连着山岭,有大河环绕流淌;庭园中遍植繁茂的林木,屋宇下流水激起清澈的浪花。(康僧渊)于是避人独居,精研佛经,讲论义理,倾心其中旨趣。庾亮等人常常去看望他,看到他运用吐纳之术,使自己的风度仪态更加美好,再加上他气定神闲,怡然自得的潇洒态度,于是名声大了起来。后来他忍受不了这种有名气的生活,便离开了那里。

一二、不改其乐

戴安道既厉操[1]东山，而其兄[2]欲建式遏（è）[3]之功。谢太傅曰："卿兄弟志业，何其太殊？"戴曰："下官'不堪其忧'，家弟'不改其乐'[4]。"

【注释】

1. 厉操：磨炼自己的情操（使高尚），指选择隐居生活。 2. 其兄：指戴逵之兄戴逯，字安丘，谯郡（在今安徽亳州）人。据传戴逯颇骁勇，曾助谢玄大破苻坚军，因功加封广陵侯，后官升至大司农。3. 式遏：《诗·大雅·民劳》有"式遏寇虐"之句，原意指阻止残害百姓之事，引申为保卫国家。式，句首语气词。遏，阻止。 4. "不堪其忧"与"不改其乐"：据《论语·雍也》载，孔子评价颜回："贤哉，回也！一箪食，一瓢饮，在陋巷，人不堪其忧，回也不改其乐。"本句据此改用。

【译文】

戴逵在东山隐居，他哥哥戴逯却想为国家建功立业。太傅谢安（对哥哥戴逯）说："你们兄弟俩的志向和事业，怎么差异这么大呢？"戴逯回答说："下官我无法忍受那种忧愁，舍弟却改不了那种乐趣。"

一三、玄度受赠

许玄度隐在永兴[1]南幽穴中，每致四方诸侯之遗（wèi）[2]。或谓许曰："尝闻箕（jī）山人似不尔耳[3]！"许曰："筐（kuāng）篚（fěi）苞（bāo）苴（jū）[4]，故当轻于天下之宝[5]耳！"

【注释】

1. 隐：隐居。永兴：指会稽郡永兴县（在今浙江萧山）。 2. 每致……之遗：每每招来……的馈赠。遗，赠送。 3. 箕山人：特指上古尧帝时的隐士许由。相传许由在箕山隐居，尧想把君位让给他，后来又想任命他为九州长，他都拒绝了。似不尔耳：好像并不是这样的。尔，如此、这样。 4. 筐篚：装饭食的竹器。苞苴：指包裹鱼肉用的草袋，也指馈赠的礼物（因古时常以鱼肉作为馈赠之物）。5. 天下之宝：指君位。

【译文】

许询在永兴以南幽深的岩洞中隐居，常常引来各路王侯的馈赠。有人对许询说："我曾听说过箕山的隐者许由似乎并不是这样做的呀（指许由没有接受尧禅让给他的王位）。"许询说："我得到的礼物不过是竹筐装着的食物，这本来就比君王之位微薄呀。"

一四、范宣避世

范宣未尝入公门，韩康伯与同载，遂诱俱入郡[1]，范便于车后趋（cù）[2]下。

【注释】

1. 入郡：进入郡守的官署。（按：韩康伯曾任豫章郡守，而范宣家居于豫章。） 2. 趋：通"促"，急速地。

【译文】

范宣从来不曾进过官署。有一次韩康伯和他一起坐车，就想诱骗他一起进到公府中去，范宣急急忙忙从车子后面溜下来逃跑了。

一五、为隐建宅

郗超每闻欲高尚隐退者，辄为办[1]百万资，并为造立居宇。在剡(shàn)为戴公[2]起宅，甚精整[3]。戴始往旧居，与所亲[4]书曰："近至剡，如官舍[5]。"郗为傅约[6]亦办百万资，傅隐事差互[7]，故不果遗(wèi)[8]。

【注释】

1. 办：筹措。　2. 戴公：戴逵。　3. 精整：精致，整齐完备。　4. 所亲：亲近之人。　5. 如官舍：就像住进了官邸(指房舍高大敞亮，布置精美华丽)。　6. 傅约：人名，生平不详。　7. 傅隐事差互：傅约隐居一事错过了时机(指最终没有隐居成)。差互，错过时机。　8. 不果遗：馈赠没有成功(指郗超给傅约筹措的百万之资最后没能给到他手上)。果，成为事实。遗，赠送。

【译文】

郗超每当听说有人想要高尚其志、退隐林泉，就为他们筹措百万钱，并且盖房子给他们居住。他在会稽郡剡县给戴逵盖了所大宅子，(里面的布置陈设)非常精致完备。戴逵刚前去居住时，给亲友写信说："最近到了剡县，好像住进了官邸一样。"郗超也为傅约筹措了百万钱，后来傅约隐居一事错过了机会，所以馈赠没有成为事实。

一六、济胜之具

许掾(yuàn)好游山水，而体便登陟(zhì)[1]。时人云："许非徒有胜情[2]，实有济胜之具[3]。"

【注释】

1. 登陟：登高。 2. 胜情：高雅的情趣。 3. 济胜之具：游览胜境所需要的条件，这里指身体强健。济胜，指攀登而达胜境。

【译文】

司徒掾许询喜欢游览山水，而且身体健壮敏捷，便于登高。当时的人说："许询不只有高雅的情趣，而且有便于游览胜境的好身体。"

一七、无累心处

郗尚书与谢居士[1]善，常称："谢庆绪识见虽不绝人，可以累心处[2]都尽。"

【注释】

1. 谢居士：谢敷，字庆绪，会稽（在今浙江绍兴）人，东晋时隐士。其人精研佛、道，生性沉静寡欲，入太平山（在今浙江余姚）十年。郗愔召他做主簿，后来又征为博士，皆不就。居士，在家信佛的人。（按：谢庆绪崇信佛教，曾入太平山隐居修行。） 2. 可以累心处：指尘世俗务，包括为官做宰的冗繁政务。

【译文】

尚书郗恢和居士谢敷很友好，常称赞说："庆绪的见识虽然不比别人高明，但是能够让他劳心的事情一点也没有。"

贤媛　第十九

一、陈母劝子

陈婴者，东阳人[1]。少修德行，著称乡党[2]。秦末大乱[3]，东阳人欲奉婴为主，母曰："不可！自我为汝家妇，少见贫贱，一旦[4]富贵，不祥！不如以兵属[5]人。事成，少受其利；不成，祸有所归。"

【注释】

1. 陈婴：秦末东海郡东阳（在今江苏盱眙）人。初任县令史，后投奔项梁，封上柱国。项羽死后归汉。 2. 乡党：家乡，乡里。 3. 秦末大乱：秦朝末年陈胜、吴广因不堪秦朝苛政而起兵反叛，随后多地出现了反抗秦朝的起义军。 4. 一旦：一下子。 5. 属：通"嘱"，托付，委托。

【译文】

陈婴是东阳人，从小注重道德品行的修养，在乡里很有名望。秦朝末年，天下大乱，东阳人想请陈婴做首领，陈婴的母亲对陈婴说："不可以答应！自从我嫁到陈家做媳妇，从年轻时起就一直贫贱，突然得享富贵，是不吉利的事情。不如把军队交给他人，起事如果成功，可以分得少许利益，即使不成功，灾祸也由他人负担。"

二、昭君出塞

汉元帝[1]宫人既多，乃令画工图之，欲有呼者，辄披[2]图召之。其中常[3]者，皆行货赂[4]。王明君[5]姿容甚丽，志不苟求，工遂毁为其状[6]。后匈奴来和，求美女于汉帝，帝以明君充行[7]。既召见而惜之。但名字已去，不欲中改，于是遂行。

【注释】

1. 汉元帝：刘奭。汉宣帝刘询之子，在位十六年。性格柔懦，爱好儒术。　2. 披：打开，散开。　3. 中常：平常，普通。　4. 货赂：用财货贿赂。　5. 王明君：王昭君，晋人避晋文帝司马昭讳改称为王明君。原名嫱，汉元帝时宫人，和亲匈奴。　6. 状：容貌，面貌。7. 充行：充数前行。汉朝与匈奴和亲，按照规定和亲者应为公主，而王昭君只是普通宫女，只好充当公主前往。

【译文】

汉元帝后宫女子众多，元帝于是命令画工描绘她们的相貌，想要传唤她们时，就翻阅画像召见。宫女中相貌平庸的人，都向画工行贿。王昭君姿态容貌美丽，不肯没有原则地乞求他人，画工就在画像中丑化她的容貌。后来匈奴前来和谈，向汉元帝求娶美女，元帝就令王昭君充数前行。召见之后很怜惜她，但名单已经递交匈奴，不想中途改变，于是王昭君最终去了匈奴。

三、婕妤去谗

汉成帝幸赵飞燕[1]，飞燕谗班婕（jié）妤（yú）祝诅[2]，于是考问[3]。辞曰："妾闻死生有命，富贵在天[4]。修善尚不蒙福[5]，为邪欲以何望？若鬼神有知，不受邪佞[6]之诉；若其无知，诉之何益？故不为也。"

【注释】

1. 汉成帝：刘骜，汉元帝刘奭之子，在位二十五年，荒于酒色，期间外戚专政，国政日衰。幸：宠幸。赵飞燕：原为阳阿公主府宫女，擅长歌舞，后被汉成帝宠幸，立为皇后。　2. 谗：诽谤，诬告。班婕妤：汉成帝嫔妃，有才而贤德，赵飞燕入宫后即失宠。婕妤，宫中女官名，帝王妃嫔的称号。祝诅：祝告鬼神，使其加祸于别人。　3. 考问：查问。　4. 死生有命，富贵在天：典出《论语·颜渊》。　5. 蒙福：得到福报。　6. 邪佞：奸邪小人。

【译文】

汉成帝宠幸赵飞燕，赵飞燕诬陷班婕妤祈求鬼神加祸于她，汉成帝于是令人拷问班婕妤。班婕妤的供词说："我听说人的生死由命运决定，富贵在上天安排，做善事尚且不能有好的回报，做坏事又能指望得到什么呢？如果鬼神有知觉，就不会接受奸邪之人的祷告；如果鬼神没有知觉，向它祝祷又有什么用处？所以我不会做这种事。"

四、死故应尔

魏武帝崩[1]，文帝悉取武帝宫人自侍[2]。及帝病困，卞后[3]出看疾。太后入户，见直侍并是昔日所爱幸者。太后问："何时来邪？"云："正伏魄[4]时过。"因不复前而叹曰："狗鼠不食汝余，死故应尔！"至山陵，亦竟不临[5]。

【注释】

1. 魏武帝：指曹操，字孟德，小字阿瞒，谥号武皇帝。崩：古代称帝王之死为"崩"。　2. 文帝：指曹丕，字子桓，曹操次子，谥号文帝。悉：全，都。　3. 卞后：魏武帝曹操皇后，魏文帝曹丕、任城威王曹彰、陈思王曹植、萧怀王曹熊之母。魏文帝继位后，尊其为太后。性节俭，有德行。　4. 伏魄：伏，通"复"。古人以为人始死时魂魄离体未久，可持死者之衣呼其魂魄归体，称为"伏魄"。　5. 山陵：帝王的陵墓,引申指帝王死。临:哭吊。

【译文】

魏武帝曹操死后,魏文帝曹丕将武帝留下的宫女全部带走服侍自己。等到文帝病重的时候,他的母亲卞太后去探病,进门后看见文帝身边值班的侍从都是从前武帝宠爱的人。太后问她们:“你们是什么时候过来的?”这些人回答说:“正是在武帝伏魄时来的。”太后于是不再往前走,叹息地说:“狗鼠都不吃你剩下的,本来就该死了。”直到文帝病故,太后最终也没有去哭吊。

五、勿为好恶

赵母嫁女,女临去,敕[1]之曰:“慎勿为好!”[2]女曰:“不为好,可为恶邪?”母曰:“好尚不可为,其况恶乎?”

【注释】

1. 敕:告诫。 2. 慎勿为好:意思是不要做好事,树立善名,以免引起他人的妒忌。

【译文】

赵母嫁女儿,女儿将要离开时,她告诫女儿:“千万不要做好事!”女儿问她:“不能做好事,可以做坏事吗?”赵母说:“好事尚且不能做,何况是坏事呢?”

六、丑女留夫

许允妇是阮卫尉女[1],德如[2]妹,奇丑。交礼竟,允无复入理,家人深以为忧。会[3]允有客至，妇令婢视之，还，答曰："是桓郎。"桓郎者，桓范[4]也。妇云："无忧，桓必劝入。"桓果语许云："阮家既嫁丑女与卿，故当有意，卿宜察之。"许便回入内。既见妇，即欲出。妇料其此出，无复入理，便捉裾(jū)[5]停之。许因谓曰："妇有四德[6]，卿有其几？"妇曰："新妇所乏唯容尔。然士有百行，君有几？"许云："皆备。"妇曰："夫百行以德为首，君好色不好德，何谓皆备？"允有惭色，遂相敬重。

【注释】

1. 许允：字士宗，官至领军将军。阮卫尉，即阮共，官至卫尉卿。2. 德如：阮侃，字德如，阮共之子。有隽才，与嵇康为友，仕至河内太守。 3. 会：正好，恰好。 4. 桓范：字元则，官至大司农，后因卷入党争为司马懿所杀。 5. 捉裾：牵衣。裾，衣襟。 6. 妇有四德：古代要求女性具有的四种美德，即妇德、妇言、妇容、妇功。

【译文】

许允的妻子是阮共的女儿，即阮侃的妹妹，相貌很丑。二人行过交拜礼后，许允没有再踏进新房的意思，家人为此都很忧虑。恰好许允有客人前来拜访，新娘就派婢女去探听客人的身份，婢女回来后，回答说："是桓郎。"桓郎就是桓范。新娘说："不用担心了，桓范一定会劝许允进门。"桓范果然对许允说："阮家既然将一个相貌丑陋的女子嫁给你，一定是有什么深意，你应当仔细体察。"许允于是回到了房内，见到新娘之后，又立刻想要出去。新娘料想他这次出去之后，就没有再进来的可能，便捉住他的衣襟让他停住。许允于是问她："妇女需要有四种美德，你有其中几种？"新娘回答他："我所缺少的只有容貌罢了。然而读书人需要有的多种品行，您又有几种呢？"许允说："我全部具备。"新娘说："在读书人的所有品行中最重要的是德行，您看重美色而不看重德行,怎么能说全部具备呢?”许允听后,露出惭愧的表情,从此之后夫妻二人相互敬重。

七、以理夺之

许允为吏部郎[1],多用其乡里[2],魏明帝遣虎贲(bēn)收之[3]。其妇出诫允曰:“明主可以理夺,难以情求。”既至,帝核问[4]之。允对曰:“‘举尔所知[5]。’臣之乡人,臣所知也。陛下检校为称职与不[6]?若不称职,臣受其罪。”既检校,皆官得其人,于是乃释。允衣服败坏,诏赐新衣。初,允被收,举家号哭。阮新妇自若云:“勿忧,寻还[7]。”作粟粥待,顷之[8]允至。

【注释】

1. 吏部郎:官名,主管官吏的选拔。 2. 乡里:同乡的人。 3. 魏明帝:指曹叡,魏文帝曹丕之子。虎贲:勇士。收:逮捕。 4. 核问:查问。 5. 举尔所知:意为举荐你所了解的人。出自《论语·子路》:“仲弓为季氏宰,问政。子曰:‘先有司,赦小过,举贤才。’曰:‘焉知贤才而举之?’子曰:‘举尔所知;尔所不知,人其舍诸?’” 6. 检校:查核。 7. 阮新妇:指许允的妻子,阮共之女。寻:不久。 8. 顷之:一会儿。

【译文】

许允担任吏部郎时,大多任用同乡,魏明帝知道后,派武士拘捕他。许允的妻子出来劝诫许允:“贤明的君主可以用道理去说服他,很难用感情去求告。”许允被带到明帝面前,明帝向他查问这件事。许允回答说:“孔子曾说,‘举荐你了解的人’。我的同乡就是我所了解的人。您可以审查他们的工作是否称职，如果不称职，我愿意承担罪责。”明帝派人查验之后，发现各个岗位用人得当，于是释放了许允。许允衣服破败，明帝就下诏赏赐了新衣。最初许允被逮捕时，全家都号哭不止，许允的妻子却从容自若地说：“不用担心，很快就会回来。”并煮了粟粥等待他，不久后许允就回来了。

八、许允之妻

许允为晋景王所诛[1]，门生走入告其妇。妇正在机中，神色不变，曰：“蚤[2]知尔耳！”门人欲藏其儿，妇曰：“无豫[3]诸儿事。”后徙居墓所，景王遣钟会看之[4]，若才流及父，当收。儿以咨母。母曰：“汝等虽佳，才具不多，率胸怀与语，便无所忧。不须极哀，会止便止。又可少问朝事。”儿从之。会反以状对，卒免。

【注释】

1. 许允为晋景王所诛：曹魏末期，司马氏为夺取政权大肆杀戮朝臣，亲魏的曹爽、夏侯玄、李丰等相继被杀，许允因与夏侯玄、李丰亲善而被害。晋景王，指司马师，字子元，司马懿之子，死后追封景王。 2. 蚤：通“早”。 3. 豫：牵涉。 4. 徙居：迁居。钟会：字士季，颍川长社（在今河南长葛）人，官至司徒。

【译文】

许允被晋景王司马师杀害，他的门生跑去告知他的妻子。许允妻子当时正在织机上织布，听到后面色不变，说：“早就知道会这样了。”许允的门生想要把许允的儿子藏起来，许允妻子说：“不关孩子们的事。”之后他们搬到墓地居住，晋景王派钟会去看他们，如果许允的孩子才能比得上许允，就将他们拘捕。许允的儿子就去和母亲商量，母亲说："你们虽然优秀，但才能不大，只要坦率地和他交谈，就没有什么需要担忧的。不用过分哀伤，钟会不哭了你们就停止哭泣，也可以稍微问一问朝廷上的事情。"儿子听从了母亲的建议。钟会返回后将情况汇报给晋景王，孩子最终免除了灾祸。

九、诸葛诞女

王公渊娶诸葛诞女[1]。入室，言语始交，王谓妇曰："新妇神色卑下，殊不似公休！"妇曰："大丈夫不能仿佛彦云[2]，而令妇人比踪[3]英杰！"

【注释】

1. 王公渊：王广，字公渊，三国时魏名士。诸葛诞：字公休，三国魏人，官至扬州刺史、镇东将军、司空。 2. 彦云：指王广的父亲王凌，字彦云。 3. 比踪：和……并列。

【译文】

王广娶诸葛诞的女儿为妻，进新房之后，两人刚刚交谈，王广就对妻子说："新娘你神色卑微低下，实在不像你父亲诸葛公休。"新娘说："你作为大丈夫不能像你父亲王彦云，却要妇人和英雄豪杰看齐！"

一〇、王经之母

王经[1]少贫苦，仕至二千石[2]，母语之曰："汝本寒家子，仕至二千石，此可以止乎！"经不能用。为尚书，助魏，不忠于晋，被收。涕泣辞母曰："不从母敕[3]，以至今日！"母都无戚[4]容，语之曰："为子则孝，为臣则忠。有孝有忠,何负吾邪?”

【注释】

1. 王经:字彦纬,官至尚书。因不满司马氏专权被杀。 2. 二千石:职官的等级以年俸米石的多少来定高低,汉魏九卿郎将、郡守等官职俸禄都是二千石,后因称郎将、郡守和知府为二千石。3. 敕:告诫。 4. 戚:忧愁,悲哀。

【译文】

王经小时候家境贫苦,后来做官,俸禄到二千石时,母亲对他说:“你本来是贫穷人家的孩子,现在做官到两千石的职位,这就可以止步了吧。”王经不能听从母亲的话。后来担任尚书,帮助魏朝,对晋不忠,遭到拘捕。他流着泪告别母亲说:“没有听从母亲的告诫,所以才到今天这个地步!”母亲面上没有一点悲伤的神色,对他说:“做儿子能够孝顺母亲,做臣子能够忠诚君主,既孝顺又忠诚,有什么对不起我的呢?”

一一、契若金兰

山公与嵇、阮一面[1],契若金兰[2]。山妻韩氏,觉公与二人异于常交,问公,公曰:“我当年可以为友者,唯此二生耳!”妻曰:“负羁(jī)之妻亦亲观狐、赵[3],意欲窥之,可乎?”他日,二人来,妻劝公止之宿,具酒肉。夜穿墉[4]以视之,达旦忘反。公入曰:“二人何如?”妻曰:“君才致殊不如,正当以识度相友耳。”公曰:“伊辈亦常以我度为胜。”

【注释】

1. 山公:指山涛,字巨源,竹林七贤之一。嵇、阮:指嵇康、阮籍。

竹林七贤中的核心人物。 2. 契若金兰：比喻朋友间交情深厚。《周易·系辞上》："二人同心，其利断金；同心之言，其臭如兰。" 3. 负羁之妻亦亲观狐、赵：负羁，指僖负羁，春秋时曹国大夫。狐，狐偃。赵，赵衰。狐、赵二人跟随晋公子重耳流亡出逃，后为晋国大夫。据《左传·僖公二十三年》载，晋公子重耳逃亡国外时，在曹国遭到曹君的无礼对待。曹大夫僖负羁的妻子称，"吾观晋公子之从者，皆足以相国。若以相，夫子必反其国，反其国，必得志于诸侯"，劝丈夫对重耳以礼相待。 4. 墉：高墙。

【译文】

山涛和嵇康、阮籍一见面，便成为交情深厚的好友。山涛的妻子韩氏发现丈夫和嵇康、阮籍间的交情和普通朋友不同，于是问起了山涛，山涛说："我平生可以视作朋友的，只有这两个人而已。"妻子说："僖负羁的妻子曾亲自去观察狐偃、赵衰，我也想偷偷看看你这两位朋友，可以吗？"有一天，嵇康、阮籍来拜访，山涛的妻子劝山涛留二人住下，并准备了酒肉招待。半夜，山涛的妻子就透墙察看，一直待到天亮，竟忘记了回去。山涛进来说："这两个人怎么样？"妻子说："你的才能风致远远比不上他们，只能凭借见识气度来和他们结交。"山涛说："他们也常常认为我的气度超人。"

一二、不有长年

王浑[1]妻钟氏生女令淑，武子为妹求简美对而未得[2]。有兵家[3]子，有俊才，欲以妹妻之，乃白母，曰："诚是才者，其地[4]可遗，然要令我见。"武子乃令兵儿与群小[5]杂处，使母帷中察之。既而，母谓武子曰："如此衣形者，是汝所拟者非邪？”武子曰：“是也。”母曰：“此才足以拔萃[6]，然地寒[7]，不有长年，不得申其才用。观其形骨，必不寿，不可与婚。”武子从之。兵儿数年果亡。

【注释】

1. 王浑：字玄冲，太原晋阳（在今山西太原）人，魏司徒王昶之子，仕至司徒。 2. 武子：王济，字武子，王浑之子。求简：挑选，寻觅。美对：优秀的配偶。 3. 兵家：指兵士出身。 4. 地：门第。 5. 群小：众多小百姓。小指普通百姓或社会地位低下的人。 6. 拔萃：才能出众。 7. 地寒：出身微贱，地位低下。

【译文】

王浑的妻子钟氏生的女儿美好贤淑，王武子想为妹妹挑选一位优秀的丈夫，但没有找到。有一位兵家子弟，有卓越的才能，武子想把妹妹嫁给她，就禀告母亲。母亲说：“确实是有才华的人，可以不计较他的门第，但是要让我见一见。”武子于是叫这个人和许多普通人混杂在一起，让母亲在帷帐中观察。看过之后，王武子的母亲对他说：“穿这样衣服、这样长相的人，就是你所选中的人吗？”王武子说：“是的。”母亲说：“这个人才智确实超凡，但是他地位卑下，如果没有很长时间，就不能施展他的才能。但是我看他的外貌骨相，一定不会长寿，不能与他结亲。”武子听从了母亲的意见。几年后，这个兵家子弟果然死了。

一三、李氏拒还

贾充[1]前妇，是李丰[2]女。丰被诛，离婚徙（xǐ）边[3]。后遇赦得还，充先已娶郭配[4]女。武帝特听置左右夫人[5]。李氏别住外,不肯还充舍。郭氏语充:“欲就省[6]李。”充曰:“彼刚介[7]有才气,卿往不如不去。”郭氏于是盛威仪,多将[8]侍婢。既至,入户,李氏起迎,郭不觉脚自屈,因跪再拜。既反,语充,充曰:“语卿道何物?”

【注释】

1. 贾充:字公闾,平阳襄陵(在今山西襄汾)人。晋朝重臣,辅助司马昭夺取曹魏政权,官至尚书令。　2. 李丰:字安国,官至中书令,因忠于曹魏被司马师所杀。　3. 徙边:古代的一种刑罚,将犯人流放到边远地区服役。　4. 郭配:字南仲,官至城阳太守。　5. 武帝:指晋武帝司马炎。司马昭之子,晋朝开国皇帝。听:听任,任凭。6. 省:看望。　7. 刚介:刚强耿介。　8. 将:带领。

【译文】

贾充的前妻是李丰的女儿,李丰被杀害后,她与贾充离婚并被流放到边远地区。之后碰上大赦得以回家,但贾充已经娶了郭配的女儿。晋武帝司马炎特别允许贾充可以有左右两位夫人。但李氏仍然另外住在外边,不愿意回贾充的住处。郭氏对贾充说:“我想去探望李氏。”贾充说:“她性格刚强耿直,很有才华,你去不如不去。”郭氏于是打扮得很有威仪,带了很多侍婢。等到了李氏家,郭氏进入内室,李氏站起来迎接,郭氏的腿不由自主地弯曲了,于是跪下行再拜礼。郭氏回去之后,告诉了贾充,贾充说:“告诉你什么来着?”

一四、合葬之争

贾充妻李氏作《女训》,行于世。李氏女,齐献王[1]妃;郭氏女,惠帝[2]

后。充卒,李、郭女各欲令其母合葬,经年[3]不决。贾后废[4],李氏乃祔(fù)[5],葬遂定。

【注释】

1. 齐献王:指齐王司马攸,字大猷,晋武帝司马炎的弟弟,谥献。 2. 惠帝:晋惠帝司马衷,晋武帝司马炎之子,资质鲁钝,当政时皇后贾南风专权。 3. 经年:形容时间长久。 4. 贾后废:贾后,贾充之女贾南风,晋惠帝皇后。贾氏性妒狠毒,为巩固地位废太后,擅杀朝臣,后被赵王司马伦所废。 5. 祔:合葬。亦谓葬于先茔之旁。

【译文】

贾充的妻子李氏写了《女训》一书,流传当代。李氏的女儿是齐献王司马攸的王妃,贾充后妻郭氏的女儿是晋惠帝的皇后。贾充死后,李氏和郭氏的女儿各自都希望让自己的母亲和贾充合葬,很长时间都不能决定。之后贾后被废,于是让李氏和贾充合葬,丧事终于确定下来。

一五、王湛择妻

王汝南[1]少无婚,自求郝普[2]女。司空[3]以其痴,会无婚处[4],任其意,便许之。既婚,果有令姿淑德。生东海[5],遂为王氏母仪[6]。或问汝南何以知之?曰:"尝见井上取水,举动容止不失常,未尝忤观[7]。以此知之。"

【注释】

1. 王汝南:王湛,字处仲,太原晋阳(在今山西太原)人,王昶之子。官至汝南内史。 2. 郝普:字道匡,官至洛阳太守。 3. 司空:王昶,字文舒,官至司空。 4. 婚处:婚配对象。 5. 东海:王湛之子王承,字安期,曾任东海太守。 6. 母仪:良母的典范。 7. 忤观:举目直视。

【译文】

王湛年少没有结亲,自己提出求娶郝普的女儿。他的父亲王昶因为他痴呆,正好没有合适的婚配对象,就随他的意愿,答应了这门亲事。王湛成婚后,妻子果然姿容美丽,有美好的品德,之后生下儿子王承,于是成为王家母亲们的模范。有人问王湛怎么了解她的,王湛说:"我曾看见她在井边打水,行动神色没有失态的地方,从没有直视他人,从这里了解了她。"

一六、雅相亲重

王司徒[1]妇,钟氏女[2],太傅曾孙,亦有俊才女德。钟、郝为娣(dì)姒(sì)[3],雅[4]相亲重。钟不以贵陵[5]郝,郝亦不以贱下钟。东海[6]家内,则[7]郝夫人之法。京陵[8]家内,范[9]钟夫人之礼。

【注释】

1. 王司徒:指王浑,字玄冲,官至司徒,袭封京陵县侯。 2. 钟氏女:黄门郎钟徽之女,名琰之(一说为琰),太傅钟繇曾孙女。 3. 钟、郝:钟指王浑的妻子钟氏,郝指王湛的妻子郝氏。王湛为王浑之弟。娣姒:妯娌。 4. 雅:极,很。 5. 陵:通"凌",欺辱。 6. 东海:指王湛之子王承。王承曾任东海太守,见前注。 7. 则:以……为准则。 8. 京陵:指王浑。 9. 范:以……为典范。

【译文】

王浑的妻子是钟家的女儿,太傅钟繇的曾孙女,有出众的文才、女性的美德。钟氏和王湛的妻子郝氏是妯娌，互相非常亲近尊重。钟氏不因为自己出身高贵而欺辱郝氏，郝氏也不因为自己出身卑微而屈从钟氏。王承一家，以郝夫人的法度为准则。王浑一家，以钟夫人的礼法为典范。

一七、李重之女

李平阳[1]，秦州子，中夏[2]名士。于时以比王夷甫[3]。孙秀[4]初欲立威权，咸云："乐令[5]民望不可杀，减[6]李重者又不足杀。"遂逼重自裁[7]。初，重在家，有人走[8]从门入，出髻（jì）[9]中疏示重，重看之色动。入内示其女，女直叫"绝"。了其意，出则自裁。此女甚高明，重每咨[10]焉。

【注释】

1. 李平阳：指李重，字茂曾，官至平阳太守。他父亲李秉，曾任秦州刺史。 2. 中夏：中原地区。 3. 王夷甫：王衍，字夷甫，西晋名士，官至尚书令、太尉。 4. 孙秀：字俊忠。孙秀受赵王司马伦宠信，司马伦篡位，任命孙秀为中书令。 5. 乐令：指乐广，字彦辅，东晋名士，善于清谈，官至尚书令。 6. 减：不如，不及。 7. 自裁：自杀。 8. 走：跑。 9. 髻：盘结于头顶或脑后的头发。 10. 咨：商议，询问。

【译文】

李重是秦州刺史李秉的儿子，中原的名士。当时人们拿他和王衍相比。孙秀最初想要树立威信，周围人都说："乐广很得民心，不能杀，那些不如李重的人又不值得杀。"于是逼迫李重自杀。当时，李重在家中，有人跑着从大门进来，拿出发髻中的条子给李重看，李重看后，面色改变。进屋拿给他的女儿看，女儿直叫“完了”。李重明白她的意思，出去就自杀了。这个女子见识很高明，李重有事经常和她商议。

一八、高门为妾

周浚[1]作安东时，行猎，值[2]暴雨，过汝南李氏[3]。李氏富足，而男子不在。有女名络秀，闻外有贵人，与一婢于内宰猪羊，作数十人饮食，事事精办，不闻有人声。密觇(chān)[4]之，独见一女子，状貌非常[5]，浚因求为妾。父兄不许。络秀曰：“门户殄(tiǎn)瘁(cuì)[6]，何惜一女？若连姻贵族，将来或大益。”父兄从之。遂生伯仁[7]兄弟。络秀语伯仁等：“我所以屈节[8]为汝家作妾，门户计耳！汝若不与吾家作亲亲者，吾亦不惜余年。”伯仁等悉从命。由此李氏在世，得方幅齿遇[9]。

【注释】

1. 周浚：字开林，曾任扬州刺史，后加安东将军。　2. 值：遇上。　3. 过：拜访。汝南：郡名，今河南汝南。　4. 觇：偷看。5. 非常：不同寻常。　6. 殄瘁：衰败。　7. 伯仁：周顗，字伯仁，周浚之子，官至尚书左仆射。　8. 屈节：降低身份。　9. 方幅：正当、正式。齿遇：礼遇。

【译文】

周浚任安东将军时，有次出去打猎，正好碰上暴雨，就拜访汝南李家。李家很富裕，但当时家中男子都不在。李家有位叫络秀的女儿，听说外边来了贵人，就和一个婢女在后院宰杀猪羊，准备了几十人的食物，每件事都处理得很精细，却听不到有人的声音。周浚偷偷察看，只看到了一个女子，容貌出众，周浚于是求娶这个女子做妾。

络秀的父兄不同意。络秀说:“我们家族衰败,何必舍不得一个女子?如果和贵族结为亲家,以后可能有大的好处。”络秀的父兄就答应了这门亲事。络秀后来生下周顗兄弟。络秀对他们说:“我之所以降低身份嫁到周家做妾,是为了家世门第考虑。你们如果不愿意和我家继续亲善,我也不在乎我残余的生命。”周顗他们都遵从母亲的吩咐,因此李氏活着的时候,一直受到正式的礼遇。

一九、截发留宾

陶公[1]少有大志,家酷贫,与母湛氏同居。同郡范逵素知名,举孝廉[2],投侃宿。于时冰雪积日,侃室如悬磬[3],而逵马仆甚多。侃母湛氏语侃曰:“汝但出外留客,吾自为计。”湛头发委地[4],下为二髲(bì)[5],卖得数斛[6]米,斫(zhuó)[7]诸屋柱,悉割半为薪,剉(cuò)诸荐[8]以为马草。日夕,遂设精食,从者皆无所乏。逵既叹其才辩,又深愧其厚意。明旦去,侃追送不已,且百里许。逵曰:“路已远,君宜还。”侃犹不返,逵曰:“卿可去矣!至洛阳,当相为美谈。”侃乃返。逵及洛,遂称之于羊晫(zhuó)、顾荣[9]诸人,大获美誉。

【注释】

1. 陶公:指陶侃,字士行(一作士衡),庐江寻阳(在今江西九江)人。官至荆州刺史,后封长沙郡公。 2. 孝廉:汉代选拔官吏的两种科目。孝,指孝子。廉,指廉洁之士。 3. 悬磬:比喻空无所有,很贫穷。 4. 委地:垂地。 5. 髲:假发。 6. 斛:古代计算容量的单位。十斗为一斛,后改作五斗为一斛。 7. 斫:砍。 8. 剉:铡碎。荐:草垫。 9. 顾荣:字彦先。原为三国吴人,后归晋。

【译文】

陶侃少年时就有很大的志向，但家境非常贫寒，和母亲湛氏住在一起。同郡的范逵一向有名望，被举荐做了孝廉，有次去陶侃家投宿。当时冰雪堆积已经很多天，陶侃家贫穷得一无所有，而范逵又带了很多车马仆人。陶侃的母亲湛氏对陶侃说："你只管出去将客人留下，我自己想办法。"湛氏头发长得足以垂到地面，她剪下来做成两束假发，卖掉换了数斗米，又把屋子的柱子全都砍掉一半当柴火烧，把家里的草垫子剁碎当作草料喂马。到晚上，便准备了精美的饮食，范逵的侍从也都没有缺少的。范逵既赞叹陶侃的才华雄辩，又对他招待自己的情深厚谊感到愧谢。范逵第二天早上离开时，陶侃追着送他，一直不肯回返，走了快百里。范逵说："路已经很远了，您应该回去了。"陶侃仍然不愿返回。范逵说："您可以回去了！我到洛阳后，一定多为你说好话。"陶侃这才回去。范逵到洛阳后，就在羊晫、顾荣等人面前称赞陶侃，使他获得了很好的名声。

二〇、陶母之忧

陶公少时，作鱼梁[1]吏，尝以坩(gān)鲊(zhǎ)饷母[2]。母封鲊付使，反书责侃曰："汝为吏，以官物见饷，非唯不益，乃增吾忧也。"

【注释】

1. 鱼梁：顺水势设障孔以捕鱼的装置。 2. 坩：盛东西的陶器。鲊：一种腌制的鱼。饷：馈赠。

【译文】

陶侃年轻时做监管鱼梁的小官，曾经用陶器盛腌鱼送给母亲。

陶侃的母亲封好腌鱼送还给使者，又回信责怪陶侃说："你做官员，拿公家的东西送给我，不仅没有好处，反而增添了我的忧虑。"

二一、李势之妹

桓宣武平蜀[1]，以李势[2]妹为妾，甚有宠，常着斋后。主[3]始不知，既闻，与数十婢拔白刃[4]袭之。正值李梳头，发委藉[5]地，肤色玉曜[6]，不为动容。徐曰："国破家亡，无心至此。今日若能见杀，乃是本怀。"主惭而退。

【注释】

1. 桓宣武平蜀：桓温，字元子，谯国龙亢（在今安徽怀远）人。桓温之子桓玄建国桓楚，追尊桓温为"宣武皇帝"。永和三年（公元347年），桓温率军攻蜀，成汉灭亡。 2. 李势：字子仁，十六国中成汉末代君主，降晋，封归义侯。 3. 主：指晋明帝司马绍之女南康公主，桓温之妻。 4. 白刃：利刃。 5. 藉：铺，垫。 6. 曜：明亮。

【译文】

桓温平定蜀汉，将李势的妹妹取为妾室，很宠爱她，经常把她安置在书斋后。他的妻子南康公主开始不知道，听说之后，带了几十个婢女提着刀准备趁她不备攻击她。到了后，正好碰到李氏梳头，她的长发垂落铺在地面上，皮肤如同白玉一般光亮，她脸色毫不改变，缓缓地说："国破家亡，本来无心来这里。今天如果能被杀死，才合我本来的心意。"南康公主惭愧地退了出去。

二二、玉台获救

庾玉台[1],希[2]之弟也。希诛,将戮玉台。玉台子妇,宣武弟桓豁女也[3]。徒跣(xiǎn)[4]求进,阍(hūn)禁不内[5]。女厉声曰:“是何小人?我伯父门,不听[6]我前!”因突入,号泣请曰:“庾玉台常因人,脚短三寸,当复能作贼[7]不?”宣武笑曰:“婿故自急。”遂原[8]玉台一门。

【注释】

1. 庾玉台:庾友,小名玉台,庾冰之子。　2. 希:庾希,字始彦,庾冰长子,官至徐州刺史、兖州刺史。桓温专权,忌惮庾希家族强盛,于是诬陷庾氏谋反。　3. 宣武:指桓温,字元子,谥宣武。桓豁:字朗子,桓温的弟弟,官至征西大将军。　4. 徒跣:赤足步行。　5. 阍:守门人。内:通“纳”。　6. 听:任凭,听任。　7. 作贼:造反。　8. 原:谅解,宽赦。

【译文】

庾友是庾希的弟弟,庾希被杀后,将要杀庾友。庾友的儿媳妇是桓温弟弟桓豁的女儿,她光着脚跑来求见桓温,看门的人拦住她不允许她进去。她厉声说:“这是哪个小人?我伯父的家,竟不让我进去!”于是冲进去,大声号哭恳求说:“庾友常常要依靠别人走路,他的腿比别人短三寸,还能做反贼吗?”桓温笑着说:“侄婿确实会着急。”桓温于是放过了庾友一家。(按:魏晋时期,政治局势动荡不安,八王之乱后王室衰微,世家大族掌握大权,彼此倾轧。大家族中子弟繁盛,一旦族中有人在政治斗争中失利,往往会给整个家族带来祸患。这则故事原本是为了赞美桓豁女救公公的义举,却也从侧面反映了当时云波诡谲的政治形势。)

二三、恐伤盛德

谢公[1]夫人帏诸婢,使在前作伎[2],使太傅暂见,便下帏。太傅索更开,夫人云:“恐伤盛德。”

【注释】

1. 谢公:指谢安,字安石,陈郡阳夏(在今河南太康)人,东晋名臣,追赠太傅。 2. 作伎:唱歌跳舞。

【译文】

谢安的妻子用帐子将婢女们围住,让她们在前面歌舞,让太傅谢安短暂地瞧见一会儿,便放下了帐子。谢安要求再次打开帷帐,妻子说:“恐怕会损伤你的德行。”

二四、何由而故

桓车骑不好著新衣[1]。浴后,妇故送新衣与。车骑大怒,催使持去。妇更持还,传语云:“衣不经新,何由而故?”桓公大笑,著之。

【注释】

1. 桓车骑:指桓冲,字幼子,谯国龙亢(在今安徽怀远)人,桓温之弟。官至车骑将军。著:穿。

【译文】

桓冲不喜欢穿新衣服。有次洗完澡后,妻子故意叫人送新衣服给他。桓冲非常生气,催促那人将衣服拿走。妻子又让人拿着衣服送了回来,并传话说:“衣服不经过新的,怎么能变成旧的呢?”桓冲听后大笑,就穿上了新衣。

二五、无烦复往

王右军郗夫人谓二弟司空、中郎曰[1]:“王家见二谢[2],倾筐倒庋(guǐ)[3];见汝辈来,平平尔。汝可无烦复往。”

【注释】

1. 王右军:指王羲之。郗夫人:王羲之的妻子,太尉郗鉴之女。司空、中郎:指郗鉴之子郗愔、郗昙。郗愔在简文帝时拜司空,但辞谢不肯就职,死后追赠司空。郗昙曾任北中郎将。 2. 二谢:指谢安、谢万。 3. 倾筐倒庋:把竹筐里、架子上的东西全都倒出来,比喻尽其所有,款待丰盛。庋,放器物的架子。

【译文】

王羲之的妻子郗夫人对两个弟弟郗愔、郗昙说:“王家的人见谢安、谢万过来,把所有的东西都拿出来招待他们;见你们过来,却态度平常。你们之后可以不用再来了。”

二六、道韫薄夫

王凝之谢夫人既往王氏[1],大薄[2]凝之。既还谢家,意大不说[3]。太傅[4]慰释曰:“王郎,逸少之子[5],人才亦不恶,汝何以恨乃尔?”答曰:“一门叔父,则有阿大、中郎[6]。群从兄弟,则有封、胡、遏(è)、末[7]。不意天壤[8]之中,乃有王郎!”

【注释】

1. 王凝之:字叔平,王羲之次子。曾任江州刺史、左将军、会稽内史。谢夫人:谢道韫,安西将军谢奕之女,王凝之妻,聪慧有才。

2. 薄：轻视，看不起。 3. 说：通“悦”。 4. 太傅：指谢安，谢道韫叔父。 5. 逸少：指王羲之，字逸少。 6. 阿大：指谢尚，谢安从兄。中郎：指谢据，谢安次兄。 7. 封：谢韶的小字。谢韶字穆度，官至车骑司马。胡：谢朗的小字。谢朗字长度，官至东阳太守。遏：谢玄的小字。谢玄字幼度，死后赠车骑将军。末：谢琰，一说为谢渊。 8. 天壤：天地。

【译文】

王凝之的妻子谢夫人嫁到王家之后，非常看不起丈夫王凝之。她回到谢家后，心里很不高兴。谢安安慰宽解她说：“王凝之是王羲之的儿子，人品才华也不错，你为什么不满意到这种程度呢？”谢夫人回答说：“我们谢家叔父辈中有谢尚、谢据，我同辈的兄弟中，有谢韶、谢朗、谢玄、谢琰。没想到天地之间，竟然有王凝之这种人！”

二七、韩母留几

韩康伯[1]母，隐古几毁坏[2]。卞鞠(jū)见几恶[3]，欲[4]易之。答曰：“我若不隐此，汝何以得见古物？”

【注释】

1. 韩康伯：韩伯，字康伯，曾任豫章太守、丹阳尹。 2. 隐：倚着，靠着。几：小或矮的桌子。 3. 卞鞠：卞范之，韩母的外孙。恶：坏了。 4. 易：替换。

【译文】

韩康伯的母亲平日靠着的旧小桌子损坏了，她的外孙卞鞠看到小桌子坏了，就想换掉它。韩母回答说：“我如果不靠着这个，你又怎么能见到古物!”(按:卞鞠生活奢侈,韩母的话是对他的讽刺。)

二八、道韫劝弟

王江州夫人语谢遏曰[1]:“汝何以都不复进,为是尘务经心[2],天分有限?”

【注释】

王江州夫人:指王凝之妻谢夫人。王凝之曾任江州刺史,故称王江州。夫人指谢道韫。谢遏:谢玄,字幼度,小字遏,陈郡阳夏(在今河南太康)人,谢道韫的弟弟。 2. 为是:抑或,还是。尘务:世俗事务。经心:烦心。

【译文】

王凝之的妻子谢道韫对谢玄说:“你为什么一点都没有长进?是世俗事务烦心,还是天分有限呢?”

二九、死亦同穴

郗嘉宾[1]丧,妇兄弟欲迎妹归,终不肯归。曰:“生纵不得与郗郎同室,死宁不同穴[2]!”

【注释】

1. 郗嘉宾:郗超,字景兴,小字嘉宾,高平金乡(在今山东金乡)人。司空郗愔之子。 2. 生纵不得与郗郎同室……不同穴:典出《诗经·王风·大车》“穀则异室,死则同穴”,原句意为活着不能与你同室,死后愿意与你同葬。穀,活着。郗超的妻子化用此句表明自己对郗超坚贞不渝的爱情。

【译文】

郗超死后，他妻子的兄弟想要将妹妹接回家中，她始终不愿意回去，说："从此活着纵然不能和郗郎同居一室，死了难道还不能和他葬在一起吗？"

三〇、林下风致

谢遏绝重其姊(zǐ)[1]，张玄[2]常称其妹，欲以敌[3]之。有济尼者，并游[4]张、谢二家。人问其优劣，答曰："王夫人神情散朗，故有林下风气[5]。顾家妇清心玉映[6]，自是闺房之秀。"

【注释】

1. 谢遏：指谢玄。其姊：指谢玄姐姐谢道韫。 2. 张玄：张玄之，字祖希，官至吴兴太守。 3. 敌：匹敌。 4. 游：交往，来往。 5. 林下风气：指名士的风采气度。 6. 顾家妇：张玄妹，嫁顾氏。清心玉映：内心清透，如同美玉生辉。

【译文】

谢玄非常推崇自己的姐姐，张玄常常称赞自己的妹妹，他想要拿她跟谢玄的姐姐比较。有一个叫济尼的尼姑，同时和张、谢两家有交往，有人问她这两位女子的高下，她回答说："谢玄的姐姐王夫人神态飘逸爽朗，确实有名士的风采气度。张玄的妹妹顾家媳妇内心清透，如同美玉生辉，自然是妇女中的翘楚。"

三一、眼耳关神

王尚书惠[1]尝看王右军夫人,问:“眼耳未觉恶不?”答曰:“发白齿落,属乎形骸;至于眼耳,关于神明,那可便与人隔!”

【注释】

1. 王尚书惠:王惠,字令明,王劭之孙,属于王羲之的孙辈。

【译文】

王惠曾经去探望王羲之的夫人,问她:“您的眼睛、耳朵没有觉得不好吧?”她回答说:“头发变白,牙齿掉落,这是人外在躯体的衰老,至于眼睛和耳朵,和人内在精神相关,哪里会因为衰老和人有隔阂呢?”

三二、韩母哭孙

韩康伯[1]母殷,随孙绘之[2]之衡阳,于阖(hé)庐洲中逢桓南郡[3]。卞鞠是其外孙,时来问讯[4]。谓鞠曰:“我不死,见此竖二世作贼[5]!”在衡阳数年,绘之遇桓景真之难也[6],殷抚尸哭曰:“汝父昔罢豫章,征书朝至夕发。汝去郡邑数年,为物不得动,遂及于难,夫复何言?”

【注释】

1. 韩康伯:韩伯,字康伯。 2. 绘之:韩绘之,字季伦,韩康伯之子,官至衡阳太守。 3. 阖庐洲:今江苏省南京市北大江中。桓南郡:指桓玄。桓玄,桓温之子,谯国龙亢(在今安徽怀远)人。袭封南郡公。 4. 卞鞠:指卞范之,殷氏外孙。卞范之是桓玄党羽,殷氏与桓玄相遇时,卞鞠正跟随桓玄作乱。问讯:问候。 5. 见此竖二世作贼:二世指桓温和桓玄父子。桓温久怀谋反之心,事未成而死。

桓玄也有谋朝篡位之意。竖,对人的蔑称,意为小子。　6.桓景真之难:桓亮,字景真,桓温之孙,桓玄之侄。桓玄谋逆被杀后,桓亮聚众于长沙,杀害了衡阳前太守韩绘之。

【译文】

韩康伯的母亲殷氏,跟随孙子韩绘之一起去衡阳,在阖庐洲遇见桓玄。卞鞠是殷氏的外孙,当时过来询问她的情况,殷氏对卞鞠说:“我不死,看桓温、桓玄两代人做反贼!”殷氏在衡阳待了几年,韩绘之在桓亮的叛乱中被杀害,殷氏抚摸着他的尸体哭着说:“你的父亲当初被罢免豫章太守时,征调的命令早上到,他晚上就离开。你离开郡守的职位已经几年,却为其他事而不能动身,终于遭遇灾祸,还有什么可说的呢?”

术解　第二十

一、阮咸神解

荀勖(xù)善解音声[1],时论谓之闇(暗)解[2]。遂调律吕[3],正雅乐[4]。每至正会[5],殿庭作乐,自调宫商[6],无不谐韵。阮咸[7]妙赏,时谓神解。每公会作乐,而心谓之不调。既无一言直勖,意忌之,遂出[8]阮为始平太守。后有一田父[9]耕于野,得周时玉尺,便是天下正尺,荀试以校己所治钟鼓、金石、丝竹,皆觉短一黍[10],于是伏[11]阮神识。

【注释】

1. 荀勖:字公曾,颍川颍阴(在今河南许昌)人。晋初任中书监、侍中。善解音律。音声:音乐声律。 2. 闇解:精通。 3. 律吕:古时用来校正乐音的器具。以十二个竹管制成,依管的长短来确定音阶。从低音管算起,成奇数的六管称“律”,成偶数的六管称“吕”。后遂以律吕为音律的统称。 4. 雅乐:正乐。古代郊庙朝会所用的音乐。 5. 正会:皇帝元旦朝会群臣、接受朝贺的礼仪。 6. 宫商:古时以宫、商、角、徵、羽为五音,后以宫商泛指音律。 7. 阮咸:字仲容,陈留尉氏(在今河南尉氏)人,竹林七贤之一。曾任散骑侍郎、始平太守,妙解音律,善弹琵琶。 8. 出:出任地方官。 9. 田父:农夫。 10. 黍:黄米。古代把一百粒黍排列起来的长度认作一尺,以此为尺度来制律管。 11. 伏:通“服”,佩服。

【译文】

荀勖善于辨别乐音,当时人们认为他很精通。于是由他调整音律的标准,校正郊庙朝会的音乐,每次到元旦举行朝贺礼时,殿堂上演奏音乐,他都亲自调整音调,没有不符合韵律的。阮咸善于赏鉴音乐,当时人认为他是神解。每次公家集会奏乐时,他心里总认为不协调。阮咸没有一句肯定荀勖的话，荀勖内心猜忌他，就将他外放做始平太守。之后有个农夫在田地里耕作，挖到了周朝时的玉尺，这是天下尺度的标准，荀勖尝试用这把玉尺校对自己制作的钟鼓、金石、丝竹等各种乐器，发现都短了一黍，这才佩服阮咸对音乐神妙的见识。

二、车脚烧笋

荀勖尝在晋武帝坐上食笋进饭，谓在坐人曰："此是劳薪炊也[1]。"坐者未之信，密遣问之，实用故车脚[2]。

【注释】

1. 晋武帝：司马炎，司马昭之子。劳薪炊：将使用过度的木材当作柴火。旧时木轮车的车脚吃力最大，使用数年后，用来烧柴。2. 车脚：车轮。

【译文】

荀勖曾经在晋武帝司马炎的宴席上吃笋下饭，对在座的人说："这是用使用过度的木材做柴火烧的。"座上的人不相信，偷偷派人去问，才知道确实是用旧车轮作柴烧出来的。

三、折臂三公

人有相羊祜（hù）父墓[1]，后应出受命君[2]。祜恶其言，遂掘断墓后，以坏其势。相者立视之曰："犹应出折臂三公[3]。"俄而祜坠马折臂，位果至公。

【注释】

1. 相：占看风水。羊祜：字叔子，泰山南城(在今山东平邑)人。官至平南大将军。 2. 受命君：受命于天的君王。 3. 三公：古代地位最高的三个官职的合称，晋代的三公指太尉、司徒、司空。

【译文】

有人相看羊祜父亲的墓地，称羊家的后代会出现天子。羊祜很厌恶这话，于是挖断了墓穴后面的部分来破坏墓地的风水大势。相师马上又去看，说："还会出断臂的三公。"不久后羊祜从马上掉下来摔断了胳膊，后来官位果然做到了三公。

四、善解马性

王武子[1]善解马性。尝乘一马，著连钱障泥[2]。前有水，终日不肯渡。王云："此必是惜障泥。"使人解去，便径渡。

【注释】

1. 王武子：王济，字武子，太原晋阳(在今山西太原)人，王浑之子，官至太仆。 2. 连钱障泥：指障泥上装饰的花纹如同连在一起的铜钱。障泥，垂于马腹两侧用于遮挡尘土的东西。

【译文】

王济善于了解马的习性，他曾经骑一匹马，马腹两侧垂着装饰有连钱花纹的障泥，前面有水，马始终不肯渡过去。王济说："这一定是因为它舍不得弄脏障泥。"就叫人解下障泥，马就直接渡过去了。

五、焉知非福

陈述为大将军掾(yuàn)[1],甚见爱重。及亡,郭璞[2]往哭之,甚哀,乃呼曰:“嗣祖,焉知非福!”俄而大将军作乱[3],如其所言。

【注释】

1. 陈述:字嗣祖。有美名,任大将军王敦的属官。掾:官府属员。 2. 郭璞:字景纯,河东闻喜(在今山西闻喜)人。精通卜算之术。初受王导器重,后在王敦属下任记室参军。 3. 大将军作乱:永昌元年(公元322年),王敦以要诛杀刘隗为名起兵反叛。

【译文】

陈述担任大将军王敦的属官,非常受王敦的爱惜和敬重。他死后,郭璞去吊丧,非常悲哀,竟然大声呼喊说:“陈嗣祖,怎么知道不是一种福分呢?”不久后王敦谋反,正如同郭璞所说的那样。

六、微服探璞

晋明帝解占冢宅[1],闻郭璞为人葬,帝微服[2]往看。因问主人:“何以葬龙角[3]? 此法当灭族!”主人曰:“郭云:‘此葬龙耳,不出三年,当致天子。’”帝问:“为是出天子邪?”答曰:“非出天子,能致天子问耳。”

【注释】

1. 晋明帝:指司马绍。占冢宅:相看墓地风水。 2. 微服:帝王或高官为隐瞒身份而改穿平民便服。 3. 龙角:看风水的人以墓地的整体为龙,葬龙角指将灵柩葬于龙角位置。

【译文】

晋明帝司马绍会看墓地风水，听说郭璞替人找了一处墓穴，就打扮成普通人去察看。去了以后于是问主人："为什么要葬在龙角上？这种葬法会导致灭族！"主人说："郭璞说了：'这是葬在龙耳上，不超过三年，就能招来天子。'"晋明帝继续问他："难道是家族后代中会出现天子吗？"主人回答说："不是会出现天子，而是会引天子来询问。"

七、暨阳择墓

郭景纯过江[1]，居于暨阳[2]，墓去水不盈百步[3]，时人以为近水。景纯曰："将当为陆。"今沙涨，去墓数十里皆为桑田[4]。其诗曰："北阜(fù)烈烈，巨海混混；垒垒三坟，唯母与昆[5]。"

【注释】

1. 郭景纯：郭璞，字景纯。过江：西晋灭亡时，晋王室东渡，以建康为都城建立东晋。当时王公贵族及大量平民也随之过江。 2. 暨阳：今江苏江阴县。 3. 去：距离。盈：满。 4. 桑田：农田。 5. 北阜烈烈……唯母与昆：大意为，北山险峻陡峭，大海波涛滚滚。三座坟墓高高堆起，那就是母亲和两个哥哥。阜，土山。烈烈，高峻的样子。混混，波涛滚滚的样子。昆，哥哥。

【译文】

郭璞过江后，住在暨阳，选择的墓地距离水边不超过百步，当时有人认为离水太近了。郭璞说："之后河水会变为陆地。"如今泥沙上涨，距离墓地几十里的地方都变成了农田。郭璞的诗中说："北阜烈烈，巨海混混；垒垒三坟，唯母与昆。”

八、委罪于树

王丞相[1]令郭璞试作一卦，卦成，郭意色甚恶，云：“公有震厄[2]！”王问：“有可消伏[3]理不？”郭曰：“命驾[4]西出数里，得一柏树，截断如公长，置床上常寝处，灾可消矣。”王从其语。数日中，果震柏粉碎，子弟皆称庆。大将军云：“君乃复委罪于树木[5]。”

【注释】

1. 王丞相：指王导。 2. 震厄：雷灾。震是八卦中的雷象。厄，灾难。 3. 消伏：消除。 4. 命驾：命令人驾驶车马。 5. 大将军：指王敦。委罪：推卸罪责。

【译文】

丞相王导让郭璞试着为自己算一卦，卦象出来后，郭璞的心情和脸色很不好，说：“您会遭遇雷击的灾祸！”王导问他：“有什么可以消弭灾祸的办法吗？”郭璞说：“命令仆人驾车往西行驶几里，找到一棵柏树，截下一段和您身量相当的树干，放在您床上经常睡的位置，可以消除灾祸。”王导按照他的吩咐去做。几日后，雷电果然把柏木劈得粉碎，王家的子弟都向王导道贺。大将军王敦说：“你竟然将罪责推到了树木上。”

九、别酒主簿

桓公有主簿善别酒[1]，有酒辄令先尝，好者谓“青州从事”，恶者谓

"平原督邮"。青州有齐郡[2],平原有鬲县[3]。"从事"言"到脐"[4],"督邮"言在"鬲上住"[5]。

【注释】

1. 桓公:指桓温。主簿:官名,主管文书印鉴。别:辨别。 2. 青州:汉十三刺史部之一。齐郡:郡名,属青州,治所在临淄(在今山东淄博市东北)。 3. 平原:郡国名。西汉置郡,治所在平原(在今山东平原县西南)。鬲县:晋属平原郡,在今山东平原县。 4. "从事"言"到脐":从事,官名。青州从事可管辖齐郡,齐郡的齐,古可用为"脐",即肚脐。主簿用此表示酒劲可以到肚脐。 5. "督邮"言在"鬲上住":督邮,属官名,代表太守督察县乡,宣达教令,兼司狱讼捕亡。平原郡督邮可以巡查下属的鬲县。"鬲""膈"谐音,指代酒力只到膈上。

【译文】

桓温有一位主簿,擅长鉴别酒,有酒总是让他先品尝,好酒称作"青州从事",不好的称为"平原督邮"。这么说是因为青州有个齐郡,平原有个鬲县。"从事"是指酒力一直能到肚脐(齐郡),"督邮"则指酒力到膈(鬲县)上就停止了。

一〇、法开视脉

郗愔信道甚精勤[1],常患腹内恶,诸医不可疗。闻于法开[2]有名,往迎之。既来,便脉云:"君侯所患,正是精进太过所致耳。"合[3]一剂汤与之。一服,即大下[4],去数段许纸如拳大,剖看,乃先所服符也。

【注释】

1. 郗愔：字方回，高平金乡（在今山东金乡）人。官至会稽内史，死后赠侍中、司空。道：天师道。精勤：勤勉虔诚。 2. 于法开：东晋僧人。 3. 合：配。 4. 下：腹泻。

【译文】

郗愔信奉天师道非常勤勉虔诚。他常常肚子不舒服，请来很多医生都没有治好。听说于法开很有名，就去接他来替自己看病。于法开来了之后，替郗愔诊脉后说："您所得的病，正是因为过分专心求进而造成的。"配了一副汤药给郗愔，他一喝下去就大泻，泻下几堆像拳头那么大的纸，剖开一看，竟是郗愔之前所吞下的道符。

一一、妙解经脉

殷中军[1]妙解经脉，中年都废。有常所给使[2]，忽叩头流血。浩问其故，云："有死事，终不可说。"诘问良久，乃云："小人母年垂百岁，抱疾来久，若蒙官一脉，便有活理。讫[3]就屠戮无恨。"浩感其至性，遂令舁（yú）[4]来，为诊脉处方。始服一剂汤，便愈。于是悉焚经方。

【注释】

1. 殷中军：指殷浩，字深源，陈郡长平（在今河南西华）人，东晋重臣，官至中军将军。 2. 给使：供差遣役使的人。 3. 讫：完毕，结束。 4. 舁：抬。

【译文】

殷浩精通医术，但中年以后就弃置了。有一个经常服侍他的仆人，一天突然向他磕头，磕得流出血来。殷浩问他缘故，这个人说：

“有关生死的事,始终不便说。”殷浩追问他很久,他才说:“小人的母亲将近一百岁了,身体患病很久,如果能蒙您诊一次脉,就有活下来的可能,等事情结束后,我即使被杀也没有遗憾。”殷浩被他孝顺母亲的诚心所感动,就让他把母亲抬过来,替她诊脉开药方。刚喝下一副药,就马上痊愈了。从此殷浩就将医书全部烧掉了。

巧艺　第二十一

一、弹棋之戏

弹棋[1]始自魏宫内,用妆奁(lián)[2]戏。文帝[3]于此戏特妙,用手巾角拂[4]之,无不中。有客自云能,帝使为之。客著葛巾[5]角,低头拂棋,妙逾[6]于帝。

【注释】

1. 弹棋:古代流行的一种游戏。晋人徐广《弹棋经》的记载是"二人对局,黑白各六枚,先列棋相当,下呼上击之"。 2. 妆奁:女子梳妆用的镜匣。 3. 文帝:指魏文帝曹丕。 4. 拂:拨。 5. 葛巾:用葛布制成的头巾。 6. 逾:超过。

【译文】

弹棋最早出现在魏代后宫,用金钗玉梳在女子梳妆的镜匣上游戏。魏文帝曹丕对这种游戏非常精通,用手巾角去弹棋子,没有不中的。有位客人自称擅长弹棋,文帝让他来试一试。客人戴着葛布做的头巾,低头用头巾角弹棋子,技艺精妙超过了文帝。

二、精巧楼观

陵云台楼观精巧[1],先称平众木轻重,然后造构,乃无锱(zī)铢(zhū)相负揭[2]。台虽高峻,常随风摇动,而终无倾倒之理。魏明帝[3]登台,惧其势危,别以大材扶持之,楼即颓坏。论者谓轻重力偏故也。

【注释】

1. 陵云台:楼台名,在今洛阳,三国魏时筑造。楼观:楼台。2. 锱铢:旧制锱为一两的四分之一,铢为一两的二十四分之一。锱铢比喻极其微小的数量。负揭：意指高低轻重。 3. 魏明帝：曹叡，字元仲，魏文帝曹丕之子。

【译文】

陵云台的楼台精致巧妙，建造前先称量所有木材的轻重，然后才开始筑造，因此楼台的所有柱子没有一点轻重高低不均的差误。楼台虽然高拔陡峭，经常随风摇动，但始终没有倒塌的可能。魏明帝曹叡登上陵云台，看到它似乎情势危险感到害怕，吩咐另外用大木头支撑它，楼台很快就倒塌了。谈论的人认为是重量偏向一边的缘故。

三、仲将能书

韦仲将[1]能书。魏明帝起[2]殿，欲安榜[3]，使仲将登梯题[4]之。既下，头鬓皓然[5]，因敕(chì)[6]儿孙："勿复学书。"

【注释】

1. 韦仲将：韦诞，字仲将。官至光禄大夫，有文学才能。 2. 起：建造。 3. 榜：匾额。 4. 题：书写。 5. 皓然：形容年老发白。 6. 敕：告诫。

【译文】

韦诞擅长书法。魏明帝建造宫殿，想挂匾额，让韦诞登着梯子上去题字。韦诞下来的时候，头发都已经白了，于是告诫子孙："不要再学书法了。"

四、各用所长

钟会是荀济北从舅[1],二人情好[2]不协。荀有宝剑,可直[3]百万,常在母钟夫人许[4]。会善书,学荀手迹,作书与母取剑,仍窃去不还。荀勖知是钟而无由得也,思所以报之。后钟兄弟以千万起一宅,始成,甚精丽,未得移住。荀极善画,乃潜往画钟门堂,作太傅[5]形象,衣冠状貌如平生。二钟[6]入门,便大感恸(tòng)[7],宅遂空废。

【注释】

1. 钟会:字士季。太傅钟繇之子,官至司徒。荀济北:荀勖。荀勖受封济北郡公。 2. 情好:交谊,友情。 3. 直:通“值”,价值。 4. 钟夫人:荀肸之妻,荀勖之母。许:处所。 5. 太傅:钟会之父钟繇,官至太傅。 6. 二钟:指钟会、钟毓兄弟二人。 7. 感恸:感伤哀痛。

【译文】

钟会是荀勖的从舅,两个人感情不和。荀勖有一口宝剑,价值百万,常常放在母亲钟夫人那里。钟会擅长书法,就模仿荀勖的笔迹,写信给钟夫人索取宝剑,最后偷偷拿走没有再归还。荀勖知道是钟会拿走的,却没有办法要回来,就想要报复他。后来钟会兄弟花费千万钱修建一处住宅,刚建成时,非常精美,还没有搬过去住。荀勖非常擅长绘画,于是偷偷跑去钟会新宅子在门堂前画了钟会亡父钟繇的图像,衣服容貌都和他活着时一模一样。钟会兄弟一进门,看到亡父画像,就非常感伤痛苦,于是这个宅子就被空置废弃了。

五、羊忱多艺

羊长和博学工书[1]，能骑射，善围棋。诸羊后多知书，而射、奕[2]余艺莫逮。

【注释】

1. 羊长和：羊忱，字长和。官至扬州刺史、侍中。工书：擅长书法。 2. 奕：通“弈”，即围棋。

【译文】

羊忱博学多才，擅长书法，会骑马射箭，还精通围棋。羊氏后人大都懂得书法，但骑射、棋艺等其他才能远远不如羊忱。

六、范宣重画

戴安道就范宣学[1]，视范所为：范读书亦读书，范抄书亦抄书。唯独好画，范以为无用，不宜劳思[2]于此。戴乃画《南都赋图》[3]；范看毕咨嗟[4]，甚以为有益，始重画。

【注释】

1. 戴安道：戴逵，字安道，谯国(在今安徽亳州)人。其人博学多识，擅长书画，后隐居会稽剡山。范宣：字宣子。其人安贫乐道，以讲学为业。 2. 劳思：费心思。 3.《南都赋图》：根据汉代张衡的《南都赋》绘制的画作，表现了汉朝旧都南阳的盛况。南都，即南阳，东汉光武帝起于南阳，因在洛阳之南而得名南都。 4. 咨嗟：赞叹。

【译文】

戴逵跟随范宣求学，看范宣怎么做：范宣读书，也跟着读书，范宣抄书,也跟着抄书。唯独爱好绘画,范宣认为没有用处,不应该在这上面过于耗费心力。戴逵于是画了一幅《南都赋图》,范宣看后非常感叹,认为绘画很有好处,这才开始重视绘画。

七、顾长康画

谢太傅云:"顾长康[1]画,有苍生来所无。"

【注释】

1. 顾长康:顾恺之,字长康,晋陵无锡(在今江苏无锡)人。擅长绘画,精于人物,代表作有《女史箴图》《洛神赋图》。

【译文】

太傅谢安说:"顾恺之的画,是人类出现以来从未有过的。"

八、道季评画

戴安道中年画行像甚精妙[1]。庾道季[2]看之,语戴云:"神明太俗,由卿世情未尽。"戴云:"唯务光[3]当免卿此语耳。"

【注释】

1. 戴安道:戴逵,字安道。行像:一种宗教仪式,即把佛像安置在装饰性的花车上,众人随其巡行瞻仰、膜拜。 2. 庾道季:庾龢,字道季,庾亮之子。官至丹阳尹、中领军。 3. 务光:传说为夏朝隐士,商汤曾想把天下让给他,他拒绝商汤后抱着石头跳水自尽。

【译文】

戴逵中年时画行像非常精妙,庾龢看了他的画后,对他说:"你的画神态意趣太俗，是因为你还没有摆脱世俗之情。”戴逵说：“恐怕只有务光才能免于你这样的评论吧。”

九、颊益三毛

顾长康画裴叔则[1]，颊上益[2]三毛。人问其故，顾曰：“裴楷俊朗有识具，正此是其识具。”看画者寻之，定觉益三毛如有神明，殊胜未安时。

【注释】

1. 顾长康：顾恺之，字长康。裴叔则：裴楷，字叔则，河东闻喜（在今山西闻喜）人，历任吏部郎、河南尹、中书令。 2. 益：增加。

【译文】

顾恺之给裴楷画像，在他的面颊上增添了三撇胡须。有人问他这么画的原因，顾恺之回答：“裴楷俊逸爽朗，很有才识，这正能表现他的才识。”看画的人研究画像，确实觉得增添三根胡子好像有了神采，远远胜过没画的时候。

一〇、围棋妙称

王中郎[1]以围棋是坐隐，支公[2]以围棋为手谈[3]。

【注释】

1. 王中郎：指王坦之。 2. 支公：支遁。 3. 坐隐、手谈：均为围棋的别称。

【译文】

王坦之认为围棋是坐隐，支道林认为围棋是手谈，即通过手来交谈。

一一、轻云蔽日

顾长康好写起人形，欲图殷荆州[1]，殷曰："我形恶[2]，不烦耳。"顾曰："明府[3]正为眼尔。但明点童[4]子，飞白[5]拂其上，使如轻云之蔽日。"

【注释】

1. 图：画。殷荆州：指殷仲堪，陈郡长平（在今河南西华）人，官至荆州刺史。 2. 我形恶：殷仲堪瞎了一只眼，所以不愿意让人画像。 3. 明府：汉魏以来太守、牧尹皆称府君或明府君，省称明府。 4. 童：通"瞳"，瞳孔。 5. 飞白：指在书法创作中，笔画露白，如干枯之笔所写。这里指用飞白笔法作画。

【译文】

顾恺之喜欢画人物肖像，想要画荆州刺史殷仲堪，殷仲堪说："我形象丑恶，不劳烦你了。"顾恺之说："您只是为了眼睛的缘故罢了。只要点明瞳仁，再用飞白的笔法轻轻掠过上面，就能让它像轻盈的白云遮蔽太阳一样。"

一二、宜置丘壑

顾长康画谢幼舆[1]在岩石里。人问其所以，顾曰："谢云：'一丘一壑，自谓过之[2]。'此子宜置丘壑中。"

【注释】

1. 谢幼舆：谢鲲，见前注。 2. 一丘一壑，自谓过之：原句见"品藻"第十七则。

【译文】

顾恺之为谢鲲画像,将人物安置在山岩中。有人问他为什么这么做,顾恺之说:“谢鲲曾说:‘一丘一壑,自谓过之。’所以他应当被安置在山崖丘陵里。”

一三、传神阿堵

顾长康画人,或数年不点目精[1]。人问其故,顾曰:“四体妍蚩(chī)[2],本无关于妙处;传神写照[3],正在阿堵[4]中。”

【注释】

1. 目精:眼睛。 2. 妍蚩:美丑。 3. 写照:描写刻画。 4. 阿堵:这,这个。

【译文】

顾恺之画人像,有时几年不画眼睛。有人问他原因,他说:“人形体的美丑,原本和精妙之处无关,画像想要生动地描绘人物,正在眼睛这里。”

一四、长康论画

顾长康道:“手挥五弦易,目送归鸿难[1]。”

【注释】

1. 手挥……鸿难:这里顾恺之引用嵇康《赠秀才入军·其十四》中的诗句来表现作画的难易,原句为“目送归鸿,手挥五弦”。

【译文】

顾恺之说:“画出手挥五弦的动作容易,但在图画中表现目送归鸿的神态是很难的。”(按:顾恺之在大量的绘画创作中,提炼出了许多有价值的绘画理论,其中极为重要的就是不拘泥于现实真实,更注重传神达意。此则故事借由嵇康的诗句更直接地表达了顾恺之的创作体验:在绘画中,相对于表现凝固的动作,更难的是传达情态,在外在表象之后的东西是更难表达的。)

宠礼　第二十二

一、元帝正会

元帝[1]正会,引王丞相[2]登御床,王公固辞[3],中宗引之弥[4]苦。王公曰:“使太阳与万物同晖,臣下何以瞻仰?”

【注释】

1. 元帝:指晋元帝司马睿,死后庙号中宗。 2. 王丞相:指王导。元帝初为琅琊王时,王导就与其相友善,东晋建立后,又帮助元帝安抚南方士族,巩固政权。 3. 固辞:坚决推辞。 4. 弥:更加。

【译文】

晋元帝司马睿在元旦举行朝贺礼时,要拉着丞相王导登上御座,王导坚决推辞,元帝更加用力拉他,王导说:“如果让太阳和万物一起发光,那么我们做臣子的该怎么瞻仰它呢?”(按:在东晋建立的过程中,王导与从兄王敦的支持为政局稳定起到了重要作用,从而形成“王与马,共天下”的格局。当时世家大族蕃盛,君权旁落,而南渡的北方士族与江东本地世家大族同样摩擦不断,在这种情况下,王导拒绝与元帝同坐是恪守君臣之分的表现,同时也是树立帝王威信的手段。)

二、袁伏之袁

桓宣武尝请参佐入宿[1],袁宏、伏滔相次而至[2]。莅(lì)[3]名府中,复有袁参军[4],彦伯疑焉,令传教[5]更质。传教曰:“参军是袁、伏之袁,复何所疑?”

【注释】

1. 桓宣武:桓温。参佐:僚属,部下。 2. 袁宏:字彦伯,陈郡阳夏(在今河南太康)人。初为桓温大司马记室参军,后为吏部郎、东阳太守。伏滔:字玄度。有才学,少知名。相次:先后,相继。3. 莅:到。　4. 参军:官名,主参谋军务。　5. 传教:负责传达政教命令的官吏。

【译文】

桓温曾经请部下入府住宿,袁宏、伏滔先后到达,到府上签名时,因为桓温属下还有一个袁姓参军,袁宏有些疑虑,担心不是自己,就让传令的官吏再去查问一下。传令官说:"参军就是袁、伏的袁,又有什么可疑虑的?"

三、并有奇才

王珣、郗超并有奇才[1],为大司马所眷拔[2]。珣为主簿,超为记室参军[3]。超为人[4]多须,珣状短小,于时荆州为之语曰:"髯(rán)[5]参军,短主簿。能令公喜,能令公怒。"

【注释】

1. 王珣:字元琳,小字法护,琅琊临沂(在今山东临沂)人。王导的孙子。官至尚书令,封东亭侯。郗超:字景兴,小字嘉宾。　2. 大司马:指桓温。眷拔:爱重提拔。　3. 记室参军:掌管文书的属官。4. 为人:外表,形貌。　5. 髯:两颊的胡须。

【译文】

王珣和郗超都有出众的才华,受到大司马桓温的宠信提拔。王珣担任主簿,郗超担任记室参军。郗超长有很多胡须,王珣身材矮小,当时荆州人为他们作歌谣说:"大胡子参军,矮个子主簿,能让桓公高兴，又能让桓公发怒。”

四、无日不往

许玄度停都一月[1]，刘尹[2]无日不往，乃叹曰：“卿复少时不去，我成轻薄京尹[3]！”

【注释】

1. 许玄度：许询，字玄度，东晋名士。都：京都建康。 2. 刘尹：指刘惔。 3. 京尹：京兆尹，京都的长官。

【译文】

许询在京都停留了一个月，丹阳尹刘惔没有一天不去见他，还感叹说：“您如果过些日子还不离开，我就要成轻薄京尹了。”

五、伏滔预坐

孝武[1]在西堂会，伏滔预坐[2]。还，下车呼其儿，语之曰：“百人高会，临坐未得他语，先问：‘伏滔何在？在此不？’此故未易得。为人作父如此，何如？”

【注释】

1. 孝武：指晋孝武帝司马曜，简文帝司马昱之子。 2. 预坐：在座。

【译文】

晋孝武帝司马曜在西堂会见臣子，伏滔也在座。他回家后，下车叫来自己的儿子，对他说：“百人聚集的盛会，天子刚坐下没有说其他话,先问:‘伏滔在哪里?在这里吗?’这本来是不容易得到的。你的父亲做到这样,你认为怎么样?”

六、移晨达莫

卞范之为丹阳尹,羊孚南州暂还[1],往卞许,云:“下官疾动[2]不堪坐。”卞便开帐拂褥,羊径上大床,入被须枕。卞回坐倾睐(lài)[3],移晨达莫[4]。羊去,卞语曰:“我以第一理期卿,卿莫负我。”

【注释】

1. 羊孚:字子道,桓玄亲信。南州:指姑孰。 2. 疾动:疾病发作。 3. 倾睐:侧目看。 4. 莫:通“暮”。

【译文】

卞范之担任丹阳尹时,羊孚从南州暂时回京,去卞范之的住处,说:“下官疾病发作,坐不住。”卞范之就撤开帐子,拂拭褥子,于是羊孚直接上了大床,钻进被子,靠着枕头。卞范之回到座位坐着,侧目注视着他,这样从早上一直到晚上。羊孚离开时,卞范之对他说:“我把最重要的事情托付给你,你不要辜负了我。”

任诞　第二十三

一、竹林七贤

陈留阮籍、谯(qiáo)国嵇康、河内山涛三人年皆相比[1],康年少亚[2]之。预[3]此契者,沛国刘伶、陈留阮咸、河内向秀、琅琊王戎[4]。七人常集于竹林之下,肆意酣畅,故世谓"竹林七贤"。

【注释】

1. 陈留阮籍:阮籍,字嗣宗,陈留尉氏(在今河南尉氏)人。建安七子中的阮瑀之子。好老庄之学,任性放达。曾任步兵校尉,世称阮步兵。正始之音的代表,著有《咏怀诗》八十二首、《大人先生传》。谯国嵇康:嵇康,字叔夜,谯国铚县(在今安徽濉溪)人。好老庄之学,著有《养生论》。四言诗成就较高,代表作有《赠秀才入军》。曾任中散大夫,世称嵇中散。河内山涛:山涛,字巨源,河内怀县(在今河南武陟)人。相比:相近。 2. 亚:次于。 3. 预:参与。 4. 沛国刘伶:刘伶,字伯伦,沛国(在今安徽淮北)人。其人不拘礼法,纵酒避世。曾任建威参军。著有《酒德颂》。陈留阮咸:阮咸,字仲容,陈留尉氏人。步兵校尉阮籍之侄,与阮籍并称"大小阮"。河内向秀:向秀,字子期。河内怀县人,曾为《庄子》做注。琅琊王戎:王戎,字濬冲。琅琊临沂(在今山东临沂)人。官至司徒,封安丰县侯。

【译文】

陈留郡的阮籍、谯国的嵇康、河内郡的山涛三个人年纪都很相近,嵇康比其他两个人年纪略小。参与他们聚会的,又有沛国的刘伶、陈留郡的阮咸、河内郡的向秀、琅琊郡的王戎。这七个人常常聚集在竹林中,毫无顾忌地痛快饮酒,所以时人称他们为"竹林七贤"。(按:曹魏末年,曹氏与司马氏之间的政治斗争越发酷烈,为了夺取政权,司马师、司马昭兄弟大肆诛锄异己,树立威权。阮籍、嵇康在政治上都比较亲近曹魏,在当时的环境中,为了避祸全身,他们只能用清谈、饮酒、佯狂等形式来排遣激愤苦闷的心情。竹林七贤大多爱好老庄之学,"非汤武而薄周孔,越名教而任自然",然而七人在人生态度、政治信仰上却千差万别,导致了各人最终的不同结局:嵇康因名声过盛、性格过分刚直耿介遭钟会谗陷诛杀;阮籍、向秀迫于政治压力不得不选择与司马氏合作,出仕为官;山涛、王戎则积极投身政途,做到了高官显爵。尽管如此,竹林七贤仍然成为后人歆慕的超逸旷达名士之风度的象征。)

二、服丧饮啖

阮籍遭母丧,在晋文王[1]坐进酒肉。司隶何曾亦在坐[2],曰:"明公方以孝治天下,而阮籍以重丧,显于公坐饮酒食肉,宜流之海外,以正风教。"文王曰:"嗣宗毁顿[3]如此,君不能共忧之,何谓?且有疾而饮酒食肉,固丧礼也[4]!"籍饮啖(dàn)不辍[5],神色自若。

【注释】

1. 晋文王:司马昭。 2. 司隶:指司隶校尉,主管察举百官及京师近郡治安。何曾:字颖考。官至太傅。 3. 毁顿:因居丧过哀而致精神委顿。 4. 且有疾而饮酒食肉,固丧礼也:《礼记·曲礼》载:"居丧之礼,头有创则沐,身有疡则浴,有疾则饮酒食肉,疾止复初。不胜丧,乃比于不慈不孝。"指服丧期间,如有身体不适等特殊情况可以沐浴、喝酒吃肉,如果因为过于哀痛而伤害身体,反而是不孝顺的行为。 5. 啖:吃。辍:停止。

【译文】

阮籍在为母亲服丧期间，在晋文王司马昭的宴会上喝酒吃肉。司隶校尉何曾也在座，他对晋文王说："您现在正在用孝道治理天下，而阮籍身带重丧，却公然在您的宴会上喝酒吃肉，应该把他流放到海外，来端正风俗教化。"晋文王说："阮籍因为居丧过哀委顿成这个样子，你不能替他分担忧愁，还说什么呢？况且有病而喝酒吃肉，也是服丧礼节所允许的。"阮籍在旁边吃喝不停，表情神态从容自若。

三、刘伶病酒

刘伶病酒，渴甚，从妇求酒。妇捐[1]酒毁器，涕泣谏[2]曰："君饮太过，非摄生之道[3]，必宜断之！"伶曰："甚善。我不能自禁，唯当祝鬼神自誓断之耳。便可具酒肉。"妇曰："敬闻命。"供酒肉于神前，请伶祝誓。伶跪而祝曰："天生刘伶，以酒为名，一饮一斛，五斗解酲(chéng)[4]。妇人之言，慎不可听！"便饮酒进肉，隗(wěi)[5]然已醉矣。

【注释】

1. 捐：丢弃。 2. 谏：劝说。 3. 摄生之道：指养生的办法。语出《老子》："盖闻善摄生者，陆行不遇兕虎，入军不被兵甲。" 4. 酲：指酒醒后神志不清。 5. 隗：高峻的样子。

【译文】

刘伶沉迷饮酒，有一次非常口渴，向妻子索要酒喝。妻子将酒倒掉，又毁掉盛酒的器物，哭着劝告他说："您喝酒太过度了，这不是养生的办法，一定要把酒戒掉！"刘伶说："很好，只是我自己戒不了酒，只有在鬼神面前亲自立誓戒酒才行。你可以马上准备酒肉(奉献给鬼神)。”妻子说:“听从您的吩咐。”就在神像前供奉了酒肉,请刘伶立誓。刘伶跪下祝告说:“天生下我刘伶,因喝酒而出名,一口气能喝十斗,五斗就能消除酒病。妇人家的话,千万不可以听从!”说完就喝酒吃肉,醺醺然醉倒了。

四、终日共醉

刘公荣[1]与人饮酒,杂秽[2]非类。人或讥之,答曰:“胜公荣者,不可不与饮;不如公荣者,亦不可不与饮;是公荣辈者,又不可不与饮。”故终日共饮而醉。

【注释】

1. 刘公荣:刘昶,字公荣。为人通达好酒,官至兖州刺史。2. 杂秽:杂乱不纯。

【译文】

刘昶和别人一起喝酒时,和不同身份的人混杂在一起。有人讥讽他,他回答说:“胜过我的人,不能不和他一起喝酒;不如我的人,也不能不和他一起喝酒;和我同类的人,更不能不和他一起喝酒。”所以他每天和别人一起饮酒而大醉。

五、步兵校尉

步兵校尉[1]缺,厨中有贮[2]酒数百斛,阮籍乃求为步兵校尉。

【注释】

1. 步兵校尉:官名。汉代京师置屯兵八校尉,步兵校尉掌管上林苑门屯兵。 2. 贮：储存。

【译文】

步兵校尉的官职有空缺，那里的后厨储存有几百斛美酒，阮籍就请求调去做步兵校尉。

六、刘伶放达

刘伶恒纵酒放达，或脱衣裸形在屋中。人见讥之，伶曰："我以天地为栋宇[1]，屋室为裈(kūn)[2]衣，诸君何为入我裈中！"

【注释】

1. 栋宇：泛指房屋。 2. 裈：指合裆的短裤。

【译文】

刘伶一直毫无节制地喝酒，不受世俗礼法的约束，有时脱掉衣服光着身子在屋子里。有人见到了于是指责他，刘伶说："我将天地当作我的房子，把屋子当作我的衣裤，你们为什么要跑到我的裤子里！"

七、阮籍别嫂

阮籍嫂尝还家，籍见与别[1]。或讥之，籍曰："礼岂为我辈设也？"

【注释】

1. 阮籍嫂尝还家，籍见与别：《曲礼》中有"嫂叔不通问"，阮籍和嫂子告别有违礼法。

【译文】

阮籍的嫂子有一次回娘家，阮籍就当面和她告别。有人因为这件事指责他，阮籍回答说："礼法难道是为我们这类人制定的吗？"

八、醉眠妇侧

阮公邻家妇，有美色，当垆(lú)酤(gū)酒[1]。阮与王安丰[2]常从妇饮酒，阮醉，便眠其妇侧。夫始殊疑之，伺察，终无他意。

【注释】

1. 垆：旧时酒店里安放酒瓮的土台子，亦代指酒店。酤：卖酒。
2. 王安丰：指王戎，因功进封安丰县侯。

【译文】

阮籍邻居家的妇人长得很漂亮，在酒店里卖酒。阮籍和王戎经常去她那儿买酒喝，阮籍喝醉了，就睡在她旁边。妇人的丈夫刚开始很怀疑阮籍，偷偷观察他，发现阮籍自始至终没有其他意图。

九、阮籍葬母

阮籍当葬母，蒸一肥豚(tún)[1]，饮酒二斗，然后临诀，直言："穷矣[2]！"都[3]得一号，因吐血，废顿良久。

【注释】

1. 豚：猪。　2. 穷矣：是孝子哭丧语，按照晋时习俗，孝子遭受父母之丧时循例要哭唤"奈何"或"穷已(矣)"。　3. 都：总共。

【译文】

阮籍在为母亲下葬时，蒸了一头肥猪，又喝了二斗酒，然后跟母亲的遗体做最后告别，叫喊道："完了！"总共号哭了一声，就吐出鲜血，身体受到损伤很久不能恢复。（按：阮籍一向标持反对礼教，他与嫂嫂告别、眠于邻妇旁、在服丧期间饮酒吃肉的行为都是最直接的对礼教的反叛，然而阮籍对邻妇终无他意，在母亲去世后吐血委顿，都表明了他其实并非一个无视礼法的狂人。他对邻妇始终待之以礼，对母亲则深情至孝，所以说他并不否认风俗礼教本身，而是反对礼教外在的种种繁琐形式。司马氏杀戮曹氏一党，却标举"孝"的名义收拢人心，阮籍所厌恶的正是那些把礼教作为自己攫取利益名位手段的人，他的"反礼教"正表现在对礼表面形式的否定。）

一〇、未能免俗

阮仲容、步兵居道南[1]，诸阮居道北。北阮皆富，南阮贫。七月七日，北阮盛晒衣，皆纱罗锦绮[2]。仲容以竿挂大布犊鼻裈于中庭[3]。人或怪之，答曰："未能免俗，聊复尔耳。"

【注释】

1. 阮仲容：阮咸，字仲容。步兵：指阮籍。阮籍曾任步兵校尉。2. 七月七日：古代有七月七日晒衣服、书籍的习俗，据说这样能避免虫蛀。纱罗锦绮：各种华丽精美的丝织品。 3. 大布：粗布。犊鼻裈：短裤。

【译文】

阮咸和阮籍住在道路南边，其他阮姓人家住在道路北边。住在北边的阮家人都很富有,住在南边的阮家人则很贫穷。七月七日时,北边的阮家人晾晒衣服,都是珍贵精美的丝织品。阮咸用竹竿在庭院中挂起了自己的粗布短裤。有人觉得奇怪就问他怎么这样干,他回答说:“我不能摆脱风俗习惯,姑且这样做罢了。”

一一、方外之人

阮步兵[1]丧母,裴令公[2]往吊之。阮方醉,散发坐床,箕(jī)踞(jù)[3]不哭。裴至,下席于地,哭吊唁(yàn)[4]毕,便去。或问裴:“凡吊,主人哭,客乃为礼。阮既不哭,君何为哭?”裴曰:“阮方外[5]之人,故不崇礼制;我辈俗中人,故以仪轨[6]自居。”时人叹为两得其中。

【注释】

1. 阮步兵:指阮籍。 2. 裴令公:指裴楷。裴楷,字叔则,官至中书令。 3. 箕踞:两脚张开,两膝微曲地坐着,形状像箕。这是一种轻慢傲视的姿态。 4. 唁:同“唁”,意为对遭遇丧事者表示慰问。 5. 方外:世俗之外。 6. 仪轨:礼仪规范。

【译文】

阮籍母亲去世,裴楷去阮家吊丧。当时阮籍正喝醉了酒,披散着头发,两脚大张正坐在榻上,也没有哭。裴楷到了后,把席子放在地上,哭着吊唁完毕,就离开了。有人问裴楷:“一般吊丧,都是主人先哭,客人才能行礼节。阮籍既然不哭,你为什么哭呢?”裴楷说:“阮籍是超脱世俗礼教的人,所以不尊崇礼制,我们是世俗中的人,所以自己要遵守礼法规矩。”当时人们赞叹他在两方面都做得很妥当。

一二、人猪共饮

诸阮皆能饮酒,仲容[1]至宗人间共集,不复用常杯斟(zhēn)酌(zhuó)[2],以大瓮(wèng)[3]盛酒,围坐,相向大酌。时有群猪来饮,直接去上,便共饮之。

【注释】

1. 仲容:指阮咸。 2. 斟:往杯盏里倒饮料。酌:倒酒,喝酒。3. 瓮:一种盛东西的陶器。

【译文】

阮姓子弟都很能喝酒,阮咸来到同族人那里一起聚会,就不再用普通的酒杯倒酒喝,而是用大酒坛装酒,大家围坐在一起,面对着面一起痛饮。当时有一群猪也过来喝酒,直接凑上去,就一起喝起来了。

一三、不得复尔

阮浑[1]长成,风气韵度似父,亦欲作达。步兵曰:"仲容已预[2]之,卿不得复尔。"

【注释】

1. 阮浑:阮籍之子。官至太子中庶子。 2. 步兵:指阮籍。仲容:指阮咸。预:参与。

【译文】

阮浑长大后,风度气韵和他的父亲阮籍很像,也想学着放达。阮籍说:"家族里阮咸已经介入其中,你不能再这样了。"(按:尽管阮籍、嵇康常常以桀骜放旷的形象出现,但对于他们的子女,反而不愿意他们走上和自己一样的道路。阮籍不愿让儿子阮浑做放达之士，嵇康对儿子嵇绍也是如此。嵇康在得知山涛出仕并想荐举自己时，写下《与山巨源绝交书》表明心志，但是在临死前，却将儿女托付给山涛，并对儿子嵇绍说："巨源在，汝不孤矣。"这种矛盾之举更反映了当时名士为避祸而故作佯狂的痛苦和无奈。）

一四、了无异色

裴成公[1]妇，王戎女。王戎晨往裴许，不通径前。裴从床南下，女从北下，相对作宾主，了无异色。

【注释】

1. 裴成公：裴颀，字逸民，善清谈。官至尚书左仆射。

【译文】

裴颀的妻子是王戎的女儿。王戎一大早去裴颀的住处，没有通报就直接进去。裴颀从床南边下，他的妻子从床北边下，和王戎宾主相对，没有一点不自在的样子。

一五、重服追婢

阮仲容先幸姑家鲜卑[1]婢。及居母丧，姑当远移，初云当留婢，既发，定将去。仲容借客驴，著重服[2]自追之，累骑[3]而返，曰："人种不可失！"即遥集[4]之母也。

【注释】

1. 鲜卑：我国少数民族之一，本属东胡族。　2. 重服：最重的孝服,即为父母丧而穿的孝服。 3. 累骑:两人共乘一骑。 4. 遥集:阮孚,字遥集,阮咸之子。

【译文】

阮咸早先宠爱姑姑家一个鲜卑族的婢女。在他为母亲服丧时,阮咸的姑姑将要迁去远处,最开始说要把这个婢女留下来,等到出发,将婢女带走了。阮咸借了客人的驴子,穿着最重的孝服亲自去追她,最后与这位婢女两人骑着同一头驴子回来了,他说:"人种不能丢失。"这个婢女就是阮孚的母亲。

一六、一木难支

任恺既失权势,不复自检括[1]。或谓和峤[2]曰:"卿何以坐视元裒(póu)败而不救?"和曰:"元裒如北夏门[3],拉攞(捋)(luó)[4]自欲坏,非一木所能支。"

【注释】

1. 任恺:字元裒。贾充与任恺不和,令人检举他,最终使任恺免官。检括:检点约束。 2. 和峤:字长舆。和峤与任恺亲善,时为中书令,所以有人责怪他没有援救任恺。 3. 北夏门:大夏门,洛阳城门之一。 4. 拉攞:崩塌。

【译文】

任恺失去权势后,不再自我检点约束。有人问和峤说:"您为什么能眼看着任恺败亡而不援救呢?"和峤说:"任元裒就像是北夏门,它要崩塌的时候,不是一根木材能够支撑的。"

一七、不可复报

刘道真[1]少时,常渔[2]草泽,善歌啸,闻者莫不留连。有一老妪(yù)[3],识其非常人,甚乐其歌啸,乃杀豚进[4]之,了不[5]谢。妪见不饱,又进一豚。食半余半,乃还之。后为吏部郎,妪儿为小令史[6],道真超用[7]之。不知所由,问母,母告之,于是赍(jī)牛酒诣(yì)道真[8]。道真曰:“去!去!无可复用相报。”

【注释】

1. 刘道真:刘宝,字道真。 2. 渔:捕鱼。 3. 妪:年老的女人,有时也泛指妇女。 4. 进:奉上,呈上。 5. 了不:完全不。 6. 吏部郎:吏部的属官。小令史:掌文书的小吏。 7. 超用:越级任用。 8. 赍:带着。诣:拜访。

【译文】

刘宝少年时,常常在长满荒草的水边打鱼。他善于歌吟长啸,听到的人没有不徘徊留恋的。有一位老妇人,看出他不是普通人,很喜欢他的歌声,就杀猪送给他吃,刘宝完全不向人家道谢。老妇人见他没有吃饱,就又请他吃了一只猪,他吃了一半,剩下一半,就还给了这位老妇人。刘宝后来当上了吏部郎,老妇人的儿子是职位低下的令史,刘宝就越级任用他。这个小令史不知道这是什么缘故,就去问自己的母亲,母亲告诉了他,他就带着牛肉和酒去拜访刘宝。刘宝说:“走吧!走吧!我再没有什么可以回报你的了。”

一八、挂钱独饮

阮宣子[1]常步行,以百钱挂杖头,至酒店,便独酣畅。虽当世贵盛[2],不肯诣也。

【注释】

1. 阮宣子:阮修,字宣子,善清谈。 2. 贵盛:权贵显达。

【译文】

阮修常常徒步外出,拿一百钱挂在手杖上,到了酒店就一个人痛快喝酒。即使是当时的权贵显要,他也不愿意去造访。

一九、山简醉歌

山季伦[1]为荆州,时出酣畅。人为之歌曰:"山公时一醉,径造高阳池[2]。日莫[3]倒载归,酩(mǐng)酊(dǐng)[4]无所知。复能乘骏马,倒著白接篱[5]。举手问葛强,何如并州[6]儿?"高阳池在襄阳。强是其爱将,并州人也。

【注释】

1. 山季伦:山简,字季伦,河内怀县(在今河南武陟)人,山涛之子。历任荆州刺史、征南将军。 2. 高阳池:高阳池原是汉侍中习郁于襄阳岘山的养鱼之所。山简经常去那里喝酒,名之为高阳池。高阳池取郦食其高阳酒徒之意,《史记》记载郦食其拜访刘邦,刘邦以为他是儒生而不愿见他,他于是自称自己不是儒生,而是高阳酒徒。3. 日莫:日暮。 4. 酩酊:形容醉得很厉害。 5. 接篱:用白鹭羽毛做装饰的帽子。 6. 并州:今山西一带。

【译文】

山简任荆州刺史时,经常出去畅快饮酒。人们为他作了一首歌谣,其中唱道:“山公经常径自去高阳池,一醉方休。日落时倒卧在车上回去,醉醺醺地什么都不知道了。不久又能骑骏马了,只是白帽子已经颠倒。抬起手问爱将葛强,我和你并州的勇士比起来怎么样?”高阳池在襄阳。葛强是山简的爱将,是并州人。

二〇、即时杯酒

张季鹰纵任不拘,时人号为“江东步兵”[1]。或谓之曰:“卿乃可纵适[2]一时,独不为身后名邪?”答曰:“使我有身后名,不如即时一杯酒!”

【注释】

1. 张季鹰:张翰,字季鹰。性情旷达,见晋室将乱而辞官归隐。江东步兵:步兵指阮籍,而张翰是江东人,故称他为江东步兵。
2. 纵适:纵意安适。

【译文】

张翰纵情任性而不拘礼仪,当时的人称他为“江东步兵”。有人对他说:“你虽然能放纵快乐一时,难道不考虑死后的名声吗?”张翰回答:“让我有死后的名声,还不如现在来一杯酒!”(按:东汉末年以来,战乱纷呈,士人们建功立业的理想难以实现,而逐渐萌生了人世无常、生命短促的感慨。在此背景下,许多人秉持及时享乐的人生态度,以追求现世的快乐为目标。张翰将死后的声名置于生前杯酒之下,正象征着两晋士人个人意识的觉醒。)

二一、足了一生

毕茂世[1]云:“一手持蟹螯(áo),一手持酒杯,拍浮[2]酒池中,便足了一生。”

【注释】

1. 毕茂世:毕卓,字茂世。曾任吏部郎,后为平南长史。 2. 拍浮:游泳。

【译文】

毕卓说:“一只手拿着蟹腿,一只手拿着酒杯,在酒池子里游泳,这样就足够结束一辈子了。”

二二、一见如故

贺司空入洛赴命[1],为太孙舍人[2],经吴阊(chāng)门[3],在船中弹琴。张季鹰[4]本不相识,先在金阊亭[5],闻弦甚清,下船就[6]贺,因共语,便大相知说。问贺:“卿欲何之[7]?”贺曰:“入洛赴命,正尔进路。”张曰:“吾亦有事北京[8]。”因路寄载[9],便与贺同发。初不告家,家追问,乃知。

【注释】

1. 贺司空:指贺循,字彦先,会稽山阴(在今浙江绍兴)人,官至太常卿,死后赠司空。赴命:接受任命。 2. 太孙舍人:《晋书·贺循传》作太子舍人,是皇太子属官。 3. 吴阊门:古城门名,在今苏州西门。 4. 张季鹰:张翰。 5. 金阊亭:亭名,在古吴县(今苏州)阊门外。 6. 就:靠近。 7. 何之:去哪里。 8. 北京:指京都洛阳。贺循、张翰均为吴地人士,故称北方的京城为北京。 9. 寄载：搭乘。

【译文】

贺循去洛阳受命应召，担任太子舍人，经过吴阊门时，在船中弹琴。张翰原本不认识贺循，最初在金阊厅，听到琴声清越，便下船去找贺循，于是两人交谈起来，互相了解后谈得非常投机。张翰问贺循："你要去哪里？"贺循说："我要去洛阳赴命，正在赶路。"张翰说："我也有事要去洛阳。"于是顺路搭船，就和贺循一起走了。他最开始没有告诉家人，家人追索他才知道这件事。

二三、南塘夜出

祖车骑[1]过江时，公私俭薄[2]，无好服玩[3]。王、庾诸公[4]共就祖，忽见裘袍重叠，珍饰盈列。诸公怪问之。祖曰："昨夜复南塘一出[5]。"祖于时恒自使健儿鼓行[6]劫钞，在事之人[7]，亦容而不问。

【注释】

1. 祖车骑：指祖逖，字士稚，范阳遒县（在今河北涞水）人。死后追赠车骑将军。其人性情通达，不拘小节。 2. 公私俭薄：于公于私都不富裕。 3. 服玩：服饰器物。 4. 王、庾诸公：指王导、庾亮等人。 5. 南塘：秦淮河南岸。一出：去一趟。 6. 鼓行：古代行军时击鼓前进，因称行进为鼓行，引申为公开进行。 7. 在事之人：负责的官员。

【译文】

车骑将军祖逖过江去南方时，于公于私都很不富裕，没有精美的服饰器物。有一次王导、庾亮等人一起到祖逖那里去，忽然看见华贵的毛皮大衣成堆，珍贵的饰品满满排列。大家都很奇怪，就去问他。祖逖说：“昨天晚上又去了趟秦淮南岸。”祖逖当时常常派勇士公然劫掠。负责的官员，也只能容忍，不去查问。

二四、孔群好酒

鸿胪(lú)卿孔群好饮酒[1]，王丞相语云：“卿何为恒饮酒？不见酒家覆瓿(bù)[2]布，日月[3]糜烂？”群曰：“不尔[4]，不见糟肉[5]，乃更堪久。”群尝书与亲旧：“今年田得七百斛秫(shú)米[6]，不了麴(qū)蘖(niè)[7]事。”

【注释】

1. 鸿胪卿：官名，掌管朝贺庆吊等礼仪。孔群：字敬林，官至御史中丞。 2. 瓿：古代的一种小瓮，用以盛酒或水。 3. 日月：时间久了。 4. 不尔：不是这样。 5. 糟肉：用酒腌制的肉。 6. 秫米：高粱。 7. 麴蘖：曲蘖，指酒曲。这里引申为酿酒意。

【译文】

鸿胪卿孔群喜欢喝酒，丞相王导对他说：“你为什么总是喝酒？你难道没有看见酒店盖酒坛的布，时间久了就腐烂了吗？”孔群说：“不是这样的。您没有看见用酒腌制的肉吗，它比普通的肉存放时间更久。”孔群曾经给亲友写信说：“今年农田收成只有七百斛高粱，不够酿酒用的。”

二五、千里一曲

有人讥周仆射[1]：“与亲友言戏，秽杂无检节[2]。”周曰：“吾若万里长江,何能不千里一曲。”

【注释】

1. 周仆射:指周𫖮,字伯仁,汝南安成(在今河南汝南)人,官至尚书左仆射。 2. 检节:检点节制。

【译文】

有人责备仆射周𫖮:“你和亲朋好友说话玩笑,粗鄙不雅,不检点节制。”周𫖮说:“我好像万里长江,怎么能奔流千里而不拐一个弯呢?”

二六、卿可赎我

温太真[1]位未高时,屡与扬州、淮中估客樗(chū)蒲[2],与辄不竞[3]。尝一过[4],大输物,戏屈[5],无因[6]得反。与庾亮[7]善,于舫[8]中大唤亮曰:“卿可赎我!”庾即送直,然后得还。经此数四[9]。

【注释】

1. 温太真:温峤,字太真,太原祁县(在今山西祁县)人,官至尚书令、骠骑将军。 2. 估客:商人。樗蒲:古代一种赌博游戏,掷具最初由樗木制成。 3. 不竞:不能胜利。 4. 一过:一局。 5. 大输物:下了大赌注。戏屈:赌输。 6. 无因:没有办法。 7. 庾亮:字元规。东晋重臣。 8. 舫:船的通称。 9. 数四:多次。

【译文】

温峤职位还不高的时候,经常和扬州、淮中的商人一起赌博,赌起来总是赢不过别人。曾有一次去了后输得很惨,赌输了没有办法返回。温峤和庾亮关系很好,就在船中大喊庾亮:“你该来赎我了!”庾亮立刻把钱送过去,温峤才能走。这样的事发生了很多次。

二七、温公慢语

温公喜慢语[1],卞令[2]礼法自居。至庾公[3]许,大相剖击[4]。温发口[5]鄙秽,庾公徐曰:“太真终日无鄙言。”

【注释】

1. 温公:指温峤。慢语:轻慢随便地说话。 2. 卞令:指卞壸,字望之,官至尚书令。 3. 庾公:指庾亮。 4. 剖击:批评攻击。5. 发口:开口。

【译文】

温峤喜欢说轻慢随便的话,卞壸则用礼法自我约束。有次两个人到庾亮那里,在那儿互相攻击。温峤说出来的话非常粗鄙肮脏,庾亮却缓缓地说:“温峤整日出言不俗呀。”

二八、三日仆射

周伯仁风德雅重[1],深达危乱[2]。过江积年,恒大饮酒,尝经三日不醒。时人谓之“三日仆射”。

【注释】

1. 周伯仁:指周顗。风德:风范德行。 2. 深达:深明。危乱:危险动乱。

【译文】

周顗风范德行雅正持重,深知国家的危险动乱。过江去南方多年,常常酗酒,曾经连醉三天都不醒,当时人称他是“三日仆射”。

二九、箕踞对饮

卫君长为温公长史[1],温公甚善之。每率尔提酒脯就卫[2],箕踞相对弥日[3]。卫往温许,亦尔。

【注释】

1. 卫君长:卫永,字君长,官至右军长史。长史:丞相、三公、都督府、将军府等处的辅佐官吏。　2. 率尔:随便,无拘束。脯:干肉。3. 弥日:整天。

【译文】

卫永做温峤长史时,温峤非常信任看重他。温峤经常随便地提着酒肉去找卫永,两个人张开腿面对面坐着,一坐就是一整天。卫永去温峤的住处时也是这样。

三〇、郡卒智达

苏峻乱[1],诸庾逃散。庾冰[2]时为吴郡,单身奔亡。民吏皆去,唯郡卒独以小船载冰出钱塘口,籧(qú)篨(chú)[3]覆之。时峻赏募[4]觅冰,属所在搜检甚急。卒舍船市渚(zhǔ)[5],因饮酒醉还,舞棹(zhào)[6]向船曰:"何处觅庾吴郡,此中便是!"冰大惶怖,然不敢动。监司见船小装狭,谓卒狂醉,都不复疑。自送过淛(zhè)江[7],寄山阴魏家,得免。后事平,冰欲报卒,适其所愿。卒曰:"出自厮下[8],不愿名器[9]。少苦执鞭[10],恒患不得快饮酒。使其酒足余年毕矣,无所复须。"冰为起大舍,市奴婢,使门内有百斛酒,终其身。时谓此卒非唯有智,且亦达生[11]。

【注释】

1. 苏峻乱：咸和二年(公元 327 年)，苏峻以讨伐庾亮为名起兵反叛，攻占建康。庾亮战败南逃。 2. 庾冰：字季坚，庾亮的弟弟，时任吴郡内史。 3. 籧篨：粗竹席。 4. 募：搜求，搜捕。 5. 渚：水中的小块陆地。 6. 棹：船桨。 7. 淛江：浙江古名。 8. 厮下：地位卑贱的人。 9. 名器：用以分别尊卑的爵位及车服仪制。 10. 执鞭：指供人驱使。 11. 达生：《庄子·达生》中言："达生之情者，不务生之所无以为。"后将达生视为一种参透人生，不受世事牵累的处世态度。

【译文】

苏峻谋反时，庾家的人奔逃四散。庾冰当时担任吴国内史，一个人逃亡。吴郡的百姓和官吏都离开他逃命，只有郡中一个差役独自用小船载着他逃到钱塘口，用粗竹席遮掩他。当时苏峻悬赏搜捕庾冰，非常急切地要求各处搜查。差役把船停在小洲上买东西，趁着酒醉回来，挥舞着船桨对船喊："还在哪里找庾冰呢？这里面就是！"庾冰非常惶恐害怕，但不敢动弹。搜查的监司见船小舱窄，以为差役喝醉了说胡话，完全没有怀疑他。差役亲自送庾冰过浙江，寄藏在山阴魏家，庾冰最终脱险。之后苏峻谋反得以平定，庾冰想要报答那个差役，满足他的愿望。差役说："我出身卑贱，不想要什么名贵的器物，只是年少时就苦于受人驱使，常常忧虑不能痛快地喝酒，只要让我以后都能有足够的酒喝就行了，其他没有什么想要的。"庾冰就为他建造了一座大房子，买了奴仆婢女，让家中放有百斛酒，直到他去世。当时人认为这个差役不仅仅有智谋，处世的态度也很通达。

三一、不作邮差

殷洪乔[1]作豫章郡，临去，都下[2]人因附百许函书。既至石头，悉掷水中，因祝曰："沉者自沉，浮者自浮，殷洪乔不能作致书邮[3]。"

【注释】

1. 殷洪乔：殷羡，字洪乔，官至豫章太守。　2. 都下：京都。3. 致书邮：送信的邮差。

【译文】

殷羡担任豫章太守，临走时，京都人给他一百多封信件请他转交。他到了石头城，把这些信件全都扔进了水里，接着祷告说："该沉下去的就沉下去，该浮起来的就浮起来，我殷洪乔不能做送信的邮差。"

三二、谢尚起舞

王长史、谢仁祖同为王公掾[1]，长史云："谢掾能作异舞。"谢便起舞，神意甚暇[2]。王公熟视，谓客曰："使人思安丰[3]。"

【注释】

1. 王长史：指王濛，曾任司徒左长史。谢仁祖：谢尚，字仁祖，陈郡阳夏（在今河南太康）人，谢鲲之子。历任尚书仆射、镇西将军、豫州刺史。王公：指王导。掾：官署属员。　2. 暇：悠闲。　3. 安丰：王戎，字濬冲，封安丰侯。

【译文】

王濛、谢尚都是王导的属官，王濛说："谢尚能跳奇特的舞蹈。"谢尚于是起来跳舞，神态非常悠闲，王导仔细观看着，对客人说："这让人想起王戎。"

三三、衣衰赴宴

王、刘共在杭南[1]，酣宴于桓子野[2]家。谢镇西往尚书墓还[3]，葬后三日反哭[4]。诸人欲要[5]之，初遣一信，犹未许，然已停车。重要，便回驾。诸人门外迎之，把臂[6]便下，裁得脱帻（zé）著帽[7]，酣宴半坐，乃觉未脱衰（cuī）[8]。

【注释】

1. 王、刘：王指王濛，刘指刘惔。两人齐名而关系亲善，都善于清谈，故常常并称王、刘。杭南：桁南。桁，指东晋都城建康的朱雀桥，靠近王、谢家族所居住的乌衣巷。杭南即王、谢族人聚居之地。　2. 桓子野：桓伊，字叔夏，小字子野，谯国铚县（在今安徽濉溪）人，官至护军将军。　3. 谢镇西：指谢尚，字仁祖，官至镇西将军、豫州刺史。尚书：指谢裒，谢尚的叔叔。曾任吏部尚书。　4. 反哭：古代丧礼仪式，葬后迎死者神主回祖庙，并哭祭。　5. 要：通"邀"，邀请。　6. 把臂：握着手臂。　7. 裁：同"才"。帻：古代的头巾。　8. 衰：丧服。

【译文】

王濛和刘惔都住在朱雀桥南乌衣巷，一起到桓伊家中酣饮宴会。谢尚从叔叔谢裒的陵墓回返，刚完成谢裒安葬后三天的反哭礼。王濛等人想要邀请他参加宴会，最开始派人送信请他，他没有答应，但已经停车。再次邀请他，就掉转了车头往回走。大家在门外迎接他，挽着手臂就下车了，只来得及脱下头巾戴上帽子，就在宴会上痛饮起来。坐了一段时间后，才发现还没有脱下丧服。

三四、旁若无人

桓宣武[1]少家贫，戏[2]大输，债主敦[3]求甚切，思自振[4]之方，莫知所出。陈郡袁耽[5]，俊迈多能。宣武欲求救于耽。耽时居艰[6]，恐致疑，试以告焉，应声[7]便许，略无慊（qiàn）吝[8]。遂变服怀布帽随温去，与债主戏。耽素[9]有艺名，债主就局曰："汝故当不办作袁彦道邪？"遂共戏。十万一掷，直上百万数，投马绝叫[10]，傍若无人，探布帽掷对人曰："汝竟识袁彦道不？"

【注释】

1. 桓宣武：指桓温。　2. 戏：博戏。　3. 敦：督促。　4. 自振：自救。　5. 袁耽：字彦道。魁梧爽朗，气度超迈，官至从事中郎。6. 居艰：居丧。　7. 应声：随声。　8. 慊吝：觉得为难，不答应他人的请求。慊，不满，怨恨。　9. 素：一向。　10. 马："码"的古字。古代用以计算的筹码。绝叫：大声喊叫。

【译文】

桓温少年时家里贫穷，曾和人赌博输了很多钱，债主催促还债非常急切。桓温想要找自救的办法，不知道去哪里找。陈郡的袁耽俊朗豪迈，多才多艺，桓温想要向他求救。当时袁耽正在服丧，恒担心他会犹豫，就尝试着把自己的事情告诉他，哪知袁耽听完随口就答应了，一点也没有为难的样子，他换了丧服，揣上布帽，跟着桓温一起去和债主赌博。袁耽一向有技艺高超的名声，债主临开局时说："你应该不会有袁耽那么厉害吧?”于是一起玩,一局赌注十万钱,一直增加到百万。袁耽每次投掷骰子都大声喊叫,如同旁边没有人一样。赢够了之后他从怀里掏出布帽扔向对面的人说:“你究竟认不认识袁彦道?”

三五、酒使人远

王光禄[1]云:“酒,正使人人自远[2]。”

【注释】

1. 王光禄:指王蕴,字叔仁,小字阿兴。官至尚书左仆射、镇军将军、会稽内史,死后追赠左光禄大夫。 2. 自远:自己忘掉自己。

【译文】

王蕴说:“酒正是能使人人都忘掉自己。”

三六、狂士孙统

刘尹[1]云:“孙承公[2]狂士,每至一处,赏玩累日[3],或回至半路却返。”

【注释】

1. 刘尹:指刘惔。刘惔,字真长,官至丹阳尹。 2. 孙承公:孙统,字承公。曾任鄞令、馀姚令。性格狂诞不受拘束,爱好山水。 3. 累日:多日。

【译文】

刘尹说:“孙承公是一位狂放的人,每到一个地方,都要连着几天欣赏游玩,有时回到半路又返回去。”(按:魏晋时期值得注意的一点是人们对自然山水的亲近,当时名士大都喜爱游山玩水,这种社会风气也影响到文学创作,谢灵运清秀的山水诗正是在这种情况下创作的。)

三七、恨妹不多

袁彦道[1]有二妹:一适殷渊源[2],一适谢仁祖[3]。语桓宣武云:"恨[4]不更有一人配卿。"

【注释】

1. 袁彦道:指袁耽。　2. 适:旧称女子出嫁。殷渊源:殷浩,字渊源,官至中军将军。　3. 谢仁祖:指谢尚。　4. 恨:遗憾。

【译文】

袁耽有两个妹妹,一个嫁给了殷浩,一个嫁给了谢尚。他对桓温说:"可惜不能再有一个妹妹许配给你。"

三八、偶遇遗民

桓车骑[1]在荆州,张玄[2]为侍中,使至江陵[3],路经阳岐村。俄[4]见一人持半小笼生鱼,径来造船,云:"有鱼,欲寄作脍(kuài)[5]。"张乃维舟[6]而纳之,问其姓字,称是刘遗民[7]。张素闻其名,大相忻(xīn)[8]待。刘既知张衔命[9],问:"谢安、王文度[10]并佳不?"张甚欲话言,刘了无停意。既进脍,便去,云:"向得此鱼,观君船上当有脍具,是故来耳。"于是便去。张乃追至刘家,为设酒,殊不清旨[11]。张高其人,不得已而饮之。方共对饮,刘便先起,云:"今正伐荻(dí)[12],不宜久废。"张亦无以留之。

【注释】

1. 桓车骑：指桓冲，字幼子，桓温之弟。曾任荆州刺史，官至车骑将军。 2. 张玄：一作张玄之，字祖希，官至冠军将军、吴兴太守。3. 江陵：晋时为荆州治所，在今湖北省。 4. 俄：一会儿。 5. 脍：细切的肉。 6. 维舟：系船停泊。 7. 刘遗民：刘驎之，字子骥，南阳人，有名的隐士。 8. 忻：喜悦。 9. 衔命：奉命，受命。 10. 王文度：王坦之，字文度。 11. 清旨：清洁美味。 12. 荻：一种草本植物，形似芦苇。

【译文】

车骑将军桓冲任荆州刺史时，张玄担任侍中。恒派他去江陵，路上经过阳岐村。不一会儿见有一个人提着小半笼活鱼，直接过来要上船，说："我这儿有鱼，想要委托你帮我做成鱼脍。"张玄就系舟停下，让这个人上船，问他的姓名，这个人自称是刘驎之。张玄早就听过他的名字，非常高兴地接待他。刘驎之知道张玄身带使命后，问他："谢安、王坦之都还好吗？"张玄非常想要和他交谈，但刘驎之没有一点想要停留的意思。吃了鱼脍之后，就要离开，说："刚刚捉到了这些鱼，看您船上应当有做鱼脍的工具，所以过来了。"说完就离开了。张玄追到刘驎之家中，刘驎之为他准备了酒，既不清澈，也不好喝。张玄敬佩他的人品，不得已喝了。两人一起相对饮酒没多久，刘驎之便先一步起身，说："现在正要割荻，不应该耽误太久。"张玄也没有办法挽留他。

三九、负之而趋

王子猷（yóu）诣郗雍州[1]，雍州在内，见有㲮（tà）㲪（毛）（dēng）[2]，云:“阿乞那得此物?”令左右送还家。郗出觅之,王曰:“向[3]有大力者负之而趋。”郗无忤色[4]。

【注释】

1. 王子猷:王徽之,字子猷,琅琊临沂(在今山东临沂)人,王羲之之子,官至黄门侍郎。郗雍州:指郗恢,字道胤,小名阿乞,官至雍州刺史。 2. 毾㲪:带花纹的细毛毯。 3. 向:刚才。 4. 忤色:怨怒之色。

【译文】

王献之去拜访郗恢,郗恢在内室里,王献之看到房中有带花纹的细毛毯,说:“阿乞哪里得来的这东西?”说着就让身边的人送到自己家里。郗恢出来找毛毯,王献之说:“刚刚有个大力士拿着跑掉了。”郗恢听后,面上没有不高兴的神色。

四〇、谢安失牛

谢安始出西[1]戏,失车牛,便杖策[2]步归。道逢刘尹[3],语曰:“安石将无伤?”谢乃同载而归。

【注释】

1. 出西:指到京都建康。 2. 杖策:拄杖。 3. 刘尹:指刘惔。

【译文】

谢安刚到建康时出去游玩,丢失了车和驾车的牛,就拄着手杖步行回去。路上遇到了刘惔,刘惔对他说:“安石大概没有丧气吧?”谢安就和他一起乘车回去。

四一、罗友逸事

襄阳罗友有大韵[1]，少时多谓之痴。尝伺人祠[2]，欲乞食，往太蚤[3]，门未开。主人迎神出见，问以非时，何得在此？答曰："闻卿祠，欲乞一顿食耳。"遂隐门侧。至晓，得食便退，了无怍(zuò)[4]容。为人有记功，从桓宣武平蜀，按行蜀城阙观宇[5]，内外道陌[6]广狭，植种果竹多少，皆默记之。后宣武漂洲与简文集[7]，友亦预[8]焉。共道蜀中事，亦有所遗忘，友皆名列，曾无错漏。宣武验以蜀城阙簿，皆如其言。坐者叹服。谢公云："罗友讵(jù)减魏阳元[9]！"后为广州刺史，当之镇，刺史桓豁语令莫来宿[10]，答曰："民已有前期[11]。主人贫，或有酒馔之费，见与甚有旧。请别日奉命。"征西密遣人察之。至日，乃往荆州门下书佐[12]家，处之怡然[13]，不异胜达[14]。在益州语儿云："我有五百人食器。"家中大惊。其由来清，而忽有此物，定是二百五十沓乌樏(lěi)[15]。

【注释】

1. 罗友：字宅仁，襄阳(在今湖北襄阳)人。性格旷达，不拘小节。官至襄阳太守、广州刺史、益州刺史。大韵：出众的气度。2. 伺：观察。祠：祭祀。 3. 蚤：同"早"。 4. 怍：惭愧。 5. 按行：巡行。观宇：宫殿楼阁。 6. 道陌：道路。 7. 漂洲：当作溧洲。简文：指简文帝司马昱，当时为会稽王。 8. 预：参与。9. 魏阳元：魏舒，字阳元。晋武帝时，官至司徒。 10. 桓豁：字朗子，桓温的弟弟，代桓温任荆州刺史，官至征西大将军，死后赠司空。莫："暮"，晚上。 11. 前期：前约。 12. 书佐：官名，主办文书的佐吏。 13. 怡然：愉悦的样子。 14. 胜达：权贵显达。 15. 乌樏：黑漆食盒。樏，古代一种盛食物的器具，像盘，中间有隔档。

【译文】

襄阳人罗友气度出众,少年时人们都认为他痴傻。曾经探知有人祭神,想要讨要一些食物,去得太早,门还没有开。主人出来迎神见到他,问他:时间还没到,为什么会在这里?罗友回答说:“听说您要祭祀,想要讨一顿饭吃罢了。”于是藏在门的侧边,等到天亮,拿到食物便离开,没有一点羞愧的样子。他生性有超人的记忆力,跟随桓温平定蜀地,顺着巡视蜀地的楼殿宫阁,内外道路的宽窄,种植果树竹木的多少,他都默默记了下来。之后桓温在溧洲与简文帝开会,罗友也在其中。桓温和简文帝一起说起蜀地的事情,也有一些遗忘的,罗友都一项项列出来,一点也没有错误和遗漏。桓温拿着蜀地宫殿簿子查验,和罗友所说的一样,在座的人都非常赞叹敬服。谢安说:“罗友不比魏阳元差!”之后罗友担任广州刺史,将要去镇上,荆州刺史桓豁让他晚上来家中住,他回答说:“我已经和别人提前约好了。那家主人非常贫困,或许有酒食的破费,对我又有旧情。请允许我改日再去您家中拜访。”桓豁偷偷派人观察,到了晚上,罗友竟然去荆州刺史门生、一个主办文书的佐吏家中,罗友和这个人相处时愉快的样子,和与达官贵人交往没有什么不同。罗友在益州曾对儿子说:“我有五百人用的餐具。”家人非常吃惊。罗友一向很清廉,忽然这么多餐具,一定是指那二百五十件套的黑色食盒。

四二、一往情深

桓子野[1]每闻清歌,辄唤[2]:“奈何!”谢公闻之,曰:“子野可谓一往有深情。”

【注释】

1. 桓子野：桓伊，字叔夏，小字子野。官至护军将军。善音乐。2. 唤：这里指帮腔呼喊。

【译文】

桓伊每次听到清唱，就帮腔呼喊道："奈何！"谢安听说之后，说："子野真可以说是一往情深！"

四三、陈尸行殡

张湛好于斋前种松柏[1]。时袁山松出游，每好令左右作挽歌[2]。时人谓："张屋下陈尸，袁道上行殡(bìn)[3]。"

【注释】

1. 张湛：字处度，官至中书郎。斋：屋舍。古人有在墓地种植松柏的习俗，所以人们说张"屋下陈尸"。 2. 袁山松：一作袁崧。官至吴郡太守。挽歌：哀悼死者的歌。 3. 殡：停放灵柩或把灵柩送到墓地去。

【译文】

张湛喜欢在房屋前种松柏。当时袁山松出去游玩，常常喜欢让身边随从唱挽歌。当时人说："张湛家门前停尸，袁山松行路上送葬。"(按：死一向是人们所避讳的话题，但在魏晋时期，一方面社会混乱，暴卒横死成为常事，一方面人们受佛道思想影响，对于死亡的态度也更加坦然。于是原先人们所避忌、以为不吉的事情，魏晋士人却浑不在意，这样的事反而被视作旷达。)

四四、白羊肉美

罗友作荆州从事,桓宣武为王车骑集别[1]。友进坐良久,辞出,宣武曰:“卿向欲咨事,何以便去?”答曰:“友闻白羊肉美,一生未曾得吃,故冒求前耳。无事可咨。今已饱,不复须驻[2]。”了无惭色。

【注释】

1. 桓宣武:指桓温,当时为荆州刺史。王车骑:指王洽。王洽,字敬和,丞相王导之子。集别:聚会送行。 2. 驻:停留。

【译文】

罗友担任荆州从事时,有次桓温为王车骑举行集会送别。罗友进场后坐了很久,然后告辞离开,桓温说:“你之前想要询问事情,怎么这就要走了?”罗友回答说:“我听说白羊的肉很美味,一辈子没有吃过,所以假托求见而进来罢了。其实没有什么事情要询问的。现在我已经吃饱了,不需要再留在这里了。”他说这些话时没有一点惭愧的神色。

四五、酒后挽歌

张驎[1]酒后挽歌甚凄苦,桓车骑[2]曰:“卿非田横门人[3],何乃顿尔[4]至致?”

【注释】

1. 张驎:指张湛,驎为张湛小字。 2. 桓车骑:指桓冲。3. 田横门人:田横为秦末起义首领之一,刘邦统一天下后,田横因不肯向刘邦称臣而自杀。田横自杀后,他的门人为伤悼他而作挽歌。

4. 顿尔：突然。

【译文】

张湛饮酒后唱挽歌，歌声非常凄苦。桓冲说："你不是田横的门人，怎么突然悲伤成这样？"

四六、子猷种竹

王子猷[1]尝暂寄人空宅住，便令种竹。或问："暂住何烦尔？"王啸咏良久，直指竹曰："何可一日无此君？"

【注释】

1. 王子猷：指王徽之。

【译文】

王徽之曾经暂借他人空闲的屋子居住，去后便令人种植竹子。有人问："暂时借住何必这么麻烦呢？"王徽之啸歌吟咏许久，指着竹子说："怎么能一天没有这位先生呢？"

四七、雪夜访戴

王子猷居山阴[1]，夜大雪，眠觉，开室命酌酒，四望皎然[2]。因起彷徨[3]。咏左思《招隐》诗[4]，忽忆戴安道[5]。时戴在剡(shàn)[6]，即便夜乘小船就之。经宿[7]方至，造[8]门不前而返。人问其故，王曰："吾本乘兴而行，兴尽而返，何必见戴！"

【注释】

1. 山阴：县名，晋时属会稽郡。　2. 皎然：明亮洁白的样子。

3. 彷徨：徘徊。 4. 左思：字太冲，西晋文学家。著有《三都赋》《咏史》《招隐》。《招隐》诗：共二首，描写隐士生活。 5. 戴安道：戴逵，字安道。 6. 剡：县名，今浙江嵊县。 7. 经宿：经过一夜。 8. 造：到。

【译文】

王徽之住在山阴时，一天晚上下起大雪，他从睡梦中醒来，打开屋子命人倒酒。四下远望，月光明亮洁白。于是起身徘徊，吟诵左思的《招隐》诗，忽然思念起了好友戴逵。当时戴逵在剡县，王徽之就马上乘小船连夜去找他。划了一个晚上的船才到达，到了门口却不进门就返回了。有人问他原因，王徽之说："我本来就是乘着性子去，兴致不再就返回，为什么一定要见戴逵呢！"

四八、引人入胜

王卫军[1]云："酒正自引人著胜地。"

【注释】

1. 王卫军：王荟，字敬文，丞相王导之子。官至会稽内史、镇军将军，死后追赠卫军将军。

【译文】

王荟说："酒确实带着人去美妙的境地。"

四九、不交一言

王子猷出都，尚在渚[1]下。旧闻桓子野[2]善吹笛，而不相识。遇桓于岸上过,王在船中,客有识之者云:“是桓子野。”王便令人与相闻云:“闻君善吹笛,试为我一奏。”桓时已显贵,素闻王名,即便回下车,踞胡床,为作三调。弄[3]毕,便上车去。客主不交一言。

【注释】

1. 渚:此处指青溪渚。 2. 桓子野:指桓伊。 3. 弄:演奏。

【译文】

王徽之出京都,船还停在青溪渚。他曾听闻桓伊擅长吹笛子,却不认识。正好遇到桓伊从河岸上经过,王徽之在船里,客人里有认识桓伊的人说:“那是桓伊。”王徽之就派人去给桓伊传话说:“听说您擅长吹笛,请为我演奏一番。”桓伊当时已经显达尊贵,一向听说王徽之的大名,就马上回马下车,坐在胡床上,为王徽之演奏三调。演奏结束,就上车离开,客主二人自始至终没有说一句话。

五〇、温酒犯讳

桓南郡被召作太子洗马[1],船泊荻渚[2]。王大服散后已小醉[3],往看桓。桓为设酒,不能冷饮,频语左右:“令温酒来!”桓乃流涕呜咽,王便欲去。桓以手巾掩泪,因谓王曰:“犯我家讳[4],何预卿事?”王叹曰:“灵宝故自达。”

【注释】

1. 桓南郡:指桓玄。太子洗马:东宫太子属官。 2. 荻渚:地名,今湖北江陵。 3. 王大:王忱,字元达,小字佛大,太原晋阳(在今山西太原)人,王坦之之子。官至荆州刺史。服散:服用五石散。五石散,又称寒食散,因配剂中有紫石英、白石英、赤石脂、钟乳石、硫黄五石而得名，流行于魏晋。服用后身体发热，需要疾走散热，称为行散，也不能饮冷酒。　4. 家讳：父祖的名讳。“温”为桓玄父亲桓温的名讳。

【译文】

桓玄被征召做太子洗马，赴任途中，船停泊在荻渚。当时王忱大量服食五石散后，已经微有醉意，他前去探望桓玄。桓玄为王忱准备酒，王忱不能喝冷酒，多次对身边的随从说：“叫人温酒来！”桓玄于是流泪哽咽，王忱见状就想要离开。桓玄拿手巾擦泪，然后对王忱说：“犯了我父亲的名讳，和你有什么关系？”王忱感叹道：“灵宝（桓玄）确实旷达。”

五一、酒浇垒块

王孝伯问王大[1]：“阮籍何如司马相如？”王大曰：“阮籍胸中垒块[2]，故须酒浇之。”

【注释】

1. 王孝伯：王恭，字孝伯，太原晋阳（在今山西太原）人。王大：指王忱。　2. 垒块：比喻心中郁结的不平之气。

【译文】

王恭问王忱：“阮籍和司马相如比怎么样？”王忱说：“阮籍胸中郁结如垒块，所以需要用酒来浇它。”（按：指阮籍和司马相如其他都很相似，只有饮酒这一点不同。）

五二、形神不亲

王佛大[1]叹言："三日不饮酒，觉形神不复相亲。"

【注释】

1. 王佛大：王忱，小字佛大。

【译文】

王忱感叹说："三天不喝酒，就感觉身体和精神不再亲密。"（按：汉末以来，士人饮酒之风大盛，魏晋名士经常聚众酣饮，也不止一次地提出酒可以解愁忘忧，使人忘却俗事，而达到精神的超脱。在酒之外，五石散也成了士人们逃避现实的道具，借外物的麻醉，形成了魏晋恣情狂放的时代风气。）

五三、何谓名士

王孝伯言："名士不必须奇才。但使常得无事，痛饮酒，熟读《离骚》，便可称名士。"

【译文】

王恭说："名士不一定需要有出众的才能，只要能经常闲着无事，痛快喝酒，熟读《离骚》，就可以称作名士了。"

五四、终为情死

王长史登茅山[1]，大恸[2]哭曰："琅琊王伯舆，终当为情死！"

【注释】

1. 王长史：王廞，字伯舆，曾任司徒长史。茅山：山名。在今江苏句容县东南。 2. 恸：悲痛。

【译文】

王廞登上茅山，非常悲痛地哭着说："琅琊王伯舆，最终将为情而死！"

简傲　第二十四

一、酣放自若

晋文王[1]功德盛大，坐席严敬，拟于王者。唯阮籍在坐，箕踞啸歌，酣放自若。

【注释】

1. 晋文王：指司马昭。

【译文】

晋文王司马昭功劳大，威望高，座席间人们都非常严肃庄重，和在君王面前一样。只有阮籍伸开腿坐着，吟咏歌唱，痛饮狂放，和平常一样。

二、公荣在坐

王戎弱冠[1]诣阮籍，时刘公荣[2]在坐。阮谓王曰："偶有二斗美酒，当与君共饮。彼公荣者，无预焉。"二人交觞酬酢(zuò)[3]，公荣遂不得一杯。而言语谈戏，三人无异。或有问之者，阮答曰："胜公荣者，不得不与饮酒；不如公荣者，不可不与饮酒；唯公荣，可不与饮酒[4]。"

【注释】

1. 弱冠：古代男子二十岁行冠礼，表示已经成年。但体还未壮，故称弱冠。　2. 刘公荣：刘昶，字公荣。　3. 交觞：互相敬酒。酢：客人用酒回敬主人。　4. 胜公荣者……可不与饮酒：刘公荣曾说："胜公荣者，不可不与饮；不如公荣者，亦不可不与饮；是公荣辈者，又不可不与饮。"(见任诞第四则)阮籍此处引用他的话来调侃他。

【译文】

王戎年轻时拜访阮籍，当时刘昶也在。阮籍对王戎说："恰好有二斗美酒，正应与你一起喝。公荣你就不要参与了。"阮籍、王戎二人相互敬酒，刘昶到最后也没有喝上一杯。但三个人的言语交谈却没有什么不同。有人问这件事，阮籍回答说："胜过公荣的人，不得不和他一起喝酒；不如公荣的人，不能不和他一起喝酒；只有公荣，可以不和他喝酒。"

三、傍(旁)若无人

钟士季[1]精有才理，先不识嵇康。钟要[2]于时贤俊之士，俱往寻康。康方大树下锻[3]，向子期为佐鼓排[4]。康扬槌不辍[5]，傍若无人，移时[6]不交一言。钟起去，康曰："何所闻而来？何所见而去？"钟曰："闻所闻而来，见所见而去。"

【注释】

1. 钟士季：钟会，字士季。　2. 要：同"邀"，邀请。　3. 锻：打铁。　4. 向子期：向秀，字子期。佐：辅助。　5. 辍：停止。　6. 移时：经历一段时间。

【译文】

钟会很有才思，最初不认识嵇康。有一次他邀请当时贤能英俊的才士，一起去拜访嵇康。到时嵇康正在大树底下打铁，向秀在旁边帮着鼓风吹火。嵇康扬锤打铁并没停下，好像没有人来一样，过了好一会儿也没有说一句话。钟会起身准备离开，嵇康说："你听到了什么而来？见到了什么而去？"钟会说："听到了所听到的而来，见到了所见到的而去。"

四、千里命驾

嵇康与吕安[1]善，每一相思，千里命驾[2]。安后来，值康不在，喜出户延之[3]，不入，题门上作“凤”字而去。喜不觉，犹以为欣故作。“凤”字，凡鸟也[4]。

【注释】

1. 吕安：字中悌，性格旷达，超尘脱俗。 2. 命驾：命人驾马车。 3. 喜：指嵇康的哥哥嵇喜，字公穆，曾任扬州刺史。延：请。4. “凤”字，凡鸟也：“凤”的繁体字“鳳”可以分开成为“凡鸟”二字。

【译文】

嵇康与吕安关系很好，每次思念对方，即使相隔千里也要驾车出发相见。吕安后来拜访嵇康，正碰上嵇康不在，嵇康的哥哥嵇喜出门请他进来。吕安没有进门，在门上写了一个“凤”字就离开了。嵇喜没有察觉他的用意，还以为他是欣赏自己所以写了这个字。其实他写“凤”字，是讽刺嵇喜是“凡鸟”庸人。

五、长柄葫芦

陆士衡初入洛[1]，咨张公[2]所宜诣，刘道真[3]是其一。陆既往，刘尚在哀制[4]中。性嗜酒，礼毕，初无他言，唯问：“东吴有长柄壶卢[5]，卿得种来不？”陆兄弟殊失望，乃悔往。

【注释】

1. 陆士衡：陆机，字士衡，吴郡吴（在今江苏苏州）人。西晋著名文学家。三国时吴国丞相陆逊之孙，大司马陆抗之子，与弟弟陆云并称“二陆”。吴国灭亡后出仕晋朝，官至平原内史。洛：指西晋都城洛阳。　2. 张公：指张华。　3. 刘道真：刘宝，字道真。　4. 哀制：为父母致丧的礼制。　5. 东吴：三国吴地处于江东，故称东吴，后指江东地区。壶卢：葫芦，剖开可盛酒。长柄葫芦指长把的葫芦，相比普通的葫芦更方便拿，又不容易漏出液体。

【译文】

陆机刚到洛阳，向张华请教应该去拜访哪些人，刘宝正是其中之一。陆机就去拜见刘宝，刘宝还在服丧期间。他天性酷爱喝酒，行过礼后，没有其他的话，只问：“东吴有长把的葫芦，你带种子来了吗？”陆机兄弟听后非常失望，于是后悔去拜访他。（按：晋平定孙吴之后，吴地高门士族纷纷前往京都洛阳，意图出仕，然而北方门阀对于南方士人常带有轻辱之意。陆机、陆云作为江东贵介子弟，也不能避免被轻慢，因北方名士傲慢，南北士族间的矛盾也越发尖锐。）

六、上树取鹊

王平子[1]出为荆州，王太尉及时贤送者倾路[2]。时庭中有大树，上有鹊巢，平子脱衣巾，径上树取鹊子。凉衣拘阂（hé）树枝[3]，便复脱去。得鹊子还，下弄，神色自若，傍若无人。

【注释】

1. 王平子：王澄，字平子，西晋太尉王衍之弟，官至荆州刺史。其人性格放荡，不受拘束。　2. 王太尉：王衍，字夷甫，官至太尉。永嘉之乱中被石勒所杀。倾路：满路。　3. 凉衣：贴身的内衣。拘阂：束缚阻碍。

【译文】

王澄出任荆州刺史,太尉王衍与当时名流去送别,这些人挤满了道路。当时庭院中有一棵大树,上面有喜鹊窝,王澄脱下衣服和头巾,直接上树去掏幼鸟。他贴身的内衣受到树枝的束缚阻碍,他就又脱掉了内衣。拿到了小鸟返回,在树下面调弄,神态从容自然,好像旁边没有人一样。

七、肃然改容

高坐道人于丞相坐[1],恒偃[2]卧其侧。见卞令[3],肃然改容云:“彼是礼法人。”

【注释】

1. 高坐道人:晋时和尚的名字,西域人,原名尸黎密。丞相:指王导。 2. 偃:仰面倒下。 3. 卞令:指卞壸。曾任尚书令。

【译文】

高坐道人在丞相王导座席前,经常仰面躺在他旁边。见到卞壸,脸色就变得严肃恭敬,他对别人说:“那是遵循礼教法度的人。”

八、方外司马

桓宣武[1]作徐州,时谢奕[2]为晋陵。先粗经虚怀,而乃无异常。及桓还荆州,将西之间,意气甚笃,奕弗之疑。唯谢虎子妇王悟其旨[3]。每曰:“桓荆州用意殊异,必与晋陵俱西矣!”俄而引奕为司马。奕既上,犹推布衣交。在温坐,岸帻(zé)[4]啸咏,无异常日。宣武每曰:“我方外司马[5]。”遂因酒，转无朝夕礼。桓舍入内，奕辄复随去。后至奕醉，温往主许避之[6]。主曰：“君无狂司马，我何由得相见？”

【注释】

1. 桓宣武：指桓温。曾任徐州刺史。 2. 谢奕：陈郡阳夏（在今河南太康）人，谢安的哥哥。曾任晋陵太守，后为安西将军、豫州刺史。 3. 虎子：指谢奕的弟弟谢据，小字虎子，陈郡阳夏（在今河南太康）人。旨：意图。 4. 岸帻：推起头巾，露出额头，形容态度洒脱，或衣着率性不受拘束。帻，头巾。 5. 方外司马：指谢奕虽然当了官，但不拘泥于世俗礼法。 6. 主：指桓温的妻子，晋元帝司马绍之女南康公主。许：处，地方。

【译文】

桓温担任徐州刺史时，谢奕为晋陵太守。他们最开始只是一起随便谈谈，没有什么特殊的交往。等到桓温去做荆州刺史，将要西行的时候，两人情谊深厚了，谢奕一点也没有怀疑他有什么意图。只有谢奕的弟弟谢据的妻子王氏明白桓温的意图，她常常说：“桓温的用意很不一般，一定会让谢奕一起去荆州！”不久桓温就推举谢奕做司马。谢奕上任之后，仍将其视为不拘身份高低的朋友。谢奕在桓温的座席前，推起头巾，露出额头，长啸吟咏，和平常没有什么不同。桓温常常说：“谢奕是我的方外司马。”谢奕往往因醉酒而不顾常礼。桓温离开他进入内室，谢奕就又跟着一起进去。之后每当谢奕喝醉，桓温就去妻子南康公主那里躲避他。南康公主说：“你要是没有这位狂诞的司马，我哪里有机会见你呢？”

九、新出门户

谢万[1]在兄前,欲起索便器。于时阮思旷[2]在坐曰:"新出门户[3],笃而无礼。"

【注释】

1. 谢万:字万石,陈郡阳夏(在今河南太康)人,太傅谢安之弟。曾任抚军从事中郎、豫州刺史。 2. 阮思旷:阮裕,字思旷,阮籍的族弟,东晋名士。 3. 新出门户:新近冒出来的家族,喻指暴发户。

【译文】

谢万在兄长面前,想要起来索要解手用的便器。当时阮裕也在座,说:"新近冒出来的家族,实在不懂礼仪。"(按:魏晋时期极为看重门户出身,谢家原本不是世族,家族兴盛始于谢鲲、谢尚,此前族中少有名士名臣,故谢安、谢万一代仍遭到老牌世家大族的轻视。)

一〇、君侯自痴

谢中郎是王蓝田女婿[1]。尝著白纶(guān)巾[2],肩舆径至扬州听事见王[3],直言曰:"人言君侯痴,君侯信自[4]痴。"蓝田曰:"非无此论,但晚令[5]耳。"

【注释】

1. 谢中郎:指谢万。曾任抚军从事中郎。王蓝田:指王述,字怀祖,太原晋阳(在今山西太原)人。袭爵蓝田侯,官至尚书令。 2. 纶巾:头巾。 3. 肩舆:轿子,一种代步工具,由人抬着走。听事:官府办理政事的大堂。 4. 信自:确实。 5. 晚令:指人年岁较大时方显出优异。

【译文】

谢万是王述的女婿，曾经戴着白头巾，乘着轿子径直去扬州府的官署见王述，见面后直接对王述说："人们都说你痴，你确实是痴。"王述说："不是没有这样的言论，我只是年纪大了之后才显出优异罢了。"

一一、不知何署

王子猷作桓车骑骑兵参军[1]。桓问曰："卿何署[2]？"答曰："不知何署，时见牵马来，似是马曹。"桓又问："官有几马？"答曰："不问马[3]，何由知其数？"又问："马比[4]死多少？"答曰："未知生，焉知死[5]。"

【注释】

1. 王子猷：王徽之，字子猷。桓车骑：指桓冲，官至车骑将军。骑兵参军：官名，掌管马匹喂养、供给等。 2. 署：办理公务的机关。 3. 不问马：化用《论语》中句。《论语·乡党》中记载马厩失火，孔子下朝后只问有没有伤人，不问马的情况，说明其重视人的生命而看轻财货。 4. 比：近来。 5. 未知生，焉知死：出自《论语·先进》。子路问孔子关于"死"的问题，孔子回答他："生尚且不了解，哪里能知道死呢？"

【译文】

王徽之担任桓冲的骑兵参军。有一次桓冲问他："你在哪个官署任职？"王徽之回答说："不知道是什么官署，经常见到有人牵着马过来，好像是马曹。"桓冲又问他："官署中有多少匹马？"王徽之回答说："不问马的情况，哪里知道它的数量呢？"桓冲又问："最近马死了多少？"回答说："生尚且不了解，哪里能知道死呢？"（按：魏晋时期玄谈风行一时，时人轻视基础的案牍文书工作，而常以言语机辩的才能评判士之高下。这种风气导致大量官员对公务毫不关心，甚至以不问庶务为旷达，那些专心政务的人反而被“名士”们视为庸俗，遭到讥嘲。王徽之对公务一无所知，化用《论语》典故来回答上司的询问，正是当时名士故作豁达的实例。）

一二、阿螭不作

谢公与谢万共出西[1]，过吴郡。阿万欲相与共萃王恬许[2]，太傅云：“恐伊不必酬汝，意不足尔！”万犹苦要，太傅坚不回，万乃独往。坐少时，王便入门内，谢殊有欣色，以为厚待己。良久，乃沐头散发而出，亦不坐，仍据胡床，在中庭晒头，神气傲迈，了无相酬对意。谢于是乃还，未至船，逆[3]呼太傅，安曰：“阿螭不作尔！”

【注释】

1. 谢公：指谢安。谢万：字万石，谢安之弟。　2. 萃：聚集。王恬：字敬豫，小字螭虎，丞相王导之子。　3. 逆：预先。

【译文】

谢安和谢万一起到都城建康，经过吴郡。谢万想要和谢安一起到王恬那里聚会。太傅谢安说：“恐怕他不一定会招待你，我觉得不值得去。”谢万仍然苦苦邀请他，谢安坚决不改变主意，谢万就自己一个人去了。到后坐了一会儿，王恬就进入了门里面，谢万很高兴，认为王恬将要热情招待自己。过了很久，王恬竟然洗完头披散着头发出来了，也不坐下，仍然靠着胡床，在庭院里晒头发，神色傲慢，一点也没有招待谢万的意思。谢万这才回去，还没有到船上，就提前呼喊兄长谢安,谢安说:"王恬不值得去拜访。"

一三、朝来爽气

王子猷[1]作桓车骑参军。桓谓王曰:"卿在府久,比当相料理[2]。"初不答,直高视,以手版[3]拄颊云:"西山朝来[4],致有爽气。"

【注释】

1. 王子猷:指王徽之。 2. 料理:照顾。 3. 手版:古时官吏上朝或谒见上司时所拿的狭长板子,用于记事以防遗忘。 4. 朝来:早晨。

【译文】

王徽之担任车骑将军桓冲的参军,桓冲对王徽之说:"你在官府时间很久了,近期将要提拔你。"王徽之起初并不回答,只是眼望着高处,用手版撑着脸颊,然后说:"西山的早上,送来清爽之气。"

一四、当为隐士

谢万北征[1],常以啸咏自高,未尝抚慰众士。谢公甚器爱万,而审[2]其必败,乃俱行。从容谓万曰:"汝为元帅,宜数唤诸将宴会,以说[3]众心。"万从之。因召集诸将,都无所说,直以如意[4]指四坐云:"诸君皆是劲卒[5]。"诸将甚忿恨之。谢公欲深著恩信,自队主将帅以下,无不身造[6],厚相逊谢[7]。及万事败,军中因欲除之。复云:"当为隐士。"故幸而得免。

【注释】

1. 北征:升平二年(公元358年),谢万受命北征前燕,第二年在寿春大败，被废为庶人。 2. 审：知道，明白。 3. 说：同“悦”。 4. 如意：一种象征祥瑞的器物，用金、玉、竹等材料制作，头多为灵芝或云的形状，柄微曲，供人指画或玩赏使用。 5. 劲卒：精壮士兵。古时从军者忌讳他人称自己为“兵”或“卒”，认为是一种侮辱。 6. 造：拜访。 7. 逊谢：自责请罪。

【译文】

谢万北征，常常以长啸吟咏显示自己高贵，从不安抚慰劳将士。谢安非常器重爱护谢万，知道他一定会打败仗，于是和谢万一起出征。趁方便的时候对谢万说：“你作为元帅，应该多邀军中将领们宴会，使大家高兴、信从。”谢万听从了他的意见，于是召集各位将领，什么都没有说，只是用如意指着在座的众人说：“各位都是精壮的士兵。”将领们非常怨恨他。谢安想要为谢万在军中施加恩情，树立威信，军队主将之下的大小将领，没有不亲自前去拜访的，诚恳地道歉请罪。等到谢万打了败仗后，军中将领想要趁机除掉他，但又说：“应当看隐士的面子。”所以谢万万幸地逃过了灾祸。

一五、郗公慨然

王子敬兄弟见郗公，蹑履问讯[1]，甚修外生[2]礼。及嘉宾[3]死，皆著高屐(jī)[4]，仪容轻慢。命坐，皆云：“有事，不暇坐。”既去，郗公慨然曰：“使嘉宾不死，鼠辈敢尔！”

【注释】

1. 王子敬：王献之，字子敬，琅琊临沂(在今山东临沂)人。王羲之之子，郗愔的外甥。郗公：指郗愔。蹑履：穿着鞋子。 2. 外生：

外甥。　3. 嘉宾：郗超，字嘉宾，郗愔之子。　4. 屐：木底鞋。高屐指高齿屐，属于便鞋，一般不在外出或见长辈时穿。

【译文】

王献之兄弟去见郗愔，穿着鞋问候，非常注重做外甥的礼节。等到郗愔的儿子郗超死后，去见郗愔时都穿着高齿木屐，神态傲慢。让他们坐下，都说："有事情，没有空闲坐。"等到他们离开，郗公感叹地说："假如郗超不死，这些小人哪里敢这样！"

一六、子猷赏竹

王子猷[1]尝行过吴中，见一士大夫家，极有好竹。主已知子猷当往，乃洒埽(sǎo)[2]施设，在听事[3]坐相待。王肩舆径造竹下，讽啸良久。主已失望，犹冀[4]还当通，遂直欲出门。主人大不堪[5]，便令左右闭门不听[6]出。王更以此赏主人，乃留坐，尽欢而去。

【注释】

1. 王子猷：指王徽之。　2. 埽：同"扫"。　3. 听事：大厅。　4. 冀：希望。　5. 不堪：不能忍受。　6. 不听：不让。

【译文】

王徽之曾经出行路过吴中，见到一个士大夫家中，有很多品质很好的竹子。主人已经知道王徽之将会来，就洒水扫地，准备酒食，在大厅中坐着等他。王徽之乘着轿子直接到了竹林下面，吟咏很久。主人这时已经很失望，但仍然期望王徽之会转回来通报一下，王徽之竟想直接出门离开。主人实在不能忍受，就命令身边随从将门关上，不让王徽之离开。王徽之反而因他的行为欣赏他，便留下来做客，主客尽欢方才离开。

一七、指麾好恶

王子敬[1]自会稽经吴，闻顾辟疆有名园。先不识主人，径往其家，值顾方集宾友酣燕[2]。而王游历既毕，指麾[3]好恶，傍若无人。顾勃然[4]不堪曰："傲主人，非礼也；以贵骄人，非道也。失此二者，不足齿[5]人，伧(cāng)[6]耳！"便驱其左右出门。王独在舆上回转，顾望左右移时不至，然后令送著门外，怡然不屑。

【注释】

1. 王子敬：指王献之。 2. 酣燕：同"酣谦"，纵情饮宴。 3. 指麾：同"指挥"，指点评论。 4. 勃然：发怒的样子。 5. 不足齿：不值一提。 6. 伧：粗野鄙贱。当时南方人经常称北方人为伧，含有侮辱鄙薄的意味。

【译文】

王献之从会稽出发，经过吴地，听说顾辟疆家有一座名园。王献之起先不认识主人，但直接就去他家里，正碰上顾辟疆聚集宾客，纵情饮宴。王献之在园中参观结束后，评点园林好坏，好像旁边没有人一样。顾辟疆无法忍受，愤怒地说："傲慢轻视主人，不符合礼节；依仗身份高贵傲视他人，不符合道义。缺失这两者的，不过是不值一提的粗人罢了，真是北方佬呀！"说完就驱赶王献之的随从出去。王献之一个人在车上，四面张望，身边随从很久都没有过来。然后顾辟疆才让人送王献之到门外，王献之却一副安适自得，满不在乎的样子。

排调　第二十五

一、小儿善谈

诸葛瑾为豫州[1]，遣别驾到台[2]，语云："小儿知谈，卿可与语。"连往诣恪[3]，恪不与相见。后于张辅吴[4]坐中相遇，别驾唤恪："咄咄[5]郎君！"恪因嘲之曰："豫州乱矣，何咄咄之有？"答曰："君明臣贤，未闻其乱。"恪曰："昔唐尧在上，四凶[6]在下。"答曰："非唯四凶，亦有丹朱[7]。"于是一坐大笑。

【注释】

1. 诸葛瑾：字子瑜，琅琊阳都（在今山东沂南）人。三国时吴国名臣，官至大将军、豫州牧。豫州：州名，治所在谯（今安徽亳县）。 2. 别驾：官名，州府刺史的佐吏。台：晋宋时期称朝廷禁省为台。 3. 恪：诸葛恪，字元逊，琅琊阳都（在今山东沂南）人，诸葛瑾长子。少年时就有才名，辩才出众，官至吴国太傅。 4. 张辅吴：指张昭，字子布，三国时吴国名臣，曾任辅吴将军。 5. 咄咄：感叹词，表示责备或惊诧。 6. 四凶：尧舜时期四个恶名昭著的部族首领，后世常用来比喻凶狠贪婪的朝臣。诸葛恪用四凶的典故，以父亲诸葛瑾为尧，暗指别驾从事即为诸葛瑾属下乱臣，这是开玩笑的说法。 7. 丹朱：尧的儿子。传说品行不佳，所以尧将首领之位禅让给舜。此处别驾将诸葛瑾比作不肖的丹朱以反击。

【译文】

诸葛瑾做豫州牧时，派别驾入朝，对他说："我的儿子很善谈，你可以和他交流。"别驾连忙去拜访诸葛瑾的儿子诸葛恪，但诸葛恪却不见他。之后两人在辅吴将军张昭家中相遇，别驾呼唤诸葛恪说："咄咄郎君！"诸葛恪就嘲讽他说："豫州要乱了，还咄咄什么呢？"别驾回答说："君主开明，臣子贤能，没有听说哪里乱了。"诸葛恪说："当初唐尧做帝王时，还有四个恶名昭著的部族首领在治下。"别驾回答说："不只有四凶，还有不肖的丹朱呢。"这时在座的宾客都大笑起来。

二、钟会善对

晋文帝与二陈共车[1]，过唤钟会同载，即驶车委[2]去。比[3]出，已远。既至，因嘲之曰："与人期[4]行，何以迟迟？望卿遥遥不至[5]。"会答曰："矫然懿实，何必同群[6]。"帝复问会："皋繇（yáo）[7]何如人？"答曰："上不及尧、舜，下不逮周、孔[8]，亦一时之懿（yì）士[9]。"

【注释】

1. 晋文帝：指司马昭。二陈：陈骞与陈泰。陈骞，字休渊，官至大司马。陈泰，字玄伯，官至侍中、左仆射。 2. 委：抛弃，丢下。3. 比：等到。 4. 期：约定。 5. 遥遥不至：钟会的父亲名钟繇，司马昭有意用与繇同音的"遥"字戏弄钟会。 6. 矫然懿实，何必同群：矫然，出众的样子。懿实，美好充实。懿，美好。陈骞的父亲名陈矫，晋文帝之父为晋宣帝司马懿，陈泰父亲叫陈群，祖父叫陈寔，钟会此句中同时提到了这四人的名讳。 7. 皋繇：传说是舜时的法官。"繇"字犯钟父名讳。 8. 逮：到，及。周、孔：指周公、孔子。9. 懿士：有美德的人。"懿"字犯晋文帝父讳。

【译文】

晋文帝司马昭和陈骞、陈泰两人共同乘坐一辆车，路过钟会家时叫他一起乘车，说完不等他马上驾车走了。等钟会出来的时候，车已经走远了。钟会到了之后，晋文帝就嘲笑他说："和别人约定一起走，为什么来得这么迟？看着你迟迟不到，好像遥遥无期。”钟会回答说：“高超出众、有美德才识的人，为什么一定要和别人同群？”晋文帝又问钟会：“皋繇是什么样的人？”钟会回答说：“前不及圣王尧舜，后不如周公孔子，但也是当时有美德的人。”

三、钟毓机警

钟毓为黄门郎[1]，有机警，在景王坐燕饮[2]。时陈群子玄伯、武周子元夏[3]同在坐，共嘲毓。景王曰：“皋繇何如人？”对曰：“古之懿士。”顾谓玄伯、元夏曰：“君子周而不比，群而不党[4]。”

【注释】

1. 钟毓：字稚叔，颍川长社（在今河南长葛）人。钟繇长子，钟会之兄。黄门郎：官名，皇帝近侍，专司传达诏令。 2. 景王：指司马师。晋建立后，被追尊为晋景王。燕饮：宴饮。 3. 陈群：字长文，官至司空。玄伯：陈泰，字玄伯，陈群之子，见前注。武周：字伯南。元夏：武陔，字元夏，武周之子，官至左仆射、光禄大夫。 4. 周而不比，群而不党：“周而不比”出自《论语·为政》，指亲近但不拉帮结派。（按：“周”字犯武陔父武周讳。）“群而不党”出自《论语·卫灵公》，指合群但不结党营私。（按：“群”字犯陈泰父陈群讳。钟毓此句语带双关，既讽刺了他们一起围攻嘲笑他的行为，又触犯了二人家讳。）

【译文】

钟毓担任黄门郎时，机敏警觉，有一次在晋景王司马师座席前饮酒宴会。当时陈群的儿子陈泰、武周的儿子武陔都在座，他们一起戏弄钟毓。景王问:“皋繇是什么样的人?”钟毓回答说:“是古代有美德的人。”又转过头对陈泰、武陔说:“君子可亲近但不拉帮结派,合群但不结党营私。”

四、竹林酣饮

嵇、阮、山、刘[1]在竹林酣饮,王戎后往。步兵[2]曰:“俗物[3]已复来败人意!”王笑曰:“卿辈意,亦复可败邪?”

【注释】

1. 嵇、阮、山、刘:指嵇康、阮籍、山涛、刘伶。 2. 步兵:指阮籍。 3. 俗物:庸俗无趣的人。

【译文】

嵇康、阮籍、山涛、刘伶在竹林中畅快饮酒,王戎后到。阮籍说:“俗人又来败坏人的兴致了!”王戎笑着说:“你们这样的人的兴致,也可以被败坏吗?”

五、尔汝之歌

晋武帝问孙皓[1]:“闻南人好作《尔汝歌》[2],颇能为不?”皓正饮酒,因举觞劝帝而言曰:“昔与汝为邻,今与汝为臣。上汝一杯酒,令汝寿万春[3]!”帝悔之。

【注释】

1. 晋武帝:指司马炎。孙皓:孙吴君主。吴国后被晋国所灭,孙皓投降,被封为归命侯。 2.《尔汝歌》:魏晋时流行于南方的民歌。

“尔”“汝”为古代尊长对卑幼者的称呼，平辈相称则表示亲昵或不客气。晋武帝询问孙皓是否会作这样的歌表明了对他的轻视，而孙皓用对卑下者使用的“汝”来称呼对方，反而使司马炎受到嘲弄。3. 万春：万年。

【译文】

晋武帝司马炎问孙皓：“听说南方人喜欢做《尔汝歌》，你能做吗？”孙皓正在喝酒，就举着杯子向晋武帝劝酒说：“我当初是你的邻居，如今是你的臣子。敬你一杯酒，祝你万寿无疆！”晋武帝后悔问他这件事。

六、漱石枕流

孙子荆[1]年少时欲隐，语王武子“当枕石漱流”[2]，误曰“漱石枕流”。王曰：“流可枕，石可漱乎？”孙曰：“所以枕流，欲洗其耳[3]；所以漱石，欲砺[4]其齿。”

【注释】

1. 孙子荆：孙楚，字子荆，官至冯翊太守。 2. 王武子：王济，字武子。枕石漱流：枕着石头，用溪流漱口，喻指隐居山林。 3. 欲洗其耳：传说尧想把天下让给许由，许由听到后非常厌恶，用水清洗自己的耳朵。 4. 砺：磨。

【译文】

孙楚年轻时想要隐居，对王济说“应当枕石漱流”，但错说成了“漱石枕流”。王济说：“溪流可以枕，石头能漱口吗？”孙楚说：“枕着溪流，是为了洗耳朵；用石头漱口，是为了磨砺牙齿。”

七、子羽受责

头责秦子羽云："子曾不如太原温颙（yóng）[1]，颍川荀宇[2]，范阳张华[3]，士卿刘许[4]，义阳邹湛[5]，河南郑诩（xǔ）[6]。此数子者，或謇（jiǎn）吃[7]无宫商，或尪（wāng）陋希言语[8]，或淹伊多姿态[9]，或讙（huān）哗少智谞（xū）[10]，或口如含胶饴（yí）[11]，或头如巾齑（jī）杵[12]。而犹以文采可观，意思详序[13]，攀龙附凤，并登天府[14]。"

【注释】

1. 曾：竟，简直。温颙：字长仁，晋太原人。与任恺、张华等同朝友善。 2. 荀宇：字景伯，官至尚书。 3. 范阳张华：字茂先，官至司空。 4. 士卿：宗正卿。刘许：字文生。晋惠帝时任宗正卿。5. 邹湛：字润甫。有文学才能，官至侍中。 6. 郑诩：字思渊，官至卫尉卿。 7. 謇吃：口吃。 8. 尪陋：瘦弱丑陋。尪，瘦弱。希：少。 9. 淹伊：阿谀逢迎的样子。 10. 讙哗：喧哗。智谞：才智，智谋。谞，才智。 11. 胶饴：饴糖。 12. 巾齑杵：用头巾包着捣物的棒槌，比喻头小而尖。齑，捣碎的姜、蒜等碎末。 13. 意思：思想，意图。详序：审慎有序。 14. 天府：比喻朝廷。

【译文】

秦子羽的头责备秦子羽说："你竟然比不上太原的温颙、颍川的荀宇、范阳的张华、士卿刘许、义阳的邹湛、河南的郑诩。这几位先生，有的口吃，说话没有节奏；有的瘦弱丑陋，缺少言语；有的阿谀逢迎，矫揉造作；有的喜欢喧哗，缺乏智谋；有的嘴里像含着蜜糖一样，说话甜言蜜语；有的头小而尖，像用头巾包着棒槌。但这些人仍然凭借文采才华，思想意图表达得审慎有序，攀龙附凤，都在朝廷里做了官。”(按:《头责子羽》是张敏撰写的一篇讽刺文章,借秦子羽头颅责备秦子羽,讽刺朝中温颙一流的官员。)

八、夫妇笑谈

王浑[1]与妇钟氏共坐,见武子[2]从庭过,浑欣然谓妇曰:“生儿如此,足慰人意。”妇笑曰:“若使新妇得配参军[3],生儿故可不啻(chì)[4]如此!”

【注释】

1. 王浑:字玄冲。 2. 武子:王济,字武子,王浑之子。 3. 参军:指王浑的弟弟王伦。王伦,字太冲,曾任大将军参军。喜好黄老之学,二十五岁早卒。 4. 啻:不止。

【译文】

王浑和妻子钟氏一起坐着,看见儿子王济从庭院中经过,王浑高兴地对妻子说:“生儿子像这样,足以让人心满意足。”妻子钟氏笑着说:“如果我能嫁给你弟弟参军王伦,生下的儿子还不止这样呢!”

九、龙鹤相戏

荀鸣鹤、陆士龙二人未相识[1],俱会张茂先[2]坐。张令共语。以其并有大才,可勿作常语。陆举手曰:“云间陆士龙[3]。”荀答曰:“日下荀鸣鹤[4]。”陆曰:“既开青云,睹白雉[5],何不张尔弓,布尔矢?”荀答曰:“本谓云龙骙骙(kuí)[6],定是山鹿野麋(mí)[7]。兽弱弩强,是以发迟。”张乃抚掌[8]大笑。

【注释】

1. 荀鸣鹤:荀隐,字鸣鹤。陆士龙:陆云,字士龙,吴郡吴(在今江苏苏州)人。陆机之弟,官至清河内史。 2. 张茂先:张华,字茂先。 3. 云间陆士龙:华亭古称云间。陆云的祖父陆逊曾封华亭侯,陆氏常年居住在华亭,故陆云自称"云间陆士龙"。 4. 日下荀鸣鹤:日下指京都,荀隐祖籍颍川,近于京都洛阳。 5. 雉:野鸡。此处暗指荀隐不是鹤,而是野鸡。 6. 骙骙:马强壮的样子。 7. 山鹿野麋:荀隐在此指陆云不是龙,而是鹿或麋鹿。 8. 抚掌:拍手。

【译文】

荀隐和陆云两个人还不认识的时候,一起在张华座上相会。张华让两个人一起交谈,因为他们都有大才,可以不作寻常言语。陆云举起手说:"我是云间陆士龙。"荀隐回答说:"我是日下荀鸣鹤。"陆云说:"青云散开之后,已经看见白色野鸡,为什么不张开你的弓,搭上你的箭?"荀隐回答说:"原本以为是强壮的云中龙,细看却是山中野鹿、野生的麋鹿。野兽弱小,弓弩强劲,所以发箭迟缓。"张华于是拍手大笑。

一〇、南人北鬼

陆太尉诣王丞相[1],王公食以酪。陆还,遂病。明日,与王笺云:"昨食酪小过[2],通夜[3]委顿。民虽吴人,几为伧鬼[4]。"

【注释】

1. 陆太尉:指陆玩,字士瑶,吴郡吴(在今江苏苏州)人,官至尚书令、司空,死后追赠太尉。王丞相:指王导。 2. 小过:稍微过量。 3. 通夜:整晚上。 4. 伧鬼:魏晋时南方人称北方人为伧,有侮辱意味。吃酪是北方人的习惯,陆玩借此嘲弄王导。

【译文】

陆玩拜访王导，王导给他吃酪。陆玩回去之后就生病了。第二天他给王导写信说："昨天吃酪有点过量，整晚上都困苦不适。我虽然是吴地人，却几乎做了北方鬼。"

一一、不许有功

元帝[1]皇子生，普赐群臣。殷洪乔[2]谢曰："皇子诞育，普天同庆。臣无勋[3]焉，而猥颁厚赉(lài)[4]。"中宗笑曰："此事岂可使卿有勋邪？"

【注释】

1. 元帝：晋元帝司马睿。原为安东将军，镇守建业。晋愍帝死后被王导等人拥立称帝，建立东晋。庙号中宗。 2. 殷洪乔：殷羡，字洪乔。官至豫章太守、光禄勋。 3. 勋：功劳。 4. 猥：谦辞。赉：赐予。

【译文】

晋元帝司马睿的皇子诞生，广泛赏赐臣子们。殷羡谢恩说："皇子诞生，天下都一起庆祝。臣没有什么功劳，却惭愧地享受了重赏。"中宗笑着说："这件事怎么能让你有功劳呢？"

一二、驴不胜马

诸葛令、王丞相共争姓族先后[1]。王曰："何不言葛、王，而云王、葛？"令曰："譬[2]言驴马，不言马驴，驴宁胜马邪？"

【注释】

1. 诸葛令：指诸葛恢。诸葛恢，字道明，琅琊阳都(在今山东沂南)人。官至尚书令。　2. 譬：打比方。

【译文】

诸葛恢和王导一起争论姓氏排列的先后。王导说："为什么不说葛、王，而说王、葛呢？"诸葛恢说："如同说驴马，不说马驴，驴难道胜过马吗？"

一三、丞相吴语

刘真长[1]始见王丞相，时盛暑之月，丞相以腹熨(yùn)[2]弹棋局，曰："何乃渹(qìng)[3]？"刘既出，人问王公云何，刘曰："未见他异，唯闻作吴语耳。"

【注释】

1. 刘真长：刘惔，字真长。　2. 熨：紧贴。　3. 渹：吴语，意为冷。

【译文】

刘惔初次见丞相王导，当时正是盛夏季节，王导用腹部紧贴着弹棋的棋盘，说："怎么这么冷？"刘惔出去之后，有人问王导怎么样，刘惔说："没有见到什么特别的，只听他说吴地方言罢了。"(按：东晋建立之初，南渡的北地士人和当地江东人不和。王导和刘惔都是北方人，原本没有必要用吴地方言交谈，王导学习吴语是为了交好江东士人，使当地人心归附，稳定政局，然而许多自矜身份的北方士人对这种学习吴语的行为极为不屑，刘惔即是一例。)

一四、答非所问

王公与朝士共饮酒，举琉璃碗谓伯仁[1]曰："此碗腹殊空，谓之宝器，何邪?"答曰："此碗英英[2]，诚为清澈，所以为宝耳。"

【注释】

1. 伯仁：周顗，字伯仁。 2. 英英：晶莹明亮的样子。

【译文】

王导和朝廷官员一起饮酒，他举起琉璃碗对周顗说："这碗内里很空，但它却被称为宝物，为什么呢?"周顗回答说："这只碗晶莹明亮，实在很清澈，所以被当作宝物。"

一五、周侯反讥

谢幼舆谓周侯曰[1]："卿类社树[2]，远望之，峨峨拂青天[3]；就而视之，其根则群狐所托，下聚溷(hùn)[4]而已!"答曰："枝条拂青天，不以为高；群狐乱其下，不以为浊。聚溷之秽，卿之所保，何足自称?"

【注释】

1. 谢幼舆：谢鲲，字幼舆，官至豫章太守。周侯：指周顗。 2. 社树：古代祭祀的地方称为"社"，按照礼仪，祭祀的地方要植树作为标志，称为社树。 3. 峨峨：高耸的样子。拂：轻轻掠过，擦过。 4. 溷：污秽物、粪便。

【译文】

谢鲲对周顗说："你就像社树，远远望着，高耸接近青天；离近了看，树根却是狐狸们藏身的地方，树下聚集污秽罢了。"周顗回答说：

"树枝接近青天,我不认为高;狐狸在下面作乱,我不认为是污浊。至于聚集的肮脏秽物,是你的东西,又有什么可自我称道的呢?"

一六、似有瓜葛

王长豫幼便和令[1],丞相爱恣(zì)[2]甚笃。每共围棋,丞相欲举行,长豫按指不听[3]。丞相笑曰:"讵得尔?相与似有瓜葛[4]。"

【注释】

1. 王长豫:王悦,字长豫,王导的长子。和令:温和美好。 2. 恣:放纵。 3. 不听:不允许。 4. 瓜葛:比喻互相牵连,或有亲戚关系。

【译文】

王悦小时候就温顺乖巧,王导非常喜爱娇纵他。每次和他一起下围棋,王导想要落子,王悦就按住他的手指不让。王导笑着说:"怎么能这样?我与你好像还有些亲戚关系吧。"

一七、千斤犗特

明帝问周伯仁[1]:"真长[2]何如人?"答曰:"故是千斤犗(jiè)特[3]。"王公笑其言。伯仁曰:"不如卷角牸(zì)[4],有盘辟[5]之好。"

【注释】

1. 明帝:晋明帝司马绍。周伯仁:周顗,字伯仁。 2. 真长:指刘惔。 3. 犗特:阉割过的公牛,驯顺而有力气。 4. 卷角牸:角卷曲的母牛。(按:牛老则犄角卷曲。)牸,母牛。 5. 盘辟:盘旋从容的样子。

【译文】

晋明帝问周颢:“刘惔是什么样的人?”周颢回答说:“是千斤重的阉过的公牛。”王导笑他说的话。周颢说:“比不上角卷曲的老母牛,有行走盘旋从容、皆如人意的优点。”(按:东晋建立后,面临着内忧外患,既有北方各路少数民族的威胁,其内部也是矛盾重重。为了平衡各方势力,稳定政治局势,作为重臣的王导不得不在各种势力关系中周旋,他的执政之法偏于宽和中庸,也遭到了一些人的讥讽,甚至被冠以“愦愦”之名,周颢将他比作老母牛,正是从他的执政之道出发。)

一八、空洞无物

王丞相枕周伯仁膝,指其腹曰:“卿此中何所有?”答曰:“此中空洞无物,然容卿辈[1]数百人。”

【注释】

1. 卿辈:你这类的人。

【译文】

王导枕着周颢的膝盖,指着他的肚子说:“你这里有什么东西?”周颢回答说:“这里空空的什么也没有,但是能容纳上百个像你一样的人。”

一九、鬼之董狐

干宝向刘真长叙其《搜神记》[1],刘曰:“卿可谓鬼之董狐[2]。”

【注释】

1. 干宝：字令升，新蔡（在今河南新蔡）人。著名的文学家、史学家。著作有《晋纪》二十卷、《搜神记》三十卷。《搜神记》：干宝所作志怪小说。原书已散佚，现今流传的为后人缀辑而成。　2. 董狐：春秋时晋国史官。孔子评价他为古之良史。

【译文】

干宝向刘惔述说自己的《搜神记》，刘惔说："你真可以说是鬼神的董狐。"

二〇、出门更衣

许文思往顾和许[1]，顾先在帐中眠，许至，便径就床角枕[2]共语。既而唤顾共行，顾乃命左右取枕上新衣，易己体上所著（着）。许笑曰："卿乃复有行来衣乎？"

【注释】

1. 许文思：许琛，字文思。顾和：字君孝。官至尚书令，死后追赠司空。　2. 角枕：用角做装饰的枕头。

【译文】

许琛去顾和的住处，顾和本来在帐中睡觉，许琛来了后，就直接靠着床上角枕和他一起说话。过了一会儿许琛叫顾和一起走，顾和这才叫身边随从取枕头上的新衣服，换掉自己身上穿着的衣服。许琛笑着说："你竟然还有出门专用的衣服吗？"

二一、山高渊深

康僧渊[1]目深而鼻高，王丞相每调之，僧渊曰："鼻者，面之山[2]；目者，面之渊。山不高则不灵，渊不深则不清。"

【注释】

1. 康僧渊：西域僧人。 2. 鼻者，面之山：相术中称鼻子所在为面部之中，鼻突起而有山象，所以称鼻子为面之山。

【译文】

康僧渊眼眶深而鼻梁高，王导常常因此调笑他。僧渊说："鼻子，是脸上的山峰；眼睛，是脸上的深潭。山不高就没有神灵，潭不深就不清澈。"

二二、图谋作佛

何次道往瓦官寺礼拜甚勤[1]，阮思旷[2]语之曰："卿志大宇宙，勇迈终古[3]。"何曰："卿今日何故忽见推？"阮曰："我图数千户郡，尚不能得；卿乃图作佛，不亦大乎？"

【注释】

1. 何次道：何充，字次道。笃信佛教。历任会稽内史、骠骑将军、扬州刺史。瓦官寺：佛寺名。位于建康，建于晋哀帝时。 2. 阮思旷：阮裕，字思旷。 3. 迈：超越。终古：往古。

【译文】

何充去瓦官寺拜佛非常勤勉虔诚，阮裕对他说："你的志向大过宇宙，勇气超越前人。"何充说："您今天为什么突然这么称许我？"阮裕说："我想要做个统治几千户的郡守，尚且不能得到；你竟然想要做佛，不是很了不起吗？"

二三、折角如意

庾征西[1]大举征胡，既成行，止镇襄阳。殷豫章[2]与书，送一折角如意[3]以调之。庾答书曰："得所致，虽是败物，犹欲理[4]而用之。"

【注释】

1. 庾征西：指庾翼，字稚恭，曾任征西将军。庾翼率军伐狄，到襄阳之后，狄人军力强盛，又碰上晋康帝驾崩、庾翼兄长庾冰死亡，庾翼就留下长子镇守襄阳，自己回镇夏口。　2. 殷豫章：指殷羡，字洪乔，曾任豫章太守。　3. 折角如意：边角损坏的如意，殷羡把折角如意送给庾翼是讽刺他壮志受挫，不如人意。　4. 理：治玉。

【译文】

庾翼大张旗鼓发兵征讨胡人，出征之后，只能镇守襄阳而不前进。殷羡寄信给他，送他一只折了角的如意来调笑他。庾翼回书中说："收到了你所送的东西，虽然是已经损坏的物品，我仍然准备修理后使用它。"

二四、乘雪欲猎

桓大司马[1]乘雪欲猎，先过王、刘诸人许[2]。真长见其装束单急[3]，问："老贼欲持此何作？"桓曰："我若不为此，卿辈亦那得坐谈？"

【注释】

1. 桓大司马：指桓温。　2. 过：拜访，探望。王、刘：王濛、刘惔。两人关系很好，都擅长清谈，是当时名士，时人将二人并称为“王刘”。　3. 单急：单薄利索，此指戎装。

【译文】

桓温想要趁大雪打猎，先到王濛、刘惔等人处拜访。刘惔见他一身戎装，问：“老家伙穿成这个样子想要做什么？”桓温说：“我如果不征战，你们这些人哪里能坐着清谈？”

二五、在公无暇

褚季野问孙盛[1]：“卿国史[2]何当成？”孙云：“久应竟，在公无暇，故至今日。”褚曰：“古人‘述而不作’[3]，何必在蚕室[4]中？”

【注释】

1. 褚季野：褚裒，字季野，晋康献皇后之父。孙盛：字安国。有文学才能，著有《魏氏春秋》《晋阳秋》。　2. 国史：指孙盛所作《晋阳秋》。　3. 述而不作：典出《论语·述而》，意为阐述前人成说，自己并不创作。　4. 蚕室：古代执行宫刑及受宫刑者所居之狱室。太史公司马迁曾因给降将李陵辩护而受宫刑入蚕室，后写成《史记》。褚裒用这一典故，意为何必像司马迁那样著书。

【译文】

褚裒问孙盛：“你的国史什么时候能完成？”孙盛说：“很早前就应该写完了，可我忙于公事没有闲暇，所以拖到了现在。”褚裒说：“古人曾说‘述而不作’，又何必处在蚕室之中？”

二六、新亭送别

谢公在东山[1]，朝命屡降而不动。后出为桓宣武司马，将发新亭[2]，朝士咸出瞻送[3]。高灵时为中丞，亦往相祖[4]。先时，多少饮酒，因倚如醉，戏曰："卿屡违朝旨，高卧东山，诸人每相与言：'安石不肯出，将如苍生何？'今亦苍生将如卿何？"谢笑而不答。

【注释】

1. 谢公：指谢安。谢安曾长期隐居会稽东山，弟弟谢万北伐前燕失败、被废为庶人后，谢安方有意出仕。东山：位于会稽上虞县。2. 新亭：故址在今江苏南京江宁区。东晋时，人们宴饮送别的地方。3. 瞻送：送行。 4. 祖：出行时祭路神，引申为送行。

【译文】

谢安在东山隐居，朝廷屡次下令对其征召他都不受命。之后出任桓温司马，将要从新亭出发，朝廷官员都出来相送。高灵当时担任中丞，也去送行。此前喝了一些酒，于是仗着喝醉了，开玩笑说："您多次违抗朝廷的命令，在东山隐居，大家常常议论说：'谢安不出山，要怎样对待天下人呢？'现在天下人将要怎么对待您呢？"谢安微笑却并不回答。

二七、捉鼻而语

初，谢安在东山居，布衣，时兄弟已有富贵者[1]，翕（xī）[2]集家门，倾动人物。刘夫人戏谓安曰："大丈夫不当如此乎？"谢乃捉鼻[3]曰："但恐不免耳！"

【注释】

1. 兄弟已有富贵者：谢安的哥哥谢尚、谢奕，弟弟谢万，当时都已出仕，位高权重。　2. 翕：聚集。　3. 捉鼻：捏着鼻子。

【译文】

早先，谢安在东山隐居做平民。当时他的兄弟之中已有富贵显达的人了，他们凝聚着家族，时人为之震动。谢安的妻子刘夫人对他开玩笑说："大丈夫不就应该这样吗？"谢安就捏着鼻子说："只怕也不能避免这样了。"

二八、买山隐居

支道林因人就深公买印山[1]，深公答曰："未闻巢、由[2]买山而隐。"

【注释】

1. 支道林：支遁，字道林，东晋著名的僧人。深公：指东晋僧人竺潜，又名竺道潜，字法深。印山：当为"岇山"，在会稽剡县（今浙江嵊县）。　2. 巢、由：指巢父、许由，据说他们为尧时的隐士，尧想要将天下让给巢父和许由，二人均不受。

【译文】

支道林托人向深公买岇山，深公回答说："没听说巢父、许由买山隐居的。"

二九、无君辈客

王、刘每不重蔡公[1]。二人尝诣蔡，语良久，乃问蔡曰："公自言何如夷甫[2]?”答曰:“身不如夷甫。”王、刘相目而笑曰:“公何处不如?”答曰:“夷甫无君辈客。”

【注释】

1. 王、刘:指王濛、刘惔。蔡公:指蔡谟,字道明,陈留考城(在今河南民权)人,官至司徒。 2. 夷甫:指王衍。

【译文】

王濛、刘惔常常不尊重蔡谟。两人曾经去拜访蔡谟,谈论了很久之后问蔡谟说:“您自己觉得您和王夷甫比起来怎么样?”蔡谟回答说:“我比不上夷甫。”王濛、刘惔互相望望笑着说:“您哪里比不上他呢?”蔡谟回答说:“夷甫没有你们这样的客人。”

三〇、口中狗窦

张吴兴[1]年八岁,亏齿,先达[2]知其不常,故戏之曰:“君口中何为开狗窦(dòu)[3]?”张应声答曰:“正使君辈从此出入!”

【注释】

1. 张吴兴:指张玄之,字祖希,曾任吴兴太守。 2. 先达:德行高、学问深的有名前辈。 3. 狗窦:狗洞。窦,洞。

【译文】

张玄之八岁的时候掉牙,前辈知道他不同寻常,故意跟他开玩笑说:“你嘴里为什么开狗洞?”张玄之马上回答说:“正是为了让你们这样的人从这里进出!”

三一、郝隆晒书

郝隆七月七日出日中仰卧[1]。人问其故,答曰:“我晒书。”

【注释】

1. 郝隆:字佐治,官至征西参军。七月七日:古代有七月七日晒书和衣服的习俗。

【译文】

郝隆七月七日那天到太阳下仰面躺着。有人问他原因,他回答说:“我在晒书。”

三二、一物二名

谢公始有东山之志,后严命屡臻[1],势不获已,始就桓公司马。于时人有饷[2]桓公药草,中有“远志”[3]。公取以问谢:“此药又名‘小草’,何一物而有二称?”谢未即答。时郝隆在坐,应声答曰:“此甚易解,处则为远志,出则为小草。”谢甚有愧色。桓公目谢而笑曰:“郝参军此过乃不恶,亦极有会。”

【注释】

1. 臻:到,来到。 2. 饷:赠送。 3. 远志:植物名。可以入药,根名远志,叶子名小草。郝隆的解释是从根与叶的角度出发,根埋在土中为处,叶子长在地上为出,同时也借此暗指隐居和出仕,讥讽谢安。

【译文】

谢安最开始有隐居东山的志向,后来朝廷征召的命令多次下达,情势不能允许他坚持下去，才就任桓温司马。这时有人送给桓温药草，其中有一味叫“远志”。桓温取出它问谢安：“这味药又叫作‘小草’，为什么一个东西却有两个称呼？”谢安没有立刻回答。当时郝隆在座，马上回答说：“这很容易解答，不出来就叫远志，出来就叫小草。”谢安脸上露出很惭愧的神色。桓温看着谢安笑着说：“郝参军的这个解释也不坏，很有意趣。”

三三、齐庄神意

庾园客诣孙监[1]，值行，见齐庄[2]在外，尚幼，而有神意。庾试之曰：“孙安国何在？”即答曰：“庾稚恭[3]家。”庾大笑曰：“诸孙大盛[4]，有儿如此！”又答曰：“未若诸庾之翼翼[5]。”还，语人曰：“我故胜，得重唤奴父名。”

【注释】

1. 庾园客：庾爰之，字园客，征西将军庾翼之子。孙监：指孙盛，字安国，曾任秘书监。 2. 齐庄：孙放，字齐庄，孙盛次子。官至长沙相。 3. 庾稚恭：庾翼，字稚恭，官至征西将军。 4. 诸孙大盛：“盛”字犯孙放的父亲孙盛名讳。 5. 翼翼：繁盛的样子。庾爰之的父亲名翼，孙放故意用“翼翼”两字犯其名讳。

【译文】

庾爰之去拜访孙盛，碰上他外出不在，见他的儿子孙放在外面，还很年幼，但神情意态不凡。庾爰之试探他说：“孙安国在哪里？”孙放马上回答说：“在庾稚恭家中。”庾爰之大笑说：“孙家家族很兴盛，有这样的儿子。”孙放又回答说：“比不上庾家翼翼繁盛。”孙放回去后对别人说："我确实赢了，我能重复叫那家伙父亲的名字。"

三四、爱莫能助

范玄平在简文坐[1]，谈欲屈，引王长史[2]曰："卿助我！"王曰："此非拔山力[3]所能助！"

【注释】

1. 范玄平：范汪，字玄平。少有大志，博通经史。简文：指简文帝司马昱。　2. 王长史：指王濛。　3. 拔山力：《史记》记载项羽被刘邦汉兵包围时，半夜作歌："力拔山兮气盖世，时不利兮骓不逝。"后形容人力气很大。

【译文】

范汪在简文帝座席前清谈，将要理屈时，拉着长史王濛说："您来帮我！"王濛说："这不是力气大就能帮上的。"

三五、蛮府参军

郝隆为桓公南蛮参军。三月三日会[1]，作诗。不能者，罚酒三升。隆初以不能受罚，既饮，揽笔便作一句云："娵(jū)隅(yú)[2]跃清池。"桓问："娵隅是何物？"答曰："蛮名鱼为娵隅。"桓公曰："作诗何以作蛮语？"隆曰："千里投公，始得蛮府参军，那得不作蛮语也？"

【注释】

1. 三月三日会：三国魏之后以三月三日为祓禊日。古时每年春季上巳日在水边举行祭礼，洗濯尘垢，消除不祥，称为祓禊。汉以后又成为宴饮游玩的节日。 2. 娵隅：古代西南少数民族将鱼称为娵隅。

【译文】

郝隆担任桓温南蛮校尉参军。三月三日祓禊聚会，宾客一起作诗，作不出来的就要罚酒三升。郝隆最开始因为不能作诗而受罚，喝了酒之后，拿过笔就写了一句诗，说："娵隅跃清池。"桓温问："娵隅是什么东西？"回答说："蛮族人把鱼叫娵隅。"桓温说："写诗为什么要用蛮族话？"郝隆说："不远千里来投靠您，才得到蛮府参军的职位，怎么能不用蛮族话呢？"（按：郝隆自认为才能出众，投奔桓温却只得到南蛮校尉府参军的职位，心中不平，故而用蛮语作诗以表达不满。）

三六、古代遗狂

袁羊尝诣刘恢[1]，恢在内眠未起。袁因作诗调之曰："角枕粲文茵，锦衾烂长筵[2]。"刘尚[3]晋明帝女，主[4]见诗不平，曰："袁羊，古之遗狂！"

【注释】

1. 袁羊：袁乔，字彦叔，小字羊。刘恢：当为"刘惔"。刘惔娶了晋明帝女庐陵公主。 2. 角枕粲文茵，锦衾烂长筵：粲，鲜明。文茵，华美的褥子。烂，光亮。筵，竹席。典出《诗经·葛生》，原诗为悼亡之作，"角枕粲兮，锦衾烂兮；予美亡此，谁与？独旦"。抒发主人公在爱人死亡后，孤独寂寞的心情。袁羊化用此句，是调笑刘惔和公主同床共枕而迟迟不起。 3. 尚：古时娶帝王之女为妻叫"尚"。晋明帝：指司马绍。 4. 主：公主。

【译文】

袁羊曾经去拜访刘惔，刘惔在屋子里睡觉还没有起来。袁羊就写诗取笑他说："角枕粲文茵，锦衾烂长筵。"刘惔娶了晋明帝的女儿，公主看到诗后非常不满，说："袁羊真是古代的狂人之后！"

三七、如何放曲

殷洪远答孙兴公诗云[1]："聊复放一曲[2]。"刘真长笑其语拙，问曰："君欲云那放？"殷曰："榻腊[3]亦放，何必其枪铃[4]邪？"

【注释】

1. 殷洪远：殷融，字洪远，曾任吏部尚书、太常卿。孙兴公：孙绰，字兴公。 2. 放一曲：放声歌唱。 3. 榻腊：鼓名。 4. 枪铃：形容金石乐器清脆、响亮的乐音。殷融的意思是击鼓声虽然不够优美和谐，但同样也是乐音，不一定要清脆合律的才叫乐声，此句用音乐喻指作诗，表明自己的诗句虽然不够工整，但足够清楚地传达意思，不一定非要刻镂雕绘，追求字句的美好。

【译文】

殷融答孙绰的诗中说："姑且放声高歌一曲。"刘惔笑话他语言拙劣，问他说："您想要怎么放声歌唱呢？"殷融说："击鼓声也是乐声，为什么一定要金石演奏的乐音呢？"

三八、桓温惊笑

桓公既废海西，立简文[1]。侍中谢公见桓公，拜，桓惊笑曰："安石，卿何事至尔?”谢曰:“未有君拜于前,臣立于后!”

【注释】

1. 桓公既废海西,立简文:太和六年(公元371年),桓温废司马奕为海西县公,另立相王司马昱,即简文帝。海西,指海西公司马奕,晋成帝之子。

【译文】

桓温废黜海西公司马奕之后,另立简文帝司马昱。侍中谢安见到桓温,向他下拜,桓温惊异地笑着说:“安石,您为了什么事竟至于这样?”谢安说:“没有君在前面下拜,而臣却在后面站着的道理。”(按:古代社会王权至高无上,臣子行废立之事往往意味着对王权的倾轧和践踏。汉末就有董卓废少帝而立献帝刘协的前车之鉴,桓温擅行废立,显然有和董卓一样试图将天子视为傀儡甚至取而代之的野心。谢安正是不满桓温这种试图一手遮天的行为,借下拜讽刺他有篡位自立的嫌疑。)

二九、后生可畏

郗重熙[1]与谢公书,道:“王敬仁闻一年少怀问鼎[2],不知桓公德衰?为复后生可畏[3]?”

【注释】

1. 郗重熙:郗昙,字重熙,曾任北中郎将、徐州刺史、兖州刺史。2. 王敬仁:王修,字敬仁,王濛之子。问鼎:典出《左传》。楚庄王在周王室疆域阅兵,周定王派王孙满慰劳,楚王于是问周鼎的大小轻重。九鼎是夏、商、周三代象征国家政权的宝器,楚庄王问鼎有觊觎王位、意图篡权的含义，后喻指意图谋取政权。 3. 后生可畏：典出《论语》，“后生可畏，焉知来者之不如今”。指年轻人往往能超越前辈，令人敬畏。

【译文】

郗昙给谢安写信说：“王修听说有个年轻人有问鼎的心思，不知道是桓温德行衰败，还是年轻人令人敬畏呢？”

四〇、以子戏父

张苍梧是张凭之祖[1]，尝语凭父曰：“我不如汝。”凭父未解所以，苍梧曰：“汝有佳儿。”凭时年数岁，敛手[2]曰：“阿翁[3]，讵宜以子戏父？”

【注释】

1. 张苍梧：张镇，字义远，曾任苍梧太守。张凭：字长宗。善谈玄理，官至吏部郎、御史中丞。 2. 敛手：拱手，表示态度恭敬。 3. 阿翁：指祖父。

【译文】

张镇是张凭的祖父，曾经对张凭的父亲说：“我比不上你。”张凭的父亲不明白他为什么这么说。张镇说：“你有好儿子。”张凭当时才几岁，拱手说：“爷爷呀，怎么能用儿子来取笑父亲呢？”

四一、互引《诗经》

习凿齿、孙兴公未相识[1]，同在桓公坐。桓语孙：“可与习参军共语。”孙云：“‘蠢尔蛮荆[2]’，敢与大邦为仇！”习云：“‘薄伐猃（xiǎn）狁

(yǔn)[3]',至于太原。"

【注释】

1. 习凿齿：字彦威,襄阳(在今湖北襄阳)人。官至荥阳太守。著有《汉晋春秋》。孙兴公：孙绰,字兴公,太原人。 2. 蠢尔蛮荆：出自《诗经·采芑》。原诗为"蠢尔蛮荆,大邦为雠",描写周王室征讨南方的楚国。蠢尔,无知蠢动的样子。蛮荆,古代称长江流域中部荆州地区。雠,同"仇"。习凿齿是襄阳人,孙绰引用此句意在贬抑习凿齿。 3. 薄伐猃狁：出自《诗经·六月》。原诗为"薄伐猃狁,以奏肤公",描写周王室北伐战胜猃狁。薄伐,征伐。猃狁,中国古代北方少数民族。孙绰是太原人,习凿齿引用此句意在反击孙绰。

【译文】

习凿齿、孙绰还不认识的时候,有次一起在桓温的坐席上。桓温对孙绰说:"你可以和习参军一起交谈。"孙绰说:"无知愚蠢的蛮族人,竟敢与大邦为敌!"习凿齿说:"我要征伐你这异族的野蛮人,直冲到你的老家太原。"

四二、豹奴似舅

桓豹奴是王丹阳外生[1],形似其舅,桓甚讳之。宣武[2]云:"不恒相似,时似耳。恒似是形,时似是神。"桓逾[3]不说。

【注释】

1. 桓豹奴：桓嗣,字恭祖,小字豹奴,车骑将军桓冲之子,官至江州刺史。王丹阳：指王混,字奉正,官至丹阳尹。外生：外甥,"生"

通“甥”。 2. 宣武：指桓温，桓嗣的伯父。 3. 逾：更加。

【译文】

桓嗣是王混的外甥，长得很像舅舅，桓嗣非常忌讳这个。桓温说：“不是一直像，只是有时候像。经常像的是外表，偶尔像的是神态。”桓嗣听了更加不高兴了。

四三、林公遭讥

王子猷诣谢万[1]，林公[2]先在坐，瞻瞩[3]甚高。王曰：“若林公须发并全[4]，神情当复胜此不？”谢曰：“唇齿相须，不可以偏亡。须发何关于神明！”林公意甚恶，曰：“七尺之躯，今日委[5]君二贤。”

【注释】

1. 王子猷：王徽之，字子猷。谢万：字万石。 2. 林公：指支遁，字道林。 3. 瞻瞩：眼光。 4. 若林公须发并全：僧人剃发无须，王徽之借此取笑支道林。 5. 委：委托。

【译文】

王徽之去拜访谢万，支道林先他在座，目光神态很高傲。王献之说：“如果林公胡须头发都齐备，神情意态会超过现在吗？”谢万说：“唇齿互相依存，不可以缺少某一方面，然而胡须头发和人的精神有什么相关！”支道林心下不快，说：“我七尺的身躯，今天交托给二位贤人评判了。”（按：王徽之家族多信仰天师道，教旨与佛教龃龉，王徽之嘲弄支道林不仅是不满其态度傲慢，也有宗教信仰不合的原因。）

四四、嘉宾劝弟

郗司空拜北府[1],王黄门[2]诣郗门拜,云:"应变将略,非其所长[3]。"骤咏之不已。郗仓谓嘉宾曰[4]:"公今日拜,子猷言语殊不逊[5],深不可容!"嘉宾曰:"此是陈寿作诸葛评,人以汝家比武侯[6],复何所言?"

【注释】

1. 郗司空:指郗愔,字方回,死后赠司空。北府:东晋建都建康,军府设在建康之北的广陵,故称军府曰北府。　2. 王黄门:指王徽之,字子猷,官至黄门侍郎。　3. 应变将略,非其所长:是陈寿《三国志·蜀志》中对诸葛亮的评价,原句为"亮连年动众,而无成功,盖应变将略,非其所长也"。　4. 郗仓:郗融,字景山,小字仓,郗愔之子。嘉宾:郗超,字嘉宾。　5. 不逊:不恭敬,没有礼貌。　6. 武侯:指诸葛亮,三国时蜀国丞相,死后谥忠武侯。

【译文】

郗愔被任命为北府督将,王徽之去郗家拜访,说:"随机应变和用兵的谋略,不是他所擅长的。"快速地吟咏起来,一直不停。郗融对郗超说:"父亲今日授官,王徽之说话非常无礼,实在不能容忍!"郗超说:"这是陈寿评价诸葛亮的话,人家把你家父亲比作诸葛武侯,还有什么可说的呢?"

四五、子猷承问

王子猷诣谢公,谢曰:"云何七言诗?"子猷承问,答曰:"昂昂若千里之驹,泛泛若水中之凫(fú)[1]。"

【注释】

1. 昂昂若千里之驹,泛泛若水中之凫:典出《楚辞·卜居》,原句为:"宁昂昂若千里之驹乎?将泛泛若水中之凫乎?与波上下,偷以全吾躯乎?"意指:"宁愿昂扬如同千里马呢,还是做在水中浮游不定的野鸭,随水波上下起伏,苟且保全自己的身躯呢?"凫,野鸭。

【译文】

王徽之去拜访谢安,谢安说:"什么是七言诗?"王徽之听到提问,回答说:"昂扬如同千里马,浮游不定如同水中野鸭。"

四六、糠秕沙砾

王文度、范荣期俱为简文所要[1]。范年大而位小,王年小而位大。将前,更相推在前,既移久,王遂在范后。王因谓曰:"簸之扬之,糠(kāng)秕(bǐ)在前[2]。"范曰:"洮(táo)之汰之,砂砾在后[3]。"

【注释】

1. 王文度:王坦之,字文度。范荣期:范启,字荣期,官至黄门侍郎。简文:指简文帝司马昱。要:通"邀",邀请。 2. 簸:用簸箕颠动米粮,扬去糠秕和灰尘。糠秕:在打谷或加工过程中从种子上分离出来的皮或壳。王坦之此句意为簸箕颠动米粮,最先被筛出的是糠秕一类细碎无用的东西。 3. 洮:同"淘",洗去杂质。汰:淘洗。范启此句意为淘米时反复淘洗,最后留下的都是砂砾。

【译文】

王坦之、范启都被简文帝所邀请。范启年纪大官位低,王坦之年纪小官位高。将要上前谒见，两人互相推让请对方先去，推让了很久之后，王坦之最后排在范启的后面。王坦之于是说：“簸之扬之，糠秕在前。”范启说：“淘之汰之，砂砾在后。”

四七、羊公之鹤

刘遵祖少为殷中军所知[1]，称之于庾公[2]。庾公甚忻然[3]，便取为佐[4]。既见，坐之独榻上与语。刘尔日殊不称，庾小失望，遂名之为“羊公鹤”。昔羊叔子[5]有鹤善舞，尝向客称之，客试使趋来，氃（tóng）氋（méng）[6]而不肯舞，故称比之。

【注释】

1. 刘遵祖：刘爰之，字遵祖。殷中军：指殷浩，曾任中军将军。 2. 庾公：指庾亮。 3. 忻然：愉快的样子。 4. 佐：属吏，处于辅助地位的人。 5. 羊叔子：羊祜，字叔子。 6. 氃氋：羽毛松散委顿的样子。

【译文】

刘爰之年少时受到殷浩的赏识，殷浩在庾亮面前称赞他。庾亮非常高兴，就召他担任属吏。见面之后，让他坐在尊贵的独榻上和他交谈。刘爰之当天的表现和他的名声很不符合，庾亮有些失望，就称他为“羊公鹤”。从前羊祜有一只鹤，善于跳舞，羊祜曾经向客人称赞它，客人尝试将它赶来，它却羽毛散乱、神情委顿，不肯起舞，所以庾亮拿羊公鹤来比刘爰之。

四八、约法三章

魏长齐雅有体量[1],而才学非所经[2]。初宦[3]当出,虞存[4]嘲之曰:“与卿约法三章:谈者死,文笔者刑,商略抵罪[5]。”魏怡然[6]而笑,无忤[7]于色。

【注释】

1. 魏长齐:魏颉,字长齐,官至山阴令。体量:度量。 2. 经:经营。 3. 宦:做官。 4. 虞存:字道长,官至尚书吏部郎。 5. 谈:指清谈,谈玄。文笔:写作诗文。商略:品评人物。清谈、写诗文、品评人物都是当时士人所热衷的活动,魏颉缺乏才学,不擅长这些。 6. 怡然:安适自在。 7. 忤:抵触。

【译文】

魏颉很有度量,但才学不是他所擅长的。初次做官将要出任,虞存嘲笑他说:“和你约法三章:清谈者处死,写文章者受刑,品评人物者抵罪。”魏颉安适自在地微笑起来,没有不高兴的神色。

四九、恒任之风

郗嘉宾书与袁虎[1],道戴安道、谢居士云[2]:“恒任之风[3],当有所弘[4]耳。”以袁无恒,故以此激之。

【注释】

1. 郗嘉宾:郗超,字嘉宾。袁虎:袁宏,字彦伯,小字虎,官至东阳太守。 2. 戴安道:戴逵,字安道。谢居士:指谢敷。 3. 恒:持久,长期。任:负责任。 4. 弘:扩大,光大。“弘”与袁宏之名同音,一语双关。

【译文】

郗超写信给袁宏,提起戴逵、谢敷说:"有恒心、负责任的风气,应该有所弘扬啊。"因为袁宏没有恒心,所以郗超用这话来刺激他。

五〇、举体无润

范启与郗嘉宾书曰:"子敬举体无饶纵[1],掇(duō)[2]皮无余润。"郗答曰:"举体无余润,何如举体非真者?"范性矜假[3]多烦,故嘲之。

【注释】

1. 举体:全身。饶纵:脂肉丰满。 2. 掇:摘取。 3. 矜假:矜持虚伪。

【译文】

范启给郗超的信里说:"王献之全身上下没有丰腴的地方,扒了皮就没有多余的油脂。"郗超回信说:"全身没有丰润之处,和全身都没有真东西比起来怎么样呢?"范启性格矜持虚伪,爱好繁文缛节,郗超因此嘲弄他。

五一、谄道佞佛

二郗奉道[1],二何奉佛[2],皆以财贿[3]。谢中郎[4]云:"二郗谄[5]于道,二何佞[6]于佛。"

【注释】

1. 二郗奉道:郗愔和弟弟郗昙,两人都信奉天师道。 2. 二何奉佛:何充和弟弟何准,两人都信奉佛教。 3. 财贿:财货,财物。

4. 谢中郎：指谢万，曾任抚军从事中郎。 5. 谄：巴结，奉承。 6. 佞：谄媚，讨好。

【译文】

郗愔、郗昙信奉天师道，何充、何准信奉佛教，他们都花费了大量财物。谢万说："二郗谄媚于道，二何趋承于佛。"

五二、林公理屈

王文度在西州[1]，与林法师[2]讲，韩、孙[3]诸人并在坐，林公理每欲小屈。孙兴公[4]曰："法师今日如着弊絮[5]在荆棘中，触地挂阂(hé)[6]。"

【注释】

1. 西州：东晋时扬州刺史治所。 2. 林法师：指支道林，即支遁。 3. 韩、孙：指韩伯、孙绰等人。 4. 孙兴公：指孙绰。 5. 弊絮：破旧的棉絮。 6. 触地：到处。挂阂：同"挂碍"，阻碍不通。

【译文】

王坦之在扬州府，和支道林谈玄。韩伯、孙盛等人也都在座，支道林的论辩常常遭遇小挫折，孙绰说："法师今天像是穿着破棉絮行走在荆棘丛中，到处都受阻碍。"

五三、荣期受讽

范荣期[1]见郗超俗情不淡，戏之曰："夷、齐、巢、许[2]，一诣垂名。何必劳神苦形，支策据梧[3]邪？"郗未答，韩康伯[4]曰："何不使游刃皆虚[5]？"

【注释】

1. 范荣期：指范启。　2. 夷、齐、巢、许：指伯夷、叔齐、巢父、许由四位隐士。　3. 支策据梧：典出《庄子·齐物论》，“师旷之枝策也，惠子之据梧也”。后用来形容用心劳神。　4. 韩康伯：韩伯。5. 游刃皆虚：典出《庄子·养生主》。庖丁为梁惠王解剖牛后说自己宰牛十九年，杀牛数千头，而刀还像新的一样，原因在于“彼节者有间而刀刃者无厚，以无厚入有间，恢恢乎其于游刃必有余地矣”。韩伯借此喻指做事要遵循天理，把握规律。

【译文】

范启见郗超世俗之情不减，便取笑他说：“伯夷、叔齐、巢父、许由，一下子名垂千古。你为什么要如此费心劳身呢？”郗超没有回答，韩伯说：“为什么不让刀刃完全游走在虚空中呢？”

五四、牙齿锋利

简文[1]在殿上行，右军与孙兴公在后[2]。右军指简文语孙曰：“此啖(dàn)名[3]客！”简文顾曰：“天下自有利齿儿。”后王光禄作会稽[4]，谢车骑出曲阿祖之[5]，王孝伯[6]罢秘书丞，在坐，谢言及此事，因视孝伯曰：“王丞齿似不钝。”王曰：“不钝，颇亦验。”

【注释】

1. 简文：指简文帝司马昱。　2. 右军：指王羲之。孙兴公：指孙绰。　3. 啖名：贪求名声。　4. 王光禄：王蕴，字叔仁，曾任光禄大夫。作会稽：任会稽内史。　5. 谢车骑：指谢玄。曲阿：今江苏丹阳。祖：送行。　6. 王孝伯：王恭，字孝伯，王蕴的儿子。此时罢秘书丞,转升中书郎。

【译文】

简文帝司马昱在殿上走,王羲之和孙绰在后面。王羲之指着简文帝对孙绰说:"这是个贪求名声的人。"简文帝回过头说:"天下自然有牙齿锋利的人。"之后王蕴做会稽内史,谢玄出曲阿送他,当时王恭被罢秘书丞,也在座。谢玄提到这件事,于是看着王恭说:"王丞的牙齿似乎也不钝。"王恭说:"不钝,稍微试过。"

五五、前倨后恭

谢遏[1]夏月尝仰卧,谢公清晨卒[2]来,不暇[3]着衣,跣(xiǎn)[4]出屋外,方蹑履问讯。公曰:"汝可谓'前倨(jù)而后恭'[5]。"

【注释】

1. 谢遏:谢玄,字幼度,小字遏。 2. 卒:突然。 3. 暇:空闲。 4. 跣:光着脚。 5. 前倨而后恭:典出《战国策·秦策》,指开始傲慢后来恭敬。苏秦游说而不成功,穷困返乡,父母不和他说话,妻子不从织机上下来,嫂子不给他做饭。之后他富贵显达,路过家乡,财货盈满马车,苏秦的亲人都不敢正面看他。苏秦就问嫂子"何前倨而后恭"。倨,傲慢。谢遏匆忙出门,衣服不穿戴整齐,光着脚见客都是不合礼节的行为,后来顾及礼节又匆忙穿上鞋,所以谢安借此取笑他。

【译文】

曾有个夏天,谢玄正仰面躺着,谢安清早突然过来,谢遏来不及穿衣服,光着脚跑出屋子外面,才又穿鞋向他问候。谢安说:"你可以说是开始傲慢而后来恭敬了。"

五六、布帆无恙

顾长康作殷荆州佐[1],请假还东。尔时例不给布帆,顾苦求之,乃得发。至破冢[2],遭风大败。作笺与殷云:"地名破冢,真破冢而出[3]。行人安稳,布帆无恙(yàng)[4]。"

【注释】

1. 顾长康:顾恺之,字长康。殷荆州:指殷仲堪。官至荆州刺史。 2. 破冢:地名。今湖北省江陵县东南。 3. 破冢而出:暗指死里逃生。冢,坟墓。 4. 无恙:平安,没有疾病,一般用于人。(按:与"无恙"相对,"安稳"则多用来形容物。船帆被大风损坏,不能称为安稳,所以顾恺之将"人无恙""船安稳"故意颠倒,是玩笑的说法。)

【译文】

顾恺之做殷仲堪的僚属,请假回东边。当时的惯例不分派帆船,顾恺之苦苦请求才得到。船行到破冢这个地方,碰到大风,损坏很厉害。顾恺之写信给殷仲堪说:"地名叫破冢,真是破冢而出。幸好行人安稳,布帆也无恙。"

五七、肃之好事

苻(fú)朗[1]初过江,王咨议[2]大好事,问中国[3]人物及风土所生,终无极已[4]。朗大患[5]之。次复问奴婢贵贱,朗曰:"谨厚有识,中者,乃至十万;无意为奴婢,问者,止数千耳。"

【注释】

1. 苻朗：字元达，前秦苻坚从兄之子。性格宏放，骄矜傲气。前秦瓦解后，苻朗投降东晋，任员外散骑侍郎。 2. 王咨议：指王肃之，字幼恭，王羲之之子，曾任骠骑咨议。 3. 中国：中原。 4. 极已：停止，中止。 5. 患：讨厌，厌烦。

【译文】

苻朗刚过江时，王肃之非常多事，向他询问中原有名望的人物和风土特产，总是没完没了地问。苻朗很厌烦他。王肃之又问奴婢的价格高低，苻朗说："谨慎忠厚、有见识的，合适了可以卖到十万钱；没有意愿做奴婢却打听的，只值数千钱。"

五八、仰视屋顶

东府客馆是版屋[1]。谢景重诣太傅[2]，时宾客满中，初不交言，直仰视云："王乃复西戎其屋[3]。"

【注释】

1. 东府：扬州刺史治所。版屋：用木板建造的房屋。 2. 谢景重：谢重，字景重，谢朗之子。曾任会稽王司马道子长史。太傅：指会稽王司马道子，当时任太傅。 3. 西戎其屋：典出《诗经·小戎》，秦襄公征讨西戎，妇女思念出征的丈夫，作诗称"在其版屋，乱我心曲"。西戎人常住木板建造的版屋。谢重此句暗指扬州客馆成了西戎之屋，意在讥讽在座的客人。

【译文】

扬州府的客馆是木板屋。谢重去拜访太傅司马道子，当时宾客满座,谢重不和别人交谈,只仰视着说:“会稽王竟然让客馆成了西戎的房屋。”

五九、渐至佳境

顾长康啖甘蔗[1],先食尾。问所以,云:“渐至佳境。”

【注释】

1. 顾长康:指顾恺之。啖:吃。

【译文】

顾恺之吃甘蔗,先吃尾部。有人问他为什么,他说:“这样吃就能逐渐到达好的境界。”

六〇、莫近禁脔

孝武属王珣求女婿[1],曰:“王敦、桓温[2],磊砢(luǒ)[3]之流,既不可复得,且小如意,亦好豫[4]人家事,酷非所须。正如真长、子敬比[5],最佳。”珣举谢混[6]。后袁山松欲拟谢婚,王曰:“卿莫近禁脔(luán)[7]!”

【注释】

1. 孝武:指晋孝武帝司马曜,简文帝之子。属:通“嘱”,嘱托。王珣:字元琳。　2. 王敦:字处仲,娶晋武帝女襄城公主。桓温:字元子,娶晋宣帝女南康公主。　3. 磊砢:形容才华卓越。　4. 豫:通“预”,干预。　5. 真长:刘惔,字真长,娶晋明帝女庐陵公主。子敬:王献之,字子敬,娶简文帝女新安公主。　6. 谢混:字叔源。谢琰之子,谢安之孙,娶孝武帝女晋陵公主。官至中领军、尚书仆射。

7. 禁脔：晋元帝镇守健康时，食物缺乏，每得一猪便视为佳肴，猪颈肉尤其鲜美，臣子们不敢吃而献给皇帝，当时称为“禁脔”，后用来比喻私自享有，不允许他人染指的东西。脔，切成小块的肉。

【译文】

晋孝武帝嘱托王珣为女儿择婿，说：“王敦、桓温这样才华卓越的人物，已经不能再找到，况且稍微得意，就喜欢干预他人的家事，实在不是我所需要的女婿。像是和刘惔、王献之差不多的，最好。”王珣于是推荐谢混。之后袁山松想要和谢家结亲，王珣说：“你不要靠近禁脔！”

六一、咄咄逼人

桓南郡与殷荆州语次[1]，因共作了语[2]。顾恺之曰：“火烧平原无遗燎[3]。”桓曰：“白布缠棺竖旒（liú）旐（zhào）[4]。”殷曰：“投鱼深渊放飞鸟。”次复作危语。桓曰：“矛头淅米[5]剑头炊。”殷曰：“百岁老翁攀枯枝。”顾曰：“井上辘（lù）轳（lu）卧婴儿。”殷有一参军在坐，云：“盲人骑瞎马，夜半临深池。”殷曰：“咄咄逼人！”仲堪眇（miǎo）[6]目故也。

【注释】

1. 桓南郡：指桓玄，字敬道，袭爵南郡公。殷荆州：指殷仲堪，官至荆州刺史。语次：交谈间。 2. 了语：以完了、终结为题的隐语。 3. 遗燎：指遗漏而未被焚烧之处。 4. 旒旐：指人去世后出殡时悬挂在灵柩前的幡旗。 5. 淅米：淘米。 6. 眇：瞎了一只眼。

【译文】

桓玄和殷仲堪交谈间，随话题作起了“了语”联句。顾恺之说：

"火烧平原,没有不被焚烧的地方。"桓玄说:"白布缠着棺材,竖起铭旌。"殷仲堪说:"把鱼扔进深渊,放出飞鸟。"接着他们又作危语联句。桓玄说:"在矛头里淘米,拿剑头做饭。"殷仲堪说:"百岁的老人攀爬枯枝。"顾恺之说:"井上的辘轳上躺着婴儿。"殷仲堪有一个参军也在座,说:"瞎子骑着瞎马,半夜到深池边。"殷仲堪说:"实在咄咄逼人呀!"这是殷仲堪瞎了一只眼的缘故。

六二、比拟不类

桓玄出射,有一刘参军与周参军朋赌[1],垂成[2],唯少一破。刘谓周曰:"卿此起不破,我当挞(tà)[3]卿。"周曰:"何至受卿挞?"刘曰:"伯禽之贵,尚不免挞[4],而况于卿!"周殊无忤色。桓语庾伯鸾[5]曰:"刘参军宜停读书,周参军且勤学问。"

【注释】

1. 朋赌:分组比赛射箭以争胜负。 2. 垂成:事情接近成功。 3. 挞:用鞭、棍等打人。 4. 伯禽之贵,尚不免挞:伯禽是周公的儿子。周成王年纪幼小,周公辅政,周公令儿子伯禽入宫,成王犯错时,周公就鞭挞儿子伯禽来威慑成王。刘参军在此引用这一典故不符合语境,所以桓玄称他"宜停读书",而周参军被骂却没有不高兴的样子,说明他也不知道这个典故,应"且勤学问"。 5. 庾伯鸾:庾鸿,字伯鸾,官至辅国内史。

【译文】

桓玄出去射箭,有刘参军和周参军合成一组赌射,只差一箭就能获胜。刘参军对周参军说:"你这一箭不中,我就要鞭打你。"周参军说:“哪里就至于被你打?”刘参军说:“伯禽那么尊贵,尚且不能避免被鞭打,何况是你呢!”周参军听了没有一点不满的神色。桓玄对庾鸿说:“刘参军应该停止读书,周参军还需要勤奋学习。”

六三、大家儿笑

桓南郡[1]与道曜讲《老子》,王侍中[2]为主簿,在坐。桓曰:“王主簿可顾名思义[3]。”王未答,且大笑。桓曰:“王思道能作大家儿笑。”

【注释】

1. 桓南郡:指桓玄。桓玄曾任南郡太守。 2. 王侍中:指王祯之,字公幹,小字思道,曾任侍中。 3. 顾名思义:《老子》讲“道”,王祯之的小字就是思道,所以桓玄开玩笑说他可以不必听讲,看着自己的名字就能理解道的含义。

【译文】

桓玄和道曜谈论《老子》,王祯之当时任主簿,也在座。桓玄说:“王主簿可以看自己的名字思考道的含义。”王祯之没有回答,只是大笑。桓玄说:“王思道能发出符合大家弟子身份的笑声。”

六四、祖广缩头

祖广[1]行恒缩头。诣桓南郡,始下车,桓曰:“天甚晴朗,祖参军如从屋漏中来。”

【注释】

1. 祖广:字渊度,官至护军长史。

【译文】

祖广走路总是缩着头。他去拜访桓玄时，刚下车，桓玄说："天气很晴朗，祖参军像是从漏雨的屋子里过来。"

六五、桓玄求桃

桓玄素轻桓崖[1]，崖在京下[2]有好桃，玄连就求之，遂不得佳者。玄与殷仲文[3]书，以为嗤(chī)笑[4]曰："德之休明[5]，肃慎贡其楛(hù)矢[6]；如其不尔，篱壁间物[7]，亦不可得也。"

【注释】

1. 桓崖：桓修，字承祖，小字崖。桓温之弟桓冲的儿子，官至抚军大将军，封安成王。 2. 京下：京城。 3. 殷仲文：殷融的孙子，有文学才能，官至侍中、尚书。 4. 嗤笑：讥笑。 5. 休明：美好清明。 6. 肃慎：古代东北边疆的民族，周武王、周成王时该族曾以楛矢进贡。楛矢：用楛木做杆的箭。 7. 篱壁间物：指宅院中所产的物品，泛指平凡容易得到的东西。

【译文】

桓玄一向看不起桓修，桓修在京城种有好桃树，桓玄连着多次向他求取，最后也没有得到好的。桓玄给殷仲文写信，以这件事自嘲道："品德美好清明，肃慎族也会来进贡楛木做的弓箭；如果不是这样，宅院中的平凡物品也不能得到。"

轻诋　第二十六

一、终日妄语

王太尉问眉子[1]:“汝叔[2]名士,何以不相推重?”眉子曰:“何有名士终日妄语?”

【注释】

1. 王太尉:指王衍,字夷甫,官至太尉。眉子:王玄,字眉子,王衍之子,官至陈留太守。 2. 汝叔:指王玄叔父王澄。

【译文】

太尉王衍问儿子王玄:“你叔父是名士,为什么你不推崇尊重他?”王眉子说:“哪里有名士整天说虚妄荒诞的话?”

二、唐突西子

庾元规语周伯仁[1]:“诸人皆以君方乐。”周曰:“何乐?谓乐毅[2]邪?”庾曰:“不尔。乐令[3]耳!”周曰:“何乃刻画无盐[4],以唐突西子[5]也。”

【注释】

1. 庾元规:庾亮,字元规。周伯仁:周𫖮,字伯仁。 2. 乐毅:战国时期杰出的军事家。曾为燕国上将,大败齐国,受封昌国君。 3. 乐令:指乐广,字彦辅。西晋时期名士,曾任尚书令。 4. 无盐:指齐宣王王后钟离春。钟离春,齐国无盐人,貌丑而贤能,后将无盐作为丑女的代称。 5. 西子:指西施。

【译文】

庾亮对周𫖮说:“人们都拿你和乐相比。”周𫖮说:“哪个乐?是说乐毅吗?”庾亮说:“不是的,是乐广罢了。”周𫖮说:“怎么竟为了刻画丑女无盐,来冒犯美人西施呢?”

三、柴棘三斗

深公[1]云:“人谓庾元规名士,胸中柴棘三斗许[2]。”

【注释】

1. 深公:指竺潜,字法深。 2. 胸中柴棘三斗许:比喻心胸狭窄,心机深重。柴棘,柴木荆棘。

【译文】

深公说:“人们都说庾亮是名士,胸中隐藏的荆棘有三斗多。”

四、以扇拂尘

庾公[1]权重,足倾王公[2]。庾在石头[3],王在冶城[4]中坐,大风扬尘,王以扇拂尘曰:“元规尘污人!”

【注释】

1. 庾公:指庾亮。 2. 王公:指王导。 3. 石头:指石头城,位于建康西。 4. 冶城:古城名。晋时为丹阳郡治所。

【译文】

庾亮权势很大,足以压过王导。庾亮在石头城,王导在冶城坐镇。有一天大风扬起了尘土,王导用扇子拂去尘土说:“庾元规的尘土弄脏人了!”

五、尔家司空

王右军少时涩讷(nè)[1],在大将军[2]许,王、庾二公[3]后来,右军便起欲去。大将军留之曰:“尔家司空、元规[4],复可所难?”

【注释】

1. 王右军:指王羲之。涩讷:说话迟钝困难。 2. 大将军:指王敦。 3. 王、庾二公:指王导、庾亮。 4. 司空:王导曾任司空。元规:指庾亮。

【译文】

王羲之年少时说话迟钝困难,有一次在大将军王敦那里,王导、庾亮两人在他之后来到,王羲之见到就起身想要离开。王敦挽留他说:“你家的司空、元规,又有什么可为难的?”

六、不闻蔡谟

王丞相轻蔡公[1],曰:“我与安期、千里共游洛水边[2],何处闻有蔡充儿?”

【注释】

1. 王丞相:指王导。蔡公:指蔡谟,字道明,蔡充之子。 2. 安期:王承,字安期。千里:阮瞻,字千里。共游洛水:指过江前、京都仍为洛阳的西晋时,自己与王承、阮瞻就已为同游洛水的名士。

【译文】

王导看不起蔡谟,他说:“我和王安期、阮千里一起在洛水边同游时,哪里听说过有蔡充的儿子?”

七、褚裒渡江

褚太傅[1]初渡江,尝入东,至金昌亭,吴中豪右[2],燕集[3]亭中。褚公虽素有重名,于时造次[4]不相识别。敕左右多与茗汁[5],少著粽[6],汁尽辄益,使终不得食。褚公饮讫[7],徐举手共语云:"褚季野!"于是四坐惊散,无不狼狈。

【注释】

1. 褚太傅:指褚裒,字季野,官至江州刺史、兖州刺史。死后赠侍中、太傅。 2. 豪右:豪门大族。 3. 燕集:宴饮聚会。 4. 造次:慌忙,仓促。 5. 敕:吩咐。茗汁:茶水。 6. 粽:蜜渍瓜果。7. 讫:结束,终了。

【译文】

太傅褚裒刚过江时,曾经东至吴郡,到金昌亭,当时吴地的豪门大族在亭中宴饮聚会。褚裒虽然一向名望很高,但当时那些人匆忙中没有认出他来,就吩咐随从多给他茶水,少放蜜渍瓜果,茶水一喝完马上就添上,让他始终不能吃东西。褚裒喝完茶水后,缓缓举起手和众人说:"褚季野!"于是在座宾客受惊逃散,没有不狼狈的。

八、还其所如

王右军在南,丞相与书,每叹子侄不令[1],云:"虎㹠(tún)、虎犊[2],还其所如[3]。"

【注释】

1. 令:美好。 2. 虎㹠:王彭之,字安寿,小字虎㹠,官至黄门郎。虎犊：王彪之，字叔虎，官至左光禄大夫。两人均为王导族人。犹，同“豚”，小猪。犊，小牛。 3. 还其所如：王导意指王彭之、王彪之二人才智平庸，如同他们的名字一般。

【译文】

王羲之在南边，丞相王导写信给他，常常感叹子侄辈不够优秀，说道：“虎犹、虎犊，正像他们的名字一样。”

九、才高性鄙

褚太傅[1]南下，孙长乐[2]于船中视之。言次[3]，及刘真长[4]死，孙流涕，因讽咏曰：“人之云亡，邦国殄(tiǎn)瘁(cuì)[5]。”褚大怒曰：“真长平生，何尝相比数，而卿今日作此面向人！”孙回泣向褚曰：“卿当念我！”时咸笑其才而性鄙。

【注释】

1. 褚太傅：指褚裒。 2. 孙长乐：孙绰，字兴公，封长乐侯。 3. 言次：言谈之间。 4. 刘真长：指刘惔。 5. 人之云亡，邦国殄瘁：典出《诗经·大雅·瞻卬》，意指贤人亡去，国家困顿陷入绝境。殄瘁，困苦。

【译文】

褚裒南下，孙绰在船中见他。交谈之间，提到刘惔去世，孙绰流下泪水，接着吟咏道：“贤人去世，国家陷入绝境。”褚裒非常愤怒地说：“刘惔在世的时候，何曾特别看重过你，你今天却在别人面前摆出这副样子！”孙绰停止哭泣，对褚裒说：“您应该顾念我！”当时人都笑他有才华而品行鄙俗。

一〇、复为驱驰

谢镇西书与殷扬州[1],为真长[2]求会稽。殷答曰:"真长标同伐异[3],侠[4]之大者。常谓使君降阶[5]为甚,乃复为之驱驰[6]邪?"

【注释】

1. 谢镇西:指谢尚,字仁祖,陈郡阳夏(在今河南太康)人,曾任镇西将军。殷扬州:指殷浩,字深源,曾任扬州刺史。 2. 真长:指刘惔。 3. 标同伐异:标榜同党,攻击异己。 4. 侠:通"狭",狭隘。 5. 降阶:走下台阶,以示恭敬。 6. 驱驰:尽力奔走效劳。

【译文】

谢尚写信给殷浩,替刘惔求会稽郡的职位。殷仲堪回信说:"刘真长维护同党,攻击异己,是非常狭隘、气量小的人。我常常认为您对他谦恭得过分了,您竟然还要替他尽力奔走效劳吗?"

一一、桓公入洛

桓公入洛[1],过淮、泗[2],践北境[3],与诸僚属登平乘楼[4],眺瞩[5]中原,慨然曰:"遂使神州陆沉[6],百年丘墟,王夷甫[7]诸人,不得不任其责!"袁虎率尔[8]对曰:"运自有废兴,岂必诸人之过?"桓公懔然作色,顾谓四坐曰:"诸君颇闻刘景升[9]不?有大牛重千斤,啖刍豆[10]十倍于常牛,负重致远,曾不若一羸(léi)牸(zì)[11]。魏武[12]入荆州,烹以飨(xiǎng)[13]士卒,于时莫不称快。"意以况袁。四坐既骇,袁亦失色。

【注释】

1. 桓公入洛:永和十二年(公元356年),桓温北伐征讨姚襄,至洛阳。 2. 淮、泗：淮河、泗水。 3. 北境：中国北部地区，当时被胡人占领。 4. 平乘楼：建在大船上的楼。 5. 眺瞩：登高远望。 6. 陆沉：比喻国土沦陷。 7. 王夷甫：王衍，字夷甫，官至太尉，西晋重臣，后被石勒所杀。后人多认为朝中王衍等人沉迷清谈论道，图谋家族私利而不顾国事，是导致西晋灭亡的重要原因之一。 8. 袁虎：袁宏，字彦伯，小字虎，曾任大司马桓温的记室参军。率尔：轻率无拘束的样子。 9. 刘景升：刘表，字景升，曾任荆州牧。刘表病死后其子刘琮投降曹操。 10. 刍豆：指喂牛马的饲料。 11. 羸：瘦弱。㹀：母牛。 12. 魏武：指曹操。 13. 飨：犒赏。

【译文】

桓温进入洛阳，经过淮河、泗水，踏入北部地区，和众位下属一起登上建在大船上的楼台，登高远望中原，感慨地说："最终导致中原国土沦陷，百年荒芜破败的，是王衍这些人，他们不能不承担责任！"袁宏直率地回答说："国家命运本来有衰落兴盛，哪里一定是这些人的过错呢？"桓温脸色严肃、非常生气地环顾四座的人说："各位可听说过刘景升吗？他有一头大牛，重达千斤，吃的草料是普通牛的十倍，但是背负重物行远路，还比不上一头瘦弱的母牛。魏武帝曹操进入荆州时，将这头牛煮了犒赏士兵，当时人没有不表示痛快的。"他意在拿牛比况袁宏。四座的人听了都非常惊骇，袁宏也脸色大变。

一二、羞与比肩

袁虎、伏滔同在桓公府[1]。桓公每游燕[2]，辄命袁、伏，袁甚耻之，恒叹曰："公之厚意，未足以荣国士！与伏滔比肩[3]，亦何辱如之？"

【注释】

1. 袁虎：指袁宏。伏滔：字玄度，大司马桓温参军，官至游击将军。 2. 游燕：游乐。 3. 比肩：比喻地位或声望相等。

【译文】

袁宏、伏滔一起在桓温官署中任职。桓公每次游乐宴饮，就叫袁宏、伏滔一起陪同。袁宏以这件事为耻辱，经常感叹说："桓公的深厚情意，不足以使国士感到荣耀。把我和伏滔相提并论，待遇相等，还有什么样的侮辱跟这一样呢？"

一三、高柔在东

高柔[1]在东，甚为谢仁祖[2]所重。既出，不为王、刘[3]所知。仁祖曰："近见高柔，大自敷奏[4]，然未有所得。"真长云："故不可在偏地居，轻在角觚[5]中，为人作议论。"高柔闻之，云："我就伊无所求。"人有向真长学此言者，真长曰："我实亦无可与伊者。"然游燕犹与诸人书："可要[6]安固。"安固者，高柔也。

【注释】

1. 高柔：字世远，曾任司空参军、安固令。 2. 谢仁祖：谢尚，字仁祖。 3. 王、刘：指王濛、刘惔。 4. 敷奏：陈奏，向君王报告。 5. 角觚：屋角，角落。 6. 要：通"邀"，邀请。

【译文】

高柔在东边，非常受谢尚的看重。到京城后，没被王濛、刘惔所知道。谢尚说："近来见到高柔极力向君王呈了很多奏章，然而没有什么成效。"刘惔说："所以不可以在偏僻的地方居住，轻易在角落中为人发议论。”高柔听说后，说：“我向他没有什么求取的。”有人向刘惔学这句话，刘惔说：“我确实也没有什么可给他的。”然而有游乐宴饮时，刘惔仍然给众人写信：“可以邀请高安固。”安固，就是高柔。

一四、此是嗔邪

刘尹、江虨（bīn）、王叔虎、孙兴公同坐[1]，江、王有相轻色。虨以手歙（shè）[2]叔虎云：“酷吏！”词色甚强。刘尹顾谓：“此是嗔邪？非特是丑言声，拙视瞻。”

【注释】

1. 刘尹：刘惔，字真长，曾任丹阳尹。江虨：字思玄，官至尚书左仆射、护军将军。王叔虎：王彪之，字叔虎。孙兴公：孙绰，字兴公。
2. 歙：同“摄”，捉。

【译文】

刘惔、江虨、王彪之、孙绰坐在一起，江虨和王彪之表现出互相轻视的神色。江虨用手捉住王彪之说：“酷吏！”语言神色都非常强硬。刘惔回头对他说：“这是嗔怒吗？不只是言辞声音难听，还有拙劣的神态。”

十五、何物真猪

孙绰作《列仙商丘子[1]赞》曰：“所牧何物？殆非真猪。倘[2]遇风云，为我龙摅（shū）[3]。”时人多以为能。王蓝田[4]语人云：“近见孙家儿作文，道何物、真猪也。”

【注释】

1. 商丘子：传说中的仙人。《列仙传》中记载他喜欢吹竽放猪，七十岁时不娶妻，也不衰老。 2. 倘：假使，如果。 3. 龙摅：龙飞腾上天，比喻英雄得志或羽化登仙。摅，腾跃。 4. 王蓝田：指王述，他袭爵蓝田侯。

【译文】

孙绰作《列仙商丘子赞》说："放牧的是什么？大概不是真的猪。假如遇上风云，会帮助我像龙一样腾跃上天。"当时人们都认为他有才能。王述对人说："近来看到孙家小儿写文章，说什么'何物、真猪'。"

一六、孙绰上表

桓公欲迁都[1]，以张拓定[2]之业。孙长乐上表[3]，谏此议甚有理。桓见表心服，而忿[4]其为异，令人致意孙云："君何不寻《遂初赋》[5]，而强知人家国事？"

【注释】

1. 桓公欲迁都：永和十二年（公元356年），桓温北伐战胜姚襄，收复洛阳，上书奏请迁都洛阳。 2. 拓定：平定。 3. 孙长乐：孙绰，字兴公，袭爵长乐侯。上表：孙绰上表反对桓温迁都，表中称："中宗龙飞，实赖万里长江，画而守之耳。不然，胡马久已践健康之地，江东为豺狼之场矣。" 4. 忿：生气，恼恨。 5.《遂初赋》：孙绰的赋作，表达了自己想要辞官隐居的愿望。桓温让他"寻《遂初赋》"是警告他不要干涉国事。

【译文】

桓温想要迁都洛阳,来扩展安定国家的基业。孙绰上表,劝谏阻拦迁都的提议,文章非常有道理。桓温看了表之后心中信服,但恼恨他提出反对意见,就让人向孙绰传达自己的意思说:“您为什么不去追寻《遂初赋》,却要强行干涉别人的国家大事!”

一七、未有此宾

孙长乐兄弟[1]就谢公宿,言至款杂[2]。刘夫人[3]在壁后听之,具闻其语。谢公明日还,问:“昨客何似?”刘对曰:“亡兄门,未有如此宾客!”谢深有愧色。

【注释】

1. 孙长乐兄弟:指孙绰和哥哥孙统。 2. 款杂:空泛杂乱。3. 刘夫人:谢安妻子,刘惔的妹妹。

【译文】

孙绰兄弟在谢安家中住,言语非常空泛杂乱。谢安的妻子刘夫人在屋壁后把他们的话全都听到了。谢安第二天回来,问:“昨天的客人怎么样?”刘夫人回答说:“我亡故的哥哥家中未曾有过这样的客人。”谢安露出非常惭愧的表情。

一八、两全为难

简文与许玄度[1]共语,许云:“举君、亲以为难。”简文便不复答,许去后而言曰:“玄度故可不至于此!”

【注释】

1. 许玄度：许询，字玄度。

【译文】

简文帝司马昱和许询一起谈话，许询说："在君主和父亲中间选一个，是非常难的。"简文帝就不回答他。许询走之后他说："玄度本来可以不至于说这样的话。"

一九、禹汤之戒

谢万寿春败后[1]，还，书与王右军云："惭负宿顾[2]。"右军推书曰："此禹、汤之戒[3]。"

【注释】

1. 谢万寿春败后：升平三年(公元359年)，谢万北伐失败，被废为庶人。 2. 惭负宿顾：《晋书·王羲之传》记载，谢万担任豫州都督时，王羲之曾写信劝诫他："愿君每与士之下者同，则尽善矣。"谢万没有听从他的劝告。 3. 此禹、汤之戒：典出《左传》。《左传·庄公十一年》中有"禹、汤罪己，其兴也勃焉"。王羲之用这一典故是讽刺谢万即使用自我检讨的方式收买人心也已经无济于事了。

【译文】

谢万寿春战败之后返回，写信给王羲之说："很惭愧辜负了你之前的关怀。"王羲之推开信说："这是禹、汤自我认罪的做法。"

二〇、孙公听笛

蔡伯喈(jiē)睹睐(lài)笛椽(chuán)[1],孙兴公听妓,振且摆折。王右军闻,大嗔曰:"三祖寿乐器,虺(huǐ)瓦吊,孙家儿打折。"

【注释】

1. 蔡伯喈:蔡邕,字伯喈。睹睐:看见,发现。笛椽:蔡邕避难江南,住在柯亭,屋子用竹子做椽,蔡邕抬头看到竹子,认为品质很好,就取来做笛子,音声绝妙。

【译文】

蔡邕用竹椽做的笛子,孙绰听任歌妓敲打把它折断了。王羲之听说,非常生气地说:"三代相传的乐器,摔瓦吊一样,被孙家小儿打断了。"

二一、林公诡辩

王中郎与林公绝不相得[1]。王谓林公诡辩,林公道王云:"著腻颜帢(qià)[2],缟布单衣,挟《左传》[3],逐郑康成[4]车后,问是何物尘垢囊[5]!"

【注释】

1. 王中郎:指王坦之。林公:指支遁。相得:互相投合。 2. 腻:污垢。颜帢:魏时的一种白帽。 3. 挟《左传》:王坦之的父亲王述治《左传》,著有《春秋左氏经传通解》《春秋旨通》。王坦之继承家学,所以支遁讥讽他。 4. 郑康成:郑玄,字康成,东汉末年经学大师。 5. 尘垢囊:布满尘垢的口袋,比喻没有学识才能的人。

【译文】

王坦之和支遁非常不投合。王坦之认为支遁诡辩,支遁评论王坦之说："他戴着脏污的白帽，穿着粗葛布单衣，腋下夹着《左传》，追在郑玄的车子后面，请问这是装什么的脏口袋？"

二二、才士不逊

孙长乐作王长史诔（lěi）云[1]："余与夫子，交非势利，心犹澄水[2]，同此玄味。"王孝伯[3]见曰："才士不逊[4]，亡祖何至与此人周旋[5]！"

【注释】

1. 孙长乐：指孙绰。王长史：指王濛。诔：哀悼死者的祭奠文章。　2. 交非势利，心犹澄水：典出《礼记》。原句为"君子之交淡如水，小人之交甘若醴"，孙绰用这一典故喻指自己和王濛是君子之交。3. 王孝伯：王恭，字孝伯，王濛之孙。　4. 不逊：不恭敬，没有礼貌。5. 周旋：打交道，应酬。

【译文】

孙绰写哀悼王濛的诔文说："我和先生，不是势利之交，心如澄净的水一般，同样玄妙的旨趣。"王濛的儿子王恭看到后说："这位才士太不谦逊，我祖父哪里至于和这样的人打交道！"

二三、衿抱未虚

谢太傅谓子侄曰："中郎[1]始是独有千载！"车骑[2]曰："中郎衿抱[3]未虚，复那得独有？"

【注释】

1. 中郎：指谢万，谢安之弟。曾任抚军从事中郎。　2. 车骑：

指谢玄。死后赠车骑将军。　3. 衿抱：襟怀，怀抱。

【译文】

太傅谢安对子侄们说："中郎才是千年来独一无二的。"谢玄说："中郎襟怀傲慢，又怎么能说是独一无二？"

二四、《语林》之废

庾道季诧谢公曰[1]："裴郎[2]云：'谢安谓裴郎乃可不恶，何得为复饮酒？'裴郎又云：'谢安目支道林，如九方皋之相马，略其玄黄，取其俊逸[3]。'"谢公云："都无此二语，裴自为此辞耳！"庾意甚不以为好，因陈东亭《经酒垆(lú)下赋》[4]。读毕，都不下赏裁[5]，直云："君乃复作裴氏学！"于此《语林》遂废。今时有者，皆是先写，无复谢语。

【注释】

1. 庾道季：庾龢，字道季。诧：惊讶，这里指带着惊讶的语气告诉。　2. 裴郎：指裴启，撰有《语林》十卷，记录汉魏两晋时期名人逸事、言谈应对。原书佚失，今存辑本。文中"裴郎云"可能是《语林》原书中的内容。　3. 九方皋之相马……俊逸：九方皋，春秋时人，传说善于相马。《列子》记载伯乐向秦穆公推荐九方皋，穆公让九方皋寻千里马，九方皋回来时说："找到了一匹黄色的公马。"派人取回来才发现是一匹黑色的母马。穆公以为九方皋连马的公母、颜色都不知道，不能说善于相马。伯乐则表示九方皋相马"得其精，亡其粗。在其内，亡其外"，后来发现九方皋挑选的果然是一匹千里马。传说支遁讲道时，不留心比喻和字句释义，有时会出现错漏，当时有人因此质疑他。用九方皋相马来比支遁，是指他把握要旨而不拘泥于字句。 4. 东亭：指王珣，字元琳，袭爵东亭侯。《经酒垆下赋》：王珣的赋作。事见“伤逝”第二则“邈若山河”，述王戎经过黄公酒垆，忆起曾经与嵇康、阮籍等人在此宴饮的往事。此事记载出自《语林》，庾龢借此说明《语林》的记载是真实的。关于黄公酒垆一事真伪，庾亮也提出过怀疑，认为是后人编造的。 5. 赏裁：鉴赏，评价。

【译文】

庾龢惊讶地对谢公说：“裴启说：‘谢安认为裴启才能不差，怎么能再饮酒。’裴启又说：‘谢安评价支道林如同九方皋相马，忽略马外在毛色是黑是黄，而看重它的俊逸。’”谢安说：“我完全没有说过这两句话，是裴启自己编造出来的罢了！”庾龢心里非常不认同他，就接着陈说王珣的《经酒垆下赋》。读完之后，谢安也不做评价，只是说：“您竟然又跟着做裴启的学问了。”从此以后《语林》就被废置。现在流传下来的，都是之前的抄本，都没有谢安的话。

二五、纵心调畅

王北中郎[1]不为林公所知，乃著《论沙门[2]不得为高士论》，大略云：“高士必在于纵心调畅。沙门虽云俗外，反更束于教，非情性自得之谓也。”

【注释】

1. 王北中郎：指王坦之。 2. 沙门：梵语音译，指僧人、佛教徒、和尚等。

【译文】

王坦之不被支遁所赏识，就撰写了《论沙门不得为高士论》，大概意思是说："隐士必然跟随心意，使其调和舒畅。僧人虽然说处于世俗之外，却反而更被教规所束缚，不能说是天性的自我适意。"

二六、洛生之咏

人问顾长康[1]："何以不作洛生咏[2]？"答曰："何至作老婢声！"

【注释】

1. 顾长康：顾恺之，字长康。 2. 洛生咏：洛阳读书人吟咏声，音调浊重，所以顾恺之贬低其为老婢声。

【译文】

有人问顾恺之："为什么不像洛阳读书人那样吟咏？"顾恺之回答说："哪里至于学老婢的声音！"

二七、庾恒嫉妒

殷觊(yǐ)、庾恒并是谢镇西外孙[1]。殷少而率悟[2]，庾每不推。尝俱诣谢公，谢公熟视[3]殷曰："阿巢故似镇西。"于是庾下声[4]语曰："定何似？"谢公续复云："巢颊似镇西。"庾复云："颊似，足作健不？"

【注释】

1. 殷觊：字伯通，小字阿巢，官至南蛮校尉。庾恒：字敬则，庾龢之子，庾亮之孙。官至尚书仆射。谢镇西：指谢尚，曾任镇西将军。 2. 率悟：思维敏捷。 3. 熟视：注目细看。 4. 下声：低声。

【译文】

殷觊、庾恒都是谢尚的外孙。殷觊年幼而思维敏捷，庾恒常常不推重他。曾经两人一起去拜访谢安,谢安仔细看着殷颉说:“阿巢确实很像镇西。”这时庾恒低声说:“到底是哪里像?”谢安接着又说:“脸颊像镇西。”庾恒又说:“脸颊像,足以成为强者吗?”

二八、肘无风骨

旧目韩康伯:将[1]肘无风骨。

【注释】

1. 将:古代齐楚方言中指大、壮。韩伯身体肥胖,故当时人讥讽他有肉无骨。

【译文】

旧时品评韩伯称:他胳膊肘肥大,没有挺拔的风骨。(按:汉末以来品鉴人物的风气兴起,当时形貌和风神都是评价名士的重要标准。一个人即使很有才华,如果长相丑陋,也会遭到时人的鄙夷嘲笑,“容止”第七则就记载了左思因貌丑而“群妪齐共乱唾之”。而当时风气又以清瘦为美,形体肥胖之人时常被视为没有风骨而遭到贬低。韩伯虽然是当时名士,也仍然因肥胖而遭人嘲讽。)

二九、无异常人

苻宏叛来归国[1],谢太傅每加接引[2]。宏自以有才,多好上人[3],坐上无折之者。适王子猷[4]来,太傅使共语。子猷直熟视良久,回语太傅云:“亦复竟不异人!”宏大惭而退。

【注释】

1. 苻宏叛来归国：太元十年(公元385年)，慕容冲攻打苻坚，苻坚令太子苻宏守长安，苻宏不能守，携母亲、妻儿降晋。 2. 接引：迎接，招待。 3. 上人：凌驾于他人之上。 4. 王子猷：指王徽之。

【译文】

苻宏叛离前秦归降晋国，太傅谢安常常招待他。苻宏自认为很有才华，常常喜欢凌驾于他人之上，谢安座席上没有能挫败他的人。恰好王徽之来，谢安让他和苻宏一起交谈。王徽之只是仔细观察很久，回答谢安说："竟然和其他人也没什么不同。"苻宏非常惭愧地退下了。

三〇、白颈乌鸦

支道林入东，见王子猷兄弟[1]，还，人问："见诸王何如？"答曰："见一群白颈乌，但闻唤哑哑声。"

【注释】

1. 王子猷兄弟：指王徽之、王献之等。

【译文】

支遁去东边，见到王徽之兄弟，回去之后有人问："见到的几位王氏子弟怎么样？"支遁回答说："看见一群白脖子的乌鸦，只听到哑哑叫唤的声音。"

三一、相王好事

王中郎举许玄度为吏部郎[1]。郗重熙[2]曰："相王[3]好事，不可使阿讷在坐。”

【注释】

1. 王中郎：指王坦之。许玄度：许询，字玄度，小字阿讷。2. 郗重熙：郗愔，字重熙。 3. 相王：指简文帝。

【译文】

王坦之举荐许询担任吏部郎，郗愔说：“相王喜欢多事，不可以让许询在他身边。”

三二、失鹰之师

王兴道[1]谓：谢望蔡[2]霍霍如失鹰师。

【注释】

1. 王兴道：王和之，字兴道。曾任永嘉太守、正员常侍。 2. 谢望蔡：指谢琰，字瑗度，小字末婢。谢安之子，封望蔡公。

【译文】

王和之说：谢琰躁动不安的样子像是丢了鹰的驯鹰师。

三三、蒸吃好梨

桓南郡[1]每见人不快，辄嗔云：“君得哀家梨，当复不烝（zhēng）食不[2]？”

【注释】

1. 桓南郡：指桓玄。 2. 君得……食不：哀家梨，传说中汉代秣陵哀仲所种的梨,果大味美。烝,同“蒸”。把哀梨蒸着吃比喻不识货,糟蹋好东西。

【译文】

桓玄每次看见人不爽快,就责怪说:“您得到哀家梨,该不会蒸了吃吧?”

假谲 第二十七

一、魏武少时

魏武[1]少时，尝与袁绍[2]好为游侠，观人新婚，因潜入主人园中，夜叫呼云："有偷儿贼！"青庐[3]中人皆出观，魏武乃入，抽刃劫新妇，与绍还出，失道，坠枳（zhǐ）棘[4]中，绍不能得动，复大叫云："偷儿在此！"绍遑迫自掷出[5]，遂以俱免。

【注释】

1. 魏武：指曹操。 2. 袁绍：字本初，汝南汝阳（在今河南商水）人。东汉末年军阀。据于河北，后被曹操击败。 3. 青庐：汉魏时婚俗，以青布缦做屋，夫妻在此交拜，称为青庐。 4. 枳棘：枳木与棘木。 5. 遑迫：惶急不安。掷：腾跃。

【译文】

魏武帝曹操年少时，曾经和袁绍一起喜欢学游侠。观看别人成婚，就偷偷潜入主人家园中，夜里大叫说："有小偷！"青庐中的人都出来察看，曹操就进去抽出刀劫持了新娘。和袁绍一起返回时，迷失道路，掉在枳棘中，袁绍不能动弹，曹操就又大叫说："小偷在这里！"袁绍惶急不安地自己跳了出来，于是两人都逃过了追捕。

二、望梅止渴

魏武行役[1]，失汲（jí）道[2]，军皆渴，乃令曰："前有大梅林，饶[3]子，甘酸，可以解渴。"士卒闻之，口皆出水，乘此得及前源。

【注释】

1. 行役：行军跋涉。 2. 汲道：取水的通道。 3. 饶：多。

【译文】

曹操行军跋涉时,找不到取水的通道,将士都非常口渴,曹操就下令说:"前面有大片的梅子林,果实很多,酸酸甜甜,可以解渴。"将士听到后,嘴里都分泌唾液,趁着这个机会得以赶到前面有水源的地方。(按:"望梅止渴"之后成为成语,比喻用空想安慰自己。)

三、危己心动

魏武常言:"人欲危己,己辄心动。"因语所亲小人曰:"汝怀刃密来我侧,我必说心动。执汝使行刑,汝但勿言其使,无他,当厚相报!"执者信焉,不以为惧,遂斩之。此人至死不知也。左右以为实,谋逆者挫气[1]矣。

【注释】

1. 挫气:丧气。

【译文】

魏武帝曹操经常说:"如果有人想要危害我,我就心跳得厉害。"于是对一个亲近的随从说:"你拿着刀偷偷来我身边,我一定说心跳得厉害。之后捉你去服刑,你只要不说是谁主使,没有其他事,一定重重地回报你。"侍从相信了,不感到害怕,最终被杀。这个人到死也不知道为什么。曹操身边的人都以为他之前的话是真的,谋逆的人也感到了灰心。

四、梦中杀人

魏武常云:"我眠中不可妄近,近便斫(zhuó)[1]人,亦不自觉,左右宜深慎此！”后阳[2]眠，所幸一人窃[3]以被覆之，因便斫杀。自尔每眠，左右莫敢近者。

【注释】

1. 斫：砍。 2. 阳：同“佯”，假装。 3. 窃：私自，暗中。

【译文】

魏武帝曹操经常说：“我睡觉时不可以随便接近，有人接近我就会砍人，自己也没有知觉，身边随从一定要千万注意这点！”之后有一次他假装睡觉，他宠幸的一个人偷偷拿被子给他盖上，于是就杀了他。自此之后曹操每次睡觉，身边随从再没有敢靠近的。

五、魏武揆剑

袁绍年少时，曾遣人以剑掷魏武，少下，不著。魏武揆(kuí)[1]之，其后来必高，因帖[2]卧床上。剑至果高。

【注释】

1. 揆：度，揣测。 2. 帖：紧挨着。

【译文】

袁绍年少的时候，曾经派人拿剑投曹操，剑稍微低了一些，没有砸中。曹操猜测接着投剑肯定会高，就贴靠在床上卧着，剑扔过来之后果然高了。

六、明帝英武

王大将军既为逆[1]，顿军姑孰[2]。晋明帝[3]以英武之才，犹相猜惮，乃着戎服，骑巴賨(cóng)[4]马，赍(jī)[5]一金马鞭，阴[6]察军形势。未至十余里，有一客姥[7]，居店卖食。帝过愒(qì)[8]之，谓姥曰："王敦举兵图逆，猜害[9]忠良，朝廷骇惧，社稷[10]是忧。故劬(qú)[11]劳晨夕，用相觇(chān)察[12]，恐行迹危露，或致狼狈。追迫之日，姥其匿[13]之。"便与客姥马鞭而去。行敦营匝[14]而出，军士觉，曰："此非常人也！"敦卧心动，曰："此必黄须鲜卑奴[15]来！"命骑追之，已觉多许里，追士因问向姥："不见一黄须人骑马度此邪？"姥曰："去已久矣，不可复及。"于是骑人息意而反。

【注释】

1. 王大将军既为逆：太宁元年(公元323年)，大将军王敦移兵姑孰，第二年举兵造反。　2. 顿：屯驻。姑孰：今安徽当涂。　3. 晋明帝：指司马绍。　4. 巴賨：指巴中地区(在今四川)。　5. 赍：带着。　6. 阴：暗中。　7. 客姥：外地来的老妇人。　8. 愒：同"憩"，休息。　9. 猜害：因猜忌而杀害或陷害。　10. 社稷：远指土神和谷神，古代君王需祭祀社稷，后来就用社稷代指国家。　11. 劬劳：劳苦，辛勤。　12. 觇察：暗中侦察。　13. 匿：隐藏，躲藏。14. 匝：环绕，一圈。　15. 黄须鲜卑奴：晋明帝生母荀氏是北燕胡人，所以司马绍相貌近于胡人。

【译文】

大将军王敦谋逆，军队驻扎在姑孰。晋明帝司马绍虽然英武有才能，仍然很忌惮他，于是穿着军装，骑着巴賨马，拿着一根金马鞭，暗中观察王敦军营的形势。距离那里还有十几里的地方，有一个外地来的老妇人，在店里卖食物。晋明帝过去休息，对老妇人说："王敦起兵图谋造反，猜忌残害忠良，朝堂惊骇恐惧，国家命运令人担忧。所以我日夜劳苦，来这里暗中侦察。恐怕行踪暴露，或许会很狼狈。

在我遭到追赶的时候，请您替我隐瞒。”于是给了老妇人马鞭后离开。司马绍到王敦军营绕了一圈后离开，军士发觉后说：“这不是平常人。”王敦睡卧时心跳起来，说：“这一定是黄胡须的鲜卑奴司马绍来了！”命令骑兵去追赶，感觉追了许多里，追赶的人就问之前的老妇人：“没有看见一个黄胡须的人骑马从这里经过吗？”老妇人说：“离开已经很久了，不可能再追上。”于是骑兵打消追赶的念头返回营地。

七、右军装睡

王右军[1]年减十岁时，大将军[2]甚爱之，恒置帐中眠。大将军尝先出，右军犹未起。须臾，钱凤[3]入，屏[4]人论事，都忘右军在帐中，便言逆节之谋。右军觉，既闻所论，知无活理，乃剔吐污头面被褥，诈孰[5]眠。敦论事造半[6]，方忆右军未起，相与大惊曰：“不得不除之！”及开帐，乃见吐唾从横[7]，信其实孰眠，于是得全。于时称其有智。

【注释】

1. 王右军：指王羲之。 2. 大将军：指王敦。 3. 钱凤：字世仪，大将军王敦铠曹参军。知道王敦有谋反之心而进言，王敦事败后钱凤被杀。 4. 屏：屏退。 5. 孰：同“熟”。 6. 造半：到中途。7. 从横：纵横。

【译文】

王羲之不到十岁的时候，大将军王敦非常喜爱他，经常把他放在自己的床帐中睡觉。一次王敦先起床出去，王羲之还没有起来。不久后钱凤进来，屏退他人谈论事情，都忘记了王羲之在帐中，就说起了谋反的事情。王羲之醒来后，已经听到他们谈论的内容，知道没有存活的道理，就把自己弄吐，让呕吐物弄脏头脸被褥，假装熟睡。王敦谈论事情到中途，才想起王羲之还没有起床，和钱凤两个人相对大惊说："不能不杀掉他！"等到打开帐子，就看见呕吐物到处都是，这才相信他确实是在熟睡，王羲之于是得以保全性命。当时人称赞他有智谋。

八、庾公逊谢

陶公自上流来，赴苏峻之难[1]，令诛庾公。谓必戮庾，可以谢峻。庾欲奔窜[2]，则不可；欲会，恐见执[3]，进退无计。温公[4]劝庾诣陶，曰："卿但遥拜，必无它。我为卿保之。"庾从温言诣陶。至，便拜。陶自起止之，曰："庾元规何缘拜陶士行[5]？"毕，又降就下坐。陶又自要起同坐。坐定，庾乃引咎(jiù)责躬[6]，深相逊谢。陶不觉释然。

【注释】

1. 陶公自上流来，赴苏峻之难：晋成帝年幼，中书令庾亮作为帝舅辅政，试图削弱苏峻兵权，苏峻因此反叛，攻打健康。荆州刺史陶侃赴京师救援。 2. 奔窜：奔走逃跑。 3. 见执：被捉捕。 4. 温公：指温峤。 5. 士行：一作士衡，陶侃字。 6. 引咎责躬：承认过失并自我责备。咎，过失、罪过。躬，自身、亲自。

【译文】

陶侃从上游赶来京师解除苏峻叛乱带来的危难。他下令诛杀庾亮，认为一定要杀了庾亮才能平息苏峻的叛乱。庾亮想要逃走但不可能，想要去见陶侃，又害怕被抓起来，进退两难，没有好办法。温峤劝庾亮拜访陶侃，说："你只需要远远地向他下拜，一定没有其他事，我替你担保。”庾亮听从温峤的话去拜访陶侃。到了之后就下拜。陶侃亲自起来制止他，说：“庾元规为什么要拜我陶士行？”行礼后，庾亮又自降身份坐在下位，陶侃又亲自邀请他起来和自己一起坐。落座之后，庾亮就承认过失并自我责备，深刻又谦卑地道歉。陶侃不知不觉消除了怒气。

九、温公续娶

温公丧妇，从姑[1]刘氏，家值乱离散，唯有一女，甚有姿慧，姑以属公觅婚。公密有自婚意，答云：“佳婿难得，但如峤比云何？”姑云：“丧败[2]之余，乞粗存活，便足慰吾余年，何敢希汝比？”却后[3]少日，公报姑云：“已觅得婚处[4]，门地[5]粗可，婿身名宦，尽不减峤。”因下玉镜台[6]一枚。姑大喜。既婚，交礼，女以手披纱扇，抚掌大笑曰：“我固疑是老奴，果如所卜！”玉镜台，是公为刘越石长史[7]，北征刘聪[8]所得。

【注释】

1. 从姑：堂姑母。 2. 丧败：丧乱。 3. 却后：过后。 4. 婚处：婚配对象。 5. 门地：门第。 6. 镜台：带着镜子的梳妆台。 7. 公为刘越石长史：温峤曾任刘琨谋士，官至左长史。刘越石，刘琨。 8. 刘聪：字玄明，刘渊之子。十六国汉君主。

【译文】

温峤丧妻，他的堂姑刘氏，家庭遭逢战乱而流离失散，只有一个女儿，非常美貌聪慧，刘氏托温峤替她寻一门婚事。温峤暗中有自己和她成婚的心思，回答说：“优秀的女婿很难找，只有像我温峤这样的，可以吗？”姑母说：“丧乱的时期侥幸不死，只乞求勉强存活，就足够安慰我的晚年,哪里敢奢望你这样的人呢?"在那之后几天,温峤告诉姑母说:"已经找到了一门婚事,家世勉强可以,女婿自身有功名职位,完全不比我差。"于是用玉镜台一枚下聘。姑母非常高兴。已经开始婚礼了,夫妻行交拜礼,女子用手拨开纱扇,拍手大笑说:"我原本就怀疑是你这老家伙,果然正像我所猜测的!"玉镜台,是温峤担任刘琨长史时北征刘聪得到的。

一〇、江虨巧娶

诸葛令女,庾氏妇[1],既寡,誓云:"不复重出[2]!"此女性甚正强,无有登车理。恢既许江思玄[3]婚,乃移家近之。初,诳(kuáng)[4]女云:"宜徙。"于是家人一时去,独留女在后。比[5]其觉,已不复得出。江郎莫[6]来,女哭詈(lì)弥甚[7],积日渐歇。江虨(bīn)暝[8]入宿,恒在对床上。后观其意转帖[9],虨乃诈厌[10],良久不悟,声气转急。女乃呼婢云:"唤江郎觉!"江于是跃来就之曰:"我自是天下男子,厌,何预卿事而见唤邪?既尔相关,不得不与人语。"女默然而惭,情义遂笃。

【注释】

1. 诸葛令:指诸葛恢,字道明,官至尚书令。庾氏妇:诸葛恢的大女儿嫁给了庾亮的儿子,丈夫死于苏峻之难。 2. 重出:再嫁。 3. 江思玄:江虨,字思玄,官至尚书仆射、护军将军。 4. 诳:欺骗。 5. 比:等到。 6. 莫:通"暮",傍晚。 7. 詈:骂。弥:更加。 8. 暝:日落。 9. 帖:顺从,驯服。 10. 厌:同"魇",做噩梦。

【译文】

诸葛恢的女儿原先是庾家的媳妇,寡居之后,发誓说:"不再改嫁!”这个女子性格很刚直倔强,没有登车再婚的道理。诸葛恢已经将她许配给江虨成婚,就搬家迁到江虨家附近。最开始,哄骗女子说:“应该搬到那里。”(搬进新居后)于是家人一下子都离开了,只留下这个女子在那里。等到她发觉,已经不能再出去了。江虨傍晚过来,女子哭喊辱骂更加厉害,几天之后慢慢平息。江虨晚上进来睡觉,一直在对面的床上。后来看到女子态度变得平静,江虨就假装做噩梦,很长时间不醒,呼吸声变得越来越急促。女子就呼唤婢女说:“把江郎叫醒!”江虨于是跳起来到她身边说:“我本是天下普通的男子,睡觉时魇着了,和你有什么关系?你却来叫我。既然你关心我,就不能不跟我说话。”女子沉默而心中惭愧,两人于是情谊变得深厚。

一一、愍度过江

愍(mǐn)度道人[1]始欲过江,与一伧道人[2]为侣,谋曰:“用旧义在江东,恐不办[3]得食。”便共立“心无义”[4]。既而此道人不成渡。愍度果讲义积年。后有伧人来,先道人寄语云:“为我致意愍度,无义那可立?治此计,权[5]救饥尔!无为遂负如来也。”

【注释】

1. 愍度道人:指支愍度,晋时高僧。著《传译经录》。 2. 伧道人:北方道人。 3. 不办:不能。 4. 心无义:又称心无宗,魏晋间佛教般若学“六家七宗”之一。主要观点是:心无者,无心于万物,万物未尝无。即强调客观世界为实有,色为真色,做到空心不空色,心不想外色,色想变废,不强调对外在世界的否定。 5. 权:暂且,姑且。

【译文】

支愍度刚开始想要过江,和一个北方和尚结伴,商量说:“用原来的教义到江东去,恐怕得不到饭吃。”于是共同创立了“心无义”说。之后这个和尚没能渡江,支愍度果然讲“心无义”说讲了很多年。后来有北方人过江,先前的那个和尚托他捎话说:“替我致意愍度,‘心无义’说怎么能成立?想出这一计是为了暂时解救饥饿罢了,不要为了这个就辜负如来佛啊。”

一二、兴公之诈

王文度弟阿智[1],恶乃不翅[2],当年长而无人与婚。孙兴公[3]有一女,亦僻错[4],又无嫁娶理。因诣文度,求见阿智。既见,便阳[5]言:“此定可,殊不如人所传,那得至今未有婚处?我有一女,乃不恶,但吾寒士,不宜与卿计,欲令阿智娶之。”文度欣然而启蓝田[6]云:“兴公向来,忽言欲与阿智婚。”蓝田惊喜。既成婚,女之顽嚚[7],欲过阿智。方知兴公之诈。

【注释】

1. 王文度:王坦之,字文度。阿智:王处之,字文将,小字阿智。 2. 不翅:同“不啻”,不止。 3. 孙兴公:指孙绰。 4. 僻错:邪僻乖张。 5. 阳:同“佯”,假装。 6. 蓝田:指王坦之和王处之的父亲王述。 7. 顽嚚:愚妄顽固。

【译文】

王坦之的弟弟阿智,性格非常顽劣,年纪大了也没有人愿意与他结亲。孙绰有一个女儿,也很邪僻乖张,也没有出嫁的法子。孙绰于是去拜访王坦之,要求见阿智,见到之后,就假装说:“这人看着不错,完全不像外人所传说的那样，哪里能到现在都没有找到亲事呢？我有一个女儿，也不错，只是我门第低微，不合适和您议亲，让阿智娶我的女儿。”王坦之很高兴地告诉王述说：“孙兴公之前来，忽然提起想和阿智结亲。”王述非常惊喜。成婚之后，发现孙绰女儿的顽劣和不讲道理甚至超过阿智，这才知道孙绰的狡诈。

一三、多智失会

范玄平[1]为人，好用智数[2]，而有时以多数失会。尝失官居东阳[3]，桓大司马在南州[4]，故往投之。桓时方欲招起屈滞[5]，以倾朝廷；且玄平在京，素亦有誉。桓谓远来投己，喜跃非常。比入至庭，倾身引望[6]，语笑欢甚。顾谓袁虎[7]曰：“范公且可作太常卿[8]。”范裁坐，桓便谢其远来意。范虽实投桓，而恐以趋时[9]损名，乃曰：“虽怀朝宗[10]，会有亡儿瘗(yì)[11]在此，故来省视。”桓怅然失望，向之虚伫[12]，一时都尽。

【注释】

1. 范玄平：范汪，字玄平。曾任吏部尚书、东阳太守、徐州刺史、兖州刺史。 2. 智数：智谋心机。 3. 东阳：郡名，今浙江金华县。 4. 南州：指姑孰。 5. 屈滞：指屈居下位不能升迁的人。 6. 引望：引颈而望。 7. 袁虎：袁宏，小字虎。 8. 太常卿：九卿之一，掌管礼乐宗庙相关事宜。 9. 趋时：迎合时势。 10. 朝宗：指诸侯朝见帝王，后也用于下属拜见长官。 11. 瘗：埋葬。 12. 虚伫：虚心期待。

【译文】

范汪做人处事，喜欢使用智谋心计，有时候因为算计太多而失去机会。他曾经丢掉官职居住在东阳,大司马桓温在姑孰,范汪就去投奔他。桓温当时正想要招揽、起用屈居下位、不能升迁的人才来倾覆朝廷;而且范汪在京城一向很有名望。桓温见他远来投奔自己,非常高兴。等到他进了庭院,桓温探着身体、伸着脖子望着,说话谈笑非常高兴。回头对袁宏说:“范公可以做太常卿。”范汪才刚刚坐下,桓温就感谢他有远来投奔自己的心意。范汪虽然确实是来投奔桓温,但又担心因为迎合时势而损害名声,就说:“虽然怀着拜见长官的心思,也恰好是有亡逝的儿子埋在这里,所以来看望。”桓温非常失望,之前的虚心期待,一下子都消失了。

一四、谢遏少时

谢遏[1]年少时,好著紫罗香囊,垂覆手[2]。太傅患之,而不欲伤其意,乃谲(jué)[3]与赌,得即烧之。

【注释】

1. 谢遏:谢玄,字幼度,小字遏。谢奕之子。谢安之侄。 2. 覆手:手巾。 3. 谲:欺骗。

【译文】

谢玄年少的时候,喜欢佩戴紫罗香袋,悬挂覆手。太傅谢安对此很担心,但不想伤害他的感情,就设计和他打赌,赢得之后就马上烧掉。

黜免　第二十八

一、诬为狂逆

诸葛厷在西朝[1],少有清誉,为王夷甫[2]所重,时论亦以拟王。后为继母族党所谗,诬之为狂逆。将远徙[3],友人王夷甫之徒,诣槛车[4]与别。厷问:“朝廷何以徙我?”王曰:“言卿狂逆。”厷曰:“逆则应杀,狂何所徙?”

【注释】

1. 诸葛厷:字茂远,官至司空主簿。西朝:西晋时期。 2. 王夷甫:王衍,字夷甫。 3. 徙:流放。 4. 槛车:囚车。

【译文】

诸葛厷在西晋时,年少时就有美好的名声,被王衍所看重。当时论者也拿他和王衍相比。之后诸葛厷被继母族人所谗害,被诬蔑为狂妄悖逆,将要被流放到偏远地区。他的朋友王衍等人,到囚车旁送别。诸葛厷问:“朝廷为什么流放我?”王衍说:“说你狂妄悖逆。”诸葛厷说:“叛逆就应该处死,狂妄为什么要被流放?”

二、肝肠寸断

桓公入蜀,至三峡[1]中,部伍[2]中有得猿子者。其母缘[3]岸哀号,行百余里不去,遂跳上船,至便即绝。破视其腹中,肠皆寸寸断。公闻之,怒,命黜(chù)[4]其人。

【注释】

1. 三峡:长江三峡的简称。 2. 部伍:部队编制的单位,泛指军队。 3. 缘:沿,顺着。 4. 黜:降职或罢免。

【译文】

桓温进入蜀地,到三峡中途,军队中有人抓到一只小猿猴。猿猴的母亲沿着江岸悲哀地号叫,跟着船上百里也不离开,最后跳上了船,上来后就死了。剖开看它的肚子,里面的肠子都一寸寸断开。桓温听说之后,非常愤怒,命令罢免那个抓了猴子的人。

三、咄咄怪事

殷中军被废[1],在信安[2],终日恒书空作字。扬州吏民寻义逐之,窃视,唯作"咄咄怪事"四字而已。

【注释】

1. 殷中军被废:殷中军,指殷浩。永和九年(公元353年)扬州刺史殷浩任中军将军,率军北征,大败而回,士卒多叛。征西大将军桓温与殷浩不和,借机上书弹劾,殷浩被削职为民,迁居东阳信安。2. 信安:县名。今浙江衢县。

【译文】

殷浩被废为庶人,住在信安县,整天总是在空中写字。扬州的官吏和百姓仰慕他而跟随他来到信安,他们偷偷观察,发现他在空中只写"咄咄怪事"四个字而已。

四、同盘不助

桓公坐有参军椅烝薤(xiè)[1],不时解;共食者又不助,而椅终不放,举坐皆笑。桓公曰:"同盘尚不相助,况复危难乎?"敕令免官。

【注释】

1. 椅：疑为“攲”，用筷子夹。薤：一种植物，鳞茎和嫩叶可以食用。

【译文】

桓温宴席上有一个参军用筷子夹蒸薤，蒸薤粘在一起一时间解不开，同桌的人又不来帮他，筷子终于粘住拔不起来，满座的人都笑起来。桓温说：“同桌吃饭尚且不肯互相帮助，何况是遇到危难呢？”于是下令将一起用餐的人都罢免了。

五、上楼去梯

殷中军废后，恨简文曰：“上人着百尺楼上，儋[1]梯将去。”

【注释】

1. 儋：同“担”。

【译文】

殷浩被废黜后，怨恨简文帝司马昱说：“把人送到百尺高楼上，又把梯子拿走了。”

六、何以更瘦

邓竟陵免官后赴山陵[1]，过见大司马桓公。公问之曰：“卿何以更瘦？”邓曰：“有愧于叔达，不能不恨于破甑（zèng）[2]！”

【注释】

1. 邓竟陵：邓遐，字应玄。曾任晋陵太守。邓遐勇力超人，曾做桓温参军,多次跟随桓温征战。太和四年(公元 369 年),桓温北征时于枋头大败,桓温归罪于当时为将的邓遐,将其免官。赴山陵:参加帝王葬礼。公元 372 年简文帝葬于高平陵。 2. 叔达:孟敏,字叔达。甑:古代蒸饭的一种食器。孟敏曾经到集市上买甑,路上掉到地上摔坏了,他不去管地上的甑直接就离开了,郭泰看到了觉得奇怪,就问他:“坏掉了甑很可惜,为什么看也不看就离开?”孟敏回答:“甑既然已经破了,看了又有什么用处?”邓遐引用这一典故是指自己不能像孟敏那样豁达,对罢官一事仍有遗憾。

【译文】

邓遐被免官之后参加简文帝的葬礼,拜访了大司马桓温。桓温问他说:“您怎么更瘦了?”邓遐说:“和孟叔达相比很惭愧,我不能不对摔破了甑感到遗憾。”

七、桓温上表

桓宣武既废太宰父子[1],仍上表曰:“应割近情,以存远计。若除太宰父子,可无后忧。”简文手答表曰:“所不忍言,况过于言?”宣武又重表,辞转苦切。简文更答曰:“若晋室灵长[2],明公便宜奉行此诏。如大运去矣,请避贤路!”桓公读诏,手战流汗,于此乃止。太宰父子,远徙新安[3]。

【注释】

1. 太宰父子:指司马晞、司马综父子。司马晞,字道升,晋元帝司马睿第四子,简文帝司马昱之兄。初封武陵王,拜太宰。司马晞与桓温不和,桓温于是诬告司马晞谋反,废黜司马晞与其子司马综。太宰,官名,辅佐君王处理政务之职。 2. 灵长:广远绵长。 3. 新安:郡名,今浙江淳安县西北。

【译文】

桓温已经废黜太宰司马晞父子,仍然上表奏请说:"应该割舍亲情,以确保更长远的发展。如果除去太宰父子,就可以没有之后的忧患。"简文帝司马昱亲手批复他的上表说:"这样的话都是我不忍心说的,何况要做超过言语的事情呢?"桓温又重新上表,言语变得更加悲苦迫切。简文帝再次批复说:"如果晋朝的国运还能广远绵长,您就应该奉行诏令。如果晋朝大势已去,那么我也该让位给贤者!"桓温读了诏书之后,手发抖又流汗,这才罢休。司马晞父子于是被远远地流放到新安。

八、无复生机

桓玄败后[1],殷仲文还为大司马咨议[2],意似二三[3],非复往日。大司马府听前,有一老槐,甚扶疏[4]。殷因月朔[5],与众在厅,视槐良久,叹曰:"槐树婆娑(suō)[6],无复生意!"

【注释】

1. 桓玄败后:元兴二年(公元403年),桓玄篡位称帝,次年被诛灭。殷仲文的妻子是桓玄的姐姐,桓玄谋反时他曾前去投靠。桓玄事败后,殷仲文护卫二后返京。 2. 大司马咨议:大司马咨议参军。刘裕平定桓玄叛乱,拜官大司马。殷仲文曾任会稽王司马道子咨议参军,桓玄被诛后又担任大司马刘裕咨议参军。 3. 二三:不专心,心神不定。 4. 扶疏:枝叶繁茂,高低疏密有致。 5. 月朔:每月的朔日,指农历每月初一。 6. 婆娑:枝叶纷披的样子。

【译文】

桓玄谋反失败后,殷仲文又回来做大司马刘裕的咨议参军,他心神不定,不像往常那样。大司马府的厅前有一棵老槐树,枝叶繁茂纷披。殷仲文按照月朔惯例,和众人在厅前集会,他看这棵槐树很久,感叹说:"槐树枝叶纷披,但已经不再有生机。"(按:殷仲文一向自认为很有才华,应该受到重用,但桓玄谋逆被诛后,他只得到大司马咨议参军的官职,与谢混等门生故吏平起平坐,因此志气受挫,颓废不振,自比为已无生机的老槐树。)

九、仲文不平

殷仲文既素有名望,自谓必当阿衡[1]朝政。忽作东阳[2]太守,意甚不平,及之郡,至富阳[3],慨然叹曰:"看此山川形势,当复出一孙伯符[4]!"

【注释】

1. 阿衡:任国家辅弼之职。 2. 东阳:郡名,治所在长山(今浙江金华)。 3. 富阳:原名富春,今浙江省杭州市西南富春江左岸。4. 孙伯符:孙策,字伯符,吴郡富春人,东汉末年割据江东的豪强。

【译文】

殷仲文一向很有名望,自以为一定会辅佐帝王,主持朝政。忽然被任命为东阳太守,心里很不满。等到达东阳郡,来到富阳县,感慨地叹道:"看这里的山川形势,应该会再出一个孙伯符。"

俭啬　第二十九

一、啖李伐树

和峤[1]性至俭,家有好李,王武子[2]求之,与不过数十。王武子因其上直[3],率将少年能食之者,持斧诣园,饱共啖(dàn)[4]毕,伐之,送一车枝与和公,问曰:"何如君李?"和既得,唯笑而已。

【注释】

1. 和峤:字长舆。 2. 王武子:王济,字武子,和峤妻弟。 3. 上直:上班,当值。 4. 啖:吃。

【译文】

和峤性格非常吝啬,家里曾经有很好的李子树,王济向他求取,给了不过几十个。有一次,王济趁着他当值不在家的时候,带领一群能吃的少年,拿着斧子去他的园中,一起吃了个饱之后,又把李树砍了,送了一车树枝给和峤,问:"和你的李子树比起来怎么样?"和峤得到之后,也只能笑笑而已。

二、王戎俭吝

王戎俭吝,其从子[1]婚,与一单衣,后更责[2]之。

【注释】

1. 从子:侄子。 2. 责:索取。

【译文】

王戎十分吝啬,他的侄子结婚,他送了一件单衣,之后又要了回来。

三、散筹算计

司徒王戎,既贵且富,区宅僮牧[1],膏田水碓(duì)之属[2],洛下[3]无比。契疏(书)鞅掌[4],每与夫人烛下散筹[5]算计。

【注释】

1. 区宅:住宅,房宅。僮牧:僮仆。 2. 膏田:肥沃的田地。水碓:靠水力来舂米的器具。属:类别。 3. 洛下:指都城洛阳。 4. 契疏:契券账簿。鞅掌:繁忙。 5. 散筹:排列筹码以计数。

【译文】

司徒王戎,不仅地位尊贵,还很富有。房屋仆从、良田农具之类的东西,洛阳城中没有人能和他相比。契券账簿繁多,常常和妻子在蜡烛下排列筹码来算账。

四、卖李钻核

王戎有好李,卖之,恐人得其种,恒钻其核。

【译文】

王戎有上好的李子,卖出去害怕别人得到树种,总是把李子核钻破再卖。

五、王戎贷钱

王戎女适裴頠(wěi)[1],贷[2]钱数万。女归,戎色不说[3],女遽(jù)[4]还钱,乃释然。

【注释】

1. 适：古代指女子出嫁。裴颜：字逸民。 2. 贷：借。 3. 说：同“悦”。 4. 遽：立刻，马上。

【译文】

王戎的女儿嫁给了裴颜，向王戎借了几万钱。女儿回娘家，王戎很不高兴，女儿赶紧把钱还给他，他不高兴的神色才消失。

六、驱使草木

卫江州[1]在寻阳，有知旧人[2]投之，都不料理[3]，唯饷“王不留行”一斤[4]。此人得饷，便命驾[5]。李弘范[6]闻之曰：“家舅刻薄，乃复驱使草木。”

【注释】

1. 卫江州：卫展，字道舒，曾任江州刺史。 2. 知旧人：知交旧友。 3. 料理：安排，招待。 4. 饷：赠送。王不留行：一种草药，久服可以轻身。卫展赠人王不留行是暗示别人赶快离开。 5. 命驾：命人驾驶车马。 6. 李弘范：指李轨，官至尚书郎。弘范为李轨字（一说当为弘度）。

【译文】

卫展在寻阳时，有知交旧友来投奔他，他都不安排招待，只送了一斤草药“王不留行”。这人一拿到东西，就让他乘车离开。李轨听说后说：“家舅过于刻薄，竟至于差使草木逐客。”

七、甘果烂败

王丞相俭节,帐下甘果,盈溢[1]不散。涉[2]春烂败,都督白[3]之,公令舍去。曰:“慎不可令大郎[4]知。”

【注释】

1. 盈溢:充裕。 2. 涉:到。 3. 白:禀告,告诉。 4. 大郎:指王导的儿子王悦。

【译文】

王导很节俭,家中美味的水果很充裕,却不分给别人。等到春天都腐烂坏掉了,都督告诉他,他命令扔掉,说:“千万不可以让大郎知道。”

八、啖薤留白

苏峻之乱,庾太尉南奔见陶公[1]。陶公雅相赏重。陶性俭吝,及食,啖薤(xiè),庾因留白。陶问:“用此何为?”庾云:“故可种。”于是大叹庾非唯风流,兼有治实[2]。

【注释】

1. 庾太尉:指庾亮。陶公:指陶侃。 2. 治实:处理实事的才能。

【译文】

苏峻叛乱后,太尉庾亮去南边投奔陶侃。陶侃非常赏识敬重他。陶侃天性节俭吝啬,等到吃饭的时候,开始吃薤菜,庾亮顺便留下薤的根白。陶侃问:“拿这个能做什么?”庾亮说:“还可以种。”于是陶侃赞叹庾亮不仅仅是才华风姿出众,还有料理实事的才能。(按:魏晋时期朝廷官员大都不通庶务,而以清谈论道为高,陶侃是当时少有的有实干才能的重臣。《政事》第十六则中提到陶侃平时收集竹根,而在之后桓温伐蜀时用作船钉,此处称赞庾亮留下薤白做种子的行为正是陶侃务实踏实的表现,不能视作守财吝啬。)

九、开库一日

郗公[1]大聚敛,有钱数千万。嘉宾[2]意甚不同。常朝旦问讯[3],郗家法,子弟不坐。因倚语移时,遂及财货事。郗公曰:“汝正当欲得吾钱耳!”乃开库一日,令任意用。郗公始正谓损数百万许,嘉宾遂一日乞与[4]亲友,周旋略尽[5]。郗公闻之,惊怪不能已已。

【注释】

1. 郗公:指郗愔。 2. 嘉宾:郗超,字嘉宾。郗愔之子。 3. 问讯:问候。 4. 乞与:给予。 5. 略尽:将尽。

【译文】

郗愔大肆聚敛财货,攒了数千万钱。他的儿子郗超心里很不认同这么做。平常早晨问候长辈,按照郗家的家规,子弟不可以坐下。儿子于是站着说了很久,终于谈到了财产货物的事情。郗愔说:“你正是想要得到我的钱罢了。”于是打开钱库一天,让他随意取用。郗愔刚开始只以为会损失大约几百万钱,哪知郗超竟然在一天中赠送亲朋好友,基本上都花光了。郗愔听说后,惊骇不已。

汰侈　第三十

一、美人劝饮

石崇[1]每要客燕集，常令美人行酒[2]。客饮酒不尽者，使黄门交斩美人[3]。王丞相与大将军尝共诣崇。丞相素不善饮，辄自勉强，至于沈醉。每至大将军，固[4]不饮，以观其变。已斩三人，颜色如故，尚不肯饮。丞相让[5]之，大将军曰："自杀伊家人，何预卿事！"

【注释】

1. 石崇：字季伦，小名齐奴，渤海南皮（在今河北南皮）人。曾任荆州刺史，因劫夺客商而成豪富。贾后专权时，党附贾后、贾谧，贾后势败后被杀。 2. 行酒：斟酒奉客。 3. 黄门：仆役中的阉人。交：交替。 4. 固：坚定，不动摇。 5. 让：责备。

【译文】

石崇每次邀请客人宴饮聚会，常常让美人斟酒劝客。客人如果没有喝干净，就让内侍轮流斩杀劝酒的美人。丞相王导和大将军王敦曾经一起去拜访石崇。王导一向不擅长饮酒，就勉强自己喝干净，以至于大醉。每次轮到王敦，他坚决不喝，以观察事态发展。内侍已经杀了三个人，王敦的脸色仍然和之前一样，依然不肯喝。王导责备他，王敦说："他自己杀他家里的人，关你什么事！"

二、豪华厕所

石崇厕，常有十余婢侍列，皆丽服藻饰。置甲煎粉、沉香汁之属[1]，无不毕备。又与新衣着令出。客多羞不能如厕[2]。王大将军往，脱故衣，着新衣，神色傲然。群婢相谓曰："此客必能作贼[3]。"

【注释】

1. 甲煎：香料名。可作口脂及焚烧，也可入药。沉香汁：一种珍贵的香料。 2. 如厕：上厕所。 3. 作贼：造反。

【译文】

石崇家的厕所，常常有十几个婢女列队侍奉，都穿着华丽的衣服，盛装打扮。厕所里放置甲煎粉、沉香汁一类的化妆品香料，没有不齐备的。又提供新衣服让客人穿着出去，客人大都因为不好意思而不敢去厕所。大将军王敦去了之后，脱下旧衣服，穿上新衣服，神色高傲。婢女们互相都说："这个客人一定能造反。"

三、豘饮人乳

武帝尝降王武子家[1]，武子供馔[2]，并用琉璃器。婢子百余人，皆绫罗绔(kù)椤(luò)[3]，以手擎[4]饮食。烝豘(tún)[5]肥美，异于常味。帝怪而问之。答曰："以人乳饮豘。"帝甚不平，食未毕，便去。王、石[6]所未知作。

【注释】

1. 武帝：晋武帝司马炎。王武子：王济，字武子，娶妻常山公主。他富有而豪奢，官至太仆。 2. 供馔：宴饮时陈设食品。 3. 绫罗：泛指丝织品。绔：同"裤"。椤：古代妇女穿的上衣。 4. 擎：举。 5. 豘：同"豚"，小猪。 6. 王、石：指王恺、石崇，都是当时豪富，几人常常攀比斗富。

【译文】

晋武帝司马炎曾经去王济家，王济陈设食品都用琉璃器皿装盛。婢女上百人，都穿着丝织的衣服，用手举着食物。其中有一道蒸乳猪非常肥嫩鲜美,和平常的味道不一样。晋武帝感到奇怪就问他。王济回答说:“这是用人乳喂养的小猪。”晋武帝非常不满,饭还没有吃完就离开了。即使是豪富王恺、石崇也不知道这个做法呀。(按:西晋时官僚贵族挥霍无度、奢侈成风。《晋书·何曾传》记载,何曾“食日万钱,犹曰无下箸处”;而第一则中石崇因客人不肯饮酒即斩杀劝酒之人,更反映了当时权贵显要的骄奢和暴虐。本则中王济为使猪肉更加鲜美而用人乳喂养,这种悖于常理的行为连皇帝司马炎都无法接受,当时富豪的穷奢极欲已到了令人咋舌的地步。)

四、富豪斗富

王君夫以饴(yí)糒(bèi)澳釜[1],石季伦用蜡烛作炊[2]。君夫作紫丝布步障[3],碧绫裹四十里,石崇作锦步障五十里以敌之。石以椒[4]为泥,王以赤石脂泥壁[5]。

【注释】

1. 王君夫:王恺,字君夫,大儒王肃之子,晋武帝司马炎的舅舅。西晋外戚,官至后军将军,封山都县公,以生活豪奢闻名。饴:饴糖。糒:干粮。澳釜:刷洗锅。 2. 石季伦:指石崇。炊:烧火做饭。3. 步障:古代显贵者出游时,于道旁设下的遮蔽风寒尘土或禁人窥视的帐幕。 4. 椒:花椒。汉代后妃所住宫殿用椒和泥涂壁,温暖芳香,又象征多子。 5. 赤石脂:道家炼丹原料,也可以涂壁。泥:涂抹。

【译文】

王恺用饴糖混合成的饭粮洗锅,石崇用蜡烛烧火做饭。王恺用紫色丝绸做步障,拿绿绸缎包裹,长达四十里,石崇就用五十里长的锦缎步障来跟他比。石崇用椒和泥涂墙,王恺用赤石脂糊墙。

五、富豪争雄

石崇为客作豆粥,咄嗟[1]便办。恒冬天得韭蓱(píng)虀(jī)[2]。又牛形状气力不胜王恺牛,而与恺出游,极晚发,争入洛城,崇牛数十步后,迅若飞禽,恺牛绝走[3]不能及。每以此三事扼腕[4]。乃密货[5]崇帐下都督及御车人,问所以。都督曰:"豆至难煮,唯豫[6]作熟末,客至,作白粥以投之。韭蓱虀是捣韭根,杂以麦苗尔。"复问驭人牛所以驶。驭人云:"牛本不迟,由将车人不及制之尔。急时听偏辕[7],则驶矣。"恺悉从之,遂争长。石崇后闻,皆杀告者。

【注释】

1. 咄嗟:片刻间。 2. 韭蓱虀:细碎的韭蓱做的咸菜。蓱,同"萍",草名,可以做菜,冬天不容易得到。虀,捣碎的调味咸菜。3. 绝走:迅速奔跑。 4. 扼腕:用手握腕,形容内心激动不平。5. 货:贿赂。 6. 豫:同"预",预先。 7. 偏辕:驾车时,让车的重心偏向一辕,以加快车速。

【译文】

石崇为客人做豆子煮的粥,很快就能做好。经常冬天能得到细碎的韭萍做的咸菜。另外,他的牛在体形力气方面都比不上王恺的牛,而和王恺一起出去游玩,该回来的时候,很晚才出发,两人争先进入洛阳城,石崇的牛在几十步之后,快得好像飞鸟一样,王恺的牛怎么快速奔跑也赶不上,王恺常常因为这三件事不如石崇而不平。于是偷偷贿赂石崇家中的管家和驾车的人,问其中的原因。管家说:“豆子是最难煮熟的,只是提前准备好煮熟的碎末,客人来了,再做白粥投进里面。细碎的韭萍做的咸菜是捣碎的韭菜根,混杂着麦苗罢了。”接着又问车夫牛行驶得快的原因。车夫说:“牛原本并不慢,因为驾车的人不懂得控制而已。紧急的时候让车用偏辕行驶,就跑得快了。”王恺都按照他们说的去做,于是能够和石崇争胜了。石崇之后听说了,就杀掉了所有泄密的人。

六、君夫赌牛

王君夫[1]有牛,名“八百里驳”[2],常莹[3]其蹄角。王武子语君夫:“我射不如卿,今指赌卿牛,以千万对之。”君夫既恃手快,且谓骏物无有杀理,便相然可[4]。令武子先射。武子一起便破的[5],却据胡床,叱左右:“速探牛心来!”须臾,炙[6]至,一脔(luán)[7]便去。

【注释】

1. 王君夫:指王恺。 2. 八百里驳:可以日行八百里的杂色牛。驳,杂色。 3. 莹:玉色美石。 4. 然可:同意,应允。 5. 破的:射中靶子。 6. 炙:烤肉。 7. 脔:切成小块的肉。

【译文】

王恺有一头牛,名叫“八百里驳”,常常用玉石装饰它的蹄子和牛角。王济对王恺说:“我射艺比不上你,今天拿你的牛做赌注,我用千万和你对赌。”王恺既依仗自己箭法好,又认为良牛没有杀害的道理,就答应了他。让王济先射。王济一起手就射中靶心,退下来倚靠在胡床上,喝令随从说:“马上把牛心掏出来!”很快,烧好的牛心就端来了，王济只吃了一块就走了。

七、忍饥经日

王君夫尝责一人无服余衵(rì)[1]，因直内著曲阁重闺里[2]，不听[3]人将出。遂饥经日，迷不知何处去。后因缘相为[4]，垂死，乃得出。

【注释】

1. 责：处罚。余衵：贴身内衣。 2. 直：通“值”，当值。内：同“纳”。曲阁：弯曲相连的楼阁。重闺：深宫内室。 3. 听：允许。 4. 为：帮助。

【译文】

王恺曾经处罚一个没有穿内衣的人，在当值的时候，把他关进阁道曲折的屋宅的重重叠叠的深宅内院中，不允许人带他出来。那人于是饿了好几天，迷失方向不知道该往哪里走。之后关系好的人帮他，快死了才得以出来。

八、王恺惘然

石崇与王恺争豪，并穷绮丽，以饰舆服[1]。武帝，恺之甥也，每助恺。尝以一珊瑚树，高二尺许赐恺。枝柯[2]扶疏，世罕其比。恺以示崇。崇视讫[3]，以铁如意击之，应手而碎。恺既惋惜，又以为疾[4]己之宝，声色甚厉。崇曰：“不足恨[5]，今还卿。”乃命左右悉取珊瑚树，有三尺四尺，条干绝世，光彩溢目者六七枚，如恺许比甚众。恺惘然[6]自失。

【注释】

1. 舆服：车舆和冠服。 2. 枝柯：枝条。 3. 讫：完毕。 4. 疾：同“嫉”，嫉妒。 5. 恨：遗憾。 6. 惘然：失意的样子。

【译文】

石崇和王恺斗富，都用尽华美的东西来装饰车马衣服。晋武帝司马炎是王恺的外甥，经常帮助王恺。曾经将一棵二尺多高的珊瑚树赏赐给王恺，它枝叶繁茂，世上少有可以和它相比的。王恺拿给石崇看，石崇看过之后，用铁如意击打它，珊瑚树随手破碎。王恺感到惋惜，又认为是石崇嫉妒自己的宝贝，声音神色都很严厉。石崇说：“不值得遗憾，现在就还给你。”就命令身边的随从把珊瑚树都拿来，有三尺、四尺高的，枝条繁茂，冠绝当世，光彩夺目的有六七棵，和王恺那棵差不多的非常多。王恺深感怅惘，若有所失。

九、编钱绕墙

王武子被责，移第北邙(máng)下[1]。于时人多地贵，济好马射，买地作埒(liè)[2]，编钱匝地竟[3]埒。时人号曰“金沟”。

【注释】

1. 第：宅邸。北邙：北邙山，在洛阳东北。 2. 埒：作为地界的矮墙。 3. 竟：尽。

【译文】

王济被处罚后，搬家到北邙山下。当时人口多、地价昂贵，王济喜欢骑马射箭，就买地并建矮墙做地界，所用的钱编起来可以围着矮墙绕满一圈，当时人称它是“金沟”。

一〇、瓮牖语人

石崇每与王敦入学戏，见颜、原[1]象而叹曰："若与同升孔堂，去人何必有间[2]！"王曰："不知余人云何，子贡[3]去卿差近。"石正色云："士当令身名俱泰[4]，何至以瓮（wèng）牖（yǒu）[5]语人！"

【注释】

1. 颜、原：指颜回、原宪。都是孔子弟子，好学而安贫乐道。 2. 去：距离。有间：有差别。 3. 子贡：端木赐，字子贡。孔子的学生，能言善辩而有经商才能。 4. 泰：美好。 5. 瓮牖：用破瓮做窗户，形容人很贫寒。牖，窗户。

【译文】

石崇经常和王敦到学校去玩，看见颜回、原宪的画像感叹说："如果我和他们一起做孔子的学生，最终和他们哪里会有差别！"王敦说："不知道其他人怎么样，子贡和你比较相近。"石崇严肃地说："读书人应该让生活舒适，地位名誉都显达，哪里至于把原先那样贫穷困窘的人拿来到处跟人宣扬呢。"

一一、彭城之牛

彭城王[1]有快牛，至爱惜之。王太尉[2]与射，赌得之。彭城王曰："君欲自乘则不论；若欲啖者，当以二十肥者代之。既不废啖，又存所爱。"王遂杀啖。

【注释】

1. 彭城王：指司马权，晋武帝司马炎的堂叔。 2. 王太尉：指王衍。

【译文】

彭城王司马权有一头快牛，非常爱惜。王衍和他玩射戏，赌赢了这头牛。司马权说："您如果想要自己乘坐就不说什么了，如果想要吃了它，我愿意用二十头肥壮的牛来换它。如此既不影响你吃牛肉，也保存了我心爱之物。"王衍最后还是杀掉牛吃了。

一二、改观之法

王右军少时，在周侯[1]末座，割牛心啖之[2]。于此改观。

【注释】

1. 周侯：指周顗，字伯仁，官至尚书左仆射，封武城侯。　2. 割牛心啖之：习俗认为牛心最贵重，所以给身份地位高的人食用。

【译文】

王羲之年少的时候，在周顗的宾客中坐在末座，周顗割下牛心给他吃。从此人们改变了对他的看法。

忿狷　第三十一

一、魏武杀妓

魏武有一妓[1]，声最清高，而情性酷恶。欲杀则爱才，欲置则不堪[2]。于是选百人一时俱教。少时，还有一人声及之，便杀恶性者。

【注释】

1. 妓：歌妓。 2. 不堪：不能忍受。

【译文】

魏武帝曹操有一个歌妓，声音最清亮高妙，但性格很让人讨厌。曹操想杀了她，又爱惜她的才能；想要留下她，又不能忍受她的脾气。于是选出一百人，一起学习教导。不久，果然有一个人声音可以比得上她，就把那个性格很坏的歌妓杀掉了。

二、蓝田性急

王蓝田[1]性急。尝食鸡子[2]，以箸[3]刺之，不得，便大怒，举以掷地。鸡子于地圆转未止，仍下地以屐齿蹍之[4]，又不得，嗔甚，复于地取内口中，啮(niè)破即吐之[5]。王右军闻而大笑曰："使安期[6]有此性，犹当无一豪[7]可论，况蓝田邪？"

【注释】

1. 王蓝田：王述，字怀祖，封蓝田侯。 2. 鸡子：鸡蛋。 3. 箸：筷子。 4. 屐：木底鞋。蹍：踩，踏。 5. 内：通"纳"。啮：咬。 6. 安期：王承，字安期，王述之父。 7. 一豪：一毫。

【译文】

王述性格急躁。有一次吃鸡蛋，用筷子去戳，没能戳到，就大发脾气，举起来扔到地上。鸡蛋在地上转圈不停下，王述就下地用木底鞋的小齿去踩，又没有成功，他非常生气，又从地上把鸡蛋捡起放进嘴里，咬破了就立刻吐掉。王羲之听说之后大笑说："如果他父亲王安期有这样的性格，那么就没有一丝一毫可以称道的了，何况是王蓝田呢？"

三、王恬性暴

王司州尝乘雪往王螭许[1]。司州言气少有牾（wǔ）逆[2]于螭，便作色不夷[3]。司州觉恶，便舆床就之，持其臂曰："汝讵复足与老兄计？"螭拨其手曰："冷如鬼手馨[4]，强来捉人臂！"

【注释】

1. 王司州：指王胡之，字修龄，曾任司州刺史。王螭：王恬，小字螭虎。 2. 牾逆：违逆，触犯。 3. 夷：喜悦。 4. 馨：同"样""般"。

【译文】

司州刺史王胡之曾经冒雪前往王恬的住处。王胡之的言语口气稍微有些冒犯王恬，王恬就变了脸色很不高兴。王胡之发现他生气，就把坐榻移到他旁边，握住他的胳膊说："你哪里值得和老兄我计较呢？"王恬拨开他的手说："冷得跟鬼手一样，还强来捉人的手臂！"

四、袁生迁怒

桓宣武与袁彦道樗蒲[1]，袁彦道齿[2]不合，遂厉色掷去五木[3]。温太真[4]云:“见袁生迁怒,知颜子[5]为贵。”

【注释】

1. 桓宣武:指桓温。袁彦道:袁耽,字彦道。樗蒲:古代的一种博戏。 2. 齿:类似后世的骰子。 3. 五木:樗蒲戏的子。 4. 温太真:温峤,字太真。 5. 颜子:指颜回。《论语》中孔子评价颜回“好学,不迁怒,不贰过”。

【译文】

桓温和袁耽一起玩樗蒲,袁耽的博齿不合,就满脸怒气地扔掉了五个子。温峤说:“看到袁生迁怒,才知道颜回的可贵。”

五、蓝田面壁

谢无奕[1]性粗强,以事不相得[2],自往数[3]王蓝田,肆言极骂。王正色面壁不敢动,半日。谢去良久,转头问左右小吏曰:“去未?”答云:“已去。”然后复坐。时人叹其性急而能有所容。

【注释】

1. 谢无奕:谢奕,字无奕。 2. 相得:投合。 3. 数:数落,责备。

【译文】

谢奕性格粗暴强横,因为有事和王述不投合,就亲自去数落指责王述,毫无顾忌地大骂。王述面色严肃地对着墙壁半天不敢动弹。谢奕离开很久后,王述才转头问身边的小吏:“走了吗?”小吏回答说:“已经走了。”王述这才重新回到座位上。当时人赞叹他虽然性格急躁,却能有容忍的气量。

六、王令清高

王令[1]诣谢公,值习凿齿[2]已在坐,当与并榻。王徙倚[3]不坐,公引之与对榻。去后,语胡儿[4]曰:"子敬实自清立,但人为尔多矜咳[5],殊足损其自然。"

【注释】

1. 王令:王献之,字子敬,官至中书令。 2. 习凿齿:字彦威。3. 徙倚:徘徊。 4. 胡儿:谢朗,小字胡儿,谢据的儿子,谢安的侄子,官至东阳太守。 5. 矜咳:矜持拘泥。

【译文】

王献之去拜访谢安,恰巧习凿齿已经在座,按道理应该和他同榻。王献之徘徊不肯坐下,谢安就引他坐到对面榻上。王献之走后,谢安对谢朗说:"子敬确实清高特立,但刻意显得矜持拘泥,非常损害自然的天性。"(按:两晋时期人们极为看重门第。王献之出身琅琊王氏,是当时一等门阀,而习凿齿并非士族出身,故而王献之自矜身份,不愿与他同坐,所以谢安之后批评他过于拘泥。)

七、王大劝酒

王大、王恭尝俱在何仆射坐[1]。恭时为丹阳尹,大始拜荆州。讫将乖之际[2],大劝恭酒。恭不为饮,大逼强之,转苦,便各以裙带绕手。恭府近千人,悉呼入斋[3];大左右虽少,亦命前,意便欲相杀。何仆射无计,因起排坐二人之间,方得分散。所谓势利之交,古人羞之。

【注释】

1. 王大：王忱，小字佛大，官至荆州刺史。王恭：字孝伯，曾任丹阳尹、中书令。何仆射：指何澄，官至尚书左仆射。 2. 讫：通“迄”，到。乖：分离。 3. 斋：屋舍。

【译文】

王忱、王恭曾经都在何澄的宴席上。王恭当时担任丹阳尹，王忱刚刚被任命为荆州刺史。到将要分离的时候，王忱劝王恭饮酒。王恭不肯喝，王忱就强行逼迫他，态度更加急迫。两人就各自用裙带缠着手，将要动武。王恭家中有近千人，全都被喊进何家屋子里；王忱的随从虽然少，也命令他们进来，准备相互搏杀。何澄没有办法，就起身排开二人挤到他们座位间，才把他们两人分开。那因权势利益而产生的交情，古人是看不起的。

八、南郡杀鹅

桓南郡[1]小儿时，与诸从兄弟各养鹅共斗。南郡鹅每不如，甚以为忿[2]。乃夜往鹅栏间取诸兄弟鹅悉杀之。既晓，家人咸以惊骇，云是变怪[3]，以白车骑[4]。车骑曰：“无所致怪，当是南郡戏耳！”问，果如之。

【注释】

1. 桓南郡：桓玄，袭爵南郡公。 2. 忿：生气。 3. 变怪：灾变怪异。 4. 白：告诉。车骑：指桓冲，曾任车骑将军。

【译文】

桓玄小的时候，和堂兄弟们各自养鹅，互相斗鹅玩耍。桓玄的鹅常常比不上其他兄弟的，他因此非常气愤。于是夜里跑到鹅栏中，抓住各位兄弟的鹅全部都杀死了。天亮后，家里人都因为这件事而惊骇，以为是灾变怪异，将事情告诉了车骑将军桓冲。桓冲说："没有什么致怪的灾异，大概是南郡闹着玩罢了！"问后，果然是这样。

谗险　第三十二

一、平子为人

王平子[1]形甚散朗,内实劲侠。

【注释】

1. 王平子:王澄,字平子,太尉王衍之弟,官至荆州刺史,封南乡侯。

【译文】

王澄表面看着飘逸爽朗,内心却非常刚愎侠气。

二、袁悦见诛

袁悦[1]有口才,能短长说[2],亦有精理。始作谢玄参军,颇被礼遇。后丁艰[3],服除[4]还都,唯赍(jī)《战国策》而已[5]。语人曰:"少年时读《论语》《老子》,又看《庄》《易》[6],此皆是病痛事,当何所益耶?天下要物,正有《战国策》。"既下,说司马孝文王[7],大见亲待,几乱机轴[8],俄而见诛。

【注释】

1. 袁悦:字元礼。 2. 短长说:纵横家游说之术。 3. 丁艰:遭逢父母丧事,子女需在家守丧三年,期间不能婚嫁、不能参与庆典、不能应考,官员则必须离职。 4. 服除:守丧期满而脱除丧服。 5. 赍:携带。《战国策》:战国时期游说之士策谋和言论的汇编,为西汉刘向编订。 6.《庄》:《庄子》。《易》:《周易》。 7. 司马孝文王:指会稽王司马道子,谥号孝文。 8. 机轴:比喻关键重要之处,此处指朝廷。

【译文】

袁悦口才很好，擅长纵横家的游说之术，也有精深的思想。起初担任谢玄的参军，很受礼遇。之后遭逢父母丧事，守丧期满脱下丧服回京都时，只带了一本《战国策》而已。他对别人说：“少年时读《论语》《老子》，又看《庄子》《易经》，这都是写一些小事，能有什么益处呢？这天下最重要的书，正是《战国策》。”到了京都之后，他游说司马道子，非常受亲近优待，几乎搅乱朝政，不久就被诛杀了。

三、国宝之忠

孝武甚亲敬王国宝、王雅[1]。雅荐王珣[2]于帝，帝欲见之。尝夜与国宝、雅相对，帝微有酒色，令唤珣，垂至，已闻卒传声，国宝自知才出珣下，恐倾夺要宠，因曰：“王珣当今名流，陛下不宜有酒色见之，自可别诏也。”帝然其言，心以为忠，遂不见珣。

【注释】

1. 孝武：指晋孝武帝司马曜。王国宝：王坦之之子，曾任中书令、尚书左仆射。王雅：字茂达。　2. 王珣：字元琳，王导之孙，官至尚书令，封东亭侯。

【译文】

晋孝武帝司马曜非常亲近、敬重王国宝和王雅。王雅向孝武帝推荐王珣，孝武帝想要见他。有次夜里和王国宝、王雅相对而坐，孝武帝稍微有些醉意，命令传唤王珣，人马上就到了，已经听到下人通传的声音。王国宝知道自己才华在王珣之下，害怕他夺取帝王的宠幸，于是说：“王珣是当今有名望的人，陛下不应该带着醉意召见他，可以改天再传召他。”孝武帝赞同他的话，心里认为他很忠诚，就没有召见王珣。

四、东亭止谗

王绪数谗殷荆州于王国宝[1]，殷甚患之，求术于王东亭[2]。曰：“卿但数诣王绪，往辄屏人，因论它事，如此，则二王之好离矣。”殷从之。国宝见王绪问曰：“比[3]与仲堪屏人何所道？”绪云：“故是常往来，无它所论。”国宝谓绪于己有隐，果情好日疏，谗言以息。

【注释】

1. 王绪：字仲业，曾任琅琊内史、会稽王从事中郎。殷荆州：指殷仲堪，曾任荆州刺史。 2. 王东亭：指王珣，曾受封东亭侯。3. 比：近来。

【译文】

王绪多次在王国宝面前说殷仲堪的坏话，殷仲堪非常忧虑，向王珣请教解决的办法。王珣说：“你只需要多去拜访王绪，去了就屏退他人，于是说不相干的事情，按照这样，二王的友好关系就会受到离间。”殷仲堪按照他说的去做了。王国宝见到王绪，问他：“近来你和殷仲堪见面，屏退其他人说了些什么？”王绪说：“确实是普通的往来，没有说什么其他的。”王国宝认为王绪对自己有所隐瞒，果然两人的交情日渐疏远，对殷仲堪的谗言因此平息。

尤悔　第三十三

一、毒杀任城

魏文帝忌弟任城王骁壮[1]。因在卞太后阁共围棋，并啖枣，文帝以毒置诸枣蒂中。自选可食者而进，王弗悟，遂杂进之。既中毒，太后索水救之。帝预敕左右毁瓶罐，太后徒跣[2]趋井，无以汲[3]。须臾，遂卒。复欲害东阿[4]，太后曰："汝已杀我任城，不得复杀我东阿。"

【注释】

1. 魏文帝：曹丕，字子桓，曹操次子。他废汉称帝，建立魏国，谥号文帝。任城王：指曹彰，字子文，曹操与卞皇后的第二子，性格刚直勇猛。 2. 徒跣：光着脚走路。 3. 汲：取水。 4. 东阿：指曹植，字子建，曹操与卞皇后的第三子，封东阿王。

【译文】

魏文帝曹丕忌惮弟弟任城王曹彰勇猛强壮。趁着在母亲卞太后房中一起下围棋，一起吃枣的时候，把毒药放在枣蒂中。自己挑选可以吃的吃掉，曹彰不知道，就混杂着一起吃了。中毒之后，卞太后找水救他。文帝事先命令随从把瓶罐打碎，太后就光着脚去井边，却没有打水的工具。不久曹彰就死了。文帝又想杀害东阿王曹植，太后说："你已经杀死了我的任城，不能再杀我的东阿！"

二、不拜颜氏

王浑[1]后妻，琅琊颜氏女。王时为徐州刺史，交礼拜讫，王将答拜，观者咸曰："王侯[2]州将，新妇州民，恐无由答拜。"王乃止。武子[3]以其父不答拜，不成礼，恐非夫妇，不为之拜，谓之"颜妾"，颜氏耻之。以其门贵,终不敢离。

【注释】

1. 王浑:字玄冲,前妻为太傅钟繇孙女。 2. 王侯:王浑袭爵京陵侯。 3. 武子:王济,字武子,王浑之子。

【译文】

王浑的后妻,是琅琊颜氏的女儿。成婚时王浑正担任徐州刺史,颜氏交拜礼结束后,王浑将要回礼,观礼的人都说:“王侯是州郡的刺史,新娘是州郡的百姓,恐怕没有理由回礼。”王浑就停下没有答拜。王济因为父亲不答拜,没有完成大礼,恐怕不是正式夫妇,就不拜颜氏,称她为“颜妾”,颜氏因此感到羞耻。但因为王氏门第高贵,始终不敢离异。

三、华亭鹤唳

陆平原河桥败[1],为卢志[2]所谗,被诛。临刑叹曰:“欲闻华亭鹤唳(lì)[3],可复得乎!”

【注释】

1. 陆平原河桥败:陆平原,指陆机。陆机曾任平原内史,故称。太安元年(公元302年),成都王司马颖起兵讨伐长沙王司马乂,任命陆机为河北大都督。陆机于河桥大败,成都王长史卢志与陆机不和,借机诬陷他谋反,陆机因此被杀。 2. 卢志:字子道,曾任成都王司马颖长史、中书监,后官至尚书。 3. 华亭鹤唳:华亭位于当时吴郡嘉兴县,陆机祖父陆逊曾封华亭侯,陆氏世代居住于此。陆机叹息不能再听到华亭鹤唳,有追悔自己投身宦海而招致杀身之祸的意味。

唳，鸟类高声鸣叫。

【译文】

陆机河桥战败后，遭到卢志谗害而被杀。受刑之前叹息说：“想要听华亭鹤鸣，还能再听到吗？”（按：陆机早年一心求仕，之后做到高官显爵，却也因被卷入宦海风波而招致灭亡，临刑方才察觉到昔日逍遥自得的平民生活之可贵。封建社会中入仕者常因卷入各种政治斗争而引来杀身之祸，《史记·李斯列传》中李斯被判决腰斩于咸阳市，也发出了和陆机相同的感叹：“吾欲与若复牵黄犬俱出上蔡东门逐狡兔，岂可得乎！”陆机的欲闻华亭鹤唳和李斯的黄犬之叹都成为后人常用的典故，表达了他们对往日生活的留恋与误入仕途的追悔。）

四、善招拙御

刘琨善能招延[1]，而拙于抚御[2]。一日虽有数千人归投，其逃散而去亦复如此。所以卒无所建。

【注释】

1. 刘琨：字越石，曾任并州刺史。招延：招请，延请。 2. 抚御：安抚控制。

【译文】

刘琨善于招揽人才，却不擅长安抚控制他们。一天之内虽然有上千人来归附投奔他，但逃走逸散的人数也有这么多。所以最终也没有什么建树。

五、平子似羌

王平子[1]始下,丞相语大将军[2]:“不可复使羌(qiāng)人[3]东行。”平子面似羌。

【注释】

1. 王平子:王澄,字平子,曾任荆州刺史。 2. 丞相:指王导。大将军:指王敦。 3. 羌人:古代西部的一个少数民族。王澄长相似羌人,故用此代指。

【译文】

王澄刚从上游到健康,丞相王导对大将军王敦说:“不可以再让那羌人往东边走。”这是因为王澄的相貌类似羌人。

六、周之死王

王大将军起事[1],丞相兄弟诣阙谢[2]。周侯[3]深忧诸王,始入,甚有忧色。丞相呼周侯曰:“百口委[4]卿!”周直过不应。既入,苦相存救。既释,周大说[5],饮酒。及出,诸王故在门。周曰:“今年杀诸贼奴,当取金印如斗大系肘后。”大将军至石头,问丞相曰:“周侯可为三公[6]不?”丞相不答。又问:“可为尚书令[7]不?”又不应。因云:“如此,唯当杀之耳!”复默然。逮周侯被害,丞相后知周侯救己,叹曰:“我不杀周侯,周侯由我而死。幽冥中负此人!”

【注释】

1. 王大将军起事:永昌元年(公元 322 年),大将军王敦以诛刘隗为名起兵造反。 2. 丞相兄弟诣阙谢:王导与王敦是堂兄弟,王敦谋反，王氏一族都将受到株连，故王导与家族子弟到朝廷谢罪。3. 周侯：指周顗，时任尚书左仆射。 4. 委：托付。 5. 说：通“悦”。6. 三公：晋时指太尉、司徒、司空。 7. 尚书令：职官名，负责管理文书传达命令。

【译文】

大将军王敦谋反，丞相王导兄弟去朝廷谢罪。周顗很担忧王氏子弟，刚开始进宫，面色很忧愁。王导呼喊周顗说：“王家百口性命托付给您了！”周顗径直过去不回应他。进去后，极力保全救护王氏一族。王家罪责被免除后，周顗非常高兴并喝了酒。等他出来后，王氏子弟仍然在门口。周顗说：“今年杀掉恶贼们，应当拿斗大的金印系在胳膊肘后面。”王敦到石头城之后，问王导：“周侯可以做三公吗？”王导不回答。王敦又问：“可以做尚书令吗？”王导还是不回应。王敦于是说：“这样的话，只有杀掉他了。”王导仍然不说话。等到周顗被杀害，王导之后才知道是周顗救了王家，叹息说：“我没有杀周侯，周侯却因为我而死。就是到了黄泉下我也对不起这个人呀！”

七、王导论祚

王导、温峤俱见明帝[1]，帝问温前世所以得天下之由。温未答。顷，王曰：“温峤年少未谙[2]，臣为陛下陈之。”王乃具叙宣王[3]创业之始，诛夷[4]名族，宠树[5]同己。及文王[6]之末，高贵乡公事[7]。明帝闻之，覆面著床曰：“若如公言，祚[8]安得长！”

【注释】

1. 明帝：指晋明帝司马绍。 2. 谙：熟悉。 3. 宣王：指司马懿,死后追封为宣王。 4. 诛夷:杀戮,诛杀。 5. 宠树:宠信扶植。 6. 文王:指司马昭。 7. 高贵乡公事:甘露五年(公元260年),司马昭杀死魏帝高贵乡公曹髦,另立曹奂为帝。 8. 祚:帝位。

【译文】

王导和温峤一起拜见晋明帝司马绍,明帝问温峤晋朝前代帝王夺取天下的原因。温峤没有回答。片刻,王导说:"温峤年纪轻不熟悉旧事,我来为陛下陈说。"王导于是详细述说晋宣王司马懿创业开始时,诛杀名门望族,宠信扶植归附自己的人。直到晋文王司马昭末年杀掉高贵乡公曹髦的事情。晋明帝听了之后,捂着脸伏在坐榻上说:"如果像您说的这样,晋国的帝位哪里能长久呢!"

八、王敦流涕

王大将军于众坐中曰:"诸周[1]由来未有作三公者。"有人答曰:"唯周侯邑五马领头而不克[2]。"大将军曰:"我与周,洛下相遇,一面顿[3]尽。值世纷纭[4],遂至于此!"因为流涕。

【注释】

1. 诸周:指周𫖮一族子弟。周𫖮家族中除周𫖮外,其父周浚,弟弟周嵩、周谟均在朝中担任要职。 2. 五马领头而不克:这里是用樗蒲戏打比方。五马即五木,樗蒲戏的子。克,胜利。全句指博戏领先已经快要胜利,最终却未能取胜,喻指周𫖮功败垂成。 3. 顿:立刻。 4. 纷纭:杂乱。

【译文】

大将军王敦在许多人在座时说:"周氏一族的子弟从来没有做到

三公的。”有人回答说：“只有周顗本来已经是五马领头，却没能成功。”王敦说：“我和周顗，在洛阳相识，一见面就倾心相交。碰上世事纷乱，才到今天这地步！”于是为他流下眼泪。

九、温峤进爵

温公初受刘司空使劝进[1]，母崔氏固驻[2]之，峤绝裾[3]而去。迄于崇贵，乡品犹不过也[4]。每爵[5]皆发诏。

【注释】

1. 刘司空：指刘琨。刘琨曾拜司空。劝进：旧时部属劝其主登基称帝。温峤曾为刘琨部下，奉刘琨命令劝镇守江左的司马睿称帝（即晋元帝）。 2. 驻：阻止。 3. 绝裾：扯断衣裾，指去意坚决。4. 迄：到。崇贵：尊贵。乡品：同乡评。乡里公众的评论，是古代选拔人才的重要依据。因为温峤违背母意，所以乡人对他的评价不高。5. 爵：授予爵位。

【译文】

温峤最初接受司空刘琨的派遣，劝晋元帝司马睿称帝，母亲崔氏坚决阻止他，温峤扯断衣服就离开了。等到他显贵的时候，乡里的评论不能通过。每次授爵，都要专门下诏来解释。

一〇、子南被卖

庾公欲起周子南[1]，子南执辞愈固。庾每诣周，庾从南门入，周从后门出。庾尝一往奄[2]至，周不及去，相对终日。庾从周索食，周出蔬食，庾亦强饭,极欢;并语世故[3],约相推引[4],同佐世[5]之任。既仕[6],至将军二千石[7],而不称意[8]。中宵[9]慨然曰:"大丈夫乃为庾元规所卖!"一叹,遂发背[10]而卒。

【注释】

1. 庾公:指庾亮。起:起用。周子南:周邵,字子南,和南阳翟汤一道隐居在寻阳庐山。庾亮到江州时,因他的名声前去拜访,想推举他做官。 2. 奄:突然。 3. 世故:世间事务。 4. 推引:推荐引进。 5. 佐世:辅佐君王治理天下。 6. 仕:做官。 7. 二千石:汉制郡守俸禄为二千石,后世于是将郡守称为"二千石"。 8. 称意:合乎心意。 9. 中宵:半夜。 10. 发背:背疽(生于背部的毒疮)发作。

【译文】

庾亮想要起用周邵,周邵持推辞的态度非常坚决。庾亮每次拜访周邵,从南门进,周邵就从后门出。有次庾亮径直前往,突然就到了,周邵来不及离开,两个人就面对面待了一整天。庾亮向周邵索要食物,周邵取出野菜粗食,庾亮也勉强吃下去,非常高兴。两人一起谈论世间事务,约定推荐引进他,一同担负辅佐君王治理天下的重任。周邵出仕做官之后,官至将军、郡守,很不合心意。半夜感叹说:"大丈夫竟然被庾元规出卖了!"一声叹息,竟然背部毒疮发作而死。

一一、思旷奉佛

阮思旷奉大法[1],敬信甚至。大儿年未弱冠,忽被笃疾[2]。儿既是偏所爱重,为之祈请三宝[3],昼夜不懈[4]。谓至诚有感者,必当蒙佑。而儿遂不济[5]。于是结恨释氏[6],宿命都除。

【注释】

1. 阮思旷:阮裕,字思旷。大法:指佛教。 2. 笃疾:重病。 3. 三宝:指佛、法、僧。 4. 懈:怠惰。 5. 不济:不中用。 6. 释氏:指佛教。

【译文】

阮裕信奉佛教,尊敬虔诚到了极点。他的大儿子年纪还不到二十,突然得了重病。这个孩子是阮裕特别爱护珍重的,就为他向佛教三宝祈祷请求,日夜不懈怠,认为诚心诚意的信徒一定会受到庇护。但是孩子最终没有救活。从此他就怨恨佛教,以前对宿命论的信仰都抛弃了。

一二、宣武无语

桓宣武对简文帝,不甚得语。废海西后[1],宜自申叙,乃豫撰数百语,陈废立之意。既见简文,简文便泣下数十行。宣武矜愧[2],不得一言。

【注释】

1. 废海西后:太和六年(公元 371 年),桓温废晋帝司马奕,贬其为海西公,立简文帝司马昱。 2. 矜愧:哀怜愧疚。

【译文】

桓温在简文帝面前,不太会说话。他废黜海西公司马奕之后,应当亲自去申述,于是事先写好了几百句话,说明废立的意图。见到简文帝之后,简文帝就泪流不止。桓温心中怜悯愧疚,没能说出一个字。

一三、桓公之志

桓公卧语曰:“作此寂寂,将为文、景[1]所笑!”既而屈起[2]坐曰:“既不能流芳后世,亦不足复遗臭万载邪?”

【注释】

1. 文、景:指晋文帝司马昭、晋景帝司马师,二人为晋朝立国奠定了基础,死后追封为帝。　2. 屈起:突然起身。

【译文】

桓温躺着说:“像这样默默无闻,将被文帝、景帝耻笑。”接着突然坐起说:“既然不能流芳后世,难道也不能遗臭万年吗?”

一四、人如水性

谢太傅于东船行,小人引船,或迟或速,或停或待,又放船从横[1],撞人触岸。公初不呵谴[2]。人谓公常无嗔[3]喜。曾送兄征西[4]葬还,日莫雨驶[5],小人皆醉,不可处分[6]。公乃于车中,手取车柱撞驭人[7],声色甚厉。夫以水性沈柔,入隘奔激[8]。方之人情,固知迫隘[9]之地,无得保其夷粹[10]。

【注释】

1. 从横:纵横。南北为纵,东西为横。　2. 呵谴:呵斥谴责。3. 嗔:怒,生气。　4. 征西:指谢安的哥哥谢奕。谢奕,字无奕,官至豫州刺史,死后赠征西将军。　5. 莫:通“暮”,傍晚。雨驶:雨下得很急。　6. 处分:吩咐,安排。　7. 驭人:驾驶马车的人。　8. 隘:狭窄险要的地方。奔激:奔腾激荡。　9. 迫隘:窘迫紧急。　10. 夷粹:平和纯正。

【译文】

太傅谢安在会稽乘船而行,下人划船,时慢时快,时停时等,又任由船随意漂行,时不时撞到人,碰到岸,谢安一点不呵斥谴责他。人们认为谢安常常没有喜怒。曾经为兄长征西将军谢奕送葬回来,那时太阳落山,雨下得很急,仆人都喝醉了,不能听从吩咐,谢安竟然在车中,拿起车柱撞驾车的人,声色俱厉。水的性质沉静柔和,进入狭窄的地方就奔腾激荡,拿来比喻人的性情,就知道人到了窘迫紧急的境地,便不能保持平和美好的性情了。

一五、不识田稻

简文见田稻不识,问是何草?左右答是稻。简文还,三日不出,云:“宁有赖其末而不识其本?”

【译文】

简文帝司马昱见到田中的稻子却不认识,问是什么草。身边随从回答说是稻子。简文帝回去后,三天不出门,他说:“难道能够依赖它的果实生存却不认识它本身吗?”

一六、桓冲愧死

桓车骑在上明畋(tián)猎[1]。东信至,传淮上大捷[2]。语左右云:“群谢[3]年少,大破贼。”因发病薨(hōng)[4]。谈者以为此死,贤于让扬之荆[5]。

【注释】

1. 桓车骑:指桓冲,字幼子,桓温之弟,官至车骑将军。上明:今湖北松滋县西。畋猎：打猎。 2. 淮上大捷：指淝水之战。太元八年(公元383年)，前秦出兵伐晋，于淝水交战，晋军大胜。 3. 群谢：指谢玄等人。谢玄时为晋军主帅。 4. 薨：古代称诸侯或有爵位的大官死去。 5. 让扬之荆：桓冲原本担任扬州、豫州刺史，之后谢安辅政，声望很高，桓冲就辞掉扬州刺史之职，被改授徐州刺史，之后迁为荆州刺史。

【译文】

车骑将军桓冲在上明打猎，东边的信使来到，传来在淝水之战大胜的消息。桓冲对身边随从说："谢家几个年轻人击破敌人获得大胜。"于是疾病发作而死。谈论的人认为这样死掉，胜过他当年辞让扬州刺史给谢安，自己去荆州。

一七、桓玄色恶

桓公初报破殷荆州[1]，曾讲《论语》，至"富与贵，是人之所欲，不以其道得之不处"。玄意色甚恶。

【注释】

1. 桓公：指桓玄。殷荆州：指殷仲堪，官至荆州刺史。殷仲堪与王恭、桓玄约定一起起兵谋反，而殷仲堪与桓玄原有不和，桓玄趁机攻打殷仲堪镇守的江陵，导致殷仲堪败亡。

【译文】

桓玄刚得到打败殷仲堪的报告时，正好遇见讲解《论语》，讲到"富与贵，是人们都想得到的，但不能用正确的方法获得它，是不能接受的"这句时，桓玄的神情很不好。

纰漏　第三十四

一、王敦如厕

王敦初尚主[1],如厕,见漆箱盛干枣,本以塞鼻。王谓厕上亦下果[2],食遂至尽。既还,婢擎金澡盘盛水[3],琉璃碗盛澡豆[4],因倒著水中而饮之,谓是干饭。群婢莫不掩口而笑之。

【注释】

1. 王敦初尚主:王敦娶晋武帝司马炎的女儿。《晋书·王敦传》称其妻为襄城公主,刘孝标注为舞阳公主。 2. 下果:陈设水果。3. 擎:举。澡盘:古代盥洗用具。 4. 澡豆:古代以豆粉为主料制成的洗涤用品,用以清洁手面。

【译文】

王敦刚和公主成婚,上厕所时,见涂了漆的箱子里装着干枣,原本是用来塞鼻子的。王敦以为厕所里也陈设干果,竟然把枣子都吃完了。他回到屋里,侍女举着金澡盘装水,用琉璃碗装清洁用的澡豆,王敦就把澡豆倒进水里喝掉了,以为是干粮。侍女们没有不捂着嘴笑他的。

二、元皇言事

元皇初见贺司空[1],言及吴时事,问:“孙皓[2]烧锯截一贺头,是谁?”司空未得言,元皇自忆曰:“是贺劭[3]。”司空流涕曰:“臣父遭遇无道,创巨痛深[4]无以仰答明诏。”元皇愧惭,三日不出。

【注释】

1. 元皇:指晋元帝司马睿。贺司空:指贺循,字彦先,历任吴国内史、太常卿，死后赠司空。　2. 孙皓：三国时吴国的末代君主，后降晋，封归命侯。　3. 贺劭：字兴伯，贺循之父。孙皓残暴，贺劭因上书劝谏被他杀害。　4. 创巨痛深：化用《礼记》"创巨者其日久，痛深者其愈迟"，指自己遭受的创伤很严重，所以时间越长就越觉得痛苦。

【译文】

晋元帝司马睿初次见贺循，谈到吴国时的事情，问他："孙皓曾烧红锯子，截断了一个姓贺的人的头，那个人是谁？"贺循还没有回答，司马睿就自己回忆起来说："是贺劭。"贺循流着泪说："臣的父亲遭遇暴虐酷刑，我受到的创伤巨大，痛苦极深，不能回答您的问题。"司马睿非常惭愧，三天没出来。

三、误食彭蜞

蔡司徒[1]渡江，见彭蜞（qí）[2]，大喜曰："蟹有八足，加以二螯（áo）[3]。"令烹之。既食，吐下[4]委顿，方知非蟹。后向谢仁祖[5]说此事，谢曰："卿读《尔雅》不熟[6]，几为《劝学》死。"

【注释】

1. 蔡司徒：指蔡谟，字道明，官至侍中、司徒。　2. 彭蜞：一种甲壳类动物，像蟹而较小。　3. 蟹有八足，加以二螯：出自蔡邕《劝学章》，化用了《大戴礼记·劝学》"蟹二螯八足"。　4. 吐下：呕吐下泄。　5. 谢仁祖：谢尚，字仁祖。　6. 读《尔雅》不熟：《尔雅》是我国古代第一部系统解释词意和考证名物的辞典。《尔雅》中有"蟚螖小者蟧，即彭蜞也，似蟹而小"句，谈到彭蜞的特征。蔡谟不熟悉

《尔雅》,所以没有分清螃蟹和彭蜞。

【译文】

司徒蔡谟渡江后,见到彭蜞,非常高兴地说:"螃蟹有八只脚,加上两个螯。"命令煮了它们。吃掉后,他呕吐腹泻,精神萎靡不振,这才知道不是螃蟹。之后向谢尚谈到这件事,谢尚说:"您《尔雅》读得不熟,几乎因为《劝学》而死。"

四、过江前后

任育长[1]年少时,甚有令名[2]。武帝[3]崩,选百二十挽郎[4],一时之秀彦[5],育长亦在其中。王安丰[6]选女婿,从挽郎搜其胜者,且择取四人,任犹在其中。童少时神明可爱,时人谓育长影亦好。自过江,便失志[7]。王丞相请先度时贤共至石头迎之,犹作畴(chóu)日[8]相待,一见便觉有异。坐席竟,下饮[9],便问人云:"此为茶?为茗[10]?"觉有异色,乃自申明云:"向问饮,为热为冷耳。"尝行从棺邸[11]下度,流涕悲伤。王丞相闻之曰:"此是有情痴。"

【注释】

1. 任育长:任瞻,字育长。 2. 令名:美好的名声。 3. 武帝:指晋武帝司马炎。 4. 挽郎:出殡时牵引灵柩唱挽歌的人。 5. 秀彦:出众的人才。 6. 王安丰:指王戎。 7. 失志:恍恍惚惚,失去神志。 8. 畴日:往日,从前。 9. 下饮:设茶。 10. 为茶,为茗:六朝时以早采的为茶,晚采的为茗。 11. 棺邸:卖棺材的店铺。

【译文】

任瞻年少的时候,很有美名。晋武帝司马炎驾崩时,选了一百二十位挽郎，都是当时出众的人才，任瞻也在当中。王戎挑选女婿，在挽郎中搜寻优秀的人，最初选出四个人，任瞻仍然在当中。任瞻年幼时神态可爱，当时的人都说任瞻的相貌很美好。自从过江后，就精神恍惚，没有了神采。丞相王导邀请先过江的当时名流一起到石头城迎接他，仍然像从前那样对待他，一见面就觉得不太一样。大家落座后，上茶，就问人说："这是茶还是茗？"发现别人面色不对，就自己解释说："刚刚问茶，是问是冷是热而已。"任瞻曾经从卖棺材的店铺下路过，悲伤地流下眼泪。王导听说后说："这是情深成痴的人。"

五、太傅德教

谢虎子[1]尝上屋熏鼠。胡儿[2]既无由知父为此事，闻人道痴人[3]有作此者，戏笑之。时道此，非复一过[4]。太傅既了己之不知，因其言次[5]，语胡儿曰："世人以此谤中郎[6]，亦言我共作此。"胡儿懊热[7]，一月日[8]闭斋不出。太傅虚托引己之过，以相开悟，可谓德教。

【注释】

1. 谢虎子：谢据，字玄道，小字虎子。 2. 胡儿：谢朗，小字胡儿，谢据之子。 3. 痴人：呆子，傻子。 4. 过：次。 5. 言次：言谈之间。 6. 中郎：指谢据。 7. 懊热：懊恼羞愧。 8. 一月日：一个月。

【译文】

谢据曾经跑到屋顶上熏老鼠。谢朗无从知道父亲曾经做过这件事，听别人说有呆子这么做的，就戏谑嘲笑这个人。当时说起这件事不止一次。太傅谢安已经知道他不清楚内情，就趁着和他言谈的时候，对他说：“世人拿这件事毁谤中郎（你父亲），还说我和他一起做的。”谢朗听后懊恼羞愧，一个月闭门不出。谢安假托事情有自己做的，将过错也引到自己身上，以此来开导谢朗，可以称为以德教人。

六、进退维谷

殷仲堪父病虚悸[1]，闻床下蚁动，谓是斗牛。孝武[2]不知是殷公，问仲堪：“有一殷病如此不？”仲堪流涕而起曰：“臣进退维谷[3]。”

【注释】

1. 虚悸：因虚弱引起的心跳加速、心神不宁的病症。 2. 孝武：指晋孝武帝司马曜。 3. 进退维谷：形容处于进退两难的境地。谷，比喻困境。这里殷仲堪指如果自己不回答孝武帝的问题就是不恭，但回答则会冒犯自己的父亲。

【译文】

殷仲堪的父亲得了虚悸的病症，听到床下蚂蚁爬动，以为是斗牛。晋孝武帝司马曜不知道这个病人是殷仲堪的父亲，就问仲堪：“有一个姓殷的人病情是这样吗？”殷仲堪流着泪起身说：“我这是进退两难呀。”

七、天时尚暖

虞啸父[1]为孝武侍中，帝从容问曰：“卿在门下[2]，初不闻有所献替[3]。”虞家富春，近海，谓帝望其意气[4]，对曰：“天时尚暖，鱟鱼虾鲝[5]未可致，寻[6]当有所上献。”帝抚掌大笑。

【注释】

1. 虞啸父：晋孝武帝时任侍中。 2. 门下：南朝齐时，称侍中为门下。 3. 献替："献可替否"的省略语。"献可替否"出自《左传·昭公二十年》，原句为"君所谓可而有否焉，臣献其否以成其可。君所谓否而有可焉，臣献其可以去其否"，这句话的意思是：国君所说的适宜的事情如果有不正确的地方，臣子告诉您它不正确的地方，来成就它适宜的地方。您所说的不适宜的事情如果有适宜的地方，我告诉您它适宜之处来去掉它不正确的地方。 4. 意气：馈赠进献。 5. 鮆鱼虾鲑：泛指各类鱼虾及其制品。 6. 寻：不久。

【译文】

虞啸父担任晋孝武帝司马曜的侍中，司马曜温和地问他："您做侍中，没有听说有什么献替的。"虞啸的家在富春，靠近大海，他以为孝武帝希望他有所进奉，便回答说："天气还很热，各种鱼虾制品还不能得到，不久将会有东西进献。"孝武帝拍手大笑。

八、国宝大喜

王大[1]丧后，朝论或云："国宝应作荆州[2]。"国宝主簿夜函[3]白事，云："荆州事已行。"国宝大喜，而夜开阁，唤纲纪[4]话势，虽不及作荆州，而意色甚恬[5]。晓遣参问[6]，都无此事。即唤主簿数[7]之曰："卿何以误人事邪？"

【注释】

1. 王大：指王忱。王忱曾任荆州刺史，死后职位空缺。 2. 国宝：指王国宝。荆州：荆州刺史。 3. 函：写信。 4. 纲纪：指主簿。 5. 恬：安适。 6. 晓：天明。参问：询问。 7. 数：数落，指责。

【译文】

王忱死后，朝廷上的议论有的说："王国宝应当做荆州刺史。"王国宝的主簿半夜送信报告他说："荆州刺史的事情已经定下了。"王国宝非常高兴，半夜打开房门，叫来主簿谈论天下局势，虽然没有谈到做荆州刺史的事，但意态神色非常安适满足。天亮了派遣人去问，完全没有这件事。王国宝马上叫来主簿指责他说："你为什么耽误我的事情呢？"

惑溺　第三十五

一、为奴破城

魏甄(zhēn)后[1]惠而有色,先为袁熙妻,甚获宠。曹公之屠邺[2]也,令疾召甄,左右白:“五官中郎[3]已将去。”公曰:“今年破贼,正为奴。”

【注释】

1. 魏甄后:指魏文帝曹丕的皇后甄氏,原为袁绍次子袁熙的妻子,曹操攻破袁绍,甄氏为曹丕所娶。 2. 曹公之屠邺:建安九年(公元204年),曹操战胜袁尚,攻取邺城。邺,即邺城,今河北省临漳县西。 3. 五官中郎:指曹丕。曹丕曾任五官中郎将。

【译文】

魏文帝的皇后甄氏聪慧而有美色,原本为袁熙的妻子,非常受宠爱。曹操攻打邺城的时候,命令马上传召甄氏,身边随从报告说:“五官中郎将已经将她带走。”曹操说:“今年打败恶贼,正是为了这个人。”

二、以色为主

荀奉倩[1]与妇至笃,冬月妇病热,乃出中庭自取冷,还以身熨[2]之。妇亡,奉倩后少时亦卒。以是获讥于世。奉倩曰:“妇人德不足称,当以色为主。”裴令[3]闻之,曰:“此乃是兴到之事,非盛德言,冀后人未昧此语。”

【注释】

1. 荀奉倩:荀粲,字奉倩,荀彧之子。 2. 熨:紧贴。 3. 裴令:指裴楷,字叔则,官至中书令。

【译文】

荀粲和妻子感情非常深厚,冬天妻子生病发热,他就到庭院中把自己冻冷，回来用冷的身体贴着她为她降温。妻子死后不久荀粲也死了。因此受到世人的讥讽。荀粲曾说：“妇人的德行不值得称道，应当以美色为主。”中书令裴楷听说后，说：“这只是兴致到了说的事，不是大德之言，希望后人不要被这话迷惑。”

三、郭氏酷妒

贾公闾后妻郭氏酷妒[1]。有男儿名黎民，生载周[2]，充自外还，乳母抱儿在中庭，儿见充喜踊[3]，充就乳母手中呜[4]之。郭遥望见，谓充爱乳母，即杀之。儿悲思啼泣，不饮它乳，遂死。郭后终无子。

【注释】

1. 贾公闾：贾充，字公闾，官至尚书令。酷：极，非常。 2. 载周：满一岁，满周岁。 3. 喜踊：欢喜跳跃，形容极度高兴。 4. 呜：亲吻。

【译文】

贾充的后妻郭氏非常善妒。郭氏有个儿子叫黎民，生下来满一岁时，贾充从外面回来，乳母抱着孩子在庭院中，儿子见了贾充欢喜跳跃，贾充于是靠近乳母的手亲吻他。郭氏远远看见，以为贾充喜爱乳母，就杀了她。小儿思念乳母悲伤哭泣，不吃其他人的奶，终于死掉了。郭氏最终也没有儿子。

四、蒯氏悔妒

孙秀降晋[1]，晋武帝厚存宠[2]之，妻以姨妹蒯(kuǎi)氏，室家[3]甚笃。

妻尝妒，乃骂秀为“貉子”[4]，秀大不平，遂不复入。蒯氏大自悔责，请救于帝。时大赦，群臣咸见。既出，帝独留秀，从容谓曰：“天下旷荡[5]，蒯夫人可得从其例不?”秀免冠[6]而谢，遂为夫妇如初。

【注释】

1. 孙秀：字彦才，吴郡吴(在今江苏苏州)人。原为吴国臣子，因遭到吴帝孙皓的猜疑而降晋。 2. 存宠：抚恤宠爱。 3. 室家：夫妇。 4. 貉子：当时北方人对南方人的贬称。 5. 旷荡：宽宏，宽宥。 6. 免冠：摘下帽子，表示谢罪。

【译文】

孙秀降晋之后，晋武帝司马炎非常关怀宠信他，把姨表妹蒯氏嫁给他做妻子，婚后夫妻关系很好。妻子有次因为妒忌，就骂孙秀是貉子，孙秀非常愤怒不满，就不再进内室。蒯氏非常后悔自责，向武帝求救。当时天下大赦，臣子们都去觐见。都退出后，武帝只单独留下了孙秀，和缓地对他说：“天下有罪的人都蒙受宽宥，蒯夫人能够依例得到宽恕吗?”孙秀摘下帽子谢罪，于是夫妻和好如初。

五、韩寿偷香

韩寿[1]美姿容，贾充辟以为掾[2]。充每聚会，贾女于青琐[3]中看，见寿，说[4]之，恒怀存想，发于吟咏。后婢往寿家，具述如此，并言女光丽[5]。寿闻之心动，遂请婢潜修音问[6]，及期往宿。寿捷绝人，逾墙[7]而入，家中莫知。自是充觉女盛自拂拭[8]，说畅有异于常。后会诸吏，闻寿有奇香之气，是外国所贡，一著人则历月不歇。充计武帝唯赐己及陈骞[9]，余家无此香，疑寿与女通，而垣墙[10]重密，门阁[11]急峻，何由得尔？乃托言有盗,令人修墙。使反曰:“其余无异,唯东北角如有人迹,而墙高,非人所逾。”充乃取女左右婢考问,即以状[12]对。充秘之,以女妻寿。

【注释】

1. 韩寿:字德真。 2. 辟:征召。掾:古代官府属员的通称。 3. 青琐:镂刻成格的窗户。 4. 说:通“悦”。 5. 光丽:耀眼美丽。 6. 音问:音讯,书信。 7. 逾墙:跳过墙垣。 8. 拂拭:修饰,打扮。 9. 陈骞:字休渊,官至大司马。 10. 垣墙:围墙。 11. 门阁:门户。 12. 状:情况。

【译文】

韩寿仪容俊美,贾充征召他做属吏。每次贾充聚会,贾充的女儿就透过窗户偷看,见到韩寿心中喜爱,常常怀抱思念之心,并抒发在吟咏中。之后她的侍女去韩寿家,详细地说明了这事,并且说了贾女的光艳美丽。韩寿听到后很心动,就请侍女偷偷保持音讯,约定好时间去贾家留宿。韩寿身体敏捷超过旁人,翻墙进门,贾家的人都不知道。从此之后贾充发现女儿精心打扮自己,愉悦欢畅的样子和平日不一样。之后属吏们聚会,闻到韩寿身上有奇异的香气,这种香料是外国进贡的,一沾到人身上香味一个月都不会消散。贾充盘算晋武帝只把这香料赏赐给了自己和陈骞,其他人家中没有这种香,便怀疑韩寿和女儿私通,但围墙重叠严密,门户戒备森严,怎么可能呢?于是假托家中有盗贼,命令人修墙。派去的人回来说:“其他地方没有什么异常,只有东北角好像有人留下的痕迹,但墙很高,不是人所能越过的。”贾充就抓来女儿身边亲近的侍女拷问,侍女们把实情告诉了他。贾充将事情保密,把女儿嫁给了韩寿做妻子。

六、亲卿爱卿

王安丰妇，常卿安丰[1]。安丰曰："妇人卿婿，于礼为不敬，后勿复尔。"妇曰："亲卿爱卿，是以卿卿；我不卿卿，谁当卿卿？"遂恒听之。

【注释】

1. 王安丰：王戎，字濬冲。官至司徒，封安丰侯。卿：多用于上级对下级、长辈对晚辈的称呼。

【译文】

王戎的妻子，常称王戎为卿。王戎说："妻子用卿来称呼丈夫，从礼节上说是不敬，之后不要这样了。"妻子说："亲卿爱卿，所以用卿来称呼卿，如果我不用卿称卿，谁该用卿称卿呢？"于是之后王戎一直听任她这么叫。

七、幸妾干政

王丞相有幸妾姓雷，颇预政事，纳货[1]。蔡公[2]谓之"雷尚书"。

【注释】

1. 纳货：接受贿赂。　2. 蔡公：指蔡谟。

【译文】

丞相王导有一个得宠的妾室姓雷，经常干预政事，接受贿赂。蔡谟称她是"雷尚书"。

仇隙　第三十六

一、白首同归

孙秀既恨石崇不与绿珠[1],又憾潘岳昔遇之不以礼[2]。后秀为中书令。岳省内见之,因唤曰:“孙令,忆畴昔周旋不[3]?”秀曰:“中心藏之,何日忘之[4]?”岳于是始知必不免。后收石崇、欧阳坚石[5],同日收岳。石先送市,亦不相知。潘后至,石谓潘曰:“安仁,卿亦复尔邪?”潘曰:“可谓‘白首同所归’。”潘《金谷集诗》[6]云:“投分寄石友,白首同所归。[7]”乃成其谶(chèn)[8]。

【注释】

1. 孙秀:字俊忠。赵王司马伦的亲信,曾任中书令。石崇不与绿珠:石崇有歌妓绿珠,美貌而善于吹笛,孙秀向石崇索要,石崇不予,于是两人结仇。 2. 憾:怨恨。潘岳:字安仁,官至黄门侍郎。潘岳之父曾为琅琊太守,孙秀曾是其属下小吏,而潘岳曾轻辱孙秀,故遭其记恨。 3. 畴昔:往昔,从前。周旋:打交道,交际。 4. 中心藏之,何日忘之:出自《诗经·小雅·隰桑》,指记在心中,一日不忘。 5. 收:逮捕。欧阳坚石:欧阳建,字坚石,官至冯翊太守,有才识。石崇、潘岳攀附贾谧,贾后势败,孙秀诬告他们谋反,两人遂被赵王司马伦所杀。欧阳坚石也有同样遭遇。 6.《金谷集诗》:石崇曾于金谷园宴会,宾客在宴席上饮酒赋诗,后集诗成册命名为《金谷集诗》。 7. 投分寄石友,白首同所归:指志向相合、情谊深厚的朋友,白头之后同归一处。投分,意气相投。石友,情谊坚如金石的朋友。 8. 谶:指将要应验的预言、预兆。

【译文】

孙秀既仇恨石崇不愿意将绿珠送给自己,又怨恨潘岳从前没有对他以礼相待。后来孙秀做了中书令，潘岳在中书省中看见他，于是叫他说："孙令，还记得我们以前的交往吗？"孙秀说："藏在心里，什么时候能忘呢？"潘岳因此知道自己必然不能免于灾祸。之后收捕石崇、欧阳建，同一天收捕潘岳。石崇先被送到刑场，也不知道对方的情况。潘岳之后到，石崇对潘岳说："潘岳，你也走到这一步了吗？"潘岳说："可以说是'白首同所归'！"潘岳在《金谷集诗》中曾写道："投分寄石友，白首同所归。"这句诗竟然成了他们的谶言。

二、刘玙获救

刘玙兄弟少时为王恺所憎[1]，尝召二人宿，欲默除之。令作坑，坑毕，垂[2]加害矣。石崇素与玙、琨善，闻就恺宿，知当有变，便夜往诣恺，问二刘所在。恺卒迫不得讳[3]，答云："在后斋中眠。"石便径入，自牵出，同车而去。语曰："少年，何以轻就人宿？"

【注释】

1. 刘玙兄弟：指刘玙、刘琨。王恺：字君夫。 2. 垂：快要，将要。 3. 卒迫：仓促紧迫。讳：隐瞒。

【译文】

刘玙、刘琨兄弟年少时被王恺所厌憎，有次王恺叫两人到家里留宿，想要暗中杀掉他们。令人挖坑，坑已经挖好，将要加害他们。石崇平时一向和刘玙、刘琨关系很好，听说他们去王恺那里留宿，知道必然有变故，就连夜去拜访王恺，问二人在哪里。王恺仓促紧迫中不能隐瞒，回答说："在后屋睡觉。"石崇就直接进去，亲自拉着两人出来，乘着一辆车离开了。对他们说："少年人怎么能轻易到人家家里留宿?”

三、无忌复仇

王大将军执司马愍王[1],夜遣世将[2]载王于车而杀之,当时不尽知也。虽愍王家,亦未之皆悉,而无忌[3]兄弟皆稚。王胡之[4]与无忌,长甚相昵[5]。胡之尝共游,无忌入告母,请为馔。母流涕曰:“王敦昔肆酷汝父,假手世将。吾所以积年不告汝者,王氏门强,汝兄弟尚幼,不欲使此声著,盖以避祸耳!”无忌惊号,抽刃而出,胡之去已远。

【注释】

1. 王大将军:指王敦。司马愍王:司马丞,字元敬,官至湘州刺史,封谯王。因不愿跟随王敦谋反而被杀,死后谥愍王。 2. 世将:王廙,字世将,王导的从弟,官至平南将军、荆州刺史。 3. 无忌:司马无忌,字公寿,司马丞之子。 4. 王胡之:字修龄,王廙的儿子,官至西中郎将、司州刺史。 5. 昵:亲近。

【译文】

大将军王敦捉住司马愍王,半夜派王廙把司马愍王在车上杀死,当时人们不都知道这件事。即使是愍王家里的人,也不是全都知道,而当时司马愍王的儿子们司马无忌兄弟都很年幼。王胡之和司马无忌长大后关系很亲密。王胡之曾经和司马无忌一起游玩,司马无忌进门告知母亲,请她准备食物。母亲流着眼泪说:“王敦当年肆意迫害你的父亲,借王廙之手杀害他,我之所以多年不告诉你,是因为王氏家族强盛,你们兄弟还很年幼,不想让这件事张扬,原本是为了避免灾祸罢了!”无忌惊怒大叫,抽出刀冲出去,但是王胡之已经走远了。

四、欲斫仇家

应镇南[1]作荆州，王修载、谯王子无忌同至新亭与别[2]。坐上宾甚多，不悟二人俱到。有一客道："谯王丞致祸，非大将军意，正是平南[3]所为耳。"无忌因夺直兵参军[4]刀，便欲斫，修载走投水，舸(gě)[5]上人接取，得免。

【注释】

1. 应镇南：指应詹，字思远，历任江州刺史、镇南将军。太宁二年，应詹任江州刺史，原文中"荆州"当为"江州"之误。 2. 王修载：王耆之，字修载，王廙之子。谯王子无忌：指司马无忌。司马无忌的父亲司马丞封谯王。 3. 平南：指王廙，官至平南将军。 4. 直兵参军：值班的参军。 5. 舸：船。

【译文】

镇南将军应詹做了江州刺史，王耆之和谯王的儿子司马无忌到新亭去为他送别，宴席上宾客很多，不知道这两个人都来了。有一个客人说："谯王司马丞招致灾祸，不是大将军王敦的意思，只是平南将军王廙做的。"司马无忌于是夺走值班参军的刀，就要砍王耆之，王耆之逃跑跳到水里，船上的人救起他，他才得以逃脱。

五、右军去郡

王右军素轻蓝田[1]。蓝田晚节论誉转重，右军尤不平。蓝田于会稽丁艰[2]，停山阴治丧[3]。右军代为郡[4]，屡言出吊[5]，连日不果[6]。后诣门自通，主人既哭，不前而去，以陵辱[7]之。于是彼此嫌隙大构[8]。后蓝田临扬州[9],右军尚在郡。初得消息,遣一参军诣朝廷,求分会稽为越州[10]。使人受意失旨,大为时贤所笑。蓝田密令从事[11]数其郡诸不法,以先有隙,令自为其宜。右军遂称疾去郡,以愤慨至终。

【注释】

1. 王右军:指王羲之,字逸少,官至右军将军、会稽内史。蓝田:指王述,字怀祖,官至扬州刺史、尚书令,封蓝田侯。 2. 丁艰:遭逢父母丧事。 3. 治丧:办理丧事。 4. 右军代为郡:王羲之代王述担任会稽内史。 5. 出吊:去吊丧。 6. 不果:不成,没有实现。7. 陵辱:欺凌侮辱。 8. 嫌隙:仇怨。构:造成。 9. 临扬州:到扬州出任。王述后被任命为扬州刺史。 10. 求分会稽为越州:请求把会稽郡从扬州刺史管辖下分出,立为越州。 11. 从事:官名,州郡属官。

【译文】

王羲之一向看不起蓝田侯王述。王述晚年在社会上的声誉越来越高,王羲之更是不满。王述在会稽郡居丧,住在山阴县处理丧事。王羲之代为会稽内史,多次说要去吊丧,但连续多日也没有去。之后登门自己通报,主人已经哭起来,王羲之却没有进去哭吊就走了,以此来侮辱王述。从此两人结下了仇怨。之后王述出任扬州刺史,王羲之还在会稽郡。刚得到这一消息,王羲之就派了一位参军去朝廷,请求把会稽郡分出来立为越州。派去的人领会错了他的意图,于是被当时的名流大大嘲笑。王述暗中命令从事去数说王羲之在郡中各种不合法的行为,因为之前有仇怨,就让他自己去想合适的处理办法。王羲之于是称病辞去郡守的职位,因为愤慨竟至于命终。

六、但问克终

王东亭与孝伯语，后渐异[1]。孝伯谓东亭曰："卿便不可复测！"答曰："王陵廷争，陈平从默[2]，但问克终[3]云何耳。"

【注释】

1. 王东亭与孝伯语，后渐异：王东亭指东亭侯王珣，孝伯为王恭字。后渐异，意为两人之后意见出现分歧。《晋书·王珣传》记载王恭想要杀佞臣王国宝而被王珣劝止，分歧大概指此。 2. 王陵廷争，陈平从默：王陵、陈平都是西汉时名臣，《汉书》记载惠帝死后，吕后想要封吕氏子弟为诸侯王，右丞相王陵当面反对，左丞相陈平则表示支持。于是王陵责备陈平屈从吕后。但之后陈平和太尉周勃诛杀吕氏子弟，迎立文帝，平定了政局，巩固了刘氏王朝统治。 3. 克终：最终。

【译文】

王珣和王恭两人说好的事情，但是后来意见渐渐产生分歧。王恭对王珣说："你实在难以捉摸。"王珣回答说："王陵在朝廷上当面抗争，陈平顺从沉默，但是只要看看最终的结果怎样就是了。"

七、何故杀我

王孝伯[1]死，悬其首于大桁（háng）[2]。司马太傅[3]命驾出，至标[4]所，孰视首，曰："卿何故趣[5]欲杀我邪？"

【注释】

1. 王孝伯：王恭，字孝伯。晋安帝时，太傅司马道子专政，排除异己。隆安二年(公元398年),王恭联合殷仲堪、桓玄起兵反叛,兵败被杀。 2. 大桁:朱雀桥,在建康城南朱雀门外。 3. 司马太傅:指会稽王司马道子,简文帝之子,官至太傅。 4. 标:设于刑场的高柱。 5. 趣:通“促”,急促。

【译文】

王恭被处死,把他的头悬挂在朱雀桥上。太傅司马道子乘车出去,到了悬挂人头的标柱前,仔细地看着他的头说:“你为什么急着想要杀掉我呢?”

八、庾夫人语

桓玄将篡,桓修[1]欲因玄在修母许袭之。庾夫人[2]云:“汝等近,过我余年,我养之,不忍见行此事。”

【注释】

1. 桓修:字承祖,桓冲之子。官至抚军大将军。桓修一向与桓玄不和,故想要借此机会报复。 2. 庾夫人:桓冲之妻,桓修之母。

【译文】

桓玄将要谋反篡位,桓修想要趁着桓玄在母亲这里的时候袭击他。桓修母亲庾夫人说:“你们是近亲,等我过了晚年吧。我抚养了他,不忍心看你做这种事。”

经典译林

Yilin Classics

书名	单价	书名	单价
癌症楼	78.00 元	艾青诗集	35.00 元
爱的教育	39.00 元	爱丽丝漫游奇境	29.00 元
安娜·卡列尼娜	65.00 元	安徒生童话选集	42.00 元
傲慢与偏见	36.00 元	奥德赛	92.00 元
八十天环游地球	32.00 元	巴黎圣母院	42.00 元
白洋淀纪事	39.00 元	百万英镑	35.00 元
包法利夫人	38.00 元	悲惨世界（上、下）	98.00 元
背影	28.00 元	被侮辱与被损害的人	39.00 元
边城	36.00 元	变色龙：契诃夫中短篇小说集	39.00 元
变形记 城堡	38.00 元	草叶集：惠特曼诗选	39.00 元
茶馆	32.00 元	茶花女	35.00 元
查拉图斯特拉如是说	38.00 元	沉思录	29.00 元
城南旧事	29.00 元	大卫·科波菲尔（上、下）	79.00 元
当代英雄	45.00 元	稻草人	29.00 元
地心游记	32.00 元	飞鸟集·新月集：泰戈尔诗选	39.00 元
飞向太空港	39.00 元	福尔摩斯探案集	58.00 元
复活	42.00 元	傅雷家书	49.00 元
富兰克林自传	36.00 元	钢铁是怎样炼成的	39.00 元
高老头	39.00 元	格列佛游记	35.00 元
格林童话全集	49.00 元	给青年的十二封信	38.00 元

书名	单价	书名	单价
古希腊悲剧喜剧集（上、下）	118.00 元	海底两万里	38.00 元
红楼梦	69.00 元	红与黑	49.00 元
呼兰河传	35.00 元	呼啸山庄	39.00 元
基督山伯爵（上、下）	108.00 元	纪伯伦散文诗经典	42.00 元
寂静的春天	35.00 元	假如给我三天光明	32.00 元
简·爱	39.00 元	金银岛	35.00 元
经典常谈	29.00 元	荆棘鸟	45.00 元
静静的顿河	128.00 元	镜花缘	49.00 元
局外人·鼠疫	38.00 元	菊与刀	35.00 元
克雷洛夫寓言	32.00 元	宽容	32.00 元
昆虫记	39.00 元	老人与海	32.00 元
理想国	45.00 元	聊斋志异	55.00 元
了不起的盖茨比	38.00 元	列那狐的故事	39.00 元
猎人笔记	38.00 元	林肯传	39.00 元
鲁滨逊漂流记	39.00 元	鲁迅杂文选集	36.00 元
绿山墙的安妮	36.00 元	罗马神话	16.80 元
罗生门	39.00 元	骆驼祥子	32.00 元
美丽新世界	35.00 元	名人传	39.00 元
拿破仑传	49.00 元	呐喊	29.00 元
牛虻	38.00 元	欧·亨利短篇小说选	36.00 元
欧也妮·葛朗台	32.00 元	彷徨	32.00 元
培根随笔全集	38.00 元	飘（上、下）	88.00 元
普希金诗选	42.00 元	骑鹅旅行记	36.00 元
乞力马扎罗的雪	39.80 元	热爱生命·海狼	38.00 元

书名	单价	书名	单价
人间草木：汪曾祺散文精选	49.00 元	人类群星闪耀时	36.00 元
人性的弱点	39.00 元	日瓦戈医生	68.00 元
儒林外史	42.00 元	三个火枪手	59.00 元
三国演义	59.00 元	沙乡年鉴	42.00 元
莎士比亚喜剧悲剧集	49.00 元	少年维特的烦恼	28.00 元
神秘岛	48.00 元	神曲（共三册）	128.00 元
十日谈	68.00 元	世说新语（上、下）	89.00 元
双城记	45.00 元	水浒传	69.00 元
四世同堂（上、下）	78.00 元	苔丝	39.00 元
谈美	35.00 元	谈美书简	36.00 元
汤姆·索亚历险记	32.00 元	汤姆叔叔的小屋	45.00 元
唐诗三百首	39.00 元	堂吉诃德	78.00 元
天方夜谭	42.00 元	童年	38.00 元
童年·在人间·我的大学	49.00 元	瓦尔登湖	36.00 元
我是猫	39.00 元	乌合之众	35.00 元
物种起源	42.00 元	雾都孤儿	44.00 元
西顿野生动物故事集	38.00 元	西游记	62.00 元
希腊古典神话	49.00 元	乡土中国	36.00 元
小妇人	45.00 元	小王子	29.00 元
星星离我们有多远	35.00 元	喧哗与骚动	58.00 元
羊脂球	38.00 元	一九八四	36.00 元
一间自己的房间	36.00 元	伊利亚特	82.00 元
伊索寓言：555 则	36.00 元	尤利西斯	58.00 元
约翰·克利斯朵夫（上、下）	98.00 元	月亮和六便士	45.00 元

书名	单价	书名	单价
战争与和平（上、下）	108.00 元	朝花夕拾	22.00 元
中国民间故事	39.00 元	子夜	49.00 元
最后一课	36.00 元	罪与罚	66.00 元